STEFFEN ZIEGLER

Keltenkind

STEFFEN ZIEGLER

Keltenkind

Roman

Schwarzdorn-Verlag

1. Auflage

Illustrationen: Anke Eißmann, Herborn

Gestaltung des Einbandes: Agentur FederhenSchneider Siegen / Köln

Schwarzdorn-Verlag

Herstellung: Vorländer, Siegen

www.keltenkind.de

ISBN 978-3-9820228-1-9

„Wild verstreut liegt der Basalt,
Düstre Wolken jagen.
Über Halm und Dorn und Wald
Will die Nacht den Mantel bald
Leise um mich schlagen.

Rascheln – Flüstern ringsumher,
Windeslied in Zweigen.
In den Tälern grau und schwer
Kriecht der nasse Nebel her.
Bald wird alles schweigen.“

aus dem Gedicht „Westerwald“
des Herborners Heinzcarl Bender (1904-1978)

Band I

Ein Buch fehlt. Über Pflanzen und Tiere, Kunst und Geschichte
Hab ich so viele Zeilen verfasst, so viele Berichte.
Habe so Vieles studiert, gegliedert, sortiert und vermessen,
Aber damit vielleicht auch verdrängt und schließlich vergessen,
Mich an das schönste, jedoch auch schwierigste Werk zu begeben:
An ein Buch über Liebe, nach der wir doch unentwegt streben.

Schon in recht jungen Jahren hatte ich vor, es zu schreiben.
Angespornt durch einen Brief und ließ es letztlich doch bleiben.
Denn mit Worten zur Liebe würde ich zwangsläufig scheitern,
War ich gewiss. Sie würden nur taugen, das Volk zu erheitern!

Außerdem scheute ich davor zurück, meinen Vorsatz zu brechen,
Stets nur Worte zu wählen, welche der Wahrheit entsprechen.
Dies war ein weiterer Grund, diesen Brief lieber nicht zu verwenden.
Denn seine traurigen Worte sind die einer nahezu Fremden.
Über sie ist nichts zu lesen, nichts ward berichtet.
Keine Zeile ward je über ihre Liebe gedichtet.

Sie wurde nämlich im hohen und kalten Norden geboren.
Dort, wo wir schon so viele, gute Männer verloren.
Oh, Germania, raue Mutter der blutigsten Kriege,
Tief war das Leid, das Du oft gebarst, doch noch tiefer die Liebe!

Nun aber fiel mir der Brief beim Räumen erneut in die Hände.
Dass er alleine weit wertvoller ist als all jene Bände,
Welche meinem Geiste bestenfalls hierzu entsprängen,
Glaub ich noch immer. Weil meine Worte nur stümperhaft klängen!
Denn, was die Liebe angeht, zähle ich mich zu den Blinden!
Mir war es nie vergönnt, die eine, große zu finden.

Doch gelang es dem Brief, mir nun eine Einsicht zu schenken:
Wer über Liebe schreiben will, sollte sein Denken beschränken.
Jeder Versuch, auf noch so wache Augen zu bauen,
Scheitert kläglich! Nur Deinem Herzen darfst Du vertrauen!

So will auch ich nun versuchen, die Augen geschlossen zu halten –
Wenn sie mir stets auch mehr als alles andere galten.
Nichts soll mich ablenken, nichts soll mich locken, nichts soll mich stören,
Meines blinden Herzens flüsternde Stimme zu hören.

Veritas[1] bitt' ich, den rechten Pfad nicht zu sehr zu verhüllen!
Hab ich doch das, was das Schreiben offen lässt, sinnvoll zu füllen.

Falls Du Dich fragst, wie ich an seine Zeilen gelangte:
Nun, eine Sterbende hielt sie, mit der ich stundenlang bangte,
Bis die Götter sie riefen. Sie ertrug es geduldig.
Luna – das war ihr Name. Ihn bin ich Dir ja noch schuldig.

Nach einer Göttin ward sie benannt, und ich möchte nicht prahlen,
Doch bis zum letzten Moment sah ich ihre Augen noch strahlen.
Hell wie der Mond! Und mit ihrem letzten Atemzug hauchte
Sie auch noch seinen Namen. Bevor sie ins Schattenreich tauchte:

Velent.

Velent. Ihn traf ich nie, bei ihr sind – ich muss überlegen –
Dreißig Jahre vergangen! Mag sich auch Widerspruch regen
In meinem Innersten, weil die Jahre so schnell vergingen.

Damals stand ich im Heer. Wir sollten die Chatten[2] bezwingen,
Sie von den Grenzen unseres ruhmreichen Reiches vertreiben.
Wie beschwerlich dies war, will ich Dir ein andermal schreiben.

Hier ist nur wichtig: Es war an den Meinen, den Weg zu erkunden.
Einige Meilen der Truppe voraus – meist etliche Stunden.

In einem Tal tief im Bergland bat man uns zu verweilen.
Mein Übersetzer meinte, dort sei eine Kranke zu heilen.
Uns war dringend geraten, niemandem dort zu vertrauen.
Nicht den chattischen Männern und weniger noch ihren Frauen!

Aber ich tat es. So traf ich auf Luna. Hoch war ihr Fieber,
Wirr ihre Worte, doch sprach sie Latein und kam wohl vom Tiber!
Keiner der Chatten dort konnte unsere Sprache verstehen.
Ein Grund mehr, bei der Kranken zu bleiben. Ich konnte nicht gehen.

Sie aber ging – wie erwähnt. Und nun drängte es mich zu erfahren,
Was geschehen war und wer sie und Velent wohl waren.

Kurz nur zögerte ich. Dann nahm ich den Brief, jenes Schreiben,
Um mich an dem, was ich las, über viele Jahre zu reiben!
Etwas in mir vermag es bis heute nicht wirklich zu fassen:
Wie es schien, hatte Velent die Frau, die er liebte, verlassen.

Mein Kopf ist leer; meine Hände sind schwer; mein Herz schreit.
Du bist fort und Mattiacum[3] ist nicht mehr.

Nun, Du wirst diesen Marktort, Mattiacum, vermutlich nicht kennen.
Denn es gibt ihn nun nicht mehr. Wir hatten uns von ihm zu trennen.
Weil wir es schließlich – nach Statthalter Varus'[4] kläglichem Scheitern –
Aufgaben, unser Reich nach Norden hin zu erweitern.

Blindlings vorwärts stürmten damals die dortigen Stämme
Über das Land. Wie entfesselt! Es brachen sämtliche Dämme!

Die Stadt ist verlassen, verbrannt und verlassen. Nur Trümmer blieben von ihr. Wir alle hatten zu gehen. Doch bin ich es müde zu gehen. Ich kehrte mit Menelaos zurück. Um zu bleiben, und sei es der Tod.

Uns damals weit zurückzuziehen, war sicher richtig,
Doch ich schrieb darüber bereits; hier ist es nicht wichtig.
Wichtig ist nur, die eine, entscheidende Frage zu klären:

Warum, Velent? Warum?

Was nur hieß Velent, der, die er liebte, fortan zu entbehren?

Warum bist Du gegangen? Du hast gesagt, dass Du mich liebst! Wie kontest Du gehen, um Swidger zu folgen? Wie konntest Du nur?

Was nur trieb ihn? Warum ist Velent nicht bei ihr geblieben?
Lies seine Worte! Denn Luna selbst hat sie niedergeschrieben!

Es will mir nicht in den Kopf. Dort gehen allein Deine grausamen Worte um. Deine grausamen Worte, die ich nicht verstehe: „Was wäre ich wert, wenn ich die Liebe über die Freundschaft stellte?“

Wieder und wieder sind wir versucht, Velents Worte zu lesen!

„Was wäre ich wert, wenn ich die Liebe über die Freundschaft stellte?“

Welche Freundschaft wäre denn jemals so teuer gewesen,
Dieses große, unglaubliche Opfer für sie zu erbringen?
Seine Liebe aufzugeben? Sich dazu zu zwingen,
Dies zu tun: Umarmen, küssen, weinen und todtraurig gehen.
Luna konnte es nicht, doch sie wollte es gerne verstehen.

Deshalb habe ich diesen Brief zu schreiben begonnen, weil Du gegangen bist und mir nur Deine Worte blieben. Und mit ihnen Trauer und Leere und Ohnmacht und Wut. Sie nagen an meinem mageren Herzen. Deshalb schreibe ich – mehr mir als Dir –, um mich an Dich zu erinnern. An den, der Du warst, um vielleicht doch noch jenen zu verstehen, der schließlich ging. Und um den Zweifel niederzuringen, der mich umklammert. Wie der dichte Nebel die schwarzen Trümmer dieser Stadt. Sein kaltes Schweigen nährt meine Furcht. Was, wenn ich Dich doch für immer verloren hätte?

Lunas Liebe trug Zweifel. Wir können es ihr nicht verdenken.
Doch vielleicht vermag uns ja dies sogar, Hoffnung zu schenken!
Denn der Zweifel gehört zur Liebe, ist gleichsam ihr Schatten,
Und ich hoffe, Du wirst mir dieses Gleichnis gestatten:
Schon der kleinste Schatten kann die Sonne beweisen!
Dies vermag vielleicht jene zu trösten, die still und im Leisen,
Ihren bangen Gefühlen misstrauend zu zweifeln beginnen,
Lässt sie Zuversicht schöpfen und neue Hoffnung gewinnen.

Schatten sind grau, doch vermögen sie nicht, an der Sonne zu nagen!
Liebe ist wie die Sonne. Wir müssen sie nicht hinterfragen!

Was indes ist mit Velent? Hat er seine Luna belogen?
Hat er sie gar nicht geliebt? Sie am Ende vielleicht gar betrogen?
Nun, ich rate stets ab, zu schnell ein Urteil zu fällen,
Weil wir Schuld zuweilen schlicht zu früh unterstellen.
Deshalb trete ich an, Dir sein ganzes Leben zu schildern!
Einige Abschnitte bin ich sogar versucht zu bebildern.

Möglicherweise könnten darüber Tage verrinnen,
Aber ich möchte dennoch mit Velents Kindheit beginnen.

Denn ich vermute, die Wurzeln vieler Entscheidungen hängen
Damit zusammen, ob wir als Kind unter zahlreichen Zwängen
Aufwachsen oder frei sind und bleiben, im Körper und Geiste.
Dies nämlich prägt uns. Nicht alles, aber doch sicher das Meiste!

Und das Gleiche gilt – sieh mir nach, wenn ich es erwähne –
Auch für unsre Familien oder wie immer wir jene,
Unter denen wir zu leben haben, auch nennen.
Dort im Norden scheint man nur das Wort „Sippe“ zu kennen.
Und das Wort „Stamm“, das sie statt des Wortes „Volk“ gern verwenden.
Leben sie frei oder liegt ihr Schicksal in anderen Händen?

Velent war Ubier[5]. Dies war ein Stamm, der dort geherrscht hatte,
Wo dann später der Suebe[6], der Matthe[7] und schließlich der Chatte
Einflussreich wurden. Caesar[8] zählte ihn zu den Germanen,
Doch vor dieser Sichtweise möchte ich eindringlich warnen.
Ohne Dich lange mit der Geschichte der Völker zu quälen,
Meiner Meinung nach ist er zu den Galliern[9] zu zählen.
Und gerade weil er dort, so extrem weit im Osten,
Siedelte, stand dieser Stamm recht früh auf verlorenem Posten.

Was dort geschah, das können etliche Schriften bezeugen:
Velents Stamm hatte sich dem Druck der Germanen zu beugen.
Viele waren geflohen, waren nach Westen gegangen,
Andre geblieben. Doch nur ihre Priester, die Druiden, besangen
An ihren lodernden Feuern noch die glorreichen Zeiten.
Ihr Gesang sollte Velent durch seine Kindheit begleiten.
Denn seine Mutter, Belana, zählte zu diesem Stande.
Predigte, heilte und traute – dies dann in weißem Gewande.

Lember, ihr Ziehvater, war der höchste der östlichen Druiden.
Während viele der Seinen schon ihre Schilde begruben,

Hoffte und wetterte dieser Druide engstirnig weiter.
Sture Verbohrtheit und Hass waren stets seine treusten Begleiter.

Dumm war er aber nicht. Um weiter in Freiheit zu leben,
Musste er vorsichtig sein. Seine Aufrufe, sich zu erheben,
Waren meist Gleichnisse. Einmal nutzte er die Vermählung
Zweier Kinder der Sueben und Matthen für diese Erzählung,
Die ich Dir nun in Kürze wiederzugeben gedenke –
Ohne das durch sie im Kreise der Feier entfachte Gezänke.
Lembers klagendes, düsteres Bild allein soll genügen,
Welches ich hoffe, annährend richtig zusammenzufügen.

Lang musst' ich nicht überlegen, es an den Anfang zu stellen.
Hilft es doch bestens, so denk ich, Velents Welt zu erhellen.
Ferner war er der Grund für Lembers markige Worte,
Weil sich der Druide in jenem Moment in sein Feindbild verbohrte,
Da ihn Belana endlich darüber aufgeklärt hatte,
Dass sie ein Kind bekam und er davon ausging, ihr Gatte
Sei der von ihr gekrönte König der Ubier gewesen.
Loynus aus Naoun. Von ihm wirst Du später noch einiges lesen.

So viel nur: Weil er stotterte, hatte er Lember gebeten,
Ihn als Redner der Ubier bei diesem Fest zu vertreten.
Velents Mutter wiederum wollte ein Unglück verhindern.
Sie war gekommen, um Lembers Worte ein wenig zu lindern.
Außerdem brauchte er, der die Sprache der Fremden nicht schätzte,
Jemanden an seiner Seite, der für ihn übersetzte.

**

Des Druiden Lembers Gleichnis der jungen Birke

Es war einmal eine junge Birke. Sie thronte auf einem Hügel und schien den Göttern so nah. Sie genoss die Sonne, den Regen, ja, selbst den Wind, der sie bog. Wie alleine diese junge Birke stand, war ihr nicht bewusst. So jung wie sie war, kannte sie es nicht anders. Sie wusste nichts von den lichten Birkenwäldern, die jenem Landstrich einst sein unverwechselbares Gesicht verliehen hatten.

Auch, dass der Wind sich bald drehte – und nun aus Nordost zu ihr wehte –, beachtete sie kaum. Dass der Erde um sie herum nun bald junge Buchen entsprossen, war ihr zunächst gleich. Sie überragte sie doch! Ja, machten sie die vielen kleinen Buchen nicht sogar zu etwas ganz Besonderem? Und gab es nicht genügend Platz, genügend Sonne und Regen und Wind für sie alle?

Das glaubte die Birke und fühlte sich sicher und stark, nicht zuletzt, weil sie doch tief in sich spürte, dass sie noch lange würde weiter wachsen können.

Doch die Buchen wuchsen eben auch. Und schneller noch als die Birke. Sie bemerkte es zu spät. Weil sie tagsüber zu oft nur nach oben schaute, zur Sonne, und nachts von weichem Regen träumte.

Als die Buchensprösslinge nach kurzer Zeit bereits die halbe Höhe der Birke erreicht hatten, versuchte der Wind, der sie mochte, sie noch zu warnen. Doch sie überhörte sein mahnendes Flüstern. Lieber glaubte sie dem heiteren Lachen der Buchen, deren immer dichter werdender Blätterwald sie bald schon völlig abschirmte: „Sei doch froh, den Wind los zu sein! So musst Du Dich nun nichts und niemandem mehr beugen! Und sieh, nun bist Du auch nicht mehr allein!“

„Das stimmt!“, sagte sich die Birke erfreut, denn sie hatte bereits befürchtet, ganz einsam alt werden zu müssen. Was machte es da schon aus, dass sie nicht von Ihresgleichen umgeben war? Birken und Buchen – wo war denn da der Unterschied? Ein Baum war doch schließlich ein Baum!

Und die fremden Bäume lernten doch sogar ihre Sprache! Dass sie untereinander weiter ihre eigene pflegten, kümmerte die Birke zunächst nicht. Sie glaubte sich in bester Gesellschaft. Und sie glaubte den Buchen, die ihr versprachen, sie niemals zu überragen: „Wie könnten wir? Sieh uns doch an! Wir reichen Dir kaum bis zur Krone!“

Doch die Buchen blieben nicht klein; sie wuchsen ungebremst weiter. Und ehe sich die Birke versah, war sie auch schon überwuchert.

So drohte die Birke im Meer der Buchen zu versinken. Im schließlich doch fremden Grün. Sie bekam kaum mehr Licht, kaum noch Luft, selbst das Wasser wurde ihr knapp, so zahlreich und tief spürten die Wurzeln der Buchen ihm nach. Und bald verstand sie auch nichts mehr. Kein Wort. Denn die

Buchen hatten entschieden, sich doch lieber wieder ihrer eigenen Sprache zu bedienen. Sollte sich die Birke doch fügen! Zeiten ändern sich eben! Dies war nicht länger ihr Wald! So darbte die Birke und verkümmerte. Langsam, aber stetig.

Sicher, da waren andere Birken gewesen, auf anderen Bergen. Die man nicht abgeholzt hatte. Man hatte sie ausgegraben und in den Süden und Westen gebracht. Ihrer weißen Rinde wegen war die Birke dort ein gern gesehener Gast. Doch unsere Birke sah man ja kaum noch. Wer also hätte sie erretten sollen?

Ich will es Euch sagen: Ihre Götter selbstverständlich. Die alten und guten. Sie jagten ein gewaltiges Gewitter über den Berg! Und schleuderten mächtige Blitze in all jene Buchenäste, die es gewagt hatten, sich ihnen am höchsten entgegenzurecken. Und sie alle verbrannten.

Vielleicht fragt Ihr Euch nun, warum die Götter dies taten. Ging dabei nicht auch die Birke zugrunde?

Nun, ich will Euch ein Geheimnis verraten: Birken sind anders als andere Bäume! Wenn auch nur noch etwas Leben in ihren Wurzeln steckt, vermögen sie neu auszutreiben. Und es schießen junge, starke Triebe aus einem scheinbar toten Stock!

*

Lember schien sie und ihr Kind, die Frucht ihres Leibes, zu meinen,
Ahnte Belana. Die Bürde, die Ubier erneut zu vereinen,
Wollte sie Velent, den sie bald gebar, aber gerne ersparen.
Dieser Wunsch prägte sie: Ihn vor diesem Los zu bewahren.

Ja, sie bat ihren Ziehvater gar, sie und Velent zu meiden.
Was ihr schwer fiel, denn ihn konnte ohnehin niemand leiden.
Würde er ihr verzeihen? Sie wagte kaum, es zu hoffen.
Denn sie hatte ihn schon mal in ähnlicher Weise getroffen.

Einstmals, bei ihrer Weihe, war ein Druide gestorben.
Und sein Dorf hatte daraufhin um Belana geworben.
Hals über Kopf hatte sie ihn verlassen – ohne zu fragen.
Doch seine harte Art hatte sie einfach nicht mehr ertragen.

Nah des Dorfs lag ein Steinkreis. An ihm war sie heimisch geworden.
Längst sind sie uns bekannt, diese heiligen Stätten im Norden.
Ihre Geheimnisse scheinen indes nur die Druiden zu kennen.
Wir wissen nur, dass sie dort gelegentlich Opfer verbrennen,
Und es nur ihnen erlaubt ist, in ihre Mitte zu treten –
Selbst ihre mächtigsten Häuptlinge dürfen nur vor ihnen beten.

Auch Belana fühlte sich ihrem Ring sehr verbunden.
So als hätte er sie gerufen und sie ihn gefunden.

Lember war ihr ein eifriger, guter Lehrer gewesen.
Doch ihre große Gabe, zuweilen die Zukunft zu lesen,
Reifte erst hier, an jenem heiligen, steinernen Kreise.
Bald galt Belana – obgleich sie noch jung war – Vielen als Weise.

Trotzdem sollte ihr Leben ihr nicht nur Freude bereiten.
Denn ihre Landsleute schienen ihr mehr und mehr zu entgleiten.
So, wie zuvor ihre Brüder und Schwestern am Rhenus im Westen,
Glaubten nun auch Ubier im Osten, dass es am besten
Sei, sich – wo immer es ging – an uns zu orientieren,
Unserer Art zu leben zu folgen und sie zu kopieren.

Auch Belana war es nicht möglich, den Grund zu benennen.
Aber sie glaubte, die Folgen zu ahnen – wenn nicht zu kennen.
Es genügte, die Welt mit Lembers Augen zu sehen:
Kappt man der Birke die Wurzeln, kann auch sie nicht mehr stehen.

Drum hatte Lember erneut den letzten Getreuen geraten,
Sich sofort zu erheben und nicht noch länger zu warten.
Aber Belana wusste: Sich gegen uns zu erheben,
Hätte das Ende nur noch beschleunigt. Nach Frieden zu streben
Hielt ihrem Stamm zumindest die vage Möglichkeit offen,
Fortbestehen zu können. Darauf wollte sie hoffen.

Gleichzeitig galt es, Lember etwas entgegenzusetzen.
Um ihn zu bremsen, gegen Rom und die Seinen zu hetzen.
Also nahm sie sich vor, für die alten Werte zu werben.
Um es nach Möglichkeit noch zu stoppen, das siechende Sterben
Ihres Volkes. Diesen Versuch wollte sie unternehmen.
Was sie nicht ahnte: Velent sollte sich zeitlebens schämen.

Freiwillig hätte er sich sicher nie einem Greis gleich gekleidet!
Oh, wie sehr hatte er die anderen Kinder beneidet,
Tunikas tragen zu dürfen. Wie oft sie über ihn lachten!
Doch Belana bekam es nicht mit, weil sie es nie machten,
Wenn sie selbst dabei war. Niemand wollte es wagen,
Sie zu erzürnen. Die Furcht vor ihr ließ sie alle verzagen.

Schließlich glaubte ein jeder, sie könne Wunder vollbringen!
Kranke heilen! Und zuckende Blitze entfachen! Ihr Singen
Aber war Velent noch ungleich teurer. Genau wie ihr Summen.
Weinte er nachts, dann ließ ihn der Klang ihrer Stimme verstummen.
So wie bei jedem Kind, gleich in welchem Volke geboren.
Keines fühlt sich die eigene Mutter hörend verloren.

Velent indes genügte es bald schon, sie summen zu sehen!
Fern ihrer Kate sah er sie manchmal im Mondlichte stehen.
Nah ihrem Steinkreis stand sie recht gern bei einigen Birken.
Dort ließ sie dann, wie sie sagte, was über ihr war, auf sich wirken.

Aber vielleicht ließ ihr Blick gen Himmel sie auch verdrängen,
Dass es nicht gut war, dort zu sehr an der Heimat zu hängen.
Ring und Siedlung lagen zwar sanft in Hügel gebettet –
So als hätte Ceres[10] ihr eigenes Land dort verwettet.

Aber die vielen, lieblichen Bäche und sattgrünen Weiden
Kannte auch Mars[11] und war nicht bereit, sie noch länger zu meiden.
Schließlich sandte er den verbliebenen Ubiern von Norden,
Da sie unachtsam wurden, hungrige, mordende Horden.

*

Du hast mir von jenem Tage erzählt, da Du Swidger zum ersten Mal trafst. Ich möchte den Gedanken verdrängen, doch lässt er sich nicht verdrängen: Dieser Tag brachte zugleich auch den Tod über Dein Dorf.

**

Bild I

19 Jahre vor Lunas Brief an Velent – im Dorf am Steinring im Herzen Germaniens

„Auseinander!“

Degenar scheuchte ein paar streunende, neugierige Hunde zur Seite und wühlte sich durch die Reihen der ubischen Kinder. „Aus dem Weg!“

Nicht einmal die älteren Knaben unter ihnen vermochten dem riesigen, muskelbepackten Hünen ernsthaften Widerstand zu leisten, doch waren sie einfach zu zahlreich. Hatte er eines gepackt und aus dem Weg gehoben oder zur Seite gedrängt, standen schon wieder zwei neue vor ihm.

„Auseinander!“, wiederholte der Schmied. „Lasst mich durch!“

Doch noch immer galt die ganze Aufmerksamkeit der keifenden Kinder den beiden Knaben, die sich auf der schlammigen Wiese zu ihren Füßen am Boden wälzten. „Gib’s dem verdammten Matthen!“, „Ja, hau ihm aufs Maul!“, brüllten die einen, „Du wirst Dir doch von Velent nichts gefallen lassen!“ die anderen.

„Wollt Ihr wohl hören! Auseinander!“ Degenars Stimme war nun bereits deutlich lauter, aber noch immer scherte sich niemand um ihn.

„Dieser Drecks-Matthe hat hier nichts zu suchen!“ – „Velent hält sich ohnehin für etwas Besseres. Schlag ihm die Zähne ruhig aus!“, „Ich hab ihn neulich beim Stehlen erwischt! Er hat sich jeden Hieb verdient!“

Auf wessen Seite die ubischen Kinder auch standen, fast alle ballten ihre Fäuste, als wollten sie sich selbst im nächsten Moment ins Getümmel werfen, vor allem die Jüngeren, während ein paar der Älteren ihren Spaß zu haben schienen.

„Hey!“, gaben sie vor, sich zu beschweren und lachten: „Wen sollen wir denn jetzt eigentlich noch verprügeln? Beide haben es bitter nötig, aber sie nehmen uns die Arbeit ab!“

„Aus dem Weg! Hört Ihr nicht!", hatte Degenar nun endgültig genug. Seine tiefe Stimme legte sich wie Donnerhall über das wilde Geschrei um ihn herum. Er hatte die lange Axt gezogen, die er mitunter am Gürtel trug und ließ sie drohend über den Kindern kreisen. Der Kopf der prächtigen Waffe war blank poliert und glänzte im Licht der noch recht tief stehenden Morgensonne.

Erschrocken machten die Kinder ihm Platz.

„Und für Euch beide gilt das auch: Auseinander!"

Eilig steckte der blonde Koloss die Axt zurück an ihren Platz und packte dann wahllos nach den sich windenden Leibern am Boden. Er erwischte ein Bein und zerrte daran.

„Velent! Lass ihn los!", hatte er den schlanken Knaben erkannt, zu dem es gehörte. Doch obwohl der Sechsjährige schon halb in der Luft hing, gehorchte er nicht. Er hielt den Oberkörper eines kleinen, rothaarigen Jungen fest umklammert.

„Und Du, wer immer Du bist, hör Du auch auf, sag ich Dir!", fuhr Degenar den Knaben an, während er Velent gleichzeitig so weit hoch hob, dass auch der andere Junge jede Bodenhaftung verlor. „Schluss jetzt! Lass ihn los!"

Aber auch der Rothaarige dachte gar nicht daran zu gehorchen. Seine Beine umklammerten Velents Beine und zugleich trommelten seine Fäuste auf den Rücken seines Gegners.

„Niemander – darf – sagen – schlecht – über – Hugin[12] – und – Munin! Niemander!", fauchte er im Rhythmus seiner Schläge. Der Klang seiner Sprache wies ihn unzweifelhaft als Matthen aus. Degenar hatte den Jungen nie zuvor gesehen. Mit seinen leuchtend roten Haaren wäre er ihm sicher aufgefallen. Soweit er erkennen konnte, war der Fremde ein gutes Stück kleiner als Velent, aber anscheinend dennoch wild entschlossen, den Stolz auf seine matthische Herkunft mit seinen Fäusten zu verteidigen.

„Du hören? Niemander – darf – sagen – schlecht – über – heilige – Raben! – Schon – gar – kein – feige – Karo!"

Hätte der kleine Matthe das Wort „Ubier“ gewählt, hätte sich womöglich der Großteil der gaffenden Kinder auf Velents Seite geschlagen, doch da er in Anspielung auf Velents Hosen „Karo“ gesagt hatte, lachten sie Velent sogar aus. Er war das einzige Kind weit und breit, dessen Mutter noch an der Tradition der ubischen Hosen aus kariertem Stoff festhielt. Velent litt darunter, wie sehr ihn diese Beinkleider zum Außenseiter machten, doch war er noch viel zu jung, um sich gegen den Willen seiner stolzen Mutter behaupten zu können. Umso entschlossener brüllte er nun aber zurück: „Ich bin nicht feige!“

Aber auch der Matthe keifte, prügelte und biss munter weiter. Schließlich zog er Velent sogar so fest an dessen langen, braunen Haaren, dass der kleine Ubier laut aufschrie: „Au!“

„Alle Karo feige! Alle Ubi feige!“

„Hey!“, beschwerte sich nun einer der gaffenden Knaben, ein sicher mindestens zwölfjähriger Junge, und trat nach dem kleinen Matthen. Zu seinem Pech stand er dabei direkt neben Degenar. Der Schmied rammte ihn mit der Hüfte zu Boden: „Halt Du Dich da raus!“

„Velent?!“, legte sich nun eine klare, durchdringende Stimme über das Geschrei und Gezeter.

Degenar drehte sich um und erkannte zwischen zwei der schlichten, aber geräumigen Häuser des Dorfes die große Gestalt Belanas. Um schneller laufen zu können, hatte sie ihr ockerfarbenes Kleid bis zu den Knien empor gerafft und dessen Saum in ihren Gürtel geklemmt. Der Schlamm der aufgeweichten Wiese besprenkelte ihre makellos weißen Waden. Für einen Moment vergaß der Schmied die beiden Knaben in seinen Händen. Sie zappelten wie frisch gefangene Fische in der Luft. Degenars Blick pendelte zwischen Belanas Schenkeln und ihren langen, wehenden Haaren. Er hatte keine Augen mehr für die anderen Knaben um ihn herum, nicht für die Hunde und das Vieh des Dorfes und nicht für seine Bewohner, die zwischen den Häusern, Gärten und Gattern ihrer Arbeit nachgingen oder interessiert aus der Ferne verfolgten, was gerade geschah.

„Degenar! Lass sie los!“, rief Belana und ruderte mit den Armen, um auf dem seifigen Untergrund nicht den Halt zu verlieren und kopfüber im Matsch zu landen. Viele der Wiesen und Wege im Dorf waren so stark beansprucht, dass sie schon ein paar Tage Regen zum schlammigen Morast werden ließen.

„Degenar! Lass sie endlich runter!“, wiederholte Belana mit Nachdruck. Nur noch ein paar Schritte und sie würde die Menschentraube inmitten der kleinen Wiese erreicht haben.

Degenar hatte seine Augen nicht von der schönen Drudas lassen können, nun aber betrachtete er fast ein wenig überrascht, auf alle Fälle aber doch unschlüssig, das sich noch immer wild windende menschliche Knäuel, das an seinen Händen hing.

„Degenar!“

Folgsam ließ der Schmied die beiden Knaben zu Boden gleiten.

Velent nutzte die wiedergewonnene Freiheit, holte aus und schlug seinem Gegner mit voller Wucht ins Gesicht.

„Ah!“

„Velent!“, erzürnte sich seine Mutter. Nun war sie es, die an ihrem Sohn rüttelte.

Sie wusste durchaus, dass er es im Dorf nicht immer leicht hatte, aber sich ständig zu prügeln war doch auch keine Lösung! Außerdem sorgte sie sich in jenem Moment ganz einfach um ihn, wie es wohl jede Mutter getan hätte.

„Velent!“, riss sie ihn, da sie ihn endlich zu fassen bekam, entschlossen zurück. Und tatsächlich: Mit diesem kräftigen Ruck hatte sie die beiden Streithähne getrennt. Velent landete in den Armen eines verdreckten Halbstarken, der ihn schließlich mit einem lauten „Hey, pass doch auf!“ wieder in Richtung des kleinen Matthen stieß. Während sie selbst sich bereits über den rothaarigen Knaben gebeugt hatte. Seine Nase hatte zu bluten begonnen. Die Heilerin schaute sich suchend um.

„Degenar, gib mir von dem Wegerich[13]!“ Sie deutete auf eine unscheinbare, flache Pflanze, die das Rumgetrampel der Kinder halbwegs unbeschadet überstanden hatte. Degenar rupfte ein paar ihrer Blätter ab und reichte sie Belana, die sie eilig zwischen ihren Fingern verrieb und dem Knaben in den Nacken schmierte.

„Hey, lass das!“, versuchte sich dieser zu wehren. „Das kalt!“

„Das hilft!“, wies ihn Belana schroff zurecht, um sich sodann an die Kinder des Dorfes zu wenden, die zwar ruhiger geworden waren, ihre Plätze aber noch nicht geräumt hatten: „Was war hier los?“

Keines gab Antwort, weshalb die Drudas nun Degenars Blick suchte. Doch der Schmied hob die Schultern. „Keine Ahnung! Ich bin auch gerade erst gekommen. Ich bin eigentlich auf dem Weg. In die Wälder östlich der Dylle[14]. Ich brauche neues Eisen. Gutes Eisen.“ Er senkte die Stimme ein wenig. „Ich habe dort zuletzt etwas Erz geschlagen und auch einen kleinen Meiler angelegt, unweit der Buschsteine.“

Belana schaute ihn tadelnd an.

„Keine Sorge!“, wiegelte Degenar deshalb sofort ab. „Ich habe Lembers Hain nicht betreten. So weit hinauf nach oben musste ich gar nicht. Die Kohle dürfte jetzt jedenfalls soweit sein.“ Er blickte sich kurz prüfend um, bevor er weitersprach: „Und bevor sie oder die Steine Beine bekommen, sollte ich wohl am besten dort sein!“ Er kam Belana noch etwas näher und fügte kaum mehr hörbar hinzu: „Die untersten Steine, die ich brach, waren etwas feucht und ihr Wasser schmeckte leicht salzig.“

Zu seiner Überraschung nickte Belana wissend.

„Man könnte das Wasser sieden oder nach dem Salz graben …“, ergänzte der Schmied noch immer flüsternd.

„Es gibt salzhaltigere Quellen als diese“, erwiderte die Drudas leise.

Der Schmied zog die Brauen nach oben: „So?! Doch nicht etwa etwas tiefer im Wald? Weiter oben? Es heißt, Lembers Hain hüte etliche Schätze …“

Nun nickte Belana nicht. Sie blickte den Schmied nur scharf an.

„Schon gut“, lenkte dieser sofort ein und hob beschwichtigend die Hände. „Von mir erfährt keiner etwas, und ich habe auch nicht vor, mich in Lembers Hain auf die Suche zu begeben – nach was auch immer!“

„Hab Dank!“, erwiderte Belana erleichtert. Sie hegte keinerlei Zweifel, dass Degenar sie womöglich nur zu beruhigen versuchte und ungeachtet seines Versprechens dennoch auf die Idee kommen könnte, nach den wertvollen, salzhaltigen Quellen zu suchen. Nein, sie kannte ihn lange genug, um zu wissen: Auf das Wort dieses Schmiedes konnte man sich stets verlassen!

Ein paar laute Worte ließen sie erneut zu Velent schauen. Da er ihr kurz davor schien, sich erneut mit dem jungen Matthen zu balgen, ging sie auf die beiden Knaben zu und zog ihren Sohn kurzerhand an sich. Sie hielt ihn von hinten umarmt, da ihre Gedanken zu Lember zu wandern begannen.

Ich weiß, dass Du Dich den Göttern nicht sehr nahe wähnst. Aber ich hoffe, dass die gnädigen es anders sehen mögen. Deine Mutter, Velent, sah es anders!
Nannte sie Dich nicht ein „Kind der Götter“? So, wie schon Lember sie selbst einst genannt hatte?
Ich habe ihn nie kennengelernt und weiß von ihm nur von dem, was Du und andere von ihm erzählten. Dass sie ihn fürchteten, wie fast alle Männer seines Standes. Und dass er ihnen fremd war, einsam, verbittert und karg wie er lebte.
Es muss Deiner Mutter schwer gefallen sein, sich von ihm, der ihr doch den Vater ersetzte, zu lösen. Und glaub mir, ich weiß wovon ich rede; mir erging es doch ähnlich!

Auch in Artaun war ich nie, wo er sie als kleines Kind gefunden haben soll. Als einzige Überlebende eines Angriffs auf die Ruine jener einst so mächtigen Feste Deines Volkes. So gab es hier also schon einmal eine Stadt, die unterging. Und so gab es hier auch früher schon Menschen, die – wie ich heute – in Trümmern ihre Zuflucht suchten. Und es gab Menschen, die in ihnen gefunden wurden! Darauf hoffe ich, Velent! Dass Du mich hier suchst und findest, selbst wenn Du von Mattiacums traurigem Los erfahren haben wirst!

Verzeih mir diesen Gedanken: Aber was hätte Deine Mutter wohl zu Deiner Entscheidung gesagt, mich hier zurückzulassen? Und wie hätte sie sich an Deiner Stelle entschieden? In ähnlicher Lage?
Ich fürchte fast, nicht anders als Du! Wenn ich es recht bedenke, bist Du ihr vermutlich ähnlicher als Du glauben magst! Wenngleich sie, wie es mir scheint, in ihrem Leben nicht ganz so oft die Einsamkeit suchte wie Du. Deine Mutter suchte die Menschen. Um ihnen ein Beispiel zu geben.

„Und Ihr kommt hier alleine zurecht?"

Belana blickte Degenar erstaunt an. Sie brauchte einen Moment, bis sie seine Frage noch einmal im Geiste wiederholt und schließlich für sich beantwortet hatte. „Sicher!", nickte sie schließlich.

„Gut", fuhr Degenar fort, „dann will ich mal los! Es scheint heute noch einmal heiß zu werden! Das ist recht ungewöhnlich, wenn man bedenkt, wie früh es längst wieder dunkel wird, nicht wahr? – Und Du, Velent, mach's gut, und hör' auf Deine Mutter!"

Er strich Velent kurz mit der Hand übers Haupt; Belana indes berührte er nicht, gleichwohl er es – wie sie erahnte – wohl gerne getan hätte. Nur für einen Moment fanden sich ihre Augen, dann senkte er vor ihr den Blick.

Belana war das Verhalten des Schmiedes nicht fremd, aber dennoch vermochte sie sich keinen Reim darauf zu machen. Er schien gerne bei ihr zu sein, aber lachte oder lächelte dennoch so gut wie nie. Als läge ein dunkler Schatten auf ihm. Aber die Götter schienen ihr nicht zu gestatten, etwas in ihm zu erkennen.

Deine Mutter, Velent, konnte sehen! Und zuweilen ist mir, als sei es auch Dir mitunter gegeben. Womöglich war und ist Dein Blick nicht ganz so klar wie der ihre. Und dennoch schenkt mir dieser Gedanke ein wenig Hoffnung. Dass Du womöglich in diesem Augenblick versucht sein könntest, zu erkennen, wie es mir geht und wo ich bin. Doch war es wohl selbst Deiner Mutter nie

möglich gewesen, diese Gabe zu lenken und Einfluss darauf zu nehmen, wann und wo sich der Nebel lichtet, der die Zukunft für unser aller Augen verhüllt.
Sonst hätte sie es vermocht, Degenars trauriges Geheimnis zu lüften, und sich vielleicht auch getraut, seinem offenbar stets nur zaghaften Werben nachzugeben.

In der Ferne krächzte ein Rabe. Zeitgleich fuhr eine Windböe durchs Dorf. Belanas Miene verfinsterte sich. „Pass auf Dich auf!“, verabschiedete sie Degenar mit einem leichten Seufzer. Dann blickte sie besorgt zum Himmel. „Ich habe kein gutes Gefühl!“

„Der Himmel ist blau, der Wald bunt. Alles bestens. Was Du immer hast …“

Belana schwieg. Degenar sah ihr an, dass sie das, was sie sorgte, noch nicht zu fassen vermochte.

„Ich habe meine Axt!“, versuchte er sie zu beruhigen und klopfte dabei auf seine mächtige, scharfe Waffe.

„Ja, die hast Du“, meinte Belana und rang sich ein Lächeln ab, hatte sie doch noch nie gesehen oder gehört, dass der Schmied seine Axt tatsächlich als Waffe eingesetzt hätte. Ein Schwert hatte er auch nicht. Degenar mied jeden Kampf so auffällig, dass sich trotz seiner beeindruckenden Gestalt zuweilen selbst Kinder nicht davor scheuten, ihren Schmied einen Feigling zu nennen.

Er versuchte stets, sich auch in diesem Punkt nie etwas anmerken zu lassen, aber es konnte doch kaum anders sein, als dass solche Worte den Hünen zutiefst verletzten. Gerade deshalb tat er ihr eher leid, als dass sie ihn für seine Haltung bewundert hätte.

„Ach“, drehte sich der Hüne im Gehen noch einmal um, „vielleicht sollten Velent und dieser kleine Matthe ein wenig Zeit miteinander verbringen. Dass sie sich erst einmal kennenlernen. Ich finde, Du solltest sie zu mir schicken, in die Schmiede, wenn ich wieder da bin. … Sie könnten dabei zuschauen, wenn ich das rohe Eisen veredle. Du könntest selbstverständlich auch kommen. Was hältst Du davon?"

Seltsam, dachte sich Belana. Da sich der Schmied nun ein paar Schritte entfernt hatte, wirkte er deutlich freier und gelöster auf sie. „Vielleicht!", entgegnete sie. „Du weißt ja, wie fremd mir jedes Eisen ist!"

„Ich weiß!", lachte der Schmied. „Es ist Dir zu kalt. Oder zu heiß. Und meistens zu glatt!"

Belana nickte, trotzdem erwiderte sie: „Aber die Knaben sollten sich auf jeden Fall ihre eigene Meinung bilden! Und es kann ihnen sicher nur guttun, wenn sie einmal etwas zusammen unternehmen würden!"

Die Seherin hob die Hand zum Gruß. Einen Moment blickte sie dem Schmied noch hinterher. Unweit des nächsten Hauses hatte er seinen Karren abgestellt. Da er sich weder ein Pferd noch einen Ochsen leisten konnte oder wollte, zog er ihn für gewöhnlich selbst. Er scheuchte einen großen Hund von seinem Gefährt und suchte noch einmal kurz Belanas Blick. Dann machte er sich auf den Weg.

Die Drudas blieb mit einem unguten Gefühl zurück. Prüfend hob sie ihren Blick noch einmal kurz zum Himmel. Irgendetwas stimmte nicht. Doch was, war die Frage. Aber noch war ihr Bild zu unscharf, ihr Eindruck zu vage.

Sie wandte sich erneut den Kindern zu, die noch immer in lockerem Kreis um sie herumstanden.

„Schämt Euch! Was lasst Ihr die beiden sich schlagen!", blaffte sie sie an, erntete aber erneut nur Schweigen. „Ihr hättet sie trennen können!", setzte sie nach.

„Warum sollten wir?", „Ja, warum?", „Er ist nur ein Matthe!", getrauten sich schließlich die Ältesten unter ihnen, dagegen zu halten, wobei ihr Mut nicht so weit ging, sich auch erneut gegen Velent zu wenden. Belanas strafender Blick traf sie trotzdem, und augenblicklich verstummten sie wieder. Die meisten wendeten sich nun auch ab und suchten nach einem anderen Zeitvertreib. Dafür mischte sich jetzt mit Almguth eine der Mägde ein, die unweit des nächsten Hauses damit beschäftigt waren, etliche kleine Dornenbüsche und Äste zu verbrennen, die über den Sommer hinweg rund um das Haus ihres Herrn abgeschnitten und zum Trocknen auf einen großen Haufen geworfen worden waren. „Es werden immer mehr und mehr!“, giftete das Weib. „Nun selbst hier! Irgendwann bleibt uns gar nichts mehr! Beim Mogon[15], denkt an meine Worte!“

„Kümmere Dich um Deinen Kram! Das hast Du doch vermutlich die ganze Zeit über gemacht, während die Kinder sich hier blutig geschlagen haben!“, erwiderte Belana in barschem Ton und ergänzte in Richtung ein paar anderer Dorfbewohner, die sich allem Anschein nach ebenfalls nicht verantwortlich gefühlt hatten, etwas zu unternehmen: „Und ihr anderen auch!“

„Ich habe sehr wohl gesehen, wer sich da geschlagen hat! Es war keines von unseren Kindern dabei!“, setzte Almguth nach und kam zugleich ein Stück näher. Ihr Blick ließ kaum einen Zweifel, dass sie Velent gemeint hatte, sie vermied es aber – vermutlich aus Angst vor Belana – seinen Namen in den Mund zu nehmen. Stattdessen klagte sie den kleinen Matthen an: „Es sind doch immer die Matthen, die sich schlagen wollen! Man hätte die ersten, die einst kamen, einfach totschlagen sollen!“

Belana hielt für einen Moment überrascht inne. Zuweilen offenbarte sich ihr im Blick eines Menschen völlig unverhofft dessen Zukunft. Etwa, ob er eine Krankheit in sich trug, die sonst noch niemand erkannte. Und die womöglich gar so stark war, dass der Betreffende drohte, über kurz oder lang seinem Leiden zu erliegen. Eben jenes Gefühl hatte sie soeben wieder ergriffen. Und doch war es anders. Ihr war, als hätte sie Almguths baldigen Tod gesehen. Seltsamerweise indes keine Krankheit, die ihr innewohnte.

Doch blieb der Drudas nur kurz Zeit, eine Erklärung für diesen scheinbaren Widerspruch zu suchen. Denn nahezu zeitgleich legte die Magd nach, indem sie forsch ergänzte: „Nun ist es zu spät und keiner wird ihrer Plage mehr Herr!“

Belana seufzte, schüttelte den Kopf und winkte ab. Ihr war es zutiefst zuwider, in allem Fremden stets nur das Böse zu sehen. Die wenigen Matthen, die sie kannte, waren meist ehrliche, tüchtige Menschen, die bedingungslos zusammenstanden.

Auch darin ähnelst Du ihr, Velent. Auch darin!
Und es hat Dich nie gestört, welcher Sippe oder welchem Volk ein Mensch entstammte. Nicht anders als Deine Mutter. Sie liebte ihr Volk, und doch war es ihr gleich, dass jener stille Schmied, der seit gut sieben Jahren, seit seiner unverhofften Ankunft am Steinring, ihre Nähe zu suchen schien, ein Germane war. Und dabei sogar noch größer und kräftiger war als die meisten jener Männer, die auch auf mich zunächst nur rau und grob wirkten. Wie kehlig und dunkel ihre Sprache doch klang! Wie wild ihre mit Bildern übersäten Leiber wirkten! Und wie bedrohlich ihre verschlungenen Bärte und Mähnen! Desgleichen indes hielt weder Dich noch Deine Mutter je davon ab, danach zu trachten, einen Menschen allein nach seinem Wesen zu bewerten.

„Dein Vater ist der neue Matthe oben vom Hirschberg, mit den vielen Ziegen, nicht wahr?“, sprach sie den Knaben gütig an. Anders als Degenar hatte sie seine Herkunft längst erraten.

„Ich Dich nicht kennen“, entgegnete er erstaunt. „Woher Du wissen das?“

Belana deutete auf einen kleinen, nicht weit entfernt stehenden Karren. „Dieser Karren dort“, meinte sie, „den kenne ich nicht. Also wird er wohl zu Dir gehören. Und auf ihm stehen ziemlich viele Eimer mit Käse ...“

Du hast mir einst von jenem Gleichnis erzählt, das sie für Lember auf einer Hochzeit der Sueben und Matthen zu übersetzen gehabt hatte. Jenes Gleichnis der Birke, die von den Buchen überwuchert wird, bis ihr selbst Wasser, Luft und Sonne knapp werden. Es ist auch mir im Gedächtnis geblieben. Weil auch ich es als falsch erachte. Selbst jetzt noch, da wir Römer beschlossen, den Buchen zu weichen.

Weil ich, wie ihr – in meinem Fall wohl durch Menelaos' Geiste geprägt –, den Glauben nicht verlieren mag, dass der tiefe Boden dieses weiten Landes genügend Platz für alle Bäume bietet. Ja, dass es gar zu ihrem Wohle sein kann, wenn sie sich in einem Haine zueinander gesellen.

Swidgers Blick verriet Belana, dass sie mit ihrer Vermutung richtig lag. „Wie heißt Du denn?", ergänzte sie gütig.

Swidger zögerte, der stolzen Frau zu antworten; dann indes tat er es doch: „Swidger!"

„Swidger?!", wiederholte Belana nickend. „Das ist ein schöner Name!"

„Ist Name von Vater von mein Vater!", erläuterte der kleine Matthe. „Mein Vater Bernulf!"

Belana nickte erneut und sah den Jungen prüfend an. Was hatte seinen Vater wohl in diese Gegend vertrieben?

Wie viele es doch stets anders sahen und bis heute sehen! Selbst die Buchen waren sich untereinander so häufig nicht grün! Wäre es anders gewesen, hättest Du Swidger nie kennengelernt! Hunger und Armut dürften es kaum gewesen sein, die seinen Vater sein Stammland verlassen ließen! Nein, wohl viel eher eine jener blutigen Fehden, die seit jeher so unendlich viel Leid über dieses Land gebracht haben.
Vor einer Auseinandersetzung mit uns schien er weniger Angst zu haben. Und vor den Ubiern schon gar nicht!
Außer Lember hätte wohl niemand mehr darauf gesetzt, dass sie noch einmal zum Schwert greifen würden, um ihre Ansprüche auf Land und Boden geltend zu machen. Auch Deine Mutter nicht.

Dann indes riss eines der Kinder Belana aus ihren Gedanken.

„Meine Schwester sagt, Du könntest Blitze machen. Kannst Du?“ Die Stimme der Göre klang vorlaut und fordernd zugleich. „Und Feuer spucken wie ein Drache?“

Der rothaarige Junge schaute Belana ungläubig an; das Wort „Drache“ schien er verstanden zu haben.

Belana überlegte einen Moment, dann meinte sie: „Nein, Feuer spucken kann ich nicht. Blitze machen schon. Ja, das kann ich! Aber nur kleine, und gefährlich sind sie auch nicht.“

„Und? Machst Du welche?“

Die dreiste Art des Mädchens gefiel Belana ganz und gar nicht. „Nein. Jetzt nicht!“, wimmelte sie es ab, um sich sodann zu dem fremden Knaben herabzubeugen.

„Ich bin übrigens kein Drache“, flüsterte sie und zwinkerte zugleich ihrem Sohn zu. „Und wir haben auch noch nie einen gesehen. Nicht mal von weitem. Obwohl es heißt, dass es einen gar nicht weit von hier entfernt geben soll.“

„Am Schwarzenstein!“, ergänzte Velent leise. „Wer genug Mut hat, nennt ihn aber auch Drachenstein.“

Der Rothaarige nickte wissend.

„Tja“, meinte Belana, die die Unerschrockenheit ihres Sohnes durchaus zu schätzen wusste, sich aber als Mutter zugleich auch Sorgen machte. Velent ging den Dingen gern auf den Grund. Sie hatte aber keine Lust, dass er auf eigene Faust in einem Waldgebiet herumstrich, in dem es die letzten Bären dieser Gegend geben sollte – möglicherweise, weil selbst gestandene Männer einen ehrfurchtsvollen Bogen um jenen Bergrücken machten. Deshalb fügte sie Velents Worten noch rasch einen eigenen Gedanken bei: „Ganz offensichtlich schläft er tief und fest in seiner Höhle. Und wir alle tun sicher gut daran, ihn nicht in seinem Schlaf zu stören. – Aber nun erklärt mir erstmal, was hier los war?“

„Er wollte stehlen Käse!“, deutete der kleine Matthe vorwurfsvoll auf Velent.

Wollte ich nicht!", stürzte sich der Beschuldigte erneut auf ihn. Ein paar Kinder, die sich noch nicht allzu weit entfernt hatten, drehten sich ob s kurz aufflammenden Lärmes erneut um. Ging der spannende Kampf elleicht doch noch weiter?

„Velent!", riss Belana ihren Sohn erneut zurück.

„Er wollte mir keinen geben! Lieber hat er ihn an ein paar Raben verfüttert!"

„Die Raben sind ihm heilig", nahm Belana den Knaben in Schutz. „Hugin und Munin sind Odins Tiere. Er ist einer der höchsten Götter seines Volkes ..."

„Pah!", Velent verschränkte die Arme und drehte sich trotzig zur Seite.

„Da passiert nichts mehr!", kamen die Kinder des Dorfes überein und zogen weiter ihrer Wege, während die Drudas erneut den kleinen Rotschopf ansprach: „Warum wolltest Du Velent denn keinen Käse geben?"

„Mein Vater sagen, ich soll tauschen. Für Rüben", versuchte sich der Junge einmal mehr in der Sprache der Ubier.

„Ihr habt noch keine Rüben, richtig?", fragte Belana. Sie gab sich große Mühe, langsam und deutlich zu sprechen. Swidger nickte.

„Aber Velent hat auch keine Rüben", fuhr sie kopfschüttelnd fort. „Wir bauen gar keine an. Was machen wir denn da?" Fragend schaute sie die beiden Knaben an. „Wollte Dir denn jemand anderes Rüben für Deinen Käse geben?"

„Nein. Niemander."

„Hm. Und dann hast Du die Raben gefüttert. Hugins und Munins Brüder sozusagen. Oder Schwestern."

Der Knabe nickte abermals.

„Nun, wenn Dir keiner Rüben geben will, aber jemand trotzdem Käse möchte, solltest Du vielleicht überlegen, Dir etwas anderes bieten zu lassen." Einen Moment ruhte Belanas Blick noch auf dem kleinen Matthen, dann wanderte er weiter zu ihrem Sohn. „Was könntest Du Swidger denn geben, Velent? Für seinen Käse?"

Velent überlegte eine Weile. Dann griff er sich in den Gürtel und zog eine Flöte heraus, die er aus einem Stück Holunderholz geschnitzt hatte.

„Eine Flöte! Sehr gut!", nickte seine Mutter. „Was hältst Du davon, Swidger?"

Swidger ließ sich die Flöte geben und entlockte ihr ein paar Töne.

„Du kannst sehr gut spielen! Alle Achtung!"

Swidger ging nicht weiter auf Belanas Lob ein. „Gut!", meinte er zu Velent. „Etwas Käse nehmen! Aber nicht zu viel!"

„Geht doch!", nickte Belana. „Und vielleicht finden wir ja noch ein paar Abnehmer für Deinen Käse! – Hey!", rief sie den Kindern hinterher. „Wenn Ihr Eure Eltern überredet, Euch ein paar Rüben zu geben, bekommt Ihr frischen Käse! Und ich lasse es für Euch blitzen!"

Bis zum Mittag hatte Swidger so viele Rüben zusammen, dass sie gar nicht auf seinen Wagen passen wollten.

„Wir bringen sie gleich in meine Hütte. Dort hinten am Steinring", meinte Belana und deutete den Hügel hinauf. „Du kannst sie das nächste Mal bei mir abholen, wenn Du wieder ins Dorf kommst. Vielleicht übermorgen. Degenar hat Euch in seine Schmiede eingeladen. Das macht er wirklich nicht oft. Ihr dürft ihm zuschauen. Aber nur, wenn Ihr zusammen kommt!"

Velent und Swidger beäugten sich kritisch, auf der anderen Seite hatten sich die beiden am Morgen so lange gebalgt, dass darüber ihr Respekt füreinander genügend Zeit gefunden hatte, in Ruhe zu keimen, um fortan beständig zu wachsen. Belana nahm es seufzend und dankbar zur Kenntnis.

„Wir sind jetzt soweit!", „Für die Blitze!", „Die Du uns versprochen hast!", brachten sie ein paar helle Rufe wieder auf andere Gedanken. Die Kinder hatten, ein paar Schritte entfernt, mit ein paar Ästen noch einmal das fast schon erloschene Feuer der Magd angefacht.

Belana nickte den Knaben zu, sie zu begleiten. Aber nur Velent folgte ihr; Swidger blieb stehen. Die weise Drudas erahnte seine Sorge. Sie ging zu ihm zurück und flüsterte ihm aufmunternd zu: „Meine Blitze sind nur Spielerei! Sie sind nicht echt!“

Am Feuer angekommen, ließ sie alle Kinder einen großen Kreis bilden. Dann hieß sie sie mit gesenkter Stimme: „Fasst Euch an den Händen! Ich brauche Eure Hilfe, um die Götter zu rufen.“

Während die Kinder ihrer Anweisung folgten, griff sie unbemerkt in einen Beutel an ihrem Gürtel.

„Gut!“, fuhr sie fort und hob die Hände, als gelte es, den Segen der Götter zu empfangen. Ihre Augen hielt sie geschlossen. Dies ließ sie umso deutlicher spüren, dass sich der zuvor frische Wind gelegt hatte. Aus der Ferne meinte die Drudas ein dumpfes Grollen zu hören. Sie blickte zum Himmel empor. Eben war er noch blau gewesen, doch mittlerweile hatte er sich in Teilen bereits milchig zugezogen. Vielleicht war es besser, wenn sie sich etwas beeilte! Das Wetter im späten Sommer konnte rasch umschlagen.

So murmelte sie nur ein paar wenige Worte in einer uralten Sprache, die keines der Kinder verstand, verzichtete aber darauf, noch ein Lied anzustimmen, was sie sonst wohl getan hätte, um die Spannung noch ein wenig zu steigern. Stattdessen ließ sie ihre Arme – nach einer kunstvoll gesetzten Pause – urplötzlich in Richtung des Feuers herabsausen.

Ein Blitz legte sich über die Flammen. Etliche Kinder schrien auf. Die einen begeistert, die anderen erschrocken. Denn übertönt wurde ihr Schreien von dem schrillen Schrei einer Magd. Alle Köpfe fuhren herum. Das Grollen war nun nicht mehr zu überhören und jeder konnte es deuten. Es waren die Hufe galoppierender Pferde. Die Magd hatte gerade das offene Tor im Osten des einfachen Palisadenrings rund um die innersten Häuser des Dorfes erreicht – ihren Korb, mit dem sie auf dem Feld gewesen war, hatte sie längst fallen gelassen –, da traf sie ein Pfeil in den Rücken. Kopfüber fiel sie zu Boden und blieb regungslos liegen.

Nun schrie jedes der Kinder, ja, das ganze Dorf schien zu schreien. Und alles lief wild durcheinander. Jeder schien Deckung zu suchen oder sein Hab und Gut zu sichern. Kein Hund, der nicht aufgeregt bellte.

Belana packte Velent und Swidger an den Händen. „Ihr bleibt bei mir! Egal was passiert!“, schrie sie sie an. Aus den Augenwinkeln sah sie die ersten Reiter ins Dorf preschen. Mit gezogenen Schwertern. Andere hielten Bögen oder Fackeln in den Händen.

„Hier entlang!“, zog Belana die Kinder nach rechts, in den Schatten eines der Häuser und dort hinter einen Karren. Zehn, zwölf Reiter stoben an ihnen vorbei. Ihre Schwerter streckten einen Greis nieder, der sich nicht schnell genug in Sicherheit hatte bringen können. Dann drei, vier aufgebrachte Hunde, die sich an die Hälse ihrer Pferde geworfen hatten. Und einer ihrer Pfeile traf mit Almguth eben jene Magd in die Brust, deren Tod die Drudas am Morgen gesehen hatte. Nun ergab ihre Vorahnung einen Sinn. Doch was half das?

Eilig ergriff sie die Hände der Kinder. „Jetzt!“, befahl sie und suchte sodann, im Rücken der Reiter das Tor zu erreichen. Sie drehte sich um. Erste Dächer begannen zu brennen. Die Angreifer ritten weiter, auf die Verschläge der Tiere zu. In Höhe der Magd ließ Belana die Hände der Kinder los. „Zum Tor! Schnell!“, trieb sie sie an, um selbst kurz nach der Magd zu sehen. Sie war tot. Also hetzte sie den Kindern hinterher. Sie hatten das Tor mittlerweile erreicht. „Dicht an den Palisaden entlang! Und dann über die Wiese! Und den Bach! In den heiligen Hain! Hinter Degenars Schmiede!“

Noch einmal blickte sie sich kurz um. Die ersten Männer des Dorfes hatten Lanzen, Schilde und Schwerter geholt und standen drohend, aber auch etwas unschlüssig vor ihren Häusern. So, als ob sie sich fragten, ob sie, jeder für sich, den Eingang des eigenen Hauses verteidigen oder sich sammeln und zum Angriff übergehen sollten. Andere versuchten, die Feuer zu löschen. Die Angreifer sah Belana nicht mehr, doch deuteten die Schreie von Mensch und Tier daraufhin, dass sie sich nun ungefähr in der Mitte des Dorfes herumtrieben.

Sie lief den Kindern hinterher. Beide waren flink und kamen gut voran. Die Palisaden gaben ihnen Deckung und dennoch ahnte sie die entsetzliche Angst, die sie trieb. Genährt wurde jene durch das nicht enden wollende Geschrei von jenseits des Holzwalles und den intensiven Brandgeruch, den der Wall ebenfalls nicht aufzuhalten vermochte.

Erneut glaubte Belana, ein tiefes Grummeln zu hören – doch es klang nicht nach den Hufen von Pferden; erneut blickte sie kurz zum Himmel. Trotz des dichten Rauches, der mittlerweile über dem Dorf hing, konnte sie erkennen, dass sich die Wolken im Nordwesten hoch aufgetürmt hatten.

„Hier entlang!“, scheuchte sie die Kinder nun über die Wiese, die hier zunächst leicht anstieg. Velent und Swidger waren mittlerweile deutlich schneller als sie. Den beiden Knaben schienen Hitze und Rauch kaum etwas auszumachen. Belana hingegen bekam kaum noch Luft. Als die Kinder den Scheitelpunkt des sanft geschwungenen Hügels hinter sich gelassen hatten, verlor sie sie kurz aus den Augen.

Hinter ihr wurden die Rufe wieder lauter. Ein lautes Krachen. Belana blickte sich um. Die Angreifer hatten das zweite, kleinere Tor des Dorfes durchbrochen und preschten nun ihrerseits, links von ihr, über die Wiese. Einige hatten sich Ziegen, Kälber oder sogar Kinder vor die Sättel gebunden. Welche es waren, vermochte sie indes nicht zu erkennen.

Belana hetzte atemlos weiter, in Richtung der Schmiede. Sie hielt sich rechts, um vom Kamm des Hügels gedeckt zu werden. Endlich sah sie Velent und Swidger wieder. Hatte ihr Sohn auf sie gewartet? Swidger war ihm auf jeden Fall ein gutes Stück voraus und rüttelte bereits an der Tür der Schmiede. Vergeblich. Sie war verschlossen. Oder der Riegel klemmte. Velent war noch mitten auf der Wiese. Kurz vor der uralten Euleneiche. Längst hatten die Reiter ihn entdeckt. Der Anführer deutete mit seinem Schwert auf den Knaben. Sie kamen ihm rasend schnell näher. Belana wusste, dass es ihr unmöglich sein würde, ihren Sohn vor seinen Verfolgern zu erreichen.

„Zum Hain! In den Wald!“, flehte sie still und warf sich abermals zu Boden, um nicht ebenfalls entdeckt zu werden. „Nicht zur Schmiede! Zum Wald!“

Velent hatte die Reiter ebenfalls bemerkt. Mit weit aufgerissenen Augen blickte er zurück, geriet ins Stolpern, fiel hin, raffte sich wieder auf und lief schreiend weiter.

„Sirona[16], steh mir bei!“, flehte Belana, sprang nun doch wieder auf und rannte – lauter noch als Velent schreiend – in Richtung der Reiter.

Da erhellte ein gewaltiger Blitz den Himmel, dicht gefolgt von einem mächtigen Donner. Niemand, gleich ob Mann, Frau oder Kind, der nicht zusammengezuckt wäre.

Auch Swidger, der noch immer vor Degenars Schmiede stand – ratlos, was er tun sollte –, hatte den Kopf tief zwischen die Schultern gezogen. Zitternd sackte der kleine Matthe zu Boden, bis er schließlich den Mut fand, zumindest hinter das Fass zu kriechen, das gleich neben der Tür zur Schmiede stand. Es stank entsetzlich!

Er blickte zurück auf die weite Wiese. Nun erkannte auch er, was geschehen war. Er sah Belana; er sah Velent, sah die Eiche, sah die Reiter. Ein paar waren schon dabei auszuscheren, um Velents Mutter abzufangen, doch ihr Anführer rief: „Zuerst den Knaben! Er ist näher am Wald!“ Unmissverständlich wies er seinen Männern mit seinem Schwert den Weg und hieß sie zugleich, dem Jungen den Weg abzuschneiden, während er selbst weiter in höchstem Galopp auf die Eiche zuritt. „Um das Weib kümmern wir uns danach! Und dann suchen wir weiter nach Gendar! Lasst die Schmiede nicht aus den Augen! Sie hat Mauern aus Stein! Würde mich nicht wundern, wenn es die seine ist und er sich dort feige versteckt!“

Swidger verstand fast jedes Wort, so sehr ähnelte die Mundart des Kriegers seiner eigenen. Er war ein Sugambrer; das Siedlungsgebiet dieses Stammes begann zwei Tagesreisen nordwestlich.

Ein zweiter Blitz zerriss das giftige Gelbgrau des Himmels, greller noch als der vorangegangene. Swidger hatte Todesangst. Er schloss die Augen. Wie oft hatte er schon davon geträumt, gegen einen Drachen kämpfen zu müssen, gegen ein Feuer speiendes, riesiges, alles verschlingendes Ungeheuer? Da war er, der Drache! Da war es, sein Feuer! Er hatte es gesehen! Den kalten Atem des Drachen gespürt! Dies war das Ende! Sein Tod! Er kam mit einem peitschenden Knall, der so laut war, wie er ihn nie zuvor vernommen hatte.

So fühlte er sich also an, der Tod, dachte sich der junge Matthe: friedlich und still. Doch da die Stille schon bald von einem nur allzu vertraut klingenden Rauschen abgelöst wurde, überlegte er, ob er nicht vielleicht doch noch lebte.

Zitternd öffnete Swidger die Augen, noch in leicht banger Erwartung, am Ende vielleicht doch in das weit aufgerissene Maul eines Drachen blicken zu müssen. Doch da war kein Drache. Das Ungeheuer war verschwunden und Velent mit ihm! Dafür goss es nun in Strömen. Ein paar der Reiter hatten bereits Reißaus genommen. Andere hatten ihre Pferde nicht mehr halten können. Ein paar hielten jedoch weiter auf die Eiche zu.

Der Anführer der sugambrischen Horde hatte sie bereits erreicht. Er stieg ab, machte sein unruhig tänzelndes Pferd an einem der letzten, tief hängenden Äste des uralten Baumes fest und näherte sich dessen mächtigem Stamm.

Er ist hohl!, erkannte Swidger. Velent ist in der Eiche!

Belana schrie. Doch ihre Rufe gingen im Prasseln des Regens unter. Sie rannte so schnell sie nur konnte, und doch wusste sie, dass sie zu langsam war. Der Sugambrer zog erneut sein Schwert. Er hielt es in der Rechten, während er sich mit der Linken nun an einem rindenlosen Stück des nassen Stammes abstützte. Er bückte sich und holte gerade aus, um mit seinem Schwert in das Loch zu stoßen, durch das sich Velent in das Innere des Baumes gerettet hatte, da zuckte er zusammen. Ein blasser Blitz raste den Körper des Mannes empor, über den Baum, bis zu seiner Spitze und von dort weiter gen Himmel. Fast zeitgleich kam der Blitz zurück. Als gewaltiges Licht und unendlich lauter Knall.

Der Sugambrer sackte leblos zu Boden, zum Entsetzen seiner verbliebenen Männer. Die Spitze der Eiche stand in Flammen, dem Regen zum Trotz. Doch gleichzeitig barst sie und krachte zu Boden. Belana schrie erneut auf, stolperte, fiel hin; und Swidger duckte sich so tief er nur konnte hinter sein Fass.

„Donar[17], steh mir bei!", flehte er den Tränen nah.

Der Rest der Sugambrer ergriff im peitschenden Regen die Flucht, um ihre Götter nicht noch weiter zu reizen.

Und dann geschah das Seltsame, das Swidger sein Leben lang nicht vergessen sollte: Als der Regen kurze Zeit später nachließ, krabbelte Velent unversehrt aus dem qualmenden Baum. Belana konnte ihr Glück kaum fassen, raffte sich auf, stolperte vorwärts und schloss ihren Jungen schließlich weinend und zutiefst dankbar in die Arme.

„Donar ist sein Freund!", stellte Swidger mit offenem Mund fest; „Donar ist Dein Freund!", wiederholte er mehr als nur einmal, als sie ins Dorf zurückkehrten, um dort zu helfen; „Donar ist sein Freund!", berichtete er am Abend seinem Vater, der es sich nicht nehmen ließ, Belana direkt nach Anbruch des kommenden Tages zu besuchen, um ihr mit einer Ziege dafür zu danken, dass sie seinen Sohn gerettet hatte. Auch Velent nickte er dabei zu, um leise und anerkennend zu raunen: „Donar ist mit Dir!"

*

Aber Menschen irren sich. Leider. Habe ich mich in Dir geirrt? Verzeih mir diesen Gedanken! Er umschleicht mich und sucht mich zu locken. Doch noch vermag ich, mich ihm zu erwehren. Und ich wiederhole mich, wenn ich betone, dass ich zudem die Götter an Deiner Seite wähne. Nicht anders als Deine Mutter und nicht anders als Swidger es immer getan haben. Sie haben Dich bislang immer beschützt. Auch an jenem Tage, da Dein Dorf von Ryktars Meute heimgesucht wurde. Und anders als andre, deren Schicksal mich dauert.

**

Degenars Weg sollte ihn erst recht spät zum Steinkreise führen. Aber Mars' große Macht war trotzdem noch deutlich zu spüren.

Fünf der Ubier waren gestorben. Vier Kinder fehlten und wurden betrauert. Wie auch acht kleine Ziegen und Rinder. Auch ein Haus war verloren. Degenar sah seine Trümmer. Und er sah fragende Augen. Wie sollte man den nahenden Winter bloß überstehen? Wie nur?

**

„Es waren Sugambrer!", „Bis auf ihren Anführer sind sie alle entkommen!" Die lauten Stimmen von draußen hatten Belana vor die Tür gerufen. Sie war noch einmal ins Dorf gekommen, um nach den Verletzten zu schauen. Gerade hatte sie die tiefe Wunde des alten Gehrs versorgt.

Tankun hatte ihr dabei geholfen. Er war so etwas wie ihr südlicher Nachbar, kümmerte er sich doch um die Kranken entlang der Dylle. Sein Hof lag im Mündungsbereich des Flusses. Doch obwohl dort, kurz vor der Logana, deutlich mehr Ubier als Matthen lebten, war er kein Druide. Sie wusste ihn überhaupt keinem Stamm zuzuordnen. Tankun war einfach Tankun und schien mit jedermann auszukommen. Jeder vertraute ihm. Selbst Belana hatte sich bei Velents Geburt von ihm helfen lassen. Auch er schüttelte den Kopf und blickte besorgt zu Degenar hinüber.

Der Schmied hatte das Dorf kurz zuvor erreicht. Er stand an seinem Karren, umringt von einem halben Dutzend Männern, die ihn bedrängten. Zwei drohten ihm auch unverhohlen mit ihren Harken, mit denen sie kurz zuvor noch ein paar Trümmer auseinandergezogen hatten; einer hielt auch ein Messer in der Hand.

„Es waren Ryktars Männer!", zischte der Mann. „Was weißt Du über ihn?"

Degenar antwortete noch immer nicht. Doch beim Namen Ryktar senkte er geradezu schuldbewusst den Blick. Was den Männern nicht entging.

„Lasst ihn in Ruhe!“, rief der Heiler ihnen zu. „Wir haben schon genug zu tun!“

Belana nickte. Sie war erleichtert, Degenar wieder zu sehen und dass ihm nichts passiert war. Gleichzeitig sorgte sie sich nun um ihn. Mehr indes sorgte sie sich um Velent. Deshalb hatte sie ihren Sohn auch mit ins Dorf genommen. Es war ihr nicht möglich gewesen, ihn allein am Steinring zu lassen. Was sie sonst nicht weiter kümmerte. Doch im Moment war ihr das beklemmende Gefühl der Hilflosigkeit, den Knaben verlieren zu können, noch viel zu gegenwärtig.

Als sie ihn hinter einer Häuserecke sah, seufzte sie kurz. Der Streit hatte offenbar auch seine Blicke angelockt. Wie überhaupt immer mehr der Dorfbewohner ihre Aufräumarbeiten ruhen ließen, um der Auseinandersetzung in der Mitte ihres Dorfes zu folgen. Und die Männer dort ließen nicht locker.

„Das haben wir nun davon, dass wir auf Dich gehört haben!“, warfen sie dem Schmied vor. „Du hast zu denen gehört, die gemeint haben, die Stämme des Nordens seien besiegt!“, „Du hast gesagt, Drusus[18] hätte sie alle geschlagen! Die Cherusker[19] und Sugambrer und all ihre Verbündeten!“, „Wir hätten uns ihrem Aufstand anschließen müssen, anstatt auf Angsthasen wie Dich zu hören!“, „Wir hätten an Segimers[20] Seite kämpfen sollen! Wer weiß, ob sie uns noch einmal so ein Angebot machen!“

Velent verstand nicht wirklich, was die Männer Degenar vorwarfen, doch war er mit seinen sechs Jahren bereits alt genug, um zu erkennen, dass der Schmied kaum Anstalten machte, die Vorwürfe zu entkräften und sich der Männer zu erwehren.

„Drusus hat sie geschlagen!“, erwiderte er nur kurz. „Und glaubt mir, Ihr hättet weit mehr als nur fünf Tote zu beklagen, wenn Ihr Euch diesem Aufstand angeschlossen hättet!“ Dann senkte er wieder den Blick.

„Gut möglich, dass es stimmt, was er sagt!“, schaltete sich Tankun erneut ein. „Es war richtig, nicht zu kämpfen. Selbst ein Großteil der Sueben hat sich diesem Aufstand verweigert!“

„Dann werden sie nun vermutlich wie wir dafür zu bluten haben!“, rief der Mann mit dem Messer zurück. „Rom hält seine Versprechen nicht! Haben sie nicht immer betont, wir stünden nun unter ihrem Schutz? Und? Wo waren sie, als wir sie gebraucht haben, die feinen Römer?“

Tankun schüttelte den Kopf. „Mit denen ist noch nicht zu reden!“, wendete er sich nun wieder an Belana. Dann meinte er: „Ich schau noch kurz nach Nara!“, und ging weiter, um kurz darauf im Eingang des nächsten Hauses zu verschwinden.

„Ja, tu das“, rief ihm Belana noch hinterher. „Und danke für Deine Hilfe.“ Dann richtete sich ihr Blick wieder auf den Schmied, der wortlos den Zugriemen seines Karrens aufnahm und versuchte, ebenfalls seines Weges zu gehen.

Nicht nur Velent wertete dies indes als Eingeständnis seiner Schuld – ohne dass der Knabe genau hätte sagen können, wodurch sich Degenar schuldig gemacht haben mochte. Aber die Männer des Dorfes sollten es ihn umgehend wissen lassen.

„Wo warst Du eigentlich?“, stellten sie sich ihm erneut in den Weg. „Wie kann das sein, dass Du genau zum richtigen Zeitpunkt weg warst?“, „Warum hast Du uns nie erzählt, woher Du kommst und wer Du eigentlich bist?“, „Du steckst doch mit den Sugambrern unter einer Decke!“, „Bist Du nicht vielleicht sogar einer von ihnen?“

„Seid Ihr denn toll?“, rief sie Belana zur Ordnung. „Lasst ihn in Ruhe! Es ist nicht seine Schuld, dass Ihr geglaubt habt, in Sicherheit zu sein und auf Torwachen verzichten zu können!“ Sie beeilte sich, den Schmied zu erreichen. „Er hat nichts getan und nichts gewusst! Hört Ihr! Auch Noel und Berondar waren nicht hier. Habt Ihr sie auch gefragt, wo sie waren? Degenar ist nur ein einfacher Schmied. Er hat Eisen geholt. Schaut Euch seinen Karren an! Und schaut in seine Augen! Niemand bereut es mehr als er, dass er nicht hier war, um das Dorf zu verteidigen!“

Velent bewunderte den Mut seiner Mutter. Auch wenn er nicht nachvollziehen konnte, warum sie sich für Degenar einsetzte. Nicht anders erging es den Männern, die ihn gestellt hatten.

„Er und verteidigen, dieser Feigling?“, „So groß er ist, so groß ist seine Angst!“, „Sie ist sogar noch größer als er!“, „Feigling, elender!“, brummten sie mürrisch, ließen sich aber letztlich doch von der Standhaftigkeit der Drudas beeinflussen. Sie senkten Werkzeug und Waffen und ließen den Schmied ziehen.

Doch zur Sicherheit begleitete Belana ihn. Velent befahl sie mit einem kurzen Wink zu sich.

Der Knabe war überrascht, war er doch davon ausgegangen, dass sie ihn gar nicht gesehen hatte. Dennoch folgte er ihr. Schweigend zogen die drei aus dem Dorf.

Auf Höhe des bereits wieder notdürftig instand gesetzten Westtors eilte Velent ein Stück voraus, was seiner Mutter die Möglichkeit bot, den Schmied nun selbst kurz zur Rede zu stellen. Dabei konnte und wollte sie nicht verbergen, wie besorgt sie dieser Überfall zurückgelassen hatte: „Irmga, Fryg und Veranius. Der alte Kali und Almguth. Alle tot! Und auch wir wären um ein Haar gestorben! Ich sah Velent schon tot! Verstehst Du? Tot! Und mich dazu!“

„Und ich war nicht da, um Euch zu beschützen! Es trifft mich zutiefst! Es ist unverzeihlich!“, entgegnete Degenar betroffen. Doch selbst das konnte ihn nicht davor bewahren, nun offen von seiner Begleiterin angegriffen zu werden.

„Und wenn sie am Ende auch wegen Dir hier waren? Ryktars Gesindel hat nach einem gewissen Gendar gesucht und ihn in Deiner Schmiede vermutet. Was hat das zu bedeuten?“

Degenar seufzte und zuckte mit den Achseln. Sein kurzes „Ich weiß es nicht!“ vermochte die Drudas indes nicht zu überzeugen. „So?“, entgegnete sie kopfschüttelnd. „Und warum fällt es mir so schwer, Dir das zu glauben?“

Betroffen schwieg der Schmied und blickte zu Boden. Nun seufzte Belana. „Ich weiß nicht, ob ich noch weiter hier bleiben kann! Wir wären um ein Haar gestorben!"

„Ich lass Euch nicht mehr allein! Versprochen!", erwiderte Degenar und vermochte sein Entsetzen dabei nicht zu verbergen.

Belana schüttelte den Kopf. „Was hilft das denn, Degenar? Was? Hättest Du denn zur Axt gegriffen, wenn Du hier gewesen wärst? Hättest Du es getan?"

Degenar sah sie mit traurigen Augen an. Für einen Moment brachte er kein Wort über die Lippen. Dann jedoch fand sein Blick Velent und er erwiderte leise: „Ich kann es Dir nicht sagen! Ich kann es nur hoffen!"

Degenars ehrliche Antwort entwaffnete Belana; sie nickte nur stumm.

Für eine Weile schritten sie wortlos über die weite Wiese. Nur das Holpern des Karrens hinter dem Schmied und das ferne Krächzen einer Krähe durchbrachen die Stille. Als sie sich indes der alten Eiche näherten, an deren verkohlten Resten man die Leiche des Sugambrers aufgespießt hatte, meinte die Drudas leise: „Es wäre nicht klug, die Gunst der Götter noch ein weiteres Mal einzufordern. Drusus hat uns allen seinen Schutz angeboten. Im Süden. Am Moenus[21]."

Degenar war den Tränen nahe. Er vermochte nur mehr zu stammeln: „Du … Du hast damals gesagt, Du würdest niemals von hier fortgehen!"

„Ich weiß, was ich damals gesagt habe!", entgegnete Belana. „Aber ich bin mittlerweile eine Mutter und ich fürchte, ich habe keine andere Wahl!"

Und auch Degenar suchte Dich zu schützen. Und mit Dir Deine Mutter.

**

Tag um Tag verbrachte Degenar fortan zuhause,
Aß kaum, schlief kaum und gönnte sich auch sonst keine Pause.
Doch in der Schmiede am Waldrand schuf er nun keine Spaten,
Hacken, Nägel und Beile. Dies alles hatte zu warten.
Wie auch Spaltkeile, Haken, Scharniere oder auch Ringe,
Nieten, Schaufeln, Reifen und alle anderen Dinge,
Welche man braucht, um Achsen oder Geschirr zu verstärken.
Nein, des hünenhaften Schmiedes wackeres Werken
Kannte nur mehr ein Ziel: Es sollte nur dazu nützen,
Etwas zu schmieden, um die, die er liebte, in Zukunft zu schützen.

Schlicht das beste Schwert, das Feuer und Schweiß je gebaren!
Fürchten sollte man es! Noch in fünfzig, nein, einhundert Jahren!
Seine Sorge, Belana und Velent verlieren zu können,
Trieb ihn an und ließ ihn sich keine Ruhe mehr gönnen.

Viele der Ubier zog es nun zu Degenars Schmiede.
Wurde der Hüne auch sonst oft gescholten, nun herrschte Friede.
Jeder fragte sich nämlich: Was war hier bloß geschehen?
Degenar schuf ein Schwert? Unglaublich! Das musste man sehen!

Niemand indes sah ein Schwert in Degenars rührigen Händen.
Nur ein paar glühende Barren. Er hörte nie auf, sie zu wenden
Und – unter speienden Funken – wieder und wieder zu hämmern.
Bald ward darüber Nacht und bald schien der Morgen zu dämmern.

Dann trieb er Barren zu Blechen, um diese nun stetig zu falten.
Wieder und wieder und wieder. Des Schmiedes Schläge, sie hallten
So laut donnernd und treibend durch alle Nächte und Tage,
Dass die Zeit fast floh. Aber stehen blieb doch die Frage:

Wann, ja wann war des Schmiedes Meisterwerk endlich vollendet?
Wann war es fertig? Wann zum letzten Male gewendet?
Manch einer meinte, dies würde sicherlich nie mehr geschehen!
Doch es geschah, und Degenar sollte zum Steinringe gehen.

Velents Mutter hatte in müde Augen zu blicken,
Da der Schmied sie bat, die Knaben zu ihm zu schicken.
Ihre Angst war, der Hass hätte ihn an die Esse getrieben,
Doch wie sie nun sah, war er aus Sorge um sie dort geblieben.

Tief gerührt gab die Drudas dem Schmied eine Schüssel mit Brühe.
„Ruh Dich erst einmal aus! Ich schicke sie Dir in der Frühe.“

**

Bild II

19 Jahre vor Velents Brief an Luna – in Degenars Schmiede am Steinring

Die Sonne war noch nicht einmal aufgegangen, da klopfte es an Degenars Tür.

„Mach auf! Wir sind es, Degenar! Swidger und Velent!“, riefen die Knaben. Der Schmied ließ sie nicht lange warten: „Kommt herein! Die Tür ist offen!“

Aus der feuchten, kalten Luft des Morgens kommend, erschien den beiden Knaben die Luft im Inneren der Schmiede zunächst angenehm warm. Jedoch nur so lange sie noch in der geöffneten Türe standen. Da sie sie auf Degenars Geheiß hin wieder schlossen, änderten sie ihre Meinung rasch, wagten indes nicht, sich zu beklagen. Stattdessen entledigten sie sich ihrer Umhänge. Zugleich verfolgten sie andächtig, was Degenar tat.

Der Schmied stand in einem ärmellosen, verschwitzten Hemd und mit einer ledernen Schürze bekleidet links von ihnen, an der Wand, schräg hinter einem steinernen Podest, über das sie gerade so hinwegschauen konnten. So jung sie auch noch waren, wussten sie doch bereits beide, dass dies seine Esse war, das Herz seiner Schmiede, eine mächtige, breite, von einem Kamin überdachte Feuerstelle. Auf ihrer linken Hälfte hatte der Schmied eine Art Krater aus Lehm geformt, in dem ein riesiger Haufen Kohlen glühte. Er war die einzige Lichtquelle im gespenstischen Dunkel um sie herum. Über ein Fenster verfügte die Schmiede nicht – wie nahezu alle Häuser dort in Germanien.

Das Gesicht des Hünen glänzte, nicht anders als seine muskulösen Schultern und Arme. Sie spiegelten das helle, flackernde Rot der Glut, das er prüfend zu betrachten schien.

Dann hob und senkte er abwechselnd noch ein paar Mal die langen hölzernen Hebel zweier Balge, die auf dem rechten Teil des Podestes ruhten und die Velent bei einem früheren Besuch sogar schon einmal hatte bedienen dürfen. Aus ihren Spitzen ragten vier fingerdicke Rohre. Sie zielten auf ein kreisrundes Loch im Lehmkrater, durch das der Schmied nun noch einmal behutsam, aber beständig Luft in die Glut hineinblies.

Er behielt sie im Blick, als er die Knaben nun erneut ansprach: „Alles in Ordnung?“

Sie nickten still.

„Gut! – Und habt Ihr auch daran gedacht, die Eimer von Salgad mitzubringen?“

„Ja“, antwortete Velent. „Die nächsten bräuchte sie aber wieder selbst, hat sie gesagt. Zum Färben. Von Tüchern, glaube ich. Sie stehen vor der Tür. Das Fass ist zu hoch.“

„Oh, daran habe ich gar nicht gedacht!“, entschuldigte sich der Schmied. Er ging kurz vor die Tür und entleerte den Inhalt der Eimer in eben jenes Fass, hinter dem sich Swidger auf der Flucht vor den Sugambrern verborgen hatte.

„Eimer stinken!“, meinte Swidger und rümpfte die Nase; Velent grinste.

„So? Wonach denn?“, fragte Degenar und lachte. Er hatte die vergangenen Wochen so einsam verbracht, dass ihn allein schon die Gesellschaft der Kinder aufleben ließ.

Er schloss die Tür wieder und kehrte an seine Esse zurück. Dort griff er zur Zange und mit ihr nach dem gut zwei Fuß langen und recht dunkel wirkender Barren, der am Rande seiner Esse lag und das Ergebnis seiner wochenlangen Arbeit war. Doch allein seine angedeutete Spitze deutete dabei bereits entfernt darauf hin, was aus ihm werden sollte. Weshalb Swidger auch eher ein wenig enttäuscht dreinblickte, als auch er nun das Stück Eisen entdeckte.

„Also, nach was riecht es?“, wiederholte der Schmied seine Frage.

Swidger verzog das Gesicht und rief geradezu angewidert: „Nach Pisse! Eimer stinken nach Pisse!“

„Na, dann wird wohl Pisse drin gewesen sein!“, lachte Degenar nun noch lauter und schob sein Werkstück mit der Zange tief hinein in die Glut. „Ihr werdet es kaum glauben, aber Pisse macht das härteste Eisen! Andere nehmen Blut oder Milch. Wieder Andere auch Eis, das sie in Vollmondnächten brechen und in alten Schächten zu bewahren suchen. Manche schwören auch auf Öl oder mischen sich die absonderlichsten Sude, um ihre Eisen abzuschrecken; ich schwöre auf gewöhnliche Pisse!“

Degenar glitt nach rechts und begann erneut, Luft auf die sofort rot auflodernden Kohlen zu pumpen.

„Ist das Feuer noch nicht heiß genug?“, wollte Velent nach einer Weile wissen.

„Nein!“, erwiderte Degenar und freute sich einmal mehr, was für kluge Fragen der schlanke Knabe zu stellen vermochte. „Noch nicht ganz. Könnt Ihr mir noch einen Gefallen tun?“

Die beiden Knaben nickten stolz.

„Wenn ich das Eisen geschmiedet habe, auf dem Amboss …“, er deutete mit einer Kopfbewegung auf den mächtigen Amboss direkt vor der Feuerstelle, „es wird eine Weile dauern. Aber, wenn ich soweit bin und ich mit dem Eisen hinaus muss, dann öffnet mir zügig die Tür. Und dann aus dem Weg! Beide! Verstanden?! Es ist heißer als Ihr es Euch vorstellen könnt. Und legt Eure Umhänge zur Seite, bevor ich über sie stolpere! Das Eisen soll in das Fass mit der Pisse, nicht ich!“

Erneut lachte der Schmied, während die Kinder eiligst nickten und nach den Stoffhaufen am Boden griffen. Ihre Augen suchten nach einer Ablagemöglichkeit und fanden sie in einer kleinen Bank, die rechts von ihnen, an der Wand zu Degenars Stall, stand.

„Gut!“, sagte Degenar. Er griff erneut nach der Zange, entschied sich im letzten Moment jedoch dafür, sie nicht an ihren Griffen, sondern in der Mitte zu greifen und den Knaben kurz entgegenzustrecken. „Griffe aus Holz“, erklärte er. „Die werden nicht so schnell heiß!“

Er ließ die Zange bis zu ihren Griffen nach vorn durch die Hand gleiten, dann stocherte er sie mit der Linken in die Kohlen. Mit einer ebenso geschmeidigen Bewegung zog er das mittlerweile bereits leicht rötlich schimmernde Stück Eisen aus der Glut. Er prüfte unter leichtem Kopfwiegen seine Farbe, schob es zufrieden zurück, griff mit der Rechten nach dem Hebel des Blasebalgs und stimmte zur Verwunderung der Knaben leise und langsam ein Lied an.

So tat er, was er bis dahin vermieden hatte: Er schmiedete ein Schwert. Und dies gewiss mit jenem Lied auf den Lippen, das mein Onkel verbieten sollte, gleichwohl es sich nicht verbieten ließ.
Dir war es noch fremd. Sicher anders als Swidger, der mit dessen traurigen Zeilen aufgewachsen sein dürfte.

„Es wuschen an der Logana drei Frauen
Die Wäsche.
Ein Lied auf den Lippen.
Sie sangen.
Die Sonne stand hoch.
Der Sommer war jung wie sie selbst,
Da kam die riesige Schlange.

Er folgte dem Fluss, mehr mürrisch als hungrig,
Der riesige Wurm.
Gereizt durch das Wetter der Wochen zuvor,
All den Regen.
So kam er in schwerer und glitzernder Rüstung
Nur mühsam voran,
Auf tief morastigen Wegen.

Gut beraten schien jeder Mann, zurückzuweichen
Ins Dunkel der Wälder.

Bot es doch vermeintlich sicheren Schutz
Vor diesem Drachen.
Doch machten die Ubier aus der Stadt auf dem Berg
Gemeinsame Sache mit ihm und so riss er ihn auf,
Seinen Rachen.

Seine blutrünstigen Zähne schnellten hervor
Und zurück.
Und das Blau-Grün der Logana
Färbte sich rot.
Die Kehlen aufgeschlitzt, trieben die Opfer
Den Fluss hinab, bis zu den Frauen.
Jeder Mann tot.

Die Lieder der Frauen verstummten, wie sie selbst. Wie man sagt
Für immer.
Sie schrien fortan stumm, nur die Götter wissen
Wie oft und wie sehr.
Denn beim Bergen der Leichen
Mussten sie schmerzvoll erkennen: Auch die eigenen Männer
Waren nicht mehr.

Sie zogen aus dem Fluss jeden einzelnen Mann, die Freunde,
Die Gatten.
Unbeweint und unbesungen erhielt jeder sein Feuer,
Sein Grab.
Und die Frauen lebten fortan
An diesen Gräbern. Von dem, was ein jeder von uns
Ihnen gab.

Im Winter trugen sie Schwarz, im Sommer nur Asche auf ihren
Leibern.
Und als sie denn kam, ihre
Eigene Zeit,
Begrub man sie selbst in Valkyrjes,
Wo sie nun auf uns warten. Das Feld ist bereit.
Das Feld ist bereit.“

Ich schätze die heiligen Frauen. Ohne sie hätte es in diesem Landstrich wohl keinen einzigen Tag Frieden gegeben. Mich kümmert ihr Leid; doch ihr Lied mochte ich nie. Weil es die Schuld bei den Falschen sucht.
Menelaos hatte es mir übersetzt. Mir war es nie gegeben, Sprachen ähnlich schnell wie er oder Du zu erlernen. Vielleicht fehlte mir die nötige Neugier. Die Deine war, so erschließt es sich für mich aus dem, was Du mir erzähltest,

durch jenes Lied geweckt und durch den Wunsch, den Jungen verstehen zu können, dem es ein Strahlen ins Gesicht gezaubert hatte.

Mit seinem letzten Wort strich sich Degenar mit beiden Händen übers Gesicht, um schließlich mit seiner Zange das mittlerweile hell leuchtende Werkstück aus der Glut zu fischen.

Und womöglich war es auch Swidgers anfängliche Begeisterung für das Schmieden selbst, die Dich prägen sollte.

Swidger konnte den Moment, da der Schmied nun endlich zum Hammer griff, kaum erwarten. Ungeduldig zappelte er hin und her und forderte ihn gleich mehrfach – zunächst andächtig, dann etwas forscher und schließlich fast flehend – auf, zu beginnen.

Velents Verhalten indes war ein völlig anderes. Da dieses Bild für ihn etwas geradezu Feierliches hatte, ließ es ihn andächtig verharren. Als Degenar im nächsten Moment raunte: „Großer Tyr[22], lass dieses, mein Werk gelingen! Sei mit mir! Lenke meinen Hammer, meine Hand, mein Auge und Herz!“, spürte er sogar ein leichtes Kribbeln im Nacken, wie es ihn manchmal überkam, wenn Nara, eine Vertraute seiner Mutter, zu Besuch kam und ihm eine Geschichte von früher erzählte.

Mittlerweile hatte der Schmied das glühende Rot auf seinen Amboss gezwungen. Velent betrachtete es gebannt. Es war seltsam: Beinahe tat es ihm leid, beinahe glaubte er, in seinem unwirklichen Leuchten etwas Lebendiges erkennen zu können. Oder etwas, das kurz davor war, lebendig zu werden und dem dabei zugleich etwas Unschuldiges wie auch etwas Verlogenes innezuwohnen schien.

Doch im nächsten Augenblick, da Degenar seinen mächtigen Hammer auf es niederfahren ließ, als wolle er den gesamten Weltenbaum seines Volkes mit einem einzigen Schlag zertrümmern, war das Kribbeln verschwunden. Hatte Reißaus genommen vor dem ohrenbetäubenden Lärm.

So sehr Velent diesen hellen, federnden und zugleich durchdringenden Klang in späteren Jahren lieben lernen sollte, da er sich durch ihn, wenn er ihn aus der Ferne hörte, schließlich wie durch keinen anderen nach Hause gerufen fühlte, so fremd und unerträglich schien er ihm in diesem Moment. Und Swidger erging es nicht anders. Die Kinder konnten gar nicht anders, als sich ihre Ohren zuzuhalten.

Die Hammerschläge prasselten wie ein Gewitterregen auf das Metall nieder. Wieder und wieder. Velent tat es beinahe leid.

Während jener dabei also mehr auf das sich windende Werkstück und die flinken Bewegungen achtete, mit denen Degenar seine Zange führte, hatte Swidger fast nur Augen für den Hammer des Schmiedes, seine Arme, seine Faust, sein Kraft. Sie schien ihm unbändig.

Tastend fuhr er sich über die eigenen, auf der vergeblichen Suche nach all den Muskelsträngen, die an den verschwitzten Armen des Schmiedes hell glänzend hervortraten und dabei noch einmal weiter zu wachsen schienen; er konnte nicht einmal die Ansätze eines Muskels an seinen Armen spüren. Und wie die des Schmiedes ihm gehorchten! Dazu dieser finstere und zielgerichtete, ja, siegessichere Blick! Dieser Mann, den die Männer des Dorfes ebenso wie seine eigenen Landsleute seiner beeindruckenden Größe und Muskeln zum Trotz doch meist nur feige nannten, weil er anscheinend noch nie in den Kampf gezogen war, dieser Mann war doch ein Krieger und Jäger! Einem riesigen Greifvogel, ja, einem mächtigen Drachen gleich, hielt er seine Beute fest in den Krallen und schlug so unbarmherzig und todbringend auf sie ein, als sei Gott Donar selbst in ihn gefahren.

Unter den nimmermüden Schlägen des Schmieds hatte sich die lange Klinge des künftigen Schwertes verändert. Selbst mit Abstand war leicht zu erkennen, wie dünn sie nun an den Rändern war – und doch zugleich immer noch ebenmäßig. Degenar ließ Hammer und Zange zu Boden sinken. „Tür auf!“, rief er endlich.

Wie Velent erwartet hatte, brauchte Swidger einen Moment, um sich zu vergegenwärtigen, um was der Schmied sie kurz nach ihrem Eintreffen gebeten hatte – zu sehr hatte ihn all das abgelenkt, was er seitdem gesehen und sich dabei gedacht hatte; aber Velent wusste sofort, was zu tun war. Drei, vier eilige Schritte und er hielt Degenar die Tür auf. Der Schmied eilte hinaus, die Zange mit dem Eisen in der Hand. Ein lautes Zischen und er hatte es tief in das Jauchefass getaucht.

„Lasst die Tür ruhig noch einen Moment offen!“, rief er ihnen zu. „Die frische Luft tut auch Euch sicher gut.“

Velent und Swidger atmeten dankbar durch.

„Warum lässt Du sie nicht immer offen stehen?“, wollte Velent schließlich wissen, „dann wird es hier drin nicht so heiß und es ist nicht so dunkel.“

Degenar atmete tief durch, wischte sich den Schweiß mit den breiten Lederriemen, die er um die Unterarme trug, von der Stirn und griff dann am Türrahmen vorbei nach einem Krug mit Wasser, der auf einem großen Stein stand, an dem er seine Messer zu wetzen pflegte. Bevor er Velent antwortete, gönnte er sich zunächst einen kräftigen Schluck.

„Weißt Du“, meinte er schließlich, „Licht ist schön und gut“, er deutete zunächst kurz auf das noch immer faule Grau des wolkenverhangenen Morgens, um dann jedoch zurück in die steinerne Schmiede zu blicken, „aber im Dunkeln erkenne ich besser, ob das Eisen reif ist, ob es schon heiß genug oder – was manchmal auch schlecht sein kann – ob es am Ende schon zu heiß ist.“

„Und was machst Du dann?“, hakte Velent nach.

„Ich nehme es aus der Glut. Zur Not kühle ich es auch selbst ab.“ Degenar deutete auf das Fass. „Aber, wenn ich Pech habe oder die Götter mir nicht gewogen sind, muss ich von vorne beginnen.“

„So Du müssen mehr beten!“, meinte Swidger und bewies damit, dass er der Unterhaltung hatte folgen können.

„Das kann sicher nichts schaden", stimmte ihm Degenar zu. „Aber genauso wichtig ist es, alles immer genauso zu machen, wie Du es immer getan hast! Damit sich kein Fehler einschleicht. Als guter Schmied musst Du die Dinge so tun, wie sie zu tun sind!"

Er nickte und zumindest Swidger folgte seinem Beispiel; Velent hingegen fragte nach: „Aber woher weißt Du, was Du zu tun hast?"

„Ich habe es gelernt! Von einem anderen Schmied. Genau genommen: von mehreren. Der eine konnte dies gut, der andere das."

„Und wie haben sie es gelernt? Auch von anderen? Und diese auch wieder von anderen? Und immer so weiter?"

„Ja", bestätigte Degenar mit einem erneuten, kurzen Nicken.

Velent legte die Stirn in Falten. Er überlegte einen Moment, dann getraute sich der Knabe einzuwenden: „Aber der erste Schmied, dem konnte es doch keiner gezeigt haben, wie es geht. Woher konnte er es?"

„Ich weiß es nicht." Degenar zuckte mit den Achseln. „Vielleicht haben die Götter es ihm gezeigt."

Nun war es erneut Swidger, der zustimmend nickte. Velent indes schien diese Antwort nicht zufrieden zu stellen. Er schüttelte den Kopf. „Und wenn jener Schmied es einfach ausprobiert hat? Wenn er nicht immer das Gleiche versucht hat, sondern immer wieder etwas Neues?"

Degenar lächelte. Er legte seine Hand auf die Schulter des Knaben. „Wahre Meister machen es genau so! In den Bergen, hoch im Nordosten soll es noch einige von ihnen geben! Klein an Gestalt – kaum größer als Ihr, wie es heißt –, aber die größten Könner, wenn es um das Schmieden geht! Ich wollte sie schon immer mal suchen, aber habe es doch nie getan! Vielleicht ist es ja an Dir, dies zu tun und von ihnen zu lernen. Oder Neues auszuprobieren! Wer weiß: Vielleicht wirst Du ja ein noch viel größerer Meister! Die richtigen Fragen stellst Du jedenfalls!"

Er lächelte Velent freundlich an. Bis er sich schließlich – unter einem leichten Seufzen – wieder erhob.

Velent blickte stolz zu ihm empor. Der Hüne leerte seinen Krug und ging schließlich zurück in seine Schmiede. In ihrer rechten hinteren Ecke stand sein Lager. Dort wechselte er sein völlig durchgeschwitztes Hemd. Erneut trafen ihn Swidgers bewundernde Blicke.

„Sein Dein erstes Schwert, richtig?“, wagte sich der Knabe, die Stille zu brechen.

Velent schüttelte verständnislos den Kopf. Alles, was Degenar bislang getan hatte und vor allem, wie er es getan hatte und was er ihnen gesagt hatte, sprach doch eindeutig dafür, dass es anders sein musste. Sein Verdacht bestätigte sich, da er den Schmied antworten hörte: „Nein, ich habe nur sehr lange keines mehr geschmiedet. Viele Jahre.“

Velent wunderte sich. Degenars Antwort klang leise, ja, beinahe betroffen.

„Warum?“, fragte Swidger.

Degenars Blick verfinsterte sich. Die Kinder konnten nicht ahnen, warum. Durch seinen Kopf stoben Bilder. Er vermochte nicht, sich ihrer zu erwehren. Es waren schreckliche Bilder. Grausame Bilder, die sich Jahrzehnte zuvor in sein Gedächtnis eingebrannt hatten. Sie suchten ihn oft heim, vor allem nachts, wenn er träumte. Dann waren sie noch eindringlicher. Er war ein Legionär, diente in einer neuen Einheit. Tief in Gallien. Dort hatten sie den Winter verbracht. Er hatte Schwerter geschmiedet. Zusammen mit einer Handvoll weiterer Schmiede. Viele Schwerter, gute Schwerter. Die jungen Soldaten reckten sie in die Höhe beim Sturm auf das kleine Dorf, das das Ziel ihres Angriffs war. Nun fuhren sie durch die Luft; und schließlich durch Leiber, Arme, Beine, Köpfe und Hälse, durch nicht enden wollendes Schreien, Stöhnen und Weinen. Über dem Ende lagen Brandgeruch, Stille, Blut und Tod.

„Warum hast Du so lange Zeit kein Schwert mehr geschmiedet?“, wiederholte Velent Swidgers Frage.

Degenar aber nahm sie zunächst kaum wahr. Langsam, wie durch einen Morast watend, kämpfte er sich durch die Bilder in seinem Kopf zurück zu den Knaben. Beschämt blickte er sie an. Wie viele unschuldige Kinder gleichen Alters mochten sie damals gerichtet haben, nur weil das Dorf als eines galt, aus dem eine Handvoll Aufrührer erwachsen war?

„Warum nur? Warum?", ergänzte auch Swidger noch einmal.

„Weil schon viel zu viele Menschen erschlagen worden sind, mit den Schwertern, die ich geschmiedet habe", gab Degenar traurig und ernst zur Antwort.

„Wie viele?", wollte Swidger sofort wissen, aber Velent fiel ihm ins Wort: „Und jetzt möchtest Du, dass sie das Dorf beschützen. Falls wir wieder überfallen werden. Damit wir hier bleiben können. – Ich möchte nicht fort!"

Degenar kam auf ihn zu, nickte kurz und strich ihm väterlich über sein braunes Haar. Die Tränen in den Augen des Hünen sahen die Knaben nicht.

Es sollte mich nicht wundern, wenn Deine Mutter damals bereits geahnt hat, dass Du eines Tages – notgedrungen – nicht dem ihren, sondern Degenars Weg folgen würdest. Dass Du zum Schmied werden würdest.

*

Schmieden ist nichts für jeden! Ungeduld etwa erschwert es!
Um ein Beispiel zu nennen: Allein die Form jenes Schwertes,
Immer noch stumpf – vor allem Swidger begann dies zu dämmern –,
Aus den gefalteten Barren durch nahezu endloses Hämmern,
Abkühlen, Schätzen, Prüfen und stetes Erhitzen zu schmieden,
Zog sich noch Stunden! Schier endlos! Und nie schien der Meister zufrieden.

Velent vernahm Swidgers Seufzen. Es indes zu verstehen,
Tat er sich schwer. Denn für ihn schien die Zeit wie im Flug zu vergehen.

So hatte einer Geduld. Ihn nahm nahezu alles gefangen.
Doch jener ohne die Tugend wäre vermutlich gegangen,

Wäre das Werkstück wie hier kein Schwert, keine Waffe gewesen.
Dies aber zählt zu den letztlich nicht zu beweisenden Thesen.

Endlich aber, etwa zu Mittag, ruhte der Hammer.
Swidger freute sich schon, da schmierte der Schmied – welch ein Jammer! –
Seine doch scheinbar endlich fertig geschmiedete Klinge
Dick mit Schlamm ein. Als ob sein Herz nicht groß an ihr hinge.

Dann erbat er ein letztes Mal den göttlichen Segen,
Um den länglichen Klumpen sodann an die Kohlen zu legen.

Etwas zu essen brachte Belana. Dem Schmied und den Knaben.
Also aß und trank man. Gemeinsam. Zeit, sich zu laben.
Mehr noch: Für Degenar schien sich gleichsam ein Traum zu erfüllen.
Doch sein Himmel sollte sich bald schon wieder verhüllen.
Ja, sein Gefühl des seligen Glücks sollte einfach verfliegen,
Da es bald galt, sein geröstetes Schwert in den Händen zu wiegen.

Swidger fiel es nicht auf. Doch Belana und ebenso Velent.
Degenar wirkte bedrückt. Doch was war der Grund für sein Elend?
Vorsichtig wagte die Drudas sich vor, ihn danach zu befragen,
Aber Degenar wiegelt ab. Er könne nicht klagen.

Seufzend nahm sie ihren Korb. Er bat sie, noch zu verweilen.
Da er indes nicht fähig schien, seine Sorge zu teilen,
Ging sie. Still und wäre womöglich für immer geblieben.
Machten die Augen des Schmieds sie doch hoffen, sie könnte ihn lieben.

„Dann bleibt Ihr zumindest!“, sprach Degenar die Knaben an.

„Sicher!“, „Na klar!“, nickten Velent und Swidger, hatten sie es ja nicht einmal in Erwägung gezogen zu gehen.

„Gut!“, seufzte der Schmied erleichtert, um noch einmal kurz, und sich für sein Schweigen tadelnd, der scheidenden Drudas hinterherzublicken. Dann aber holte ihn Swidgers Stimme zurück: „Können wir auch etwas tun?“

„Gewiss!“, entgegnete der Schmied und hatte dennoch kurz zu überlegen. „Ihr müsst Euch für ein Bild entscheiden, das die Klinge zieren soll.“

„Drache!“, entfuhr es dem kleinen Matthen – begeistert und ehrfürchtig zugleich.

„Ein Drache?!“, erwiderte Degenar überrascht. „Hm. Was meinst Du, Velent?“

„Ja, warum nicht“, gab jener schließlich zur Antwort.

„Also, ein Drache!“

So grob die Hand des Schmiedes bis dahin bei manchem Schlage gewirkt hatte, so fein erwies sie sich nun, da sie gleich mehrere wellenförmige Linien in die Ober- und Unterseite der Klinge hineinarbeitete. Dass sie die langen Schwänze und schlanken Körper zweier Ungeheuer darstellen sollten, wurde den Knaben spätestens in jenem Moment klar, da Degenar noch rasch zwei dünne Eisenstangen erhitzte, sie als Griff um das noch dünne Heft des Schwertes flocht und die beiden zur Spitze des Schwertes weisenden Enden dieses eisernen Zopfes schließlich zur Seite bog und zu zwei schlichten, aber dennoch erkennbaren Drachenköpfen ausarbeitete.

Swidger hatte unzweifelhaft gehofft, die Arbeit am Schwert sei damit endlich vollendet. Doch abermals hatte der Hüne ihn zu enttäuschen. Es müsse noch geschärft und poliert werden. Und sein Heft bräuchte noch einen Abschluss. Er neige dazu, es mit einer Kugel aus Bein zu fassen. Dies alles aber erst am kommenden Morgen. Und es würde seine Zeit dauern, weshalb es reichen würde, wenn sie erst gegen Mittag wieder zu ihm kämen.

Beide lehnten dies ab. Velent als Erster. Schien es ihm doch undenkbar, dass es rund um dieses Schwert eine langweilige Arbeit geben könnte.

Dann bat der Schmied sie zu gehen. Es sei schon spät und er des Schmiedens müde.

Das war nicht einmal gelogen. Degenar war müde. Und enttäuscht. Denn schon am Mittag hatte sich sein Verdacht erhärtet, zu viel gewollt zu haben. Noch einmal nahm er sein Schwert prüfend in die Hände. Er tippte es locker auf seinen Amboss und prüfte den Klang der Klinge. Dann seufzte er tief und legte es wieder traurig zur Seite.

„Du hättest es machen sollen, wie Du es immer gemacht hast! Und nicht anders! Du bist kein Meister, Degenar! Du bist nur ein gewöhnlicher Schmied! Nichts weiter! Und ein gewöhnlicher Schmied, der sich überschätzt, ist letztlich sogar noch weniger wert als ein schlechter. Was soll ich mit diesem Schwert? Es ist nichts wert. Nichts!"

*

Während der folgenden Nacht sollte Degenar hart mit sich ringen.
Lohnte es sich, ein missratenes Werk zu Ende zu bringen?
Was aber blieb ihm anderes übrig? Von vorne beginnen?
Darüber würden wiederum mehrere Wochen verrinnen.

Sicher wären die Ubier bis dahin nach Süden gezogen!
„Warum, Ihr Götter, seid Ihr einem Mann wie mir nie gewogen?",
Sollte der Schmied sich bitter bei seinen Göttern beklagen.
Doch er wusste, der Mut, den Knaben die Wahrheit zu sagen,
Ihnen und auch Belana sein Scheitern einzugestehen,
Würde ihm fehlen! Die Arbeit am Schwert hatte weiterzugehen!

**

Am kommenden Morgen verspätete sich Swidger ein wenig; Velent hingegen kam pünktlich, zum Sonnenaufgang. Degenar kam es nicht ungelegen. Denn es eröffnete ihm die Möglichkeit, einmal ungestört mit Velent ins Gespräch zu kommen. Sie unterhielten sich gut, und Degenar war erstaunt und stolz zugleich, wie viel der Knabe bereits wusste. Über das Wetter, die Tiere des Waldes und die Früchte der Felder. Aber auch über das Schmieden und schließlich sogar über die Zukunft des Dorfes sprachen die beiden.

„Meine Mutter will fort von hier", berichtete Velent in diesem Zusammenhang traurig. „Zum Moenus. Das ist wohl ein großer Fluss im Süden."

„Zum Moenus?" Degenar seufzte. „Dann will sie tatsächlich mit den anderen fort. Zu den Römern. Sie bauen ein Lager, wie ich gehört habe. Für alle jene, die sich nicht auf die Seite der Sugambrer geschlagen haben. Aber Euch Ubier werden sie dort ganz sicher auch aufnehmen."

„Aber ich möchte nicht fort!", erwiderte Velent. Zunächst klang seine Stimme dabei noch trotzig, doch schließlich musste der Knabe sogar schluchzen. „Ich möchte hier bleiben! Am Steinring! Bei Swidger! Und auch bei Dir!"

Degenar berührten Velents Worte zutiefst. Sie machten ihn glücklich und traurig zugleich.

„Ich kann es ihr nicht einmal verdenken, wenn sie geht!", meinte der Schmied schließlich fast stimmlos. Er seufzte erneut. Hatte Belana in ihrer oft vorausahnenden Weisheit womöglich bereits gespürt, was er aus dem Klang seines Schwertes herausgehört hatte? Dass es ihm zumindest mit diesem Schwert unmöglich sein würde, sie und Velent zu beschützen?

Dann aber kam Swidger und das Tagwerk konnte beginnen.

Es galt nun – wie am Vortage angekündigt –, die matte und stumpfe, gut drei Fuß lange Waffe zu schleifen und zu polieren. Die Kugel aus Bein hatte er bereits in Velents Beisein befestigt.

So begann der Schmied also, die Klinge zu schleifen. Wieder und wieder führte er sie über den Wetzstein vor seiner Schmiede. Konnte Swidger diese Zeit gerade noch aushalten, ward ihm das sich anschließende Polieren der Waffe rasch zu viel. Es zog sich endlos, ließ kaum einen Fortschritt erkennen und langweilte ihn.

Rasch verlor er die Geduld. Er sah einen Stock unweit der Schmiede und hatte damit für den Moment gefunden, was er wollte: Ein Schwert! Sein

Schwert! Velent tat es ihm schließlich gleich. Auch er suchte sich einen Stock. Und schon bald verloren sich beide in ihrem Spiel. Ungezählte Mal kreuzten sich die Klingen ihrer Waffen und immer wieder suchten sie im nahen Wald nach noch besseren Schwertern, um auch sie sogleich zu erproben.

Dann trieb sie der Hunger – und in Swidgers Fall auch die Neugier – zu Velents Mutter. „Sagen!", bat er sie. „Bekomme ich auch einmal Schwert?"

Belana wusste es gleich: Swidgers Wunsch würde sich erfüllen. Sie sah es in seinen Augen. Trotzdem zögerte sie einen Moment, es ihm zu sagen. Seufzend griff sie zu einem Säckchen mit Knochen, holte sie heraus und warf sie zu Boden. Swidger biss sich auf die Lippen, so gespannt war er.

„Sagen!"

„Ja!", meinte Belana schließlich leise. Sie nickte. „Du wirst ein Schwert bekommen, Swidger! Und es wird ein besonderes sein!"

Aus einem Gefühl heraus sah die Seherin kurz zu Velent und nickte ihm aufmunternd zu. Dann seufzte sie leise. Beinahe im selben Moment wurde auf halbem Wege zum Dorf ein Blech geschlagen.

„Ich glaube", meinte die Seherin, „Degenar sucht Euch und ruft Euch zurück zur Schmiede!"

Schneller waren zwei Knaben wohl nie die halbe Meile vom Steinring hinab zur Schmiede gerannt! Swidger platzte dabei fast vor Freude! Er würde ein Schwert bekommen! Sicher jenes, das sie nun gleich sehen würden! Warum nicht?! Belana hatte doch gesagt, es würde ein besonderes sein!

„Das seid Ihr ja!", empfing Degenar die Knaben, da er sie kommen sah. Er saß auf dem Wetzstein vor seiner Schmiede. „Ich habe bereits auf Euch gewartet!"

„Woah!" Swidger konnte seine Begeisterung nicht verbergen und auch Velent war tief beeindruckt von der Waffe in Degenars Händen: „Sieh Dir das an, Swidger! Wie das Schwert glänzt! Degenar! Wie hast Du das gemacht?"

„Mit Steinen!", erwiderte der Schmied. „Und körniger Erde. Ich habe sie über das Eisen gerieben. Wieder und wieder. Erst grobe und dann immer feinere!"

Velent und Swidger waren sich einig, niemals in ihrem Leben etwas Schöneres gesehen zu haben als dieses Schwert! In ihren Augen war es vollkommen. Nun, da es glänzte, war es vollkommen! Und sie konnten sich kaum daran sattsehen, wie Degenar es wiegte, um mit dem Spiegel seiner glänzenden Klinge das grelle Licht der tiefen Abendsonne auf ihre Gesichter zu leiten und sie zu blenden.

Noch weit mehr beeindruckt waren sie aber schließlich, als sie sich die Klinge aus der Nähe anschauten.

„Du hast Drachen gefangen!", flüsterte Swidger ehrfurchtsvoll. „In einem Fluss aus Eis!"

Velent konnte ihm nur zustimmen: „Ja, so sieht es wirklich aus! Wie gefrorene Wellen!"

„Ihr könnt den Drachen gerne einmal berühren", lud der Schmied die Knaben ein, zugleich warnte er sie aber auch: „Aber nur hier oben! Hört Ihr! Nicht an der Seite! Die Klingen sind scharf! – Möchtet Ihr? Du, Swidger?"

„Nein! Nein!" Swidger schüttelte beinahe ängstlich den Kopf.

Velent schmunzelte. Er rückte näher an Degenar heran und flüsterte: „Ich glaube, er hat Angst, dass der Drache aufwachen könnte!"

„Dann ist er mir wohl recht gut gelungen! Möchtest Du die Klinge denn einmal berühren?"

„Ja!" Velent nickte begeistert. Behutsam strich seine Hand über das glänzende Eisen. „Oh! Es ist … glatt. Sehr glatt! Und kalt!"

„Darf ich halten Schwert?", fragte nun Swidger. Er klang ein wenig neidisch.

„Das Schwert?" Degenar schüttelte sofort mit dem Kopf. „Nein, nein! Lieber nicht! Es ist sicher auch viel zu schwer!"

„Ich stark!", entgegnete der kleine Matthe.

„Ja, sicher!", nickte Degenar gütig. „Aber es ist zu gefährlich. Du könntest Dich verletzten. Und uns auch! – Ihr könnt mir aber trotzdem helfen. Velent, holst Du den Kranz, der über meinem Lager hängt?"

Velent nickte und lief eilig in die Schmiede. Mit beiden Händen trug er den kleinen Kranz zurück ins Freie. „Das sind Zweige von einer Eibe, oder?“

„Richtig!“, bestätigte ihn der Schmied. „Und von der Eberesche! – Danke! – Halte ihn gleich einfach hierhin! Und Du, Swidger, ich habe gehört, dass Du recht gut Flöte spielen kannst. Etwas Musik könnte nicht schaden. Wir haben das Schwert noch zu weihen ...“

Swidger tastete seinen Gürtel ab; seine Innentasche war leer. „Ich sie nicht haben. Zuhause!“

„Macht nichts!“, entgegnete der Schmied, was Swidger indes nicht zu trösten vermochte.

„Ich kann holen!“, rief er und war bereits auf dem Sprung. „Ich hole! Ich schnell!“

Degenar musste beinahe lachen. Er hob die Hand und hielt Swidger zurück. „Bei allen Göttern, nein! Bis Du den steilen Berg hinauf- und wieder hinuntergelaufen bist, hab ich ja fast ein neues Schwert gemacht. Nein, so lange kann ich die Weihe kaum hinziehen. Es ist aber auch nicht weiter schlimm!“

Swidger empfand es völlig anders. Unter Tränen schwor er sich, seine Flöte nie wieder zu vergessen! „Nie, nie, nie mehr!“

Seine Verzweiflung war nicht zu übersehen. „Schon gut!“, versuchte Degenar ihn zu beruhigen. „Es ist nicht weiter schlimm! Nehmen wir es als ein Zeichen der Götter! Ihr sollt den Kranz wohl gemeinsam halten!“

Das versöhnte Swidger ein wenig.

Degenar kniete nieder, sprach ein paar leise Formeln, die die Kinder nicht verstanden, und führte das Schwert anschließend dreimal durch den Kranz, den Swidger und Velent ihm stolz entgegenstreckten. Dann spuckte er auf es und reckte es schließlich mit gesenktem Kopf gen Osten und Westen, der aufgehenden und untergehenden Sonne entgehen; und daraufhin nochmals nach Süden, zu der Stelle, an der am Abend der Mond aufgehen sollte.

„Nun sind wir sicher!“, schloss Velent beruhigt. „Niemand wird es mehr wagen, unser Dorf zu überfallen! Und wir können hier bleiben!“

Degenars Blick verfinsterte sich, doch gab er sich Mühe, den Knaben seine Sorge nicht zu zeigen. „Sicher!“, entgegnete er. „Es ist das beste Schwert, das ich je geschmiedet habe! Es fährt durch Leiber wie durch Brot; kein Schild, kein Panzer hält es auf. Es ist so scharf und stark und mächtig, dass selbst ich es versteckt halten will, damit es nicht in falsche Hände fällt. Nein, ich denke, ich werde es sogar den Göttern opfern müssen! Sie wollten es uns sicher nur einmal kurz in die Hand geben, um uns daran zu erinnern, welche Macht ihnen innewohnt! Ihnen und nicht uns!“

Swidger und Velent waren entsetzt. „Was?“, „Was? Du willst ...?“

Degenar nickte seufzend. „Ich werde noch eine Nacht darüber schlafen und auf ein Zeichen der Götter warten!“ Dann jedoch besann er sich und fuhr mit entschiedener Stimme fort: „Doch so oder so steht unser Dorf nunmehr und für alle Zeit unter dem Schutz dieses Schwertes! Ob ich es führe oder die Götter! Geht und erzählt es allen weiter: Tod und Verderben über die Feinde unseres Dorfes! Heil dem magischen Schwert! Heil dem magischen Schwert!“

„Heil dem magischen Schwert!“, wiederholten die Knaben begeistert. Zunächst noch leise und ehrfürchtig; dann jedoch, als Degenar mit dem Schwert auf einen jungen Busch zugesprungen war und dessen oberste Triebe mit einen Hieb abrasiert hatte, als sei es sein Ziel gewesen, einen Feind zu köpfen, wiederholten sie es lauter und lauter. Längst hatte Swidger seine Trauer vergessen, dass er keine Flöte bei sich getragen hatte und Velent den seltsamen Schleier, der über das Gesicht des Schmiedes geflogen war. Sie verabschiedeten sich eiligst von Degenar und liefen jubelnd dem Dorf entgegen, um einem jedem von dem magischen Schwert zu erzählen.

„Heil dem magischen Schwert!“

Degenar seufzte erneut, da er die Kinder in Richtung des Dorfes laufen sah. Dann drehte er sich um und schlug sein Schwert vorsichtig an seinen Wetzstein. Doch noch immer klang es schlecht. Wie und warum hätte sich sein Klang auch verändern und zum Guten wenden sollen?

Er brauchte keine weitere Nacht, kein weiteres Zeichen! Das Schwert war misslungen! Er hatte zu viel gewollt! Ein Schwert, hart und biegsam zugleich. Dieses war hart. Zu hart. Er getraute sich nicht einmal, es zu biegen. Weiche Schwerter waren schlecht – jeder Hieb hinterließ eine Spur –, doch zu harte Schwerter waren es nicht minder. Degenar wusste, was passieren würde, wenn sein Schwert auf etwas wirklich Hartes treffen würde.

Davon träume ich, Velent! Irgendwo mit Dir, in einem verschwiegenen, friedlichen Tal in einer kleinen Schmiede zu leben.
Und Dir dabei zuzuschauen, wie Du Dinge erschaffst, um die Wälder für alle hier urbar zu machen.
Keine Schwerter mehr, Velent. Keine Schwerter!

*

Ganz gewiss wird ein Unglück geschehen, wenn ich es wage,
Dieses Schwert zu behalten. Das stand für den Schmied außer Frage.
Noch in der Nacht beschloss er, es in einem See zu versenken.

Somnus[23] hingegen wollte es anders und schien sich zu denken:
Dieser Schmied hat viel getan! Er soll erstmal zu Kräften
Kommen! So will ich denn einen todtiefen Schlaf an ihn heften!

Und da der Schmied gegen Abend des folgenden Tages erwachte,
Etwas Dunkles schon ahnend seinem Schwerte gedachte,
Und dann auch, ohne lange zu zögern, gleich nach ihm schaute –
In einem Hohlraum der Esse, in dem er so manches verstaute –,
War es fort. Es war fort! Was sollte Degenar fluchen!
Doch es half ja nichts! Er hatte die Waffe zu suchen!

Eiligen Schrittes lief der Schmied zunächst zu den Knaben.
Beide indes verneinten, ihn bestohlen zu haben.
Swidger hatte sich anfangs vielleicht ein wenig gewunden.
Aber nichts gestanden. Kurz: Das Schwert blieb verschwunden.

Velent misstraute Swidger. Wofür er sich lange Zeit schämte.
Aber, weil der Verlust des Schwertes ihn fürchterlich grämte,
Stellte er Swidger schließlich zur Rede: „Hast Du gelogen?
Hast Du das Schwert? Und Degenar doch um die Waffe betrogen?"
Swidger verneinte erneut. Doch ohne sich zu getrauen,
Velent bei seinem trotzigen „Nein!" in die Augen zu schauen.

„Du immer Dieb! Sagen alle!", fuhr der Matthe ihn an.

„Ich war es aber nicht!", entgegnete Velent entrüstet.

Eine Weile schwiegen sie beide. Dann meinte Swidger: „Sein bestes Schwert! Sein da, um zu kämpfen! Willst Du nicht sehen, wenn jemand mit es kämpfen? Ich will!"

Velent schüttelte den Kopf: „Wie soll das gehen? Es ist nicht mehr da!"

Während der Ubier wesentlich lauter geworden war, klang die Stimme des Matthen nun beinahe so, als hätte er ein Geheimnis zu verraten: „Es kann wieder sein da. Irgendwann! Wenn Zeit zu kämpfen nötig! Ich will sehen Schwert in Kampf!"

Velent ließ seinem Unmut freien Lauf: „Dann müssten wieder Menschen sterben!", hielt er dem Freund vor. „Das kannst Du doch nicht wollen!"

Swidger ward still. Er bewunderte Velent ob seines Verstandes.
Nie rang er um ein Wort. Er machte den Mund auf und fand es!
Swidger höchst selten. So wie auch jetzt. Das Wort hieß „besonnen".
Doch gleichwohl er es nicht fand, hatte ein Unheil begonnen.

Denn da Swidger erkannte, Velents Verstand war viel feiner,
Fühlte er selbst sich im Nachklang jener Erkenntnis nun kleiner.
Neid und Missgunst begannen ganz leise, die Messer zu wetzen
Und in jene dünne Schicht Scham ihren Samen zu setzen.

**

Schwerter bringen nur Unheil! Besser, es gäbe sie gar nicht!
Jenes, das Degenar damals mit Euch schuf, sollte ich noch scheitern sehen.
Doch glaube ich nicht, dass Dein Dorf am Steinring geblieben wäre, wäre es besser geraten.
Eisen kann man nicht essen! Dein Dorf tat gut daran, zum Moenus zu ziehen!

*

Gegen den Hunger vermag sich niemand auf Dauer zu wehren.
Doch auch die Angst hieß die Ubier, dem Steinring den Rücken zu kehren.
Schweren Herzens beschloss auch Belana, mit Velent zu fliehen
Und mit den andren in Drusus' Lager am Moenus zu ziehen.

Selbstverständlich sollte Velent dies später verneinen,
Doch beim Abschied von Swidger musste er bitterlich weinen.
Ja, es fiel ihm schwer, sich vom neuen Freunde zu trennen.
Jener indes legte Wert drauf, nicht wie ein Mädchen zu flennen.

Was auch immer geschehe, entspräche göttlichem Willen.
Doch auch er weinte schließlich. Später. Heimlich. Im Stillen.

Degenar war im Übrigen auch unter jenen, die gingen,
Um Belana und Velent persönlich nach Süden zu bringen.
Er sah sich in der Pflicht, über die, die er liebte, zu wachen.
Doch zu Swidger meinte er leise, er ginge zum Drachen.

*

Auch uns hatte man dorthin befohlen. Zum Moenus. Nun, da Mattiacum in Brand gesetzt wurde. Der ganze Ort brannte, Velent! Es war so schlimm, ihn brennen zu sehen! Die Flammen ragten bis hoch in den Himmel! Wir sahen es aus der Ferne. Nichts wollte man den Germanen lassen. Nichts.
Und doch blieb etliches übrig. Das Wichtigste fand Menelaos recht rasch. Er kannte die Menschen hier zum Glück so gut, dass er wusste, wo es sich lohnte, zu suchen. So haben wir denn, was wir brauchen: zu Essen, zu Trinken. Ja, selbst etwas zum Schreiben trieb er für mich auf, hier in den Resten von Aulus' Stadthaus.
Er wäre sicherlich stolz, wenn er wüsste, dass sein Haus den Flammen am besten zu trotzen wusste – gleichwohl es wohl eher gnädige Winde waren, die dafür sorgten, dass hier zumindest noch ein paar Wände stehen.
Uns bleibt keine andere Wahl, als ihre Nähe zu suchen. Auch wenn wir wissen, dass sie wohl jederzeit einstürzen könnten.

*

Tausende strömten zum Moenus, um dort in Frieden zu leben.
Fehden hatte es hoch im Norden schon immer gegeben.

Doch in den Jahren zuvor war viel in Bewegung geraten.
Etliche friedliche Stämme, die unsere Hilfe erbaten,
Hatten – ohne dem Nachbarn irgendetwas zu schulden –
Plötzlich blutige Kämpfe erlebt und viel zu erdulden.

Deshalb kamen auch nicht nur gallische Sippen zusammen.
Einige sollten zum Beispiel auch matthischen Dörfern entstammen.
Viele mochten uns nicht – ich will es gar nicht verhehlen –,
Doch es galt für sie nun, das geringere Übel zu wählen.

*

Habe ich Dir je erzählt, wie meine Eltern und meine Schwester starben? Eben so! Unser Haus stürzte ein! Jene in Rom, musst Du wissen, sind mit denen hier nicht zu vergleichen. Zumindest nicht jene für die einfachen Leute. Sie sind schmal und hoch. Und viel zu viele sind alt und baufällig. Selbst ohne ein Feuer kommt es immer wieder vor, dass ganze Zeilen in sich zusammenfallen.
Menelaos stand mit mir auf der Straße, da es geschah. Wir wollten gerade los. Um dem Fest zur Schließung des Janustempels beizuwohnen. Mein Vater sei noch einmal hineingelaufen, meine Mutter zu holen, da sie auf sich warten ließ. Sicher hatte sie noch Claudia zu versorgen. Die Kleine war nicht einmal ein Jahr alt. Da brach das Haus in sich zusammen.
Auch ich war noch zu klein, um zu verstehen, dass ich die Meinen nie mehr wiedersehen würde. Doch so war es. Und da ich niemanden mehr in Rom hatte, brachte mich Menelaos zum Moenus, wo mein Onkel damals seinen Geschäften nachging.
So war ich also damals bald dort, wo ich heute einmal mehr hätte hinziehen sollen.

So kam Luna zum Moenus. Aus Rom. Als Kind und als Waise.
Mutter und Vater tot, nahm ihr Sklave sie mit auf die Reise.
Hoch in den Norden, um den sich so viele Erzählungen rankten.
Dort nahm ihr Onkel, Quirin, sie auf. Weil es die Sitten verlangten.

Er war ein Händler. Von jener Sorte, die unentwegt klagen,
Und sich immerzu schwer damit tun, ihr Los zu ertragen.

Als die Kleine alsbald an schwerem Fieber erkrankte,
War es allein ihr griechischer Sklave, der um sie bangte.
Er, Menelaos, bat Quirin, nicht länger zu warten.
Jener zierte sich trotzdem. Da sollte der Grieche ihm raten,
Luna, anstatt zum Arzt, ins nahe Lager zu bringen.
Weil es dort Frauen gäbe, die von allerlei Dingen
Etwas verstünden. Die beste Heilerin könne auch sehen,
Hieß es und koste fast nichts! Nun drängte Quirin gar zum Gehen!

Mogontiacum war erst im Werden und das Lager kaum kleiner als die Stadt am anderen Ufer. Manchmal glaube ich es sogar vor mir zu sehen: Die lang gezogenen Hütten, in denen die Menschen sich drängten, und das schlichte Zelt Deiner Mutter.

Freilich war es Belana! Sie nahm die speckigen, kalten
Hände des Händlers und las in ihnen, dass er etwas halten
Würde, wenn er einst stürbe: den Kopf eines mächtigen Mannes!
„Gib mir mehr Münzen, dann sag ich Dir seinen Namen. Ich kann es!"

Fluchend sprang unser Landsmann auf, um Belana zu warnen.
Grimmig drohte er ihrem Kind. Da verriet sie den Namen.
„Caesar Augustus!" – Quirin wurde bleich. Ich erkläre es später.
Dies nur vorab: Augustus war für ihn ein Verräter!

Dann besann er sich. Zählte man nicht zu den wichtigsten Leuten,
Wenn man Augustus so nah kam? Das musste Großes bedeuten!
Er würde aufsteigen! Heimkehren! Heim nach Rom! Aber stöhnen
Sollte er dennoch: Werd' ich mich rächen oder versöhnen?
Wann und wo wird es sein? – Quirin hatte so viele Fragen.
Mehr indes konnte oder wollte Belana nicht sagen.

Luna gab sie heilsame Kräuter gegen ihr Fieber.
Einige Jahre vergingen. Dann erst sah sie sie wieder.

**

Oh, Velent, welcher Stern steht nur über uns! Im Fieber verschlief ich unser erstes Treffen.
Und es sollte vier lange Jahre dauern, bis die Götter unsere Wege erneut kreuzten. Nun in Deinem Dorf. Am Steinring. Deshalb nenne ich es „Dein" Dorf, gleichwohl es dies längst nicht mehr war.

*

Gleich nach dem Winter war Statthalter Drusus nach Norden gezogen.
Kaum ein Kampf war dort nötig. Geglättet schienen die Wogen.
Wo er auf Widerstand traf, wurde dieser schnellstmöglich gebrochen.
Meist aber hatte der Gegner sich feige im Walde verkrochen.
Andere hatte sein Vorstoß weit in den Osten vertrieben.
Vieles war nun durcheinander. Doch dies war der Preis für den Frieden.

Etliche Sippen der Stämme, die nicht gegen uns gekämpft hatten,
Waren uns näher gekommen. Zum Beispiel ein Großteil der Matthen.
Ihre Scheu überwindend, sich zu uns zu gesellen,
Waren sie vorgerückt, viele der Brachen neu zu bestellen.

An der Logana waren sie so weit südwärts gezogen,
Dass sie den Punkt erreicht hatten, an dem der Fluss einen Bogen
Macht, um – nun sogar schiffbar – nach Westen zum Rhenus zu fließen.
Mit dem Ziel, sich nach einem Tag in ihn zu ergießen.

Lange schon hatten wir diesen Bereich unter unsrer Kontrolle.
Nicht ohne Grund. Dies lag an seiner besonderen Rolle.
Einst hatten ihn die Ubier beherrscht. Ihre riesige Feste
Auf dem Berg Taunus war lange vergangen. Doch selbst ihre Reste
Waren den Ubiern noch wichtig. Für uns ist es kaum zu verstehen,
Aber ihr Stamm schien in der Ruine ein Zeichen zu sehen.

Gleiches galt – wenn wir kurz vom Taunus ans Flussufer schauen –
Für die Germanen. Lagen doch dort die Gräber der Frauen,
Welche sie Valkyrjen nannten und innig verehrten.
Und obgleich wir den Zugang zu ihnen keinem verwehrten,
Hatten sich viele der Matthen gerne bis hierhin verschoben,
Fühlten sie sich doch so über andere Stämme erhoben.

Doch nicht sämtliche Matthen sollten den Mut dazu finden,
Uns so nahe zu kommen oder sich an uns zu binden.
Swidgers Verwandtschaft etwa hörte nie auf, uns zu hassen.
Aber auch sie hatte in dieser Zeit ihr Stammland verlassen.

*

Wie mag Deine Mutter sich gefühlt haben, dass einige Eurer Sippen am Moenus blieben und jenen, die in den Norden zurückkehrten, der Steinring viel weniger wert war als unsere Nähe und die fruchtbaren Böden rund um Naoun oder entlang der Logana, die man ihnen anbot? Ob sie ermessen konnte, was sie Dir antat, Dich trotzdem mit zum Steinring zu nehmen und trotzig dort zu bleiben, gleichwohl ihr letztlich kein einziger Ubier folgen soll-

te? Stattdessen nutzte Swidgers Verwandtschaft die Brache. Sie war Bernulfs Ruf gefolgt. Dass auch er selbst ins Dorf gezogen war, war sicher doppelt gut für Dich. So war Dir Swidger näher, und Bernulf tat gewiss auch das Seine, die Schuld zu sühnen, in der er sich gegenüber Deiner Mutter sah, weil sie ihn doch einst beim Überfall auf Euer Dorf gerettet hatte.

Dank Swidgers Vater wagte es niemand, Belana zu stören.
Dies hatte mehrere Gründe. Zum einen ließ Bernulf sie hören,
Dass er einzig Belana das Leben Swidgers verdankte.
Weitaus wichtiger dafür, dass niemand sich mit ihr zankte,
Waren indes ihre Heilkunst, die sie keinem verwehrte,
Und der riesige Schmied, der sie schützte und heimlich begehrte.

Auch ihren Sohn versuchte Degenar weiter zu schützen.
Velent indes vermochte dies nicht immer zu nützen.
Allen voran die matthischen Kinder ließen ihn spüren,
Dass er ein Fremder war. Umso mehr sollte Velent es rühren,
Swidger an seiner Seite zu wissen. Treu stand der Knabe
Zu ihm. Aber der Anderen Spott hinterließ manche Narbe.

*

Aber wie ging es Dir? Schon unter den Ubiern hattest Du Dich sicher oftmals als Fremder gefühlt. Nun warst Du es! Ein Fremder unter vielen Gleichen. Wie zuvor Swidger, der Dir zum einzigen wahren Freund werden sollte.

**

Luna lebte ein im Vergleich beschauliches Leben.
Zwar vermochte ihr Onkel ihr keine Liebe zu geben,
Doch wie Velent am Steinring hatte sie niemals zu leiden.
Nein, ihr Sklave Menelaos wusste dies stets zu vermeiden.
Er war ihr Lehrer, ihr Spielgefährte und treuer Begleiter.
Dank des Griechen ward Luna freundlich, sittsam und heiter.

Beide wären vermutlich recht gern am Moenus geblieben.
Aber die Gier hatte etliche Händler nach Norden getrieben.
So auch Quirin. Die Kähne von dort mit Pelzen und Fellen
Hatten ihn sehr gereizt. Doch mehr noch die salzreichen Quellen.

Rund um Naoun – das hatte er noch am Moenus vernommen –
Gab es sie. Doch der Handel sei fast zum Erliegen gekommen.
Deshalb war er – in der Hoffnung, Fortuna sei ihm gewogen –
Samt seines Anhangs die fünfzig Meilen nach Norden gezogen.

Eigentlich hatte er damit die Grenze des Reichs überschritten.
Naoun indes zählte gleichsam dazu, denn der Ort lag inmitten
Großer, für die Versorgung des Heeres wichtiger Felder.
Erst weiter nördlich begannen Germaniens verwunschene Wälder.

Auch ich sollte unter Fremden leben, doch waren sie uns meist wohlgesonnen. Waren wir doch so, wie die meisten von ihnen gerne gewesen wären. Von Euch im Norden hörten wir nur die absonderlichsten Dinge. Und je näher wir Euren Wäldern kamen, desto schauriger wurden die Geschichten!

Finster war'n jene Wälder, durchzogen von nebligen Mooren.
Wer auch nur einen Fuß in sie setzte, galt als verloren.
Geister – so hieß es – gingen dort um und sammelten Seelen.
Um sie – auch das erzählte man sich – auf ewig zu quälen.

Davon zeugten die vielen Geschichten von irrenden Lichtern,
Seltsamen Lauten, von Fratzen im Nebel und hohlen Gesichtern.

Ferner erzählte man sich von riesigen Wölfen und Bären.
Beide fähig, ein Kind mit nur einem Biss zu verzehren.
Bangen Blickes schaute man deshalb von Naoun nach Norden.
Wegen der Geister, der Tiere und der germanischen Horden.

Letztere hatten die Ubier im Winter nach Süden getrieben.
Kaum ein Kelte war während des Aufstands in Naoun geblieben.
Mindestens ein großes Feuer hatte den Salzort vernichtet.
Drum hatte Drusus nun ganz in der Nähe ein Lager errichtet.

Dies hatte viele dazu bewogen, heimwärts zu streben.
Fest darauf setzend und hoffend, hier wieder sicher zu leben.
Geld zu verdienen und Naoun zu neuem Leben erwecken,
Das war ihr Ziel. So entstanden rasch neue Hütten und Becken.

Schien die Sonne, ließ man in ihnen die Sole verdunsten.
Für ein rein weißes Salz indes tauschte man jene zugunsten
Bleierner Pfannen. Sie standen geschützt auf lodernden Feuern.
Diese Herstellung sollte den Preis indes spürbar verteuern.

Trotzdem sah Lunas Onkel noch Spielraum, hier gut zu verdienen.
Nicht zuletzt, weil die Preise im Süden ihm höher erschienen,
Kaufte er mehrfach Salz auf, um es zum Moenus zu bringen.
Anfangs gelang es; dann aber sollte es mehrfach misslingen.

Diese hohen Verluste sollten ihn eindringlich warnen.
Deshalb begann er, Drusus in seinem Sinn zu umgarnen.
Wortreich und blumig schrieb er dem Statthalter mehrere Briefe,
Schmeichelte ihm und meinte, wenn er ihn zum Marktherrn beriefe,

Flössen aus Naoun bald schon deutlich höhere Summen.
Wer etwas andres behaupte, der wolle ihn sicher verdummen.

Nun, vielleicht hatte er Drusus auch mit Geschenken umworben,
Dies indes half ihm nichts. War doch jener ganz plötzlich verstorben.
Mit Tiberius war zwar rasch ein Vertreter gefunden.
Er aber fühlte sich nicht an das Wort seines Bruders gebunden.
Nein, er dachte ganz anders. Er hatte eigene Pläne.
Weise Pläne. – Was ich womöglich noch öfters erwähne.

Drusus' Bruder wollte das Land auf Dauer befrieden.
Stämme wie etwa die Matthen hatten uns lange gemieden.
Ihnen gedachte er, die Waren des Reiches zu bringen,
Um sie mit Ölen und Weinen statt mit dem Schwert zu bezwingen!

Also verlieh er Quirin das Recht, einen Markt zu betreiben.
Doch mit der Auflage, nicht an Ort und Stelle zu bleiben.
Nur weiter nördlich würde er ihm dieses Vorrecht gestatten.
Nicht in Naoun. Tiberius schickte Quirin zu den Matthen.

Lunas Onkel konnte sich diesem Wunsch kaum verweigern.
Doch er schäumte vor Wut! Und sie sollte sich schließlich noch steigern.
Kaum ein Matthe an der Logana verstand seine Worte!
Außerdem gab es hier kaum noch zusammenhängende Orte.

Keiner schien ihm geeignet, ihn zum Markt zu erheben.
Deshalb bat er die Götter, ihm ein Zeichen zu geben.
Er entschied sich für Opfer. Für mehrere Schafe und Ziegen.
Dann erwarb er noch Tauben. Und ließ sie am Flussufer fliegen.

Mehrere unserer Priester verfolgten gespannt ihre Bahnen.
Dass der Schwarm sich rasch teilte, sollte die Ersten schon warnen.
Doch die Schau auf die Opfer ließ keinen Spielraum mehr offen.
Nein, auf die Hilfe der Götter dürfe Quirin hier nicht hoffen.
Dieses sanfte Gewässer trüge todtiefe Trauer,
Schlossen die Priester. Quirin indes war damit nicht schlauer.

Auf Menelaos' Rat hin beschloss er, Belana zu fragen.
Sie sei schließlich von hier und könne vielleicht etwas sagen,
Hatte der Grieche gemeint. Ihr Dorf sei leicht zu erreichen.
Was er erst kurze Zeit wisse. Vielleicht sei dies ja das Zeichen.

Ferner hatte Menelaos ihm den Hinweis gegeben,
Auch Belana ertrüge das Los, unter Matthen zu leben.

**

Ich mache mir vielleicht zu selten klar, wie fest das Band zwischen Dir und Swidger werden musste, um Dir in Deinem Leben dort am Steinring den nötigen Halt zu geben.

*

Bild III

14 Jahre vor Lunas Brief an Velent – im Wald am Steinring

„Ich denke, unsere Beute kann sich sehen lassen! Ein Beutel voller Honigwaben und vor allem …“, stolz reckte Swidger den Finger in die Luft, „… ein Eber! Ein großer sogar!“

Drei, vier Schritte vor Velent hüpfte der junge Matthe zufrieden durch den dichten Wald, der sich im Norden des Dorfes an dessen weite Weiden anschloss. Velent hingegen trottete mehr hinter seinem Freund her. Die Falten auf seiner Stirn zeigten deutlich, wie skeptisch er war und zugleich, wie sehr er mit sich rang, diese Skepsis zu überwinden. Er war so sehr in Gedanken, dass er die schmerzhaften Schwellungen der Bienenstiche in seinem Gesicht, auf seinen Händen, Armen und Beinen für einen Moment vergaß. Sie hätten sicher noch mehr gejuckt, wenn er sie nicht schnell mit etwas Wegerich gekühlt hätte.

„Du hast den Eber also wirklich erschlagen?“, fragte er in vorzüglichem Matthisch, das er sich im Lauf der Jahre an Swidgers Seite ohne größere Probleme hatte aneignen können. Dann suchte sein Blick die Brust seines Freundes. Er hatte in der vergangenen Stunde zwei Ketten gefertigt. Eine für ihn und eine für sich selbst. Es waren überaus schlichte Ketten. Sie bestanden aus schmalen Lederriemen, die zuvor kleine Beutel an seinem Gürtel gehalten hatten, und je einem Hauer eines Ebers. Die mächtigen Reißzähne hatte er mithilfe eines Nagels durchbohrt, den er als nützliches Werkzeug stets in seinem Gürtel mit sich zu führen pflegte.

Swidger hatte ihm die Hauer zuvor voller Stolz überreicht. Mehr hatte der Ubier allerdings nicht von der angeblich so ruhmreichen Beute seines Freundes zu sehen bekommen.

„Hast Du mich denn nicht brüllen gehört?“, hob der Rotschopf die Arme.

„Dich schon, nur das Tier nicht!“, entgegnete Velent.

Der Matthe hechtete ein paar schnelle Schritte nach vorn, sprang auf den umgestürzten Stamm einer morschen Eiche, zog sein Holzschwert aus seiner Gürtelschlaufe und reckte es drohend empor.

„Ich war zu schnell und das Tier starr vor Entsetzen, als es mich und mein Schwert über sich kommen sah!“

„Swidger, unsere Schwerter sind aus Holz!“, hielt Velent dem Freund entgegen.

Swidger indes ließ sich nicht beirren. „Nicht mehr lange, Velent! Nicht mehr lange!“ Er war bemüht, seiner Stimme etwas von jenem geheimnisvollen, dunklen Klang zu geben, mit dem Velents Mutter so trefflich zu sprechen verstand. „Degenar wird uns Schwerter schmieden! So scharf und stark wie sein magisches Schwert!“

„Es ist doch verschwunden! Schon seit vielen Jahren!“, warf Velent ein.

„Na, und?“, antworte Swidger rasch. „Du erinnerst Dich doch aber noch an das Schwert! Und mit ihm hat er doch bewiesen, was er kann. Warte es nur ab, er wird uns beiden noch ähnliche Schwerter schmieden! Nur kleiner sollten sie selbstverständlich sein. So, wie dieses hier, das meine Feinde bis dahin zu fürchten lernen werden!“

Abermals reckte er sein hölzernes Schwert in die Höhe, doch da Velent ihn nicht einmal mehr anschaute, sondern seinen Weg durch das frische Grün des Waldes unbeirrt fortsetzte, sprang er schließlich hinter ihm her. „Ich habe es im Feuer gehärtet“, rief er, „und es ist spitz. – Hier!“ Er drückte das Schwert in Velents Seite. Nicht ansatzweise mit voller Wucht, aber trotzdem war es Velent unangenehm.

„Lass das!“, wies er Swidger in barschem Ton zurecht. Er blieb kurz stehen und schaute den Freund mit ernster Miene an. „Du hast den Eber also wirklich erschlagen? Alleine erschlagen?“

„Wenn ich es Dir doch sage! Wo hätte ich sonst wohl die Hauer her?“

„Aber Du hast nicht einmal Blut auf Deinem Hemd?“, deutete Velent auf Swidgers Kleidung.

„Doch, habe ich! Schau, hier!“, versuchte der Matthe die Zweifel des Freundes zu zerstreuen. Er deutete auf einen dunklen Fleck auf seinem Hemd.

Velent nahm die Stelle in Augenschein, während Swidger eine Farnwurzel aus einem der beiden kleinen Beutel an seinem Gürtel fingerte. Er biss ein Stück ab und hielt Velent den Rest hin: „Möchtest Du?“

„Schmeckt mir nicht, weißt Du doch. Und lenk nicht ab! Viel ist das nicht auf Deinem Hemd! Und es sieht alt aus! Ich hätte mir den toten Eber doch von Dir zeigen lassen sollen!“

„Ich habe ihn verscharrt!“

„Dann hätten wir ihn eben wieder ausgebuddelt.“

„Meinst Du, ich wüsste noch genau, wo es war?“

„Du findest auch immer eine Ausrede!“, winkte Velent ab. „Komm jetzt, wir sind spät dran; wir müssen weiter!“

Mit langen Schritten machte er seinem Ärger Luft. Sie führten ihn einen Hang hinab, der – wie häufig in diesem Landstrich – mit kleinen, von dichtem Moos bewachsenen Felsbrocken übersät war und hinter dem der Abschnitt des Waldes begann, den die Matthen als ihren heiligen Hain bezeichneten. Erwachsene mieden ihn, von Festtagen abgesehen, und auch den Kindern war es eigentlich nicht gestattet, ihn zu betreten, was Velent aber nie groß gekümmert hatte. Und irgendwann hatte Swidger ihn schließlich begleitet.

„Eberblut trocknet anscheinend sehr schnell!“, versuchte der junge Matthe sich nun zu rechtfertigen. „Vor allem das, was direkt aus dem Herzen kommt!“

Aber Velent drehte sich nicht einmal um; er lief einfach weiter.

„Ich habe ihm mein Schwert direkt ins Herz gerammt!“, rief ihm der Rotschopf hinterher. „Habe ich das schon erzählt?“

„Dreimal. Mindestens!“, rief Velent zurück und blieb kurz stehen, da er Swidger nun lauthals hinter sich schreien hörte. Er drehte sich ihm entgegen.

Wie ein Irrwisch hüpfte der kleine, rothaarige Knabe zwischen den mächtigen Buchen den Hang hinab und wurde dabei nicht müde, mit seinem Holzschwert in der Luft herumzufuchteln, als gelte es, unsichtbare, fliegende Eber aufzuspießen. „Ah! Ah! Ah! – Ich habe nicht mehr als einen Stich gebraucht, einen einzigen, gezielten Stich! Ich ließ mich fallen! Er stürzte auf mich zu! Dann ging alles ganz schnell, und er lag auch schon tot neben mir!"

„Und die Hauer?", schüttelte Velent den Kopf. „Die hängen doch fest!"

Swidger hatte seinen Freund wieder erreicht und blieb stehen. Er schien einen Moment zu überlegen. Dann zog er ein kleines Messer aus seinem Gürtel. Es war eines jener Messer mit leicht geschwungener Klinge, mit denen die Frauen des Dorfes Rüben und Wurzeln zu schaben pflegten. Da sein hölzernes Heft einen Riss hatte, erkannte Velent es sofort wieder.

„Was machst Du mit meinem Messer?", fragte er ebenso erstaunt wie vorwurfsvoll.

„Dein Messer?", entgegnete Swidger und verbarg es wieder, da Velent die Hand bereits fordernd nach ihm ausgestreckt hatte. „Du hast es Norwards Magd genommen!"

„Sie hat es liegenlassen!"

„So wie Du!"

„Aber es war mein einziges!", konnte sich Velent noch immer nicht beruhigen. Er war weit davon entfernt, sich in irgendeiner Schuld zu sehen. Norward stand dem Dorf vor und besaß die meisten Rinder weit und breit. „Norward hat jede Menge davon! Außerdem ist es doch wohl ein Unterschied, wem man etwas nimmt. Ich weiß noch nicht mal, wie Norwards Magd heißt! Aber Du bist mein Freund – dachte ich zumindest!"

Swidger blickte einen Moment ins Leere, dann fischte er das Messer erneut aus seinem Gürtel und reichte es Velent.

„Ich müsste es Dir nicht geben! Aber ich gebe es Dir! Weil Du es Dir wünschst! Und wir Freunde sind! Bis in den Tod!"

„Bis in den Tod“, wiederholte Velent, doch eher leise und mehr aus Dankbarkeit, denn aus der inbrünstigen Überzeugung, mit der Swidger diese vier Worte einmal mehr über die Lippen gekommen waren. Velent wusste, wie wichtig sie seinem Freund waren. Er selbst fühlte sich indes nicht wirklich wohl in seiner Haut, wenn er sie hörte oder gar zu wiederholen hatte, um ihn nicht zu verletzen. Er betrachtete das Messer.

„Es ist kein Blut an der Klinge!“ Er runzelte erneut die Stirn.

Swidger zog es vor, auf diesen Einwand nicht weiter einzugehen. Stattdessen meinte er: „Freunde sollten sich übrigens auch immer glauben.“ Er gab sich Mühe, möglichst vorwurfsvoll zu klingen. „Wenn ich Dir also sage, dass ich die Hauer mit diesem Messer aus dem Schädel dieses Ungetüms herausgeschnitten habe, dann solltest Du mir das einfach glauben! Ohne ständig nachzufragen! Ich habe das Messer hinterher selbstverständlich sauber gemacht!“ Er hob das Kinn und ging trotzig weiter.

Velent schüttelte den Kopf. Dass Swidger etwas sauber machte, schien ihm fast noch abwegiger als die Vorstellung, er könne einen Eber mit einem Holzschwert erlegt haben. Er verkniff es sich jedoch zunächst, ihn durch weitere Versuche in Verlegenheit zu bringen. Stattdessen ließ er seinen Unmut, da nun auch er selbst seinen Weg durch den Wald fortsetzte, an ein paar der ungezählten Schösslinge aus, die dem weichen Laub des Waldbodens entsprossen und dort miteinander um die lichtesten Stellen zu buhlen schienen. Schließlich konnte er jedoch nicht mehr an sich halten.

„Wie hast Du es denn sauber gemacht?“, fragte er vorwurfsvoll.

„Ich habe es abgewischt!“, erwiderte Swidger verärgert.

„Womit?“

„Mit Gras und Laub! Mit was denn sonst!“ Swidger blieb erneut stehen, stemmte seine Hände in die Hüften und blickte Velent zornig an. „Freunde sollten sich glauben!“, wiederholte er sich. Dann jedoch drehte er sich rasch wieder um und lief los.

Trotzdem glaubte Velent ein verräterisches Zucken um einen der Mundwinkel des Freundes erkannt zu haben. „Aber –"

Swidger ließ ihn nicht zu Wort kommen. „Velent, ich verstehe, dass Du gerne dabei gewesen wärst!", rief er, ohne sich dabei umzudrehen. „Um den Ruhm mit mir zu teilen, aber –"

Nun unterbrach ihn Velent. „Ich war auf dem Baum! Oben auf dem Baum! Ganz oben! Bei den Bienen!", brach es vorwurfsvoll aus ihm heraus. „Du wolltest warten! Du solltest warten! So hatten wir es abgemacht! Ich klettere hinauf, räuchere sie aus und schneide die Waben ab und Du packst sie unten in den Beutel und rennst davon! So bin ich oben auf dem Baum gestochen worden und unten gleich noch mal! Das ist ungerecht!"

Swidger blieb stehen und hob entschuldigend die Arme: „Was kann ich dafür, wenn dieser Eber gerade in dem Moment an uns vorbei läuft, in dem Du ganz oben in diesem Baum hängst? Velent, ich konnte nicht warten!"

„Ich habe ihn nicht gesehen! Und nichts gehört!"

„Wenn ein Schwarm Bienen um mich herum gesurrt hätte, hätte ich auch nichts gehört! Velent, ich konnte ihn mir doch nicht entgehen lassen!"

„Trotzdem!"

„Was trotzdem?", blaffte ihn Swidger vorwurfsvoll an: „Du glaubst mir nicht!"

„Ja, und?", platzte es aus Velent heraus. „Verwundert Dich das?"

Swidger hob erneut das Kinn.

Wortlos gingen die beiden weiter. Da sie den Fuß des bewaldeten Hügels schon fast erreicht hatten, hatte der Matthe endlich eine passende Antwort gefunden: „Wolfger hätte mir geglaubt!"

Velent senkte betroffen den Blick. „Ob es ihm gut geht?"

„Wie soll es ihm gut gehen?", entgegnete Swidger aufgebracht. „Rom hat ihn als Geisel genommen! Damit Norward tut, was sie wollen."

Velent nickte. „Du vermisst ihn sicher …"

Swidger presste die Lippen aufeinander, dann aber meinte er: „Er war mein bester Freund!"

„Ja, das war er wohl", erwiderte Velent leise.

Nun nickte Swidger. Das Gespräch hatte sich in die von ihm gewünschte Richtung bewegt. „Aber nun bist Du es!", ergänzte er freundlich. Allerdings nur, um das Gesagte sogleich wieder einzuschränken: „Wenn Du es wert bist!"

„Ich werde mich bemühen", erwiderte Velent leise.

Swidger genoss das Oberwasser, das er erlangt hatte: „Ja, das solltest Du!" Er deutete auf den kleinen Bach, der ihnen den Weg versperrte. „Schaffst Du es in einem Sprung hinüber? Ich schon! – Hepp! – Haha! Guter Sprung, nicht wahr!"

„Ich habe keine Lust zu springen!", entgegnete Velent. „Aber das Wasser kommt mir ganz recht! Meine Arme tun mir weh! Und mein Gesicht! Verdammte Bienen!"

Swidger zog es vor, darauf nicht weiter einzugehen. Er blickte den Bach hinab. „Wollen wir noch kurz zum Weiher? Ein paar Schlangen fangen? Wir könnten es zumindest versuchen!"

Velent seufzte. „Nein, wir sind schon spät dran! Meine Mutter wird schon auf mich warten."

Swidger nickte. Dann meinte er: „Die Ketten sind übrigens ganz nett geworden! Vielleicht sind sie eher etwas für Frauen, aber sie sind ganz nett!"

„Findest Du?", meinte Velent erfreut.

„Ja, wirklich. Du kannst so etwas, ich nicht! Allein die feinen Löcher in die Hauern zu treiben! – Mir fehlt die ruhige Hand für solcherlei Arbeit."

„Danke!", erwiderte der Ubier geschmeichelt.

Swidger nickte erneut, dann meinte er: „Was ist jetzt? Traust Du Dich, über den Bach zu springen oder nicht?"

Velent richtete sich auf, griff nach dem Beutel mit Honig, den er auf einem Stein abgelegt hatte und nahm Anlauf. „Sicher! – Hepp!"

Er überwand den schmalen Bach ohne Probleme. Sicher gelandet, seufzte er dennoch: „Ach, wenn wir doch nur Pferde hätten, dann wäre Vieles einfacher! Wir wären viel schneller! Und müssten uns auch nicht mehr hetzen."

Swidgers Antwort klang beinahe verächtlich: „Pah! Gerade hat Norward ein Pferd bekommen und schon träumst Du auch davon! Weißt Du überhaupt, wie viele Rinder er dafür hergeben musste?! Und Ihr habt nur eine Ziege! Und die auch nur, weil mein Vater sie Euch geschenkt hat!"

Velent ließ diesen Einwand nicht gelten. „Ich werde trotzdem ein Pferd haben! Eines Tages werde ich eines haben! Glaub mir! Meine Mutter hat gesagt, ich stünde in Eponas[24] Gunst!"

„Bevor Du eines hast, werde ich eines haben! Um zu Marbod[25] zu reiten! Und sein Krieger zu werden! Wollen wir wetten?"

Velent zögerte.

„Was ist?", forderte der Matthe ihn heraus. „Ich wette mit Dir, dass ich vor Dir ein Pferd haben werde! Hältst Du dagegen? Oder traust Du Dich nicht?"

„Meine Mutter hat mir verboten zu wetten", erwiderte Velent kleinlaut. „Sie hat gesagt, es würde nur Unglück bringen!"

Auf Swidgers Einwand, sein Vater wette ständig, entgegnete er hingegen nichts mehr. Da sie nun einer der Stelen des Waldes näher kamen, war er froh, über etwas anderes reden zu können. „Da ist die Stele!"

„Ja!", stimmte Swidger ihm zu. „Das heißt: Wir sind auf dem richtigen Weg!" Ehrfürchtig betrachtete er die hölzerne Figur. „Sie sieht unheimlich aus, nicht wahr?" Velent nickte. „Was glaubst Du?", ergänzte der Matthe, ohne den Blick von der Stele zu wenden. „Könntest Du das auch?"

„Was?"

„Na, so eine –" Der Matthe unterbrach sich kurz, um nach dem richtigen Wort zu suchen. Schließlich hatte er es gefunden: „So eine Fratze schnitzen? Ich glaube, Du könntest es."

Velent schüttelte den Kopf. Nur leicht, dafür aber energisch: „Ich weiß nicht."

Swidger indes blieb bei seiner Meinung. „Bestimmt könntest Du es! Wer solche Flöten schnitzt wie Du! Wer weiß: Vielleicht lässt man Dich eines Tages Stelen schnitzen! Obwohl Du kein Matthe bist. Ich wäre sofort dafür!"

Velent konnte nicht verbergen, wie sehr er sich über Swidgers Rückendeckung freute. „Ja. Ich glaube, das würde mir gefallen!"

„Du müsstest selbstverständlich noch einiges über sie lernen!", schränkte Swidger erneut ein. „Du solltest zum Beispiel wissen, wie viele es hier im Wald gibt und warum sie hier stehen! – Weißt Du es?"

„Hm!" Velent überlegte. „Ich habe sie nie gezählt. Aber warum sie hier stehen, habe ich mir behalten: Um über den heiligen Hain zu wachen!"

Swidger nickte, doch nur, um Velent umgehend die nächste Frage zu stellen: „Warst Du einmal in der Nähe, wenn sich die Alten über sie unterhalten?" Langsam umrundete er die hölzerne Statue.

Velent schaute seinen Freund fragend an. Es kam häufiger vor, dass Swidger völlig unerwartet das Thema wechselte oder dass es zumindest so schien. „Wie kommst Du denn jetzt darauf?", wollte er deshalb wissen und blickte zugleich ein wenig traurig zu Boden. „Du weißt so gut wie ich, dass sie mich nicht um sich haben wollen. Noch nicht einmal, wenn Du da dabei bist."

Swidger ging auf Velents Einwand nicht weiter ein. Stattdessen meinte er: „Melvin hat sie einmal belauscht. Heimlich."

„Und?" Velents Neugier hatte den Anflug von Traurigkeit, der sich seiner bemächtigt hatte, schon wieder vertrieben. Er hob den Blick und schaute seinen Freund fragend an. „Was haben sie gesagt?"

Der junge Matthe hob beschwörend die Hände und senkte die Stimme, da er weitersprach: „Dass sie früher nach großen Opfern aufgestellt wurden. Nach Menschenopfern! Für jede Stele ein Leben. Und nun sind die Seelen der Gerichteten in ihnen gefangen und dazu verdammt, uns gegen die bösen Geister zu verteidigen."

„Und daran glaubst Du?“ Schon im Moment, da ihm diese Worte über die Lippen gekommen waren, hatte Velent sie bereits bereut, aber gleichzeitig wusste er auch, dass sie nicht mehr rückgängig zu machen waren.

„Dass solltest Du auch tun!“, wies ihn Swidger zischend zurecht. Besorgt blickte er sich um. „Über Tote und Geister sollte man nichts Schlechtes sagen!“

„Ich dachte, sie gehen nur nachts um“, versuchte sich Velent zu verteidigen. Aber da ihm auch dies zu misslingen schien und Swidger ihn abermals maßregelte, es sei gefährlich, sich darauf zu verlassen, dass die Geister jederzeit wüssten, ob es Tag oder Nacht sei, vermochte er sich nicht mehr zu zügeln. Ohne zu zögern trat er an die Stele heran und klopfte mit den Fingern auf ihr bleiches Holz: „Hallo?! Alles klar da drinnen? Es ist Tag, nur dass Ihr es wisst!“

Für einen Augenblick war Swidger sprachlos, dann jedoch stammelte er: „Mach das nie wieder!“ Und da er die letzten beiden Worte wiederholte, klangen sie bereits wie eine finstere Drohung. Er drehte sich um und ging. „Wir müssen weiter!“, stellte er nach ein paar Schritten klar, um schließlich entschieden zu ergänzen: „Wer so etwas tut, der sollte wohl besser keine Stelen schnitzen!“

Velent presste die Lippen aufeinander. Ein Kloß verfing sich in seinem Hals. Er bereute seinen Übermut zutiefst, war aber zugleich auch zu stolz, sich zu entschuldigen. Gesenkten Hauptes folgte er dem Matthen. Enttäuscht von sich und ihm und ohne Widerrede.

Bis zum Waldrand schwieg auch Swidger, da sie indes aus dem Unterholz auf die Weide hinaustraten, sprach er Velent doch wieder an: „Eines muss man Dir lassen: Mut hast Du! Mit denen da legt sich nicht jeder an!“ Sein Kopf deutete noch einmal kurz in Richtung des Waldes. „Und vermutlich braucht man ihn auch, wenn man Stelen schnitzen will! Denn wer weiß schon, wann die Seelen in sie fahren.“

„Du meinst, es könnte doch etwas für mich sein?“ Hoffend blickte Velent den Freund an.

„Wir werden sehen!“, entgegnete dieser.

Velent atmete erleichtert auf. Sie gingen ein paar Schritte, dann ergänzte er: „Wir könnten sie auch gemeinsam schnitzen! Du und ich! Wer so gut Flöte spielen kann wie Du, der weiß auch ein Messer geschickt genug zu führen!“

„Mag sein!“, erwiderte Swidger. Er fühlte sich geschmeichelt, was man dem Klang seiner Stimme auch deutlich anhören konnte. „Und danke, dass Du mich an sie erinnert hast!“

Fröhlich pfeifend fischte er das kleine Stück Holz aus der Innentasche seines Gürtels.

„Du trägst immer eine bei Dir, nicht wahr?“, merkte Velent nicht ohne Stolz an, war er es doch noch immer, der die Flöten des Freundes schnitzte.

„Immer!“, nickte Swidger. „Seit der Weihe des heiligen Schwertes damals! Du erinnerst Dich! Das soll mir nicht noch einmal passieren, dass ich keine dabei habe, wenn ich sie dringend bräuchte!“

„Das ist schon fünf Jahre her!“, überschlug Velent. „Wir kennen uns nun schon fünf Jahre! Und ich denke, man kann uns gute Freunde nennen!“

„Das würde ich nicht sagen!“, widersprach ihm der Matthe.

Velent war überrascht: „Das würdest Du … nicht?“

„Nein! *Ich* würde sagen: Wir sind aus dem gleichen Holz geschnitzt! Wir sind längst ‚Brüder‘!“

Velent strahlte vor Glück. Und auch Swidger schien glücklich. Und stolz! Vorbei waren die Zeiten, in denen er nach den richtigen Worten zu suchen hatte, während Velent sie zuzufliegen schienen. Wenn er sich bemühte, gelang es ihm nun schon, den Freund mit einem einzigen zu beeindrucken!

Zufrieden begann er sein Flötenspiel. Mal schien er ein paar der Vögel des Waldes nachzuahmen, dann wieder folgte er irgendeiner Weise, die ihm gerade in den Sinn kam.

Langsam näherten sie sich der Kuppe der Weide. Swidgers Spiel im Ohr, gingen Velents Gedanken auf die Reise. Ob Swidger es tatsächlich geschafft haben sollte, einen Eber zu erstechen? Einen ausgewachsenen Eber? Mit einem Holzschwert? Er traute ihm Vieles zu und mutig war er ohne Frage, aber das ging dann vielleicht doch ein bisschen zu weit! Auf der anderen Seite: Er hatte es ihm versichert und Freunde, nein Brüder, sagten sich doch stets die Wahrheit. Dann war es wohl so!

Du hattest ihm zu vertrauen. Er war Dein Tor in jene Welt, in die Deine Mutter Dich gleichsam zwang. Eine fremde, verwirrende Welt. Mit einer seltsamen Sprache. Und einer schier unüberschaubaren Anzahl an Göttern! Mir sind sie bis heute fremd. Doch Menelaos scheint sie alle zu kennen. Auch ihre Asen und Alben, ihre Disen, Nornen und Wanen. Jeden Riesen, jeden Troll und jeden Dämon.
Die Götter Deines Volkes sind mir näher, Velent, die Götter Deiner Mutter. Epona war wohl die einzige Gottheit, die Dir jemals etwas galt. Warum eigentlich, Velent?
Und auch Eure Schutzgeister rief ich schon an. Gleich mehrfach sogar in den vergangenen Tagen. Den jungen Elch und den weißen Hirschen, um sie daran zu erinnern, über Dich zu wachen.

Ein paar Schritte noch und die Kuppe der Weide gab den Blick auf den etwas tiefer gelegenen Steinring frei. Swidger erkannte Velents Mutter. Sie stand vor ihrer Hütte und winkte die Knaben unmissverständlich zu sich.

„Wie macht sie das nur?“, fragte der Matthe.

„Was?“, entgegnete Velent.

„Na, wie hat sie uns so schnell entdeckt?“

Velent zuckte mit den Schultern: „Keine Ahnung!“

Swidger seufzte: „Manchmal glaube ich, sie sieht uns, bevor wir überhaupt da sind! – Sie sieht ziemlich sauer aus!“

Velent zog die Stirn in Falten: „Na ja, wir sind ja auch viel zu spät! Komm, wir beeilen uns lieber!“ Er beschleunigte seinen Schritt.

„Warte!", hielt ihn Swidger zurück. Er nahm seine Kette vom Hals und drückte sie Velent in die Hand.

„Aber, warum ...?" Velent konnte seine Verwunderung nicht verbergen. „Gefällt sie Dir doch nicht?"

„Doch, schon. Aber, schenke sie vielleicht besser Deiner Mutter! Von mir! Als Entschuldigung dafür, dass wir uns so verspätet haben. Und dafür, dass sie nun ein paar Bienenstiche zu behandeln hat, die eigentlich ich hätte abbekommen sollen!" Sein Blick huschte noch einmal kurz und schuldbewusst über die Schwellungen in Velents Gesicht.

„Halb so wild", erwiderte dieser. „Aber: Gut, ich gebe sie ihr."

Velent nahm die Kette entgegen, doch kaum dass er sie sich umgehängt und dabei noch einmal betrachtet hatte, hörte er Swidgers warnende Stimme.

„Runter!" Swidger warf sich zu Boden.

„Was?"

„Geh in Deckung!"

Velent gehorchte. Gemeinsam robbten sie vorwärts, bis sie wieder freie Sicht auf das Dorf im Tal hatten.

„Da unten zwischen den Männern!", zischte der Matthe. „Vor dem Wagen mit dem riesigen Pferd! Sind das Römer? Es sind Römer!"

„Ja, aber –", wand Velent ein, aber Swidger unterbrach ihn: „Und die Raben sind heute nicht geflogen! Oder hast Du einen gesehen?"

„Nein, aber –"

„Velent, es ist soweit! Der Tag der Entscheidung!"

Velent schüttelte den Kopf und stand auf. „Ich muss nachhause!" Er strich sich ein paar Gräser vom Hemd und ging los.

„Der Tag ist gekommen!", raunte ihm Swidger hinterher. „Bis in den Tod, Velent! Bis in den Tod!"

Velent blieb stehen und seufzte. Doch nur kurz. Dann setzte er seinen Weg fort. „Heute nicht, Swidger! Ich muss jetzt wirklich heim!"

Swidgers Stimme klang nun wesentlich vorwurfsvoller, als er dem Ubier hinterherrief: „Du bist wohl doch nicht ganz so mutig wie ich gedacht habe! Aber gut, verkriech Dich ruhig unter dem Rock Deiner Mutter! Ich würde es vielleicht auch tun, wenn ich noch eine hätte! Aber die Götter wollten es anders! Und weißt Du was, Velent? Manchmal danke ich ihnen dafür! Denn ihre Entscheidung hat mich hart werden lassen! Du aber geh nur! – Auch wenn ein Freund den anderen niemals im Stich lassen sollte!"

Ein letztes Mal blieb Velent stehen. Er schüttelte den Kopf, hob die Arme und zog die Schultern nach oben: „Es sind doch ständig Römer im Dorf!"

„Das ist es ja!", verteidigte sich der Matthe. „Das hat uns Norwin eingebrockt! Mein Vater sagt, dass Norward ihm zu viel durchgehen lässt! Doch damit ist nun Schluss! Es muss nur einer den Anfang machen! Dann werden die anderen folgen! Zunächst die Männer unseres Dorfes! Dann die des ganzen Stammes! Und am Ende die Männer aller Stämme! Dann wird König Marbod zurückkehren und sich die elenden Römer vornehmen! Er wird sie töten! Alle! Jeden einzelnen!"

„Swidger!"

„Geh Du nur! Ich bleibe hier und beobachte den Feind! Und wenn der rechte Augenblick gekommen ist, dann schlage ich zu! Die anderen werden mir folgen, glaub mir!" Der junge Matthe seufzte kurz, dann meinte er: „Ach, hätte ich doch nur ein paar Feuerräder! Feuerräder, Velent!"

„Sie würden gar nicht ankommen!", entgegnete Velent und schüttelte erneut mit dem Kopf. „Der Hang fällt doch nach links ab!"

„Die Götter würden sie lenken!", blaffte Swidger zurück. „Sie haben mich gerufen! Mich bestimmt! Es ist an mir, den Anfang zu machen!"

Velent hatte genug gehört. „Tu, was Du nicht lassen kannst, Swidger." Ein letztes Mal fiel sein Blick in Richtung des Dorfes. „Dieses Pferd ist ja wirklich unglaublich groß! Glaubst Du, es könnte das sein, das Epona für mich ausgesucht hat?"

Swidger witterte erneut Morgenluft. „Nur, wenn Du hier bleibst", erwiderte er. „Und es Dir mit mir holst!"

Doch Velent winkte ab. „Ein andermal, Swidger! Ein andermal!“

Nun ging er wirklich, behielt das Treiben im Dorf jedoch im Blick, ebenso wie Swidger.

Keiner der beiden konnte den Römer kennen, der seinen kleinen Tross zum Dorf am Steinring geführt hatte – es war Quirin; und keiner der beiden konnte ahnen, dass er vor allem Velents Mutter wegen gekommen war. Gleichzeitig unternahm er indes auch einen neuen Versuch, ein paar Matthen für seinen Markt zu begeistern.

„Ich bleibe hier! So viel ist mal sicher! Keine zehn Pferde bekommen mich in diese Stadt! Nie! Nicht heute und nicht in zehn Jahren! Beim Donar!“

Bernulf gab sich keine große Mühe zu flüstern. Sollten es ruhig alle hören und diese Römer gleich mit – falls sie denn mehr verstanden als ihr dämliches Latein: Er hatte keine Angst vor ihnen! Wie unverfroren waren sie, mit gerade einmal einer Handvoll Soldaten hier aufzutauchen, in ihrem Dorf? Er hatte nicht übel Lust, sie alle zu erschlagen! Und diesen Dickwanst in seinem feinen Tuch, der sie anführte, als Ersten! Dass er sie auch noch aufforderte, ihr Dorf zu verlassen, um für ihn an der Logana eine Stadt zu bauen, schlug dem Fass den Boden aus!

Quirin hatte kein Wort verstanden, aber dass die meisten im Dorf hier gegen ihn waren, war offensichtlich. Es verwunderte ihn, denn er glaubte die Matthen auf unserer, der römischen Seite.

„Was erzählen sie sich?“, wies er seinen Sklaven Menelaos an, weiter für ihn zu übersetzen.

Menelaos warf die Stirn in Falten. „Sie reden noch miteinander.“

Quirin seufzte und schüttelte missmutig den Kopf: „Kann denn niemand dieser Barbaren Latein?“

„Was schaut er uns so herablassend an?“ Bernulf ließ Quirin nicht aus den Augen.

Iwo, der zufällig neben Swidgers Vater stand, stimmte ihm zu. „Diese Römer glauben vermutlich, dass es in diesem Land keine Männer mehr gibt, die sich zumindest einen Rest an Stolz bewahrt haben!“ Und viele der rund drei Dutzend freien Männer des Dorfes sahen dies offensichtlich genauso. Das Raunen auf der schlammigen Wiese inmitten der Häuser und Gatter nahm zu und einige derer, die sich – mehr aus Stolz denn aus Angst – mit Schild und Lanze gewappnet hatten, ließen dies auch hören. Sie hämmerten die Stile ihrer Waffen auf die breiten, bunt bemalten Schilde.

Norwin, der jüngere Bruder Norwards und damit des Mannes, den die Männer einst zu ihrem Anführer gewählt hatten, hob indes beschwichtigend die Hände. „Die Römer sind unsere Gäste! Ihr solltet nicht so mit ihnen reden!“

Iwo fuhr ihn sofort an: „Du hast mir überhaupt nichts zu sagen, Norwin! Dein Bruder vielleicht, Du nicht!“ Und Bernulf sprang ihm zur Seite. Er hatte zwar oft Streit mit Iwo, aber ihre Abneigung gegenüber Norwards Bruder verband sie. „Wir wissen alle längst, dass Du bereit bist, vor jedem Rotrock zu kriechen!“, warf er ihm vor. „Aber nicht jeder hat seine Würde verkauft und verraten!“

Auch diesem Vorwurf stimmten einige zu.

„Ich warne Euch!“, zischte Norwin. Anders als die meisten Männer im Dorf fand er keinen Gefallen daran, sich mit anderen zu balgen, nun aber schien er kurz davor, sich mit Bernulf anzulegen. Doch sein Bruder kam dazwischen. „Was habt Ihr schon wieder mit Norwin?“, wies er Bernulf und Iwo zurecht.

„Nichts!“, wiegelte Iwo ab, der keinen Streit mit Norward wollte. Aber Bernulf widersprach ihm energisch: „Was heißt hier ‚Nichts!‘? – Uns passen die Freunde Deines Bruders nicht!“ Er trat einen Schritt vor und spukte vor Quirin auf den Boden.

„Was fällt diesem Bauerntölpel ein?!“, empörte sich Lunas Onkel, erntete aber fast nur Gelächter. Und selbst die jungen Hilfslegionäre, die ihn begleitet hatten, bauten sich nur halbherzig um ihn herum auf.

„Er hat sie ebenso wenig gerufen wie ich!", stellte Norward klar.

Bernulf zögerte einen Moment, dann aber gab er klein bei. „Dir will ich es glauben – auch wenn Du deutlich zahmer geworden bist, seit sie Dir Deinen Sohn genommen haben. Aber, dass *er* sie nicht gerufen hat, würde ich gerne aus seinem eigenen Mund hören!" Er deutete auf Norwin, der sich nicht lange bitten ließ.

„Ich habe sie nicht gerufen!", entgegnete er trotzig. „Reicht Dir das?"

„Schwör es!"

„Das müsste ich nicht!", fauchte Norwin. „Aber ich tue es! – Reicht das jetzt?"

Bernulf grummelte und winkte ab.

Quirin indes wurde nun ungeduldig. „Nun überzeuge sie endlich, Menelaos!"

Seufzend nickte der sprachgewandte Grieche. „Ich will es versuchen." Er trat vor. „Hört mich an!", sprach er die Männer des Dorfes an. „Ich verstehe es gut, wenn Ihr an Eurer Heimat hängt, aber überlegt es Euch noch einmal. Dort an der Logana sind die Böden weit fruchtbarer als hier!"

„Das ist wohl wahr!", stimmten ihm einige zaghaft zu, da sie auch Norwin nicken sahen.

„Wie sollen wir das Dorf verteidigen, wenn jeder macht, was er will?", wies Norward sie mürrisch zurecht. „Wir brauchen Einigkeit! Aber dies ist wohl kaum der rechte Ort und Zeitpunkt, um darüber zu befinden!"

Er drehte sich um und verließ stolzen Blickes die Runde. Einige Männer folgten ihm.

Quirin blickte ihnen fassungslos hinterher: „Wo … wo wollen sie denn hin? – Was hat er gesagt?"

Menelaos zögerte: „Da bin ich mir nicht ganz sicher. Aber jene scheinen dagegen zu sein."

„Wir sind freie Matthen!", ergriff nun Norwin das Wort und richtete es an alle, die geblieben waren. „Ich finde, wir sollten uns anhören, was unsere

Gäste uns zu sagen und zu bieten haben! Damit sich jeder bis zum nächsten Thing[26] seine Meinung bilden kann!"

„Was sie uns zu bieten haben?", wiederholte Bernulf in das wohlwollende Grummeln der Menge. Der höhnische Unterton seiner Stimme ließ keinen Zweifel daran, was er von Norwins Vorschlag hielt. „Ich habe einen Hof, ein knappes Dutzend Rinder und Ziegen. Zumindest ein Sohn ist mir auch noch geblieben. Magd und Knecht habe ich auch. Was sollten sie mir bieten? Was?"

Worte wie diese waren nach dem Geschmack der Mehrheit. Zustimmend donnerten sie ihre Lanzen auf ihre Schilde oder ballten lauthals johlend die Fäuste.

Luna fuhr erschreckt zusammen. „Ah! Was für ein Krach!"

Unbeachtet von allen hatte sich die Siebenjährige aus dem Wagen und dicht hinter Menelaos geschlichen. Doch während der Grieche versucht war, sich um sie zu kümmern, herrschte ihr Onkel sie barsch an: „Gehst Du zurück! Ich hatte gesagt, dass ich Dich hier nicht sehen will! Zurück in den Wagen! Und pass auf die Hühner auf! Nicht, dass sie uns hinter unserem Rücken noch gestohlen werden!"

Folgsam nickte das hübsche Mädchen: „Ja, Onkel!"

Quirin seufzte: „Ich fürchte, wir verschwenden nur unsere Zeit!"

Menelaos indes war noch nicht bereit, aufzugeben: „Lasst es mich noch einmal versuchen!", bat er seinen Herren und hob nach dessen kurzem Nicken noch einmal die Stimme: „Hört mich an! Ist der Markt erst einmal fertig, bietet er Euch Schutz vor Euren Feinden aus dem Norden, den Sugambrern! Denkt an das Wohl Eurer Kinder und Frauen!"

„Was scheren uns die feigen Sugambrer?", hielt ihm Iwo entgegen. „Sie sind Euch doch ohnehin fast alle schon in den Arsch gekrochen! Und mit den Übrigen werden wir wohl auch noch fertig werden!"

Auch diesem Einwand stimmten Viele zu, Menelaos ließ sich dadurch aber nicht entmutigen. Sein waches Auge hatte im Dorf einiges gesehen, was ihm gefallen hatte. „Ihr scheint Euch auf das Flechten zu verstehen!“, versuchte er die Menge zu übertönen. „Auf dem Markt bekämt Ihr gutes Geld für die Körbe!“

„Wir sind auch noch immer ohne Eure lächerlichen Münzen ausgekommen!“, entgegnete Bernulf, erntete dafür aber nicht mehr ganz die Zustimmung, die er erwartet hatte.

„Überlegt es Euch in Ruhe!“, legte der Grieche deshalb nach. „Geld kann man immer gebrauchen. Auf unserem Markt wird es alles geben!“

Trotzig erwiderte Bernulf: „Ich habe alles, was ich brauche!“ Iwo indes zählte zu jenen, die ins Grübeln gekommen waren: „Ich könnte ihnen vielleicht einen Knecht mitgeben …“

„Willst Du die Ernte alleine einbringen?“, hielt ihm Bernulf höhnisch vor.

Iwo hielt dagegen: „Ich habe nicht nur einen Knecht wie Du!“, aber Bernulf ließ nicht locker: „So? Und wenn Dein Knecht nicht zurückkommt? Wenn er dort bleibt? Wenn er ein Legionär wird, wie diese armen Kerle da?“ Er deutete auf die Hilfslegionäre, die er ihrem Aussehen nach einem der dem Rhenus näher gelegenen Stämmen zuordnete. „Was dann? He? Schickst Du dann die anderen hinterher? – Eure Väter würden sich für Euch schämen!“, rief er ihnen nun zu. „Egal zu welchen Stämmen sie sich zählen!“

„Nun tu nicht so, als ob Du keine Verwendung für ein paar Münzen hättest?“, verteidigte sich Iwo – deutlich lauter als nötig. „Welches Weib gibt sich denn so mit dir ab?“

Einige Männer begannen zu lachen. „Seine Magd muss es wohl!“, wand einer ein. „Der kleine Guntar sieht ihm auf jeden Fall recht ähnlich! Wie er ihm ja auch sonst nicht ganz unähnlich ist!“

Das Lachen wurde lauter und kräftiger, doch Norwins Einwand, das Kind stehe den Göttern nahe und dürfe nicht verhöhnt werden, stimmten auch etliche der Männer zu.

„Die Frage ist doch nur, ob es Bernulfs Kind ist oder nicht?“, entgegnete Iwo, der sich bemüht hatte, besonders laut zu lachen. „Aber er schweigt ja dazu! Mich würde es ehrlich gesagt nicht weiter wundern! Seine ubische Magd hat sich ihm zwangsläufig zu fügen, während unsere Frauen so einen stinkenden, kleinen Kerl ja nicht einmal anschauen!“

Bernulf konnte diese Beleidigung nicht unbeantwortet lassen. Er musste aber schreien, um das Gejohle um ihn herum zu übertönen. „Mein Weib war eine Matthin! Die Götter nahmen sie mir!“, rief er. „Ich kann es nicht ändern! Aber glaubt nur nicht, dass ich deshalb nicht mehr zum Zuge käme! Ich halte es wie eh und je! Ich nehme mir die Weiber, wie ich sie brauche! Und als nächstes nehme ich mir vielleicht das Deine, Iwo!“

„So? Davon wüsste ich aber!“

„Und sie wird hinterher kein Geld haben wollen!“

Der Streit entwickelte sich ganz nach dem Geschmack der Männer des Dorfes. Iwo giftete: „Du hättest ja ohnehin keines! Weil Du alles versäufst!“ Und Bernulf brüllte zurück: „Sieh Dich vor, Du Großmaul! – Und außerdem braue ich mein Bier noch immer selbst!“

Eines letzten Tropfens bedurfte es noch. – „Genau so schmeckt es auch!“, entgegnete Iwo. „Du mischst wohl immer noch die Pisse Deiner Ziegen hinein!“ –, dann lief das Fass über. Bernulf stürzte sich auf seinen gut einen Kopf größeren Nachbarn. „Das reicht! Das kriegst Du zurück!“

Beide rangelten hart miteinander. Sie zogen und schlugen sich. Begleitet von den Anfeuerungsrufen der anderen Männer, deren Hunde nicht weniger aufgeregt waren als sie selbst. Sie taten sich schwer, sie zurückzuhalten. Einige kümmerten sich aber auch gar nicht um ihre Tiere, weil sie damit beschäftigt waren, Wetten auf den späteren Sieger der Keilerei abzuschließen. Ja, selbst einige Kinder und Frauen, die sich bislang eher im Hintergrund gehalten hatten, kamen nun näher. Norwin war der Einzige, der die Streitenden zu trennen versuchte; doch es misslang ihm.

Quirin schüttelte ungläubig den Kopf – „Wo sind wir hier nur hingeraten!“ – und selbst Menelaos seufzte.

Doch so sehr sich Bernulf und Iwo auch prügelten, für das eine oder andere gehässige Wort zwischendurch hatten sie trotzdem noch Luft. „Wer von uns beiden war denn im Lager der Römer und hat sich dort vor vier Jahren vor den Sugambrern verkrochen? Den ganzen Winter über?"

Bernulf war außer sich. „Dir stopf ich Dein vorlautes Maul, Du verdammter Mistkerl!", keifte er. „Ich habe dieses verfluchte Lager nie betreten! Ich war bei Arbalo dabei! Ich habe gegen die Römer gekämpft!"

„Du? Gekämpft? Dass ich nicht lache!"

Ein lauter Ruf abseits der Runde ließ die ersten der Schaulustigen ihre Hälse wenden. „Da kommt Swidger!", riefen sie. „Was hat er denn vor?"

Der rothaarige Knabe stürmte der Mitte des Dorfes entgegen, sein Holzschwert stolz in die Höhe gereckt. „Tod dem verhassten Feind! Tod den Römern! Tod allen Feinden der Matthen! Tod allen Römern!"

Bernulf und Iwo ließen augenblicklich voneinander ab und versuchten, einen Blick auf Swidger zu erhaschen. „Mein Sohn!", rief Bernulf stolz, da er ihn endlich durch die sich öffnende Traube der Menschen erblickte.

Schon hatte Swidger die erste Wache erreicht und schlug ihr mit voller Wucht auf die Beinschiene. „Ah!"

Der junge Legionär wich erschrocken zurück. Aber Swidger ließ nicht locker.

„Gut so, Swidger!", lobte ihn Iwo. „Gib's dem Rotrock! Und schlag ruhig noch etwas höher. Zwischen den Beinen trägt er keine Schienen!"

Die Menge begann erneut zu lachen. Und wieder war es Norwin, der zu schlichten versuchte. „Swidger, lass das jetzt!", lief er auf den Knaben zu und riss ihn zurück. „Die Römer sind unsere Gäste!" Er wandte sich Quirin zu, lächelte verlegen und wiederholte in gebrochenem Latein: „Ihr unsere Gäste! Trinken mit uns! Essen mit uns! Auch Eure Männer! Bier! Cervisa!"

„Vielleicht solltest Du Deinen Bruder fragen", warf ihm Bernulf angriffslustig vor, „bevor Du anderen sein Bier anbietest!"

„Ich habe ein eigenes Fass!", zischte Norwin zurück. In Richtung Quirins bekräftigte er seine Einladung indes überaus freundlich: „Trinkt mit uns! Wir sind ein gastfreundliches Dorf!“, um sich schließlich sogar an alle zu wenden: „Und Ihr anderen selbstverständlich auch!“

Darauf schienen die Matthen nur gewartet zu haben und schlugen erneut ihre Schilde. Selbst Bernulf und Iwo meinten: „Das ist etwas anderes!“, „Das lass ich mir nicht zweimal sagen!“

„Wie heißt er?“, wandte sich Quirin an seinen Sklaven.

„Norwin!“, entgegnete Menelaos. „Wenn ich es richtig verstanden habe …“

Quirin rang sich ein Lächeln ab: „Wir nehmen Eure Einladung an, Norwin!“

„Ich mich freuen!“, nickte der Angesprochene dankbar.

„Die Hühner …!“, erinnerte Menelaos leise seinen Herrn. „Dies wäre der rechte Augenblick.“

„Richtig!“, entgegnete dieser. „Hol sie!“ Dann sprach er erneut Norwin an: „Ich habe ein Gastgeschenk dabei! Hühner! Wie ich gehört habe, habt Ihr hier im Dorf noch keine. Sie werden Euch Freude bereiten. Sie legen viele Eier.“

Während Menelaos sich aufmachte, die beiden Käfige aus dem Wagen zu holen, zerstreuten sich die Männer des Dorfes bereits. Ihr Durst war groß, entsprechend lange konnte die Feier dauern. Da schien es sinnvoll, noch einmal kurz nach dem Vieh oder der eigenen Frau zu schauen.

„Merk Dir eines, Swidger“, sprach Bernulf dabei seinen Sohn an, dem er stolz den Arm auf die Schulter gelegt hatte. Er sprach dabei ganz bewusst so laut, dass Iwo, der ihm ein paar Schritte voraus war, ihn auch hören konnte. „Und erzähl es ruhig weiter! Dein Vater war bei Arbalo dabei, beim Tyr! Und ich wäre gerne an der Seite des großen Brandolfs gestorben!“ Er reckte die Faust in die Höhe und wiederholte brüllend den Namen von Norwards und Norwins Vater, der bei Arbalo gefallen war: „Brandolf!“

Aus allen Ecken des Dorfes schien er wie ein Echo zurückzuschallen – verstärkt durch ungezählte Kehlen. Auch Iwo stimmte ein, doch drehte er sich gleichzeitig um und grinste Bernulf frech an.

„Grins Du nur, Iwo!", erwiderte Bernulf gelassen. „Es ist wie es ist! Ich war bei Arbalo dabei! Im Gegensatz zu Dir!"

Iwo lachte: „Du? Dabei? Bei Arbalo? Das will ich Dir gerne glauben, Bernulf mit der roten Nase! Du wirst besoffen am Rande des Schlachtfeldes gelegen haben!"

„Ja, trinken kann ich auch besser als Du!", lachte Bernulf zurück. „Und das werde ich Dir heute Abend auch beweisen!"

Mittlerweile hatte Menelaos die beiden Käfige mit den sechs Hühnern geholt und neben Norwin auf den Boden gestellt. „Nehmt sie!" Quirin nickte gönnerhaft.

„Danke!", erwiderte Norwin unterwürfig. – „Und: Kommen mit! Ich zeigen Weg zu unseres Haus!"

„Wir kommen nach! Bereitet alles in Ruhe vor!", entgegnete Quirin, drehte sich um und hieß seinen Sklaven mit einer kurzen Kopfbewegung, ihm zu folgen.

Der Grieche indes wollte nicht unhöflich sein. Er nickte Norwin zu. „Sehr freundlich! Aber mein Herr möchte noch kurz mit der Seherin sprechen."

„Mit Belana?" Norwin gab sich erstaunt, gleichwohl er wusste, dass es immer wieder Fremde zu ihr zog.

„Nun, vielleicht kann sie uns einen Rat geben", erklärte sich Menelaos. „Wo der beste Ort ist, unseren Markt zu errichten. – Ist sie denn da?"

„Nun, das weiß man nie so genau", erwiderte Norwin, froh, dass der Grieche ihn wieder in seiner Sprache angesprochen hatte, aber nicht übermäßig freundlich. „Sie ist ständig irgendwo unterwegs, um Kräuter und Pilze zu sammeln."

Menelaos zögerte einen Moment, doch ihm war danach, die Seherin in Schutz zu nehmen. „Sie versteht sich aufs Heilen. Das ist doch sicher gut für Euer Dorf."

„Ja, sicher", nickte Norwin. Dann war es Quirin, dessen Ruf ihr Gespräch unterbrach.

„Dieses Pferd bringt mich um den Verstand! Es ist störrischer als ein Esel! Sieh Dich vor! Und lerne Gehorsam!" Er schlug dem Tier auf die Seite, weil es nicht still stehen wollte. Dann rief er seinen Diener zu Hilfe: „Menelaos!"

„Ich komme, Herr!", entgegnete der Grieche und verabschiedete sich eilig von Norwin. „Wir sehen uns später!"

Sein Herr empfing ihn ungehalten: „Was unterhältst Du Dich immer so lange?!", tadelte er ihn. Gleichzeitig sah er ihn ungeduldig an. „Was ist? Hilfst Du Deinem Herrn jetzt nicht mehr in den Sattel, wie ich es Dich geheißen habe?"

„Sicher, Herr!", nickte Menelaos, kniete sich auf den Boden und bot seinem Herrn seinen Rücken als Steighilfe an. Trotzdem brauchte dieser mehrere Versuche, bis er sicher auf dem Rücken dieses riesigen Pferdes angelangt war.

Seufzend richtete der Grieche sich wieder auf und bestieg den Wagen, vor dem ein braves Maultier eingespannt war. „Luna, wir fahren los!", warnte er die Siebenjährige vor.

„Darf ich nach vorn?", entgegnete sie aus dem Inneren des Wagens.

„Nein!", entschied ihr Onkel ungehalten, um sich sodann wieder seinem Pferd zu widmen. „Vorwärts mit Dir, Du Mistvieh! – Und wehe dieser Belana, wenn sie uns keinen vernünftigen Rat zu geben weiß!"

„Ihr letzter schien Euch doch durchaus gefallen zu haben …", gab Menelaos zu bedenken, doch sein Herr ließ diesen Einwand nicht gelten. „Gefallen? Die Frage ist doch, was er wert war! – Ich denke, es wird langsam Zeit, dass mein Leben sich zum Guten wendet, wenn ich tatsächlich auserwählt sein sollte, einst den Kopf des Augustus zu halten!"

„Vergesst nicht", erwiderte der Grieche, „dass sie den Tag Eures Todes gemeint hat!"

„Wie meinst Du das?", warf ihm Quirin vor. „Drück Dich klarer aus!"

„Nun", erklärte sich Menelaos, „ich sehe es so: Je länger sich nichts ändert, desto älter werdet Ihr! – Vorausgesetzt, es stimmt, was sie gesehen hat."

„Daran zweifelst Du? Du hast mich doch zu ihr geschickt!"

„Ich zweifle nicht an ihr."

Quirin seufzte: „Ich wünschte, die Götter hätten mich mit Deiner Zuversicht gesegnet! – Warum lebt sie eigentlich hier im Dorf? Und nicht in Naoun unter Ihresgleichen?"

„Ich weiß es nicht." Menelaos zuckte mit den Achseln. „Warum steht das Orakel von Delphi nicht in Athen? Vielleicht gibt dieser Ort ihr zusätzliche Kraft."

„Dir fällt auch immer etwas ein!"

Langsam näherte sich der kleine Tross dem Steinring. Quirin führte ihn an, wobei es ihm zuweilen weiterhin schwerfiel, sein Pferd zu bändigen. Das halbe Dutzend Legionäre, das sie zu ihrer Sicherheit begleitete, hielt respektvollen Abstand.

Belana stand längst schon vor ihrer Hütte, als der Tross sie erreichte. Als wisse sie längst, wer auf dem Weg zu ihr war. Dass sich der rote Vorhang des Wagens etwas weniger bewegte als es üblich gewesen wäre, war ihr ebenfalls nicht verborgen geblieben, und sie ahnte auch, wessen Hand ihn hielt.

*

Schon bei Deiner Geburt am Steinring soll der Elch zugegen gewesen sein. Er hat auf Dich gewartet. So, wie auch ich auf Dich warte.

Ob wir zum Steinring ziehen sollten? Menelaos schüttelt den Kopf. Und doch war es dort, wo wir uns zum ersten Mal in die Augen schauten. Auch wenn wir damals noch Kinder waren, ist mir jener Tag nun doch wieder so nah wie er mir selten zuvor war.

Ich sehe Dich noch immer vor mir, sehe den kleinen Jungen mit dem wachen Blick. Und auch Deine Mutter sehe ich noch – wie schön, wie stolz, wie groß sie doch war!

*

„Belana, welche Freude!", rief Menelaos der Seherin zu, da er sich ihr nahe genug glaubte.

Quirin indes hatte nun mehr denn je mit seinem Pferd zu kämpfen. „Wirst Du nun Ruhe halten, du störrisches Mistvieh! Ich werd Dich mir schon noch gefügig machen!“ Abermals schlug er nach ihm. Dann aber zischte er, da auch er, dessen Augen sich seit jeher schwer damit taten, ferne Dinge scharf zu sehen, der stolzen Haltung der Seherin gewahr wurde: „Und Dich werde ich mir auch gefügig machen, egal wie hoch Du Dein Kinn auch reckst! Ein weiteres Mal weist Du mich nicht zurück, das sag ich Dir! Ich werde Dich zu nehmen wissen!“

Als sich jedoch aus dem Schatten der schlichten Hütte unweit des Ringes eine mächtige Gestalt löste und an ihre Seite trat, änderte sich sein Tonfall spürbar.

„Wer kommt denn da?“, fragte sich Quirin verärgert. „Diesen Hünen kenn ich doch! Aus dem Lager am Moenus! Ist er noch immer an ihrer Seite?! Verdammt sei er! – Und Du auch! Bleib jetzt stehen, Mistvieh!“

Zur Überraschung unseres Landsmannes gehorchte das Pferd. Menelaos beeilte sich, den Wagen anzuhalten, von ihm herabzuspringen und seinem Herrn erneut zu Hilfe zu eilen. „Wartet, Herr. Ich helfe Euch vom Pferd!“

Jener wies ihn indes, da er sich der Blicke Belanas und ihres Schattens gewiss war, barsch zurück: „Scher Dich! Bin ich ein alter Mann, dass ich nicht mehr alleine von meinem Pferd komme? Sorg lieber dafür, dass die Tiere Wasser bekommen!“

„Sicher!“, entgegnete der Grieche, doch noch bevor er sich auch nur umwenden konnte, um einen Eimer vom Wagen zu holen, hörte er Belanas Stimme. Offenbar hatte ihr der eine Winter am Moenus genügt, um Latein zu lernen. „Mein Sohn wird sich um das Wasser kümmern“, ließ sie ihre Gäste wissen. Velent sprach sie indes in ihrer Sprache an: „Hol bitte etwas Wasser für die Tiere, Velent! Du weißt ja, wo die Eimer stehen!“ Sie deutete mit einer kurzen Kopfbewegung in Richtung ihrer Hütte.

„Ja, Mutter“, entgegnete der Knabe. Da er an Degenar vorbeiging, hielt er indes kurz inne. „Ich habe Honig im Wald geholt!“, berichtete er stolz. „Einen ganzen Beutel voll! Das war sehr mutig!“

„Das war es!“, entgegnete Degenar und nickte Velent anerkennend zu. „Wie oft bist Du gestochen worden?“

„Sehr oft!“, gab Velent offenherzig zu. „Aber es geht schon wieder! Mutter hat die besten Salben!“

„Das will ich gerne glauben!“, nickte der Schmied und blickte bewundernd in Richtung der stolzen Seherin.

Sie indes rügte ihn, klang dabei jedoch nicht ganz so verärgert wie sie es sich gewünscht hätte. „Halt Velent nicht von seiner Arbeit ab! Er soll Wasser holen!“

„Seherin!“, rief nun Quirin. „Ich hoffe, Du erinnerst Dich noch an mich!“

„Ich habe Euch nicht vergessen!“, entgegnete Belana. „Und Euer Mündel auch nicht. Sie scheint wieder wohlauf zu sein. – Lasst sie doch aussteigen.“

„Woher…?“, Quirin konnte seine Verblüffung nicht verbergen. Dann jedoch widersprach er. „Sie bleibt im Wagen! *Ich* habe mit Dir zu reden!“

„Dann kommt herein! Meine Hütte steht jedem offen …“

Belana ging voraus und Quirin folgte ihr.

Degenar seufzte. Menelaos sah es und gesellte sich zu ihm. Velent hingegen tränkte die Tiere. Zunächst das Maultier. Dann näherte er sich dem riesigen Hengst.

„So, mein Schwarzer! Hier hast Du Dein Wasser! Trink! Du bist ja wirklich riesig! So ein großes Pferd wie Dich hab ich noch nie gesehen!“

Ohne jede Scheu strich der Knabe um das riesige Tier. Darin ging er so auf, dass er gar nicht bemerkte, dass der kleine rote Vorhang vor dem Fenster des Wagens sich ein wenig bewegte.

„Brav! Ganz ruhig!“ Velent strich dem Pferd über sein glänzendes, schwarzes Fell. Er seufzte: „Ach, wenn ich doch auch nur so ein Pferd hätte!“

Luna hielt die Luft an. Mit ihrer zarten Hand am Vorhang lugte sie vorsichtig ins Freie. In der Hand hielt sie ihren kleinen Kamm, mit dem sie sich weit häufiger als nötig durchs Haar strich – vielleicht, weil ihr Mutter und

Vater fehlten, die ihr zuweilen sanft über ihr Haupt hätten streichen können. Da drehte sich Velent plötzlich in ihre Richtung.

„Huch!“, entfuhr es dem Mädchen. In ihrer Aufregung ließ sie den Kamm fallen und wich zurück. „Mist!“, zischte sie leise.

„Was war das?“ Velents Blick klebte an dem noch immer leicht schwingenden Vorhang. „Ist da noch jemand? Im Wagen?“

„Sieh Dich vor, Junge!“, hörte er nun die Stimme des Griechen. „Manchmal schlägt Adlan nach hinten aus!“

„Adlan!“ Velents Augen richteten sich wieder auf das Pferd. „Du bist also Adlan!“ Dann sah er den Kamm auf dem Boden. Er hob ihn auf und legte die Stirn kurz in Falten. Vorsichtig kletterte er am Wagen empor. Doch da seine Hand gerade dabei war, den Vorhang ein wenig zur Seite zu schieben, sprang er erschrocken zurück. Seine Hand hatte eine andere berührt.

Auch Luna entfuhr ein spitzer, kleiner Schrei. Schließlich lugte sie aber doch aus dem Wagen.

„Wer … wer bist Du?“, sprach Velent sie an. Luna trug ein schlichtes Gewand. Darüber einen einfachen Umhang aus grobem Stoff. Sie war wie ein Junge gekleidet, aber Velent erkannte sofort, dass sie kein Junge war. „Du … Du bist ein Mädchen!“, stammelte er verlegen.

„Und Du bist Dieb!“, entgegnete Luna. Menelaos war daran gelegen gewesen, ihr die beiden entlang der Logana gesprochenen Sprachen beizubringen, und mit dem Ubischen hatte sie sich leichter als mit dem Matthischen getan. „Dieb, wenn Du nicht gibst zurück!“

Velent tat unschuldig: „Was denn?“

„Kamm! Du hinter Rücken!“ Luna zeigte mit dem Finger auf ihn herab.

„Kamm? Was für ein Kamm?“

„Zeigen Hände!“, forderte Luna ihn auf, aber Velent streckte ihr nur eine entgegen. „Hier! Nichts!“

„Beide!“

Velent folgte ihrer Aufforderung. „Hier!“ Doch auch seine zweite Hand war leer.

„Dann Du hast schon eingesteckt!“, wurde Luna sehr deutlich. „Du Dieb!“

Da es nun im Bereich der Hütte sehr laut wurde, kam Velent um eine Antwort herum.

„Was soll ich mit einer solchen Auskunft anfangen?“, beschwerte sich Quirin. „Was?“

Belana hatte ihm die Tür geöffnet. „Geht jetzt!“, bat sie ihn freundlich, aber bestimmt nach draußen. „Mehr sehe ich nicht.“

„Und warum siehst Du nicht mehr?“, entgegnete Quirin ungehalten. „Willst Du etwa noch mehr Geld?“

Belana blieb ganz ruhig. „Am Geld liegt es ganz sicher nicht“, verneinte sie mit einem leichten Kopfschütteln und ging nun sogar voraus, da ihr Gast nicht gewillt schien, ihrer Bitte, ihre Hütte zu verlassen, Folge zu leisten.

Quirin nahm es mit einem wütenden Schnaufen zur Kenntnis. Er wurde noch lauter. „An was liegt es dann, bei allen Göttern! Sag es!“, rief er erbost.

Belana seufzte. „Wenn Ihr herauskommt, sag ich es Euch.“

Quirin presste die Lippen aufeinander und ballte die Hand zur Faust. Doch er kam.

„Ich kann es nicht sehen!“, wiederholte Belana. „Nur das Feuer selbst habe ich im Feuer gesehen. Vielleicht ist die Zeit noch nicht reif. Wenn ich Euch etwas raten müsste, dann wäre es, noch etwas zu warten.“

„Warten?“ Quirins Stimme klang verächtlich. „Glaub mir, ich habe lange genug gewartet!“

„Oder komm in den Raunächten wieder“, ergänzte die Seherin. „In ihnen werden die Götter mich vielleicht mehr erkennen lassen …“

„Pah!“, Quirin winkte ab und stampfte in Richtung seines friedlich grasenden Pferdes.

Velent nutzte die Gelegenheit, die sich ihm bot: „Ein Mädchen, Mutter!“, rief er. „Im Wagen! Sie ist ein Mädchen. Aber gekleidet ist sie wie ein Junge! Warum? Und woher kann sie unsere Sprache?“

Du schienst mich offensichtlich nicht zu mögen, doch Deine Mutter ahnte wohl bereits damals, dass wir beide füreinander bestimmt waren, nein, sind. Wir sind es, Velent, obwohl Du als Dieb in mein Leben getreten bist und trotz allem, was seither geschehen ist. Wir sind füreinander bestimmt. Und verbunden. Seit diesem Moment. Verbunden, für immer.

Belana lächelte wissend. „Nun, Du könntest sie fragen. Oder mal kurz zu mir kommen."

Ungeduldig kam ihr Sohn ihr entgegen. „Was ist denn?", rief er schon auf halbem Weg.

Belana hatte die Zeit genutzt, einen an einem der Dachbalken ihrer Hütte aufgehängten Strauß Kräuter zu ergreifen.

„Dreh Dich den Menschen ganz zu, wenn Du mit ihnen sprichst", belehrte sie Velent, da er sie erreicht hatte, schließlich mit sanfter Stimme. „Dann sehen sie nicht so leicht, was ich gesehen habe!"

Velent schüttelte den Kopf: „Was meinst Du denn?"

„Nun", erklärte sich die Seherin, „es freut mich zwar, dass Du beschlossen hast, Dir etwas häufiger Deine schönen Haare zu kämmen, aber Du solltest dafür wohl besser Deinen eigenen Kamm verwenden und ihr den ihren zurückgeben. – Seine Zähne schauen hinten aus Deinem Gürtel."

„Oh!" Velents Hände ertasteten den fein gearbeiteten Kamm.

„Sie hat ihn übrigens auch längst gesehen. Deshalb gib ihr diesen Bund hier."

Belana drückte ihm die Kräuter in die Hand. Dann nahm sie sich die Kette vom Hals, die Velent ihr erst eine Stunde zuvor geschenkt hatte. „Und gib ihr auch die Kette! Vielleicht als eine Art Entschuldigung dafür, dass Du den Kamm, sagen wir, unbeabsichtigt eingesteckt hast. Ihr wird die Kette gefallen! Sie heißt übrigens Luna, wenn ich mich recht erinnere. Das ist das Wort der Römer für den Mond. Luna."

*

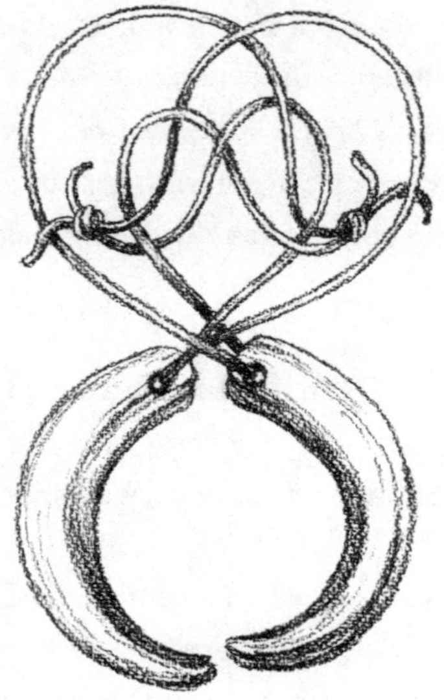

Ich sehe Dich auf mich zukommen und mir mehr widerwillig meinen Kamm reichen. Dann das Bündel Eisenkraut, von dem wir beide nicht wussten, für was es in Deinem Volke stand. Und auch die Kette. Die Kette! Wahrlich, Velent, ich sage Dir: Ich sollte in meinem Leben noch wertvolleren Schmuck geschenkt bekommen. Aber nie, nie war mir etwas teurer als diese Kette, dieses schlichte Lederband mit dem zunächst noch blanken Hauer eines Ebers. Diese Kette war unser erstes Band – egal, ob Du sie mir in jenem Moment aus freien Stücken gabst oder nur auf den Wink Deiner Mutter hin.

Diese Kette reiste mit mir durch das halbe Reich. Sie sah die sanft geschwungenen Wiesen Galliens, sah die riesigen Berge, auf denen selbst im Sommer der Schnee nicht schmilzt, und schließlich Rom, die Ewige Stadt, in der ich mich verlor, als ich sie blinden Herzens und dem Irrlicht von Luxus und Müßiggang folgend vom Hals nahm.

Ich bereue kaum etwas mehr in meinem Leben, als dass ich mich ihrer dort schämte, geblendet von den glitzernden Bergen an Schmuck dieser nimmersatten Stadt. Von Ketten mit ungezählten Perlen, von denen jede einzelne mehr wert gewesen sein mag als das Leben von zehn Sklaven. Von goldgefassten Steinen, für die mancher Arme gemordet hätte, vielleicht sogar hat. Und dennoch, glaube mir, auch wenn ich mich dort für viel zu lange Zeit nicht mehr getraute, sie öffentlich zu tragen, so vergaß mein Herz sie doch niemals ganz; und führte mich zu ihr, in kalten Momenten der Einsamkeit. Ließ sie mich berühren, sie halten und wiegen und Deiner gedenken.

*

„Verbirg Dich im Wagen, Kind! Weg von dem Bengel!", keifte Quirin in Richtung seines Mündels, um in Richtung seiner auf der Wiese kauernden Wachleute zu ergänzen. „Wir wollen los! Habt Ihr das verstanden?"

„Ja, Herr!", entgegneten sie und rafften sich auf.

„Manchmal frage ich mich, wofür ich Euch bezahle!", setzte Quirin nach. „Ihr liegt den ganzen Tag nur faul herum!"

„Unsere Gäste wollen uns wieder verlassen", hieß Belana ihren Sohn, erneut zu ihr zu kommen. „Komm zu mir, Velent!"

„Und Du, Menelaos", beorderte Quirin nun auch seinen Sklaven zu sich, „komm auch! Was unterhältst Du Dich schon wieder mit jedem dahergelaufenen Kerl? Ich habe Hunger und Durst! Wir sollten zurück ins Dorf!"

Menelaos seufzte. „Da seht Ihr es, Degenar!", brachte er sein Gespräch zum Abschluss. „Der Römer an sich versucht, die Welt zu beherrschen. Uns Griechen hingegen ist eher daran gelegen, sie zu ergründen und zu verstehen."

„Da habt Ihr wohl Recht!", entgegnete der Schmied und konnte sich ein bitteres Lachen nicht verkneifen.

„Also dann!", meinte der Grieche und nickte seinem Gegenüber zum Abschied freundlich zu. „Es war mir ein Vergnügen, Euch etwas näher kennengelernt zu haben!" Mit diesen Worten verließ er den Schmied, um sich nach wenigen Schritten auch noch einmal kurz zu Belana umzudrehen. „Und Euch, Belana, habe ich auch gerne wiedergesehen! Vielleicht finden wir ja später im Dorf noch Zeit, miteinander zu sprechen! Norwin will ein kleines Fest ausrichten!“

„Wir werden sehen!“, entgegnete Belana. Wobei der Klang ihrer Stimme dem Griechen nicht viel Hoffnung schenkte, die selbstbewusste Seherin könne tatsächlich auf Norwins Fest erscheinen.

„Hast Du das Pferd gesehen?“, sprach Velent seine Mutter an, da sich der Tross der Fremden gerade auf seinen Weg zurück ins Dorf machte.

„Ja“, entgegnete Belana und seufzte. „Ich habe es gesehen.“

„Wirst Du wohl gehorchen, Du störrisches Mistvieh!“ Nicht anders als auf dem Hinweg tat sich Quirin überaus schwer, sein Pferd zu beherrschen. „Dir werd ich es zeigen!“ Er schlug ihm wütend auf den Hals.

„Er sollte sein Pferd nicht schlagen …“, beschwerte sich Velent.

„Nein, das sollte er nicht“, stimmte ihm seine Mutter zu. Sie nickte und seufzte erneut, wusste sie doch, dass diese Schläge wohl eher ihr galten. „Ich hoffe“, ergänzte sie leise, „dass er Luna besser behandelt.“ Sie ging in die Knie und legte ihren Arm um Velent. „Gefällt sie Dir?“

„Hm“, brummte Velent. Er überlegte kurz, dann deutete er auf Quirin. „Ich mag ihn nicht! Und sie wird wohl kaum anders sein!“

Belana strich ihrem Sohn übers Haar. „Vielleicht ja doch …“

„Diese Seherin ist gefährlich!“, klagte Quirin unterdessen Menelaos sein Leid. „Sie hat gewusst, dass ich kaum noch Geld habe! Obwohl ich es mit keinem Wort erwähnt habe!“ Er ritt neben dem Wagen her. In der Gesellschaft des Maultieres verhielt sein Pferd sich ruhiger. Außerdem suchte er den Rat des Griechen.

„Dann scheint sie ihr Handwerk zu verstehen …“, erwiderte dieser.

„Das will ich nicht hoffen!“, entgegnete Quirin. „Sie sagt, sie habe ein Feuer gesehen. Ich müsse den Markt gut schützen. Aber ansonsten? Pah! Hat sie nur in Rätseln gesprochen! Wo ist der günstigste Platz für meinen Markt? – Ist das etwa eine schwierige Frage? Nein!“

„Was hat sie denn gesagt?“

„Was sie gesagt hat?“, wiederholte Quirin. „Das kann ich Dir sagen! ‚Die römischen Häuser sind groß und schwer. Baue auf festem Grund‘, hat sie gesagt und: ‚Willst Du Glück, dann baue auf unser Gold. Willst Du jedoch Gold, dann baue auf ihre Götter!‘ Was soll ich damit anfangen? ‚Baue auf unser Gold‘, ‚baue auf ihre Götter‘? Welches Gold? Welche Götter?“

Menelaos zuckte mit den Schultern. „Ich weiß es nicht, Herr! Aber ich werde darüber nachdenken.“

„Ich hätte es aus ihr herausprügeln sollen!“, zischte Quirin und ballte erneut die Faust. Dann öffnete er sie indes wieder, um aufs Dorf zu deuten, dem sie allmählich näher kamen. „Auf das Dorf hat sie gedeutet, als sie von ‚ihren Göttern‘ gesprochen hat. Du bist doch vertraut mit ihren Gepflogenheiten! Wo sind die Götter dieser Matthen zuhause?“

Menelaos seufzte. „Oh, an vielen Orten! An vielen!“, erwiderte er. „In Wäldern und Mooren, in Steinen und Stelen. Das kann wirklich fast überall sein! Erst gestern hab ich von einer Schlucht im Norden gehört, die direkt in die Unterwelt führen soll.“

„Lass uns umkehren! Sie muss es sagen“, erwiderte Quirin erbost und drohend zugleich, und war bereits im Begriff, an Adlans Zügeln zu zerren, da hielt ihn sein Sklave zurück.

„Es wäre unklug, sie gegen Euch aufzubringen!“, gab er zu bedenken.

Quirin machte keinen Hehl aus seinem Ärger. Er schnaufte und grummelte, doch machte er keine Anstalten, sein Pferd umkehren zu lassen.

Menelaos atmete erleichtert durch. „Wir könnten doch auch die Menschen hier fragen, welche Orte ihnen am heiligsten sind“, schlug er vor. „Norwin zum Beispiel. Er scheint uns gewogen.“

„Gewogen? Pah!“ Quirin winkte ab. „Ich kenne Leute wie ihn nur zu gut! Gut möglich, dass er zu uns steht. Aber für wie lange? Ich sage es Dir: Genau so lange wie es ihm einen Vorteil verschafft!“

„Nun“, entgegnete der gelehrte Grieche. „Dann ist er zumindest berechenbar…“

Dass Quirin seinen Ärger noch lange nicht heruntergeschluckt hatte, belegten seine folgenden Worte. „Nein, an dieser Belana ist es, die Wahrheit zu sagen!“, legte er aufgebracht nach.

Menelaos indes blieb ruhig und versuchte, auch seinen Herrn zu besänftigen. „Vielleicht hat sie ja tatsächlich alles gesagt, was sie gesehen hat. Vielleicht war es nicht mehr.“

Quirin winkte erneut ab. „Pah!“

Eine Weile rollten und ritten sie wortlos nebeneinander her. Sie hatten das Dorf schon fast erreicht, da meinte Menelaos, der die Zeit offensichtlich zum Nachdenken genutzt hatte: „Übrigens: Der andere Ort …“

„Ja?“, drängelte sein Herr ebenso gespannt wie ungeduldig.

„Was sagte sie?“, fuhr der Grieche fort. „‚Willst Du Glück, dann baue auf unser Gold?’“

„Ja, ja! Genau das waren ihre Worte …“

„Nun, damit könnte sie Naoun gemeint haben. Das Salz ist das Gold der Ubier!“

„Will sie mich verhöhnen?“, entgegnete Quirin ernüchtert.

„Warum?“, fragte Menelaos nach. „Habt Ihr Belana gesagt, dass wir dort waren, Tiberius Euch aber an die Logana geschickt hat?“

„Ich habe ihr gar nichts gesagt!“, entrüstete sich Lunas Onkel. „Sie sollte mir etwas sagen!“

„Wenn Naoun ausscheidet“, dachte der Grieche mittlerweile längst weiter, „bliebe nur der ‚Ort der Götter‘, der matthischen Götter …“

„Von Euch ist keiner Matthe, oder?“ Quirin hatte sich kurz seinen Wachen zugewandt, die hinter dem Wagen herliefen.

„Bei allen Göttern, nein!“, erwiderte der Erste.

„Dann wisst Ihr auch nicht, was ihnen heilig ist …", mutmaßte Quirin.

„Es gibt da dieses Feld", entgegnete ein Zweiter. „Mit den Gräbern der heiligen Frauen …"

„Den Valkyrjen?", schaltete sich Menelaos nun interessiert in das Gespräch ein. Er rutschte auf seinem Kutschbock zur Seite und lugte um die Ecke des Wagens nach hinten.

„Ja!", bestätigte ihm der Mann.

„Hm!", überlegte Quirin, um schließlich seinem Sklaven eine Order zu erteilen: „Menelaos, Du sprichst die Sprache dieser Menschen! Hör' Dich um heute Abend! Finde heraus, ob sie das Feld gemeint haben könnten!" Ein letztes Mal blickte er zurück in Richtung des Steinkreises. „Wir sollten ihr ihren Balg wegnehmen! Dann würde sie sicher reden!"

„Das wird gewiss nicht nötig sein, Herr!", entgegnete Menelaos.

„Und dieser Hüne?", hakte sein Herr nach einem weiteren Moment des Schweigens nach. – Sie hatten das Dorf mittlerweile erreicht und rollten durch sein geöffnetes Tor. „Was hat der so gewollt? Du hast doch mit ihm gesprochen! Worüber habt Ihr Euch unterhalten?"

„Über alles und nichts!", seufzte der Grieche. „Die Götter und die Welt!"

„Werd nicht unverschämt!", herrschte Quirin ihn an. „Ein bisschen genauer!"

„Über Bienen zum Beispiel", antwortete Menelaos kurz und knapp.

„Über Bienen?", fragte Quirin verwundert nach. „Warum bei allen Göttern über Bienen? Manchmal glaube ich wirklich, Du bist nicht ganz bei Sinnen!"

„Ja, über Bienen", bestätigte Menelaos. „Velent, Belanas Sohn, hat ihm stolz berichtet, dass er seiner Mutter einen Beutel voller Honigwaben geholt hat."

„Du redest mit ihm über Bienen?", konnte sein Herr es dennoch nicht fassen. „Du hättest ihn besser überreden sollen, mit uns zu kommen! Einen Kerl mit solchen Muskeln könnten wir beim Bau unseres Marktes allemal gebrauchen!"

„Das habe ich ihm auch gesagt", entgegnete der Grieche. „Indirekt zumindest."

„Was soll das denn nun schon wieder heißen?“ Es war nicht zu überhören, wie ungehalten Quirin mittlerweile war. Vielleicht lag dies aber auch ein wenig an den Gesichtern einiger Dorfbewohner, die keinen Hehl daraus machten, dass ihnen die Fremden nicht willkommen waren. „Du sprichst in Rätseln!“, sprach Quirin weiter. „Wie dieses elende Weib! Lass das!“

Menelaos seufzte erneut. Aber nur kurz. Dann erklärte er sich: „Ich habe ihn gefragt, ob es nicht vielleicht klüger sei, weil man weniger Stiche riskiert und nicht immer wieder mit dem Suchen beginnen muss, wenn man ein solches Volk einfängt, ihm Obhut gibt und Schutz vor Feinden und dafür im Gegenzug etwas Honig nimmt!“

„Ah!“ Quirin hob wissend den Finger. „Ein Gleichnis! Ich verstehe! Aber, ob es dieser einfache Schmied verstanden hat, bezweifle ich doch sehr!“

„Er hat es verstanden“, erwiderte Menelaos und nickte entschieden.

„Wie kannst Du Dir da so sicher sein?“

„Weil seine Antwort es deutlich beweist. Er sagte: ‚Wenn Rom glaubt, es könne die wilden Germanen fangen und zähmen, so sollte es wissen, dass sie ein Volk vieler Völker sind, wie Bienen so zahlreich und mit nicht weniger Stacheln bestückt. Und töricht wie sie ohne Zögern bereit, für Volk und Haupt ihr Leben zu geben.‘“

*

Nicht zu zähmen, wild und töricht! – Man kann den Germanen
Einfach nicht besser beschreiben. Und zugleich vor ihm warnen!
Anders, behaupte ich, lässt es sich doch gar nicht erklären,
Dass seine Stämme nie müde werden, sich uns zu erwehren!
Dass sie – so sehr wir seit vielen Jahren auch danach gieren –
Nie beständig ihr Knie vor uns beugen und kapitulieren!

Sicher, auch wir sind nicht frei davon, manchmal Fehler zu machen.
Einer sollte im Falle Quirins einen Aufstand entfachen.
Nur einen kleinen, aber Tote sollte es geben.
Etliche Menschen verloren seinetwegen ihr Leben.

Nach dem Besuch am Steinring, bei Velents Mutter Belana,
War er wieder nach Süden gezogen. Um an der Logana
Jenes Feld der heiligen Frauen genau zu betrachten.
Karg und unbebaut war es. Aber vier Dinge machten
Nachhaltig Eindruck auf ihn. Zunächst die erhobene Lage.
Denn ein zu tief gelegener Ort kam für ihn nicht in Frage.
Hohes Wasser durch Regen bedrohte die flussnahen Auen.
Und den Göttern des Wetters durfte hier niemand vertrauen!

Zweitens ließ sich der Fluss hier dank einer Furt überqueren. –
Hat ein Fluss keine, so kann dies den Handel erheblich erschweren.
Bis zur Furt ließ er sich aber mit flachen Kähnen befahren.
Doch am besten gefiel ihm, wie friedlich die Menschen hier waren.

Kaum eine Spur vom gewohnten Streit der verschiedenen Stämme.
So, als ob das Feld ihn ersticke. Oder stark dämme.
Ja, selbst ihn, den Römer, schien man schweigend zu dulden.
Wohl, weil man glaubte, den Toten Ruhe und Frieden zu schulden.

Dieses Feld ist bestens geeignet, den Markt zu errichten!,
Dachte Quirin und wagte es gar, darauf zu verzichten,
Seinem Bau, der nun folgte, Wall und Mauer zu geben.
Schließlich schien man hier friedlich nebeneinander zu leben.
Letztlich war es nur eine dünne Wand, die ihn schützte.
Oder begrenzte. Weil sie zur Abwehr von Feinden kaum nützte.

Wie eine Insel sollte der Markt das Feld überragen.
Ihn zu betreten sollten indes nur sehr Wenige wagen.
Weitaus die Meisten konnten uns schlicht und ergreifend nicht leiden.
Doch sie sahen noch weitere Gründe, das Forum zu meiden.

Erstens sollten all ihre Priester sie scharf dafür rügen.
Zweitens kaum einer über die nötigen Mittel verfügen.
Geld war damals noch etwas, das man im Norden kaum kannte.
Also war es kaum möglich, dass man den Markt überrannte.

Andererseits gelang es Quirin, eine Lücke zu schließen.
Denn der Germane nutzt gern jeden Anlass, um sich zu begießen.
Auf die verehrten Valkyrjen die Hörner und Humpen zu heben,
Konnte nicht schaden! Auf sie, die Götter, den Tod und das Leben!

Also begannen die ersten nun zaghaft, Geschmeide zu tauschen,
Um für das Geld einen Humpen zu kaufen und sich zu berauschen.
Bei den anderen Ständen blieb es zwar meist nur beim Gaffen.
Doch gelang es Märkten schon immer, Bedarfe zu schaffen.
Weil er es kann, beginnt der Erste, sich etwas zu gönnen.
Andere folgen – oder sie träumen davon, es zu können.

Wer ein Forum errichtet, der muss sich nur etwas gedulden.
Was Quirin aber schwer fiel. Denn bald schon drückten ihn Schulden.
Irgendwie, seufzte er ratlos, muss es mir schleunigst gelingen,
Mehr der Sugambrer, Sueben und Matthen ins Forum zu bringen.
Was sie verbindet, sind einzig die Gräber der heiligen Frauen,
Schloss er ganz richtig und gab den Befehl, einen Tempel zu bauen.
Wenn sie erst sehen, dass selbst Römer die Frauen verehren,
Hoffte er weiter, wird sich kein Mensch mehr des Marktes erwehren.

Damit, mit dem Beginn des Baus, war der Fehler begangen.
Denn so oft die Germanen auch ihre Valkyrjen besangen,
Niemand von ihnen mochte die Heiligen eingesperrt sehen.
Glaub mir, so ist es – auch wenn wir uns schwer tun, dies zu verstehen.

Auch, um die Götter zu ehren, geht der Germane ins Freie.
Hier wird geopfert, gebetet, und hier zelebriert man die Weihe.
Deshalb ist er so oft im Moor, an den Eichen und Buchen.
Weil er glaubt, dass die Götter sich dort ihre Heimstätten suchen.

In einem Tempel indes erkennt er nur eins: ein Gefängnis.
Wer dies nicht weiß oder achtet, kommt leicht in arge Bedrängnis!
Als nicht minder frevelhaft gilt es, ein Grab zu bebauen.
Hier ganz besonders. Schließlich ging es um heilige Frauen.

Niemand dort hatte ein solches Verhalten für möglich gehalten.
Dass die Germanen indes zunächst die Fäuste nur ballten,
War der speziellen Geschichte des schlichten Grabfelds geschuldet.
Auf ihm ward Aufruhr – gleich welcher Art – von niemand geduldet.
Abseits des heiligen Felds indes braute sich Unheil zusammen.
Kaum ein halber Monat verging und das Land stand in Flammen.

Unserem Statthalter blieb keine Wahl. Er musste tun, was er tat.
Er befahl ein Paar der Kindsgeiseln zu sich und ließ die Söhne der
Häuptlinge töten. Seine Drohung, die andren auch zu meucheln, genügte.
Binnen Monatsfrist kuschte der Feind. Nur wenige schworen Rache.

Norward vom Steinring war einer von ihnen. Denn sein Sohn zählte
auch zu den Toten. Wolfgers Tod konnte er nicht verwinden. Seine Axt in
den Händen, zog er aufs Feld der Valkyrjen, klagte den heiligen Frauen
leise sein Leid und haute sodann den Tempel in tausend Stücke.

Möglich, dass er es war, der in der nächsten Nacht das Forum fast völlig in Schutt und Asche legte. Ihm blieb aber keine Zeit, um sich zu erklären. Als ihn unsere Wachen schließlich am kommenden Tage festnehmen wollten, griff er sie an und kam dabei selbst zu Tode.

Dieser Vorfall sorgte dafür, dass die Matthen sich teilten.
Denn wenn auch viele weiter an unserer Seite verweilten,
Fanden durch Norwards Vorbild allmählich auch andre zusammen.
Einig im Geiste, den Tod zu verachten und uns zu verdammen.

Wenn man so will, dann war Norward vom Steinring der Vater der Chatten.
Wie einen Helden sollte das Dorf seinen Häuptling bestatten.
Hunderte kamen und sahen das Feuer, in dem er verbrannte.
Norwin führte sie an. Denn er war der engste Verwandte.
Aber er sagte fast nichts, um sein Ziel, bald Häuptling zu werden,
Nicht durch ein uns zu freundlich gesonnenes Wort zu gefährden.
Lieber gab er sich trauernd und schweigend. Den Göttern ergeben.
Andere Brüste sah man indes sich auch zürnend erbeben.

Nie zuvor hatte Swidger so viele Menschen gesehen.
Als sie noch Wolfger gedachten, war's um den Knaben geschehen!
Als sie zum Abschluss gemeinsam die heiligen Frauen besangen,
Rannen ihm längst schon Tränen wie Bäche über die Wangen.
Niemals würde er Rom den Mord an Wolfger verzeihen!
Feierlich schwor er, sein Leben dem Kampf und der Rache zu weihen.

Velent sah die Gefahr und versuchte, Swidger zu zügeln.
Aber das Mahnen des Freundes sollte ihn eher beflügeln.

Ruhelos strich er umher, durch die Wälder. Gleich einem einsamen Wolf auf der Jagd. Und bat seinen Kriegsgott um einen Römer. Jetzt! Er konnte nicht warten! Leben für Leben und Blut für Blut! Er würde, er musste töten, um Wolfgers Seele zu retten. Doch Tyr schien ihn nicht zu hören.

Keiner der Feinde zeigte sich. Keiner. Aber war nicht Norwin ihr Freund?! Er war es! Er buhlte um sie doch seit Langem! Er allein sprach ihre Sprache! Er allein trank ihren Wein! Und ihm allein waren die Hühner! Heimlich schlich Swidger zu ihnen, zog sein Messer und stach sie nieder.

Norwin tobte und ließ sich die Hühner mit Ziegen bezahlen.
Lächelnd gab Bernulf ihm fünf, um nun täglich damit zu prahlen.
Nicht mal geweiht, hatte Swidger schon Mut und Stärke bewiesen!
Tod allem römischen Unrat! Die Götter seien gepriesen!

Nur zu gern hätte Norwin Bernulf dafür erschlagen.
Noch aber war er entschieden zu schwach, um dergleichen zu wagen.

**

Heute halte ich Deine Kette einmal mehr in der Hand. Fest umschlossen. Und bete und hoffe, dass es ihr gelingen möge, Dich heil zu mir zurückkehren zu lassen! Selbst die heiligen Frauen bat ich um Beistand.
Irgendwann wird man sich sicher erzählen, dass sie selbst es waren, die Mattiacum in Asche legten. Als das erste Forum brannte, war es nicht anders. Allen voran die Sugambrer wollten nicht daran glauben, dass ein Matthe den Mut gehabt haben sollte, sein Leben dafür zu geben.
Ob man den Markt irgendwann wieder aufbauen wird? Damals geschah es recht bald.

*

Nach dem Brandanschlag sah sich das Reich zum Handeln verpflichtet.
Unweit der Gräber wurde ein Lager des Heeres errichtet.
Um den Frieden zu wahren und ihn auch in Zukunft zu schützen.
Doch Quirin sollten diese Maßnahmen ebenfalls nützen.

Denn Tiberius hatte der Einheit des Lagers befohlen,
Zusätzlich Holz zum erneuten Bau eines Forums zu holen.
Mehr noch: Er ließ diesen Marktplatz in großem Rechteck umwehren,
Häuser und Hallen erbauen und Straßen die Siedlung durchqueren.
Damit setzte der spätere Caesar ein deutliches Zeichen:
Rom war nicht bereit, einem feigen Feuer zu weichen!

Um aber gleichzeitig auch seinen guten Willen zu zeigen,
Traf er die Wahl, zu den Gräbern zu geh'n und sich dort zu verneigen.
Gleich erfährst Du, welch besonderen Tag er erwählte.
Doch zunächst sollst Du lesen, was er dort leise erzählte:
„Unser Ziel ist es nicht, uns Germanien einzuverleiben",
Flüsterte er. „Gestattet uns nur, hier Handel zu treiben.

Um Euren Wunsch zu erfüllen, dass alle in Frieden hier leben,
Wäre es außerdem sinnvoll, wenn wir hier Steuern erheben.
Doch ich gelobe, mich ganz nach Eurem Willen zu richten.
Ich erbitte ein Zeichen und werde auf alles verzichten,
Wenn Ihr es nicht gebt!" Laut rief er nun: „Ihr heiligen Weiber,
Schwärzt für ein *Ja* die Sonne! So wie einst Eure Leiber!
Bestenfalls heute! Spätestens aber am morgigen Tage!
Es ist Eure Entscheidung. Denn Ihr seid dazu in der Lage!"

Nun, Du ahnst es: Auch wenn man im Norden Vielem entbehrte,
Kluge Statthalter setzen an jedem Ort auf Gelehrte!
Sicherlich hatte Tiberius schon am Moenus erfahren,
Welche Gelegenheit sich ihm bot, den Frieden zu wahren.

Trotzdem war es gewagt, auf den Rat der Weisen zu bauen,
Doch sie behielten Recht. Und so hieß es, die heiligen Frauen
Hätten tatsächlich die Sonne verdunkelt und damit entschieden,
Rom und sein Markt dürften bleiben. Die Heiligen wünschten sich Frieden!

Mit einem kleinen Trick war Tiberius Großes gelungen.
Denn entlang der Logana fühlte sich niemand bezwungen.
Dieser Frieden wurde Auge in Auge geschlossen.
Nah bei den Gräbern. Und danach im Marktort kräftig begossen.

Dennoch gelang es dem Statthalter, kühlen Kopf zu bewahren –
Diese Eigenschaft machte ihn später zum guten Caesaren.
Um die Basis des Friedens so gut wie nur möglich zu schützen,
Fand er es sinnvoll, die Macht der Valkyrjen noch weiter zu stützen.

Er versprach: Das Feld sollte ihnen alleine gehören!
Weitere Tempel – für wen auch immer – würden nur stören.
Einzig die eigenen Fahnen wolle das Reich hier noch ehren.
In einer Kammer – dies würde Rom sicher niemand verwehren.

Diese Entscheidung löste inmitten der feiernden Menge
Tosenden Jubel aus und wahre Freudengesänge.
Für das Versprechen auf Frieden, welches die Stämme ihm gaben,
Ließ er am kommenden Tag noch rasch einen Brunnenschacht graben.

Auch in diesem Punkt sollte Tiberius weise entscheiden,
Denn die Germanen schienen das Wasser des Flusses zu meiden.
Sicher aus Achtung. Und zwar gegenüber den eigenen Toten,
Denen sie oft einen Gruß am Ufer des Flusses entboten.
Doch, wer den Marktort betrat, der hatte nun nicht mehr zu darben.
Viele kamen denn auch, sich am Wasser des Brunnens zu laben.

All diese Maßnahmen spielten Quirin, wie erwähnt, in die Karten.
Aber, um auf den Aufschwung nicht länger als nötig zu warten,
Lieh er sich rasch etwas Geld und baute mit ihm auf die Schnelle,
Was ihm Gewinn versprach: Tavernen und mehr noch Bordelle.

Sicher ward dies so nahe der Gräber nicht gern gesehen,
Andererseits kann nicht jeder Wein und Weib widerstehen.
Nur die Chatten vermieden es weiter, den Markt zu besuchen.
Doch nicht nur dafür sollte Quirin sie alle verfluchen.

Nein, es sollte ihn wurmen, wie lauthals sie Norward gedachten!
Dass sie den Brandstifter hochleben ließen und Feuer entfachten!
Ungestraft! Gleich vor den Toren des Marktes! Es war eine Schande!
Aber den Hauptmann des Lagers kümmerte dies nur am Rande.

Ihm sei befohlen, Augustus, dem Reich und dem Frieden zu dienen.
Lästig seien die Rufe der Chatten. Keiner von ihnen
Trüge indes eine Waffe. Es gäbe ganz andre Gefahren.
Deshalb hieß er Quirin, er solle die Ruhe bewahren.

Auch Menelaos riet ihm, die Rufe nicht zu beachten.
Überall stünden genügend Soldaten, die alles bewachten.
Diese Menschen wollten nur eines: ihn provozieren.
Aber sie würden die Lust am Rufen ganz sicher verlieren.

Doch Quirin war es leid, dass die elenden Chatten ihn narrten!
Keine einzige weitere Woche würde er warten!
Er als Händler – das wusste er – durfte den Frieden nicht brechen.
Doch es war leicht, einen Partner zu finden und ihn zu bestechen.
Denn Germaniens Stämme waren schon immer zerstritten.
Folglich hatte er den, den er fand, nicht lange zu bitten.

Seinen Namen wollte er niemandem je offenbaren.
Doch er kam später heraus. Denn er sollte ihm Steuern ersparen.

**

Ich habe Menelaos gebeten, trotz der bitteren Kälte, den Vorhang einen Moment zurückzuschlagen. Ich wollte den Himmel sehen, Velent, den Himmel. Denn, wo auch immer Du sein magst, es kann doch nicht anders sein, als dass der Himmel über uns sich bis zu Dir spannt.
Doch ich sehe den Himmel nicht. Dichter Nebel nimmt uns auch heute die Sicht. Nicht der verwunschen leichte, den ich so schätze, sondern schwerer, müder Nebel. Es riecht nach feuchter Asche.
Wie damals, vor zwölf Jahren, als uns das Schicksal zum dritten Mal zusammenführte. Ich war erst neun, Velent, erst neun Jahre alt und fühlte mich Dir dennoch bereits kaum weniger verbunden als heute.

**

Bild IV

12 Jahre vor Lunas Brief an Velent – im Wald weit oberhalb des Steinrings

Der Reiter preschte in vollem Galopp den Abhang hinauf. „Das halbe Dorf ist zerstört!“, rief er, als er nahe genug war. „Das Dorf der Chatten am Steinring! Es ist überfallen worden!“

Im Lager unserer Steuereintreiber brach Unruhe aus. Aufgebracht begannen die Wartenden zu murmeln und trugen die Botschaft weiter.

„Überfallen?“, wiederholte Luna, die augenblicklich aufgesprungen war. Nicht anders als Menelaos, der neben ihr auf einer ölgetränkten Plane geruht hatte.

„Diese Chatten haben es auch nicht anders verdient!“, kommentierte einer der Legionäre die Nachricht, die den Forderungen der Steuereintreiber im Zweifelsfall Nachdruck verleihen sollte. Er stand nicht weit von Luna und Menelaos entfernt. Ein Zweiter ergänzte: „Es ist um keinen schade!“

Der Grieche seufzte tief und meinte leise: „Es ist ein Trauerspiel, wie wenig Verstand und Mitgefühl manchen Menschen gegeben ist!“

Luna war zu aufregt, um darauf einzugehen. „Was soll das heißen, Menelaos“, bat sie den Griechen um seine Meinung, „dass das Dorf überfallen wurde? Sind am Ende alle tot? Auch Velent?“

Menelaos wies mit einer kurzen Kopfbewegung auf den Boten. Er hatte sich von seinem Pferd geschwungen und kam auf sie zu. Da Quirin ganz in ihrer Nähe auf seinem mit rotem Tuch bespannten Stuhl saß, würden sie gleich sicher aus erster Hand etwas mehr erfahren.

„Die Sugambrer!“, machte der Mann Meldung. Er war noch etwas außer Atem. „Die Sugambrer waren es – sagen die Chatten!“

„Wir sollten Mars danken, wie viel Zwietracht er unter unsere Feinde gesät hat!“, schaltete sich erneut einer der Legionäre ein. Doch sein Zeltpartner meinte: „Red nicht! Pack lieber Deine Sachen, so wie die anderen!“

„Warum die Eile?“, fragte der Erste.

„Warum? Weil wir in diesem Dorf übernachten wollen, Du Trottel!“, erklärte der Andere. „Und ich ziehe es vor, in einem warmen Haus zu schlafen. Und so viele davon scheint es dort unten in diesem Nebelloch nicht mehr zu geben!“

„Du hast Recht!“, stimmte ihm der Erste zu. „Na, dann mal los!“

Es dauerte nicht lange, bis die Steuereintreiber, Legionäre, Wagenlenker und Viehtreiber und all jene, die sich ihnen angeschlossen hatten, um im Schutz der Truppe ein Stück ihres Weges sicher zu reisen, ihre Bündel geschnürt und sich auf den Weg gemacht hatten.

Der Tross verließ die Bergweide, auf der Quirin ihn hatte rasten lassen, um im Tal vor der Weiterreise nach dem Rechten sehen zu lassen. Es lag in dichtem Nebel, der alles verschluckt zu haben schien.

Viele der Männer schwatzten wild durcheinander – lauter noch als das blökende und meckernde Vieh um sie herum, das sie bereits andernorts eingesammelt hatten. Die einen, weil sie es nicht erwarten konnten, sich am Unglück der Chatten zu weiden; die anderen, um ihre Angst zu vertreiben. Oder die bösen Geister. Denn jeder von ihnen wusste, dass der Wald, den sie gerade durchquerten, als verwunschen galt. Manche meinten, dort gäbe es Riesen. Andere hatten von Drachen gehört. Und wieder andere wollten aus sicherer Quelle erfahren haben, dass es in diesem Wald auch seltsame Mischwesen gäbe, die halb Mensch und halb Wolf oder Bär waren. Wer eine der langen Stelen mit ihren hölzernen Fratzen sah, die sich hier und da durch den Nebel fraßen, glaubte solche Geschichten nur zu leicht!

Allein Quirin, Menelaos und Luna blieben stumm. Doch während Quirin dabei ungewohnt entspannt wirkte, schwiegen Menelaos und Luna aus Kummer und Sorge.

*

Und wie ich heute im Stillen bange, ob ich Dich wiedersehen mag, so bangte ich auch damals auf dem Weg hinab in Dein Dorf, ob des tragischen Leids, das ihm widerfahren war. Wie der Nebel heute die Ruinen Mattiacums umschließt, so hielt er damals das Dorf am Steinring gefangen. Und wie ich heute bete, dass die Götter – gleich welche – ihre schützende Hand über Dich gehalten haben mögen und weiter halten, so tat ich es auch damals.

*

Einem flüchtigen Traum gleich schoben sich schließlich die Reste eines Palisadenrings durch den Nebel. Er hatte das Dorf nicht zu schützen vermocht. Er trug riesige Lücken. Sie gaben den Blick frei auf die schemenhaften Umrisse der wenigen verschont gebliebenen Langhäuser. Zwischen ihnen: die verkohlten Reste der Balken der anderen einst so mächtigen Gebäude. Wie erstarrte Finger schienen sie ins milchige Nichts zu greifen – klagend, taub und stumm. Den Seelen der Toten hinterher, von denen die ersten bereits verbrannt worden waren. Auch die Reste der Scheiterhaufen tauchten aus dem Nebel auf. Sie waren außerhalb des Dorfes errichtet und angezündet worden, auf einer Weide in Richtung des Steinrings.

Quirin indes kümmerte dies nicht im Geringsten. „Servatius“, wies er den Anführer seiner Begleitmannschaft an, „führ Deine Männer ins Dorf! Sammelt die Abgaben ein! – Geld, Vieh oder Ernte!“

„Herr“, gab Servatius verwundert zu bedenken, „die meisten werden schwerlich noch etwas haben!“

„Wir sind nicht gekommen, um mit leeren Händen zu gehen!“, hielt ihm Quirin ungehalten entgegen. Er sprach bewusst so laut, dass ihn auch die ersten Dorfbewohner verstehen konnten, die sich nun, nachdem sie sich sicher waren, nicht erneut überfallen zu werden, langsam näherten. „Wer wirklich nichts mehr hat, soll sich etwas leihen! Das musste ich schließlich auch tun! Oder besser noch: Er soll mit uns kommen und seine Schuld abarbeiten! Oder uns seine Sklaven oder Kinder geben! Aulus würde sie uns gewiss alle abnehmen!“

„Was will der Römer auf seinem riesigen Pferd?“, fragte ein Greis, während sein Weib nach Norwin rief, der sich ihnen mit langen Schritten näherte. „Norwin, Du verstehst sie doch …“

„Sie fordern ihren Tribut!“, meinte der Führer des Dorfes betroffen.

„Bei allen Göttern!“, erwiderte der Greis. „Und ich hatte gedacht, sie seien hier, um uns zu helfen!“

Bis in die Ruinen des Dorfes hinein sprach es sich schnell herum, warum unsere Landsleute gekommen waren. Der Unmut war groß. „Sie haben doch genug! Schaut Euch die riesige Herde an, die sie auf unsere Weide treiben!“, riefen die einen, „schert Euch fort! Wir haben nichts mehr! Nichts!“, die anderen.

Aber Quirin kannte keine Gnade. „Worauf wartest Du? Du hast Deine Order erhalten, Servatius!“

„Auf geht's, Männer!“, preschte der Angesprochene vor, „Abgaben, Tribut! – Geld, Vieh oder Ernte!“ Und seine Männer taten, was ihnen geheißen ward.

Menelaos schüttelte den Kopf, doch er konnte nichts tun. Er saß auf dem Kutschbock seines Wagens und hielt Luna im Arm, die sich mit banger Miene umschaute. Doch sie erblickte weder Velent, noch konnte sie den Steinring entdecken. Der Nebel war zu dicht und ihr die Umgebung des Dorfes zu fremd. Zwei Jahre zuvor hatten sie es aus der entgegengesetzten Richtung erreicht.

„Alle Männer da rüber!“, scheuchten die Legionäre die Dorfbewohner nun auseinander. „Zu welcher Sippe gehört Ihr? Wer steht Euch vor?“

„Ich!“, erhob Norwin die Stimme.

„Dann sieh zu, dass niemand Ärger macht! Und haltet Eure Hunde fest, sonst erschlagen wir sie!“

Quirin verfolgte das Geschehen aus dem Hintergrund. „Nehmt Euch die Kinder“, erinnerte er die Legionäre. „Dann fügen sie sich!“, um mehr zu sich selbst zu ergänzen: „Großen Widerstand werden sie an einem Tag wie heute ohnehin kaum leisten. Und die Aufsässigsten von ihnen sind sicher noch an der Logana!"

„Treibt die Kinder zusammen!", wiederholte Servatius, was vor allem die Frauen des Dorfes verzweifeln ließ. Viele schrien, andere liefen davon oder versuchten in aller Eile, ihre Kinder irgendwie und irgendwo zu verstecken.

Noch angespannter als zuvor versuchte Luna den Überblick zu behalten. Doch es gelang ihr nicht. Zu viele Menschen liefen durcheinander.

„Das könnt Ihr nicht tun, Quirin!", rief Norwin. Aber ein Legionär versperrte ihm den Weg. „Oh doch, das können wir!" Quirin wiederum tat so, als hätte er Norwin weder erkannt noch gehört.

„Haben wir denn noch nicht genügend Kinder verloren?", schrie eines der Weiber ganz in der Nähe, der man ihr wimmerndes Kind soeben aus den Armen gerissen hatte. Luna litt mit den beiden. Menelaos drückte die Neunjährige eng an sich.

„Ihr habt kein Recht dazu! Hört Ihr!", beschwerte sich der Greis, bevor ihn einer der Legionäre dafür niederschlug.

„Es waren Männer aus Eurem Dorf, die unseren Markt niedergebrannt haben", hielt er dem Weib des alten Mannes vor, „und es waren Eure Heiligen, die den Abgaben zugestimmt haben." Die Frau blickte ihn hasserfüllt an, dann jedoch sah sie ein, dass es sinnvoller war, sich um ihren Mann zu kümmern.

„Und wo ist der Schutz, den Ihr uns gewähren wolltet?", versuchte Norwin erneut, sich bei Quirin Gehör zu verschaffen. „Wo ward Ihr gestern, als wir Euch gebraucht hätten?"

Menelaos vermochte nicht, sich noch länger zurückzuhalten. „Wir werden die Täter zur Rechenschaft ziehen!", rief er Norwin und den anderen zu. Vorsichtig blickte er zu seinem Herrn hinüber, in der sicheren Erwartung einer scharfen Rüge. Quirin indes lächelte nur kalt.

„Wir sind nicht hier, um zu schwätzen!", wies ihn Servatius zurecht, der kurz zurückgekommen war, um Quirin über die ersten Erfolge seiner Arbeit zu berichten. „Geld, Vieh oder Ernte!“, wiederholte er barsch, was Quirin mit einem weiteren, nun gönnerhaften Lächeln quittierte.

„Oder kommt mit uns an die Logana!“, ergänzte Menelaos.

„Niemals!“, empörte sich die Alte.

„Wir haben genug Platz rund um unseren Markt!“, versuchte Servatius sein Glück bei Norwin. „Und Arbeit und Essen! Für alle!“

„Arbeit und Essen für alle!“, übersetzte Menelaos den Umstehenden ins Matthische.

„Essen gut! Guntar Hunger! Guntar immer Hunger!“, entgegnete Guntar. Swidgers jüngerer Bruder war der Gruppe näher gekommen, weil sein schlichtes Gemüt sich von dem riesigen Pferd in der Menschentraube angezogen fühlte. Und die in verschiedensten germanischen Stämmen angeworbenen Wachen machten ihm auch bereitwillig den Weg frei, bis Quirin sie zurechtwies: „Warum lasst Ihr den Trottel durch? Schickt ihn weg oder ich reite ihn nieder!“

„Sei still, Guntar! Und komm mit mir!“, nahm sich eines der chattischen Weiber des Knaben fürsorglich an.

Norwin seufzte und wandte sich an die umstehenden Dorfbewohner: „Vielleicht haben die Römer Recht! Vielleicht sollten wir mit ihnen gehen! Was bleibt uns denn hier noch? Der Winter ist nahe!“

Doch es fand sich kaum jemand, der ihm zustimmen wollte. Jene versuchte Servatius zu locken: „Kommt hier herüber! Für alle, die mitkommen, gibt es Bier, Brot, Käse und Schinken!“

Zumindest einige gaben nach und nahmen das verlockende Angebot an.

„Na, also! Es geht doch!“, nahm es Quirin zufrieden zur Kenntnis. „Das wäre erledigt! Aber unser Markt braucht noch einen Namen! Belana wird uns den richtigen nennen!“

Luna atmete erleichtert auf, während ihr Onkel Servatius zu sich befahl und ihn hieß, sie zu begleiten. Menelaos seufzte erneut: „Ich fürchte viel mehr, die Chatten hier könnten zu den Waffen greifen!“ Dann schnalzte er mit der Zunge und trieb das Zugtier des Wagens mit einer Gerte an.

Quirin blickte erstaunt zu seinem Sklaven herüber. „Ja, ist es denn möglich, dass ich Dir tatsächlich einmal etwas voraushabe?“, sprach er ihn gehässig an. „Dass ich etwas weiß, was Du nicht weißt? Keiner von ihnen wird heute zu Schwert oder Lanze greifen! Sie haben ihre Toten zu ehren!“

Belana hatte die Schreie aus dem Tal zu deuten gewusst. Jene am Vortag, beim Überfall der Sugambrer, hatten anders geklungen. Von daher ahnte sie, wer gekommen war und vermutete ganz richtig, bald besucht zu werden.

Sie hatte Velent geheißen, in der Hütte zu bleiben. Sie selbst stand ein paar Schritte vor ihr, auf halbem Weg zum Steinring.

„Gestern“, sprach sie in seltsam hohl klingender Stimme zu sich selbst „sah ich die ersten Lachse im Bach. Wie oft freute ich mich, sie zu sehen? Gestern jedoch war es anders. Ich sah nur ihren nahenden Tod vor mir und nicht wie sonst auch das neue Leben, das sie in sich tragen. Dann kamen die Sugambrer und nun die Römer. Und ich sehe noch immer den Tod.“

Kurz darauf schälten sich die Konturen zweier Reiter aus dem Nebel. Gefolgt von einem Wagen.

*

Ich erinnere mich noch genau, wie Du Dich aus dem Schatten des Eingangs Eurer Hütte löstest, Dich endlich zeigtest, unversehrt. Und wie enttäuscht ich war, galt Deine Aufmerksamkeit doch nicht mir, sondern zunächst scheinbar allein dem Pferd meines Onkels. Trotzdem war ich so erleichtert, dass Du den Angriff auf Dein Dorf überlebt hattest. So erleichtert!

Wie sehr, Velent, schäme ich mich der schändlichen Taten meines Onkels! Ich möchte mir, wann immer ich an ihn denke, meine Adern öffnen, damit der Teil meines Blutes, der auch der seine sein mag, mich endlich verließe!

*

„Gehen wir in Deine Hütte, Seherin!“, herrschte Quirin Belana grußlos an. „Ich habe mit Dir zu reden.“

Sie drehte sich wortlos um und ging voraus. Lüstern musterte er ihren wohl geformten Hintern. Dann sah er einen Knaben in weitem Bogen an sich vorbeihuschen. „Finger weg von meinem Pferd!“, rief er ihm hinterher.

Auch Menelaos und Luna hatten den Steinring unterdessen erreicht. „Er ist Belanas Sohn“, erklärte der Grieche, aber Quirin hörte ihn nicht.

Stattdessen rügte er sich selbst: „Was mach ich mir eigentlich Sorgen um ihn! Soll er sich doch tottreten lassen, der kleine Germane!“ Er blieb einen Moment stehen, um Belana dann indes umso eiliger zu folgen. „Wobei wir nicht hoffen, dass dem Knaben etwas passieren wird!“, rief er der Seherin hinterher, die mittlerweile in ihrer Hütte verschwunden war. „Aber er hat ja eine Mutter, die bemüht sein wird, alles dafür zu tun, dass dies nicht geschieht!“

Luna hatte die Worte ihres Onkels ebenfalls gehört. „Keine Angst“, versuchte Menelaos sie zu beruhigen. „Das Pferd scheint ihn zu mögen. Und nebenbei: Ein Germane ist er wohl auch nicht. Wohl eher ein stolzes Keltenkind!“

*

Ich weiß nicht, wie lange wir vor der Hütte Deiner Mutter gewartet haben – über das kurze Lächeln, das Du mir schließlich schenktest, als Du erkanntest, dass das Mädchen, das sich zu Dir gesellte, Deine Kette trug, vergaß ich die Zeit.

Ich weiß auch nicht, was in der Hütte geschah, über was dort gesprochen worden sein mag – außer über den Namen des Marktorts, der nun nicht mehr ist. Vielleicht wurde zunächst auch gar nicht gesprochen.

Verzeih mir, Velent, doch bin ich nicht länger das Kind, das ich damals war und das sich nichts dabei dachte, wenn ein Mann einer Frau in ihre Hütte folgte. Was sollten sie tun, außer miteinander zu reden? Heute ahne ich es, weil ich weiß, welcher Mensch mein Onkel war, und weil ich weiß, wozu eine

Frau – sei sie auch noch so stark und stolz –, fähig sein muss, setzt man ihr oder denen, die ihr etwas bedeuten, das Messer an den Hals. Ich fürchte, es lag an Deinem, Velent, ohne dass Du es auch nur ahntest.
Was dann geschah, verschwimmt in meiner Erinnerung zu einem einzigen fürchterlichen Moment.

*

Plötzlich wurde es laut in der Hütte. Belana riss die Tür auf. „Raus! Hinaus!"

Quirin schrie sie an: „Was fällt Dir ein?! – Servatius, schnapp Dir den Jungen!"

Velent beherrschte unsere Sprache noch nicht, was in jenem Moment weder Menelaos noch Luna bedachten. So fiel es Servatius leicht, den Knaben zu überraschen. Belana sah es mit bangem Blick. Stocksteif stand sie vor ihrer Hütte und blickte auf das Messer an Velents Hals.

„Du bist mir zumindest noch eine Antwort schuldig!", zischte Quirin ihr ins Ohr. Dann drängte er sich langsam an ihr vorbei und krallte seine speckigen Finger in ihren Po. „Die Antwort auf die Frage, welchen Namen der neue Markt tragen soll? Man drängt mich, Augustus zu ehren. Aber es widerstrebt mir zutiefst! Was sagst Du?"

Belanas Stimme zitterte. „Nimm Dir ein Beispiel an Tiberius!", erwiderte sie leise. „Ehre die, die Du Dir spätestens heute zum Feind gemacht hast! Und jetzt lass meinen Jungen gehen!"

„Also die Matthen…", überlegte Quirin. „Hm."

„Den Jungen!", wiederholte Belana fast stimmlos ihre Bitte.

„Lass ihn gehen, Servatius!", stimmte Quirin zu, um sich im nächsten Moment an seinen Sklaven zu wenden: „Was hältst Du von Mattiacum?"

„Mattiacum?", wiederholte der Grieche, war er in Gedanken – nicht anders als Luna – doch eher um Velents Wohlergehen besorgt gewesen. „Hm. Warum nicht!" Gleichzeitig blickte er nun in Richtung des Tales.

Die Rufe von dort waren lauter geworden und schienen sich dem Steinring zu nähern. Eine Handvoll Wachen drang durch den Nebel, suchte Quirin und baute sich um ihn herum auf. „Bleibt, wo Ihr seid, Quirin!", rief ihr Anführer.

„Wir kommen zu Euch! Wer weiß, welchen Weg sie nehmen!", riefen die Männer, da gab das milchige Weiß auch bereits jene preis, vor denen sie Quirin zu schützen gedachten.

Swidger führte sie an. Stolz und mit größter Zuversicht reckte der Dreizehnjährige ein Schwert in die Höhe.

Auch all jene, die ihm folgten, schienen am blinden Vertrauen, das er in dieses Stück Eisen steckte, gewachsen zu sein. Unverhohlen forderten sie alles zurück, was man ihnen genommen hatte.

„Es ist das magische Schwert!", rief Swidger dazwischen. „Degenars magisches Schwert! Niemand kann es besiegen! Gestern wurden wir überrascht und es fehlte die Zeit, es zu ziehen, doch nun halte ich es in Händen. Seht her!"

Velent schaute ihn fassungslos an. Und Quirin erging es nicht anders.

„Was fällt Euch ein?! Pack!", brüllte er der Meute entgegen. „Bleibt stehen oder ich lasse auch noch die letzten Häuser, die Euch geblieben sind, niederbrennen!"

Gerne hätte er auch noch seine Wachen geheißen, dem Knaben endlich sein Schwert zu entreißen, doch Belana fiel ihm ins Wort.

Die Seherin breitete die Arme aus, und mit fester, klarer Stimme und traumwandlerisch die Sprachen wechselnd, sodass sie jeder hören und verstehen musste, sagte sie Quirin seinen nahen Tod voraus. Und den Tod seines Marktes.

„Dein Markt, Quirin, wird erblühen!", setzte sie an, doch dies war das Letzte, was Quirin gerne hören sollte. „Aber erst, wenn Adler und Bär gegangen sind! Vorher jedoch wird er brennen! Jeder wird ihn brennen sehen wollen! Freund und Feind!"

„Was erlaubst Du Dir?!", hatte Quirin sich gefangen und schrie die Seherin an; sie indes ließ sich nicht beirren.

„Doch Du wirst es nicht erleben, Quirin! Denn Du selbst wirst dann längst Asche sein!"

„Du doppelzüngige Schlange!", zischte Quirin und näherte sich der Seherin.

Doch sie wich nicht zurück. „Du wirst sterben!", wiederholte sie donnernd. „Inmitten Deines Marktes! Und zu Asche! Wie er schließlich auch!"

„Nein!", erwiderte Quirin leise. Er schüttelte den Kopf und zog sein Schwert. Menelaos, Luna und Velent schrien fast zeitgleich auf. „Ich werde einst mit dem Kopf meines Imperators im Arm sterben!", stellte Quirin klar und rammte der Seherin sein Schwert in den Leib. „Aber Du, Du stirbst jetzt!"

*

Ich sehe meinen Onkel noch vor mir und auch Deine Mutter. Ich sehe sein Schwert, ihr Sinken, ihr Blut. Die Ungläubigkeit in Deinen Augen, gefolgt von Schmerz und Wut. Ich sehe, wie Du Dich über sie warfst, verzweifelt mit Deinen Händen versuchtest, ihre klaffende Wunde zu schließen. Ich sehe, wie Menelaos Dir zu Hilfe eilte, doch gleichermaßen machtlos war. Ich höre Dich noch heute flehen: „Nein, bitte nicht! Lass mich nicht allein!" Und ich höre sie flüstern: „Ich bin wie der Lachs!" Und sehe sie lächeln und sterben: „Es zieht mich fort! Es zieht mich heim!"

Ich sehe Degenar, der wieder da war, wie aus dem Nichts, mit eilenden, riesigen Schritten, die doch nicht lang genug sein konnten. Ich sehe auch ihn, den Riesen, sinken. Verzweifelnd mit sich hadernd, dass er zu spät gekommen war. Doch schließlich zum Glück zumindest gefasst genug, um Dich zurückzuhalten, Dich auf meinen Onkel zu stürzen – ihm selbst fehlte damals dazu wohl noch der Mut.

Den Chatten indes schien das Leben einer Ubierin nicht wertvoll genug, das eigene dafür aufs Spiel zu setzen. Nur einer scherte aus dieser Teilnahmslosigkeit aus: Es war Swidger – was Du ihm wohl bis heute dankst.

Er griff Quirin an. Oder versuchte es zumindest. Er stürmte wutentbrannt vorwärts. Doch das Schwert, das er Degenar sieben Jahre zuvor gestohlen

hatte, zerbarst beim ersten Schlag. Es zerschellte am ersten Schild, der ihm entgegengereckt wurde.
Ich höre die Legionäre noch heute lachen und sehe ihn noch heute davonlaufen – wohl zum letzten Mal in seinem Leben.
Doch noch klarer ist mir Dein Blick in Erinnerung geblieben. Ließ er doch nun nicht mehr nur Schmerz, sondern auch tiefe Enttäuschung erahnen, glaubtest Du doch, von den letzten beiden Menschen, die Dir geblieben waren, enttäuscht worden zu sein. Von Swidger und Degenar.
Was wäre wohl geschehen, wenn Du meinen Onkel mit Deinem Messer am Hals erwischt hättest, als er Dich vorließ, Deinen Reif zu betrachten, um ihn Dir schließlich zu nehmen? Was wäre geschehen, wenn er gestorben wäre? Man hätte es gewiss nicht so rasch aufgegeben, den Wald nach Dir zu durchsuchen. Und Du wärst wohl nie zu mir nach Mattiacum gekommen!

*

Kurz zu Mattiacum: Wir sollten nicht den Fehler begehen,
Diesen noch jungen Ort nur mit unseren Augen zu sehen.
Nein, wir als Römer sind, denke ich, gut beraten im Geiste,
Alles Vertraute zu streichen. – Oder zumindest das meiste.

Dort nämlich gab es – Schreiber, tunke tief Deine Feder –
Keinerlei Tempel – wie schon erwähnt –, ja, nicht einmal Bäder.
Auch Arenen, Theater und Villen gab es dort keine.
Ausschließlich Hallen und Häuser. Und niemand verwendete Steine!

Selbst beim Bau der Basilika wurde auf Steine verzichtet!
Nur aus Holz und einfachem Flechtwerk ward sie errichtet!
Diese Gerippe pflegten die Menschen mit Dung zu beschmieren!
Warme Böden fehlten dort auch. Dort zu leben hieß frieren!

Trotzdem roch es nach Rauch. Denn überall schwelten die Feuer.
Wurde hier ein Meiler gelöscht, stand dort schon ein neuer.

Vor Deinem inneren Auge entsteht so – wenngleich noch verschwommen –
Sicher ein Bild, was es ungefähr hieß, nach Mattiacum zu kommen.
Andererseits – und da gebe ich mir gewiss keine Blöße –,
Wer noch niemals im Leben vor der gewaltigen Größe
Unsrer modernen Städte und ihrer Pracht auf die Knie sank,
Wer in Weilern aufwuchs, in denen es immer nach Vieh stank,
Der vermochte vermutlich in jenem trostlosen Flecken
Einen in seinen Augen prächtigen Ort zu entdecken.

Jedenfalls sah er, wie wohl geordnet die Häuser hier standen.
Sah, dass da breite Hauptstraßen waren, die sie verbanden,
Und er sah auch die ihm völlig fremden Kanäle –
Man verzeih' mir, wenn ich hier kurz von ihnen erzähle.
Doch der Germane kennt sie so wenig wie Frischwasserrohre.
Viele der Waren, die Händler durch die drei hölzernen Tore
In jenen Ort hinein und dann zum Forum hinbrachten,
Waren ihm auch fremd. Er sah die Menschen, die feilschten und lachten.
Kurz: Er entdeckte, wonach wir stets und überall streben:
Nach einem Grundstock an Ordnung als Basis für friedliches Leben.

Ähnliche Orte war'n dort schon einmal verbreitet gewesen.
Von Artaun, der ubischen Feste, hast Du schon gelesen.
Über Jahrzehnte hatte die Stadt auf dem Taunus gestanden.
Ganz in der Nähe. Bis die Germanen dies unterbanden.

Wie Du schon weißt, hatten viele der Ubier den Landstrich verlassen.
All die Verbliebenen hatte man halbwegs in Ruhe gelassen –

So wie Belana, aber auch Händler und einfache Bauern –,
Trotzdem sollte ein Großteil von ihnen ihr Schicksal bedauern.

Ja, man war weiter zu größeren Festen zusammengekommen,
Aber ein Teil ihrer Lebensart ward den Ubiern genommen.
Deshalb kamen auch sie zum Forum, um Handel zu treiben.
Viele entschlossen sich letztlich sogar, auf Dauer zu bleiben.
Da auch sie davon absahen, hier ihre Götter zu ehren,
Konnten die Stämme Germaniens ihnen das Recht nicht verwehren.
Aber gern sah die Ubier keiner. Was jene auch spürten.
Sie indes waren es nicht, die die Feuer der Abneigung schürten.

Damit wäre der Marktort in groben Zügen geschildert.
Reizvoll für Viele; in unseren Augen hingegen verwildert.

Velent blieb dies bei seinem Besuch aber gänzlich verborgen.
Er kam ja nachts in den Ort, getrieben von Rache und Sorgen.
Seine Mutter war tot, und er wollte den Schuldigen finden!
Er würde ebenfalls sterben und in seinem Blute sich winden!

*

Wie schwer es mir heute rückblickend fällt, das, was damals schon war, was ich liebte, und das, was noch werden, was ich noch zu lieben lernen sollte, genau voneinander zu trennen! Trugen die Rosenstöcke, die Menelaos für uns kommen ließ, damals schon erste Blüten?
Gab es sie überhaupt schon? Warum kommen sie mir gerade jetzt in den Sinn?
Ich will nach ihnen schauen, sobald es mir wieder besser geht. Ob sie dem Feuer trotzen konnten? Ich hörte davon, dass sie es können. So wie die Birken

der Wälder, von denen Du mir einst erzähltest. Ich wünsche es mir. So uns die Götter noch eine Zukunft gewähren, will ich mich kundig machen, wie man sie vermehrt. Ich glaube, kein Krieg wäre je geführt, keine Schlacht je geschlagen worden, hätte man die Krieger oder, besser noch, jene Männer, die sie befehligten, zuvor an den Blüten reifer Rosen riechen lassen. Womöglich war es ja sogar ihr Duft, der Dich in jener Nacht besänftigte, im Hof unseres Hauses. Doch weiß ich es nicht. Ich weiß ja nicht einmal, wie Du in den Ort hineingelangt bist. Aber wie Du Dich gefühlt hast, ahne ich zumindest.

*

Velent kam mit dem Ziel nach Mattiacum, sich blutig zu rächen.
Jenen, der ihm die Mutter geraubt, wollte er nun erstechen.

Ich leide noch heute mit Dir, wenn ich mir vergegenwärtige, wie tief Dich der Tod Deiner Mutter getroffen haben muss.

War durch den Wald gestolpert und durch den Marktort geschlichen.
Anfangs den Tieren der Nacht und schließlich den Wachen gewichen.

So tief, dass er alles in Dir betäubte, und Du, um auch nur eine Ahnung von Schmerz zu empfinden, Deinen Körper derart quältest.

Eine hatte er schließlich vor einem Hause gesehen –
Sicherlich pflegten Wachen vor wichtigen Häusern zu stehen.
Wie aber sollte er an ihr vorbei ins Inn're gelangen?
Dann jedoch war der Mann kurz zum Pinkeln zur Seite gegangen.

Ob Du überhaupt etwas gefühlt haben magst, außer blindem Hass, der selbst auf das eigene Leben nichts gibt?

Eilig huschte Velent durchs Tor, einen Hof, eine Halle.
Fahles Mondlicht. Aus einer Kammer drang leises Gelalle.

Was wäre geschehen, wenn Dich einer der Sklaven meines Onkels entdeckt hätte?

Wo war Quirin? Und wo sollte er zuerst nach ihm suchen?
Zweifel nagten an Velent. Leise begann er zu fluchen.

Bis auf Menelaos hätte Dich wohl jeder erschlagen!

Nie zuvor war der Knabe in einem Stadthaus gewesen.
Doch sein wacher Verstand verstand dessen Aufbau zu lesen.
Offensichtlich schliefen die Menschen hier in verschiedenen Zimmern.
Vorne die Diener, aber der Herr sicher weiter im Innern.
Rasch schlich er weiter. Da ein Geräusch! Ein Kind schien zu träumen.
Velent hielt inne und lauschte. Es kam aus den hinteren Räumen.

Tastende Schritte. Es war wieder still. Eine Türe stand offen.
Aber nicht weit. Er atmete tief und konnte nur hoffen,
Dass er hindurch passte. Oder, dass sie zumindest nicht ächzte.
Es gelang ihm mit Glück. Doch kaum war er drinnen, da krächzte
Lauthals ein riesiger Vogel. Fast hätte Velent geschrien.
Unfähig sich zu bewegen, stand er mit schlotternden Knien
Mitten im Raum. Vom Kopf bis zum Fuß schien ihm alles zu zittern.
Dann endlich sah er das Tier. Eine Elster. Sie saß hinter Gittern.
Kurz schlug das Tier mit den Flügeln, um dann wieder Ruhe zu geben.
Langsam blies Velent die Luft aus. – Ich glaube, Du bist noch am leben!

Dass er in dieser Kammer alles halbwegs erkannte,
War einer kleinen Lampe gedankt, die unentwegt brannte.

Nur ein reicher Mann ließ sein Licht auch im Schlafe noch scheinen.
Lag dort Quirin? Schon bald musste Velent die Frage verneinen.
Aber er war im richtigen Haus! Denn dort auf dem Lager
Ruhte sein Mündel. Luna. Wie blass sie doch war und wie mager!

Trotzdem zögerte Velent nur kurz. Dann hob er sein Messer.
Ob er Quirin noch fand, war offen. Da war es wohl besser,
Sie, die dort lag, zu töten, als niemanden büßen zu lassen.
Sollte Quirin doch erfahr'n, was es hieß, einen Meuchler zu hassen!

Ich fürchte, Du irrtest Dich, doch musstest Du wohl, behütet wie Du aufgewachsen bist, davon ausgehen, dass ich für meinen Onkel das Wertvollste war, das er besaß. Ich war es nie!

Aber er konnte es nicht. Sein Vorsatz sollte nichts taugen.
Seine Klinge noch über ihr, öffnete Luna die Augen.

Dann erwachte ich plötzlich. Ich kann Dir nicht sagen, warum ich nicht schrie, trotz des Messers in Deiner Hand.

Doch, was war das? Das Mädchen schrie nicht! Sie musste doch schreien!

Vielleicht, weil ich bereits im Halbdunkeln Deine milden Augen erahnte.

Doch Luna schwieg. Selbst sein Messer schien sie ihm zu verzeihen.

Wie seltsam, dass ich heute hier, nur ein paar Schritte entfernt von dem Haus, das nun nicht mehr steht, darauf hoffe und warte, dass Dich die Liebe zu mir leite und mich gleichzeitig erinnern muss, dass es vermutlich der Hass war, der Dich damals zu mir führte.

Lange sah sie ihn an. Ihr Blick nahm Velent gefangen.

Doch von der stillen Vertrautheit, die schließlich zwischen uns wuchs, zehre ich heute noch.

Sanftheit erstickte das Feuer des Hasses und jegliches Bangen.

Dann wurde es laut auf der Straße, und erst jetzt wurde mir bewusst, dass nicht ich, sondern Du in Gefahr warst.

Es war Luna verboten, des Nachts das Haus zu verlassen,
Trotzdem schleuste sie Velent nach draußen und dann durch die Gassen.
Niemand bewachte den Stall, denn irgendwo schien es zu brennen.
Adlan war rasch gefunden. Dann war es Zeit, sich zu trennen.

Ich habe mich oft gefragt, ob ich tun durfte, was ich tat. Aber vermutlich rettete ich in jener Nacht gleich zwei Leben: das Deine und das meines Onkels. So nahmst Du nur sein Pferd.
Ich half Dir hinauf, so gut ich es konnte. Und Du danktest es mir mit einem kurzen Nicken.
Du ahnst nicht, wie oft ich es nachahmen sollte und wie oft sich meine Hände in den kommenden Stunden und Tagen berührten, nur um mich des Gefühls zu erinnern, wie es war, Dich zu Adlan zu führen.
Dass Du Dich wohl zum ersten Mal in Deinem Leben auf den Rücken eines Pferdes geschwungen hattest, war mir in jener Nacht indes nicht in den Sinn gekommen.

Ganz leicht nur drückte Velent dem Tier einen Fuß in die Seite.
Aber das reichte. Es jagte davon und suchte das Weite.
Viel fehlte nicht und er wäre rittlings vom Pferde gefallen.
Doch es gelang ihm noch, sich in die Mähne des Hengstes zu krallen.

Velent ward flau. Der Ritt war dabei, ihm den Atem zu rauben.
Doch er sog alles auf: den Wind, das Getrampel und Schnauben.
Er genoss es, sich an den Hals des Tieres zu schmiegen.
Ja, beinahe glaubte der Knabe, sein Pferd könne fliegen.

Über die Straßen des Ortes. Zum Tor! Und vorbei an den Wachen.
Zwei waren übrig geblieben. Doch sie konnten nichts machen.
Bis sie aufgeschreckt waren und bis sie sich umgedreht hatten,
War bereits alles zu spät. Der mehr als nur mannshohe Schatten
War ins Freie geschossen und dort im Dunkeln verschwunden.
Ihn zu verfolgen war sinnlos. Die Dunkelheit währte noch Stunden.

Ich konnte für eine Zeitlang nicht weiterschreiben. Wie lange ist letztlich egal. Ich habe geweint, und weine schon wieder. Wo bleibst Du, Velent, wo?

**

Heim am Steinring war Belana zu Grabe zu tragen.
Ohne dafür die Druiden Lember und Loynus zu fragen,
Zog dies Degenar an sich. Er meinte, er sei es ihr schuldig.
Velents verachtende Blicke und Worte ertrug er geduldig.
Doch dessen bitterem Vorwurf konnte er nicht widersprechen:
„Du bist zu feige, den Tod meiner armen Mutter zu rächen!“

Wenigstens war der Hüne bereit, sein Pferd zu verstecken.
Velent sah ein: Die Römer durften das Tier nicht entdecken.
Weil es ihm zustand, würde wohl niemand im Dorf ihn verraten.
Nicht einmal Norwin, wenn sie ihn höflich um Stillschweigen baten.
Blutzoll war üblich. Er hatte sich dieser Tat nicht zu schämen.
Rom indes würde nicht zögern, ihm Adlan wieder zu nehmen,
Wenn seine Schergen ihn suchten oder ihn zufällig sahen;
Und es war möglich, dass sie bereits auf dem Weg zu ihm waren.

**

Bild V

Noch immer 12 Jahre vor Lunas Brief an Velent – im Wald nördlich des Steinrings

„Diese Römer prahlen immer damit, wie gerecht sie sind. Aber ist es rechtens, jemanden zu verfolgen, der sich nur genommen hat, was ihm zustand? Ich sage: Nein!“

Velent wusste sehr wohl, dass Swidger ihn gemeint hatte. In den Augen des jungen Chatten hatte er nichts Unrechtes getan, als er sich das Pferd jenes Mannes geholt hatte, der seine Mutter umgebracht hatte. Und auch er selbst sah es ähnlich.

Aber was half das schon? Die Römer sahen es offensichtlich anders! Wie man sich im Dorf der Chatten erzählte, hatten sie das Tal der Dylle bereits durchkämmt und waren nun offensichtlich dabei, ihre Suche auf die Seitentäler des kleinen Zustroms der Logana auszuweiten.

„Das kannst Du ihnen ja gerne erklären, dass ich nichts Unrechtes getan habe, wenn sie kommen und nach Adlan suchen!“, entgegnete er dem Freund und schnaufte dabei nicht weniger als er. Der steile Hang nordöstlich des Steinringes hatte auch ihn ein wenig außer Atem gebracht, gleichwohl er ihn in den vergangenen Tagen so oft wie nie zuvor in seinem Leben hinauf- und wieder hinuntergestiegen war.

Knapp unterhalb der Kuppe lag eine schmale, nicht allzu tiefe Schlucht. Sein Volk der Ubier hatten sie einst in den felsigen Boden getrieben. Sie waren einer längst erschöpften, erzhaltigen Steinschicht gefolgt. Die Wände der Schlucht ragten steil empor. Zudem war sie leicht geschwungen. So war sie vom Dorf aus nicht einzusehen. Trotzdem hatte sich Degenar ihrer erinnert, als es darum gegangen war, ein geeignetes Versteck für Adlan zu finden. Den Eingang durch einen Zaun und ein Gatter zu sichern, hatte ihn vor keine allzu große Aufgabe gestellt.

Velent war ihm dankbar dafür, gleichzeitig war er aber noch immer wütend darüber, Adlan verstecken zu müssen. „Wenn dieser Quirin mit dabei sein sollte, wenn sie hier auftauchen, kann ich für nichts garantieren!", ergänzte er grimmig.

Velent kannte niemanden, der die Römer so sehr hasste wie Swidger. Doch zu seiner Überraschung ließ sich der Chatte dieses Mal nicht mitreißen. Nein, im Gegenteil. „Dann wärst Du nicht besser als sie!", klärte der kleine rothaarige Junge seinen mittlerweile gut einen Kopf größeren Freund auf.

Velent blieb stehen und setzte den prall gefüllten Sack, den er über der Schulter trug, ab. „Wie meinst Du das?", fragte er. „*Du* wolltest sie doch alle erschlagen!"

Swidger blieb ebenfalls stehen und nickte. Auch er trug einen Sack und auch er setzte ihn nun kurz ab. „Das mag wohl sein! Aber – versteh mich nicht falsch – Du hattest die Wahl! Es war Dein gutes Recht, ihn zu töten, aber Du hast Dich letztlich für sein Pferd entschieden. Damit ist seine Schuld getilgt!"

„Er hat meine Mutter umgebracht!", entrüstete sich Velent und ballte die Hände zu Fäusten.

Aber Swidger blieb ruhig. „Das hat er", belehrte er den Ubier. „Aber mein Vater hat es mir erklärt: Wenn es den Blutzoll nicht gäbe, würde es nur noch Fehden geben! Du bringst ihn um. Und jemand aus seiner Familie dann Dich. Und dann – " Swidger unterbrach sich selbst. Er presste kurz die Lippen zusammen, seufzte und blickte zu Boden.

„Sag's ruhig", forderte ihn Velent auf. „Ich habe niemanden mehr, den man noch umbringen könnte oder der meinen Tod rächen würde!"

„Du hast mich, Velent", entgegnete Swidger fast feierlich. „Und ich würde Dich rächen! Und kein Blutzoll könnte hoch genug sein, mich daran zu hindern!"

Velent brachte kein Wort heraus. Er war tief gerührt. Dankbar nickte er; dann ging er weiter.

Der Weg war nicht mehr weit und die Schlucht rasch erreicht. Adlan hatte sie längst gehört und war zum Gatter gelaufen.

„Bei Wodan!“, entfuhr es dem Chatten. „Je näher man ihm ist, desto größer wirkt er! Lass mich rasch seine Beine zählen! Vielleicht sind es ja doch acht und –“

„Es sind vier!“, unterbrach ihn Velent. „Aber, ich sage Dir: Es kann kein anderes Gefühl sein, auf Sleipnir[27] zu sitzen!“

Swidger nickte beeindruckt, wie gut sich Velent in seiner Götterwelt auskannte. Dann meinte er: „Darf ich ihm die Rüben geben?“

„Sicher“, erwiderte Velent. „Aber das wird auf Dauer nicht reichen.“ Er seufzte, was Swidger indes verborgen blieb. Zu beschäftigt war der junge Chate damit, die Rüben aus seinem Sack zu kramen und sie dem unruhig tänzelnden Hengst zu reichen.

„Hoho, der hat wirklich Hunger!“, rief Swidger begeistert. Den Ernst der Lage hatte er noch immer nicht erkannt. Und auch nicht, wie sehr sein Freund sich sorgte.

„Ich hätte nie gedacht, dass ein Pferd so viel frisst!“, seufzte der Ubier erneut. „Das ist das letzte Heu! Mehr gab es nicht in Degenars Stall“, entleerte nun auch er seinen Sack. „Und unsere Ziege muss den Winter über auch noch irgendetwas zu fressen bekommen!“

„Bei uns ist es wirklich sehr knapp …“, druckste Swidger herum.

„Schon gut“, erwiderte Velent. „Ich habe längst verstanden, dass Dein Vater mich nicht mag.“

„Sag das nicht!“, erwiderte Swidger. „Dafür, dass Du Dir das Pferd geholt hast, hat er Dich sogar ausdrücklich gelobt! Es sei nicht sehr … ubisch gewesen.“

„Da hast Du es!“, rief Velent und fühlte sich in seiner Meinung einmal mehr bestätigt.

Swidger fühlte sich in der Pflicht, seinen Vater zu verteidigen. „Aber *er* hätte zumindest nicht gezögert wie all die anderen Feiglinge, diese verdammten Römer anzugreifen!“, entgegnete er trotzig. „Wenn er nur da gewesen wäre und nicht an der Logana!“ Er stockte, doch nur, um kurz darauf zu ergänzen: „Was mich daran erinnert, dass er jetzt wieder zuhause ist und ich jetzt gar nicht hier sein dürfte. Ich muss wieder los!“

Velent seufzte erneut. „Ich komme mit!“, entschied er. „Adlan braucht ohnehin noch Futter! Hinter der Schmiede gibt es noch etwas Gras. Ich hol' es.“ Er hielt seine Rechte dem Pferd vors Maul. „Ich komme nachher wieder, mein großer Schwarzer.“

Gemeinsam bahnten die beiden Freunde sich ihren Weg durch die lichten Büsche am Eingang der Schlucht. Als sie den Hang hinab zum Steinring erreicht hatten, fragte Velent: „Hast Du ihn denn trotzdem noch mal gefragt?“

„Wen?“, wollte Swidger wissen.

„Na, Deinen Vater, ob ich nicht doch bei Euch…“, erklärte Velent, aber Swidger konnte ihm keine Hoffnung machen. „Er möchte es nicht!“, erwiderte er kleinlaut. „Er meint, ihr Ubier würdet nur Unglück bringen. Seit Urda bei uns ist, sei zu viel geschehen.“

„Aber, ich kann doch nichts dafür, dass Deine Mutter und Deine Geschwister gestorben sind…“, entgegnete Velent.

Swidger nickte und seufzte: „Nein, und dafür, dass ich offensichtlich einen Trottel zum Bruder bekommen habe, kannst Du vermutlich auch nichts.“

Velent wusste, wie schwer sich Swidger mit Guntar tat. Er suchte nach einem aufbauenden Wort. „Meine Mutter hat gesagt, er stünde den Göttern nahe …“, meinte er schließlich.

„Vielleicht“, entgegnete Swidger, um dann – da der Steinring und damit auch der noch frische Grabhügel Belanas in ihr Blickfeld rückte – zu ergänzen: „Im Dorf wundert man sich sehr über das große Grab, dass Degenar Deiner Mutter errichtet hat. Warum hat er sie nicht verbrannt?“

Velent reagierte ungewohnt gereizt. „Frag ihn doch selbst, den Feigling!“, erwiderte er.

„Das werde ich ganz sicher nicht tun!“, gab Swidger zur Antwort. Auch in ihm keimte der Groll wieder auf. „Die Sache mit dem Schwert habe ich ihm nicht vergessen! Die Römer haben mich ausgelacht! Das werden sie mir büßen! Du hättest mich mit an die Logana nehmen sollen! Ich hätte sie alle abgestochen!“

Darauf erwiderte Velent zunächst einmal nichts. Dass er es nicht vermocht hatte, in Mattiacum blutige Rache für den Tod seiner Mutter zu nehmen, beschämte ihn. Stattdessen meinte er schließlich: „Nun ist Adlan alles, was ich habe.“ Er blickte den Freund nachdenklich an: „Glaubst Du, er ist in der Schlucht vor ihnen sicher?“

Swidger musste nicht lange überlegen. „Wer die alte Miene nicht kennt, der findet ihn dort auch nicht! Ein sehr gutes Versteck, wenn Du mich fragst“, meinte er, um das Gesagte aber auch umgehend wieder einzuschränken. „Solange die Bären und Wölfe nicht kommen …“

Velent zog die Stirn in Falten. „Degenar hat gesagt, im letzten Winter sei kein einziger dem Dorf nahe gekommen.“

Swidger wollte dem nicht widersprechen, was dem jungen Ubier offensichtlich gelegen kam, lag ihm doch noch etwas Anderes auf dem Herzen. „Wenn sie wirklich so weit weg sind …“, begann er.

„Was?“, wollte Swidger wissen.

„Also“, fuhr Velent fort, „ich habe mir etwas ausgedacht. Weil ich doch Heu brauche und mir im Dorf keiner etwas geben will ...“

„Ich habe es Dir doch erklärt“, setzte Swidger an, dem Freund zu widersprechen. Der aber fiel ihm ins Wort. „Auf Heidnars Hof könnte es noch Heu geben …“

Swidger blieb augenblicklich stehen. Sein Gesicht verriet seine Fassungslosigkeit. Dann erst besann er sich und spuckte eilig zu Boden. „Heidnar?“, brach es aus ihm heraus. „Bist Du verrückt? Sein Hof ist verflucht! Sie sind alle gestorben! Und Du stirbst auch, wenn Du ihn betrittst!“

„Und Adlan stirbt, wenn er nichts zu fressen bekommt!“, wurde Velent nun kurzzeitig lauter. Indes nur, um im nächsten Moment deutlich leiser und hörbar enttäuscht zu ergänzen: „Ich hatte gehofft, Du würdest mir helfen …“ Gesenkten Blickes ging er weiter.

Swidger folgte ihm wortlos. Verzweifelt suchte er nach einer Ausrede. „Es sind gut und gerne zwei Stunden bis dorthin!“, entgegnete er eilig, da er sie endlich gefunden hatte. „Hin und zurück macht schon vier …“

„Ich hole das Heu auch alleine!“, entgegnete Velent kühl, um dem Freund aber schließlich doch noch eine Brücke zu bauen: „Außerdem können wir reiten. Dann sind wir viel schneller!“

Sie ließen den Steinring zu ihrer Rechten liegen und folgten dem Weg ins Tal. Swidger rang mit sich, doch letztlich obsiegte der Drang, nicht als feige zu gelten. „Ich … ich komme mit!“, stammelte er. „Aber nur bis zum Hof! Keinen Schritt weiter! Holen musst Du es selbst! Wenn es dort überhaupt noch etwas gibt!“

Velent bedankte sich nickend. Er konnte indes nicht verhehlen, dass er sich etwas mehr Unterstützung erhofft hatte. „Ich muss hier lang“, verabschiedete er sich schließlich leise und folgte dem schmalen Pfad zu Degenars Schmiede. „Mach's gut!“

„Ja, mach's gut!“, erwiderte Swidger, um selbst in Richtung des Dorfes weiterzugehen. „Wir sehen uns!“

„Ich wollte es morgen holen!“, drehte sich Velent, da er die Schmiede schon fast erreicht hatte, noch einmal um.

Swidger seufzte und drehte sich ebenfalls um. „Ich tu, was ich kann!“, rief er und hob die Hand zum Gruß.

„Du würdest reiten lernen!“, erwiderte Velent. Es war nicht zu überhören, dass es ihm wieder deutlich besser ging.

„Was heißt lernen?“, entgegnete Swidger. „Ich habe geübt! Auf Baumstämmen! Ich kann es gewiss schon besser als Du!“

„Das werden wir ja sehen!“, rief Velent und lachte.

„Ja, das werden wir!“, schallte es umgehend zurück.

Im selben Augenblick hörte Velent hinter sich ein knarrendes Geräusch. Er schaute sich um. Degenar hatte die Tür seiner Schmiede geöffnet.

„Brüll hier nicht so herum!“, fuhr der Hüne ihn an. „Du hast Besuch.“

„Besuch?“, fragte Velent verwundert.

Im Türrahmen tauchte eine hagere Gestalt auf. Ein alter Mann. Er trug schlichtes Leinen. Es war so grau wie sein Bart. Geschnürt war sein Gewand mit einem einfachen Gürtel. An ihm hing ein flacher Beutel aus Leder, aus dem ein kurzer, hölzerner Griff ragte.

„Velent!“, rief der Greis. „Bei allen Göttern, bist Du groß geworden!“

„Lember!“, erwiderte Velent verblüfft.

„Ich war an Eurer Hütte“, erklärte sich der oberste Druide, ohne dass Velent die Zeit blieb, ihn danach zu fragen, was ihn in Degenars Schmiede geführt hatte. „Aber sie steht ja nicht mehr. Da kam Degenar und hat mir gesagt, dass er Dich aufgenommen hat.“

Der Schmied nickte und hätte sich nun vielleicht ein dankbares „Ja, hat er“ oder zumindest ein entsprechendes Nicken Velents erhofft. Der Knabe aber schaute ihn nicht einmal an. Dafür deutete er vorwurfsvoll in seine Richtung, als er Lember entgegnete: „Er hat die Römer nicht daran gehindert, dass sie unsere Hütte niedergebrannt haben!“

Lember zog die Augenbrauen hoch, doch mehr noch als Überraschung klang Stolz in seiner Stimme durch, da er dem Knaben erwiderte: „Es freut mich zu hören, dass Du die Art, wie sie uns begegnen, nicht minder verachtest wie ich.“ Doch auch zu tadeln hatte er Velent. „Aber jenem, der Dich aufgenommen hat“, fuhr er fort, „schuldest Du etwas mehr Dank!“ Er seufzte. „So werde ich also vermutlich meine Freude und meine Mühe mit Dir haben.“

Velent schüttelte den Kopf: „Was soll das heißen?“

Es war Degenar, der ihn kurz angebunden aufklärte: „Er will Dich mitnehmen.“

„Was?“, platzte es aus Velent heraus. Doch auch der Druide wunderte sich. „Ich hätte es ihm gerne selbst gesagt!“, warf er dem Schmied vor.

Während der vergangenen Stunde war das Grau am Himmel immer dichter geworden. Nun begann es zu regnen.

„Lasst uns erstmal wieder reingehen“, entschied Degenar mit kurzem Blick auf die bedrohlich dunklen Wolken. Er seufzte und ging voran. „Du hast sicher Hunger, Velent.“

Die beiden anderen folgten. Doch anstatt zur Esse zu gehen und sich aus dem kleinen Kessel, der dort stand, eine Schüssel Brei zu nehmen, meinte Velent noch im Türrahmen: „Was soll das heißen: ‚mitnehmen‘?“

„Setz Dich erstmal hin!“, forderte Lember ihn auf und rückte ihm einen Schemel zurecht. Missmutig schnaufend nahm Velent Platz. Lember ging unterdessen weiter und schöpfte einen guten Schlag Brei in eine Schüssel, während Degenar die Tür schloss, um sich sodann mit verschränkten Armen an ihren Rahmen zu lehnen.

Lember suchte und fand einen hölzernen Löffel. Dann meinte er: „Deine Mutter hätte es sicher so gewollt.“ Und senkte dabei die Stimme, als sei alles gesagt.

Aber Velent hatte kein Wort verstanden. „Was?“, fragte er verwundert nach.

Lember schien erstaunt, sich erklären zu müssen: „Dass Du ein Druide wirst“, entgegnete er, stellte die Schüssel vor Velent auf den Tisch und setzte sich ihm gegenüber.

„Ich soll was?“ – Velent war mehr als nur erstaunt. Er war entsetzt.

„Du kommst mit mir!“, entgegnete der Druide bestimmt. „Zu den Buschsteinen! Ich habe schon Deine Mutter großgezogen und zur Drudas gemacht!“ Er nahm sich den Humpen Bier, aus dem er bereits getrunken hatte, da er auf Velent gewartet und sich mit Degenar unterhalten hatte und nahm einen kräftigen Schluck. „Sei gewiss: Es wird Dir dort an nichts fehlen!“

„Damals warst Du ein gutes Stück jünger“, hielt ihm der Schmied dabei vor.

Lember setzte den Humpen wieder ab. Nun war er erstaunt. Und erbost zugleich. „Wir sind in Deinem Haus!“, schränkte er beinahe zischend ein, „aber trotzdem sei mir ein offenes Wort gestattet: Ich muss mich über Deinen Ton wundern, Schmied! Und über Dein Verhalten! Und um es noch einmal klarzustellen: Es wäre an mir gewesen, sie zu bestatten! An mir!“

„Und ich sag es Dir auch noch einmal", entgegnete Degenar gereizt. „Ich wusste nicht einmal, ob Du von Ihrem Tod erfahren hattest!"

„Das hatte ich!", erwiderte der Druide polternd. „Aber es hat Dich auch niemand daran gehindert, zu mir zu kommen, um es mir zu sagen! Oder den Knaben zu schicken!"

Velent sprang auf. „Was streitet Ihr Euch, wer sie zu bestatten hatte?", schrie er die beiden Männer an. „Sie ist tot!"

„Was fällt Dir ein!", fuhr ihn Lember an und erhob sich drohend von seinem Schemel.

„Schon gut! Er vermisst sie ...", versuchte Degenar ihn zu beruhigen und ging auf den Knaben zu.

„Sie ist tot!", wiederholte Velent mit zitternder Stimme.

„Ich weiß!", flüsterte der Schmied. Auch er war den Tränen nah. Er versuchte den Knaben in die Arme zu nehmen; Velent indes wich zurück. „Lass mich!"

„Degenar! Bist Du da drin?!"

Eine aufgebrachte Stimme ließ die drei im nächsten Augenblick zur Tür blicken. Da wurde sie auch schon aufgerissen.

„Lloyn!", entfuhr es Lember erstaunt.

Oder denke ich zu sehr an mich, wenn ich hoffe, Dich endlich für mich alleine zu haben?

Du hast mir von Loynus erzählt. Und davon, wer er war. Und wer er glaubte zu sein.

Degenar und Velent waren nicht weniger überrascht als der alte Druide. Doch während sich die Miene des Schmiedes augenblicklich verfinsterte, wunderte sich Velent einfach nur, völlig unverhofft dem Hochkönig seines Volkes gegenüberzustehen.

Er hatte Loynus bereits ein paar Mal gesehen, an einigen Feiertagen, an verschiedensten Orten, doch gleichwohl nie aus nächster Nähe, und er hatte auch nie ein Wort mit ihm gewechselt. Zuweilen war es ihm sogar so vorgekommen, als hätte seine Mutter dies bewusst zu verhindern gesucht.

Du hast kaum ein gutes Haar an ihm gelassen. Was sonst nicht Deine Art ist.

„Soll ich mich freuen oder muss ich mir Sorgen machen, Dich hier zu sehen?“, fuhr Lember fort und musterte den hageren Mann in der Tür. „Noch dazu im schlichten Tuch eines Druiden und nicht als König gewandet …“

„Er wird es zum Selbstschutz getan haben“, mutmaßte Degenar in feindseligem Ton. „Denn einem Druiden krümmt keiner ein Haar. Nicht einmal ein Suebe oder Sugambrer. Einen feigen, ubischen König hingegen würden etliche nur zu gerne erschlagen!“

„Braucht Ihr Hilfe? Sollen wir kommen?“, rief eine Stimme aus dem Hintergrund. Die Männer in der Hütte konnten es nicht sehen, aber drei Wachen hatten Loynus begleitet. Sie hatten es sich unter einem Baum bequem gemacht. Eine indes war ob des Lärms in der Schmiede aufgesprungen.

„Nein!“, rief der König der Ubier zurück. „I-Ich k-komme zurecht! B-Bleibt n-nur, w-wo Ihr s-seid! Oder s-schaut Euch den St-Steinring a-an!“

„Also“, holte sich Lember Loynus’ Blick zurück, „was verschafft uns die Ehre, den König zu sehen?“ Er gab sich keine große Mühe, den spöttischen Unterton in seiner Stimme zu verbergen.

„I-Ich w-wund-dere mich, D-Dich zu ssehen, L-Lember!“, erwiderte Loynus. „D-Dann bist Du a-also doch noch gek-kommen! Aber z-zu spät ist z-zu spät! O-Oder st-steckst D-Du am E-Ende u-unter einer D-Decke m-mit d-diesem dreisten Schm-mied?“ Er deutete auf Degenar, der ihm finster entgegnete: „Nenn mich noch einmal ‚dreist‘ und Du lernst mich kennen!“

„Ich habe ihn nicht geheißen, sie zu beerdigen! Aber immerhin wusste er um unsere alten Sitten!“, entgegnete Lember.

„W-Wir verbr-brennen sie“, hielt Loynus aufgebracht dagegen. „So lange ich d-d-denken kann, verbrennen wir unsere Toten!“

Lember nickte. „So ist es eben leider, Lloyn“, erwiderte er herablassend. „Dein Denken reicht zu kurz!“

Loynus reagierte äußerst gereizt auf diese Beleidigung. „Es i-ist nicht statthaft!“, brüllte er zurück und näherte sich mit drohender Geste dem Greis.

Doch Lember wich keinen Schritt zurück. „Weil Dein glorreiches Rom es anders hält?“, hakte er nach.

Nun überschlug sich des Hochkönigs Stimme sogar. „Es wa-war an D-Dir, sie zu be-be-bestatten“, schrie er Lember an. „Und nicht an diesem Kerl!“

„Welchem Kerl?“, fragte Degenar mit drohender Stimme, gleichwohl er nur zu gut wusste, dass nur er gemeint sein konnte. Er schnaufte und seine Hand fuhr bereits empor, sich an Loynus zu vergehen, da hob Lember bestimmend die Hände. „Lass ihn, Degenar! Und Du lass es auch gut sein, Loynus!“, redete er auf beide ein. „Es ist nicht mehr zu ändern! Oder willst Du ihren Leichnam wieder ausgraben, nur um sie zu verbrennen?“ Er schaute Loynus fragend an.

„Wage es!“, warnte ihn Degenar.

Doch anstatt Loynus gab Velent die Antwort: „Niemand rührt meine Mutter mehr an!“, brach es aus ihm heraus. „Niemand! Hört Ihr!“

„V-Velent!“, drehte sich Loynus dem Knaben entgegen. „Auch Deinetwegen bin ich im Ü-Übrigen ge-kommen! – Auf ein W-Wort! Ich h-hoffe, zumindest mit Dir ist zu reden!“

Velent blickte Loynus fragend an, ließ sich schließlich jedoch ohne Widerstand von ihm ins Freie führen.

Lember und Degenar blieben zurück. Dass der Schmied neben ihm kreidebleich auf seinen Schemel sackte, blieb dem Druiden nicht verborgen.

„Was hast Du?“, wollte der Greis schließlich wissen. Aber Degenar schwieg. Bis er wieder zu sprechen vermochte, dauerte es seine Zeit. Lember gab sie ihm.

In der Zwischenzeit hatten sich Loynus und Velent ein gutes Stück von der Hütte entfernt. Doch hatte ihn der Hochkönig nicht in Richtung seiner Wache geführt. Sein Arm lag noch immer auf Velents Schulter, was dem Knaben indes schließlich so unangenehm wurde, dass er sich ihm entzog.

„Meine Mutter hat mir von Dir berichtet!“, meinte er zaghaft.

„Oh, ich hoffe nur G-utes!“, entgegnete Loynus unsicher lachend.

Wie so häufig in einem Vieraugengespräch gelang es dem König der Ubier, sein Stottern fast gänzlich zu überwinden.

„Sie hat gesagt, Dir sei Rom wichtiger als Dein eigenes Volk“, erwiderte Velent. „Und nun ist sie tot. Und ein Römer war es, der sie erschlagen hat!“

Nun erstarb Loynus’ kaltes Lächeln. „Das weiß ich. Und es tut mir l-leid!“, entschuldigte sich der hagere Mann. „Ich verurteile, was geschehen ist! Ausdrücklich! Aber Du solltest nicht den Fehler begehen, von dieser schändlichen Tat eines Einzelnen auf Rom zu schließen! Das Reich ist uns ein guter, verlässlicher Partner!“

Für diesen letzten Satz hätte Lember vor Loynus vermutlich auf den Boden gespuckt. Der oberste Druide war über die Maßen enttäuscht, wie sehr sich der von ihm ins Amt gehobene Loynus Rom anbiederte. Ja, er verdächtigte ihn sogar, gerade erst etliche Landsleute ermutigt zu haben, sich in Mattiacum anzusiedeln. Dort würden sie alles Ubische verlieren, war sich Lember sicher! Nicht anders als jene, die zum Rhenus oder nach Naoun gezogen waren!

Velent hingegen hatte ganz andere Dinge im Kopf. Er gedachte seiner Mutter, und Loynus schien dies zu ahnen.

„Es gab zwei Gründe, die mich dazu veranlasst haben, den weiten Weg von Naoun hierher zurückzulegen“, holte Loynus kurz aus. „Der eine war Deine Mutter; der andere bist Du!“

Aber, es wundert mich auch nicht, dass Deine Verachtung ihn traf, wenn er auch nur annähernd so war, wie Du ihn beschrieben hast!

Keine fünfzig Fuß hinter den beiden blickte Lember Degenar fragend an. Der Schmied hatte ihm soeben wissen lassen, was ihn so aus der Bahn geworfen hatte: Im Hinausgehen der beiden hatte er eine gewisse Ähnlichkeit zwischen Velent und Loynus ausgemacht.

„Und das wundert Dich?", fragte Lember erstaunt. „Belana hat nicht darüber sprechen wollen", fuhr er schließlich fort, „aber ich bin doch trotzdem davon ausgegangen, dass er der Vater des Knaben ist. – Auch wenn ich Velent wünsche, dass die Götter ihm nicht allzu viel von diesem Schwächling mitgegeben haben mögen."

Da Lember sah, dass Degenar schlucken musste und ihm sogar Tränen in die Augen traten, unterbrach er sich kurz. Dann meinte er leise: „Bist Du sein Vater? Oder hoffst es zu sein?" Degenar war nicht fähig zu antworten, doch sein verzweifelter Blick sprach Bände. Lember seufzte. „Vielleicht wäre es an der Zeit, dass ich erführe, was damals geschah! In jener Nacht, hier am Steinring, vor dreizehn Jahren, da ich den Fehler beging und Lloyn zum Hochkönig kürte!"

„Ich will es kurz machen!", kam Loynus vor der Schmiede unterdessen zum Punkt: „Hier kannst Du nicht bleiben! Du solltest unter Deinesgleichen leben! Unter Ubiern! Ich möchte Dich mit mir mitnehmen! Nach Naoun! Dort wird es Dir gut gehen! Viele Ubier dort sind noch immer vermögend. Und haben ihre Götter noch nicht vergessen. Und jene, die ihnen dienen! Aber, wie ein Römer zu leben, lernst Du dort selbstverständlich auch! Lesen, Schreiben, Rechnen …"

„Hast Du mich nicht verstanden?", fauchte Velent zurück. „Es war ein Römer, der meine Mutter in den Tod geschickt hat!" Vergessen waren die Jahre, in denen Velent kaum etwas lieber gemacht hätte, als Latein zu lernen – wie so viele andere Kinder im damals noch ubischen Dorf. Er schaute Loynus beinahe feindselig an. Auch wenn sich seine Meinung diesbezüglich im

Lauf der kommenden Monate wieder ändern sollte, in diesem Moment schien es ihm undenkbar, die Sprache des Mannes zu lernen, der seine Mutter getötet hatte!

„Sicher!“, las Loynus Velents Blick. „Alles zu seiner Zeit! Aber in meiner Nähe könntest Du werden, was immer Du willst. Auch ein Druide! Deine Mutter hätte es sicher gewollt! Und ich fühle mich ihr verpflichtet.“ Er zögerte kurz, um sodann zu ergänzen: „Weißt Du: Wir standen uns recht nahe.“

Velent vermochte seine Verwunderung nicht zu verbergen. „Davon hat sie mir nie etwas erzählt!“, entgegnete er.

„Doch, doch!“, erwiderte Loynus.

Der Hochkönig nickte zweimal und zog die Brauen nach oben, wie um das Gesagte noch mal zu unterstreichen.

Lember in Degenars Schmiede schüttelte indes leicht den Kopf. Was der Schmied ihm soeben erzählt hatte, vermochte er kaum zu glauben.

„Mir ist nichts aufgefallen! Nichts!“, meinte der Greis und hob beinahe entschuldigend die Arme. „Ich fühlte mich in jener Nacht nicht so gut und habe mich früh zur Ruhe gelegt. Aber zuvor war es eine völlig normale Zeremonie.“

„Ich kann nur sagen, was ich gesehen habe“, fuhr Degenar beschämt fort. Er sprach sehr leise. „Und das war, dass er ihr etwas in einen Becher gestreut hat! Ich habe es mit eigenen Augen gesehen! Und ich hätte es verhindern müssen, dass sie ihn annahm!“

„Das erklärt einiges!“, entrüstete sich Lember. „Es fehlte nicht viel und sie wäre gestorben! Was hat er ihr hineingemischt? Der soll mich kennenlernen!“

Lember sprang auf und stieß dabei sogar seinen Schemel um.

„Ich kenne mich mit Pflanzen nicht so gut aus wie Ihr“, seufzte der Schmied, „aber ich … ich war am kommenden Tag noch einmal dort. Und fand an jener Stelle etwas. Auf einem Stein … Ich kann es nicht richtig beschreiben. Es war eine Art Pulver. Selbst die Raben, die sich dort immer um jede noch so kleine Opfergabe balgen, hatten es verschmäht. Ich habe etwas davon eingesammelt und es schließlich Belana gezeigt. Als es ihr wieder etwas besser ging. Sie war sehr überrascht und wütend zugleich. Sie sagte, es sei ein getrockneter Fliegenpilz."

„Doch, doch!", nickte Loynus bestimmt. „Wir standen uns durchaus nahe. Sehr nahe, möchte ich sogar sagen. Wenn Dir Deine Mutter nichts davon erzählt hat, dann vermutlich nur, weil Du mich nicht gekannt hast. Oder kaum. Was wir übrigens hätten ändern sollen, nein, müssen! Ach, wie oft hatte ich mir vorgenommen, Euch mal wieder hier zu besuchen! Aber mir fehlte die Zeit. Nun bereue ich es, denn jetzt ist es zu spät! Umso wichtiger, dass Du jetzt mitkommst." Er wartete Velents Antwort nicht einmal ab. „Der Weg ist lang. Mein Pferd ist kräftig genug, uns beide zu tragen."

Dass Velent seit ein paar Tagen selbst ein Pferd hatte, konnte Loynus nicht ahnen. Und dies war des jungen Ubiers Glück. Denn Loynus kannte Quirin und auch sein Pferd, und vermutlich hätte er nicht gezögert, dieses Wissen einzusetzen, um Velent zu zwingen, mit ihm zu gehen. Jener meinte nämlich zu seiner Überraschung: „Ich komme nicht mit."

„W-Wie, Du k-kommst nicht mit?", stammelte Loynus überrascht. „Was soll das h-heißen?"

„Was gibt es denn da misszuverstehen?", blaffte ihn Velent an. „Ich soll von hier fort. Aber ich möchte das nicht! Ich bleibe hier! Am Grab meiner Mutter!"

„Du bist a-allein!", schüttelte Loynus den Kopf, aber Velent entgegnete trotzig: „Das bin ich nicht!"

Stolz hob der Knabe den Kopf. Zugleich tastete seine Hand nach einem Beutel, den er am Gürtel trug und in dem er das Heft des zerschellten Schwertes verwahrt hatte. Er hatte lange mit sich gerungen, es an sich zu nehmen, sich aber letztlich doch noch dafür entschieden. Wenn auch die Klinge des Schwertes zersprungen war, das Heft war es nicht, und seine beiden Drachenköpfe erinnerten ihn an seine Freundschaft mit Swidger. Er hatte ihn zwar belogen und das Schwert gestohlen, doch hatte er es erhoben, um ihn zu verteidigen! Das würde er ihm niemals vergessen!

„Ganz Belana!“, seufzte Loynus. „Ganz Belana! E-Engstirnig, ei-eigensinnig, stolz und stur!“ Er holte kurz Luft, dann entschied er: „Du k-kommst trotzdem mit!“

Und wenn denn wahr ist, was er Deiner Mutter am Steinring angetan haben soll.

„Was?“ – Lembers entrüsteter Schrei ließ Loynus kurz zurück zur Schmiede blicken. Der Druide stürmte aus ihr heraus. Auf sie zu. Grimmig. Geduckt. Lember war ein alter Mann, doch in jenem Moment schien ihn nichts aufhalten zu können. Schon war er bei ihnen. Loynus war so überrascht, dass er nicht einmal wegzulaufen oder sich wirkungsvoll zu schützen vermochte. Lembers Hand traf ihn so hart, dass er beinahe hingefallen wäre.

„Bist Du von Sinnen!“, blickte Loynus Lember entsetzt an, in banger Erwartung eines zweiten Schlages. Lembers erhobene Rechte zitterte, so aufgebracht war er. Der Blick des alten Druiden schnellte zu Velent, dann zurück zu Loynus.

„Ist es wahr, was in der Nacht Deiner Krönung geschehen ist?“, überwand er sich und herrschte Loynus vor dem Knaben an.

Loynus lächelte verlegen; sein Kopf wand sich. „I-Ich weiß nicht, w-wovon D-Du redest!“, stammelte er, doch sein Blick verriet ihn.

„Dann ist es also wahr!“, schloss Lember.

„E-Es st-stand mir z-zu!“, versuchte Loynus sich zu rechtfertigen. „Das w-weißt Du s-so gut wie i-ich! Und k-keiner D-Deiner a-alten Götter h-hat es v-verhindert! A-Also wollten s-sie es w-wohl a-auch nicht a-anders!“

Mit diesem letzten Satz war der König der Ubier zu weit gegangen. Lember war außer sich. Die goldene Sichel aus dem Beutel an seinem Gürtel zu ziehen und deren Spitze in Loynus' Hals zu jagen, war ein und dieselbe Bewegung. Röchelnd sank der Hochkönig der Ubier zu Boden. Er starb mit weit aufgerissenen, ungläubigen Augen. Das Zeichen der Würde seines Standes im Halse.

Velent war starr vor Schreck. Ungläubig sah er zu Lember hinüber. Der Druide zeigte keinerlei Reue. Stolzen Blickes trotzte er auch Loynus' Wache, die sofort herbeieilte und doch nichts mehr für ihren Herrn zu tun vermochte. Was geschehen war, war offensichtlich, trotzdem wagte es niemand von ihnen, ihren obersten Druiden anzuklagen.

Über seine Beweggründe, Loynus zu richten, schwieg er. Ihnen und Velent gegenüber. Erst am Abend, bevor er sich zur Ruhe zu legen gedachte, erklärte er sich dem Knaben gegenüber, der erst kurz zuvor von Adlan zurückgekehrt war: „Er hat es nicht besser verdient! Er hat Schande über sich und unseren Stand gebracht! Du wirst ein besserer Druide als er es war! Wir brechen morgen zeitig auf!"

*

Alles wäre wohl anders gekommen, wenn Du Dich entschieden hättest, ein Druide zu werden. Wir hätten uns womöglich nie wieder gesehen!

Lange lag Velent wach und sollte hart mit sich ringen.
Lembers Wort war Gesetz, aber dennoch ließ er sich nicht zwingen.
Früh am Morgen gab er bekannt, am Steinring zu bleiben.
Stolz wie einst schon Belana, und dies sollte Lember vertreiben.

So bin ich denn dankbar, ob Deiner Wahl. Dass Du am Steinring geblieben bist. Bei Swidger. Und Degenar.

Degenar sank auf die Knie, um den Göttern seufzend zu danken.
Aber auch Velents Traute brachte den Hünen ins Wanken.
Warum bin ich nicht mutig wie er? Was lässt mich verzagen?
Warum hab ich Quirin und Lloyn nicht einfach erschlagen?
Könnte denn Velent im Zweifelsfall überhaupt auf mich zählen?
Diese Fragen sollten ihn lange und mehr denn je quälen.

Und auch dies trieb Degenar um: die Scham, die er spürte,
Wenn er Velent sah oder das Grab seiner Mutter berührte.
Hier nun lag sie! Sie, die er liebte! Ihm gleichsam zu Füßen!
Er indes war nicht fähig, die Schuld, die er fühlte, zu büßen.
Sollte er Velent nicht besser die ganze Wahrheit verraten?
Nein! Er würde ihn damit verlieren! Er hatte zu warten!

Er versuchte aber, so gut er dergleichen vermochte,
Ihm gut zuzusprechen, ein Lager zu stellen und kochte
Jeden zweiten, dritten Tag für ihn Brei oder Brühe.
Aber, was er auch tat, es war meist nur vergebene Mühe.
Degenar spürte, der Junge sollte ihn trotzdem verachten.
Immer häufiger sollte er nicht mal bei ihm übernachten.

Oftmals war er in der Mine bei Adlan und saß dort am Feuer.
Anfangs mit Swidger. Dem Freund war die Schlucht aber nicht ganz geheuer.
Ohne dies offen zu sagen, hatte er Angst vor Dämonen.
Wo, wenn nicht in den Spalten der Felswände, sollten sie wohnen?

Sah man nicht dort ein Gesicht im Schein der tanzenden Flammen?
Sicher würden die Geister sie bald ob der Störung verdammen!
Spätestens wenn sie das Heu vom Hofe Heidnars erkannten!
Wenn es nicht das ihre war, dann das ihrer Verwandten.

Sich bei Schnee wie Velent dicht an die Felswand zu kauern,
Konnte er nicht. Die Geister würden doch nur darauf lauern!
Einige Zeit hielt er durch, um nicht als feige zu gelten.
Aber die Nacht zu lieben vermochten wohl einzig die Kelten!
Nein, bevor ihn die bösen Blicke der Nachtwesen trafen,
Zog er es doch lieber vor, im Haus seiner Sippe zu schlafen!

*

Ob Du Swidger gefunden haben magst? Ich wünsche es Dir, nicht nur, damit es Dir möglich wird, endlich zurückzukehren. Glaub mir, ich gönne auch Swidger eine sichere Heimkehr. Doch weiß ich wohl, wie er zu mir steht. Du magst meinen Onkel gehasst haben; er indes hasste alles, was römisch war. Geprägt durch das traurige Schicksal seines Vaters.

*

Schließlich kamen die Männer Quirins, um nach Adlan zu suchen.
Bis auf Norwin sollte sie jeder im Dorfe verfluchen.
Aber selbst er sollte Adlans Versteck im Wald nicht verraten.
Doch er lud sie noch ein, gleichwohl sie ihn nicht darum baten.

Jene Nacht sollte Swidgers Leben entscheidend verändern.
Denn wie so viele Männer dort in den nördlichen Ländern,
Neigte auch sein Vater, anstatt sich zur Ruhe zu betten,
Lieber zum maßlosen nächtlichen Saufen und Spielen und Wetten.

Um ihm sein Fest zu verderben und an sein Bier zu gelangen,
War er im Laufe des Abends mit Freunden zu Norwin gegangen.
Wie gesagt, um Randale zu machen, zu stehlen und streiten.
Dabei ließ Bernulf sich aber letztlich zum Wetten verleiten.

Einer der Römer forderte Swidgers Vater zum Ringen.
Selbst mit der Hand auf dem Rücken würde er ihn noch bezwingen.
Bernulf war gut und erfahren. Gleichwohl: sein Gegner war besser.
So verlor der Chatte zunächst mal sein wertvollstes Messer.
Um es zurückzubekommen, lud man Bernulf zum Spielen.
Doch seine Würfel fielen so schlecht wie sie nie zuvor fielen.
In einer einzigen Stunde sollte er alles verlieren.
Alles, was er besaß, sogar den Hof mit den Tieren!

Bernulf indes war nicht bereit, sich dem Schicksal zu beugen.
„Hiermit setz ich meine Freiheit und tue dies unter Zeugen!“,
Raunte er düster. „Dies hab ich immer versucht zu vermeiden.
Nun aber muss ein einziger Wurf über alles entscheiden.“

Bernulfs Hof war weitaus mehr wert denn sein trauriges Leben,
Aber sein Schuldner war gnädig bereit, ihm die Würfel zu geben.
Beide küssend versuchte der Chatte, sein Glück zu beschwören,
Doch seine launigen Götter ließen sich dadurch nicht stören.

Bernulf wurde zum Sklaven. Sein Haupt ward kahl ihm geschoren.
Swidger blieb frei. Doch auch er hatte gleichsam alles verloren.
Norwin, der dankbare Käufer des Hofs, wollte niemand vertreiben,
Doch beim Feind des Vaters konnte er unmöglich bleiben.
Außerdem sollte der junge Chatte sich unfassbar schämen.
Nichts schien ihm schlimmer, denn seinem Vater das Haupthaar zu nehmen.

Nun, gerade deshalb erscheint mir dieses Verfahren
Äußerst geeignet. Besonders mit Blick auf das Land der Barbaren.
Hier nämlich sollte es sich schon sehr oft als nützlich erweisen.
Denn so sparen Besitzer und Händler das Geld für die Eisen.

Dies ist tatsächlich der einfachste Weg, die Germanen zu zähmen.
Bernulf zumindest sollte sein Haarverlust vollständig lähmen.
Starren Blickes verließ er die Heimat. Ohne zu jammern.
Krampfhaft bemüht, den letzten Rest Stolz, der ihm blieb, zu umklammern.

*

Ich erinnre mich Bernulfs, gleichwohl ich ihn damals erst erkannte, als ich Swidger an seiner Seite sah. Er hatte zuweilen zum Brunnen zu gehen, um Wasser für die Pferde zu holen und schien um Jahre gealtert.

Swidger folgte ihm bald schon, um ihn, der durch maßloses Wetten
Nichts mehr besaß, nur irgendwie aus seiner Pein zu erretten.
Doch er selbst hatte unter ihr ebenfalls derart gelitten,
Dass er es nicht vermocht hatte, Velent um Hilfe zu bitten.

Also war er am Ende allein nach Mattiacum gegangen.
Um um Beistand zu bitten zunächst zu den Gräbern. Dort sangen
Etliche Priester zu Ehren der Frauen. Was ihn erfreute.
Anfangs zumindest. Dann nämlich sah er, dass diese Leute
Jenen, die kamen, den Segen der Götter nicht nur versprachen,
Sondern verkauften. Womit sie die Regeln des Anstandes brachen.

Wer besonders großzügig gab, bekam eine Kette.
Auch den Knaben fragte man, ob er nicht gern eine hätte.
Denn an ihnen hingen – man könne darauf vertrauen –
Letzte Reste direkt aus dem Umfeld der heiligen Frauen.

Swidger war klar, dass die Worte der Priester nur darauf zielten,
Dass am Ende sie den Großteil der Opfer behielten.
Angewidert lehnte er ab. Er wolle nur beten.
Um sodann zu tun, was zu tun war: den Ort zu betreten.

**

Wie schon erwähnt, war Mattiacum kaum mehr als ein übliches Lager.
Keinesfalls größer, nur spärlich bebaut und insgesamt karger.
Doch die Brust des Knaben sollte trotzdem erbeben,
Heftig wie nie zuvor in seinem bisherigen Leben.

Durch das gut haushohe, östliche Tor des riesigen Ortes
Sah er die Straßen und Hallen, um schließlich – bar jeden Wortes –
In der Mitte des Ortes aufs Forum, den Marktplatz, zu gehen.
Niemals zuvor hatte Swidger solch eine Vielfalt gesehen!

Hier standen Fässer mit Fischen, dort hingen Hasen, und drüben
Sah er Bretter mit Käse und Brot und Kisten mit Rüben.
Stände mit Fellen gab es, mit Pfannen und irdenen Waren,
Karren mit Säcken und Saatgut. Er sah sogar Körbe mit Haaren!
Öle, Bier und Wein. Getrocknete Früchte. Getreide.
Schinken, gefärbte Tücher, Werkzeug und feines Geschmeide.

Dazu roch es nach Essen. Es qualmte an mehreren Ständen.
Händler buhlten um Kunden. Oft mit erhobenen Händen.
Priesen die eigenen Waren. Zum Teil mit hochroten Wangen.
Einige brüllten in wechselnden Sprachen; andere sangen.
Alles in allem ein Eindruck, der Swidger schlicht übermannte.
Und wie viele Menschen es gab, die er alle nicht kannte!

Dann aber fing der Chatte sich wieder, weil er daran dachte,
Wo er hier war und was Rom mit dem heiligen Gräberfeld machte.
Rom hatte keinerlei Recht, auf das Feld der Valkyrjen zu bauen!
Dieser Marktort störte den Frieden der heiligen Frauen!

Ja, er hatte gehört, er sei von den Göttern geduldet.
Aber vielleicht war dies alles ja auch einem Irrtum geschuldet.
„Wenn die Götter mich rufen", sollte er feierlich schwören,
„Bin ich zur Stelle und helfe, den schändlichen Ort zu zerstören!"

Auch seinem Vater sollte er, da er ihn ausfindig machte,
Etwas versprechen: dass er ihn zu befreien gedachte!

*

Ich behielt Swidger im Auge, weil ich hoffte, Du würdest dem Freund vielleicht folgen. Anfangs vergeblich. Swidger versuchte zunächst, allein an Geld zu kommen. Er bat um Arbeit, bettelte, stahl. Einmal war es sogar an mir, jene, die ihm nachstellten, auf eine falsche Fährte zu locken.
Und schließlich warst Du doch an seiner Seite! Ich folgte Euch heimlich. Auch bis zum Hafen und der Furt am Fluss, wo ihr auffallend viel Zeit verbrachtet, um die Gepflogenheiten der Händler zu studieren. Ich sollte schließlich erfahren, warum.

**

Bild VI

11 Jahre vor Lunas Brief an Velent – an der Furt vor Mattiacum

„Irgendwoher kenne ich diese Kleine! Ich glaube vom Forum!", zischte Swidger und stupste Velent an, der neben ihm in der hohen Uferböschung der Logana kauerte. „Zu den Wäscherinnen gehört sie jedenfalls nicht. Und sie schaut sich ab und an um. So, als ob sie jemanden suchen würde."

Velent genügte ein Blick, um das Mädchen zu erkennen, das Swidger meinte. Nicht nur, weil sie anders gekleidet war als das knappe Dutzend hart arbeitender Frauen, das sich mit Körben von Wäsche mühte, die Tücher entweder ins Wasser tauchte, mit Seife einrieb, sie schrubbte, schlug, auswrang oder – angesichts der selten vollen Sonne am Himmel – zum Trocknen und Bleichen auf die Wiese legte.

„Das ist Luna!", entgegnete er erstaunt. Anders als Swidger hatte er im Verlauf der vergangenen halben Stunde nicht das Ufer des Flusses, sondern das kleine Zelt im Blick behalten, das keine fünfzehn Schritt von ihnen entfernt am Rand der Böschung stand.

„Der Du damals die Kette geben musstest?", fragte Swidger nicht weniger überrascht.

Velent nickte und konnte nicht umhin, nachdenklich nach der seinen zu greifen. „Sie scheint ihrer Sklavin zu helfen."

„An dieser Stelle sollte überhaupt niemand waschen!", ereiferte sich der junge Chatte.

„Warum denn nicht?", wollte Velent erstaunt wissen.

Swidger schüttelte beinahe fassungslos den Kopf. „Das kann auch nur ein Ubier fragen! Wegen der Gräber der heiligen Frauen selbstverständlich!"

„Aber sie haben doch selbst hier am Fluss ihre Wäsche gewaschen!", widersprach Velent. „Vermutlich sogar genau an dieser Stelle!"

Dieses Argument vermochte der junge Chatte nicht zu widerlegen. „Dann sollten sie zumindest still dabei sein!“, entgegnete er angefressen. „Ihr Geschnatter ist in jedem Fall eine Schande! Es ist schlimm genug, was für ein Trubel an den Gräbern herrscht!“

„Nicht so laut!“, wies Velent seinen Freund leise zischend zurecht und versuchte, sich zugleich einiger Mücken und Fliegen zu entledigen, von denen es im hohen Gestrüpp um sie herum mehr als genug gab.

„Behalt Du lieber das Zelt im Auge!“, entgegnete Swidger barsch, bemühte sich aber zugleich, Velents Aufforderung nachzukommen. Er hatte ja Recht: Wenn sie entdeckt wurden, war ihr Plan hinfällig!

„Ist er schon wieder raus?“, hakte er nach einer Weile des Schweigens nach und blickte nun ebenfalls in Richtung des Zeltes, vor dem ein rundliches, verlebt wirkendes Weib ungeduldig auf der Stelle trat. Das Pferd neben ihr, dessen Strick sie hielt, wirkte indes völlig entspannt. Es graste friedlich.

„Nein!“ Velent schüttelte den Kopf und seufzte. Dann aber ließ ihn ein Poltern aufhorchen. Es kam vom anderen Ufer. „Verdammt!“, fluchte der junge Ubier. „Sie sind da!“

Eine Reihe von vier Wagen hatte die Furt erreicht. Der erste rumpelte bereits über die flachen Steine am Rande des an dieser Stelle recht breiten Flussbettes.

Auch dem Weib vor dem Zelt waren die vertrauten Geräusche nicht verborgen geblieben. „Sie kommen!“, raunte sie in Richtung des Zeltes, da öffnete sich auch bereits dessen Plane.

Eine junge, hellblonde Frau trat ins Freie, gefolgt von einer zweiten, dunkelhaarigen, etwa gleichen Alters.

„Eine Frau!“ Swidger pfiff überrascht durch die Zähne. „Damit hätte ich nun wirklich nicht gerechnet!“

„Es scheint ihr auch eher unangenehm zu sein“, stimmte ihm Velent leise zu, da er sah, dass die Vordere der beiden kaum den Blick hob, als sie sich nun dem Pferd näherte und fordernd die Hand nach dem Strick ausstreckte.

„Hat sie bezahlt?“, fragte die Ältere indes zunächst an ihr vorbei, und erst als sie als Antwort ein teilnahmsloses Nicken der Hinteren, Jüngeren bekommen hatte, übergab sie das Tier.

„Ich müsste mich sehr täuschen, wenn das keine Sugambrerin ist“, mutmaßte Swidger. So leise er auch sprach, so grimmig klang doch seine Stimme. „Und wenn ich richtig liege, kann es nur diese Seya sein! Welche andere Sugambrerin hat ein Pferd und käme hier zum Gräberfeld? Ich hätte nicht übel Lust, sie zu erschlagen! Ihr Vater Ryktar hat unser Dorf überfallen lassen! Und das Eure damals ebenfalls!“

„Sei lieber froh, dass das Zelt wieder frei ist!“, zischte Velent. Doch auch er hatte die Überfälle nicht vergessen. Er blickte zu Swidger, der seinen Gram rasch überwunden zu haben schien. Kopfschüttelnd raunte der Chatte: „Wie kann sich ein Weib nur mit einem Weib einlassen? Auch wenn sie fast wie ein Mann daherkommt …“

Velent entgegnete darauf nichts. Stattdessen musterte er die breitschultrige, junge Frau nun, da sie sich aufs Pferd geschwungen hatte und im Schritt dicht an ihrem Versteck vorbeiritt. Sie mochte drei, vier Jahre älter als Swidger und er selbst sein. Dass sie auffallend lange Haare hatte, war auch aus größerer Entfernung nicht zu übersehen gewesen. Ebenso wie ihre stolze Haltung. Sie erinnerte ihn an seine verstorbene Mutter. Ansonsten hatte Swidger Recht. Ihr hellblaues Kleid, mit seinen breiten, etwas dunkleren Säumen, war eigentlich zu kurz für eine Frau, was beim Reiten aber dienlich zu sein schien. Ihr Gürtel glich ebenfalls eher dem eines Mannes, so breit war er. Seine Schnalle schien – soweit er es erkennen konnte – kunstvoll verziert. Genauso wie ihr ungewöhnlicher Schmuck. Sie trug ein breites Lederband um den Hals, ein weiteres hielt hoch auf der Stirn ihre Haare zurück. Über beide Bänder schienen feine, silbrig schimmernde Schnüre zu laufen.

„Und jetzt scher Dich zur Straße, Lyra!“, rief die Ältere und riss Velent aus seinen Gedanken. „Und beeil Dich das nächste Mal! Gambar ist einer unserer besten Kunden! Er wird kaum warten wollen! Und das ist immer noch mein Zelt!“

Ohne Widerrede nahm die Gescholtene einen der beiden Körbe mit roter Wäsche, die neben dem Zelt standen, und machte sich auf, die nicht allzu weit entfernt gelegene, staubige, leicht ansteigende Straße, die die Furt mit Mattiacum verband, zu erreichen.

„Jetzt!", zischte Swidger. „Hast Du die Münze?"

„Sicher!", entgegnete Velent und huschte nun seinerseits – den Kopf tief geduckt – durch das fasrige Gestrüpp der lästigen Nesseln- und Klettengewächse um ihn herum, der Furt entgegen.

Als er sich schließlich sicher war, aus dem Blickfeld des Weibes am Zelt verschwunden zu sein, gab er seine Deckung auf und schnitt Lyra mit ein paar langen Schritten hinauf auf die Wiese den Weg ab.

Völlig überrascht hielt sie inne, kurz davor aufzuschreien. Aber da Velent sie mit den Worten „Hier! Deine Münze!" ansprach und ihr das runde Stück Metall mit dem hier üblichen eingeprägten „tanzende Männlein" hinhielt, huschte ein erleichtertes Lächeln über ihr schmales Gesicht. „Ach, Du bist es!"

Leise seufzend setzte sie ihren Korb ab. Doch noch bevor sie sich Velents Münze zu nehmen vermochte, preschte die junge Sugambrerin auf ihrem Pferd um die kleine Ausbuchtung, die die Böschung hier machte. Sie zügelte kurz das stämmige Tier, doch als sie sah, dass jene, die sie – wohl auf ein weiteres Wort – noch einmal hatte erreichen wollen, nicht alleine war, gab sie ihrem Pferd schließlich erneut die Hacken und jagte davon. Allerdings nicht ohne Velent für einen Moment scharf prüfend beäugt zu haben.

„Das Geld!", holte sich Lyra Velents Blick zurück. Er reichte ihr die Münze und meinte: „Wie vereinbart! Gambars Begleiter! Du lenkst ihn ab! In Ordnung?"

Nickend steckte das junge Weib die Münze ein, musterte Velent kurz, und setzte dann – während Velent erneut in der Böschung verschwand – wiegenden Schrittes ihren Weg zur Straße fort.

Sie hatte den ausgefahrenen Pfad soeben erreicht, ihren Korb abgestellt und sich hinter ihm aufreizend aufgebaut, da holperte auch bereits der erste der vier gut gefüllten und vertäuten Wagen, die die Furt erfolgreich durchquert hatten, an ihr vorbei. Der zweite folgte. Ohne dass einer der beiden angehalten hätte; aber nicht ohne dass die Männer auf ihnen und die Wachen um sie herum in Richtung der jungen Frau gepfiffen oder gejohlt hätten. Selbst ihre derbsten Sprüche schienen ihr zu gefallen. Noch mehr indes schien es in ihrem Sinne zu sein, dass der dritte Wagen nicht an ihr vorbeirollte, sondern ausscherte und ihr schließlich – da sie ihren Korb lächelnd wieder aufgenommen hatte – über die von etliche Schafen und Ziegen an den Vortagen kurz gefressene Wiese zum Zelt hin folgte.

„Wie jede Woche!“, flüsterte Velent und nickte zufrieden. Und wie jede Woche rief der Mann auf dem Kutschbock, in dem der junge Ubier seinen Landsmann, den Salzhändler Gambar aus Naoun, erkannte, den Wachen noch ein paar Worte hinterher. Dieses Mal lauteten sie: „Wir sehen uns in der Taverne! Das letzte Stück schaffen wir auch alleine!“ Und sein kampferprobt wirkender Begleiter, den Velent vom Sehen her auch bereits kannte und den Gambar einmal „Lupus“ genannt hatte, ergänzte gelassen: „Auf dieser Seite des Ufers kann ja nichts mehr passieren! Sie dürfen ja nicht mal Waffen tragen!“

„Freut Euch nicht zu früh!“, raunte Velent und beeilte sich, zu Swidger zurückzukehren. Er hatte ihn rasch erreicht. Gemeinsam verfolgten sie das Eintreffen des Wagens am Zelt, das nicht lange auf sich warten ließ. Wobei Velent sich selbst dabei ertappte, ein paar Mal zu den Wäscherinnen hinüberzulugen.

Luna hatte sich mittlerweile zu jenen gesellt, die damit beschäftigt waren, die Wäsche zum Bleichen und Trocknen ins hohe Gras zu legen. Ja, sie ließ sich sogar noch ein wenig weiter auf diese Wiese hinaustreiben. Ob sie das Zelt von dort aus sehen konnte? Velent vermochte es nicht einzuschätzen.

Er konnte nur hoffen, dass es nicht so war. Wenn sie bei dem, was er sich mit Swidger ausgedacht hatte, nicht gebrauchen konnte, dann waren das Mitwisser.

„Gambar, mein Schöner!“, hieß das ältere Weib ihren Stammgast im nächsten Moment mit säuselnder Stimme und leicht geneigter Stirn willkommen.

Der Angesprochene verlor keine Zeit. Er kletterte von seinem Wagen, ließ sich umarmen und begrabschte sodann ungeniert den Hintern des Weibes, was es zunächst mit vermeintlich wohligem Grunzen quittierte, um sich schließlich zu befreien und den untersetzten Händler zum Zelt zu ziehen.

„Was will er von der Alten?“, zischte Swidger und schüttelte verständnislos den Kopf. „Warum nimmt er sich nicht die Junge?“

„Kann uns doch nur recht sein!“, flüsterte Velent. „Stell Dir mal vor, er hätte sich heute anders entschieden!“

„Auch wieder wahr!“, entgegnete Swidger, bevor Gambar ihr Gespräch unterbrach, indem er seinen Begleiter hieß, nur gut auf ihre wertvolle Fracht Acht zu geben. Jener nickte, woraufhin der Händler mit dem älteren der beiden Weiber im Zelt verschwand.

Bereits nach wenigen Augenblicken richteten sich Velents und Swidgers Blicke indes nicht mehr auf dieses Zelt, das auch Luna – wenngleich aus deutlich größerer Entfernung – im Blick behielt. Sie schauten nun gespannt auf den Wagen. Das bis zu ihrem Versteck reichende Gekicher von jenseits der Planen und mehr noch das Gestöhne, das es bald darauf ablösen sollte, behielten sie jedoch aufmerksam im Ohr.

„Nun mach schon!“, zischte Velent schließlich. „Wenn es so ist wie die beiden letzten Male, dann braucht er da drinnen nicht allzu lange!“

Und tatsächlich, als hätte Lyra Velent verstanden, näherte sie sich nun zielsicher der Wache. Ihre zarten Hände suchten und fanden den bulligen Körper des Mannes. Sie umschmeichelten sein grobschlächtiges Gesicht, seine breiten Hüften und griffen schließlich nach seinen Händen, wohl um ihn hinter den Wagen zu ziehen.

Lupus indes ließ sich nicht locken. „Nichts gegen Dich“, meinte er freundlich, aber bestimmt, „aber dafür war mir mein Geld noch immer zu schade!“

Möglicherweise hatte Lyra darauf gehofft, für ihre Dienste gleich doppelt entlohnt zu werden, aber wenn es so war, wusste sie ihre Enttäuschung gekonnt zu überspielen.

„Wer redet denn von Geld bei einem solchen Prachtkerl?“, säuselte sie ihrem Gegenüber ins Ohr, das nun ganz offensichtlich keinen großen Widerstand mehr zu leisten bereit war.

„Einen Moment noch!“, hielt Velent Swidger zurück, bis er ein leicht unterdrücktes Stöhnen vernehmen konnte. Dann erst entließ er den Freund mit einem kurzen, bestimmten „Jetzt!“

Swidger schlich eilig zum Wagen und lugte vorsichtig an ihm vorbei. Einige Schritte weiter kniete Lyra auf dem Boden. Die Wache hinter sich. Swidger sah nur ihren Rücken. Gut so, dachte der junge Chatte bei sich und begann damit, so rasch wie nur möglich die Vertäuung des Wagens zu lösen.

Velent war ihm mittlerweile gefolgt. Er indes behielt das Zelt im Blick.

Dem Maultier vor dem Wagen schien der Betrieb um es herum nun etwas zu viel zu werden. Es schrie laut auf. Die beiden Knaben fuhren erschrocken zusammen, bereit, im nächsten Moment um ihr Leben zu rennen. Doch zu ihrer Erleichterung öffnete sich das Zelt nicht, und selbst die Wache hielt es nicht einmal für nötig, sich kurz umzudrehen. Stattdessen lachte der Mann sogar kurz auf und ahmte das Tier nach, bevor sein eigenes Geblöke wieder in ein seliges Grunzen überging.

Velent und Swidger atmeten erleichtert auf, doch nur, um sich im nächsten Moment je zwei Säcke Salz unter der Plane des Wagens hervorzufischen und mit ihnen erneut den Schutz der Böschung zu suchen.

Ja, Swidger wagte es sogar, von dort aus noch einmal kurz zurückzukehren, um die Plane wieder notdürftig zu verschnüren. Es gelang ihm gerade noch rechtzeitig, sich danach zunächst wieder in Sicherheit zu bringen und sodann mit Velent und der in zwei größeren Säcken verstauten Beute heimlich in Richtung der Furt davon zu stehlen, bevor sich zunächst Lupus und kurz darauf auch Gambar wieder am Wagen einfanden – indes ohne den Teilverlust ihrer wertvollen Fracht noch vor Ort zu entdecken.

*

Dass ich Euch bei Eurem nicht ungefährlichen Diebstahl beobachtet hatte, war Euch indes verborgen geblieben.

**

Velent und Swidger war es gelungen, Salz zu erbeuten.
Doch ihre Wahl, sie direkt Bernulfs Herrn zu geben, bereuten
Beide bald bitter. „Das Diebesgut habe er gut zu bewachen!“,
Meinte er grinsend, um schließlich zum Abschied noch höhnisch zu lachen.
Selbstbewusst drohte er ihnen, er würde sie beide verraten,
Wenn sie denn blieben. Oder den Ort noch einmal betraten.

*

Und danach verlor ich Euch wieder aus den Augen. Ich weiß nicht einmal mehr, für wie lange Zeit. Es müssen mehrere Monate, wenn nicht sogar einige Jahre gewesen sein!

*

Auf dem Heimweg musste Velent nur kurz mit sich ringen.
Dann war ihm klar: Er musste für Swidger ein Opfer erbringen.
Außer dem Chatten wusste er keinen Freund zu benennen!
Also schlug er ihm vor, sich für ihn von Adlan zu trennen.

Swidger schwieg. Bis er schließlich die Frage des Freundes verneinte,
Ob er dies möchte. – Wenngleich er des Nachts seine Antwort beweinte.
Doch sein Stolz verbat es ihm, dies dem Freunde zu sagen.
Lieber zog er es vor, sein trauriges Los zu beklagen.

Wenig später erfuhr der Chatte zu seinem Entsetzen,
Dass man beschlossen habe, Bernulfs Herrn zu versetzen.

Norwin sagte ihm dies. Er meinte, er habe erfahren,
Dass sie womöglich bereits auf dem Weg zum Rhenus hin waren.

**

Noch in der Nacht bat Swidger Velent, ihn zu begleiten.
Was er bereitwillig tat. Doch entlang der Logana zu reiten,
Ist noch heute mühsam und schwierig. Es mangelt an Wegen –
Wo ihr Ufer schroff wird zumindest –, und oft stört auch Regen.

Kalter Regen. Auch die Knaben hatten zu frieren.
Bernulfs mühsam entdeckten Kahn erneut zu verlieren,
War indes noch weit schlimmer. Adlan mühte sich eifrig,
Doch der Hengst war nun machtlos. Der Boden war einfach zu seifig.

Früh brach die Nacht herein, und mit dem scheidenden Tage
Schwanden neben dem Lichte auch ihre Kräfte. Die Frage,
Ob die Bootsbesatzung Halt machen würde, blieb offen.
Aber nichts andres blieb ihnen übrig, als darauf zu hoffen!
Denn die Nacht war so schwarz, dass sie kaum eine einzige Meile
Hinter sich brachten. Todmüde hofften sie noch eine Weile.
Doch durch das Rauschen des Flusses konnten sie schon erahnen:
Dank des Regens zog er nun schnell wie ein Strom seine Bahnen.

Ihr Verdacht bestätigte sich dann schließlich im Hellen:
Sie entbehrten der nötigen Mittel, das Boot noch zu stellen.
Swidger aber sollte sich stur wie ein Maultier erweisen.
So überzeugte er Velent, bis hin zum Rhenus zu reisen!

Erstmals kamst Du in dieser Zeit zum Rhenus. Ich kann nachvollziehen, wie groß Dir der Fluss und wie groß Dir unsere Lager und Städte vorgekommen sein müssen!

Staunend blickten sie dort hinüber zur gallischen Seite.
Hier stand eins unsrer Lager, das sicher die doppelte Breite
Jener hatte, die sie schon kannten. Noch größere Orte
Lägen flussabwärts, hörten sie. Ihnen fehlten die Worte!

Ob auch die Stadt der Ubier zu diesen Orten gehörte?
Velent berauschte die Vorstellung regelrecht. Doch sie verstörte
Ihn auch zugleich. Denn nie war'n die Druiden müde geworden,
Diesen Ort zu verdammen! Sollte er in den Norden
Reiten – es war nicht weit –, um ein eigenes Urteil zu fällen?
Was jedoch hieße, sich gegen den Stand seiner Mutter zu stellen!

Dieser Gedanke ließ den Knaben in Velent erschrecken.
Doch begann er zugleich, den Mann in ihm zu erwecken.
Swidger erging es ganz ähnlich. Jedoch mit andren Gedanken.
Ihn, den Germanen, brachte der Anblick der Weite ins Wanken.

Nichts ist uns wertvoller denn die Heimat, doch der Germane –
Dies ist ein weiterer Grund, warum ich so oft vor ihm warne –
Wird, erinnre Dich, in blinde Häuser geboren!
Fensterlos! Höhlengleich! Umgeben von Wäldern und Mooren!
Hier wird er groß! Im grauen Nass und in finsterer Enge!
Stell Dir vor, einem derart gestraften Menschen gelänge
Plötzlich die Flucht! Er könnte dem dunklen Gefängnis entrinnen!
Unverhofft Licht und Weite spüren! Er wäre von Sinnen!

Deshalb werden die Stämme des Nordens zu mordenden Herden!
Dies ist der Grund, warum sie sich oft wie Tiere gebärden!
Nicht ihre Mägen, sondern ihre geblendeten Seelen
Treiben sie südwärts zu uns und lassen sie rauben und stehlen!

Wem – in vergleichbarer Lage – würde es anders ergehen?
Aber dies reicht nicht aus, des Germanen Geist zu verstehen.
Denn gleichwohl es stets heißt, er wäre so Todes verachtend,
Kämpft er nicht darum, zu bleiben. Dies von außen betrachtend,
Könnte man meinen, er wisse schlicht, die Heimat zu schätzen.
Doch ich bin geneigt, ein Wort dagegenzusetzen:

Rechts des Rhenus konnten wir es schon mehrfach erleben.
Ihre Stämme neigen dazu, südwestlich zu streben.
Lässt man ihnen den nötigen Raum und sie einfach gewähren,
Sind sie sehr wohl bereit, der Heimat den Rücken zu kehren.

Was lässt sie zögern? Es sind durchaus nicht nur unsre Legionen,
Die sie – den Göttern sei Dank – durch ihr Zaudern ungewollt schonen.
Nein, etwas völlig andres lässt den Germanen verzagen.
Hier nämlich kommt sein uns fremdes, seltsames Wesen zum Tragen!

Sitzt der Germane am heim'ligen Feuer, in nächtlicher Kühle,
Dann übermannen ihn mitunter besondre Gefühle.
Preist er zunächst noch die Heimat – nicht selten mit glasigen Augen –,
Schwärmt er im nächsten Moment – mit Plänen, die nie etwas taugen –,
Von ihm völlig unbekannten Ländern und Ecken,
Die es gelte, alsbald für sich und sein Volk zu entdecken.
Leider gäbe es ein paar Dinge, die ihn daran hindern:
Dann erzählt er vom Hof, dem Vieh, der Frau und den Kindern.

Wenn Du mich fragst: Er liebt es schlicht, sich ans Feuer zu kauern,
Trist in die Flammen zu blicken, zu saufen und sich zu bedauern!
Schwärmend klagen – das entspricht seinem Wesen am meisten.
Das ist die einzige Feigheit, die die Germanen sich leisten!

Später tat Swidger sich auch schwer, sich dieses Gefühls zu erwehren.
Nun aber sprach er zu Velent: „Wir müssen den Fluss überqueren!“
Dies gelang ihnen auch. Es war ein ubischer Flößer,
Der sie nach Bonna hinüber mitnahm. Doch umso größer
War dann dort die Enttäuschung. Es sollte ihnen misslingen,
Bernulf zu finden oder auch nur in Erfahrung zu bringen,
Ob sein Herr, von dem sie nur den Rufnamen kannten,
Überhaupt hier war. An wen auch immer die beiden sich wandten,
Niemand vermochte den einen, entscheidenden Hinweis zu geben.
Lager gäbe es reichlich. Der Mann könne überall leben.
Weiter im Norden. Oder im Süden. Vielleicht auch im Westen.
Weiter zu suchen sei sinnlos; heimwärts zu ziehen am besten.

Einige rieten ihnen auch dazu, Soldaten zu werden.
Um ihr Leben nicht grundlos und ohne Sold zu gefährden.
Knaben wie sie würden jenseits des Flusses recht gerne gefangen.
Billiger könne man kaum an wertvolle Sklaven gelangen.
Doch noch wahrscheinlicher wäre es wohl, sie würden erschlagen.
Es sei dumm, sich mit solch einem Pferd an den Rhenus zu wagen.

Eines Abends sah Velent Swidger am Flussufer stehen.
Seufzend schien er empor zu den funkelnden Sternen zu sehen.
Als sich der Ubier getraute, dem Chatten zur Seite zu treten,
Flüsterte dieser, er habe Thor um ein Zeichen gebeten.
Fern im Osten habe es eben ein Leuchten gegeben.
Er deute dies, es sei Zeit, zurück nachhause zu streben.

Und doch kehrtet Ihr heim. Und wurdet zu Schmieden. So, wie es sich Degenar sicher stets gewünscht hatte.

*

So geschah es denn auch. Doch Degenar sollte sie rügen.
Zornig ließ er sie wissen, es würde ihm nicht mehr genügen,
Ständig und immer nur im Nachhinein zu erfahren,
Was sie gemacht hätten oder wo sie nun wieder waren.
Überall hätte er sie gesucht! Sie sollten sich schämen!
Trotzdem sei er willens, sie in die Lehre zu nehmen.

Beide willigten ein. Und gelobten, das Schmieden zu ehren.
Swidgers Wunsch war ein Schwert; und Velents, sein Wissen zu mehren.

Anders als Velent begann jedoch Swidger bald zu verzagen.
Denn der Schmied lehrte sie zwar, welche Erze die Berge verbargen,
Wo man sie fand und wie man Meiler und Rennöfen baute,
Wie man das Eisen erhitzte, es bog und wie man es haute.
Einiges aber zog er auch vor, für sich zu behalten.
Etwa das Wissen, durch Falten von Eisen ein Schwert zu gestalten.

Velent ließen solche Entscheidungen höchstens kurz grübeln;
Swidger aber sollte sie Degenar ernsthaft verübeln.
Trotzig entschied er, sein Glück auch ohne den Schmied zu erzwingen.
Wenn nur Velent ihm half, dann würde es dennoch gelingen!

**

Bild VII

10 Jahre vor Lunas Brief an Velent – in Degenars Schmiede am Steinring

„Swidger!“ Velent war in höchstem Maße überrascht, den Chatten an Degenars Esse anzutreffen. Als er die Schmiede eine gute Stunde zuvor verlassen hatte, um Adlan zu versorgen, hatte sich Swidger beharrlich geweigert aufzustehen. „Du hast gesagt, Du wärst krank! Nun ist Degenar los, um mit den Männern zu jagen. Das wäre Deine Aufgabe gewesen!“

„Es wird ihm guttun, mal ein, zwei Tage unter Leute zu kommen!“, entgegnete Swidger, drehte sich dabei aber nur kurz um. Dann blickte er wieder auf die länglichen Barren vor ihm in der lodernden Glut.

„Das sind Degenars Eisen!“, wies ihn Velent zurecht. „Daraus sollten Äxte werden!“

„Eben!“, erwiderte Swidger. „Dafür nimmt er nur bestes Eisen! Dafür kenn ich ihn mittlerweile gut genug!“

Velent schüttelte den Kopf. „Du hättest es ihm sagen können“, entgegnete er, „dass Du es versuchen möchtest, sie zu schmieden!“

Nun gönnte Swidger ihm einen längeren Blick. „Velent“, meinte er seufzend, „ich habe nicht vor, Äxte zu schmieden. Wir schmieden Schwerter!“

„Wir?“, fragte Velent erstaunt.

„Ja, wir!“, wiederholte der Chatte. „Und nun nimm Dir endlich einen Hammer! Das Eisen ist gleich reif!“

„Degenar möchte das nicht!“, widersprach der Ubier und schüttelte erneut den Kopf. „Er hat es doch oft genug gesagt! Wir sind noch nicht so weit!“

„Und Deine Mutter“, wurde Swidger nun lauter, „hat gesagt, ich bekäme ein Schwert! Ein besonderes Schwert!“

„Das hattest Du bereits", erwiderte Velent erbost. „Wenn ich Dich daran erinnern darf! Und Du hast es Dir gestohlen! Denn es war Degenars Schwert!"

„Du sagst es selbst", entgegnete Swidger – nun wieder deutlich ruhiger. „Es war *sein* Schwert! Aber Deine Mutter hat gesagt, *ich* bekäme ein besonderes Schwert." Er wickelte einen Lappen um den Griff des Eisens, zog es aus der Glut und legte es auf Degenars Amboss. Dann griff er zum Hammer und bedachte das rot glühende Metall mit ein paar ersten, deftigen Schlägen.

„Deshalb können wir es aber trotzdem noch nicht!", entgegnete Velent.

Aber Swidger ließ sich nicht beirren. „Woher willst Du das wissen, wenn Du es nicht ausprobierst?", hielt er dem Ubier vor.

„Er möchte es nicht!", wiederholte Velent.

„Na und?", entgegnete Swidger. „Ich möchte es aber!" Er legte den Hammer zur Seite. „Also, auf welcher Seite stehst Du?"

Velent blickte unter sich. Er rang mit sich. „Swidger, ich kann das nicht!", meinte er schließlich leise.

Swidger schob das mittlerweile deutlich flachere Werkstück zurück in die Glut. „Wenn es einer kann", versuchte er den Freund sodann aufzubauen, „dann Du! Versuch es! Bitte! Nimm Dir Dein Eisen und fang einfach an! Oder willst Du, dass man Deine Mutter eine Lügnerin nennen muss?"

Velent seufzte und griff wie zuvor Swidger zum Lappen. Dann hielt er indes noch einmal kurz inne. „Er kommt spätestens morgen Abend wieder! Die Zeit reicht nie im Leben! Außerdem sollten wir das nicht hinter seinem Rücken tun!"

„Und warum nicht?", hakte Swidger vorwurfsvoll nach, und schnell wurde klar, dass er sich auf Velents mögliche Einwände gut vorbereitet hatte. „Er will uns doch zu Schmieden machen!", fuhr er fort. „Und ein Schmied sollte in der Lage sein, ein Schwert zu schmieden! Was, wenn er nicht zurückkommt? Wenn er heute Nacht stirbt? Unglücklich fällt? Auf einen verwundeten Bären trifft? Oder die Männer überfallen werden? Dann müssten wir auch alleine zurechtkommen!"

„Das ist doch etwas anderes!", wand Velent ein.

Aber Swidger ließ sich nicht beirren. „Ist es nicht!“, erwiderte er. „Wenn Thor uns beisteht, wird es gelingen! Aber, wenn Du nicht willst, dann lass es eben!“ Er nahm ihm den Lappen aus der Hand und wickelte ihn um den Griff des noch unbearbeiteten Eisens. Dann jedoch hielt er inne. „Velent, ich kann das nicht ohne Dich!“, bat er den Freund leise um Hilfe. „Ich brauche Dich! Du verstehst Dich viel besser aufs Schmieden als ich!“

„Aber ...“

„Velent, –“

„... es ist, als würden wir ihn betrügen!“, fiel ihm der Ubier ins Wort.

*

„Bitte“, flüsterte Swidger, „hilf mir! Lass mich nicht alleine!
Deine Sorgen und Wünsche waren immer auch meine!“
Velent seufzte. Tief. Das Ganze war ihm nicht geheuer,
Dann aber schürte er doch mit dem Freunde das Feuer.

Swidger fehlten jedoch Geduld und die nötige Muße.
Zeternd hetzte er Velent. Dafür tat er zwar Buße,
Dann aber sollte der Streit zwischen ihnen sich noch einmal steigern.
Swidger besang die Valkyrjen; Velent sollte sich weigern.

„Sing dieses Lied“, rief der Ubier. „Ich hab es immer gemieden!
Sing es! Sing weiter! Ich indes höre dann auf mit dem Schmieden!“

„Degenar singt es doch auch! Oder willst Du auch darüber streiten?“,
Gab nun der Chatte zur Antwort. „Und das schon seit ewigen Zeiten!“

„Keiner der Meinen“, entgegnete Velent, „kann es ertragen!“
Swidger rief: „Ich weiß auch warum! Soll ich es Dir sagen?
Ihr habt uns damals so schändlich verraten! An jenen Drachen!
Nur allein deshalb riss er ihn auf! Seinen riesigen Rachen!“

„Ihr habt sie damals bedroht und belagert“, erwiderte Velent.
„Euretwegen lebt mein Volk seit damals im Elend!“

Über den heftigen Streit war das Schmieden bald völlig vergessen.
Nur um dies hier ging es dann noch: die Kräfte zu messen,
Wild auf dem Boden zu raufen, ja, sich blutig zu schlagen!
Erst nach Tagen sollten die beiden sich wieder vertragen!
Da er zurück war, gelang es dem Schmied, die Wogen zu glätten.
Er fragte beide getrennt voneinander, was sie denn hätten.
Und so formte sich langsam ein Bild. Und Degenar führte,
Weil er sagte, dass es der toten Belana gebührte,
Velent und Swidger weit nach Südosten. Hin zu den Resten
Einer, nein, *der* einst größten und wichtigsten ubischen Festen.

Hier, in Artaun, auf dem Gipfel des Taunus, hieß er sie leise,
Stille zu werden, denn hier erst beginne die wirkliche Reise.

Und so erzählte der Schmied von längst vergangenen Zeiten.
All das Land in den Tälern, jene schier endlosen Weiten,
Hätten die Ubier beherrscht. Bis verschiedene Stämme von Norden
Südwärts gezogen seien. Und dann sei es blutig geworden.

Sippe um Sippe sei schließlich gekommen, im Laufe der Jahre.
Hitzköpfe kämen sich dann zuweilen recht leicht in die Haare.
Denn sie stritten ja gerne. Um Erze, Gewässer und Weiden.
Kämpfe und Kriege seien die Folge und kaum zu vermeiden.

Sicher, es habe auch Freundschaften, ja, sogar Ehen gegeben.
Mancher aber denke zu selten daran, nach Frieden zu streben!

Degenar musterte Velent und Swidger. Sie wirkten betroffen.
Was den Schmied jedoch freute. Denn eben dies ließ ihn hoffen.

Damals hätten sich etliche Stämme zusammengeschlossen.
Sueben, Sugambrer und Matthen hätten den Taoun beschossen,
Fuhr der Schmied dann am Abend leise fort zu erzählen.
„Schon schien den Eingeschlossenen jegliche Hoffnung zu fehlen,
Da erreichte sie doch noch durch mutige Späher die Kunde,
Caesars Heer rücke an. Und er sei mit den Ubiern im Bunde."

Degenar stockte. Ihm schien ein Kloß im Halse zu stecken.
Offenbar schien seine Rede Bilder in ihm zu erwecken.
Doch den Grund war er nicht bereit, mit den Knaben zu teilen:
Manchmal vermag die Zeit nicht alle Wunden zu heilen!
Dass er einst eine Geisel war, brauchte niemand zu wissen!
Kurz zuvor ward er damals seinem Stamme entrissen.
Caesar hatte ihn wie so viele als Faustpfand genommen.
Und die Erinnerung daran machte den Schmied nun benommen.

Und so sprach er mit brüchiger Stimme: „Die Ubier erbaten
Hilfe. Caesar war ganz in der Nähe und ließ sie doch warten!
Nichts tat er! Nichts! Er ließ die Krieger die Bergstadt bezwingen!
Viel zu spät erst kam er – angeblich, um Frieden zu bringen.

Alles brannte bereits, da er anbot, die Ubier zu schützen.
Caesar wusste: Das Ende Artaouns würde ihm nützen.
Da ihre Stadt zerstört sei, riet er den Ubiern zu fliehen.
Und empfahl ihnen dringend, mit ihm gen Westen zu ziehen.
Dort, am Rhenus, würde er für ihre Sicherheit sorgen.

So durchtrieben war dieser Mann und zugleich so verdorben!
Denn sein Angebot, allen Ubiern Schutz zu gewähren,
War nicht selbstlos. Er wollte die Zahl seiner Krieger vermehren!
Kaum ein Ubier indes vermochte den Plan zu durchschauen.
Wer aber floh, sollte Dörfer wie jenes am Steinring erbauen."

Damit schloss der Schmied, um nun eine Weile zu schweigen.
Denn wie elend ihm war, wollte er nicht unbedingt zeigen.

Velent ließ ihn in Ruhe. Doch Swidger schien etwas zu fehlen.
„Willst Du denn", fragte er schließlich, „nichts von dem Drachen erzählen?
Dem aus dem Lied der Valkyrjen. Den wir so häufig besingen."
Seufzend beschloss der Schmied, die Geschichte zu Ende zu bringen.

„Sicher", holte er aus, „habt Ihr es schon öfters gesehen,
Wie es ist, wenn die Römer marschieren. Wie sie dann gehen.
Vier Mann pro Reihe. Und Reihe an Reihe. Als endlose Schlange.
Jedes Glied gut geschützt, jede Brust, jedes Haupt, jede Wange!
Glitzernd und hungrig und willens, jederzeit Feuer zu speien.
Aber kaum dazu fähig, dem Feind eine Tat zu verzeihen."

Degenar schluckte. „Nun wisst Ihr es: Rom ist der mächtige Drache,
Rom ist es, das ich für so viel Leid verantwortlich mache!"
Ja, fast weinte er nun. Zumindest klang er verbittert.
„Siehst Du das?", flüsterte Swidger zu Velent. „Ich glaube, er zittert!"

„Caesar entsandte Boten ins Lager der glorreichen Sieger",
Fuhr der Schmied schließlich fort. „Er lud ihre tapfersten Krieger
Ein in sein Lager. Dort aber hatten sie vor ihm zu knien!"
Degenar senkte den Blick: „Nicht einer vermochte zu fliehn.

An ihren Händen und Füßen ließ er sie allesamt binden.
Dann sollten Schwerter die Hälse der Knienden suchen und finden.
Caesar spricht. Ich höre ihn – ohne ein Wort zu verstehen.
Schließlich schweigt er. Dann nickt er. Nur kurz. Doch ich hab es gesehen!“

Und als ob es nicht reichte, die Knaben zum Weinen zu bringen,
Setzte der Schmied nun noch an, das Lied der Valkyrjen zu singen:

„Es verkürzten das Waschen am Fluss mit ihrem Gesange
Drei unser treuesten Weiber. Da kam die riesige Schlange.
Unsere Krieger verkannten die Kraft dieses hungrigen Drachens,
Wurden verraten und Opfer seines gewaltigen Rachens.
Mars fand Gefallen daran, Logana den Mantel zu leihen.
Rot ward das Grün ihres Wassers. Die Weiber begannen zu schreien.

Doch verstummten sie letztlich für immer, da sie erkannten:
All die blutenden Leichen, die folgten, war’n ihre Verwandten!
Selbst ihre eigenen Männer mussten die Weiber verbrennen.
Unfähig, sie zu beweinen oder beim Namen zu nennen.

Stumm und nackt verblieben sie dort. Mit aschgrauen Leibern.
Trugen Schwarz nur im Winter und wurden zu heiligen Weibern.
Seite an Seite sind sie im heiligen Felde begraben.
Einst erhalten wir alles zurück, was wir ihnen gaben.“

Swidger sah den leeren Blick des nun schweigenden Hünen.
„Diese Morde“, raunte er finster, „hat Rom noch zu sühnen!
Wenn ich erst alt genug bin, dann hält mich nichts auf, es zu wagen!
Laden die Götter doch jene, die fallen, zu großen Gelagen!“

Velent hatte die Botschaft des Liedes anders verstanden.
Seine Abneigung gegen es kam ihm allmählich abhanden.
Erstmals fühlte er sich mit den heiligen Frauen verbunden.
Ihr Schmerz war auch der seine. Denn sie hatten ähnliche Wunden.

„Witwen und Waisen bleiben zurück, wenn Gefallene gehen",
Flüsterte er. So leise, sein Einwand war kaum zu verstehen.
„Sie feiern nicht mit! Sie müssen kämpfen, solange sie leben!
Mutiger wäre es fraglos, als Krieger nach Frieden zu streben!"

Swidger war vollkommen sprachlos. Er konnte es einfach nicht fassen.
Worte wie diese lehrten ihn schließlich, Velent zu hassen.

*

Warum bist Du gegangen, Velent? Warum?
Hast Du nicht selbst einmal zu Swidger gesagt, ein wahrer Held sei nicht jener, der ginge, um im Kampfe zu sterben, sondern jener, der bliebe, um für jene zu sorgen, die ihm anvertraut seien?

*

Swidger zu kränken war sicherlich nicht Velents Absicht gewesen.
Doch so war es. In Swidgers Blick war es unschwer zu lesen.
Dunkel war er und klagte: „Ich hab Dich immer verteidigt.
Du indes verrätst unsre Freundschaft und hast mich beleidigt!"

Dieser Vorwurf wog schwer. So schwer, dass er Velent prägte.
Und eine Schuld wuchs heran, die sich nachtgleich über ihn legte.

Degenar aber war ob Velents Worte zufrieden.
Trotzdem bemerkte er, dass die Blicke der Knaben sich mieden.

Darum versuchte er, ihnen rasch eine Brücke zu bauen:
„Manche sterben auch für den Frieden. Männer wie Frauen.
Und ich bete für sie, dass die Götter sie dafür entlohnen!
Und auch, dass sie auf ewig am besten Platz dafür thronen!
So wie auch jene, die viel zu früh und ohne Schuld gingen!
Wie Eure Mütter! Helft Euch, statt nur miteinander zu ringen!
Fangt am besten gleich damit an und geht für uns Jagen!",
Hieß er die beiden in mürrischem Ton. „Denn mir knurrt längst der Magen!"

Damit schwieg der Schmied, um still an Belana zu denken.
Schließlich begann sich darüber sogar die Sonne zu senken.
Dann kehrten beide zurück. Zufrieden vernahm er ihr Lachen.
Hasenbraten stand an. Doch zuvor galt es, Feuer zu machen.

Dabei lobte der Schmied sie, welch gute Jäger sie waren.
Mehr indes noch, welch Geschick sie besaßen, das Wildbret zu garen!
Um sich die Last zu nehmen, den Hasen beständig zu drehen,
Hatten sie das Gestell für den Spieß mit Bögen versehen.
In ihnen rollte der Spieß, als würde ihn etwas wiegen.
Und ein kleiner Schupser genügte, blieb er schließlich liegen.

Velent erwiderte, Swidger habe den Hasen getroffen.
Für des Schmiedes zweites Lob sei er indes offen.
Oft genug hätten Swidger und er am Feuer gesessen.
Und die besten Ideen kämen ihm immer beim Essen.

Degenar lachte und seufzte dann leise. „Du hast schon als Knabe
Gerne mal Neues probiert. Bewahr sie Dir gut, diese Gabe!
Auch als Schmied! Denn die Fähigkeit, neue Wege zu gehen,
Macht Dich zum wahren Meister! Sie hilft Dir, die Welt zu verstehen."

Velent nickte dankbar. Swidger indes schien betroffen.
„Diese Gabe fehlt mir!“, meinte er schließlich ganz offen.
„Ja, mir fehlt die Geduld! Das ist nichts für mich, dieses Schmieden!
Wenn es möglich war, hab ich die Esse doch immer gemieden.“

Swidger hatte vermutet, Degenar würde ihn rügen.
Aber er tat es nicht. „Ich müsste zweifellos lügen“,
Meinte er kaum überrascht, „würde ich hier behaupten, ich hätte
Dies nicht vermutet. Nun, ich lege Dich nicht an die Kette!
Alt genug bist Du auch, Deiner eigenen Wege zu gehen.
Also, was immer Du vorhast: Ich werde es sicher verstehen.“

Swidger war hörbar erleichtert. „Statt mich an der Esse zu schinden,
Macht ich mich lieber noch einmal auf, meinen Vater zu finden.“

Degenar nickte. Und konnte – ich möchte fast sagen mit Schrecken –
Doch zugleich die Bereitschaft in Velents Augen entdecken,
Swidger zu folgen. „Mir wäre lieber, Du würdest bleiben“,
Meinte er deshalb zu Swidger. „Du könntest ja Viehzucht betreiben.
Sicher, ich weiß, was Du denkst: Euer Hof ist verpfändet.
Doch vielleicht möchten Odin und Thor, dass Dein Schicksal sich wendet.“

Dann fuhr er fort, er habe als Schmied im Laufe der Jahre,
Geld zurücklegen können. Aber es sei nicht das Wahre,
Diese Münzen weiterhin nutzlos vergammeln zu lassen,
Ferner sei er nicht der Mann, das Geld nur zum Spaß zu verprassen.
Swidger dürfe mit Velent auch weiterhin gern bei ihm wohnen,
Aber es sei ihm nun wichtig, sie beide gerecht zu entlohnen.

Sicherlich, räumte er ein, würde Swidgers Anteil kaum reichen,
Norwins Wunsch bezüglich des Hofs komplett zu begleichen,

Er indes sei willens, Swidger, was fehle, zu leihen.
Denn sein Vieh würde sicherlich bald schon ganz prächtig gedeihen.

Doch er müsse, fügte er an, auf etwas bestehen.
Wer sich verschulde, könne nicht einfach kommen und gehen.
Nein, wenn er und – vielleicht ja auch Velent – ihm etwas liehen,
Sei es für Swidger zunächst mal vom Tisch, zum Rhenus zu ziehen.

Swidger schluckte und seufzte – zunächst mit versteinerter Miene.
Wo sein Vater sei und welchem Herrn er nun diene,
Sei für ihn überaus wichtig. Er müsse es einfach erfahren.
Degenar nickte. Wo Sklaven oder Verschollene waren,
Meinte er, könne man auch durch Händler versuchen zu klären.
Jene, die reisten, würden den Rhenus sehr oft überqueren.

Swidger zögerte lange. Degenar sah ihn sich winden,
Bis er ihm schließlich versprach, entsprechende Händler zu finden.
Dann erst gab Swidger seufzend klein bei und sollte sich beugen.
Degenar gab er die Hand und ließ Velent den Handel bezeugen.

Gleichzeitig schwor er hochheilig, er sei dem Schmied nun verpflichtet.
Dies wird später noch wichtig und sei Dir hiermit berichtet.

Velent fügte noch an, auch er brauche wenig zum Leben.
Was er bekäme, würde er Swidger ebenfalls geben.
So, wie Verwandte, seien auch Freunde sich stets etwas schuldig.
Hätte er selbst einen Vater, würde er treu und geduldig
Swidgers Vorbild folgen und ginge womöglich noch weiter!
Oh, wie gerne wäre er diesbezüglich gescheiter!

Degenar war überrascht. Und unfähig, etwas zu sagen.
Nein, die Wahrheit zu sagen, sollte er wieder nicht wagen.
Seine Erinnerung sollte ihn übermannen und lähmen.
Wie so oft schon schwieg der Hüne und sollte sich schämen.
Mein Versagen haftet an mir. Was auch immer ich tue!,
Warf er sich vor und zog in die Nacht. Und fand doch keine Ruhe.

Fünfzehn Jahre zuvor war das, was ihn plagte, geschehen.
Degenar schloss die Augen. Alles schien sich zu drehen.
Niemandem hatte er je die traurige Wahrheit gestanden.
Bilder von Lember und Loynus tauchten auf und verschwanden.

Unscharf sah er die Druiden am Rande des Steinringes knien.
Sah sie sich wieder erheben, um in dessen Mitte zu ziehn.
Hier befand sich Belana, um bald schon laut zu bekunden,
Dank der Hilfe der Götter sei endlich ein König gefunden.
Loynus sei ihr gleich mehrfach in ihren Träumen erschienen.
So war es üblich. Und schließlich rief sie noch auf, ihm zu dienen.
Mehr war nicht nötig, da Lember als höchster Druide bezeugte,
Dies sei im Sinne der Götter und sich vor Loynus verbeugte.

Jubel brandete auf, im Kreise der zahlreichen Gäste
Rund um den Ring, und die meisten blieben auch gerne zum Feste.
Unweit der Steine fand es statt. Im Schein vieler Feuer.
Essen und Trinken stellte das Dorf. Von der jährlichen Steuer
Hatte es Lember befreit. Als ein Druide der einsamen Wälder
Hatte er kaum Bedarf für größere Summen und Gelder.

Anders als Loynus! Degenar konnte es unschwer erahnen.
Schlimm war ihm indes nur: Er sollte Belana umgarnen!

Wie er wusste, hatte Lember Belana gebeten,
Loynus zu küren, weil er gehofft hatte, wenn sie es täten,
Könnte es ihnen gelingen, den Stamm der Ubier zu einen.
Was auch Belana sich wünschte. Da gab es nichts zu verneinen.
Unbeantwortet war für sie nur die Frage geblieben,
Welche Hintergedanken ihren Ziehvater trieben?
Loynus scherte sich kaum um ubische Bräuche und Werte.
Ja, sie mochte ihn nicht; doch sie spürte, dass er sie begehrte.

Trotzdem hatte sie irgendwann zugestimmt, Loynus zu küren.
Weil sie glaubte, er sei nicht der Mann, einen Aufstand zu führen.
Nein, so schwach wie er war, würde er den Frieden nie brechen!
Ihm war ja nicht mal gegeben, in größerer Runde zu sprechen.
Auch als „eitel" und „feige" hatte sie ihn schon beschrieben.
Was sie nicht ahnte: Loynus war vor allem durchtrieben!

Wissend, was er als neuer König einst gedurft hätte,
Folgte er Belana heimlich zur heiligen Stätte.
Einige Gäste schliefen bereits; der Rest war betrunken,
Lauschte den Lauten, tanzte oder sah staunend den Funken
Nach, die die mächtigen Feuer abseits des Steinkreises spien.
Niemand sah ihn auf die eher dunkle Anhöhe ziehn.

Dort nun sprach er sie an, indem er die Stimme leicht senkte:
„War es nicht so, dass die, die ihn sah, sich ihm danach schenkte?"
Stumm und fassungslos sah sie ihn an. Da er aber lachte,
Lachte sie ebenfalls. Freundlich wies sie ihn ab und sie dachte,
Alles sei gut. Doch ging er nur, um wiederzukehren.
Sie war bereits auf dem Rückweg. Er meinte, ihn zu belehren,
Sei völlig richtig gewesen. Dann gab er ihr ein Gebinde.
Drinnen ein Trunk. Aus Pilzen, aus Kräutern und Spuren von Rinde.
Höflich trank sie ihn leer, um dann weiter zum Festplatz zu gehen.

Dort aber tanzte sie bald schon – kaum mehr fähig zu stehen –,
Schwankte und lag ganz plötzlich in Loynus' knochigen Armen.
Grinsend zog er sie fort und kannte mit ihr kein Erbarmen.

Degenar sah es und eilte herbei. Fast schien er zu fliegen.
Zog ihn herunter von ihr, um dann mit fast tödlichen Hieben
Über den Schänder zu kommen. Dann nahm er sie in die Arme.
Wie gelähmt schien sie ihm. Da trug er sie eilig ins Warme.

Wegen ihr alleine war er am Steinring geblieben.
Statt weiter nordwärts zu ziehen. Hoffend, sie könnte ihn lieben.
Sich sanft räkelnd und seufzend, begann sie nun leise zu singen.
Da vergaß sich der Schmied. Er musste Belana nicht zwingen,
Aber sie sollte sich – hinter dem Rausch – auch nicht mehr erinnern.
Das jedoch schien für ihn die Lage nur zu verschlimmern.

Denn er schämte sich. Sehr. Und fand nie den Mut, ihr zu sagen,
Dass vielleicht er der Vater war, des Kindes, des Knaben,
Den sie austragen sollte – mühsam und oft unter Schmerzen.
Diese gingen dem Schmied als wären es seine zu Herzen.

Anders als Loynus. Am nächsten Tag war er zu ihr gekommen.
Lauthals klagend, sie habe ihm die Sinne genommen!
Aber womöglich sei er ja bereit, ihr dies zu vergessen!
Wieder war er ihr nahegekommen: „Du w-warst wie besessen!"

Kaum erkennbar hatte Belana die Brauen gehoben.
Loynus hatte zunächst noch geglaubt, sie wolle ihn loben.
„Was, wenn dies an Dir lag? – Ich glaube, Du weißt, was ich meine!
Denn für gewöhnlich greife ich keinem zwischen die Beine!",
Hatte die Drudas gehaucht, um ihn ebendort zu verwöhnen.
Dann jedoch mit einer Bewegung sein grunzendes Stöhnen

Augenblicklich beendet. Belanas geschmeidige Finger
Hatten Loynus' Gemächt umschlossen. Hart wie ein Ringer
Hatte sie zugegriffen, und er hatte lauthals geschrien.
„Du bekommst ihn ja wieder! Ich brauche ihn nur geliehen!",
Hatte sie sich erklärt. „Denn selbst aus den kürzesten Därmen
Les ich die Wahrheit! Ich muss sie nur kurz über Feuer erwärmen!"

Schriller als Loynus geschrien hatte, kann man nicht schreien!
Letztlich hätte er alles geschworen, um sich zu befreien.
Aber er hatte dann doch nur zwei kurze Eide zu schwören:
Erstens, nichts zu verraten, und zweitens, sie nie mehr zu stören.

Degenar schluckte. Loynus war damals für immer verschwunden.
Bis zum Tag seines Todes. Dafür, dass er sie geschunden
Hatte, hatte Lember ihn ohne Gnade gerichtet.
Hätte er selbst ihm doch auch von seinem Verhalten berichtet!

Ob es den Göttern gefiel, sich an seiner Feigheit zu weiden?
Doch er hatte es ja verdient, auf ewig zu leiden!
Jedwede Pein ward ihm völlig rechtens zuteil und zugegen!
Traurig ging er zurück, um sich wortlos ans Feuer zu legen.

Velent erkannte sofort, dass den schweigsamen Schmied etwas grämte.
Ja, beinahe wirkte der Hüne, als ob er sich schämte.
Dass sein Freund dies nicht sah, sollte sich umgehend zeigen.
Denn der Chatte missachtete mehrfach Degenars Schweigen.
Letztlich verbat der Schmied sich indes die bohrenden Fragen.
Sein fast steinerner Blick unterstrich: Er würde nichts sagen.
Es war sein eigenes Schicksal, das ihn dazu ermahnte.
Nein, es war besser, wenn niemand seine Herkunft erahnte!

Swidger und Velent ließ das Schicksal noch jahrelang warten.
Dir indes will ich nunmehr auch dieses Geheimnis verraten:
Unser Schmied war der einzige Sohn eines wichtigen Mannes,
Führte doch jener den südlichen Teil des sugambrischen Stammes.

Als eine Geisel groß geworden in unseren Reihen
Hatte Degenar Vieles gelernt, doch nicht zu verzeihen.
Wir hatten ihn seiner Heimat entrissen; sein Herz war geblieben.
Er hatte uns zwar zu fürchten gelernt, doch niemals zu lieben.

Ja, vermutlich lernte er später sogar, uns zu hassen.
Denn als Schmied, der er wurde, hatte er doch in Massen
Waffen zu schmieden – neben Nägeln und Panzern und Pfannen.
Und den Gedanken konnte er später nie mehr verbannen,
Dass mit ihnen, mit den von ihm geschmiedeten Waffen,
Tausendfach Hass gesät worden war, statt Frieden zu schaffen.

Manches Kommando trug ich und kann diesen Schmied gut verstehen,
Ich mag auch längst schon keine verstümmelten Leichen mehr sehen.
Es ist schlimm, doch lässt es im Kriege sich nie ganz vermeiden,
Dass auch falsche Entscheidungen fallen und Wehrlose leiden.

Degenar hatte nur in niederem Dienstrang gestanden.
Sicher traf ihn überhaupt keine Schuld. Doch noch immer befanden
Ihn die Stimmen der einsamen Nächte schuldig für jene
Gräueltaten, die ich hier bewusst nicht näher erwähne.
Ja, selbst nach seiner Dienstzeit sollte er uns noch verfluchen,
Tunlichst darauf bedacht, nur nie unsre Nähe zu suchen.

Wo er auch war, der Schmied war sich immer darüber im Klaren:
Solltest Du einen Sohn haben, musst Du ihn davor bewahren.

Hüte Dein Geheimnis und gib Dich nie zu erkennen!
Schweig und daure! Verleugne! Mag Dein Herz noch so brennen!

Deshalb hatte Degenar stets seine Herkunft verschwiegen.
Ohne ein Wort stand er auf. Sein Heimweh sollte obsiegen.

Bis zur höchsten Erhebung des Taunus sollte er gehen.
Klar war die Nacht, doch er konnte die alte Heimat nicht sehen.
Degenar seufzte: Hoch im Nordwesten musste sie liegen!
„Wär' ich ein Rabe, könnt' ich in einem Tag dorthin fliegen!"

Degenar hörte sehr wohl, dass die beiden ihn ab und an riefen.
Doch er kam erst zurück, da Velent und Swidger schon schliefen.
Trotzdem war er es, der morgens die beiden anderen weckte.
Swidger zierte sich erst, doch da er sich reckte und streckte,
Sah er sich schließlich bemüßigt, von seinem Traum zu erzählen. –
Dass ihm jener gefiel, vermochte er nicht zu verhehlen.

Sämtliche Sippen der Matthen hätten sich wieder verbündet.
Gegen den Stamm der Sugambrer und ihnen den Kriegsfall verkündet.
Wie so viele habe auch er sich wacker geschlagen.
Auf den Schultern hätte man ihn vom Schlachtfeld getragen.

„Weißt Du", meinte der Schmied, „ich fürchte, die ewigen Kriege
Nützen letztlich nur Rom und führen doch niemals zum Siege.
Kriege zeugen nur Kriege und fordern weitere Leben.
Velent hat Recht, wenn er sagt: Es gilt, nach Frieden zu streben.
Doch für Träume", fügte er an, „hat sich niemand zu schämen!"

Damit ließ er ihn stehen, um seufzend sein Bündel zu nehmen.
Swidger blickte ihm nach mit gefährlich funkelnden Augen.
Velent erschrak: Der Chatte würde als Heerführer taugen!

Dieses Bildes vermochte der Ubier sich nicht zu erwehren:
Er sah den Chatten als Krieger, sah ihn den Rücken ihm kehren.

Ihm war vermutlich etwas von jener Gabe gegeben,
Seiner Mutter gleich, durch die Augen ins Herz und ins Leben
Anderer blicken zu können. Er begann sich zu sorgen:
Wann nur wirst Du den Freund wohl verlieren? Womöglich schon morgen?
Gegen wen wird er kämpfen? Gegen wen wird er ziehen?
Hab ich selbst ihn zu fürchten? Muss ich selbst vor ihm fliehen?

Oder kämpf' ich doch mit ihm? Als Freund und Seite an Seite?
Bleibt er mir treu, wenn ich nicht so oft wie zuletzt mit ihm streite?
Würd' ich es können? Ist mir das Kämpfen und Töten gegeben?

Jenes Mädchen an der Logana ließ ich am leben.

Es war seltsam. Er glaubte fast, ihre Nähe zu spüren.
Selbst als der Schmied nun auch ihn ermahnte, sein Bündel zu schnüren,
Weil es Zeit sei, die Schritte heimwärts zum Steinring zu lenken,
Hatte er ein ums andere Mal an Luna zu denken.
Neu war dies nicht. Weil er ihr letzten Endes Adlan verdankte.
Neu war, dass ein Gedanke sich gleichsam sanft um sie rankte.

*

Du kannst es doch nicht vergessen haben! Den, den man liebt, verlässt man nicht! Man bleibt an seiner Seite! Du hast mir doch selbst davon erzählt! Als ich Dich gefragt habe, ob Du Dich noch daran erinnern würdest, wann es gewesen war, dass Du Dich das erste Mal ein wenig an meine Seite sehntest.

*

Velents Finger tasteten – tief in Gedanken versunken –
Nach seiner Kette. Dass zumindest einige Funken
In seinem Herzen begonnen hatten ein wenig zu glimmen,
Ahnte der junge Ubier noch nicht. Doch sollte es stimmen.

Nahrung sollte die Glut auf den Kuppen des Heimweges finden.
Velent blickte nach Süden, sah dort die Logana sich winden.
Aber selbst ohne in jenem Moment Mattiacum zu sehen,
War ihm doch so, als würde ein warmer Wind von dort wehen.

Ja, ihm war sogar so, als würde ihn dieser durchdringen.
Mehr noch: Als brächte er in ihm nun auch eine Saite zum Klingen,
Deren lieblichen, leichten und süßen Klang er nicht kannte.
Venus' Spiel war es, das ihn nach und nach übermannte.

Ihre Weise nahm ihn gefangen und sollte ihn wiegen.
Seine Hand kam nun häufig auf seiner Kette zum Liegen.
Luna, dachte sich Velent, hab ich die gleiche gegeben.
Seine Sehnsucht erwachte. Sein Herz begann sich zu heben.

**

Hier will ich enden, um Dir dann morgen weiterzuschreiben.
Nun, ich hoffe zumindest, mir wird die Zeit dafür bleiben.
Denn es geschehen hier Dinge, die mich ein wenig besorgen.
Seit Beginn meines Schreibens an Dich am heutigen Morgen
Habe ich rund um die Villa kaum ein Tier mehr gesehen.
Möge Nox[28] mir die Einsicht schenken, dies bald zu verstehen.

***

Band II

Seltsam. Auch der heutige Morgen hüllt sich in Stille.
Nur die Brandung ist zu erahnen. Ob es der Wille
Jupiters[29] ist, mir erneut die nötige Ruhe zu schenken,
Jener Liebe, die einst Germania gebar, zu gedenken?

Möglicherweise. So will ich beginnen, mehr zu erzählen.
Möge Minerva[30] mir helfen, die rechten Worte zu wählen!
Auch Apollo[31] steh' mir – bei allem, was ich berichte –
Bei! – Vor allem in jenen Passagen, in denen ich dichte.

Einiges will ich indes so wie gestern auch wieder bebildern,
Um Dir das Leben von Luna und Velent genaustens zu schildern.
Bleibt doch mein Ziel, dass ich seine Gründe dafür erhelle,
Sie zu verlassen. Und ganz nebenbei: Die einzige Quelle
Bleibt für mich Lunas Brief. Bei seinen poetischsten Zeilen
Wollen wir nun zu Beginn dieses Tages ein wenig verweilen.

*

Lunas Geschichte der verwunschenen Götterkinder

Ich möchte Dir eine kurze Geschichte erzählen und ich vertraue darauf, dass Du nicht lachen wirst, wenn Du sie liest.
Es ist die Geschichte zweier Götterkinder. Ich sah sie ein ums andere Mal; es ist schon Jahre her. Beim ersten Mal saß ich so still am Ufer der Logana, dass ich annehmen darf, dass sie mich einfach übersahen, versunken in ihr Liebesspiel.

Es fällt mir schwer, Dir zu beschreiben, was genau es war, das sie beim ersten Mal verriet. Es war nicht viel, das anders war als sonst im leichten Nebel eines gerade erst geborenen Tages. Doch etwas schon.
Nicht jeder Nebel, musst Du wissen, ist, obwohl er auf den ersten Blick so wirken mag, tatsächlich leicht. Doch dieser, in der Mitte all des andren Nebels, war es, sogar auf ganz besondre Weise. Er war so leicht wie eine Feder, so leicht wie Atem oder feinster Rauch. Er hatte gar nichts Schweres, so gar nichts Träges. Auch müde, kalt und feucht schien er mir nicht zu sein. Doch kann ich dies nicht mit Gewissheit sagen, war ich ihm dafür letztlich doch nicht nah genug. Was ich hingegen sagen kann, ist, und dies ist es, was mich stutzig werden ließ: Fremd schien ihm jede Art von Traurigkeit, die eigentlich jedem Nebel eigen ist. Jener wirkte heiter und gelöst auf mich, ja, glücklich.

Und auch der Fluss erschien mir fremd. Die Wasseroberfläche schien zu zittern oder, vielleicht noch treffender gesagt, ganz leicht zu flackern, auf einem unterschiedlich breiten Fleck in seiner Mitte.
Womöglich hätte ich es übersehen, so leicht war es, dieses Vibrieren. Doch in Verbindung mit der eleganten, dünnen, lang gezognen Nebelschwade, die zärtlich über diese Fläche strich, konnte ich mich des Gefühls nicht erwehren, dass dort zwei Wesen aufeinandertrafen, zwei Wesen, fast wie wir.
Ich sah sie als zwei Götterkinder zweier mächtiger Geschlechter, die sich so hoffnungslos zerstritten hatten, dass die bekannt gewordene Liebe ihrer Kinder für alle Zeit verboten worden war. Doch Liebe lässt sich nicht verbieten; sie findet ihren Weg. In diesem Fall auch ihre Zeit und ihren Ort:
Die Dämmerung am Fluss, wenn leichten Nebel er gebärt. Denn gerade dann kann es geschehen, dass die, von den zerstrittnen Göttervätern einst mit viel Bedacht erwählten, sonst pflichtbewussten Wächter über Tag und Nacht, sich um ein paar Augenblicke nur verpassen.

Wir alle kennen sie als kurze, ganz besondere Momente, in denen selbst die Zeit den Atem anzuhalten scheint. In denen alles sonderbar verschwimmt.

Momente, die nicht Tag sind und nicht Nacht, nicht Sommer und nicht Winter, nicht Leben und nicht Tod. In denen selbst der stete Wandel innehält, Pendel und Waage in der Mitte stehen. Die selbst der Wind nicht stören mag.
Es sind diese Momente, in denen alles ist und nichts. In denen kein Gesetz bestehen, keine Regel gelten und kein Fluch mehr währen muss. Die ihren eignen Zauber haben und auf die Verwunschne wie Verdammte deshalb nicht nur in alten Mären hoffen dürfen.

Ja, ich glaube, in sie hinein schlüpften die Götterkinder. Als feinster Wasserschleier und als dünnster Wasserspiegel.
Ich saß nur still und staunte. Wie sie sich lockten, streiften, küssten. Wie sie sich aneinanderschmiegten. Wie schwerelos die Nebelschwade aufstieg, zuweilen rauchgleich fast in leichten Wirbeln. Und wie liebestrunken sie sich dann alsbald auch wieder fallen, nein, viel eher niedersinken ließ.

War er der Nebel oder sie? Oder tauschten sie gar ihre Rollen?
Wer wären wir? Mal sehe ich Dich als Nebel; dann wieder mich.

Was wohl aus ihnen geworden ist? Ich habe sie lange nicht mehr zu Gesicht bekommen. Doch saß ich auch lange nicht mehr alleine am Ufer des Flusses. Die Wirren des Krieges verbaten es mir.
Du wirst es kaum wissen, aber dort saß ich im Übrigen auch, um jenen ersten Brief zu lesen, den Du mir vor zehn Jahren hast zukommen lassen.

*

Nah' den Ruinen Artaouns war es Venus[32] gelungen –
Wie Du ja weißt –, das Herz des nun vierzehnjährigen Jungen,
Welches gerade zur Reife gelangt war, sanft zu erwärmen.
Wieder zuhause, neigte er folglich zum träumenden Schwärmen.

Degenar fiel es nicht schwer, die Blicke des Knaben zu lesen.
Lächelnd meinte er schließlich, auch er sei ein Jüngling gewesen.
Sicher sei Velent gescheiter als er und würde es wagen,
Jenem Mädchen, wer immer es sei, die Wahrheit zu sagen.
Dass er sie gerne mal träfe und spräche und oft an sie denke.
Anders sei es kaum möglich, dass sie ihm Zuwendung schenke.

Nun, es mag Dich nicht überraschen: Weil Velent sich schämte,
Lief er davon. Was sein Schwärmen indes nur kurzzeitig lähmte.
Glaubte er sich alleine, hörte man ihn sogar flöten!
Gleichzeitig sollten die Wangen des Knaben nicht selten erröten.

Anders als andre neigte er aber niemals zum Prahlen,
Seins war es eher, ein stilles „L“ auf den Boden zu malen.
Oder – seufzend und selig zugleich – den Mond zu betrachten.
Was sicher vor ihm schon viele andere Schwärmende machten.
Aber zusammengenommen half dies dem Schmied zu erraten,
Wen er verehrte. Degenar zwang sich, noch etwas zu warten,
Dann riet er Velent – als könne er kein Wässerchen trüben –,
Weil sein Latein nicht gut sei, sich öfters im Schreiben zu üben.

Diese Fertigkeit könne sich durchaus als nützlich erweisen.
Auch, um die Anmut und sanfte Art eines Mädchens zu preisen,
Welches womöglich außerhalb seiner Reichweite lebe.
Und der er einen Brief schreiben könne, wenn er danach strebe.

Wieder lief Velent davon. Indes in den kommenden Tagen
Sah man ihn tatsächlich beim Üben. Aber behagen
Sollte ihm die Lernerei nicht. Als nutzloses Schinden
Sah er sie an, misslang es zunächst doch, Wörter zu finden,
Um auch nur einen Anfang des Briefes an Luna zu machen!
Was auch immer er schrieb, sie würde es sicher belachen!

Folglich sollte Velent hart um jedes Wort ringen.
Doch nach schier endlosen Mühen sollte es letztlich gelingen.
Velent war halbwegs zufrieden. Er hatte Luna geschrieben!
Durch einen Händler erhielt sie den Brief und sollte ihn lieben!

Wieder und wieder las ich den Brief, den Du mir sandtest. Er war mir unendlich teuer. Dann war er plötzlich verschwunden. Ich suchte ihn, überall. Und nicht weniger verzweifelt als Jahre später Deine Kette. Doch fand ich ihn nirgends.
Und ich ahnte auch nicht, wer ihn mir genommen haben könnte.

*

Bild I

10 Jahre vor Lunas Brief an Velent – im Marktflecken Mattiacum an der Logana

„Herr, Titus Postumus ist eingetroffen!“

Gewissenhaft unterrichtete Menelaos seinen Herrn von der Ankunft des hohen Gastes. Doch Quirin blickte nicht einmal auf. Er lag mit zwei Männern zu Tisch. Während der eine ein klein wenig älter als Quirin war und vor allem durch sein schlichtes, langes Priestergewand auffiel, bestach der andere, deutlich jüngere Mann durch seinen muskulösen Körper, der jedem Gladiator zur Ehre gereicht hätte.

„Ave, Aulus!“, grüßte der Grieche zunächst Letzteren, aber der Angesprochene antwortete nicht. Was Menelaos nicht weiter verwunderte. Aulus kaufte und verkaufte Sklaven, aber er gab sich in der Regel nicht mit ihnen ab.

Tray, der einflussreichste Priester der Matthen im Bereich der mittleren Logana, war da aus anderem Holz geschnitzt. Ja, er kam dem Gruß des Griechen sogar zuvor: „Ave, Menelaos!“

Der Grieche nickte zurück – mehr höflich als freundlich. Er mochte den Priester noch weniger als den Sklavenhändler. Zwar neigten beide zum Prahlen, Aulus indes war zugleich ein so ungebildeter Mensch, dass Menelaos beinahe schon Mitleid mit ihm hatte. Nicht so mit Tray, sah er den leicht graubärtigen Matthen doch – so wie sich selbst auch – als einen Mann des Geistes. Und gerade deshalb warf er ihm gleichsam vor, was er Aulus verzieh: dass er – nicht anders als der Sklavenhändler – für Geld so ziemlich alles getan hätte. Womit sie bei Quirin in bester Gesellschaft waren. Ohne Frage lagen mit diesen dreien die reichsten Männer Mattiacums beisammen.

Kaum sichtbar schüttelte Menelaos den Kopf und blickte nun – auch um sich abzulenken – zu Luna hinüber. Das Mädchen, das er wie kein zweites mochte, saß ein gutes Stück abseits der drei tafelnden Männer auf einem Hocker und übte sich, wie er es ihr aufgetragen hatte – eine Wachstafel und einen Griffel in den Händen – im Rechnen. Ihr Lächeln tat ihm gut. Menelaos erwiderte es mit einem leichten Seufzer. Dann schaute er zurück zu Aulus, der sich – wie er längst wusste – so gut wie nie darum scherte, was andere wohl gerade von ihm dachten. Gänzlich ungeniert hatte der bullige Sklavenhändler soeben dem Druck in seinem Inneren nachgegeben und lauthals aufgestoßen.

Ob es wohl einen Menschen geben mag, der Dir noch weniger ähnelt als dieser Mann?, fuhr es Menelaos durch den Kopf.

Aulus war tatsächlich gänzlich ungehobelt. Zwar pflegte er sich in teuerstes Tuch zu hüllen, doch nur, um sich bei Bedarf – wie nun auch wieder – völlig ungeniert mit dem Ärmel über den vom Essen verschmierten Mund zu fahren.

Das wohl Einzige, was ihn mit diesem Menschen verband, war die Tatsache, dass auch Aulus einst als Sklave groß geworden war. Doch vor etwa zehn Jahren hatte er sich, wie er gerne erzählte, zurück in die Freiheit und damit ins Leben gekämpft.

„Stell Dir vor: Diese Muscheln sind teurer als Du!“, riss Quirin Menelaos aus seinen Gedanken. Er deutete auf die Austern, die er sich hatte kommen lassen.

Der Grieche war nicht weiter überrascht. Überrascht war er gewesen, als er von dieser Bestellung erfahren hatte. Sie war ihm nicht verborgen geblieben. Schließlich war er es, der einen Großteil der Geschäfte seines Herrn führte. Und dazu gehörte es auch, den Einkauf für seine Küche zu überwachen. Austern hatte sich in diesem Haus noch niemand zu bestellen gewagt! Und auch der helle Wein, den die drei sich zu den Austern gönnten, war alles andere als billig gewesen.

Auf der anderen Seite hatten Aulus und Tray Quirin – und mit ihm die wichtigen Männer Mattiacums – schon so oft zum Essen eingeladen und dabei nie gespart, dass sein Herr kaum noch anders gekonnt hatte, als auch sie einmal einzuladen. Trotzdem hätte er nie damit gerechnet, dass Quirin sich dieses Essen so viel Geld würde kosten lassen. Aber den Grund dafür sollte er nun erfahren.

„Man sammelt sie hoch im Norden“, erklärte Quirin zunächst noch, was Menelaos ohnehin wusste, „am fliehenden Meer und bringt sie von dort bis zu uns. Mit einem Schnellboot, sonst verderben sie. Trotz des Eises, in das man sie unterwegs packt. Das kostet Unsummen. Ich habe noch niemals etwas so Teures gegessen! Und schmecken sie? Nein! Aber bevor diese Geiseln mein letztes Geld bekommen, das ich nicht ohnehin schon nach Mogontiacum zu schicken hatte, schlinge ich es lieber selbst herunter! – Ach!“

Verärgert schleuderte er die Auster in seinen Händen zu Boden und versuchte seinen Ärger mit einem kräftigen Schluck Wein hinunterzuspülen.

„Lass sie mich bezahlen, wenn sie Dir nicht schmecken!“, gab sich Aulus gönnerhaft. „Als kleine Anerkennung für Deinen Hinweis, dass es sich auch für mich lohnen könnte, meine Hände – so wie Du – ein wenig nach Naoun auszustrecken. Das hat es!“

„Das freut mich!“, entgegnete Quirin und versuchte vergeblich, seinen Unmut zu überspielen.

„Also, was ist?“, hakte Aulus nach. „Soll ich die Muscheln bezahlen? Ich lade Euch ein! – Wäre ja nicht das erste Mal …“

Quirin überhörte die spitze Note seines Gastes. Er schien sich gefangen zu haben. „Zu gütig, danke!“, säuselte er leicht nickend, doch nur, um im nächsten Moment Menelaos fauchend anzufahren: „Nun sag schon, wie viele es sind! Drei? Vier? Fünf?“

Auch Tray schaute den Griechen nun gespannt an. Nicht anders als Luna. Längst hatte sie Wachstafel und Griffel sinken lassen und blickte zu Menelaos hinüber.

Der Grieche machte indes noch keine Anstalten zu antworten, sah er doch seinem Herrn an, dass seine Wutrede noch längst nicht vorbei war.

„Was fällt Domitius ein, seine Kosten auf mich abzuwälzen?“, wetterte dieser im nächsten Moment auch gleich weiter. „Ich könnte wetten, dass Augustus die Geiseln zu ihm geschickt hat! Zu ihm, nach Mogontiacum, verstehst Ihr?! Nicht zu mir! Er ist der Statthalter, nicht ich! Ich hätte mir nicht träumen lassen, dass ich mir einmal Tiberius zurückwünschen würde, aber es ist so! Nicht genug damit, dass Domitius die Steuern ständig erhöht und sie immer früher haben will, nun soll ich auch noch seine Gäste aushalten! Was wird er wohl als Nächstes verlangen, damit er mich in diesem erbärmlichen Amt hält? Dass ich ihm eine Villa an den Weitehain baue? Am besten baue ich ihm seinen Scheiß-Tempel direkt daneben!“

Menelaos verkniff sich ein Widerwort. Sein Herr mochte es nicht, wenn er ihn belehrte. Auch wenn es in diesem Fall angebracht gewesen wäre. Schließlich hatte Domitius' Vorgänger, Tiberius, den germanischen Stämmen des Umlandes beim Wiederaufbau des Forums drei Jahre zuvor ein Versprechen gegeben, um den Frieden im Lande zu wahren. Er hatte ihnen sein Wort gegeben, dass nie wieder ein Tempel nahe der heiligen Gräber der Valkyrjen errichtet würde.

Wovon Tray mittlerweile sicher am meisten profitierte. Schließlich war er es, der bereits kurz nach der Gründung Mattiacums den Handel mit angeblichen Hinterlassenschaften der heiligen Frauen zunächst an die Gräber und dann unlängst – nachdem seine Stände mehrfach von aufgebrachten Chatten verwüstet worden waren – aufs Forum getragen hatte. Sehr zur Freude Quirins, der nun an diesem Handel kräftig mitverdiente.

Ein Tempelbau, wie ihn Domitius einforderte, hätte ihn indes erst einmal ein kleines Vermögen gekostet. Menelaos wusste dies alles, aber dies waren – wie erwähnt – weder der Ort noch die Zeit, darüber zu reden.

„Es sind zwei, Herr“, meinte er deshalb in versöhnlichem Ton. „Zwei Geiseln. Und des Titus' Tochter.“ Er schaute kurz zu Luna hinüber, die seinen Blick mit fragenden und zugleich erwartungsfrohen Augen erwiderte. Denn allzu viele römische Mädchen gab es in Mattiacum nicht.

„Seine Tochter?“, mischte sich Tray ungefragt ein, und Aulus ergänzte: „Wie alt ist sie denn, wenn ich fragen darf?“ Er gab sich keine Mühe, den lüsternen Klang in seiner Stimme zu verbergen.

Möglicherweise hätte Menelaos dem Sklavenhändler geantwortet, nicht zuletzt, um auch Luna wissen zu lassen, dass jenes Mädchen sicher nur drei, vier Jahre älter als sie selbst war, aber Quirin ließ ihm keine Gelegenheit dazu. Anstatt sich zu freuen, dass er bis auf Weiteres nur für zwei und nicht – wie er befürchtet hatte – für drei, vier oder gar fünf germanische Geiseln aufzukommen hatte, hob er beschwörend die Hände zum Himmel. „Was schleppt dieser Kerl denn seine Tochter hier an? Glaubt er, dass ich im Geld bade?“

Durch die Tür, die Menelaos einen breiten Spalt hatte offen stehen lassen, drangen Stimmen herein. Sie wurden rasch lauter.

Gallus, ein eher schmächtiger, aber sehr gewissenhafter Sklave, der in Quirins Villa seit geraumer Zeit für Ordnung sorgte, betrat – den Kopf geneigt – den Raum.

„Titus Post …“, versuchte er noch den Besuch anzukündigen, da drängte der junge Prokurator ihn bereits zur Seite und spazierte wie selbstverständlich herein. Er war etwas jünger als Quirin und zudem weitaus schlanker. Aber nicht nur deshalb warf seine Toga deutlich mehr Falten als die des Marktherrn. Sie muss ein kleines Vermögen gekostet haben, hatten jener, Aulus und Tray den gleichen Gedanken. Luna kannte sich in solcherlei Dingen noch nicht aus, was sich aber bald ändern sollte.

„Ihr seid Quirin, der Marktherr dieses Ortes?“, näherte sich Titus der Liege ihres Onkels und hob auf dessen kurzes Nicken hin die Hand zum Gruß. Sein „Ave!“ klang indes eher ungehalten.

„Ave! Ave, Postumus!“, entgegnete Quirin höflich, stand aber nicht einmal auf. Stattdessen hieß er Gallus mit knapper Geste zu gehen, um sodann beinahe beiläufig auf seine Tischnachbarn zu deuten. „Falls Ihr eine Sklavin für Euren Aufenthalt wünscht: das ist Aulus. Er handelt mit ihnen. Und Tray sorgt sich um das Seelenheil unserer germanischen Freunde. Womit Ihr die wichtigsten Männer in unserem bescheidenen Ort bereits kennengelernt habt!“

„Ave!“, nickte Tray und hob nun – nicht anders als sein Tischnachbar Aulus – ebenfalls kurz die Hand. „Ihr seid recht früh“, ergänzte der Sklavenhändler.

„Früh?“, entgegnete Titus verwundert. „Wir sind fast einen halben Tag zu spät! Dieser Ort liegt ja im Nichts! Und Euer Fluss ist ein Bach! Unser Schiff, ach, was sag ich! Unser Kahn setzte wieder und wieder auf!“

„Ja, es hat recht wenig geregnet in letzter Zeit“, stimmte ihm Quirin gelangweilt zu. „Im Allgemeinen ein Segen, nur für die Boote, da habt Ihr Recht –“

„Habt Ihr denn keine Straßen hier?“, fiel ihm der Legat ins Wort.

„Nun, es braucht seine Zeit!“, entgegnete Quirin. Er rang sich ein eher gequält wirkendes Lächeln ab. „Das habe ich Euch in Mogontiacum auch wieder und wieder wissen lassen! Ich habe Euch gleich mehrere Briefe zukommen lassen! Mattiacum ist noch nicht so weit! Es dauert hier alles ein wenig länger! Überzeugt Euch davon! Oder – wenn Euch das langweilt, was ich Euch nicht verdenken könnte – kommt in einem Jahr noch einmal vorbei! Ja! Ich bin mir sicher, wenn Ihr im kommenden Jahr noch einmal wiederkämt, wäre sicher Vieles hier zu Eurer Zufriedenheit! In einem Jahr, aber nicht jetzt!“

Quirin gönnte seiner Ausführung, die er in den Tagen zuvor mehrmals durchdacht hatte, eine kurze Pause, dann fuhr er mit leicht gesenkter Stimme fort: „Wir wären Euch übrigens sehr verbunden und würden womöglich sogar einen Weg finden, unsere Dankbarkeit auszudrücken, wenn dies die Erkenntnis wäre, die Ihr möglichst bald wieder mit nach Mogontiacum nehmt: dass Mattiacum noch Zeit braucht!“

Er ließ seinen Worten erneut etwas Raum, dann schloss er zusammenfassend: „Im Moment seid Ihr gleichsam noch am falschen Ort! So leid es mir tut: Wir sind noch nicht so weit, als dass man uns zur Stadt erheben sollte!“

„Diesen Eindruck habe ich allerdings auch!“, vernahmen die Männer eine helle Stimme und blickten zur Tür.

Eine junge Frau betrat den Raum und blickte sich kopfschüttelnd um. Ihr Gesicht war hell geschminkt, ihre Augen dafür umso dunkler. Wobei man ihr ansah, dass sie noch keine Gelegenheit gehabt hatte, sich nach ihrer Ankunft herzurichten.

„Livia, die Tochter des Postumus“, stellte Menelaos die auffallende Erscheinung vor. Ihm war bereits am Hafen aufgefallen, wie teuer und doch geschmackvoll sie gekleidet war. Ihre Tunica war aus feinstem Leinen. Ihr ockerfarbener Ton fand auf den Lippen der jungen Frau ein blasses Echo, so wie das dunkle Rosa ihres breiten, langen Seidenschals auf ihren Wangen. Ein hoher Gürtel stützte ihre Brust. Auch ihre Haare trug sie recht ungewöhnlich. Sie waren zu mehreren kleineren und größeren Zöpfen verflochten, die kunstvoll zusammengelegt waren und entfernt an ein Schlangennest erinnerten. Durchsetzt waren sie von kleinen Netzen und Bändern. Einige Strähnen schienen rot gefärbt. Sie trug gleich mehrere Ohrringe, dazu Ketten, Ringe und Reife.

Aulus konnte seine Augen kaum von ihr lassen. Ihre Erscheinung verriet Geschmack und war vulgär zugleich. Zumindest ein wenig. Auf eine Stola oder Palla verzichtete sie gleich ganz. Es schien zu ihrem Spiel zu gehören, ihre Jugend und ihre Unverfrorenheit zugleich und unverhohlen zur Schau zu stellen.

Auch Luna war sichtbar beeindruckt. Doch aus anderem Grund. Denn seit geraumer Zeit litt sie zuweilen darunter, sich nicht ein wenig weiblicher kleiden und geben zu dürfen. Aber bislang war ihr Onkel nicht bereit gewesen, dafür Geld auszugeben.

Entsprechend mitleidig und kurz hatte Livia sie beim Betreten des Raumes gemustert. Dass Menelaos die Legatentochter dabei beobachtet hatte, war jener nicht aufgefallen. Aber es hätte sie auch nicht weiter gestört. Im Gegenteil. Alles an ihr war ja darauf ausgelegt, aufzufallen und betrachtet zu werden.

Der Grieche wiederum liebte die Freiheit im Geiste. Interessiert versuchte er zu ergründen, welcher Mensch sich hinter dieser aufwendig inszenierten Fassade verbarg. Er versuchte, hinter die Kulisse des Theaters zu blicken, das Livia ohne Frage beschlossen hatte, aus ihrem Auftritt zu machen. Zugleich genoss er aber auch den lieblichen Geruch des teuren Öls, das sie ihrer Haut gegönnt hatte.

„Wo hast Du uns nur hingebracht, Vater?" Fassungslos schaute sich Livia um. Dies sollte das Haus des Marktherrn sein? „Ans Ende der Welt! Es kann nicht anders sein!" Ungläubig schüttelte sie den Kopf. Keine Fresken an den Wänden, nur hier und da etwas Stoff. Keine Pflanzen in Schalen oder Töpfen. Kein Mosaik auf dem Boden, nur hier und da das Fell eines Tieres. Vermutlich gab es hier noch nicht einmal eine Fußbodenheizung! Und hier sollte sie nach dem Willen ihres Vaters wohnen? „Bei allen Göttern!", trat sie an die drei Statuen zu ihrer Rechten heran. „Die sind tatsächlich aus Holz!"

Aulus lachte leise auf. „Meine sind aus Marmor!", warf er großkotzig aus dem Hintergrund ein. „Ich zeig sie Euch gerne einmal!"

Quirin rang sich ein Lächeln ab und blickte zu Titus. „Ihr tätet Livia sicher einen Gefallen, wenn Ihr nicht länger als nötig bleiben würdet ..."

„Tja, ich weiß nicht", entgegnete der Prokurator unschlüssig. „Es hat ja seinen Grund, warum sie mich begleitet. Sie brachte es nicht übers Herz, sich von ihren Freundinnen zu trennen. Thusnelda und Claudia. Und die haben ja bei Euch zu bleiben."

„Die beiden Geiseln aus Rom", flüsterte Menelaos seinem Herrn zu. „Die Töchter von Segestes und Bandomir."

Tray, der des Griechen Worte verstanden hatte, nickte wissend, während Quirin nur missmutig seufzte. „Ja, das werden sie wohl: bei mir bleiben. Und ich hoffe, sie sind zufrieden mit den bescheidenen Unterkünften, die Mattiacum ihnen bieten kann."

Nun nickte Titus. „Ja, sie richten sich gerade ein. Sehr viel Platz ist dort ja nicht! Aber meine Tochter und ich werden ja ohnehin bei Euch wohnen."

Quirin rang mit seiner Fassung. Nicht minder verzog Livia ihr Gesicht.

„Hier?“, fuhr sie zischend herum. „Das kann nicht Dein Ernst sein!“

„Nun lass uns doch erst einmal ankommen!“, versuchte Titus seine Tochter zu besänftigen. „Und sag nicht, ich hätte Dir nicht gesagt, dass es sich hier ein wenig zu bescheiden gilt!“

„Ein wenig?“, lachte Livia verächtlich auf. „Wo soll ich hier eigentlich baden? Im Fluss?“

Im nächsten Moment betrat noch einmal Gallus den Raum. „Die Träger“, kündigte er die Sklaven an, die ihm folgten. „Wohin sollen sie mit dem Gepäck?“

Quirin kochte innerlich vor Wut, doch gelang es ihm, sich nichts anmerken zu lassen. Hilfe suchend schaute er sich kurz nach Aulus um, doch der Sklavenhändler tat ihm nicht den Gefallen, den Legaten und seine Tochter in seine Villa einzuladen. „In meine Kam …, in mein Gemach!“, entschied Quirin deshalb. „Ich schlafe dann hier!“

Gallus nickte. Die Träger drehten ab, und Titus breitete zufrieden den Arm aus, um Livia nach draußen zu bitten. Sie indes zog es noch einmal kurz zu Aulus' Liege. Als sei er gar nicht da, beugte sie sich langsam über ihn; doch war sie sich durchaus bewusst, dass die Falten ihres Gewandes sein Gesicht streiften. „Austern! Immerhin etwas!“, seufzte sie und nahm sich gleich die ganze Schüssel, die auf dem kleinen Tisch zwischen den Liegen stand. Halbwegs versöhnt ging sie zur Tür, um Aulus im Hinausgehen noch einen kurzen, frechen Blick zu gönnen.

Der Sklavenhändler genoss ihn schweigend und selbstsicher; Quirin indes musste an sich halten, nicht laut aufzuschreien! Er presste die Lippen aufeinander, bis er seine Gäste weit genug entfernt glaubte. Dann aber brach es klagend aus ihm heraus:

„Was habe ich den Göttern getan!“, flehte er. „Was? Was? Wehe Titus, wenn er Mattiacum zur Stadt erklärt!“

„Ich verstehe, dass Du keine Lust hast, Dich ständig irgendwelchen Wahlen zu stellen“, zeigte Aulus Verständnis. „Am Ende käme ich noch auf die Idee, mich wählen zu lassen!“

Tray lachte – wie er es oft und gerne, nein, genauer: nahezu wahllos tat –, während Quirin dem Sklavenhändler einen bangen Blick zuwarf, der sich erst entspannte, da Aulus schließlich lauthals in des Priesters Lachen einstimmte.

„Haha! Du solltest Dir mehr Entspannung gönnen! Wirklich, glaub mir! Preise meine Sklavinnen nicht irgendwelchen dahergelaufenen Legaten an, sondern gönne Dir selbst mal wieder eine! Du weißt, dass ich Dir Vorzugspreise gewähre!“

Quirin ging nicht weiter auf Aulus’ Angebot ein, stattdessen wies er Menelaos barsch zurecht. „Du erfüllst ihm jeden Wunsch! Hörst Du? Jeden! Und wenn ihm danach ist, bückst Du Dich auch für ihn!“ Verzweifelt schüttelte Lunas Onkel den Kopf. Aulus hatte Recht. Er war in den Norden gezogen, um Geld zu verdienen, um reich zu werden und nicht, um arm zu werden, weil er sich die Gunst irgendwelcher Wähler zu erkaufen hatte. Er kannte die Überlegungen, Mattiacum zur Stadt zu erklären, aber er hielt nichts von ihnen!

„Vielleicht wäre es hilfreich, wenn Luna sich mit Livia anfreunden würde“, wechselte Menelaos das Thema.

„Luna?“ Quirin blickte zunächst sein Mündel und dann seinen Sklaven überrascht an.

„Ja“, nickte der Grieche. Zwar war es ihm bislang immer wichtiger gewesen, das Innere seiner Schülerin zu formen, doch ahnte er auch, dass Luna mittlerweile durchaus Gefallen an ein paar neuen Gewändern und Schuhen finden würde. Deshalb kam es ihm recht gelegen, was Aulus in seiner direkten Art im nächsten Moment zu bedenken gab: „Ich fürchte, diese Livia wird sie kaum beachten. So wie sie derzeit gekleidet ist …“

Erneut fiel Quirins Blick auf Luna. Er überlegte einen Moment, dann entschied er: „Kauf ihr, was nötig ist! – Aber auch nicht mehr! Und keine zu teuren Schuhe!“

Ein Räuspern ließ ihn erneut zur Tür schauen.

„Was gibt es schon wieder?“, fuhr er Gallus an.

Man sah dem Hausdiener an, wie unangenehm ihm die Botschaft war, die er zu überbringen hatte. „Livia verlangt nach einer Wanne“, meinte er kleinlaut. „Und heißem Wasser!“ Er schaute unter sich, als würde er im nächsten Moment Schläge erwarten.

Aulus lachte laut auf. Tray stimmte ein. Quirin indes schloss die Augen und atmete erneut tief durch. Es dauerte einen Moment, bis er sie wieder öffnete. Er blickte Menelaos an und zischte: „Kümmere Dich darum!“ Er zögerte einen weiteren Moment, dann fuhr er fort: „Und sieh zu, dass die Wanne mit genügend Wasser gefüllt wird! Dann wird es mir leichterfallen, diese Schlampe zu ertränken!“

**

Mit Livias Ankunft hier in Mattiacum veränderte sich Vieles. Ich hätte anfangs nicht mal zu hoffen gewagt, dass sie mich groß beachten würde. Unsere Welten konnten ja kaum unterschiedlicher sein. Heute aber glaube ich eher, dass sie mehr und mehr Gefallen an der Rolle fand, die die anfangs so widrig erscheinenden Umstände ihr zu spielen erlaubten. Wo konnte sie mehr im Mittelpunkt stehen als in einem Ort, der Rom weiter entfernt schien als jeder andere? Hier war Livia Rom! Die Mädchen himmelten sie an. Wer sich gut mit ihr stand, erfuhr von ihr sogar die Namen einiger Gladiatoren, die gerade in Rom umjubelt wurden.

Und selbst den Frauen wurde sie zum Maßstab, welche Stoffe gekauft, welche Farben gewählt, welche Frisuren gesteckt, welche Schmuckstücke gefertigt und welche Schuhe getragen wurden – gleichwohl sie sich ob ihrer frivolen Art ihre Mäuler hinter vorgehaltener Hand über sie zerrissen.

Mich kümmerte das nicht weiter. Ich genoss es, mich Livia annähern zu dürfen. Nicht zuletzt, weil es mir ihretwillen gestattet wurde, mich so zu verändern, wie ich hoffte, dass es Dir gefallen könnte.

Gleichzeitig schien es sie zu stören, dass meine Gedanken nicht nur um sie kreisten. Nur deshalb bot sie wohl an, mein Antwortschreiben an Dich von den Boten ihres Vaters überbringen zu lassen. Selbst ihr hätte ich es indes nicht zugetraut, dass sie einen Brief in meinem Namen an Dich schreiben und gleichzeitig unsere Zeilen aneinander verbrennen würde.
Ich muss lachen, Velent. Denn immerhin brannten sie gemeinsam!
Aber Dir war sicher nicht nach Lachen zumute. Welches Bild musst Du von mir angesichts ihrer Zeilen gehabt haben!

*

Velent hielt Lunas vermeintlichen Brief in zittrigen Händen.
Jedes Wort schien geeignet, sein Schwärmen jäh zu beenden.
Oh, wie laut sollten sie in seinen Ohren doch dröhnen!
Jene, der er sich geöffnet hatte, schien ihn zu verhöhnen.

Traurig versuchte er, jeden Gedanken an sie zu verdrängen,
Suchte Streit und trank Bier – zuweilen in größeren Mengen.
Einmal ließ er sich gar von Swidger zum Wetten verleiten.
So verlor Velent für ein Jahr sein Recht an ihn, Adlan zu reiten.

Doch etwas andres sollte den Ubier noch tiefer berühren.
Viele im Dorf – selbst Swidger – ließen ihn mehr denn je spüren,
Dass er keiner von ihnen war, sondern ein Fremder, der störte.
Dass er, was immer er tat, nicht wirklich zu ihnen gehörte.
Velent zog sich zurück. Und weil die andren ihn mieden
Und er nicht reiten durfte, stürzte er sich nun ins Schmieden.

Dass sein Schüler litt, sollte Degenar Kummer bereiten.
Doch er genoss es auch sehr, ihn auf diesem Weg zu begleiten.

Weil er sich selbst in ihm sah. Und Belana in ihm erkannte.
Was ihn beseelte und freute. Aber auch oft übermannte.
Denn er scheiterte daran, sich ihren Tod zu verzeihen.
Doch ihren Sohn und ihn selbst konnte dies nun nicht mehr entzweien.
Endlich fühlten sich beide in ihrem Schicksal verbunden.
Denn durch das Schmieden war ein Weg der Versöhnung gefunden.

Velents Hunger nach Wissen war schließlich kaum mehr zu zügeln.
Selbst seinen Meister sollte der Lehrling bald überflügeln.
Degenar grämte dies nicht. Er fühlte sich lediglich müde.
Velents Quell schien so klar, doch sein eigenes Wasser war trübe.

Dass mit den einst von ihm für uns geschmiedeten Waffen
Tod gesät worden war, machte ihm noch immer zu schaffen.
Häufig war er, statt friedlich zu schlafen, auch nachts auf den Beinen.
Einmal sollte ihm dabei sogar Belana erscheinen.

Degenar stand an der Esse. „Was bist Du denn hier noch zugange?“,
Sprach sie ihn an, und da darauf ihre Hand seine Wange
Für einen kostbaren Augenblick tröstend und zärtlich berührte,
Da der traurige Schmied ihre Nähe wie nie zuvor spürte,
Glaubte er nicht mehr zu träumen. „Es ist an der Zeit zu vergeben“,
Hauchte sie noch. „Also geh, um erneut unter Römern zu leben!
Sieh, in Mattiacum fällt es Dir leicht, Dich daran zu gewöhnen!
Dies ist der Ort, um Dich mit der Welt und Dir selbst zu versöhnen!“

Degenar zögerte kurz. Doch schließlich sollte er nicken.
Dann entschwand die Drudas des Schmiedes seufzenden Blicken.
Unverhofft wie sie gekommen war, war sie wieder verschwunden.
Dennoch fühlte der Hüne sich an sein Nicken gebunden.

Was indes war mit Velent? Dies machte ihm ernsthafte Sorgen.
Da erschien ihm Belana erneut. Indes diesmal am Morgen.
Unweit des Steinrings glaubte er, sie im Nebel zu sehen.
Velent sei alt genug, seines eigenen Weges zu gehen,
Ließ sie ihn wissen. Sein Lehrmeister sei für ihn nun entbehrlich.
So wie sie auch. Zudem sei Quirin für Velent gefährlich.
Noch sei er fort, doch käme er bald zurück in den Norden.
Heim nach Mattiacum. Jeden Versuch indes, ihn zu ermorden,
Hätte der Täter schon bald mit dem eigenen Leben zu büßen.
Ihr indes läge nichts daran, Velent schon bald zu begrüßen.

Deshalb riet sie Degenar ab, ihn an sich zu binden.
Lächelte kurz, um sodann im milchigen Grau zu verschwinden.

Degenar blieb keine Wahl. Er sorgte sich zwar um den Jungen,
Aber gleichzeitig sah er sich nun auch zum Handeln gezwungen.
Deshalb wagte der Schmied es, sich Swidger anzuvertrauen.
Jener gelobte denn auch, wenn nötig nach Velent zu schauen.

Bar dieser Sorge entschied der Schmied, sein Bündel zu nehmen.
So geschah es. Und ohne sich groß seiner Tränen zu schämen,
Ging er zu Velent, erklärte sich traurig und ließ ihn versprechen,
Ihm nicht zu folgen und dieses Versprechen niemals zu brechen.

Abschließend bat er ihn noch im Gehen, ihm zu vergeben –
Unfähig dabei, noch einmal die Hand zum Gruße zu heben.

*

So harrte ich vergeblich weiterer Briefe. Und hielt mich wie alle an Livia – ohne zu wissen, was sie getan hatte. Ihr versuchte ich ähnlich zu werden.

Hätte ich damals auch nur geahnt, wie einsam und wie wenig geliebt sie sich fühlte, welch geringe Meinung sie von sich hatte und wie schnell auch für mich schon bald die Kindheit vorbei sein sollte, hätte ich vielleicht lieber danach getrachtet, die letzten wirklich zwanglosen Monate, die mir noch bleiben sollten, zu genießen. Um in den Gassen, Gärten, Speichern und Ställen der Stadt Verstecken zu spielen. Um Marktfrauen ein paar Rüben für die Pferde zu stehlen. Um Steine möglichst dicht an eine Mauer zu werfen. Und um durch Murmeln aus Glas in die Sonne zu blinzeln.
Ach, Velent, vergib mir mein Schwelgen! Doch ich kann in all dieser Trostlosigkeit hier zuweilen nicht anders, als manchmal auch an das Schöne zu denken, das uns hier einst vergönnt war. Einiges von dem, was sich bald darauf ereignen sollte, würde ich nur allzu gerne vergessen!

*

Degenar hatte alles Römische lange gemieden.
Um stattdessen fernab von uns im Verborgnen zu schmieden.
Auch einen Markt wie Mattiacum hatte er nicht mehr gesehen,
Doch die Erinnerung holte ihn ein und ließ ihn verstehen,
Dass der Ort bis weit in den Osten und hoch in den Norden
Vielen als Wunder galt! Hier schien alles möglich geworden!

Da, wo einst Sümpfe gewesen waren, lagen nun Felder.
Breite Straßen waren entstanden, gerodet die Wälder.
Kundige Bauern hatten Obst und Gemüse verbreitet.
Etliche Güter im Umland schienen vortrefflich geleitet.
An der Logana erblickte der Schmied sogar einen Hafen!
Alles schien friedlich und Degenars Bild von uns Lügen zu strafen.

Sicher tat es ihm gut, dieses andere Rom zu erleben.
Auch, weil der Ort es verstand, ihm alles zum Leben zu geben.
Arbeit als Schmied und ein Obdach im „Schwan“. Die kleine Taverne
Wuchs ihm ans Herz und abends saß er hier häufig und gerne.

Auch Menelaos sollte Degenar bald schon begegnen.
Und er staunte: Der Grieche schien alles und jeden zu segnen.
Mit seiner Art, seinem Wesen und seinen versöhnenden Worten.
Er traf ihn oft. Auf dem Forum, im „Schwan“ und an anderen Orten.
Diese Treffen halfen dem Schmied, seine Schwermut zu heilen.
Und auch Luna traf er dabei – zumindest zuweilen.

Sichtbar gereift, glich sie nun einer Blume kurz vor der Blüte.
Und auch den Griechen sah er in ihr: seine Demut und Güte.
Und seine Bildung. Dank ihm konnte Luna schreiben und lesen.
Doch war sie scheuer als er und zudem von noch sanfterem Wesen.

Kalk trug sie kaum und konnte auf ihn auch gänzlich verzichten.
Nur ihre glänzenden Haare ließ sie sich gern einmal richten.
Oftmals entschied sie sich dabei für einen doppelten Scheitel.
Doch es stand ihr vorzüglich und wirkte keinesfalls eitel.

Kurz gesagt: Es fiel leicht, sich an diesem Mädchen zu weiden.
So bezaubernd war Luna, so klug, so nett und bescheiden.
Vesta[33] und Venus schienen sie gleichermaßen zu lieben.
Velent indes hatte sie ganz anders erlebt und beschrieben.
Sie sei verlogen. Dies gab dem Schmied doch erheblich zu denken.
Schien doch Luna nichts ferner zu liegen, denn andre zu kränken.

Einmal hatte sie gar gewagt, ihn nach Velent zu fragen.
Leise und seufzend und scheu wie ein Reh. Eine Hand auf dem Magen.

Nicht mal im Ansatz hatte sie dabei verletzend geklungen.
Hatte man Luna womöglich zum Schreiben des Briefes gezwungen?

Dann kam die Nachricht, die jegliches Nachforschen hinfällig machte:
Er erfuhr, dass Quirin das Kind zu vermählen gedachte!
Ja, so sah er sie wieder, ob ihrer zwölfeinhalb Jahre:
Luna war noch ein Kind. Doch ihr Onkel sah sie als Ware.

Auch den Griechen, Menelaos, machte die Botschaft betroffen,
Durfte er als ihr Lehrer und Freund doch nur kurz darauf hoffen,
Sie begleiten zu dürfen. Dann war er sich im Klaren,
Nichts würde Luna vor ihrem einsamen Schicksal bewahren.

Luna hatte alleine zu gehen. Er musste bleiben.
Um im Auftrag Quirins auch weiterhin Handel zu treiben.

Als sie selbst vom Plan erfuhr, versilbert zu werden,
Sollte sich Luna übrigens gleich einer Furie gebärden.
Selbst ein paar irdene Krüge sollte sie zeternd zertrümmern.
Bis es dem Griechen endlich gelang, sich um sie zu kümmern.
Lunas Onkel hingegen sollte es nicht mal versuchen.
Ihn sollte Luna in jenen Stunden gleich mehrfach verfluchen.

Degenar war unterdessen dabei, zu Velent zu gehen.
Um es ihm möglich zu machen, Luna noch einmal zu sehen.
Denn er ahnte, dass Velent es ihm einmal vorhalten könnte,
Wenn er ihm dies verschwieg und ein letztes Treffen nicht gönnte.

Velent dankte es ihm und lief von der Sehnsucht getrieben,
Jene zu retten, welche er längst wieder glaubte zu lieben.
Nicht eine einzige Stunde gönnte er sich zu schlafen.
So wie drei Jahre zuvor. Nur diesmal lief er zum Hafen.

**

Es war ein Gefühl tauber Ohnmacht, mit dem ich Mattiacum verließ. Menelaos durfte mich zumindest bis zum Hafen begleiten.
Ich hielt einen Beutel im Arm, in den der treue Grieche am Vorabend all das gepackt hatte, was mich in meiner Kindheit begleitet hatte. Meine Puppe indes hatte mich noch einmal – wie sie es in früheren Jahren getan hatte – auf meinem Lager durch eine tieftraurige Nacht getröstet. Erst am Morgen hatte ich sie in den kleinen, leinenen Sack gelegt, mit frischen Tränen in den Augen.

**

Bild II

9 Jahre vor Lunas Brief an Velent – am kleinen Hafen Mattiacums an der Logana

Menelaos schüttelte den Kopf. Allem Anschein nach schlief Flavius. Was er als Hafenwache nicht durfte. In einen dicken Umhang gehüllt, kauerte der Ubier vor ihm auf einer Kiste. Der Feuerkorb vor ihm hätte längst ein neues Scheit Holz vertragen.

Der Grieche blickte sich kurz um, doch da er innerhalb des Palisadenhalbrings um die schlichte Anlegestelle an der Logana niemanden außer dem Schlafenden, sich und Luna sah, riss er den Mann aus seinen Träumen.

„Flavius, Dein Feuer ist aus!"

Hatte seine Stimme zunächst noch tadelnd geklungen, wurde sie nun, da der Gerügte überrascht aufschreckte, umgehend leiser und vertraulicher. „Du schläfst doch nicht etwa während Deiner Wache?"

„Was?" Flavius stand der Schreck ins Gesicht geschrieben. Er brauchte noch einen Moment, um aus seinem Traum zurückzufinden. Doch als er den Griechen schließlich erkannte, seufzte er erleichtert: „Ach! Menelaos! Allen Göttern sei Dank! Du bist es nur!" Abermals seufzend versuchte er, sich den Schlaf aus den Augen zu reiben. Dann blickte er kurz zum dämmrigen Himmel hinauf. Es war ein ungewöhnlich klarer Morgen. Der Osten trug schon zartes Rot; die Sonne indes war noch nicht aufgegangen. „Ihr seid ja früh dran."

Menelaos nickte freundlich, „Ja, das sind wir", und wollte schon weitergehen, um Luna zu folgen, die bereits bis zu dem mächtigen Eichenstamm gegangen war, der das Flussufer an jener Stelle befestigte und an dem der lange, schmale Kahn lag, der sie zum Rhenus bringen sollte, da sprach ihn die Wache noch einmal an: „Äh. Es ist so."

Der Mann kratzte sich verlegen im Nacken und blickte sich ungeduldig um. „Ehrlich gesagt“, wurde er nun hörbar vertraulicher, „fehlen noch ein paar Kisten an Bord. Von einem Bekannten … Wenn Du verstehst, was ich meine. Er sollte eigentlich längst hier gewesen sein.“

Menelaos griff sich kurz ans Kinn. Dann aber hieß er Luna, schon mal alleine an Bord zu gehen. „Ich komme gleich!“, entschuldigte er sich in väterlichem Ton. „Aber vielleicht willst Du ja auch alleine sein, bei dem, was zu tun ist.“

Luna verstand den Griechen offenbar. Sie nickte. Anders als Flavius. „Was zu tun ist?“, wiederholte er die letzten Worte des Griechen.

„Ihr Opfer“, erklärte Menelaos. „An Logana. Sie fährt doch nach Mogontiacum, um zu heiraten.“

„Ah“, entgegnete Flavius, ohne großes Interesse an dieser Botschaft vorzugaukeln. Stattdessen kam er lieber auf sein eigenes Anliegen zurück. „Es könnte also sein“, fuhr er in vertraulichem Ton fort, „dass er gleich kommt. Mein Bekannter. Mit den besagten Kisten. Ich hoffe es zumindest.“

Menelaos räusperte sich kurz. Dann meinte er: „Solange ich nichts davon weiß, ist es mir gleich, was alles auf dem Boot mitgenommen wird. Warum nicht allen Platz nutzen, den es bietet? Mit etwas Glück reicht Euch die Zeit noch. Wobei die Bootsmänner wohl bald hier sein dürften; und dann sicher auch bald Quirin. Falls er nicht noch rasch etwas essen will. Wobei: Vermutlich lässt er es bleiben. Ihm wird noch immer recht schnell übel, wenn er für längere Zeit auf einem Kahn ist.“

„Geschieht ihm ganz recht!“, lachte Flavius auf.

Luna hörte das Gespräch der Männer nur noch aus der Ferne. Ihren Beutel fest an sich gedrückt, hatte sie folgsam den Kahn betreten. Traurig blickte sie auf das träge und doch zugleich fordernde Grau der Logana.

Vielleicht besser weiter vorn!, entschied sie und stieg über die erste Querbank des Bootes. Es hatte insgesamt sieben und sie waren allesamt so schmal, dass nicht mehr als zwei erwachsene Männer nebeneinander auf ihnen Platz finden konnten. Unter den Bänken drängten sich Kisten, Säcke, Krüge, Fässer und Körbe. Auf ihnen erkannte Luna lange Stangen. Sie lagen dicht an der Bordwand. Luna wusste, wozu sie dienten. Aus der Ferne hatte sie es schon oft gesehen, wie Boote und Flöße mit solchen Stangen im seichten Wasser des Flusses vorangestoßen und zugleich gesteuert wurden. Doch erst aus nächster Nähe erkannte sie nun, wie lang diese Stangen waren! Sie reichten gleich über mehrere Bänke!

Langsam ging Luna weiter. Um Zeit zu gewinnen, aber auch, weil es ihr fremd war, sich auf einem wankenden Untergrund zu bewegen. Sie war ein schmales Mädchen und nicht weiter schwer, und doch schaukelte der Kahn ein wenig, da sie sich nun ihren Weg zum Bug des Bootes bahnte.

Auch das Gurgeln und Plätschern des Flusses klang hier ein wenig anders als sie es vom Ufer aus gewohnt war: hohler und drohender. Ein wenig kühler als an Land schien es ihr hier außerdem zu sein. Luna zog ihre Palla ein wenig weiter über den Kopf.

Sie blickte zum Himmel, nach Osten, um zu sehen, wie viel Zeit ihr wohl noch blieb. Nicht viel. Gleich würde die Sonne aufgehen. Und mit dem Sonnenaufgang wollten sie eigentlich aufbrechen, um den Rhenus noch heute zu erreichen. Auch die Logana hinab, nach Westen, schaute sie kurz.

Mit einem Kloß im Hals drückte Luna ihren Beutel noch ein wenig fester an ihre Brust.

Ich weiß nicht, wie lange ich allein in jenem schmalen, wackligen Kahn gestanden haben mag. Inmitten all seiner Kisten, Säcke und Fässer, um seufzend auf das fordernde Grau der Logana zu starren.
Zumindest dachte ich doch, dort alleine zu sein. Doch war ich es nicht.

Velent öffnete die Augen. Für einen Moment wusste er nicht recht, wo er war. Die tiefe Sonne, die soeben mit ihren ersten Strahlen über den Horizont linste, blendete ihn. Er sah nur den Umriss einer jungen Frau, die sich, keine zwei Schritte von ihm entfernt, niedergekniet und über die Bordwand gelehnt hatte, um nun etwas sachte aus ihren Händen ins Wasser gleiten zu lassen.

Langsam richtete sie sich wieder auf. Da sie ihr Kopftuch auf die Schultern gleiten ließ, erkannte er Luna. Und doch war ihm, als ob er noch träumte. Denn in ihrer stillen Trauer erschien sie ihm noch schöner als er sie ohnehin in Erinnerung behalten hatte. Er wagte anfangs noch nicht einmal zu atmen, so zerbrechlich und flüchtig erschien ihm der Augenblick. Vielleicht hätte er auch besser geschwiegen, aber schließlich rief er sie doch leise bei ihrem Namen: „Luna?!“

Ihr kurzes „Ah!“ war nicht mal sehr laut und doch laut genug, dass es Flavius nicht entging. „Was ist?“, rief er sofort.

„Luna?!“, ergänzte Menelaos.

Die beiden Männer hatten – nicht anders als Velent – ebenfalls nur in Richtung der aufgehenden Sonne geschaut. Deshalb hatten sie die beiden grobschlächtigen Kerle, die sich in ihrem Rücken dem Hafen genähert hatten, nicht bemerkt. Sie bildeten die Besatzung des Kahns. „Was hat sie?“, rief der Erste. „Sicher nur eine Ratte!“, der Zweite. Und beide rannten los. Sie kannten Luna nicht, aber ihr Äußeres wies sie als nicht ganz unvermögende Frau aus. Das reichte ihnen.

Ihre Aufregung steckte Flavius umgehend an. Ja, er versuchte sogar, den Männern zuvorzukommen. „Wenn da eine Belohnung drin ist, steht sie mir zu!“, rief er und lief ebenfalls los. Doch da er lahmte, hatten die beiden anderen ihn rasch überholt. Selbst Menelaos zog schließlich trotz seines reifen Alters an ihm vorbei.

Verzeih mir, Velent, dass ich schrie, da ich Dich plötzlich neben mir sah. Ich konnte doch nicht ahnen, dass Du die Nacht auf dem Kahn verbracht hattest, nachdem Du die Stadttore verschlossen vorgefunden hattest.

Die Ladung des Kahns bot Velent keine Deckung mehr. Bereits vom Ufer aus wurde er entdeckt.

„Lasst ihn mir! Ich hab ihn zuerst gesehen!“, rief der Größere der beiden Besatzungsmitglieder und überwand – nahe dem Heck – mit langem Schritt die Bordwand.

„Warte, Bursche! Dich hab ich gleich!“, ergänzte der Kräftigere, der es vorzog, so lange wie möglich am Ufer entlangzulaufen, um Velent, der längst im Bug des Kahns aufgesprungen war, den Weg abzuschneiden.

„Nimm die Stange und erschlag ihn!“, riet ihm Flavius, der seine Hoffnung, den Knaben auf dem Kahn alleine stellen zu können, längst aufgegeben hatte. Er deutete im Humpeln auf eine der langen Eichenstangen auf den Bänken des Bootes.

Der Angesprochene nickte wissend, griff nach einer der Stangen und stieß sie Velent ohne zu zögern und mit voller Wucht in den Leib. Luna sah es mit Schrecken. Sie schrie erneut auf. Velent indes vermochte nicht einmal das; ihm blieb die Luft weg. Hatte er gerade noch überlegt, freiwillig in den Fluss zu springen, weil dessen nicht allzu tiefes Wasser den letzten Ausweg vor den Männern darzustellen schien, so nahm ihm der Stoß nun diese Entscheidung ab. Rittlings fiel er ins Wasser.

„Er lebt noch!“, riefen die Männer fast gleichzeitig, da sie Velent im Wasser zappeln sahen. Jene des Kahns sprangen ihm hinterher. Der eine hielt noch immer die Stange in Händen. Doch sie bewahrte ihn nicht davor, auf den glitschigen Steinen des Flussbettes auszurutschen. Auch er fiel ins Wasser, was den zweiten kurz zögern ließ, ihm aufzuhelfen.

Luna sah es kaum erleichtert. Zu groß war ihre Angst um Velent, der sich mittlerweile umgedreht hatte und mehr oder weniger auf allen Vieren vorwärtszukommen versuchte. Weg vom Kahn! In die Mitte des Flusses und wenn möglich ans andere Ufer!

Menelaos nickte, wie um Velents Plan zuzustimmen, zugleich presste er aber auch weiterhin angestrengt die Lippen aufeinander. Er stand am Ufer, hinter dem Kahn, und versuchte von dort aus, Schlimmeres zu verhindern.

Dass es Velent war, der aufgesprungen und ins Wasser gestoßen worden war, hatte er längst erkannt. Dennoch rief er: „Das ist doch nur ein Knabe! Lasst ihn laufen! Es ist nur ein Bauernjunge, der ein Stück mitfahren wollte!" Doch keiner der beiden Männer im Wasser schenkte ihm Gehör.

„Ein Dieb! Haltet den Dieb!", rief jener ohne Stange, während der andere, der sie trug, da er wieder auf den Beinen war, augenblicklich nach Velent schlug, ihn aber haarscharf verfehlte.

„Kein Dieb! Sicher kein Dieb!", versuchte Menelaos vergeblich, die aufgebrachten Häscher zu besänftigen. „Seht doch, er trägt nicht einmal etwas bei sich! Kein Dieb hätte gewartet! Er wäre doch längst verschwunden!"

„Warum haut er dann ab?", widersprach nun Flavius, der sich neben den Griechen gestellt hatte und entschlossen in Velents Richtung deutete. „Los! Hinterher!", feuerte er die Männer im Wasser an, die den Abstand zu Velent tatsächlich rasch zu verkürzen vermochten.

Velent lief um sein Leben. Er zwang sich zu laufen. Durch das knietiefe, kalte Wasser des Flusses. Er bekam fast keine Luft. Stolperte – einmal, zweimal. Schluckte Wasser. Hustend und mit schmerzverzerrtem Gesicht kämpfte er sich dem jenseitigen Ufer entgegen. Er wagte nicht einmal, sich umzudrehen, so dicht wusste er seine Verfolger und das harte Holz der Eichenstange hinter sich. Er hörte sie gleich mehrfach dicht hinter sich ins Wasser fahren. Einmal streifte sie sogar leicht seinen Rücken, begleitet von den Schreien und Flüchen der Männer und dem Toben des aufgewühlten Flusses.

„Halt durch!", sprach sich der Flüchtende prustend Mut zu. „Das Ufer! Du kannst es schaffen! Du musst es schaffen!"

Da krallte sich eine grobfleischige Hand in seine Schulter. „Jetzt hab ich Dich!"

Velent schrie erneut auf. Er fuhr herum und trat verzweifelt zu. Sein Fuß traf seinen Verfolger im Unterleib. Es war der Mann ohne Stange. Jener, der sie noch immer hielt, suchte vergeblich an seinem sich vor Schmerzen krümmenden Vordermann vorbei nach einer Lücke, um erneut zuzuschlagen. Doch fand er sie zu Velents Glück nicht.

Der junge Ubier versuchte die Gunst des Augenblicks zu nutzen. Mit langen Schritten hechtete er der jenseitigen Uferböschung entgegen. Und da er rasch mehrere Schritte zwischen sich und seine Verfolger gebracht hatte, keimte in der bangenden Luna die Hoffnung, er könne es schaffen.

Flavius gefiel das aber ganz und gar nicht. „Was bleibt Ihr stehen?", wütete er.

Die beiden Gescholtenen nahmen die Verfolgung tatsächlich noch einmal auf, doch da Velent kurz darauf in den hohen Nesseln des Ufers verschwunden war, gaben sie schließlich auf. „Da kannst Du ihn Dir selbst holen!", winkten sie ab.

„Ihr sollt ihn holen!", schrie Flavius über den Fluss – wohl bereits in Erwartung des Ärgers, der auf ihn zuzukommen drohte.

„Du hast uns gar nichts zu sagen!", rief der Mann mit der Stange zurück, um Flavius' Befürchtung sogleich zu bestätigen. „Wie ist er denn überhaupt auf unseren Kahn gekommen?"

„Du hast doch nicht etwa geschlafen?!", stieß der zweite Mann im Wasser ins gleiche Horn. „Vielleicht sollten wir das Quirin erzählen!"

„Untersteht Euch!", suchte Flavius sein Heil in der Flucht nach vorn. „Ich habe nicht geschlafen! Vielleicht hattet Ihr ihn ja schon dabei! Auf der Fahrt hierher!"

„Das ist ja lächerlich!", „Was sollten wir mit ihm?", widersprachen die Männer, die sich mit watenden Schritten mühten, zurück zur Anlegestelle zu kommen.

„Mir würde da etwas einfallen!", gab Flavius noch nicht auf und sah sich seinem Ziel, die Angelegenheit komplett zu verschweigen, einen Schritt näher, da beide Männer im Wasser wortlos abwinkten.

Wir selbst, Velent, waren damals fast noch Kinder, und nicht wenige würden über uns lachen, wenn sie erführen, wie ernst uns unsere Liebe spätestens ab jenem verzweifelten Moment des Abschieds schon war; doch ich schäme mich ihrer nicht im Geringsten.

Die Erinnerung an ihre ersten Tage ist mir unendlich lieb und teuer, gleichwohl ich mich auch des ohnmächtigen Leids erinnere, das ich in jenem Moment und den Stunden und Tagen danach verspürte.
Dir erging es zunächst sicher nicht anders. Und dennoch müsstest Du Dich nicht dafür schämen, solltest Du in den kommenden Monaten in all dem Neuen, das Mattiacum Dir bot, das Mädchen Luna allmählich vergessen haben.

**

Bild III

9 Jahre vor Lunas Brief an Velent – in einer Halle in Mattiacum

„Ist Velent, der junge Schmied, in der Halle?“ Menelaos sprach die Wachen selbstbewusst, aber freundlich an.

„Nein!“, entgegnete der ältere der beiden Männer.

„Aber wenn Du einen Schmied suchst“, ergänzte sein jüngerer Partner, „Degenar ist drinnen!“

„Bestens, bestens!“, erwiderte Menelaos lächelnd. „Dann seid so gut und öffnet mir das Tor!“

Die beiden Männer mussten sich nur kurz anschauen. Dann nickten sie sich zu, um sodann des Griechen Wunsch zu erfüllen. Er dankte es ihnen mit einem weiteren freundlichen Lächeln und zog an ihnen vorbei. Zwei Schritte weiter und das Tor schloss sich wieder hinter ihm.

Menelaos blieb stehen. Noch hatten sich seine Augen nicht an das schummrige Licht im Innern der Halle gewöhnt. „Degenar, seid mir gegrüßt!“, rief er in Richtung eines großen Gerüsts, auf dem er den Schmied vermutete. Es wurde durch eine Fackel erhellt, die in einem Ständer auf dem Gerüst steckte. Trotzdem vermochte er den Schmied nicht zu erkennen. „Wo steckt Ihr?“ Langsam ging er vorwärts

„Menelaos!“, erwiderte eine freundliche Stimme. „Hier, hinter dem Pferd!“

Degenars Kopf linste hinter dem Hals des Standbildes hervor, um das herum das Gerüst gebaut worden war.

„Ah!“, entgegnete der Grieche, hob die Hand zum Gruß und entschuldigte sich sogleich: „Ich wollte nicht stören. Die Wachen sagen, Velent sei nicht bei Euch.“

„Das stimmt!“, bestätigte der Schmied. „Was wollt Ihr von ihm?“

„Och, nichts allzu Wichtiges!“, winkte der Grieche ab. „Der neue Praefekt ist angekommen und wirkt … Wie soll ich sagen? … Ein bisschen verloren. Er ist noch ganz jung. Kaum zwei, drei Jahre älter als Velent. Ich dachte, die beiden würden sich vielleicht ganz gut verstehen. Etwas Abwechslung tut immer gut. Obwohl der Neue sicher nicht allzu viel Zeit haben dürfte. Er wird sich schon bald um das Fest zu kümmern haben. Die Einweihung des Standbildes. Das wird sicher nicht ganz leicht für ihn.“

„Tja“, entgegnete Degenar. „Was soll ich machen? Er ist nicht hier!“ Er seufzte kurz, um sodann zu ergänzen: „Ich hatte ihn eigentlich nur an die Mauer im Norden geschickt. Um Maß zu nehmen für ein neues Gitter, das den Zulauf des Baches versperren soll. Aber das ist lange her! Wo er wieder mal steckt, wissen wohl nur die Götter! Mal ist er bei den Pferden, mal bei den Sattlern. Dann bei den Küfern, den Gerbern und den Färbern. Auch bei den Webern sieht man ihn manchmal. Genauso wie bei den Töpfern, den Zimmerleuten und den Ärzten. Vielleicht treibt er sich aber auch mal wieder auf dem Forum herum. Er kennt keine Grenzen in diesem Ort! Überall streift er ungeniert herum! Und steckt seine Nase überall hinein! Ich sage Euch: Erst wollte er gar nicht hierbleiben, so sehr trauerte er der kleinen Luna hinterher. Sofort zurück ins Dorf am Steinring wollte er, zu Swidger und seinem Pferd; und nun scheint er kaum genug zu bekommen von all dem hier!“

Seine Hand begann, einen kleinen Bogen ins Nichts um ihn herum zu malen, dann ließ er den Arm wieder sinken.

„Ich denke, er entwickelt sich prächtig!“, entgegnete Menelaos.

„Ich weiß nicht“, erwiderte der Schmied noch leicht unschlüssig. Dann indes stimmte er mit einem kurzen Nicken zu. „Er macht diese Fortschritte nicht zuletzt auch dank Euch!“ Er seufzte erneut. „Trotzdem zweifle ich manchmal, ob es die richtige Entscheidung war, ihn all dies hier sehen zu lassen!“

„Das sehe ich anders!“, widersprach ihm der Grieche. „Ich bin sogar der Meinung, er sollte noch viel mehr sehen! Nicht gleich, aber in ein, zwei Jahren! Er könnte an den Rhenus gehen! Oder bis nach Athen! Oder Rom! Ihm steht die ganze Welt offen!"

„Ihr macht mir keinen Römer aus ihm! Verstanden!"

Die barsche Reaktion des hünenhaften Germanen erstaunte Menelaos sehr. „Auch Ihr seid ein Römer ...", entgegnete er überrascht.

„Das tut nichts zur Sache!", winkte sein Gegenüber auf dem Gerüst ab.

„Ich ... wollte Euch nicht verletzen ...", entschuldigte sich der Grieche und hob beschwichtigend die Hände.

„Schon gut!", nickte der Schmied mit versöhnlicher Stimme. „Ihr könnt ja nichts dafür!"

Menelaos nickte. „Was auch immer aus Velent einmal wird", ergänzte er in freundschaftlicher Verbundenheit, „ich bin mir ganz sicher, er wird nie vergessen, woher er kommt und wohin er gehört!"

Diese Worte waren sicherlich nett und versöhnlich gemeint, und dennoch erwiderte Degenar sie abermals sehr aufgebracht, ja, geradezu verbittert. „So, wohin gehört er denn?", fragte er vorwurfsvoll.

„An Eure Seite und in sein Dorf", erwiderte der Grieche wie selbstverständlich.

„*Sein* Dorf?", wiederholte ihn der Schmied. „Auch deshalb ist er hier! Weil er es nie leicht hatte in *seinem* Dorf! Ihr werdet das Gefühl doch kennen, wie ein Fremder behandelt zu werden!"

Menelaos betretenes Schweigen gab ihm Recht. Und dennoch bedauerte der Schmied seine Wortwahl. „Entschuldigt", meinte er verlegen. „Aber man hat dort am Steinring meist nur den Ubier in ihm gesehen!" Er seufzte erneut. „Immer nur den Ubier, obwohl er doch –"

Mitten im Satz verstummte der Schmied.

„Ja?", hakte der Grieche nach, aber Degenar schüttelte nur kurz den Kopf. „Ach, nichts!" Er presste die Lippen aufeinander und verbat sich zunächst ein weiteres Wort. Dann aber fügte er doch noch einen Gedanken hinzu: „Und dann kommt er hierher und ich dachte, er ist froh, sich endlich unter

Ubier mischen zu können, aber auf einmal scheint es ihm völlig gleich, woher die Menschen kommen."

„Aber gerade das ist doch wunderbar!", erwiderte der Grieche.

„Eigentlich schon, ja", räumte Degenar ein.

Menelaos nickte zufrieden. „Aber ich hatte ohnehin vor", ergänzte er, „ihn auch einmal mit nach Naoun zu nehmen. Dort kommt er an den Ubiern kaum vorbei. – Euer Einverständnis vorausgesetzt …"

„Sicher", nickte der Hüne seufzend. „Gerne! Nur zu!"

„Gut! Abgemacht!", schloss Menelaos, atmete seinerseits tief durch, um sodann das Thema zu wechseln. „Wie weit seid Ihr denn mit dem Pferdekopf?"

„Der Kopf?", erwiderte der Schmied ein wenig überrascht. „Ach, der ist längst fertig! Keine Sorge! Da ist kein Schaden mehr zu sehen! Als wäre das Standbild nie umgekippt!"

„Gut. Sehr gut!", erwiderte Menelaos leicht in Gedanken.

„Was habt Ihr?", fragte der Schmied interessiert nach.

„Nichts, nichts", wiegelte der Angesprochene zunächst ab, um seinen Herren nicht in ein falsches Licht zu rücken, war ihm doch gerade in den Sinn gekommen, dass es Quirin vermutlich nicht unrecht gewesen wäre, wenn das Standbild einen größeren Schaden genommen hätte. Nur so viel meinte er schließlich: „Wenn es nach Quirin gegangen wäre, dann würdet Ihr jetzt an einem Merkur[34]-Standbild arbeiten."

„Der hätte vermutlich kaum auf einem Pferd gesessen", entgegnete Degenar gut gelaunt. „Was Velent vermutlich sehr schade gefunden hätte. Mir selbst ist es gleich."

„Ja, das kann ich mir denken", erwiderte Menelaos nickend. „Und was macht Ihr jetzt gerade?"

„Kommt näher, dann zeige ich es Euch!", lud ihn der Schmied ein. „Ich habe vorhin mit dem Vergolden begonnen!"

„Oh!", meinte der Grieche interessiert. „Das schau ich mir gerne einmal an!"

Da er an das Gerüst herantrat und sein Blick durch es hindurch auf das Reiterstandbild des Augustus fiel, entfuhr ihm indes ein eher enttäuscht klingendes „Oh …!“

„Was habt Ihr?“ Degenar schaute ihn überrascht an.

„Tja, wie soll ich es sagen?“ Menelaos Kopf pendelte unschlüssig von einer Seite zur anderen.

„Nun, sagt es frei heraus!“, bat ihn der Schmied um eine ehrliche Antwort. Er sollte sie umgehend erhalten.

„Das Gold …“, meinte der Grieche und deutete auf den Hals des Tieres.

„Ja?“

„Es … es sieht so … so … so wenig golden aus!“

„Na, wenn es mehr nicht ist!“, lachte Degenar erleichtert auf. „Dann bin ich ja beruhigt! Wartet, ich zeige Euch, wie es geht! Am besten von Anfang an! – Hier im Eimer haben wir lebendiges Silber, seht Ihr?“ Er ergriff das Gebinde zu seinen Füßen und neigte es leicht dem Griechen entgegen. „Sechs Teile“, erklärte er weiter. „Vermischt mit einem Teil Gold. Feinste Späne. Und dann zerstoßen zu Pulver. Man versetzt es mit ein wenig Wasser und vermengt alles zu einem feinen Teig.“

„Ah, ja!“, nickte der Menelaos und reckte interessiert den Hals.

„Seht!“, fuhr der Schmied fort. „Ich schmiere drei Stellen damit ein! Hier auf der Flanke des Pferdes. Zaumzeug und Sattel sind zu verschnörkelt, von der Rüstung des Imperators ganz zu schweigen! … So! Und nun … Wo hab ich den Korb?“ Er schaute sich kurz um. „Da!“

„Was ist das?“ Fragend betrachtete der Grieche den schmalen, länglichen Gegenstand, den der Schmied aus dem Korb gefischt hatte.

„Eine Hasenpfote“, erläuterte dieser. „Zum Verteilen. Gut glatt streichen! Mit der Pfote. Es dauert einen Moment … So ... Noch ein wenig ... Gut. Soll mal reichen. Und dann ...“

Der Schmied zog sich sein Halstuch über den Mund. „Wundert Euch nicht!“, raunte er durch das Stück Stoff hindurch. „Aber ich mag den Dampf nicht!“ Er nahm sich die Fackeln aus dem Ständer. „Die Stellen müssen erhitzt werden. Dann verdampft das lebendige Silber … Und das Gold bleibt zurück! Seht Ihr!"

„Tja", entgegnete der Grieche mit kritischem Blick. „Das meinte ich …"

„Keine Angst!", beruhigte ihn Degenar, um schließlich – da die Flamme ihre Arbeit geleistet hatte – zu ergänzen. „Wir sind noch nicht fertig!"

Er bückte sich erneut, um etwas Wasser aus einem weiteren Eimer zu schöpfen, das er sodann auf die soeben bearbeitete Stelle spritzte. „Nur zur Vorsicht", erläuterte er. „Falls das Metall zu heiß geworden sein sollte …"

Menelaos rümpfte die Nase. „Das stinkt."

„Ja", lachte der Schmied durch sein Tuch. „Glaubt mir: Hier oben ist es noch schlimmer! – So, jetzt noch polieren! Am besten mit einem Achat!" Er langte erneut in den Korb, aus dem er die Hasenpfote genommen hatte. „Der war bislang noch nicht im Einsatz. Deshalb Euer Eindruck. Und nun schaut genau hin!"

Er zog sich das Tuch wieder vom Mund und begann, behutsam mit dem Stein über das Metall zu reiben. „Auch das dauert gewöhnlich etwas länger", erläuterte er, „aber Ihr bekommt einen ersten Eindruck."

Menelaos verfolgte das Polieren mit großem Interesse. „Gold ist ein recht weiches Metall, richtig?", versuchte er, Degenar etwas Zeit zu schenken.

„Ziemlich weich, ja", stimmte ihm der Schmied zu. „Sehr leicht zu verbiegen. Auf der anderen Seite kann man es aber auch hauchdünn hämmern oder walzen! Die Plättchen, die Ihr mir gegeben habt und von denen ich die feinen Späne abschneide, für die Paste, sie sind leichter als Laub. – So! Das müsste für Erste genügen."

Er setzte den Stein ab und trat einen Schritt zur Seite. Dann hielt er die Fackel an die Flanke des Tieres. „Seht Ihr?!", meinte er stolz und deutete zunächst auf eine noch unbearbeitete Stelle. „Hier ist die reine Bronze. Hier", führte er weiter aus, um seine Fackel zum ersten Fleck weiter wandern zu lassen, „sieht es nach Silber aus – gleichwohl es kein echtes Silber ist. Hier nach mattem Gold." Das Licht seiner Fackel hatte nun den nächsten Fleck erreicht. „Das flüssige Silber ist verdampft. Und hier, seht Ihr?!" Der

Schmied führte seine Fackel vor die soeben polierte Stelle. „Hier spiegelt das Gold bereits die Flamme! Poliert und glänzend!“

„Erstaunlich! Wirklich erstaunlich!“, erwiderte der verblüffte Grieche. „Ich dachte, man müsste das Gold nur einfach irgendwie auf das Pferd kleben …“

„Das würde wohl kaum halten!“, lachte der Schmied.

„Dass das so mühsam ist!“ Menelaos schüttelte den Kopf. „Entschuldigt, bitte! Ich fürchte, Euer Lohn wird dem kaum gerecht!“

„Ach!“, wiegelte der Schmied ab. „Die Bezahlung ist gut. Und besonders viel Kraft braucht man auch nicht. Nur eben Geduld. Das stimmt schon, ja. Besonders an den verschnörkelten Stellen werde ich sie brauchen!“

Er deutete auf den prunkvollen Sattel, die Rüstung des Augustus und das Zaumzeug des Tieres.

„Scheint so, ja!“, nickte der Grieche. „Geduld ist übrigens ein gutes Stichwort“, ergänzte er sodann und kam noch einmal auf den neuen Hauptmann zu sprechen. „Die wird unser neuer Praefekt sicher auch gut gebrauchen können. Er ist ein Ritter und macht einen überaus pflichtbewussten Eindruck.“ Der Grieche wurde eine wenig vertraulicher. „Stellt Euch vor: Er ist in die Verwaltung gekommen, noch bevor er sein Quartier bezogen hat.“

„Na ja“, erwiderte der Schmied, „so gewissenhaft sollte man vielleicht sein, als Praefekt einer solch *riesigen* Streitmacht …“

Menelaos verstand den Scherz und grinste. Offiziell wurde die verbliebene Schutztruppe Mattiacums zwar noch als Hundertschaft geführt, doch wurde sie diesem Namen kaum gerecht. Gerade deshalb war der Posten des Praefekten in Mattiacum jedoch heiß begehrt. Denn er war gut besoldet und mit nicht weniger Privilegien ausgestattet als der eines Kommandanten in einem Legionslager. Gleichzeitig machte er jedoch viel weniger Arbeit – wenn man sie sich nicht selbst machte. In der Regel war er zuletzt jeweils für ein paar Monate an verdiente Offiziere vergeben worden, die kurz vor dem Ende ihrer Dienstzeit noch einmal befördert werden sollten, um ihre Pension zu erhöhen. Deshalb scherten sie sich meist auch nicht weiter darum, dass ihre Soldaten kaum im Ort selbst zugegen waren, sondern sich gerne und häufig auf den Höfen der Veteranen in der näheren Umgebung etwas dazu verdienten. Ja, es war den Offizieren zumeist sogar recht. Denn in der Regel ließen sie sich von ihren Legionären dafür bezahlen, dass sie die Augen zudrückten und es übersahen, was jene in ihrer Dienstzeit taten.

Diesem neuen Kommandanten sollte der Standort aber ohne Frage als Sprungbrett für eine Laufbahn im gehobenen Dienst dienen. Er hatte größten Wert darauf gelegt, dass ihn die gesamte Besatzung begrüßte.

„Ich verhehle nicht", nahm Menelaos das Gespräch wieder auf, „dass es mir lieber wäre, wenn Mattiacum ein Ort ganz ohne Soldaten wäre. Wir werden sehen, was die Zukunft bringt. Vielleicht ist dieser Marcus Primus – hatte ich seinen Namen eigentlich schon erwähnt? – ja unser letzter Praefekt."

Nun musste der Schmied grinsen.

„Was habt Ihr?", fragte der Grieche verwundert nach.

„Ach, nichts", erwiderte Degenar. „Aber wenn ein Primus der Letzte sein soll, entbehrt das nicht einer gewissen Komik …" Sein Grinsen ging in ein leises Glucksen über.

„Macht Euch besser nicht in seiner Gegenwart über ihn lustig!", entgegnete Menelaos. „Es ist sein erstes Kommando, seine erste Rute, die er erhielt."

Das war zu viel für den alten Schmied und Veteran; er konnte sich kaum noch halten.

Menelaos schüttelte den Kopf. Jedoch nur kurz, wurde ihm doch schnell klar, dass Degenars Albernheit ein gutes Zeichen war. So freute er sich schließlich sogar darüber, wie gelöst der Schmied durch den Aufenthalt in Mattiacum und seine Arbeit am Standbild im Umgang mit der Legion bereits geworden war.

Wohlwollend nickte er ihm zu. „Marcus' Vater", sprach er schließlich weiter, „war übrigens Lucius Lupus. Vielleicht habt Ihr ihn ja gekannt. Er hat die Leibgarde des Tiberius angeführt – bevor dieser das Land verlassen hat. Er war ein Germane wie Ihr. Nur ist mir sein Stamm fremd."

„Nein!" Degenar schüttelte den Kopf. Er hatte sich ein wenig beruhigt. „Warum sollte ich ihn kennen?"

„Nun“, holte der Grieche aus, „ich dachte nur, ... weil Ihr doch auch einen Winter bei Mogontiacum verbracht habt. Aber letztlich ist es auch gleich. Der Vater ist tot und den Sohn lernt ihr ja jetzt kennen ...“

„Sicher“, erwiderte der Schmied mit gepresster Stimme. Menelaos konnte ihm ansehen, dass er kurz davor stand, erneut laut loszuprusten. Und genau so kam es auch. „Sicher“, wiederholte er sich, „aber ich werde *Primus* offensichtlich als einer der *Letzten* kennenlernen.“

„Lasst uns etwas Essen gehen!“, winkte der Grieche in das schallende Gelächter des Schmiedes ab. „Ich denke, eine Pause an der frischen Luft würde Euch guttun! Die Sonne scheint! Davon bekommt Ihr hier drin ja kaum etwas mit!“

„Etwas Hunger hätte ich in der Tat!“, erwiderte Degenar.

Menelaos nickte erfreut. „Dann kommt! Ich lade Euch selbstverständlich ein!“

„Da sag ich nicht nein! Haltet Ihr die Leiter fest? Sie ist etwas wacklig ...“

„Sicher!“

„Durst habe ich übrigens auch!“, ergänzte der Schmied, da er die kurze Leiter hinabgestiegen war und an der Seite des Griechen in Richtung des Hallentores ging.

„Ich denke, auch dafür wird mein Geld reichen!“, meinte dieser lachend.

„Seid Euch da nicht zu sicher!“, entgegnete Degenar und stimmte in das Lachen ein. „Ihr kennt meinen Durst!“

„Das stimmt allerdings!“, gab ihm Menelaos gut gelaunt Recht.

Zu seiner Überraschung blieb der Schmied auf einmal stehen. „Ach! Moment!“, erklärte er sich. „Die Kassette!“ Er ging das kurze Stück bis zum Gerüst zurück, zog einen Schlüssel aus seinem Gürtel und schloss den kleinen, schmucklosen Kasten ab.

„Ihr seid sehr gewissenhaft mit dem Gold!“, lobte ihn der Grieche.

„Leider nicht“, schränkte der Schmied ein. „Ich vergesse viel zu oft, sie abzuschließen! Es ist zwar viel weniger wert als die meisten denken, aber: sicher ist sicher! – Wenn ich es nicht vergesse ...“

„Nun, dafür gibt es ja auch noch die Wachen!“, entgegnete Menelaos und rief diese auch direkt, ihnen das Tor zu öffnen.

Obwohl die Halle mit einer Stirnseite an die breite Hauptstraße zwischen dem westlichen und dem östlichen Tor Mattiacums grenzte, lag ihr bewachter Eingang an der entgegengesetzten Seite. Degenar und Menelaos hatten sie also halb zu umrunden, um zur Straße zu gelangen. Die beiden Gassen waren so gut wie menschenleer. Im Gegensatz zur Hauptstraße, die sie kurz darauf erreicht hatten. Sie war recht gut gefüllt und auch der eine oder andere Karren verlor sich auf ihr. Einige wurden von Sklaven, andere von Ochsen gezogen.

Sie bogen nach rechts ab, in Richtung des Forums. Schräg gegenüber dem Brunnen, den Tiberius bei der Gründung des Ortes hatte anlegen lassen, gab es einen ersten Ausschank.

Der Grieche blieb stehen, grüßte den ubischen Wirt und bestellte zwei Bier. Degenar nahm seinen Becher gerne entgegen, prostete seinem Gegenüber zu und leerte den Becher in wenigen Zügen. Menelaos nickte anerkennend und tat es dem Schmied gleich.

Bei ihren beiden nächsten Bechern ließen sie sich etwas mehr Zeit. Ihr Blick fiel auf den Brunnen, vor dem sich eine kleine Schlange gebildet hatte.

Ein älterer und ein jüngerer Mann bildeten ihre Spitze – vermutlich Vater und Sohn. Neben ihnen standen vier Eimer. Der Jüngere hatte den an einem langen Seil befestigten Eimer des Brunnens soeben wieder hinabgelassen, da machte sich der Ältere daran, ein paar der ans Brunnengestänge geknoteten, bunten Stoffstreifen zu entfernen.

„Das gehört sich nicht!“, wies ihn ein weiterer Mann aus der Mitte der Schlange zurecht. Seinem Akzent nach zählte er ebenso wie der Wirt zu den Ubiern, die gut ein Drittel der Bewohner Mattiacums ausmachten.

„Dann bindet sie irgendwo anders hin!“, gab der Angesprochene gereizt zurück. „Hier stören sie!“

Drohend kam der Ubier auf ihn zu. „Lasst Eure Finger von unseren Bändern!“, zischte er zornig.

„Weil sonst…?“, hob der Bedrängte stolz das Kinn und stieß den Ubier zugleich ein Stück zurück. Was dieser sich indes nicht gefallen ließ. Er stürzte sich auf ihn. Unter dem Gebrüll der Menge, die sich rasch in zwei Lager aufgeteilt hatte. Menelaos war bereits auf dem Sprung, um schlichtend einzugreifen, doch eine Wache kam ihm zuvor.

„Auseinander! Beide! Sofort!“, hieß er die Streitenden mit entschiedener Stimme, die Hände voneinander zu lassen. „Sonst lass ich Euch einsperren! Hier herrscht Ruhe und Ordnung!“

„Lass ihn, Vater! Die Eimer sind voll!“, empfing der Legionär Unterstützung und tatsächlich ließ der Angesprochene nun murrend von seinem Gegenüber ab. „Sieh Dich vor!“, drohte er ihm dennoch noch einmal, als er sich zwei der Eimer nahm und an der Seite seines Sohnes das Feld räumte.

Menelaos schüttelte den Kopf, nicht anders als der Wirt in seinem Rücken. „Die Matthen tun sich leider am schwersten damit, mit anderen zurechtzukommen“, meinte der untersetzte Mann seufzend.

„Nicht alle, aber viele“, rückte der Grieche das Urteil des Ubiers zurecht. Während Degenar klarstellte: „Ich mag diesen Brunnen trotzdem! Sein Wasser ist gut.“

„Das ist es fraglos!“, entgegnete Menelaos. „Dieser Brunnen ist ein Segen für alle hier! Nicht zuletzt, weil die Menschen an ihm zusammenkommen. Und selbst wenn es einmal Streit gibt, so verbindet er sie doch. Und dafür schätze ich ihn! Weil es ihm völlig gleich ist, wen er mit seinem Wasser stillt. Ihm sind alle gleichermaßen willkommen! Römer, Kelten, Germanen.“

„Vergesst die Griechen nicht!“, fügte Degenar gut gelaunt hinzu.

„Wir könnte ich das!“, erwiderte Menelaos lachend.

„Manche sagen sogar, das Wasser dieses Brunnens habe heilende Kräfte“, warf der Wirt aus dem Hintergrund ein.

Der Grieche drehte sich kurz zu ihm um und meinte nickend: „Davon habe ich gehört. Wobei ihr Ubier dies der Logana und die Germanen ihren heiligen Frauen zuschreiben."

„... die Ihr ja durchaus mögt", ergänzte Degenar in Richtung des Griechen.

„Ohne sie gäbe es diesen Ort gar nicht!", stimmte ihm Menelaos zu. „Und sie haben noch heute großen Anteil daran, dass es hier so friedlich zugeht!"

„Dann wollen wir hoffen, dass es so bleibt!", seufzte der Wirt.

Degenar nickte zustimmend und hob seinen Becher. „Auf den Frieden!"

„Auf den Frieden!", wiederholte der Grieche und gönnte sich – Degenars Vorbild folgend – einen kräftigen Schluck. Dann wandte er sich erneut an den Wirt: „Ihr klingt ein wenig besorgt ..."

„Macht Ihr Euch keine Sorgen", seufzte der Ubier, „wenn Ihr an den Zug zu diesen Gräbern denkt? Wie ich hörte, ist er beschlossene Sache!" Sein Unbill war nicht zu überhören. „Ein paar Hundert Germanen!", klagte er seinen Gästen sein Leid. „Am Ende noch bewaffnet!"

„Was erzählst Du denn da?", wies ihn Degenar barsch zurecht. „Niemand trägt Waffen auf diesem Feld! Kein Matthe, kein Chatte, kein Suebe und kein Sugambrer! Nur die Römer – wenn sie dumm genug sind!"

„Ich fühle mich sicherer, wenn ich ein befreundetes Schwert in meiner Nähe weiß!", widersprach ihm der Wirt.

Menelaos hob beschwichtigend die Hände. „Wollen wir uns nicht streiten!" Er trank aus und gab seinen Becher zurück. Dann meinte er zu Degenar: „Das Bier hat mich hungrig gemacht!" Er drehte sich um und zog los.

Der Schmied nickte. „Vielleicht, weil es so dünn war!" Er warf dem Wirt einen tadelnden Blick zu und stellte ihm sein restliches Bier auf das Brett seines Ausschanks. Der Ubier schüttelte ungehalten den Kopf, entgegnete aber nichts mehr.

„Lasst uns gehen!", bat der Grieche Degenar zu sich. Er war nach wenigen Schritten stehen geblieben, um auf den Schmied zu warten. Da der Hüne ihn erreicht hatte, sprach er ihn leise an: „Wie steht Ihr eigentlich zu dem Zug?"

„Nun", entgegnete Degenar mit ernster Miene. „Ich muss Euch nicht erklären, dass die Stämme sich untereinander nicht grün sind! Sie ausgerechnet vor den Toren Mattiacums zusammenzuführen ist ein Wagnis! Für alle! Es gab schon bittere Fehden im Nachklang solcher Treffen! Genauso gut könnten sie sich über diesen Zug aber auch finden und gemeinsame Sache machen! Gegen Rom! Vor Aliso war es kaum anders! Und im Norden gärt es schon wieder – wie ich hörte."

„Aber Ihr habt eben noch mal betont, dass sie keine Waffen tragen werden …", erwiderte der Grieche.

„Die Germanen nicht!", versicherte Degenar. „Da könnt Ihr ganz beruhigt sein! Aber sie könnten sich dennoch – wie soll ich sagen? – herausgefordert fühlen! Etwa, wenn die Legionäre Waffen tragen sollten …"

Menelaos seufzte. „Ich fürchte" erwiderte er, „das wird sich kaum verhindern lassen!"

„Versucht es!", drang der Schmied auf ihn ein. „Redet mit dem neuen Praefekten! Überzeugt ihn! Niemand sollte an diesem Abend eine Waffe tragen. Niemand!"

„Nun", erwiderte der Grieche bereits leicht abgelenkt. „Ich werde sehen, was ich tun kann!"

Sein Blick ruhte erneut auf dem Brunnen. Eine junge Frau war an der Schlange vorbei an ihn herangetreten. Offenbar wollte sie kein Wasser schöpfen. Stattdessen verweilte sie einen Moment an der hölzernen Einfassung des Brunnens und blickte wortlos in den dunklen Schacht hinab. Aber anders als es ein neugieriges Kind gemacht hätte. Ihr Verhalten hatte vielmehr etwas Andächtiges. Nun streckte sie kurz den Arm aus, öffnete die Hand und ließ etwas in die Tiefe fallen.

„Ein weiteres Opfer, um Logana gnädig zu stimmen!", mutmaßte Menelaos. „Vielleicht ein tanzendes Männlein.[35]"

Degenar stimmte ihm nickend zu. „Offenbar vertraut sie darauf, dass es Logana ist, die diesen Brunnen mit ihrem Wasser speist. Die meisten zieht es für ihre Opfer aber nach wie vor zum Fluss!"

„So wie es die Germanen für ihre Opfer weiterhin zu den Gräbern zieht!“, erwiderte der Grieche. Er blickte kurz in Richtung des östlichen Tores, hinter dem – in gebührendem Abstand – die Gräber der heiligen Valkyrjen lagen, dann aber auch rasch zurück zum Brunnen. „Wobei man sich erzählt, man habe die heiligen Frauen nachts durch den Schacht kommen sehen.“

„Bei Bier und Wein wird viel erzählt!“, wiegelte Degenar ab. „Aber: Wer weiß! Sollten sie sich mir auch einmal zeigen, bin ich zu jedem Opfer bereit!“

„Ihr mögt die Valkyrjen also auch …“

Der Schmied nickte. „Das tue ich! Ich singe ihr Lied sehr oft, wenn ich schmiede! Und hoffe, es bringt mir Glück und bemisst die Zeit richtig, die mein Eisen in der Glut braucht!“

Menelaos nickte Degenar freundlich zu. Dann meinte er: „Ich werde Euch nicht verraten.“

Degenar seufzte: „Danke dafür. Wobei ich davon ausgehe, dass es auch beim Zug gesungen wird. Das werden sich die Männer kaum nehmen lassen. Und unser neuer Praefekt täte gut daran, ebenfalls darüber hinwegzuhören.“

„Nun verstehe ich Eure Bedenken“, entgegnete der Grieche. „Aber bis zum Zug ist noch viel Zeit! Wir wollten es uns eigentlich gut gehen lassen!“ Er ging ein paar Schritte weiter dem Forum entgegen und trat damit aus dem Schatten der gegenüberliegenden Mannschaftsunterkunft der Schutztruppe des Ortes heraus. „Was für ein herrlicher Tag!“ Er schloss die Augen und drehte sich kurz der bereits tief stehenden Sonne entgegen. „Ich freue mich über jeden einzelnen Tag ohne Wolken! Ich bin mit der Sonne groß geworden, müsst Ihr wissen! In Antiochia scheint sie von früh bis spät! Tagein, tagaus! Könnt Ihr Euch eine Stadt vorstellen, in der es im Sommer so heiß ist, dass man mittags im Haus bleibt?“

„Ehrlich gesagt: Nein!“, gab Degenar zur Antwort. „Aber auch als Schmied lernt man die Kühle zu schätzen!“

„Das kann ich mir vorstellen!“, erwiderte Menelaos und nickte seinem Gegenüber freundlich zu. Dann wurde er indes wieder ernster. „Einen guten Schmied wie Euch vermisst man sicher in Eurem Dorf", fuhr er fort.

„Den Schmied vielleicht; den Menschen kaum!", entgegnete der Hüne.

Menelaos nickte. Er zögerte kurz, zu erwidern, was ihm auf der Zunge lag. Dann aber meinte er trotzdem: „Dann scheint es Euch wohl kaum besser als Velent ergangen zu sein."

Degenar schwieg betroffen. Er presste die Lippen aufeinander und nickte.

„Ich hatte mir übrigens Norwins Rat eingeholt", fuhr der Grieche schließlich fort und holte kurz aus. „Bevor ich Quirin den Vorschlag gemacht habe, Euch Germanen den Zug zu den Gräbern anzubieten. Er schien mir erneut recht umgänglich, aber Ihr kennt ihn fraglos besser als ich ..."

Degenar ließ sich mit seiner Antwort etwas Zeit, dann aber meinte er: „Nun, er ist zweifellos einer der Vernünftigen am Steinring! Jemand, der den Frieden schätzt."

„Aber ...", vermutete der Grieche ganz richtig, dass der Schmied auch Bedenken trug, die er noch nicht geäußert hatte.

Degenar seufzte erneut, dann erklärte er sich: „Aber ich fürchte, dass er nichts ohne Hintergedanken tut. Wenn er sich für einen solchen Zug stark macht, dann verspricht er sich etwas davon!"

„Nun reden wir schon wieder über den Zug ...", gab der Grieche zu Bedenken.

Degenar nickte. „Nur eins noch: Wie habt Ihr Quirin den Zug schmackhaft machen können? Er wird kaum wie Ihr auf seine – sagen wir – versöhnende Wirkung hoffen ..."

„Nein", gab der Grieche offen zu. „Ihn interessiert nur der Gewinn, den er erzielen kann, wenn hier alle Tavernen schon am Vorabend der Standbildweihe gut gefüllt sind. Und sicher setzt er auch darauf, dass es seine hohen Gäste beeindrucken könnte, wenn sie sehen, wie friedlich man hier zusammenlebt."

„Er selbst wird sicher auch kommen, oder?", hakte der Schmied mit mulmigem Gefühl nach. Seit er von dem Weihefest für das Standbild wusste, trug er sich bereits mit dem Gedanken, Velent für diese Tage fortzuschicken. Zu gefährlich erschien ihm die Möglichkeit, dass Quirin und Velent sich treffen konnten. Beide hätten aus ihrer jeweils eigenen Sicht gewiss einen Grund gefunden, über den anderen herzufallen. Velent, weil Quirin seine Mutter erschlagen hatte; und Quirin, weil Velent ihm die Wange aufgeschlitzt hatte.

„Ja“, meinte der Grieche. „Sicher wird er kommen. Alles andere wäre sehr seltsam.“

„Er lässt sich nur noch recht selten hier in Mattiacum sehen“, spann Degenar den Faden weiter.

„Ja, er bevorzugt Naoun und Mogontiacum“, erwiderte Menelaos. „Nach Naoun wollte er früher schon. Dort lassen sich die besten Geschäfte machen – wenn man denn keine Skrupel kennt, sie den Ubiern wegzunehmen. Und am Moenus schätzt er das mildere Wetter, die warmen Quellen und nicht zuletzt die hochrangigen Römer, die man dort treffen kann. Er hat seinen Traum noch längst nicht aufgegeben, nach Rom zurückzukehren. Immerhin hat ihm Belana einst geweissagt, er würde eines Tages Augustus’ Kopf halten.“

„Am dem Tag, an dem er selbst sterben wird …“, vervollständigte Degenar die ihm durchaus vertraute Geschichte, gab aber zugleich zu bedenken: „Auch Augustus ist nicht mehr der Jüngste …“

„Eben!“, gab ihm der Grieche Recht. „Deshalb ist Quirin auch recht guter Dinge, in Kürze die richtigen Leute zu treffen.“ Er seufzte kurz und blieb im selben Atemzug stehen. „Gleichzeitig scheint ihm kein Mann gut genug für Luna zu sein. Aber nicht etwa, weil er sie mögen würde. Hat er einen an der Angel, der den nötigen Einfluss hat, hofft er darauf, es sei noch mehr möglich …“

Degenar war ebenfalls stehen geblieben. Er schüttelte den Kopf. „Es ist eine Schande, wie er mit ihr umgeht! – Stimmt es eigentlich, was man sich erzählt?“

„Was denn?“

„Ihr wisst schon! Dass ihr erster Mann noch in der Hochzeitsnacht verstorben ist …“

„So war es wohl, ja!“, nickte der Grieche.

Degenar holte tief Luft, dann meinte er: „Davor oder währenddessen – wenn ich so dreist fragen darf?“

Menelaos zuckte mit den Schultern. „Ich war nicht dabei, aber ich hoffe für sie, dass es davor war. Aber sicher ist es nicht. Quirin hat zunächst das Gegenteil behauptet. Aber nun, da er weiß, dass er nichts von Servius' Vermögen abbekommen wird, behauptet er mit gleicher Inbrunst, dass sie noch unberührt ist.“

Degenar nickte. „Es erhöht ihren Preis ...“

„Tja“, entgegnete der Grieche seufzend. „Wobei sie als Braut im Moment wohl kaum etwas wert ist! Was nicht zu ihrem Nachteil sein muss! Manchmal glaube ich gar, sie ist krank geworden, um sich ihrem Schicksal so lange wie möglich zu entziehen. Auf der anderen Seite tun ihr die heilenden Quellen dort sicher gut.“

„Ihr vermisst sie“, erwiderte der Schmied verständnisvoll, um auf Menelaos' kurzes Nicken zu ergänzen: „Velent ergeht es übrigens nicht anders.“

„Welch seltsame Fügung!“, meinte der Grieche und deutete zum Eingang des Forums hinüber. „Ist er das nicht dort drüben?“

„Tatsache!“, nickte der Schmied. Beinahe war es ihm peinlich, dass Velent nach dem, was er gerade über ihn gesagt hatte, nicht alleine dort stand.

Glaub mir: Ich kann und will es Dir nicht übel nehmen, wenn Du nicht mehr nur an mich gedacht haben solltest! Livia etwa wusste stets jeden für sich zu interessieren.

Er unterhielt sich mit zwei bestens gekleideten, jungen Frauen. In einer erkannte er Livia, die Tochter des Legaten Postumus – ihr Lachen war bis zu ihnen hinüber zu hören; in der anderen die Geisel Thusnelda, die mit ihr nach Mattiacum gekommen war. Seine Miene verfinsterte sich kurz.

„Was habt Ihr?“, fragte Menelaos besorgt nach.

„Nichts", winkte Degenar seufzend ab. Dass auch er einst als eine Geisel Roms groß geworden war, hatte er Menelaos trotz ihres freundschaftlichen Verhältnisses bislang vorenthalten. Stattdessen meinte er nur: „Ich wusste gar nicht, dass Velent die beiden kennt."

„Einen gut aussehenden und gut gekleideten jungen Mann wie Velent lässt sich Livia nicht entgehen!", entgegnete Menelaos und konnte einen gewissen Spott im Klang seiner Worte nicht unterdrücken. „Und Thusnelda folgt ihr wie ein kleiner Hund."

„Klein ist gut", entgegnete der Schmied, überragte die blonde Thusnelda die dunkelhaarige Livia doch um Haupteslänge.

„Wo hat Velent eigentlich das Geld für seine Sachen her?", hakte der Grieche nach. „Von Euch?"

„Geld?", fragte Degenar erstaunt nach.

„Er versteht sich durchaus zu kleiden", fuhr der Grieche fort. „Etwas eigenwillig, aber geschmackvoll. Auf der anderen Seite sicher nicht billig."

„Von mir bekommt er nichts", erwiderte der Schmied verwundert. Er blickte kurz zu Velent hinüber und dann an sich selbst hinunter. Es stimmte. Während er selbst auf sein Äußeres kaum Wert legte und seine Kleidung schlicht nach ihrer Robustheit und Zweckmäßigkeit auswählte, achtete Velent sogar darauf, dass sie farblich zueinander passte. Über seinen Beinlingen aus hellem Hirschleder trug er eine hellblaue Tunika und einen schmalen Gürtel.

Im nächsten Moment hatte Velent die beiden erkannt und winkte zu ihnen hinüber. „Degenar, Menelaos! Kommt doch zu uns!"

Die beiden Männer ließen sich nicht zweimal bitten.

„Livia! Thusnelda! Wir grüßen Euch!", meinte der Grieche, da sie die Hauptkreuzung Mattiacums überquert und damit auch den mit Bohlen überdeckten Kanal überschritten hatten, der die zweite, zum südlichen Tor führende Hauptstraße des Ortes teilte und dessen Abwässer zum Fluss hinunterspülte. Aber Livia gönnte ihm nur einen kurzen und eher abfälligen Blick. An Degenar schien sie sich hingegen kaum sattsehen zu können.

„Beim Mars!“, stieß sie bewundernd aus, da er nun nur noch wenige Schritte von ihr entfernt war. „Was für Muskelberge! An Dir ist fürwahr ein Gladiator verloren gegangen! Jemanden wie Dich hätte ich in Rom gebrauchen können: So groß und blond und stark. So jemand hat mir gefehlt, der mich morgens nachhause trägt, wenn ich zu viel getrunken habe. Und einen guten Leibwächter gibst Du dabei selbstverständlich auch noch ab – trotz Deines Alters! Und wie grimmig Du schauen kannst! Ich werde meinem Vater raten, Dich Deinem Herrn abzukaufen!“

„Degenar ist kein Sklave, Herrin!“, stellte Menelaos höflich klar. „Er ist ein Schmied! Ein freier Schmied!“

„Hatte ich das Wort an Dich gerichtet?“, tadelte die junge Römerin den Griechen.

„Dann sage *ich* es eben noch mal“, setzte Degenar an, Menelaos zu verteidigen und zugleich seiner angestauten Wut Platz zu schaffen. „Ich bin kein …“

Livia fiel ihm ins Wort: „Kein Sklave. Das hab ich wohl verstanden, ich bin ja nicht schwerhörig!“ So kalt sie dabei geklungen hatte, so lieblich klang ihre Stimme nun wieder, da sie den Kopf leicht neigte und Velent zuraunte: „Man sollte Dich wegschließen, Velent, wenn man bedenkt, dass Du wohl ebensolche Muskeln bekommen wirst! Wenn ich wieder in Rom bin, werde ich ein paar Freunden den guten Rat geben, ihre jungen Gladiatoren den besten Schmieden in die Schule zu geben!“ Ihre Hand streichelte Velents Arm hinauf. „Und um auf vorhin zurückzukommen: Ich würde gerne für Dich tanzen! Ich finde nichts Verwerfliches daran. Überleg es Dir, Du wirst es nicht bereuen!“ Sie genoss Velents Lächeln, um ihre stille Begleiterin mit einem kurzen Augenaufschlag darauf hinzuweisen, dass dies die Art war, erfolgreich um einen jungen Mann zu werben – und dass sie diese Kunst wie keine Zweite beherrschte.

„Menelaos!“ Der Ruf einer Männerstimme ließ die fünf auf das Forum blicken.

Ja, und auch Marcus lerntest Du kennen. Und wenn wir beide ihn heute auch anders sehen, so weiß ich doch – von Dir und von ihm –, dass Du ihn damals gemocht hast.

Ein junger Offizier näherte sich ihnen mit forschem Schritt. Er war nur wenig kleiner als Degenar, doch im Vergleich zu ihm deutlich schmaler gebaut. Seine blonden Haare verrieten seine germanische Abstammung. „Menelaos! Gut, dass ich Euch treffe! Ich hätte noch ein paar Fragen!"

„Sicher, Herr!", entgegnete Menelaos höflich. „Doch darf ich Euch zunächst ein paar der ..." – er suchte kurz nach einem passenden Wort – „der interessantesten Menschen vorstellen, die Mattiacum gerade die Ehre geben?" Ohne die Antwort des jungen Mannes abzuwarten, der sie mittlerweile leicht außer Atem erreicht hatte, hob er das Kinn leicht an und fuhr mit fester Stimme fort: „Hier seht Ihr Marcus Primus!" Eine Hand auf dem Magen, deutete er – einem Redner auf dem Forum Romanum gleich – mit der anderen auf den jungen Offizier. „Den Sohn des Lucius Lupus, erster Leibgardist des Tiberius! Marcus ist der neue Praefekt der Stadt! Heute Abend wird ihm die Schutztruppe der Stadt offiziell unterstellt. Auf dem Forum." Dann wechselte er Position und Richtung seiner Hände, und fuhr fort: „Und hier, Marcus, steht die liebreizende Livia vor Euch! Sie ist die Tochter des ehrenvollen Legaten Titus Postumus."

„Ich habe ihn soeben getroffen!", schob Marcus dankend ein, legte die Faust zum Gruß auf die Brust und nickte Livia kurz zu.

Die junge Frau neigte wohlwollend den Kopf und musterte Marcus von oben bis unten. Er war eine durch und durch elegante Erscheinung; seine Uniform stand ihm blendend.

„Und hier Thusnelda", deutete Menelaos auf Livias Begleitung, „die Tochter des Segestes, einem hohen Fürsten der Sueben, mit besten Kontakten zu den Cheruskern."

„Sehr erfreut, Marcus Primus!", kam Livia einem Wortwechsel der beiden zuvor. Aber Menelaos ließ sich dadurch nicht bremsen. „Degenar", fuhr er fort und deutete auf den Hünen an seiner Seite, „ist der beste Schmied im Ort! Er vergoldet gerade das Standbild des Caesar Augustus'."

„Ein wichtige Aufgabe!", entgegnete Marcus freundlich, während Livia interessiert einwarf: „Gold?! Nichts bringt die Haare einer Frau mehr zum Glänzen und ihre Augen mehr zum Strahlen."

Degenar selbst erwiderte Marcus' Gruß nur mit einem kurzen Nicken. So sehr er sich kurz zuvor noch über den jungen Praefekten lustig gemacht hatte, so ernst schien er nun in dessen Gegenwart. Auch dies hatte mit seiner Vergangenheit in unseren Reihen zu tun. In seiner Zeit als Schmied der Legion war er – wie Du ja bereits weißt – nie wirklich glücklich geworden. Im Gegenteil.

„Und Velent schließlich ist sein Schüler", schloss der Grieche seine Vorstellungsrunde ab.

Marcus führte ein letztes Mal die Faust zur Brust, was Velent in gleicher Weise erwiderte. Das war ein wenig frech, war er doch kein Soldat, aber Marcus konnte es ihm irgendwie nicht weiter übel nehmen. Im Gegenteil, er lächelte freundlich zurück. Unwillkürlich drehte er aber kurz darauf den Kopf zur Seite und folgte damit Velents Blick. Durch den Torbogen verließ gerade eine hübsche, schlanke Ubierin das Forum.

Wie hast Du sie nur übersehen können?, fragte sich der junge Offizier, der doch gerade noch selbst auf dem Forum gewesen war. Aber im emsigen Treiben auf diesem Marktplatz konnte dies selbstverständlich leicht geschehen.

„Da kommt Gaela!", meinte Degenar erfreut. „Sieh sie Dir an, Menelaos. Sie wird jeden Tag hübscher!"

Livia quittierte dieses unverhohlene Kompliment mit einem eingeschnappten „Phh!" Aber für den Moment hatte sie die Aufmerksamkeit der vier Männer verloren.

Gaela war eine schlanke, junge, vollends ungeschminkte Frau mit strahlendem Lächeln. Sie trug ein schlichtes, grünes Gewand, das sich farblich jedoch bestens mit ihren langen, hellrot leuchtenden Locken vertrug, die sie gar nicht erst mit einem Tuch zu bändigen oder gar unter ihm zu verbergen versuchte.

„Zum Anbeißen!“, schwelgte der Schmied, da die junge Ubierin ihre Höhe fast erreicht hatte. „Ich meine selbstverständlich das Gemüse in Deinem Korb!“

„Menelaos! Degenar!“, grüßte die junge Frau freundlich. „Es ist immer eine Freude, Euch zu sehen! Auch außerhalb des ‚Schwans‘!“

Livia reagierte verschnupft; wobei ihre kalte Miene zu Eis zu erstarren schien, als die unbekannte Schöne nun auch noch kurz stehen blieb und Velent mit leicht gesenkter Stimme grüßte. „Und Dich, Velent, grüße ich selbstverständlich auch! Obwohl ich guten Grund hätte, es nicht zu tun!“

„Oha“, entgegnete Degenar und wartete gespannt auf Velents Antwort. Sie blieb indes aus. Stattdessen huschte ein verschmitztes Lächeln über sein Gesicht. Dann hob er kurz und fragend die Brauen.

„Stellt Euch vor!“, erläuterte Gaela deshalb in Richtung der beiden, ihr bekannten Alten und bemühte sich dabei, sowohl keck als auch vorwurfsvoll zu klingen: „Ich habe gebadet. Vor ein paar Tagen. Weit oberhalb im Fluss. Und er hat mir mein Gewand gestohlen!“

Nun war es Degenar, der die Brauen hob und zugleich die Mundwinkel senkte.

„Was heißt ‚gestohlen‘?“, verteidigte sich Velent. „Ich habe es nur … “

„Ja …?“, entgegnete die hübsche Rothaarige fordernd.

„… ein Stückchen weiter gelegt“, ergänzte Velent.

„Unter eine Wurzel …“, entgegnete Gaela.

„Es fing an zu regnen. Ich wollte nicht, dass es nass wird!“

„Nass war ich ohnehin!“, erwiderte Gaela lächelnd.

Der Gesichtsausdruck der beiden Alten hatte während dieses kurzen Gesprächs keinen Zweifel aufkommen lassen, dass sie nur zu gerne dabei gewesen wären, und auch Marcus’ Blicke glitten nun mehr noch als zuvor am schlanken Körper der jungen Frau hinauf und hinab.

Sie indes verabschiedete sich nun freundlich, wobei ihr fein wiegender Gang recht deutlich verriet, dass sie sich sicher war, dass man ihr zumindest noch einen Moment hinterherschaute.

Livia konnte es kaum fassen. Wie einfach hatten die Götter die Männer hier eigentlich erschaffen? Wozu ließ sie sich eigentlich täglich die Haare machen? Wozu sich schminken? Warum ließ sie sich die feinsten Tücher und Düfte kommen? Wozu, wenn die Männer hier anscheinend blind waren? Diese Barbarin hatte ja sogar Haare auf den Armen, ohne dass es sie zu stören schien! Livia biss sich auf die Lippen, um nicht laut loszuschreien.

Menelaos' Augen waren es schließlich, die Gaela als erste wieder freigaben. Er wendete sich wieder Marcus zu, neigte abermals sein Haupt vor dem neuen Praefekten und fragte freundlich: „Ähm, was wolltet Ihr eigentlich von mir wissen?"

„Das hat doch sicher Zeit!", fiel ihm Livia ins Wort. Sie gab sich alle Mühe, ihren Groll zu überspielen und die Blicke der Männer zurückzugewinnen. Betont freundlich fuhr sie fort: „Ich werde mir doch die einmalige Gelegenheit nicht nehmen lassen, mit dem unnahbarsten und zugleich dreistesten und hübschesten" – sie hakte sich bei Velent unter – „und dem fraglos elegantesten" – nun hakte sie sich auch bei Marcus unter – „und bald schon am meisten gefragten Mann Mattiacums gesehen zu werden. Ich habe einen Ruf zu verlieren! Komm, Velent, wir zeigen unserem neuen Freund Marcus, wo er hier gestrandet ist! Es wird ihn zweifellos umhauen, aber wir fangen ihn auf!" Sie warf den Kopf in den Nacken und lachte.

Sie hatte die beiden – Thusnelda im Schlepptau – bereits erfolgreich ein paar Schritte in Richtung des Brunnens gezogen, da löste sich Velent mit ein paar kurzen, entschuldigenden Worten wieder von ihr und lief zu Menelaos zurück.

„Habt Ihr etwas Neues von Luna gehört?", fragte er ihn leise. „Aus Mogontiacum? Irgendetwas? Geht es ihr besser? Hilft ihr das Wasser der Quellen dort?"

Der Grieche schüttelte den Kopf. „Nichts Neues, leider!"

„Velent!", rief Livia ungeduldig und fordernd zugleich.

„Aber, wenn ich etwas hören sollte, lasse ich es Dich wissen!", ergänzte der Grieche.

„Danke!", erwiderte Velent traurig.

„Wir warten!“, flötete Livia.

„Ich komme!“, entgegnete Velent ungehalten, gab dem Drängen der jungen Römerin dann aber nach. Er verabschiedete sich nickend von Menelaos und Degenar und lief zu Livia, Marcus und Thusnelda zurück, die ihren Weg in Richtung des Brunnens sogleich fortsetzten.

„Man möchte noch einmal jung sein!“ Wehmütig blickte Degenar den vieren hinterher. Dann jedoch blickte er erneut in die entgegengesetzte Richtung, ob er nicht vielleicht irgendwo noch einmal einen Blick auf die hübsche Gaela erhaschen konnte. Aber die lichten Trauben der Menschen und die vereinzelten Karren hatten sie längst verschluckt. „Man möchte noch einmal jung sein!“, wiederholte er sich und seufzte.

„Schon, aber auch aus anderem Grund!“, ergänzte Menelaos.

Degenar lachte. „Sicher!“, gab er ihm Recht, um indes sogleich noch eine Vermutung zu äußern: „Ihr mögt Livia nicht?!“

„Ach, ich weiß nicht“, erwiderte der Grieche, ohne nachzufragen, wie der Schmied darauf kam. Er wusste, dass er kein allzu großes Talent als Schauspieler besaß. „Mal langweilt mich ihr Spiel und dann finde ich es wieder recht unterhaltsam.“

„Ihr *Spiel*?“

„Ja! Ihr ganzes Auftreten. Es ist so aufgesetzt und fehl am Platz, dass man manchmal tatsächlich lachen muss. Stellt Euch vor: Bei ihrer Ankunft hat sie sich als Erstes darüber beschwert, dass es am Hafen keine Sänfte gab, die sie in die Stadt hätte tragen können!“

„Ja, das passt zu ihr!“ Erneut musste Degenar lachen, gleichzeitig schüttelte er jedoch den Kopf. „Was ist mit unserem Essen?“, meinte er schließlich. Er deutete kurz in Richtung des Forums. „Auf dem Marktplatz gibt es die größte Auswahl, aber im ‚Schwan‘ schmeckt es am besten.“

„Und die Bedienung ist am hübschesten“, entgegnete Menelaos verschmitzt.

„Ich bin ein alter Mann“, entschuldigte sich der Schmied. „Mir geht es ausschließlich um die Kochkünste ihrer Mutter!“

„Selbstverständlich!“, erwiderte der Grieche lachend. „Na, dann auf zum ‚Schwan‘!“

Seite an Seite ließen sich die beiden Männer die Hauptstraße in Richtung des Osttores hinab treiben. Dieser Bereich Mattiacums war mit Abstand am besten ausgebaut. Dicht an dicht reihten sich die Häuser, und einige waren sogar mit Arkaden verziert, an denen vereinzelt sogar der Wein emporrankte. Wer etwas Teures zu verkaufen hatte oder mit den Reichen der Stadt ins Geschäft kommen wollte, tat es mittlerweile häufig hier. Aber auch alle anderen Bewohner oder Gäste der Stadt gingen gerne hier entlang oder hielten sich hier auf. Denn neben dem Forum war dieser Bereich der einzige, in dem man den Glauben gewinnen konnte, sich tatsächlich in einer römischen Stadt aufzuhalten. Entsprechend oft hatten Degenar und Menelaos nun bekannte Gesichter zu grüßen.

„Ah! Tankun! Wie geht es Euch!“, sprach Menelaos einen kleinen Mann ihres Alters besonders herzlich an. „Tankun ist ein Heiler von der Dylle“, ergänzte er leise in Degenars Richtung.

„Ihr müsst ihn mir nicht vorstellen!“, erwiderte der Angesprochene. „An den Steinring kam er auch, wenn er gebraucht wurde! Er hat Velent zur Welt gebracht!“

„Was Ihr nicht sagt!“, entgegnete der Grieche interessiert. „Das wusste ich ja noch gar nicht!“

„Tankun! Es ist schön, Euch zu sehen!“, grüßte nun auch der Schmied den allseits beliebten Heiler.

„Menelaos! Degenar!“, erwiderte Tankun und hob die Hand zum Gruß.

„Degenar hat mir gerade gesagt, Ihr hättet Velent zur Welt gebracht!“, sprach ihn der Grieche umgehend an. „Lasst mich Euch danken! Das ist Euch prächtig gelungen!“

„Der Dank gilt allein den Göttern!“, erwiderte Tankun. „Und seinem Schutzgeist! Ich erinnere mich an diese Nacht sehr genau! Und an den frühen Morgen! Stellt euch vor: Als ich kurz ins Freie trat, sah ich einen Elch im Steinkreis äsen. Einen Elch! Ich habe seitdem keinen einzigen mehr gesehen! Wie lange ist das nun schon her? Zwölf, dreizehn Jahre?“

„Vierzehn, um genau zu sein!“, entgegnete der Schmied. „Velent ist vierzehn! – Ich habe den Elch übrigens auch gesehen.“

„Noch seltener“, erwiderte Tankun nun deutlich ernster, „ist wohl nur der weiße Hirsch, Cernon, der Schutzgeist seiner Mutter! Es ist eine Schande, was mit ihr geschehen ist!“

„Ja, das ist es!“, nickte Degenar betroffen.

„Was führt Euch nach Mattiacum?“, wechselte Menelaos deshalb das Thema.

„Nun, es gibt noch immer etliche Matthen und Ubier, die Euren römischen Ärzten misstrauen“, nahm der Heiler kein Blatt vor den Mund.

Menelaos nickte, doch zugleich fragte er: „Haben sie Grund dazu?“

„Das kann ich Euch nicht sagen!“, erwiderte Tankun lachend. „Ich habe ihre Hilfe noch nicht gebraucht!“

„Ich habe von einem Fieber gehört“, brachte sich Degenar erneut in das Gespräch ein. „Ist es etwas Ernstes?“

„Nein!“ Tankun schüttelte den Kopf und hob beschwichtigend die Hände. „Ich hoffe nicht! Was zu tun war, ist getan!“, fuhr er nun fort. „Den Rest haben Grannus und Logana zu richten! Aber mein Vertrauen in sie ist groß! Und ein kleines Opfer meinerseits wird sie sicher gnädig stimmen.“ Er ließ den kleinen Beutel an seinem Gürtel klimpern.

„Seht Euch vor!“, warnte ihn Menelaos und senkte die Stimme. „Ein Säckchen voller Münzen seid Ihr hier schneller los als Ihr vielleicht denkt.“

„Ich weiß, ich weiß“, lachte Tankun zurück. Seine fröhliche und unbeschwerte Art war allgemein bekannt.

„Sonst bleibt nichts mehr für Bier und Wein übrig!“, ergänzte Degenar mit einem Lachen. „Wobei: Auf einen Wein laden wir Euch immer gerne ein!“

„Darauf komme ich ein andermal gerne zurück!“, erwiderte Tankun. „Aber jetzt muss ich leider weiter! Vielleicht sehen wir uns ja heute Abend? Hinter der Basilika wird getanzt, wie ich gehört habe. Der Baum steht bereits. Da bleibe ich doch gerne noch ein Weilchen …“

„Vielleicht, man wird sehen!“, verabschiedeten Degenar und Menelaos den Heiler.

„Dann trinken wir beide jetzt eben noch einen alleine!“, entschied der Grieche, da sie nach ein paar weiteren Schritten den nächsten Ausschank erreicht hatten. „Der ‚Schwan‘ kann noch kurz warten!“

„In Ordnung!“, stimmte ihm der Schmied zu. „Aber diesmal bezahle ich! – Zwei Bier!“

Der Wirt nickte, füllte zwei Becher und reichte sie den Männern. Sie nahmen sie wortlos entgegen, prosteten sich zu und kosteten deren Inhalt.

„Besser als vorhin!“, gab der Schmied sein Urteil ab, während dem Griechen danach war, ein neues Gespräch zu beginnen.

„Die Heilkunst ist ein weites Feld“, meinte er nachdenklich. „Ich bewundere Menschen, die sich auf diesem Gebiet auskennen.“

„Ich auch! Ich auch!“, stimmte ihm Degenar traurig zu, um sich sogleich einen weiteren Schluck zu gönnen. Er hatte sich nicht dagegen wehren können, dass ihn die Worte des Griechen an Belana erinnert hatten.

Menelaos schien es zu spüren und versuchte, sein Gegenüber abzulenken. „Wollt Ihr denn mit zum Tanz heute Abend?“, wollte er wissen. „Wir Griechen tanzen sehr gerne! Wir lieben den Tanz! Das übrigens schätze ich auch an Livia, sehr sogar, dass sie gerne tanzt! Was so viele Römer dagegen haben, habe ich nie verstanden. Trotz all meiner Studien!“

„Ich weiß nicht“, entgegnete der Schmied unschlüssig. „Wir werden sehen, was der Tag uns noch bringt.“

Menelaos nickte. Er nahm einen weiteren Schluck, dann wechselte er erneut das Thema: „Was sagt Ihr als Schmied eigentlich zu Marcus’ Rüstung? Eine beeindruckende Arbeit, nicht wahr?“

„Ihr interessiert Euch für Vieles!“, nickte Degenar und es schien, als sei es dem Griechen nun erfolgreich gelungen, ihn abzulenken.

„Ja, warum nicht?! Es macht mir Freude zu lernen.“

„In Eurem Alter ist das eine Seltenheit!“

„Mag sein!“, erwiderte Menelaos und leerte – wie der Schmied nun auch – seinen Becher. Sie gaben sie zurück und schlenderten weiter in Richtung des Osttores.

„Über das Tanzen kann ich kaum mit Euch reden“, ergriff nun Degenar das Wort, „aber was interessiert Euch an einer Rüstung? Aus welchem Metall man sie macht? Was sie kostet? Oder wie lange es dauert, sie herzustellen?“

„Ich weiß es nicht. Alles. Irgendwie. Ja!“, begann sich der alte Grieche zu begeistern. „Woher kommt welches Metall überhaupt? Wie unterscheidet man die Metalle? Wofür ist welches geeignet? Und wie verarbeitet man die einzelnen Metalle am besten?“, stellte er nun ein paar Fragen in den Raum. „Aber es interessiert mich selbstverständlich auch, was sie kosten. Und auch die fertigen Rüstungen. – Man sagt uns Griechen nicht ganz zu unrecht nach, dass wir wie kein zweites Volk mit Geld umzugehen wissen! Und Metalle sind überaus wertvoll, dass müsst Ihr mir nicht weiter erklären. Aber ein paar der anderen Dinge könntet Ihr mir ja vielleicht schon einmal erklären, bei Gelegenheit …“

„Sehr gerne!“, nickte Degenar. „Aber all Eure Fragen werde ich wohl kaum beantworten können.“

„So ist das, wenn man Wissen sammelt“, erwiderte der gelehrte Sklave. „Das eine erfährt man von dem einen, das andere von einem anderen. Und im besten Fall kann man diesem Wissen irgendwann aus dem eigenen Beobachten und Vergleichen eine weitere Idee oder Erkenntnis hinzufügen.“

Sie hatten die Gasse erreicht, in der der „Schwan“ lag. Wie selbstverständlich bogen sie von der belebten Hauptstraße in die fast menschenleere Gasse ab, ohne ihr Gespräch dabei jedoch zu unterbrechen.

„Ihr lernt also um des Lernens willen, um Wissen zu schaffen“, folgerte Degenar.

„Ja. – Ist Euch das so … fremd?“, erwiderte der Grieche.

Er deutete mit dem Arm voraus und ließ dem Germanen den Vortritt. Die Gasse war zwar noch immer breit genug, dass die beiden Männer auch nebeneinander hätten gehen können, der Boden war jedoch vom ausgiebigen

Regen der vorangegangenen Tage so aufgeweicht, dass sie gut daran taten, auf den in der Mitte der Gasse verlegten Bohlen zu bleiben.

„Na ja, ich habe auch einiges gelernt, in meinem Handwerk und darüber hinaus und erfahre auch sicher zum Teil noch heute das eine oder andere“, meinte Degenar und blickte sich kurz zu Menelaos um, „aber – wie soll ich sagen? – doch meist vor dem Hintergrund einer bestimmten Fragestellung.“

„Ihr habt eine Frage und sucht eine Antwort.“

„Genau!“

„Und welche Fragen“, hakte der Grieche interessiert nach, „sind für Euch noch unbeantwortet? In Eurem Handwerk zum Beispiel?“

„Oh, da bräuchten wir Zeit! Eine Menge kann ich Euch sagen!“, entgegnete der Schmied und begann, an den Fingern ein paar der Fragen abzuzählen, die ihm auf die Schnelle in den Sinn kamen: „Warum braucht jedes Metall seine eigene Hitze, um flüssig zu werden? Ist es möglich, ein Feuer so heiß werden zu lassen, dass Eisen darin so flüssig wird wie Wasser? Oder: Wie kann ich verhindern, dass das Eisen im Laufe der Zeit an Luft und Wasser faul und braun wird und zerfällt?“

Sie hatten den „Schwan“ erreicht und blieben stehen.

„Ihr glaubt also, dass das geht?“, wollte Menelaos noch wissen. „Dieses Wissen wäre ein Vermögen wert!“

Degenar schwieg zunächst, doch der Anflug eines Lächelns verriet ihn. Deshalb meinte er schließlich: „Sagen wir so: Ich komme voran. Aber geschafft habe ich es noch lange nicht! Wobei es schon anderen gelungen sein muss! Den Bojern und Ubiern zum Beispiel – wie man sagt. Vor langer Zeit. Doch ihr Wissen ging verloren. Leider!“

„Das ist das Schlimmste!“, stimmte ihm der Grieche zu. „Wenn Wissen verloren geht!“ Er seufzte kurz, um schließlich mit dem Kopf in Richtung der Taverne zu deuten. „Es riecht gut! Iana scheint in der Tat mal wieder gut gekocht zu haben!“

„Ich habe nichts anderes erwartet!“, stimmte ihm Degenar zu. „Und Gaela singt! Hört Ihr sie?“

„Wunderbar!“, nickte der Grieche. „Wie eine Sirene ...“

Eine rundliche Frau zeigte sich in der Tür. Es war Gaelas Mutter Iana. „Schön, dass Ihr da seid!“, begrüßte sie ihre Gäste. „Kommt doch herein!“

„Danke!“, entgegnete Degenar freundlich. „Wir haben Hunger und Deinen Brei haben wir bis fast aufs Forum gerochen!“

„Vielleicht kannst Du uns aber auch zwei Schüsseln herausbringen lassen“, schlug Menelaos vor und deutete auf die schmale Bank vor dem Eingang. „Hier ist die Luft ein wenig besser.“ Das Bier zeigte bei dem hageren Griechen mittlerweile Wirkung. Er wartete eine Antwort erst gar nicht ab, sondern ließ sich einfach seufzend nieder.

Degenar folgte seinem Beispiel. „Und zwei Bier, bitte!“, ergänzte er lächelnd.

„Kommt sofort, Ihr beiden!“, lächelte Iana zurück und verschwand wieder im Inneren der Taverne, in der Gaelas Gesang kurz darauf verstummte. Es wurde vom Geräusch ungezählter Becher und Humpen, die auf die Tische und Bänke geschlagen wurden, von lauten Rufen und unverhohlen lüsternen Zwischenrufen der Gäste abgelöst.

„Schade“, seufzte der Grieche. „Schon fertig!“

„Ja, vielleicht singt sie ja später noch mal“, ergänzte der Schmied.

„Meint Ihr, sie kann lesen und schreiben?“, warf der Grieche kurz darauf ein.

„Gaela?“, fragte Degenar verwundert nach. „Gewiss nicht! Warum auch? Sie wird es kaum brauchen ...“

Menelaos nickte. „Aber Velent habt Ihr es beigebracht!“

„Es schien mir richtig“, entgegnete Degenar verwundert. „Seid Ihr etwa anderer Meinung?“

„Keineswegs! Keineswegs!“ Der Grieche schüttelte den müde gewordenen Kopf. „Ihr habt gut daran getan! Ich könnte heulen, wenn ich bedenke, mit wie viel Mühe manches Wissen erlangt worden sein mag und wie leichtfertig es in vielen Fällen wieder verloren gegangen ist! Nur weil keiner verstand, es niederzuschreiben!“

Eine junge Frau verließ den „Schwan“. Es war Björna, Gaelas ältere Schwester.

„Euer Bier!“, sprach sie die beiden Männer an. Da der Grieche indes die Augen geschlossen hatte, reichte sie dem Schmied beide Becher. „Sirona sei mit Euch!“

„Danke!“, entgegnete Degenar freundlich.

„Schreckliche Verluste! In jedem Fall!“, sprach der Grieche weiter. Er war noch völlig in Gedanken.

„Unser Bier!“, wiederholte Degenar und stupste seinen Sitznachbarn locker an.

„Ah, ja!“, öffnete er nun wieder die Augen. Er nahm seinen Becher und hob ihn empor. „Auf das Wissen dieser Welt!“ Ohne auf den Schmied zu warten, nahm er einen kräftigen Schluck.

„Ja, mit dem Wissen habt Ihr Recht!“, nahm Degenar den Faden des Griechen nun auf. „Iana und ihre Töchter sind Ubier …“

„Man kann es weder übersehen noch überhören …“, stimmte ihm der Grieche leicht lallend zu.

„Ihre Schmiede“, fuhr Degenar fort, „also die ihres Volkes, die Schmiede der Ubier und Bojer hier in dieser Gegend, sie müssen ihr Handwerk, wie erwähnt, außergewöhnlich gut verstanden haben! Und doch ging ihr Wissen verloren! Jedenfalls zum größten Teil!“

„Jammerschade! Jammerschade!“, seufzte der Grieche.

„Ihre Schmiede sind immer noch gut, keine Frage!“, führte Degenar seinen Gedanken weiter aus. „Aber von jenen, die ihr Volk einst gehabt haben soll, erzählt man sich wahre Wunderdinge!“

„So?“ Menelaos hob die Brauen und schaute den Schmied interessiert an.

„Ja“, fuhr jener fort. „Ich hörte von Zwergen, hoch in den Bergen, die ihr Eisen härter und ihr Gold und Silber feiner zu schmieden verstanden als es je zuvor gelungen war!“

„Hm“, gab der Grieche zu bedenken. „Erzählt wird recht viel!“

„Da habt Ihr wohl Recht!“, stimmte ihm Degenar zu. „Aber, dass es eher klein gewachsene Menschen leichter haben, sich in engen Mienen und Stollen zurechtzufinden, ist offensichtlich.“

„Das stimmt wohl!“, nickte der Grieche mit schwerem Kopf.

„Stellt Euch vor“, gab der Schmied nun offen zu. „Es gab sogar schon Nächte, da habe ich sie vor mir gesehen. Wie sie das Erz aus dem Berg brachen, wie sie es schmolzen und die Schlackeklumpen zu Eisen schmiedeten.“

„Tatsächlich?“

„Ja! Ich sah sie die wundersamsten Dinge erschaffen! Selbst eine Treppe aus Eisen. Mit einem Geländer aus sich windenden Schlangen.“

„Was Ihr nicht sagt!“, entgegnete der Grieche bewundernd. „Eine Treppe aus Eisen? Was es nicht gibt! Auf so eine Idee ist man noch nicht einmal in Rom gekommen!“

„Euer Essen! Lasst es Euch schmecken!“, unterbrach erneut Björna ihr Gespräch. Sie reichte Degenar die Schüsseln. „Bezahlen könnt Ihr ja später. Wir kennen uns ja …“ So schnell wie sie gekommen war, verschwand sie auch wieder in der Taverne.

„Das werden wir! Das werden wir!“, rief ihr Degenar freundlich hinterher.

Menelaos nickte nur kurz. Dann meinte er nachdenklich: „Gibt es denn in diesen Bergen wirklich so viel Eisen? Ich höre immer nur, wie schwierig es Euch Schmieden fällt, an Eisen heranzukommen!“ Er leerte seinen Becher, stellte ihn zur Seite und nahm dem Schmied dafür eine der beiden Schüsseln ab.

„Nun, heute ist es schwierig“, erläuterte Degenar, während er begann, sich seinen Eintopf schmecken zu lassen. „Aber früher muss man unvorstellbare Mengen gewonnen und verarbeitet haben! Wenn man sich die Steinbrüche und Mienen in den Bergen im Norden genauer anschaut, kann ich nur sagen, dass es weit, weit mehr als heute gewesen sein muss!“

„Was denkt Ihr, warum sich das geändert hat?“, hakte Menelaos nach und legte die Stirn in Falten. „Es gibt doch noch Eisen. – So etwas finde ich höchst interessant!“

„Ja, es gibt noch Eisen“, bestätigte der Schmied. „Allerdings längst nicht mehr überall. Und es ist heute sicher mühsamer als früher, es den Bergen abzuringen, da man tiefer graben muss. Teilweise bis man dem nachströmenden Sickerwasser nicht mehr Herr wird. Aber das dürfte nicht der Grund dafür gewesen sein, dass alles fast zum Erliegen gekommen ist. – Fördern, Handeln, Verarbeiten."

„Was denn dann?", fragte der Grieche nach. „Ihr scheint einen Verdacht zu haben ..."

„Da habt Ihr Recht!", nickte der Schmied. „Und, um es gleich klarzustellen, ich glaube nicht, dass es damit zusammenhing, dass unsere Stämme aus dem Norden sich gegenseitig in diese Gegend drängten!"

„Ich habe nichts dergleichen behauptet!"

„Ihr nicht, ich weiß. Entschuldigt!"

„Woran lag es dann? Was glaubt Ihr?", fragte Menelaos. „Nun sagt schon!"

Degenar ließ sich einen Moment Zeit und gönnte sich ein paar weitere Löffel des dicken Breis. Dann meinte er: „Es muss viel früher passiert sein."

„*Was* muss viel früher passiert sein?", hakte der Grieche nach. Nun sagt schon, was vermutet Ihr? Woran lag es?"

„Am Wald!", entgegnete Degenar kurz und knapp.

„Am Wald?", wiederholte der Grieche überrascht. „Was hat denn der Wald damit zu tun?"

„Nun", holte Degenar etwas aus. „Ich nehme an, Ihr seid noch nie dabei gewesen, wenn ein Waldstück gerodet wurde, um einen Meiler anzulegen. Oder wenn ein Ofen beschickt wurde, um etwas Erz zu schmelzen. Man braucht enorme Mengen Holz! Ich sage Euch: Jeder Nagel frisst einen kleinen Baum! Jedes Schwert einen kleinen Wald!"

„Interessant! Höchst interessant!", erwiderte der Grieche. Seine Stimme klang noch immer gezeichnet, aber sein Geist schien kurzzeitig wieder etwas klarer geworden zu sein. „Ihr meint also, der Wald hat nicht ..." Er unterbrach sich kurz, so absurd kam ihm sein Gedanke vor. „Er hat nicht *ausgereicht*?!"

„Davon gehe ich aus!", nickte der Schmied. „Jawohl!"

„Das ist ja kaum vorstellbar", erwiderte der Grieche mehr zu sich selbst. „So groß und dicht er heute ist, der Wald."

„Im Norden mag er noch groß sein“, schränkte der Schmied ein. „Aber wenn Ihr Euch hier um Mattiacum herum umschaut, werdet Ihr kaum noch ein größeres Waldstück finden!“

Der Grieche nickte zustimmend.

„Wenn man ihn rodet, um Felder anzulegen“, fuhr der Schmied fort, „dann habe ich Verständnis dafür, allerdings nur so lange man das Holz auch nutzt. Ich hörte jedoch von gleich mehreren Fällen, in denen er einfach niedergebrannt wurde. Dafür ist er zu wertvoll, sage ich Euch! Wenn ich Recht habe, ist er schon einmal knapp geworden. Und damit einem ganzen Volk zum Verhängnis! Den Ubiern.“

Menelaos nickte erneut. Dann meinte er: „Man stelle sich das vor, wenn Ihr tatsächlich Recht hättet! Eine Kultur in ihrer vollen Blüte, wird nicht erobert, nicht erstürmt, sie erstirbt oder verwelkt, weil ihr etwas so Belangloses wie Feuerholz ausgeht! – Das ist ...“ Er suchte nach einem angemessenen Wort und glaubte es schließlich auch gefunden zu haben. „Das ist unglaublich, Degenar! Und fast noch erstaunlicher finde ich, dass die tiefen Wurzeln ihrer Kultur nicht die Kraft gehabt haben sollen, sie erneut austreiben zu lassen!“ Er unterbrach sich kurz und hob misstrauisch die freie Hand. „Ihr spaßt doch nicht etwa mit mir, Schmied?!“

Degenar schüttelte den Kopf: „Keineswegs! Schaut Euch die Berge an Bauholz hinter dem Forum an! Oder die Wälder im Norden und Westen! Viele wirklich alte Bäume werdet Ihr dort kaum noch finden! Ich meine uralte Bäume. Schaut Euch die wenigen heiligen Haine an, die man verschont hat. Da könnt Ihr sehen, wie alt Bäume werden können!“

Menelaos holte tief Luft und ließ das Gesagte kurz auf sich wirken. Dann meinte er entschieden: „Ihr solltet mehr hinaus, Degenar! Ich danke Euch einmal mehr! Es ist immer wieder ein Vergnügen, sich mit Euch auszutauschen!“ Er stellte seine Schüssel beiseite und stand auf. „Es ist spät geworden! Und ich habe leider noch einiges für heute Abend zu richten!“ Er zog den Bauch ein und begann in der Innentasche seines Gürtels nach ein paar Münzen zu suchen.

„Das geht auf mich!“, widersprach der Schmied und stand ebenfalls auf.

„Nichts da!“, entgegnete der Grieche. Er hatte gefunden, wonach er gesucht hatte und legte die Münzen sorgsam und Stück für Stück auf die Bank. „Für das Essen! Ich lade Euch ein. – Aber nun muss ich los!“

Er nickte kurz und ging ein paar Schritte. Dann indes hielt er noch einmal inne. „Und Ihr solltet das auch tun!“, rief er dem Schmied zu. „Ihr solltet auch losziehen! Und auf die Suche gehen! Fragt jeden Schmied! In den Bergen! In jedem hintersten Tal! Findet Eure schmiedenden Zwerge! Sammelt ihr Wissen! Tragt es neu zusammen! Fügt das Eure hinzu! – Sobald Ihr mit dem Standbild fertig seid, versteht sich.“

*

Degenar hatte keine Mühe, sein Werk zu vollenden.
Alles gelang und sein Schicksal schien sich zum Guten zu wenden.

Wie auch Mattiacums Los. Der kleine Marktort erblühte.
Was einen jeden erfreute, der sich um ihn bemühte.
Auch Menelaos, der, weil sie ihm mehr und mehr fehlte,
Velent, der ihn darum bat, zuweilen von Luna erzählte.

Aber ich weiß auch, dass Du mich nicht ganz vergessen hast! Menelaos hat es mir erzählt, wie oft Du nach mir gefragt hast. Ob er nicht irgendetwas Neues erfahren hätte.

Ihm, ihrem treuen, griechischen Lehrmeister, schrieb sie zuweilen.
Und sie gedachte auch Velent dabei in etlichen Zeilen.
Jene gab der Grieche dem jungen Ubier zu lesen.
Oh, wie sehr er sich wünschte, sie wäre bei ihm gewesen!

Oftmals stand er am Fluss und schaute von dort in die Ferne.
Seufzend und schwärmend und wissend: Er hatte Luna sehr gerne.

Und er hat mir gesagt, dass er Dich zuweilen am Fluss gesehen hat. Traurig aufs Wasser blickend, dass mich Dir genommen hatte.

Zu schwer war es indes nicht, ihn auf andre Gedanken zu bringen.
Gaela gelang dies am besten. Jedermann mochte ihr Singen.
Selbst den neuen Praefekten konnte Velent gut leiden.
Andere wunderte dies; sie versuchten, Marcus zu meiden.

Denn mit Blick auf seine nicht zu leugnende Jugend
War er zu streng und zu förmlich. Er setzte zu viel auf die Tugend!
Darauf versteift und zudem bedacht, keinen Fehler zu machen,
Hörte man Marcus im Dienst häufig schreien, doch kaum einmal lachen.

Nur neben Velent gelang es ihm, aus dieser Rolle zu fliehen.
Wenn er die Zeit fand, mit ihm durch die Wälder und Sümpfe zu ziehen.
Dann wirkte er völlig anders. Fröhlich und trotzdem gelassen.
Er hatte Velent; sollten ihn seine Männer doch hassen!

Schließlich sollte etwas ihn sogar dazu zwingen,
Velent zuliebe über den eigenen Schatten zu springen.
Als man ihm Hehlerei vorwarf – kein ganz leichtes Verbrechen –,
Kaufte Marcus zwei Zeugen und ließ sie in Velents Sinn sprechen.

So entdeckte die Lüge Marcus und sollte ihn prägen.
Velent verschonte sie nun und ließ ihn ohne sich leben.

Dass er dies Marcus dankte, sollte den Göttern nicht reichen.
Sie erwarteten Dank und ein Opfer. Irgendein Zeichen.
Doch es blieb aus. Und so spannte das Schicksal langsam den Bogen.
Schon im kommenden Jahr wurde Velent von Marcus betrogen.

Noch aber fühlte Velent sich wohl in unserer Mitte.
Dass er uns trotzdem bald wieder verließ, lag allein an der Sitte,
Seine verstorbene Mutter zum Fest der Toten zu ehren.
Jenes Brauches vermochte auch er sich nicht zu erwehren.

Und auch zum Steinring zog es Dich zurück, wie ich gerade hörte. Zum Grab Deiner Mutter. Und sicher auch zu Adlan. Und damit auch zu Swidger. Du wirst es nicht verleugnen können, dass die Wege, die Ihr gingt, Euch bereits verändert hatten.

**

Bild IV

9 Jahre vor Lunas Brief an Velent – am Steinring oberhalb des chattischen Dorfes

Die Luft war klar und kalt. Swidger ritt im vollen Galopp den Hügel hinauf. Erst kurz vor dem Steinring legte er sich leicht zurück und hieß Adlan damit, langsamer zu werden.

„Velent! Ich habe Dich schon gesucht!“, rief er dem Freund zu, der einsam hinter dem mächtigsten Findling des steinernen Kreises am Grab seiner Mutter stand. Er befahl Adlan zunächst in den Schritt und dann in den Stand.

„Ich wollte mich nur verabschieden“, entgegnete Velent mit ernster Miene. Ihm dröhnte der Schädel. Swidger schien die lange Totenfestfeier der vergangenen Nacht indes viel besser weggesteckt zu haben.

„Du hättest reiten können!“, erwiderte der junge Chatte lachend und schwang sich vom Rücken des riesigen Pferdes hinab. „Der Sommer ist vorbei und Adlan damit wieder Dein! Deine Wettschuld ist getilgt!“

Velent seufzte tief. Er trat an sein Pferd heran und strich ihm durch sein täglich dichter werdendes, schwarzes Winterfell. Dann meinte er anerkennend: „Er sah gestern schon prächtig aus, in seinem Gatter, aber wenn ich ihn in Bewegung sehe …“ Er seufzte erneut. „Du hast es ihm wirklich an nichts fehlen lassen!“

„Kaum der Rede wert!“, winkte Swidger verlegen ab. „Er hat sich sein Futter meist selbst gesucht! Oft sogar hier oben. Die Schafe und Ziegen meiden den Ring, Dein Pferd nicht.“ Seine Stimme wurde ein wenig andächtiger. „Die Pferde sind den Göttern eben nahe!“

„… und die Menschen?“, hakte Velent nach.

Nun seufzte Swidger. Er ahnte, worauf Velent hinaus wollte und dennoch tat er so, als würde er ihn nicht verstehen. „Was soll mit ihnen sein?“

„Sie scheinen ihre Nähe nicht mehr wie früher zu fürchten …“, erklärte sich Velent.

Swidger hob leicht das Kinn. „Es hat Dich also doch gestört, dass wir das Totenfest hier oben gefeiert haben!“, mutmaßte er frei heraus.

„Ich weiß nicht“, entgegnete Velent unschlüssig. Er blickte sich noch einmal seufzend um. Es war seltsam. Kein anderer Ort schien ihm vertrauter denn jener, und doch hatte sich sein Blick auf ihn verändert. Durch seine Zeit in Mattiacum. Und durch die vergangene Nacht.

Nach einem von Norwin angeführten, stillen Fackelzug vom Dorf hier hinauf, hatten die jungen Chatten die anschließende Totenfestfeier in den Steinkreis hinein verlegt und in ihm sogar ein Feuer entfacht.

Etwas an Mattiacum war Velent noch immer fremd und würde es womöglich bleiben, doch dieser Anblick war es nicht weniger gewesen! In jenem Moment hatte er sich auch wie in einer anderen, fremden Welt gefühlt! Menschen im Inneren des steinernen Ringes, nachts, an einem hohen Fest – das hatte sich zu Lebzeiten seiner Mutter niemand getraut! Velent erinnerte sich, dass er versucht gewesen war, die jungen Chatten aufzufordern, ihn zu verlassen – nicht einer von ihnen, ihn selbst eingeschlossen, wusste etwas von der Magie dieser Steine –, doch er hatte es nicht getan. Denn etwas in ihm hatte sie zugleich bewundert. Dafür, ihre Angst vor den uralten Göttern überwunden zu haben und auf ihre eigenen Götter, auf sich selbst und auf die Zukunft zu vertrauen.

Ja, schließlich hatte Velent sich sogar zu ihnen gesellt. Gelockt durch das helle, wärmende Feuer, gerührt durch Swidgers ach so vertrautes Flötenspiel und nicht zuletzt auch dadurch geehrt, dass Swidgers Freunde ihn in ihrem ebenso ausgelassenen wie übermütigen Singen und Lachen dazu eingeladen hatten. Zu oft hatte er sich in ihrer Mitte fremd gefühlt, zu oft vergeblich darauf gehofft, einfach einer von ihnen sein zu dürfen, als dass er nun ihrem Ruf hätte widerstehen können.

Er seufzte erneut. Es lag ihm auf der Zunge, zumindest etwas dazu zu sagen, was von den jungen Chatten am meisten bejubelt worden war: dass die jungen Weiber des Dorfes und der umliegenden Höfe im Laufe der Nacht schließlich eine als Legionär verkleidete Strohpuppe in die Flammen geworfen hatten. Aber er verkniff es sich. Stattdessen meinte er schließlich: „Vielleicht ist es ja auch gut, die Ehrfurcht vor den Göttern niederzulegen."

„Nur vor den Deinen, Velent!", entgegnete Swidger. „Nur vor den Deinen! Sie haben uns nicht gestraft! Weil sie wissen, dass unsere Götter stärker sind!"

Velent schüttelte den Kopf. „Sei Dir da nicht zu sicher!", warnte er den Freund. „Was, wenn sie Dich schon längst gestraft haben und Du es noch gar nicht bemerkt hast? Vielleicht liegt schon eines Deiner Rinder tot im Gatter."

„Was?", rief Swidger entsetzt und blickte sich in Richtung des Dorfes um. Dann aber beruhigte ihn Velent: „Nichts! Nichts! War nur ein Scherz!"

„Damit sollte man keine Scherze treiben!", erwiderte der junge Chatte verstimmt und spuckte zu Boden.

Velent nickte und blickte für einen Moment reumütig unter sich. „Was ist mit Lykke?", meinte er schließlich.

„Lykke?", fragte Swidger verwundert. „Was soll mit ihr sein?" Aber ein stolzes Lächeln, das über sein Gesicht huschte, verriet Velent, dass sein Freund zumindest ahnte, was er meinte. Er hatte das in seinen Augen eher unscheinbare, aber gutmütige Mädchen aus Norwins Hause nie zuvor in Swidgers Nähe gesehen. In der Nacht aber war sie ihm kaum von der Seite gewichen. „Nun, ich hatte den Eindruck", erklärte er sich, „dass sie recht angetan von Dir war. Und Deinem Flötenspiel."

Swidger grinste. „Ja, meine Flöte mag sie recht gerne."

Für einen Moment schwiegen die beiden jungen Männer. Ihre Blicke fielen auf Adlan, der friedlich inmitten der mächtigen, grauen Findlinge graste. Dann meinte Swidger: „Du solltest wirklich hier bleiben! Überleg es Dir noch mal! Wir finden hier auch noch ein Lykke für Dich!"

„Nein, Swidger", entgegnete Velent leise und traurig. „Ich habe meine Lykke gefunden ..."

Swidger nickte. Das Lederband um Velents Hals hatte er schon am Vortag gesehen. „Deine Kette! Du trägst sie noch immer ..."

„Ja", entgegnete Velent nachdenklich. „Aber manchmal frage ich mich, warum. Es kann ohnehin keine gemeinsame Zukunft für uns geben!"

„Das liegt allein in der Hand der Götter!", widersprach Swidger überzeugt.

„Das sagst Du", erwiderte Velent und seufzte. „Aber ihr Onkel sieht es anders! Er sucht gewiss schon den nächsten Mann für sie. Vielleicht hat er ihn auch längst gefunden! So sehr ich mich danach sehne, sie wiederzusehen. Allein der Gedanke, sie dann womöglich an der Seite eines anderen sehen zu müssen, zerreißt mir das Herz!"

„Dann hol sie Dir doch", meinte Swidger achselzuckend – zuweilen konnte er sein kämpferisches, chattisches Blut nicht verleugnen. „Hol sie Dir und geh mit ihr fort!"

„Wenn das so einfach wäre!", entgegnete Velent verbittert. „Sie wird bewacht! Und wohin sollten wir gehen? Eine Römerin und ein Ubier?" Für einen Moment schwieg er, um dann beinahe vorwurfsvoll zu ergänzen: „Und sag nicht ‚hierher zu uns'!"

„Warum nicht?!", meinte Swidger und hob die Arme.

„Hast Du schon vergessen, wie man mit *mir* hier oft genug umgegangen ist?", hielt ihm Velent vor. „Und ich war nur ein Ubier! Ich möchte keine Römerin unter Euch sein! Glaubst Du wirklich, Baldur, Levin und all die anderen würden Luna in Frieden lassen?"

Swidger suchte nach einer passenden Antwort. „Mein Wort hat an Gewicht gewonnen!", meinte er schließlich. „Niemand würde es wagen, sie anzugehen ..." Doch selbst er wirkte nicht völlig überzeugt von dem, was er sagte.

„Vielleicht hört man ja auch deshalb mehr auf Dich, weil ich fort war", erwiderte Velent leise. „Und Du Dich nicht für mich einsetzen musstet."

„Das ist doch Unsinn!", entgegnete der junge Chatte kopfschüttelnd.

„Ist es das?“, erwiderte Velent und seufzte erneut. „Ach, Swidger. Vieles hier ist mir so vertraut, aber Vieles mittlerweile auch so fremd!“

Sein Blick streifte über die tiefen, abgeweideten Wiesen, aus denen einzelne Inseln dornigen Gebüsches emporragten. Sie schienen von einem Netz aus schimmernden Fäden überzogen, das ihre reiche Frucht zu schützen suchte. Ein, zwei weitere kalte Nächte und die Ernte würde beginnen. Seine Mutter, erinnerte sich Velent, hatte besonders die Schlehen geschätzt. Aber auch die mächtigen Hütebäume, die sich wie riesige Pilze auf den Weiden verloren und deren Kronen vor dem milchigen Blau des Himmels gelbbraun erstrahlten, hatte sie immer gemocht.

„Gestern hat Dich niemand behelligt!“ Swidgers Einwand riss Velent aus seinen Gedanken. „Und Guntar hat sich sehr gefreut, Dich zu sehen!“, ergänzte der junge Chatte.

„Ja, das hat er!“, gab Velent ihm lächelnd Recht. Swidgers Halbbruder benahm sich trotz seiner sieben Jahre, die er mittlerweile alt war, noch immer wie ein kleines Kind und jeder ahnte, dass dies auch so bleiben würde; aber manchmal beneidete er ihn auch um seine überaus einfache Sicht auf die Welt und um die Rolle, die man ihm zugestand. Manchmal lachten die jungen Männer des Dorfes über ihn, aber es wäre ihnen niemals in den Sinn gekommen, ihn zu verstoßen. Gerade deshalb wurde Velent nun wieder ernster, da er fortfuhr: „Aber die anderen? Sie haben mich doch gestern allenfalls …“ Er zögerte kurz, das treffende Wort auszusprechen. Dann aber tat er es: „… geduldet. Nicht mehr! Und ich weiß im Nachhinein noch nicht einmal genau warum.“ Er hielt inne und blickte Swidger fragend an. „Weißt Du es?“

Swidger zögerte kurz. Dann meinte er leise: „Weil alle betrunken waren!“

„Da waren sie früher oft am schwierigsten!“, widersprach ihm Velent. „Das war es nicht. Nein, wenn ich zurückdenke, sah es mir eher so aus, als ob sie … Ich weiß nicht recht, wie ich es sagen soll! … Als ob sie mich zur Sicherheit dabei haben wollten. Als eine Art Mittler. Ja, das trifft es in etwa. Falls die Götter meines Volkes ihnen doch zürnen würden, den heiligen Ring zur Unzeit betreten zu haben.“

Swidger wusste, dass Velent Recht hatte, aber er widersprach ihm dennoch, indem er trotzig entgegnete: „Unsere Götter haben uns beschützt! Sie sind stark! Wir müssen die Deinen nicht fürchten!“

„Dein Glaube ist fest“, nickte Velent. Dann aber deutete er auf die drei, vier Opferschalen am Fuß der Steine des heiligen Rings. Die meisten waren mit Milch gefüllt. Auch ein paar kleine Kränze lehnten an den Findlingen. „Die waren gestern noch nicht da. Wer hat sie dorthin gestellt und warum?“

Swidger schwieg.

Zwei Hunde bellten in der Ferne und halfen ihm aus seiner Verlegenheit.

„Warum hast Du eigentlich immer noch keinen Hund?“, tat ihm Velent den Gefallen, das Thema zu wechseln. „Du wolltest doch immer einen …“

„Früher. Ja“, stimmte ihm der junge Chatte zu. „Aber ich denke mittlerweile, dass mir Männer folgen sollten und keine Hunde.“

„Gut gesprochen!", nickte ihm Velent anerkennend zu. Er schwieg für einen Moment und da ihm nichts Neues mehr einfiel, seufzte er kurz und meinte schließlich: „Tja, dann will ich mal los! Ich danke Dir nochmals! Für alles! Und hätte noch eine letzte Bitte ..."

„Was immer Du willst!", entgegnete Swidger ohne zu zögern. „Du weißt: Ich bin Dein Freund! Bis in den Tod!"

Velent nickte gerührt, besonders ob dieser letzten vier Worte, die ihn an früher erinnerten. Er zögerte kurz, dann meinte er: „Dann möchte ich Dich bitten, Dich vorerst auch weiterhin so gut um Adlan zu kümmern!" Wehmütig blickte er auf sein Pferd.

„Was?", entgegnete Swidger erstaunt. „Warum? Der Sommer ist vorbei! Deine Wettschuld getilgt!"

„Darum geht es nicht", erklärte sich der junge Ubier. „Wobei Du sicher sein kannst, dass ich nie wieder wetten werde in meinem Leben! Ich hätte mich nicht von Dir beschwatzen lassen dürfen!" Er lachte kurz. „Nein", fuhr er dann aber umgehend fort. „Es ist einfach zu gefährlich, mich mit Adlan in Mattiacum sehen zu lassen. Er ist so groß. Irgendeiner würde sich an ihn erinnern! Ganz sicher!"

„Aber ihn hast Du nicht gestohlen!", widersprach ihm Swidger kopfschüttelnd. „Er stand Dir zu!" Seine offene Hand wies auf den schwarzen Riesen.

Velent seufzte. Er wusste um das Rechtsempfinden der Chatten; aber er wusste auch, dass den Römern der Blutzoll nichts galt. Deshalb wechselte er lieber erneut das Thema. „Es ist kühler geworden!"

Swidger blickte zum Himmel und nickte. „Ja. Ich denke, es wird bald schneien."

Velent tat es ihm gleich und ergänzte: „Die Kinder werden sicher schon darauf warten, auf den Schilden zu rutschen."

„Ja, das werden sie wohl", lachte Swidger und erinnerte sich ihrer gemeinsamen, ausgelassenen Rutschpartien.

Velent sah es ihm an. „Das war schön damals!", meinte er leise.

„Ja, das war es!“, entgegnete Swidger.

„Dieses Jahr war bislang seltsam“, ergänzte Velent. „Zunächst war es so nass und nun ist es schon so lange recht trocken! Oder war es hier anders als an der Logana?“

„Nein“, entgegnete Swidger. „Es ist fast nur der Tau der Nacht, der die Weiden feucht hält. Ich kann mich nicht erinnern, dass wir es einmal so leicht hatten, an trocknes Laub für die Verschläge der Tiere zu kommen!“

Velent nickte. „Weißt Du noch, wie wir das Heu für Adlan geholt haben?“ Sein Blick fiel erneut wehmütig auf sein Pferd. „Im ersten Winter, in dem ich ihn hatte. Das war ein Winter!“

Swidgers Antwort klang beinahe vorwurfsvoll. „Du hast es geholt, das Heu!“, entgegnete er barsch. „Und es hätte Dir beinahe den Tod gebracht!“

„Das glaubst Du noch immer?“, fragte Velent erstaunt. „Das Heu war tadellos! Du hättest nicht draußen warten müssen, vor Heidnars Hof!“

„Du hättest ihn nicht betreten sollen!“, erwiderte der junge Chatte und spuckte erneut zu Boden. „Er war verflucht und ist es noch immer!“

Nun war es Velent, in dessen Stimme ein gewisser Vorwurf mitklang. „Ich habe dieses Heu gebraucht!“, hielt er dem Freund vor. „Für Adlan! Im Dorf wollte man mir ja keines mehr geben!“

„Vielleicht war es tadellos“, räumte Swidger ein. „Und doch haben die Götter Dich bestraft! Erinnere Dich, wie krank Du wurdest! Niemand betritt ungesühnt den Hof eines Verdammten!“ Er spuckte abermals zu Boden, wie er es immer tat, wenn er über etwas sprach, das Unheil versprach. „Vermutlich wärst Du gestorben, so wie seine Bewohner, wenn ich die Götter nicht wieder besänftigt hätte! Ich habe ihnen jeden Tag eine Schale mit Milch geopfert!“ Er deutete auf die Schalen an den Steinen, die Velent kurz zuvor erwähnt hatte.

„Dafür danke ich Dir noch einmal!“, räumte Velent kleinmütig ein.

Beide schwiegen einen Moment, dann aber schien es Swidger wichtig, eine Art Schlussstrich unter ihr kleines Streitgespräch zu ziehen. „Du gehst zu sorglos mit den Göttern um!“

Velent presste die Lippen zusammen. Ähnliche Vorwürfe hatte ihm seine Mutter schon immer gemacht. Und auch Degenar hatte sich ab und an eine ähnliche Bemerkung nicht verkneifen können, wenn er selbst ohne die übliche Ehrfurcht von den Göttern gesprochen oder sich nicht in der Pflicht gesehen hatte, ihnen ein Opfer zu erbringen, um ihnen zu danken oder sie milde zu stimmen. „Vielleicht habe ich die richtigen noch nicht gefunden", räumte er deshalb leise ein. „Oder *den* richtigen. Stell Dir vor: Menelaos, der Grieche, hat mir von einem Volk erzählt, weit im Südosten, das sich auf einen einzigen Gott verlässt ..."

„Nur einen?", entgegnete Swidger verächtlich. „Für alles? Pah! Wie soll er das schaffen? Und wie sich gegen alle anderen behaupten?"

Velent zuckte kurz mit den Schultern. „Ich weiß es nicht. Aber dafür hat er ihnen wohl genau gesagt, was sie zu tun haben. In allem."

„Was denn?"

„Ich erinnere mich nicht genau", erwiderte Velent. „Ich glaube, dass man niemandem einfach etwas wegnehmen darf. Zum Beispiel."

Swidger musste lachen. „Na, das wäre ja genau der richtige Gott für Dich!", hielt er dem jungen Ubier vor, der in seiner Kindheit noch weit weniger Achtung vor dem Eigentum anderer gezeigt hatte als er selbst.

Aber Velent hielt mit einem denkbar einfachen Satz dagegen. „Ich habe aufgehört damit, Swidger", erwiderte er sachlich.

„Aufgehört?" Swidger fiel es schwer, den Worten des Freundes Glauben zu schenken. „Du hast mir ein Säckchen Salz mitgebracht!"

„Das war der Rest", entgegnete Velent nachdenklich.

Erneut machte sich für eine Weile Stille breit. Bis Swidger noch einmal nachhakte: „Du hast also wirklich aufgehört?"

„Ja."

„Warum?", wollte der Chatte wissen.

„Keine Ahnung", erwiderte Velent. „Vielleicht, weil es nicht richtig war. Und ich niemanden in Bedrängnis bringen möchte."

Swidger schüttelte den Kopf: „Tse! – Wenn jemand nicht auf seine Sachen aufpasst, ist das allein seine Schuld!"

Velent verkniff sich ein Widerwort. „Was ist mit Deinen Rindern?", fragte er stattdessen lieber nach. „Wie viele sind es wieder?"

Anstatt zu antworten, verzog Swidger das Gesicht und stellte eine Gegenfrage: „Willst Du das Geld zurück, das Du mir geliehen hast? Ich habe es bald zusammen ..."

„Nein, nein! Das eilt nicht", wiegelte Velent ab. „Also: Wie viele sind es? Vier?"

„Fünf!", erwiderte Swidger stolz. „Fünf Stück!"

Velent nickte. „Und was würdest Du sagen, wenn sie Dir jemand nimmt?"

„Das wird sich niemand wagen!" Der Stolz in Swidgers Worten war nicht zu überhören. „Vielleicht sind es bald sogar sechs", ergänzte er rasch. „Marad von der Dylle schuldet mir noch eines! Er hat meinen Onkel Surin erschlagen. Er hat es zwar verdient, aber zu sühnen hat Marad es trotzdem! Aber vielleicht gebe ich ihm auch eines meiner Rinder. Wenn er mir dafür sein Schwert gibt! Das wäre mir noch lieber! Es soll einmal einem Krieger vom großen Meer gehört haben. Insofern wäre es wohl ein ‚besonderes' Schwert. Du erinnerst Dich doch noch an das, was mir Deine Mutter vorhergesagt hat ..."

Velent nickte und schränkte zugleich ein: „Es wäre vor allem ein teures, wenn Du mich fragst! Denn Du hättest es lernen können, ein Schwert selbst zu schmieden!"

„Wir haben es ja beide einmal gemeinsam versucht ...", hielt ihm Swidger nach einem erneuten Moment des Schweigens selbstbewusst entgegen. Zugleich klang er nun aber auch erneut ein wenig vorwurfsvoll. Aber Velent gelang es mit einem Lachen, diesen Eindruck zu vertreiben. „Es war ein recht kurzer Versuch! Dann sind wir auf dem Boden der Schmiede gelandet, um uns wild zu prügeln!"

„Es war allein Degenars Schuld!", ergänzte der zuweilen recht jähzornige Chatte. „Er hat es uns nicht gezeigt, wie es geht!"

„Vielleicht hätte er es noch!", gab Velent zu bedenken.

„Tja!", erwiderte Swidger nachdenklich. „Wie geht es ihm eigentlich? Ist er noch ... dort?"

„In Mattiacum? Ja!", erwiderte Velent.

Swidger schüttelte den Kopf. „Ich habe es nicht verstanden, warum er gegangen ist! Und ich habe es nicht verstanden, warum Du ihm gefolgt bist!"

Velent wich auch diesem Vorwurf aus. „Er hat viel zu tun in Mattiacum", entgegnete er in ruhigem Ton.

„Das hätte er hier auch!", unterbrach ihn Swidger. „Uns fehlt nun ein Schmied!"

„Nun", verteidigte Velent seinen Lehrmeister – und vielleicht auch ein wenig sich selbst, denn auch er selbst hatte den Steinring ja als recht guter Schmied verlassen. „Dann hättet Ihr auch ihn vielleicht ein bisschen besser behandeln sollen!"

„Niemand hat ihm etwas getan!", verteidigte Swidger sich und die Seinen.

Velent aber ließ diesen Einwand nicht gelten. „Es geht manchmal auch darum, was man *nicht* tut", hielt er dem Freund vor. „Er gehörte genauso wenig dazu wie ich!"

„Er hätte es, wenn er gewollt hätte", entgegnete Swidger etwas unbedacht.

„Im Gegensatz zu mir, meinst Du ...", deutete Velent die Antwort des Freundes.

„Das hab ich nicht gesagt!", erwiderte Swidger etwas kleinlaut. „Du weißt, dass ich immer für Dich da war!"

„Das warst Du!", nickte Velent dankbar, um schließlich Swidgers Ausgangsfrage doch noch zu beantworten. „Degenar arbeitet nun an einem Standbild. Augustus auf seinem Pferd. Es ist nicht kleiner als Adlan."

Swidger nickte. „Ich habe davon gehört." Er klang verärgert.

„Was hast Du?", fragte ihn Velent.

„Rom bricht sein Versprechen mit diesem Standbild", erwiderte der junge Chatte grimmig. „Nicht anders als sie es mit ihren seltsamen Heerzeichen schon längst tun! Ich habe sie auf dem Forum und in der Basilika gesehen! Sie beten sie an!“

Velent wusste, was Swidger meinte. Beim Bau des Marktes hatte der damalige Statthalter, Tiberius, den germanischen Stämmen versprochen, dass Rom dort mit Rücksicht auf das heilige Gräberfeld der Valkyrjen keinen anderen Göttern huldigen würde. „Diese Zeichen sind kein Gott. Genauso wenig wie Augustus ein Gott ist …“, entgegnete er deshalb in ruhigem Ton.

Swidger aber schüttelte den Kopf. „Warum bauen sie ihm dann ein Standbild?“, hakte er nach und ergänzte – nun deutlich interessierter als mürrisch: „Hast Du es gesehen? Ist es wirklich aus purem Gold?“

Velent lachte. „Nein! Es soll nur so aussehen! – Du musst es Dir ansehen, wenn es fertig ist!“

Swidger schwieg für einen Moment, dann erwiderte er vorwurfsvoll: „Muss ich das? Ich glaube, ich habe genug von dieser Stadt gesehen!“

Velent nickte, gleichzeitig meinte er: „Aber die Gräber vor Mattiacum hältst Du doch immer hoch …“

„Sie sind uns heilig!“, stimmte ihm der junge Chatte zu. „Aber was haben sie mit dem Standbild zu tun? Wenn sie es wagen, es in die Nähe der Gräber zu stellen, dann …“

„Keine Sorge!“, entgegnete Velent und hob beschwichtigend die Hände. „Es wird seinen Platz auf dem Forum finden. Aber am Abend vor seiner Weihe soll es einen Zug zu den Gräbern geben.“

Davon hatte Swidger offensichtlich noch nichts gehört. „Die Römer ziehen zu unseren Gräbern?“, fragte er verwundert nach.

„Nein!“, erwiderte Velent und begann zu erklären, was er gehört hatte: „Sie lassen Euch ziehen! Alle Stämme, die sie verehren. Hat Norwin Euch nichts davon gesagt? Ich habe ihn einige Male in Mattiacum gesehen!“

„Es wäre am besten für alle, wenn er für immer dort bliebe!“, entgegnete Swidger grimmig. „Nein, er hat nichts gesagt.“

„Nun, vielleicht wollte er warten, bis es wirklich sicher ist“, meinte Velent.

„Es ist also noch nicht entschieden?“, fragte Swidger verwundert.

„Nein!“, nickte der junge Ubier. „Nicht völlig.“

„Dann sollte es mich nicht wundern, wenn sie es sich noch einmal anders überlegen!“, erwiderte Swidger. „Die Römer haben uns schon mit Vielem zu ködern versucht, doch kaum ein Versprechen jemals gehalten! – Einen Zug zu den Gräbern? Nein! Das werden sie niemals gestatten!“

„Es war Menelaos’ Idee“, warf Velent ein. „Du erinnerst Dich doch an den Griechen …“

„Ja“, nickte Swidger. „Aber ist er nicht ein Sklave?“

Nun nickte Velent: „Ja.“

„Und sie lassen einen Sklaven bestimmen, was geschieht?“, fragte Swidger verwundert.

„Nein“, entgegnete Velent. „Aber man hört ihn oft an.“

„Also, gefiel seinem Herrn seine Idee“, schloss Swidger und stellte sogleich die naheliegende Frage: „Warum?“

Velent ließ sich mit seiner Antwort etwas Zeit. „Nun“, meinte er schließlich. „Ich denke, sie alle dort hoffen auf einen vollen Markt, auf volle Tavernen und Herbergen. Für den Moment und vielleicht auch für länger. Mattiacum bietet noch viel Platz. Vor allem für jene, nach denen es benannt wurde …“ Er wartete kurz, aber da Swidger nichts entgegnete, fuhr er schließlich fort: „Aber das muss Dich ja nicht stören! Für Dich ist zunächst einmal wichtig, dass Du zu den Gräbern der Heiligen ziehen kannst …“

„Ich lasse mich vor keinen Karren spannen!“, widersprach Swidger. „Weder von einem Römer, noch von seinem Sklaven! Ich gehe zu den Gräbern, wann es mir passt! Und wenn ich noch einmal einen Fuß in diese stinkende Stadt setze, sei sicher, ich werde ein Schwert in den Händen halten, um meinen Vater zu rächen, dem sie zum Verhängnis wurde!“

Velent trug sich kurz mit dem Gedanken, seinem aufgebrachten Freund ein Widerwort zu geben, war es doch ein ungeschriebenes Gesetz aller germanischen Stämme, auf dem Gräberfeld keine Waffen zu tragen. Dann aber fragte er leise: „Hast Du etwas von ihm gehört?“

„Ja und nein", entgegnete Swidger. „Ich war noch einmal am Rhenus. Im Sommer. In Bonna. Allein. Ich konnte ihn nicht finden. Aber man hat mir gesagt, dass er wohl einen neuen Herrn hat. Der alte sei tot. So kann ich meinen Schwur nicht einlösen, ihn zu richten." Er blickte betroffen und traurig zu Boden.

„Sein Tod entbindet Dich wohl von Deinem Schwur ...", mutmaßte der junge Ubier.

„Das sagst Du!", erwiderte Swidger. „Ich sehe es ein wenig anders. Aber zumindest ein Schwur bleibt mir. Wenn der Winter vorbei ist, breche ich erneut auf. Ich löse ihn ein! Von seinem neuen Herrn!"

„Hat er viele Sklaven?", hakte Velent nachdenklich nach.

Swidger nickte. „Wie ich hörte, ja. Ihm soll eine ganze Legion unterstehen!"

„Eine ganze Legion?!" Velent konnte seine Überraschung nicht verbergen. „Das kann ich mir kaum vorstellen!", fuhr er fort. „Trotzdem: Wenn er auch nur halb so bedeutend ist, kann es gut sein, dass man ihn zu der Weihe des Standbildes geladen hat ..."

„Das heißt", deutete Swidger Velents Vermutung, „mein Vater wird zurückkehren! Nach Mattiacum!"

Velent hob die Hände – „Das ist nicht sicher ..." –, aber zu entkräften vermochte er des jungen Chatten Zuversicht nun nicht mehr.

„Aber es könnte sein!", pochte Swidger auf die pure Möglichkeit, auf die Hoffnung, an die er sich hing.

„Ja", nickte Velent. „Möglich wäre es." Er seufzte, dann meinte er, indem er mit dem Kopf in Richtung des Dorfes wies: „Du solltest Deine Rinder verkaufen!"

Swidger verstand den Zusammenhang nicht. „Warum?", fragte er verwundert nach.

Velent erklärte sich umgehend: „Weil Du Geld brauchen wirst, um Deinen Vater freizukaufen! Außerdem könnten die Tiere krank werden oder weglaufen oder gestohlen werden. Und dann hättest Du nichts ..."

„Wer sollte es wagen?", entrüstete sich der Rotschopf.

Velent seufzte erneut. „Muss ich Dich wirklich an die Sugambrer erinnern! Die meisten von ihnen haben die Römer zwar längst vertrieben, aber es sind auch noch genügend von ihnen geblieben! Auch sie könnten Dir die Tiere nehmen – gerade jene von jenseits der Berge waren hier schon immer auf Beute aus.“

Swidger schwieg. Zu lange – wie Velent befand. Und die Antwort, die der Freund ihm schließlich gab, gefiel ihm auch nicht. „Das werden sie nicht“, entgegnete er kurz und bündig.

Velent legte den Kopf leicht zur Seite. „Habe ich etwas verpasst?“

„Vielleicht.“

„Sie haben das Dorf überfallen!“, wurde Velent nun etwas lauter. Seine Stimme klang geradezu vorwurfsvoll.

„Das ist lange her“, wiegelte Swidger ab.

„Sie haben es überfallen!“, entgegnete Velent entschieden, doch sein Gegenüber blieb ruhig: „Wir das ihre auch. Irgendwann.“

Velent gab nicht auf. „Swidger“, beschwörte er den Freund, „auf die Sugambrer ist kein Verlass!“

„Ihre Sippen haben Rom die Stirn geboten!“, wich Swidger aus. „Und etliche haben sich nicht fortjagen lassen!“

Velent schüttelte den Kopf. Gewöhnlich war er es, der in sich aufschaukelnden Gesprächen zwischen ihnen ruhig blieb, aber Swidgers Ruhe beunruhigte ihn irgendwie. Er zwang sich selbst, wieder leiser zu werden: „Mir gefällt nicht, wie Du redest.“

„Muss es ja nicht“, erwiderte der Chatte trotzig. „Aber immerhin rede ich. Früher hast Du Dich immer beschwert, wenn ich zugeschlagen habe, statt zu reden.“

„Das stimmt“, lenkte Velent ein, „aber …“

„Was aber?! Mit Sugambrern darf man das nicht? Reden?“

„Doch, aber …“

„Was?“

Velent überlegte, was er Swidger entgegen sollte. „Es kommt immer darauf an, was man sagt. Und wie man es sagt. Und wer mit wem spricht.“

„Nun, dieser Tage wird viel geredet“, holte Swidger aus. „An vielen Feuern. Bis hoch in den Norden, so sagt man. Und ein paar von uns haben auch mit ein paar von ihnen geredet. Ganz einfach. Die Jungen, die bald das Sagen haben werden. Eine Art Thing von morgen. Na, ja, fast.“ Er überlegte einen Moment, dann fischte er einen Reif aus einer Innentasche seines Umhangs und zeigte ihn Velent, als gelte es das Gesagte zu beweisen. „Mit ihm kann ich jederzeit zu den Sugambrern reisen! Zu jenen, die noch hinter den Bergen leben. Ohne jede Gefahr! Du wirst nicht erraten, wer ihn mir geschenkt hat!“

„Wie sollte ich auch?“, entgegnete Velent. „Ich kenne keinen einzigen Sugambrer.“

„Es war eine *Sie*!“, stellte Swidger umgehend fest und hob den Finger, um seiner Feststellung Nachdruck zu verleihen.

Velent hob fragend die Brauen.

Der junge Chatte ließ ihn einen Moment schmoren, erst dann gab er sein Geheimnis preis: „Wir haben sie einmal vor Mattiacum gesehen. Als sie aus dem Zelt einer der …“ Er zögerte kurz, bevor er weitersprach: „… der *Wäscherinnen* kam.“

„Seya!“, zischte Velent und nickte anerkennend. Dabei hörte er einfach darüber hinweg, wie sein Freund das Wort „Wäscherinnen“ betonte. Nämlich so, dass recht klar wurde, dass er es nach wie vor für eine Art Verschwendung hielt, wenn sich ein junges, pralles Weib einem anderen hingab. Ihm selbst war es gleich. Die junge Häuptlingstochter schien sich, soweit er gehört hatte, ohnehin nicht groß um die Meinung anderer zu scheren. Und auch nicht damit zu begnügen, was einem Weib gemeinhin zugestanden wurde. Ja, es hieß sogar, sie könne einst in die Fußstapfen ihres Vaters treten. Auf ihn, auf Ryktar, den Anführer der im Bergland verbliebenen Sugambrer, war er indes nicht gut zu sprechen, galt es doch als sicher, dass es seine Männer gewesen waren, die das Dorf am Steinring in den vergangenen Jahren gleich zweimal überfallen hatten.

„Weiß ihr Vater von Euren Gesprächen?", fragte er denn auch umgehend nach.

„Nein", entgegnete Swidger, ohne dabei kleinlaut zu werden.

Velent nickte. Dann trat er einen Schritt auf Swidger zu und betrachtete den Reif ein wenig genauer. „Eine hervorragende Arbeit", meinte er anerkennend. „Aufwendiger noch als der meine. Den muss ein wahrer Meister gemacht haben!"

„Nicht wahr?!", entgegnete Swidger stolz. „Schau Dir seine verschlungenen Linien an! Erinnern sie Dich nicht auch an einen Drachen?! Was für ein Zeichen!"

„Dann passt der Reif ja prächtig zu dem Drachen auf Deinem Arm!", erwiderte Velent anerkennend.

„Er ist Dir aufgefallen?" Swidger zog den Ärmel seines schlichten, grob gewebten Hemdes ein wenig zurück.

„Er ist ja nicht zu übersehen!", gab Velent zur Antwort.

Swidger raffte den Stoff trotzdem noch ein wenig weiter. „Schau, er reicht mir fast bis zur Schulter!"

Velent nickte erneut.

„Komm mit zu Ramgar!", fuhr Swidger fort. „Er ritzt Dir auch einen! Ich rede mit ihm. Du und ich, dasselbe Bild. Derselbe Drache! Was meinst Du?"

Velent unterdrückte ein leises Seufzen. „Vielleicht ein andermal!", entgegnete er ausweichend, ergänzte aber sogleich: „ Aber ich freue mich, dass Ihr Euch einig seid, dass Frieden herrschen soll. Zwischen Euch und den Sugambrern."

„Mit Hilfe der Götter!", stimmte ihm Swidger zu, während Velent ergänzte: „Und den Römern …"

Swidger indes tat, als ob er diese drei Worte nicht gehört hätte, weshalb ihn der junge Ubier schließlich kurz ermahnte: „Swidger!"

Der Angesprochene presste für einen Moment die Lippen aufeinander, dann aber konnte er sich ein Widerwort nicht verkneifen. „Wenn Du es unbedingt hören willst", entgegnete er grimmig. „Rom ist der Feind! Und Mattiacum ist die Stadt der Feinde!"

Velent seufzte. „Siehst Du, das meinte ich! Und Du wolltest mir weismachen, sogar Luna könne hier leben!"

„Das ist doch etwas anderes ...", widersprach Swidger, klang dabei aber nicht sonderlich überzeugend.

„Ist es das?", hakte der junge Ubier nach.

„... wenn sie an Deiner Seite wäre ...", entgegnete Swidger, aber Velent ließ diesen Einwand nicht gelten. „Dann wäre sie auf einmal keine Römerin mehr?", unterbrach er ihn vorwurfsvoll. „Seltsam: Ich war immer der ‚Ubi' – selbst nach Jahren." Er presste die Lippen aufeinander und schüttelte kurz den Kopf, erst dann fuhr er seufzend fort: „Swidger, in Mattiacum leben ganz normale Menschen! Matthen, Ubier und, ja, auch Römer! Aber keiner von ihnen will etwas von Euch! Nicht einmal die Legionäre sehen in Euch im Moment Feinde."

„Das ist ja das Schlimme!", entgegnete Swidger verbittert. „Sie nehmen uns nicht einmal mehr ernst!"

„Das stimmt nicht!", erwiderte Velent nachdenklich. „Sie behalten Euch schon im Auge. Aber mehr, weil sie Euch nicht einschätzen können."

Diese Antwort überraschte den jungen Chatten. „Sie haben Angst?", fragte er nach.

„Nein", entgegnete Velent. „So weit würde ich nicht gehen. Sie wissen genau, wie stark sie selbst sind."

„Dann sind sie zu feige, um uns anzugreifen!", schloss Swidger.

Velent seufzte erneut. Er hatte uns noch nie in einem Streitgespräch verteidigen müssen, doch nun merkte er, dass er kaum anders konnte. „Swidger", fuhr er fort, „das haben sie gar nicht vor! Niemand will Euch angreifen. Wenn ich eines unter den Menschen dort gelernt habe, dann, dass es ihnen fast immer nur ums Geld geht! Den Römern ganz besonders! Und einen Krieg zu führen, ist erst einmal teuer. Deshalb scheuen sie ihn!"

„Teuer?" Swidger wusste mit diesem Einwand schlicht nichts anzufangen. „Man kann Beute machen!"

„Das ist genau der Unterschied, Swidger!", begann Velent zu erklären. Und es überraschte ihn schließlich selbst, dass ein einziger Satz dafür ausreichen sollte. „Sie sehen hier keine Beute, die sie interessieren würde."

„Was ist mit unserem Vieh?", wollte Swidger wissen und deutete in Richtung des Dorfes.

Velent ließ diesen Einwand nicht gelten. „Swidger", setzte er neu an, „die Römer führen keine Kriege, um Rinder, Schafe oder Ziegen zu erbeuten. Sie nehmen sie mit, wenn sie ihnen in die Hände fallen. Ja, selbstverständlich. Auch Legionäre wollen verpflegt werden. Aber sie würden nicht allein ihretwegen losziehen!"

Swidger winkte verächtlich ab. Deshalb ergänzte er noch: „Swidger, sie denken anders."

„Wie anders?", fragte der Rotschopf beinahe vorwurfsvoll nach.

„Anders eben!", wiederholte sich Velent. „Irgendwie größer, langfristiger."

„Du redest schon wie einer von ihnen!", warf ihm Swidger vor. Er wandte sich ab und verschränkte die Arme vor der Brust.

„Das bin ich nicht", verteidigte sich der junge Ubier leise. Doch in der folgenden Stille war er sich nicht völlig sicher, ob Swidger mit dieser Behauptung nicht vielleicht doch zumindest etwas Recht hatte. Swidger indes nutzte die kurze Pause, um seine Gedanken zu sammeln.

„Du sagst, sie hätten kein Interesse an uns und unseren Tieren", fuhr er schließlich vorwurfsvoll fort. „Warum lassen sie uns dann nicht einfach in Ruhe? Sie kommen immer näher. Erst der Markt, dann die Felder und Höfe die Flußauen hinauf! Und ständig tauchen ihre Soldaten hier auf! Selbst jetzt noch, da der Winter beginnt!"

Velent seufzte erneut; dann meinte er: „Es gibt da einen neuen Praefekten in Mattiacum. Er ist …" Er suchte nach einem passenden Wort, Marcus zu beschreiben. „… ein bisschen … übereifrig – aber im Grunde nicht verkehrt!", schob er eilig nach.

„Du kennst ihn?", fragte Swidger verwundert.

Velent nickte. „Ja."

„Dann sag ihm: Er soll es lieber sein lassen!“, begann sich der Rotschopf in Rage zu reden. „Es ist unser Wald, den sie roden! Unsere Saat, die sie zertrampeln! Unser Wild, das sie verscheuchen mit ihrem schiefen Gesang!“ Er klang nun sehr bestimmt und war zudem deutlich lauter geworden. „Sag ihm: Dies ist unser Land!“

„Das haben die Bojer auch gedacht, bis die Sugambrer kamen“, hielt Velent ohne lange zu überlegen dagegen. „Und die Ubier, bis die Sueben kamen und schließlich ihr Chatten.“ Es war das erste Mal, dass er die Dorfbewohner so genannt hatte. Aber Swidger schien es überhört zu haben. Übel nahm er es Velent jedenfalls nicht, sah er diesen Namen, den wir den Seinen gegeben hatten, um sie vom einsichtigen Teil der Matthen unterscheiden zu können, doch längst als eine Art Auszeichnung an. Nein, die Gedanken des jungen Chatten waren vielmehr an einem der anderen Stammesnamen hängen geblieben.

„Vielleicht stimmt es, was Du sagst!“, gab er Velent schließlich sogar Recht, schränkte dieses Zugeständnis aber umgehend wieder ein. „Aber in einem Punkt auch wieder nicht!“

„Und der wäre?“, wollte Velent wissen.

„*Wir* können auch langfristig denken.“

Velent fiel es nicht schwer, eins und eins zusammenzuzählen. „Kommt nicht auf falsche Gedanken!“, warnte er den Freund. „Rom ist Euch über!“

„Ist das so?“, entgegnete Swidger kühl.

„Ja, das ist so!“, bestätigte Velent. Beinahe verzweifelt hob er die Arme. „Swidger! Wir haben doch beide schon genügend Legionäre gesehen! Hier, an der Logana und am Rhenus! Du weißt, wie geordnet sie kämpfen! Und welche Waffen sie haben!“

Aber Swidger ließ sich nicht beirren. „Wenn wir alle zusammenstehen“, setzte er an, sich zu erklären, „und die Sueben auch noch auf unsere Seite ziehen könnten, dann sind sie uns zahlenmäßig unterlegen!“

Velent schüttelte den Kopf: „Swidger, Ihr überlegt doch nicht ernsthaft …! Sie haben Reserven! Am Rhenus, am Moenus! Überall! Und es bedarf keiner langen Verhandlungen, um sie zu vereinen! Ein Wort reicht, und sie schieben ihre Truppen hin und her, wie sie sie brauchen!"

Swidger schwieg für einen gefährlich wirkenden Moment. Dann meinte er: „Und wenn sie sie nicht verschieben könnten ..."

Velent verstand nicht. „Wie meinst du das?"

„... weil sie gebunden wären", erläuterte der junge Chatte. „Andernorts ... Zum Beispiel im Osten."

Velent legte die Stirn in Falten, doch der Verdacht in ihm verdichtete sich rasch, und er hatte einen Namen: „Marbod! – Vergesst ihn!"

„Er ist ein großer König", erwiderte Swidger. „Mit riesiger Gefolgschaft!"

„Er hat seinen Stamm nicht ohne Grund nach Osten geführt!", entgegnete Velent. „Weg von hier! Fort von Rom!"

„Er ist erstarkt!", ließ Swidger nicht locker, aber auch Velent verteidigte seine Position: „Er hat sich zurückgezogen! Schon vor Jahren! Und ist nicht wiedergekehrt! Und das nicht ohne Grund!"

„Du verachtest ihn?!", schloss Swidger nach einer kurzen Atempause.

Velent schüttelte den Kopf – doch mehr nachdenklich, denn energisch oder verärgert. „Im Gegenteil", begann er, seinen Gedanken auf den Punkt zu bringen. „Er hat gut daran getan, einem Krieg mit Rom aus dem Weg zu gehen!"

„Nein!", entgegnete Swidger entschieden. „Das siehst Du falsch! Dieser Krieg findet statt! Jeden Tag, seit Rom hier ist! Und bis zu jenem, da es dieses Land wieder verlassen hat! Und es gibt nur einen Grund, warum Marbod sich Zeit lässt: um seine Truppen zu sammeln! In der Ferne!" Er holte kurz Luft, dann fuhr er fort: „Was sie zugleich vor der Schande bewahrt, im Angesicht Roms leben zu müssen!" Er spuckte auf den Boden, dann schaute er Velent fragend und zugleich herausfordernd an. „Weißt Du, dass ihm nicht nur viele Matthen, sondern auch etliche Ubier gefolgt sind? Und ich sage Dir auch, warum: Weil sie es am Ende nicht ertragen konnten, wie Dein Volk sich Rom blind ergeben hat! Marbod ist ein großer Krieger!"

„Ich wünsche ihm", entgegnete Velent unerschrocken, „dass er ein großer König bleibt. Und dass er nicht vergessen hat, dass man Kriege auch verlieren kann." Er pfiff Adlan zu sich und schwang sich – einen der flacheren Felsen am Rande des Ringes als Aufstieghilfe nutzend – auf den Rücken des Tieres.

„Leb wohl, Swidger! Und in Frieden!", verabschiedete er sich mit knappen Worten, die er, kurz bevor er schließlich lospreschte, noch kurz ergänzte: „Ich reite nur ein Stück und schick Dir Adlan dann zurück! Er wird den Weg nach Hause finden!"

Viel Zeit blieb dem jungen Chatten nicht, dem scheidenden Freund noch etwas hinterher zu rufen, doch fand er einen Gedanken, der Velent lange verfolgen sollte: „Und wann findest Du ihn, Velent? Den Weg nachhause? Wann kehrst Du heim?"

Was indes geblieben war – ich weiß es –, war Deine tiefe Verbundenheit zum Steinring. Und zu Adlan.

*

Velent genoss es sehr, in Richtung Mattiacum zu reiten.
Er und Adlan! Fast war es wie in vergangenen Zeiten!
Weiter und weiter, bis zur Logana ritt er den Rappen,
Um sich, da er ihn heimschickte, letztlich dabei zu ertappen,
Dass er Swidgers Abschiedsworte flüsterte: „Velent,
Wann kehrst Du heim?" Aus Freude ward Trauer. Nun war ihm elend.
Etwas tief in ihm wünschte sich, wieder am Steinring zu leben.
Und diese Stimme riet ihm bereits, was war, zu vergeben.

Aber erst durch den Schnee, der sich nun auf den Marktflecken legte,
Schenkte er ihr allmählich Gehör. Denn sein Anblick bewegte
Ihn. Wie wir im Sommer zuweilen die Städte verfluchen,
Und uns aufmachen, um die Kühle der Berge zu suchen,
So ersehnte sich Velent im Winter Ruhe und Frieden.
Etwas, das alle dort in Mattiacum offenbar mieden.
Alle wetterten stets nur. Über die göttlichen Launen.
Statt, wie er, das stille Weiß auch still zu bestaunen.

War es denn wirklich nötig, sich ständig des Schnees zu erwehren?
Ihn vom Forum zu tragen und von den Straßen zu kehren?
Gab es in diesem Marktort denn gar keine stillen Momente?
Ständig und überall war es hier laut, und dagegen stemmte
Sich Velents Seele nun. Sie sollte sich sträuben und winden,
Denn sie sehnte sich danach, ein ruhiges Fleckchen zu finden.

Ich durfte es im vergangenen Winter miterleben. Bevor wir nach Mattiacum kamen. Wie heilig Dir die Ruhe war, die der Schnee uns zu schenken vermag. Damals, in Deinem ersten Winter hier, hast Du diese Sehnsucht in Dir wohl entdeckt. Und sie – was mich rührt – wohl auch mit mir verbunden. War ich Dein Schnee? Ich möchte es glauben!

**

Bild V

8 Jahre vor Lunas Brief an Velent – am Ufer der Logana unweit von Mattiacum

„Ach, hier bist Du!"

Velent seufzte. Er stand am Ufer der Logana, blickte kurz zur Seite, nickte und rang sich ein schmales Lächeln ab. Er hatte längst gehört, wer sich ihm da genähert hatte. Marcus' Rüstung hatte ihn verraten. Gleichwohl der dicke, rote Mantel, den der Hauptmann der Schutztruppe Mattiacums gegen die Kälte trug, die Geräusche, die ihre wenigen metallenen Teile machten, weitgehend geschluckt hatte. Er blieb dicht vor Velent stehen. „Ich hab Dich überall gesucht", ergänzte er ein wenig außer Atem.

Velent nickte erneut und presste die Lippen aufeinander. Ihm war eigentlich nicht nach Reden zumute, trotzdem sah er sich schließlich genötigt, dem Freund irgendetwas zu entgegnen. „Wie hast Du mich gefunden?"

„Deine Spur im Schnee war nicht zu übersehen ...", erwiderte Marcus und deutete mit knapper Geste auf die schmale Furche, die indes – je weiter sie Mattiacum zustrebte – eher einer Naht glich, welche das alles bedeckende weiße Tuch um sie herum durchzog.

„Aber woher wusstest Du, dass es meine Spur war?"

„Weil jeder vernünftige Mensch, der zum Fluss will, bei dieser Witterung den Weg zum Hafen nimmt", deutete Marcus nun mit einer kurzen Kopfbewegung die Logana hinauf. „Was machst Du hier? Angeln oder Jagen jedenfalls nicht."

„Nein", stimmte ihm der junge Ubier leise zu. Den wahren Grund aber behielt er für sich. Auf dieser Höhe des träge seine Bahn ziehenden Flusses hatte er Luna im Vorjahr zum letzten Mal gesehen – wenngleich vom anderen Ufer aus. Sein Blick war Marcus' Wink gefolgt. Der kleine Hafen Mattiacums lag etwa eine halbe Meile flussaufwärts. In einer kleinen, geschwungenen

Rechtsbiegung, die die Logana hier machte. Kein Kahn lag an; kein Mensch war zu sehen, nicht einmal eine Wache. Die kleine Anlegestelle schien verwaist. Nicht anders als meine einsame Seele, seufzte Velent stumm.

„Du vermisst doch nicht etwa Livia?“, versuchte der junge Offizier, den betrübten Gesichtsausdruck des Freundes zu lesen.

„Livia?“, entgegnete Velent verwundert. „Ich wusste nicht einmal, dass sie fort ist.“

„Doch“, nickte Marcus bestimmt. „Ist sie. Gestern. Zu ihrem Vater. Zum Rhenus. In die Stadt der Ubier, die Stadt Deines Stammes. Soll sie da die Männer narren!“

Velent lachte, war es ihm doch nicht verborgen geblieben, dass sich Marcus anscheinend vergeblich um die Tochter des Legaten Postumus bemüht hatte. Er nickte dem groß gewachsenen Hauptmann aufmunternd zu. Dann meinte er: „Lass uns gehen! Es ist kalt.“

Marcus erwiderte Velents Nicken. Doch da der junge Ubier sich bereits umgedreht hatte, um denselben Weg zurück nach Mattiacum zu nehmen, den er gekommen war, hob der Hauptmann kurz die Hand, um ihn schließlich mit langem Arm aufzuhalten. Er deutete zum Hafen. „Lass uns am Ufer entlanggehen! Und schauen, wo die Wache steckt! Wenn sie wieder schläft, gibt es Ärger!“

„Gut“, stimmte ihm Velent einsilbig zu. An einem anderen Tag und in anderer Stimmung hätte er vermutlich versucht, besänftigend auf Marcus einzuwirken. Aber an diesem war er zu sehr mit sich selbst beschäftigt.

Wobei es Marcus – wie so häufig – rasch gelang, ihn auf andere Gedanken zu bringen.

„Livia war eine Schlange!“, ließ der Hauptmann seinem Unmut bereits nach wenigen Schritten freien Lauf.

„Eine Schlange?“ Velent schien das Bild nicht zuzusagen. „Vielleicht eher eine Katze!“

Marcus nickte beeindruckt. „Ein guter Vergleich. Ja, das trifft ihr Wesen vielleicht noch besser! Sie war wie ihr seltsames Tier! Unnahbar und falsch."

„Falsch?", stellte Velent die Aussage des Freundes sogleich in Frage. „Das würde ich nicht sagen. Ein wenig eitel, ja, aber nicht unbedingt falsch. Dafür aber elegant. Sie wussten sich beide zu bewegen. Sie und ihr Tier."

„Du musst es ja wissen!", hielt ihm Marcus vor.

„So?"

„Nun tu nicht so!" Der Hauptmann stieß ihn kurz an. „Livia hat im Zweifelsfall immer Deine Nähe gesucht! – Obwohl Ihr sicher keine gemeinsame Zukunft gehabt hättet, da Du ja leider immer noch keine Anstalten machst, das zu tun, was gut und richtig für Dich wäre: ein Römer zu werden!"

Velent verkniff sich zunächst ein Widerwort. Zu oft hatte Marcus bereits versucht, ihn für das Reich zu gewinnen. Aber da der junge Offizier den Blick nicht abreißen ließ, stellte er doch noch einmal klar: „Die Legion ist nichts für mich!" Zugleich wunderte er sich indes ein wenig über sich selbst. Denn er spürte, dass einer der Gründe, die er in diesem Zusammenhang für sich ausgemacht und gegenüber Marcus in früheren Gesprächen immer wieder und voller Überzeugung dargelegt hatte, trotz seines Besuches am Steinring, am Grab seiner Mutter, an Gewicht verloren hatte. Anders als früher schloss er die Legion nicht mehr allein deshalb aus, weil es ein Römer gewesen war, der seine Mutter erstochen hatte. Im Gegenteil. Er hielt es nun sogar für denkbar, dass er sich für ein Leben als Legionär entschieden hätte, wenn ihm das nur die vage Möglichkeit eröffnet hätte, dadurch irgendwann Luna für sich gewinnen zu können. Aber Luna war fort.

Er blickte noch einmal sehnsüchtig die Logana hinab.

Dass auch Marcus neben ihm in Gedanken versunken war, blieb ihm deshalb verborgen. War die Legion denn etwas für ihn selbst?, fragte sich der junge Hauptmann. Sein Vater hatte nie einen Zweifel daran gelassen, dass dies der Weg war, den er zu gehen hatte. Aber er selbst fühlte sich dieser Aufgabe zuweilen nicht gewachsen.

Sie näherten sich einer der wenigen Weiden am Ufer, in denen sich ein paar Raben niedergelassen hatten. Marcus bückte sich, nahm zwei Hände voll Schnee und begann bereits im erneuten Aufrichten damit, einen festen Ball aus ihnen zu formen. Da er ihn fertig geformt hatte und mit seiner Härte zufrieden war, warf er ihn auf die Vögel. Er verfehlte sie; trotzdem suchten sie lauthals krähend das Weite.

Velent legte die Stirn in Falten. Er blickte besorgt nach Osten. Aber das Gräberfeld der Valkyrien war zum Glück weit entfernt und schien zudem fast menschenleer. Unbedachte Taten wie diese waren es, die ihm Sorgen bereiteten. Kein Suebe, kein Matthe und schon gar kein Chatte hätte es gewagt, die als heilig geltenden Vögel aufzuscheuchen.

Was Swidger wohl machte?

„Stimmt es eigentlich“, überraschte er Marcus mit einer Frage, „dass die Chatten ihren Namen nach diesen Katzen bekommen haben? Es gibt hier doch kaum welche.“

„Das ist richtig“, stimmte ihm der Hauptmann nickend zu. „Aber in Mogontiacum sieht man sie schon häufiger. Und ich finde den Namen auch recht gut gewählt. Denn diese Chatten lassen sich auch nichts sagen! Egal wie zuvorkommend man sie behandelt. – Wobei wir wieder bei Livia wären.“

Velent stimmte in das Lachen des jungen Offiziers ein. „Aber sie brummt nicht so seltsam, wenn sie einem um die Beine streicht oder sich zur Ruhe legt.“

„Na, da scheint sich ja einer auszukennen!“, erwiderte Marcus und nickte beinahe bewundernd. „Und ich hatte gedacht, sie wüsste eher eine gut sitzende Uniform zu schätzen.“ Er streckte die Brust leicht nach vorn und fuhr mit beiden Händen langsam das gut geölte Braun seines leichten Lederpanzers hinab, bis seine Hände seinen Schritt erreicht hatten. „Und das, was sich darunter befindet, selbstverständlich.“

Diese Geste stand dem jungen Offizier nicht im Geringsten, war aber ein schönes Beispiel dafür, dass er sich in Velents Gegenwart getraute, aus seiner üblichen, nicht weniger aufgesetzten, überkorrekten Alltags-Rolle auszubrechen.

„Sicher hat sie sich nur deshalb nicht getraut, sich mir hinzugeben, weil ihr kennender Blick erkannt hat, was für ein gewaltiger Prügel sie erwartet hätte!“

Velent überlegte kurz, ob er überhaupt etwas erwidern sollte. Schließlich meinte er aber: „Eitel, berechnend, oberflächlich und hübsch – aber nicht unbedingt tugendhaft!“

Die Blicke der beiden Männer trafen sich, und beide mussten lachen, nicht zuletzt deshalb, weil Velent es geschickt offengelassen hatte, wen er mit seiner Aufzählung gemeint hatte: Livia, Marcus oder am Ende gar beide.

„Weißt Du eigentlich, welche Augenfarbe sie hatte?“, fragte Velent.

„Livia oder ihre Katze?“, entgegnete Marcus lachend, blieb ihm eine Antwort indes schuldig.

Velent schüttelte den Kopf und seufzte. Es grämte ihn entsetzlich, dass er nicht mit Gewissheit sagen konnte, welche Farbe Lunas Augen hatten. Wie ebenmäßig ihr Gesicht, wie rein ihre Haut und wie voll ihre Lippen waren, war ihm in unauslöschbarer Erinnerung geblieben, doch konnte er sich ihrer Augen nicht richtig erinnern. Er wusste, dass sie groß und strahlend waren, umrahmt von langen, dunklen Wimpern, doch das war alles.

Und noch etwas rührt mich, an das ich gerade denken muss: Wie sehr es Dich grämte, Dich nicht mehr an die Farbe meiner Augen erinnern zu können.

Velent schloss selbst kurz die Augen, im vergeblichen Versuch, Lunas Antlitz gewahr zu werden oder sich einen der raren Momente in Erinnerung zu rufen, die ihm mit ihr vergönnt gewesen waren.

Doch so oft hatten sich unsere Wege noch gar nicht gekreuzt! Warte, ich muss selbst nachzählen.

Da war unser erstes Treffen. Am Steinring. Als Du mir meine Kette geschenkt hast. – Warum hättest Du damals auf die Farbe der Augen jenes kleinen Mädchens im Wagen achten sollen?
Dann der unglückselige Tag, an dem mein Onkel Deine Mutter erschlug. – Du hattest anderes im Sinn!
In der folgenden Nacht in Mattiacum, als Du kamst, ihn zu erschlagen, doch ich Dich überzeugen konnte, Dich mit Adlan zu begnügen, war es zu dunkel gewesen.
Und jener Moment im Kahn in der Logana war zu kurz. Und ich stand zudem wohl in der tiefen Sonne.
Du konntest kaum wissen, welche Farbe meine Augen haben!

Nein, er konnte es wohl nicht wissen!

Kaum seltener fragte sich Velent übrigens, ob Luna ihre Kette noch trug – er bezweifelte es zuweilen. Ja, in dunklen Momenten bezweifelte er gar, dass sie sich überhaupt noch an ihn erinnerte.

Marcus' Stimme riss ihn aus seinen Gedanken. „Genau genommen", meinte der junge Offizier und legte dem Freund seinen Arm um die Schulter, „hast Du auch manchmal etwas von einer Katze!"

„Ich?", fragte Velent verwundert nach.

„Ja, sicher!", erwiderte Marcus noch immer gut gelaunt. „Und ich beneide Dich um diese Freiheit! Du kommst und gehst, wann Du willst. Triffst, wen Du willst und wo Du willst. Und machst auch sonst, wonach immer Dir ist."

„Tue ich das?", fragte Velent, verwundert über das Bild von ihm, das Marcus soeben umrissen hatte.

„Tust Du, ja!", entgegnete jener und verlor dabei sein Lachen. „Du weißt noch besser als ich, dass es vermutlich wahr war, was man Dir unlängst vorgeworfen hat: dass Du Salz gestohlen und mit ihm gehandelt hast! Ohne die fälligen Steuern zu zahlen! Das sind gleich zwei schwere Vergehen!"

„Ich wurde freigesprochen …"

„Ja, weil es da – wie Du Dich vielleicht noch erinnern kannst – zum Glück jemanden gab, der zwei Leumunde besorgt hat!“, erwiderte der Offizier. Doch anstatt den Freund, wie man es vielleicht erwarten würde, in jenem Moment verärgert aus seinem Arm zu entlassen, ward diese lockere Geste nun beinahe zum Klammergriff. Gleichzeitig hob er dabei mahnend, nein, vielmehr drohend den Finger und senkte die Stimme. „Ich habe sehr viel für Dich aufs Spiel gesetzt, mein Freund! Von Quirins Pferd, das Du ebenfalls gestohlen haben sollst, will ich gar nicht erst anfangen!“

Velent schwieg und entzog sich Marcus’ Arm.

„Sollte er davon Wind bekommen“, setzte jener indes davon unbeirrt fort, „werde ich meine schützende Hand nicht noch einmal über Dich halten können!“

„Deine … *‚schützende Hand’*?“, wiederholte Velent gereizt. „Du solltest Dir öfter mal zuhören, wie Du redest!“

„Lass uns nicht streiten, Velent!“, kam Marcus erneut auf ihn zu. Seine Stimme klang nun wieder warm und versöhnlich. „Ich wollte Dich doch nur warnen! Gerade *weil* ich Dein Freund bin und Du auf mich zählen kannst. Immer!“

Velent brauchte einen Moment, dann entgegnete er ein kurzes, versöhnliches „Danke“.

„Schon gut“, nickte Marcus und legte seinen Arm erneut um die Schulter des jungen Schmiedes. – Es war Velent eher unangenehm, doch wollte er Marcus nicht vor den Kopf stoßen. „Ganz nebenbei“, fuhr der Hauptmann fort, „jetzt, wo Livia weg ist. Gibt es da vielleicht noch eine andere? Sag es mir besser, bevor ich sie Dir wegschnappe, weil ich es nicht besser weiß!“

Velent seufzte kurz. Seine Antwort war leise, und wäre Marcus ein aufmerksamerer Zuhörer gewesen, dann hätte er die tiefe Traurigkeit vernommen, die sie tränkte. „Da musst Du Dir im Moment keine Gedanken machen.“

Sie hatten den Palisadenhalbkreis erreicht, der den Hafen umschloss. Seine äußeren Eichenpfähle reichten – wie beide Männer wussten – einen guten

Schritt in den Fluss hinein. Doch war es nicht zu erkennen, weil sich um sie herum eine Eisschicht gebildet hatte, die der Schnee als dankbare Unterlage angenommen hatte.

„Das Eis wird zu dünn sein!“, warnte Velent Marcus noch, da dieser im Begriff war, sich an den Palisaden vorbei auf das Hafengelände zu mogeln, da brach der rechte Fuß des Offiziers bereits ins Eis ein. Fluchend zog er ihn aus dem bitterkalten Nass: „Die Wache kann mich mal! Soll Pluto[36] sie sich holen! Ich schicke die Ablösung früher zu ihr. Und wenn sie sie schlafend antrifft, lasse ich sie auspeitschen! Und wenn die Ablösung mich anlügt, knöpfe ich sie mir beide vor! – Wir gehen zurück!“

Ohne Velents Antwort abzuwarten, stampfte Marcus los, dem Weg entgegen, der vom Hafen den sanften Hügel hinauf nach Mattiacum führte. „Ich habe noch genug Anderes zu tun!“

Velent überlegte kurz, ob er den Hauptmann darauf ansprechen sollte, welches Bild die meisten Menschen in und um den Marktort herum von ihm hatten. Genau genommen schien man ihn mehr zu fürchten, denn zu achten. Ja, am Steinring hassten ihn viele sogar. Doch er entschied sich dafür, ihm zunächst wortlos zu folgen.

Da sie indes den Hauptweg verließen, der sie zum westlichen Tor des Marktortes gebracht hätte, und auf den schmaleren, aber etwas steileren Weg zum Südtor wechselten, meinte er schließlich: „Du hast noch immer viel mit der Vorbereitung des Festtages zu tun, nicht wahr?“

„Mehr als mir lieb ist!“, grummelte der junge Offizier und schüttete seinem Freund schließlich sein Herz aus. „Ich dachte, dass Schwierigste sei es gewesen, sich auf einen Tag zu verständigen, an dem all die hochrangigen Gäste, die Quirin dabei haben möchte, es sich einrichten können, Mattiacum die Ehre zu geben. Aber – pah! – weit gefehlt! Noch fast nichts steht fest: Welche Opfer soll es geben? Und zu welcher Zeit? Wer darf eine Rede halten? Wer nicht? Und vor allem: In welcher Reihenfolge reden die Herren Redner? Wer wird wo untergebracht? Was gibt es zu trinken? Was zu essen? Wer macht es? Wer bringt es? Was ist bei Regen? Wie viele Legionäre brauche ich zusätzlich, um die Sicherheit gewährleisten zu können? – Nicht auszudenken, wenn hier etwas passieren sollte! Ich wäre für alle Zeiten geliefert! Außerdem wurden mir viel zu wenige Sklaven zugeteilt! Ich bräuchte gewiss noch einmal hundert, um zumindest die wichtigen Bauten noch fertigzustellen! Aber kosten darf das alles selbstverständlich gar nichts!"

„Meine Güte!", schüttelte Velent den Kopf. „In Deiner Haut möchte ich wahrlich nicht stecken!"

„Stell Dir vor", lachte Marcus verbittert, „es gab sogar schon Tage, da habe ich mir Quirin zurückgewünscht! Es ist nicht zu glauben! Aber es gibt im Moment so viel zu klären und abzusprechen, was ich alleine nicht entscheiden kann. Ich glaube, ich schicke mittlerweile fast jeden zweiten Tag einen Boten zu ihm nach Mogontiacum, wo er seinen feinen Hintern in irgendeiner warmen Quelle badet, während ich hier auch noch seine Arbeit zu erledigen habe!"

Quirin – der alte Groll stieg erneut in Velent auf. Sicher würde er zumindest zur Weihe des Standbildes nach Mattiacum zurückkehren. Velent hatte sich eigentlich vorgenommen, diesem Trubel zu entfliehen, aber nun überlegte er, ob er die Ankunft von Lunas Onkel abwarten und ihn erschlagen sollte. Oder sollte er ihn nicht viel eher erwürgen oder vergiften, auf dass er länger zu leiden hätte? Er war bereit, die Folgen zu tragen. Doch zugleich erwog er auch, falls er zu dem Schluss kommen sollte, es doch nicht selbst zu vermögen, sich auf die Suche nach einem Meuchler zu machen, um jenen zu richten, der ihm die einzigen beiden Menschen genommen hatte, die ihm etwas bedeutet hatten. Im Umfeld einer Taverne wie dem „Schwan" sollte es nicht allzu schwer sein, einen Mann dafür zu finden.

Sie hatten das Südtor Mattiacums erreicht. Die Wachen grüßten ihren Hauptmann, der sie zunächst mit knappen, herrischen Worten ob ihres – seiner Meinung nach – schlechten Zustandes ihrer Rüstungen rügte, sie dann hieß, einige Bettler und Krüppel zu verscheuchen, die sich unweit des Tores niedergelassen hatten – was Velent nicht nur kopfschüttelnd rügte –, um sich sodann einen Beutel aushändigen zu lassen, den er ihnen beim Verlassen der Stadt zur Aufbewahrung übergeben hatte.

„Meine Maske", erklärte Marcus und ließ Velent kurz in den Beutel schauen. „Ich wollte sie Degenar bringen. Sie hat einen Riss. Er soll sie richten. Meinst Du, er steckt mal wieder im ‚Schwan'?"

„Das würde mich zumindest nicht wundern!", erwiderte Velent und bog, dem Freund folgend, hinter dem Südtor nach rechts ins ubische Viertel ab. „Aber ich würde das vielleicht auch hinbekommen. Falls Degenar keine Zeit hat!"

„Weißt Du was", entgegnete Marcus. „Mir ist es letztlich gleich. Sprich Du es mit Degenar ab! Dann könnte ich noch zum Forum gehen. Ich wollte längst mal wieder nach den Gewichten der Händler schauen."

Ohne Velents Antwort auch nur abzuwarten, reichte der Hauptmann dem jungen Ubier den Beutel, nickte ihm kurz zum Abschied zu und drehte sich um, um zurück zur Hauptstraße und von dort zum Forum zu eilen.

Velent blieb einen Augenblick lang kopfschüttelnd stehen, dann verstaute er die Maske wieder in ihrem Beutel und setzte seinen Weg zum „Schwan" fort.

Die Taverne war rasch erreicht und gut gefüllt, was zum einen an der Kälte draußen und zum anderen daran lag, dass es kurz vor Mittag war. Im „Schwan" gab es – wie Du ja längst weißt – einen guten und preisgünstigen Eintopf.

Velent hatte ihn bereits vor der Tür gerochen. Auch er hatte Hunger. Wichtiger war es ihm indes, Degenar zu finden. Und er fand ihn, recht leicht sogar. Der hünenhafte Schmied hockte mit Menelaos auf einer Bank unweit des Eingangs – ihrer Haltung und ihrem Mienenspiel nach zu urteilen bereits seit geraumer Zeit. Auf ihrem Tisch standen, neben Krug und Bechern, zwei flache, gut ausgelöffelte Schüsseln sowie die übliche kleine Öllampe. Die beiden Alten schienen sich gut zu unterhalten. Trotzdem erkannten sie den jungen Ubier sofort und riefen ihn zu sich.

„Velent, mein Junge!", lallte Degenar, und Menelaos versuchte sich in seiner Freude mit schwerer Zunge gar im Reimen – er kam jedoch nicht weit:

„Velent, Blüte der Stadt, Zierde der Welt – Hoffnung und … na ja. – Schön, dass Du da bist! Wir haben eben noch von Dir gesprochen! Ich hab Dich ja noch gar nicht gesehen, seit Du vom Steinring zurück bist! Setz Dich zu uns!"

Das Licht im „Schwan" war allenfalls schummrig. Dass zwei der Gäste, die in der nächsten Ecke zusammenhockten, beim Stichwort „Steinring" hellhörig geworden waren und sich kurz gegenseitig angestupst hatten, war Velent beim Blick auf den Griechen verborgen geblieben.

„Ja, ja, der gute alte Steinring", meinte Degenar schwermütig und klopfte Velent, da er sich einen Schemel gegriffen und sich zu den beiden Männern gesetzt hatte, freundschaftlich auf den Arm.

„Weißt Du, dass dieser alte Mann da", ergänzte Menelaos und deutete auf Degenar, „dass er – und ich übrigens auch –, dass wir Dich, … also, vermisst haben. Es liegt in der Natur der Sache, dass man Dinge erst dann richtig vermisst, wenn man sie vermisst. Verstehst Du?"

„Schon in Ordnung!", nickte Velent wohlwollend.

„Hallo, Velent, schön Dich zu sehen!", hieß ihn eine Stimme, sich kurz zur Seite zu wenden. Gaela war an ihren Tisch getreten. Sie trug wie so oft ein hellgrünes Kleid. Nun aber mit einer langen, braunen Schürze darüber. Zumindest auf Velent wirkte sie ein wenig blass und müde. Dennoch lächelte sie ihn freundlich an: „Möchtest Du etwas trinken?" Ihre Hüfte berührte seinen Arm.

„Ich weiß nicht recht", entgegnete Velent ein wenig unschlüssig. „Eigentlich hatte ich nicht vor, allzu lange zu bleiben."

Die junge Frau neigte den Kopf leicht zur Seite. Sie hob langsam und fragend die Brauen, pustete sich sanft eine rote Locke aus dem Gesicht und ließ gekonnt die Stille für sich wirken. Und ihr Lächeln, dessen Wirkung sie sich sehr bewusst zu sein schien. Velent erlag ihm nach kurzer Gegenwehr. „Einen … Becher Wein. … Vielleicht", stammelte er. „Und etwas Brei."

„Gerne", erwiderte die hübsche, junge Frau und sammelte auch gleich noch die Becher und Schüsseln ihrer beiden Stammgäste ein. „Euch muss ich ja nicht weiter fragen. Ein Bier, ein Wein. Richtig?"

Ein kurzes „Richtig!“ des Griechen entließ sie zurück in Richtung des Ausschanks.

„Sie hat viel zu tun!“, stellte Degenar fest. „Aber ich könnte sie fragen, ob sie gleich noch ein wenig für uns singt! Was meinst Du, Velent?“

„Von mir aus, gerne“, entgegnete der junge Ubier. Dies war eine Antwort, die der Grieche mit einem zufriedenen Nicken bedachte. Zugleich fragte er nach kurzer Pause: „Ist denn im Dorf am Steinring auch alles in Ordnung?“ Seine Augen waren glasig, seine Lider schwer. Nicht anders als die des Schmiedes, der die Frage um eine weitere ergänzte: „Auch am Grab Deiner Mutter?“

„Ay“, nickte Velent, obwohl er sich sicher war, Degenar diese Frage seit seiner Rückkehr bereits mehrfach beantwortet zu haben.

„Gut!“, erwiderte Degenar seufzend – wobei ihm der Kopf beim Nicken etwas zu tief wegsackte. Er verdrehte leicht die Augen, fing sich aber nach einem Moment wieder. „Wir sitzen hier schon eine Weile, weißt Du?!“

„Habe ich mir gedacht, ja.“

„Gut!“, wiederholte sich der Hüne – wobei er nun peinlich genau darauf achtete, seinen Kopf unter Kontrolle zu behalten. Das ließ den sonst vor Kraft nur so strotzenden Koloss recht unbeholfen wirken. „Wir haben über eine Idee gesprochen. Eine Idee von unserem guten Freund hier. Menelaos. Er findet, Mattiacum könnte ein Bäderhaus vertragen. Hinter der Basilika. Was hältst Du davon?“

„Ein Bäderhaus?“, wunderte sich Velent. „Tja, warum nicht? Ich habe nur Gutes über solche Häuser gehört.“

Gaela kam zurück. Sie stellte ihr Brett auf den Tisch und verteilte die Bestellungen. Dann meinte sie freundlich: „Ich weiß nicht, an welche Götter Du glaubst, Velent, aber: Sie mögen immer mit Dir sein und dafür Sorge tragen, dass es Dir nie an etwas fehlt!“

„Mir fehlt heute ein wenig die Würze in Eurem Bier!“, stänkerte Degenar, der sich gleich einen ersten kräftigen Schluck aus seinem Becher gegönnt hatte. „Es wird mit jedem Becher dünner!“ Aber Gaela hörte über seinen Vorwurf einfach hinweg.

Nicht anders als Menelaos. „Das ist das Einzige, was mich an Euch Ubiern stört“, wand er ein. „Dass Ihr selbst nicht mehr wisst, an wen Ihr glauben sollt. Der eine so, der andere so!“

„Nun, ich werde mich dazu gerne in Kürze mit Velent austauschen“, entgegnete Gaela ebenso freundlich wie geschickt. Dann drehte sie sich um und ging erneut zurück in Richtung des Ausschanks.

Alle drei schauten ihr hinterher und sahen, wie einer der beiden Männer aus der Ecke sie nun kurz zu sich winkte. Er hatte rote Haare wie sie. Velent schien es, als ob die beiden über sie sprachen, schauten sie doch während ihrer kurzen Unterhaltung ein paar Mal zu ihnen hinüber.

„Der Rote heißt Arpar und führt sie“, stellte Menelaos einmal mehr unter Beweis, wie gut er stets informiert war, wer sich gerade in der Stadt aufhielt. Er hob seinen Becher, prostete Degenar und Velent zu, wartete ihren Gruß ab und gönnte sich nun auch einen Schluck.

„Es sind zwei Chatten. Aus Mattium!“, ergänzte Degenar – er hatte sich mit Menelaos längst über die beiden Männer unterhalten.

„Aus Mattium?“, flüsterte Velent und blickte erneut zu ihnen hinüber. Er war bislang nie die Logana hinauf gewandert oder geritten und kannte das Stammland der Matthen nur vom Hörensagen. Aber es war ein offenes Geheimnis, dass die meisten Menschen dort keine Freunde des Reiches waren. „Was wollen sie hier?“

„Unruhe stiften“, entgegnete Menelaos seufzend. „Und noch mehr Matthen zu Chatten machen.“

„Aber gesucht werden sie wohl kaum“, ergänzte Velent leise. „Sonst hätten sie sich wohl eher für das Hinterzimmer entschieden.“

„Möglich!“, erwiderte der Grieche und auch Degenar nickte kurz. „Schlauer Bursche!“

Da Gaela sich nun vom Tisch in der Ecke wieder löste, warf sie zunächst Velent und dann auch Degenar und Menelaos ein freundliches Lächeln zu. Der Grieche schüttelte kurz den Kopf.

„Manchmal frage ich mich", seufzte er und brachte seinen Gedanken mit schwerer Zunge zu Ende, „ob diese jungen Dinger immer so freundlich sind oder es nur sein müssen, weil sie immer weniger verdienen. Das ist schlimm! Sie bekommen fast nichts! Glaubt mir, schnappt sich alles dieser nimmersatte Quiris, ich meine: Quirin! Obwohl er kaum noch hier ist! Ich kenne die Abrechnungen! Alle!"

Auch Degenar schien sich jetzt nicht weiter für die beiden Chatten zu interessieren – und auch nicht für Gaela, die im Hinterzimmer verschwand –, stattdessen deutete er kurz auf den Beutel unter Velents Schemel: „Was hast Du eigentlich da drin, Junge?"

„Eine Maske. Marcus' Maske." Velent holte das passgenau geformte Blech aus dem kleinen Leinensack. „Sie ist gerissen. Er fragt, ob sie einer von uns beiden reparieren könnte. Ich würde es gerne versuchen …"

„Erlaubnis erteilt!", nickte der Schmied. „Wobei …", er hob die Hand. „Moment! Gib mal her!"

Er nahm Velent die Maske ab und begutachtete sie kurz. „Nein, das Blech ist es kaum wert! Es würde nur immer wieder reißen." Er gab sie Velent zurück und meinte: „Mach ihm besser gleich eine neue! Wenn Du meinst, dass er sie verdient hat."

„Eine neue?", wiederholte Velent. „Ich weiß nicht, ob ich das schon kann." Unsicher betrachtete er das dünne Blech, das Marcus' Gesicht grob nachempfunden war. „Die vielen Wellen, die Schlitze und Löcher …"

„Das kriegst Du hin! Sei Dir da mal sicher!", beruhigte ihn sein Lehrmeister.

„Dann versuch es!", ermutigte ihn der Grieche und gönnte sich einen weiteren Schluck.

„Und mach die neue dünner, wenn Du schon dabei bist", ergänzte Degenar. „Diese hier ist viel zu schwer!"

„Noch dünner?“ Velent blickte unschlüssig auf die Maske. „Dann reißt sie ja noch leichter!“

„Nicht, wenn Du das richtige Eisen nimmst!“, entgegnete Degenar und griff nun seinerseits erneut zum Becher. Dann ergänzte er in Velents fragenden Blick. „Menelaos hat mir gestern einen alten Helm gegeben. Wenn ich das richtig sehe, ist er aus hispanischem Eisen! Es gibt kein Besseres! Ich schenke ihn Dir. Wenn unser Grieche nichts dagegen hat.“

„Warum sollte ich?“, zeigte sich Menelaos verwundert.

„Nun, weil man Geschenke nicht gleich weiterverschenken sollte“, erklärte sich der Schmied.

„Kein Problem!“, wiegelte der Grieche ab. „Es sollte nur eine Erinnerung an alte Tage sein. Und gleichzeitig der sichtbare Beweis dafür, dass sie ein für allemal vorbei sind. Denn der Helm sah übel aus, wenn Ihr mich fragt. Aber wenn Velent ihn irgendwie gebrauchen kann, bitte!“

„Also, abgemacht!“, nickte Degenar zufrieden.

Menelaos tat es ihm gleich. „Sehr gut!“ Er leerte seinen Becher und stand seufzend auf. „Ich muss dann leider auch. – Gaela, schreib alles auf!“, rief er laut in Richtung der hübschen Ubierin, die schon wieder mit einigen Bechern im Schankraum unterwegs war.

Aber Degenar übertönte ihn sogleich: „Nichts da! Das geht auf mich! Ich bezahle gleich alles zusammen!“

Menelaos nickte kurz und hob die Hand: „Verbindlichsten Dank! Das nächste Mal bin ich dann wieder dran!“ Für einen Moment stand er einfach leicht schwankend im Raum und blickte ins Nichts. Dann schaute er noch einmal kurz zu den Chatten hinüber, um sich schließlich ein letztes Mal Degenar und Velent zuzuwenden. Mit leicht gesenktem Kopf und beinahe schon verschwörerisch gesenkter Stimme verabschiedete er sich: „Häuptling! – Sohn!“ Dann wankte er zur Tür und verließ den „Schwan“.

„Er hat zu viel getrunken!“, wiegelte der Schmied zunächst ab, da Velent ihn fragend anschaute. Dann jedoch ergänzte er schließlich mit einem tiefen

Seufzer: „Ein anderes Mal! Vielleicht! Dazu sollte ich, denke ich, nüchtern sein. Und das bin ich nicht. – Lass uns noch ein letztes Bier trinken und dann heimgehen."

*

„Heimgehen". Während Velent Degenar stützte und führte,
Sann er grübelnd darüber nach, welchem Ort es gebührte,
Dass er selbst ihn aufrichtig ‚Heim' nennen konnte und wollte.
Bis ihn – zurück in der Schmiede – die Örtlichkeit ablenken sollte.

Nahe der Esse fühlte sich Velent schon immer zufrieden.
Also begann er nun, Marcus' neue Maske zu schmieden.
Dass dies recht leicht ging, lag an besagtem Helm. Denn sein Eisen
War von besonderer Güte. Das sollte sich zügig erweisen.
Schon beim Treiben des Bleches konnte Velent es spüren.
Ja, es war eine wahrhafte Wonne, den Hammer zu führen.

Schließlich galt es, das Blech – durch geschicktes Stanzen und Drehen –
Noch mit Schlitzen für Augen, Nase und Mund zu versehen.
Was ihre Lage anging – besonders mit Blick auf die Augen –,
Konnte die alte Maske als hilfreiche Vorlage taugen.
Selbst das oft schwere Polieren sollte zum Abschluss gelingen.
Velent vermochte die Maske recht leicht zum Glänzen zu bringen.

Marcus war dankbar, doch fand er kaum Zeit, ihr Beachtung zu schenken.
Schließlich obliege es ihm, die Geschicke des Marktorts zu lenken.
Velent versuchte, es Marcus nicht weiter übel zu nehmen.
Doch ein wenig sollte der Ubier sich sicherlich grämen.

Schwermütig sah man ihn deshalb bald wieder am Flussufer stehen.
Letztlich bereit, seine Sachen zu packen und einfach zu gehen.
Velent gefiel es, unter und mit uns Römern zu leben,
Doch sein Herz schien nach mehr als nach Recht und Freiheit zu streben.

Mehr denn je war es einsam und sollte Luna gedenken.
Würden die Götter ihm doch nur einen Tag mit ihr schenken!
Eine Stunde nur! Oder einen Moment mit ihr gönnen!
Schneeflächen schweigend betrachten. Luna würde es können!

Doch ich bleibe dabei: Ich könnte es Dir nicht verübeln, wenn Du denn auch nach anderen geschaut haben magst!
Aber zugleich bin ich sicherlich gut beraten, mich schöner Dinge zu erinnern – wenn ich denn etwa Deine Sehnsucht so nennen darf.

Doch was nutzt es, besann sich Velent, wenn ich nur traure,
Dass sie nicht mein ist und sein wird, und wenn ich mein Schicksal bedaure?
Nichts! Es ist an mir, meine Liebe zu ihr zu beweisen!
Deshalb erwog er alsbald, nach Mogontiacum zu reisen.

Gleichwohl Deine Sehnsucht nicht so übermächtig wurde, zum Moenus zu kommen.
War es tatsächlich Deine Mutter, die Dir von jener Reise abgeraten hat? Ich möchte es nicht in Abrede stellen. Und wenn es so war, tat sie sicherlich gut daran. Du warst noch so jung und der Weg war so weit und gefährlich!

Doch wie dem Schmiede sollte auch Velent Belana erscheinen.
Unter den Waschweibern saß sie am Fluss und wusch Wolle und Leinen.
Aber keine der Frauen schien sie dabei zu beachten.
Er allein sah sie, und während die anderen tratschten und lachten,
Seufzte sie stumm, und Tränen rannen ihr über die Wangen.
Worte waren nicht nötig. Auch so verstand er ihr Bangen.
Unmissverständlich bat sie ihn, nicht nach Süden zu gehen.
Nickte, stieg in den Fluss und war kurz darauf nicht mehr zu sehen.

Denn noch während sie ging, begann es heftig zu schneien.
Neben den Flocken stoben die Weiber – sie unter Schreien –
Wild durcheinander, klaubten Wäsche und Körbe zusammen,
Um auf dem Heimweg das Weiß mit Flüchen bedacht zu verdammen.

Dann kehrte Stille ein. Jene, die Velent vom Steinringe kannte.
Nun war er es, der weinte. Weil ihn der Moment übermannte.
Und er ihn hieß, auch die vage Hoffnung zu Grabe zu tragen,
Luna bald wieder zu sehen. Dies sollte arg an ihm nagen.
Gleichzeitig war seiner Mutter Erscheinen für Velent ein Zeichen.
Drum ging er nordwärts und sollte den Steinring sicher erreichen.
Schon unterwegs genoss er es sehr, in die Stille zu lauschen:
Flüsterndes Knistern, Knirschen, Krächzen, Heulen und Rauschen!

Auch am Steinring ging ihm das Herz auf. Wie Swidger sich freute!
Selig gab jener ihm Adlan zurück und Velent bereute
Anfangs nicht einen einzigen Tag! Zu schön war das Reiten!
Wie in den besten Momenten längst vergangener Zeiten.
Auch das Angeln mit Swidger war herrlich. Und mehr noch das Jagen.
Einzig die Stunden im Dorfe ließen ihn häufig verzagen.
Denn nicht wenige Blicke gaben ihm hier zu verstehen:
Bleib in Degenars Schmiede! Im Dorf will keiner Dich sehen!

Nun aber bist Du auf dem Weg. Älter zwar, doch umso weiter ist wohl die Strecke. Noch dazu führt sie fort von mir. Und dürfte noch weit gefährlicher sein als der Weg zu mir nach Mogontiacum gewesen wäre. Ich mag gar nicht daran denken, was alles geschehen könnte. Vielleicht schon geschehen ist. Und alles für Swidger. Verzeih mir die Frage, aber: Ist er es wert?

**

Bild VI

8 Jahre vor Lunas Brief an Velent – in Degenars Schmiede unweit des Steinrings

„Was machst Du hier?“

Es war ein helles, feines Geräusch, das Swidger schon einige Schritte vor Degenars Schmiede verraten hatte, dass er Velent gefunden hatte. Durch deren halb geöffnete Türe sah er ihn schließlich. Der junge Ubier stand am Amboss, eine Zange in der einen, einen kleinen Hammer in der anderen Hand, den er – tief gebeugt – nun erneut ein paar Mal auf ein Geflecht aus kleinen Ringen niederfahren ließ. „Draußen scheint die Sonne!“, ergänzte der junge Chatte. „Es gibt frische Fährten im Schnee. Lass uns Jagen gehen! Oder Reiten. Adlan würde es sicher freuen ...“

Er blickte durch die Lücken des Flechtwerks hindurch, das die Schmiede vom Stall trennte und erahnte dort den massigen, dunklen Körper des Hengstes, um den er sich den Sommer über gekümmert hatte.

Velent folgte seinem Blick kurz. Trotzdem entgegnete er schließlich beinahe unbeteiligt: „Ich habe noch zu tun.“ Und setzte seine Arbeit fort.

„Norwins Eisenhemd richten?“, erwiderte Swidger. Mittlerweile hatten sich seine Augen an die Lichtverhältnisse im Inneren der warmen Schmiede gewöhnt. Umso vorwurfsvoller klang seine Stimme. „Du hättest es ablehnen sollen, für diesen Hund zu arbeiten! Wozu braucht er ein Hemd aus eisernen Ringen? Damit es ihm leichter fällt, zu Boden zu sinken, um vor Rom zu kriechen? Es sollte mich nicht wundern, wenn er das Geld dafür von ihnen bekommen hat. Von seinen Rindern fehlt jedenfalls keines!“

Velent seufzte, richtete sich auf und suchte Swidgers Blick. „Er ist Euer Anführer!“, hielt er dem Rotschopf vor, um schließlich – nun mehr erläuternd, denn tadelnd – zu ergänzen: „Und er zahlt gutes Geld.“

Damit aber hatte er gleich das zweite Fass aufgemacht, dessen Inhalt Swidger noch nie geschmeckt hatte. „Geld?“, entgegnete der junge Chatte gereizt. „Was brauchst Du hier am Steinring Geld? Alles, was Du brauchst, kannst Du tauschen!“

„So?“, erwiderte Velent verbittert und legte Hammer und Zange ab. „Wer tauscht denn mit mir? So gut wie keiner! Ich wollte Tuch von Lewins Mutter. Hab ich es bekommen? Nein! Die Körbe hier sind alle hin. War Asgar bereit, mir auch nur einen neuen zu geben? Nein! Man gibt mir nicht mal die Eimer mit der Pisse – egal, was ich biete!“

„Die Weiber werden färben wollen …“ Swidger wusste, das sein Erklärungsversuch nichts taugte, aber unwidersprochen wollte er Velents Worte auch nicht lassen.

„Es sind nicht die Weiber!“, fiel ihm der Freund sofort ins Wort. „Sie sind es nicht, die sich jedem Tausch in den Weg stellen! Es sind ihre Männer und Söhne!“

„Ich kann mit ihnen reden!“, schlug der junge Chatte umgehend vor. „Sie hören auf mich. Oder sag mir einfach, was Du brauchst! Mir geben sie alles. Und dann gebe ich es Dir.“

Velent aber schüttelte den Kopf. „Was ändert das denn?“

„Du bekämst, was Du brauchst …“, erwiderte Swidger.

„Was ich brauche?“, entgegnete Velent noch immer verbittert. „Soll ich Dir sagen, was ich brauche? – Ach, vergiss es!“

Missmutig griff der junge Ubier erneut zum Hammer. Doch bereits nach wenigen Schlägen schleuderte er ihn unzufrieden auf die breite Esse in seinem Rücken. Das feine Werkzeug rutschte über ihre Steine bis hinein in das kleine Feuer, das die Schmiede heizte. Seufzend ging Swidger zur Esse und zog ihn ein Stück zurück.

Für eine Weile schwiegen die Freunde, dann meinte der junge Chatte in versöhnlichem Ton: „Die Scheibe zum Töpfern ist übrigens gut. Soll ich Dir von Lykke ausrichten.“

„Schön zu hören", erwiderte Velent. „In anderen Häusern hat man sie offenbar zertrümmert."

Davon hatte Swidger gehört. „Du musst die Menschen hier verstehen …", versuchte er Iwo und Erar in Schutz zu nehmen, die er zu Recht in Verdacht hatte, sich gegen die neuen Töpferscheiben zur Wehr gesetzt zu haben. Aber Velent ließ das nicht gelten. „Was ist so schlimm an einer Scheibe, mit der man schneller und viel besser töpfern kann?", entgegnete der junge Ubier vorwurfsvoll. „Was so schlimm an meinem Vorschlag, einen Kanal durchs Dorf zu graben, um den Dreck wegzuspülen? Was habt Ihr gegen gutes Obst und Saatgut?"

„Nichts!", erwiderte Swidger. „Aber die Frage ist doch, wann und wo das alles aufhört! Was kommt als Nächstes? Dass wir Wein anbauen oder unsere Kinder Latein lernen?"

„Warum nicht?"

„Weil sie es nicht brauchen!", fuhr Swidger auf Velents kurzen Einwand fort. Er stieß sich von der Esse ab und ging einen Schritt auf Velent zu. „Weil wir Rom nicht brauchen! Denk daran, was die Römer aus meinem Vater gemacht haben! Und, was mit Deiner Mutter!"

„Das war *ein* Mann und nicht Rom", entgegnete Velent entschieden und doch ruhig. Er hielt dem gereizten Blick des Freundes so lange wie nötig stand, um schließlich, da er ihn an ihm vorbei ins Freie gleiten ließ, zu ergänzen: „Und es hat nichts mit dem zu tun, was wir von Rom lernen könnten."

Swidger verkniff sich ein weiteres Widerwort. Ja, er holte sich Velents Blick sogar zurück, indem er schließlich meinte: „Hat der neue Hauptmann in Mattiacum Katapulte bauen lassen?"

„Katapulte?", fragte Velent verwundert nach.

„Ja", nickte Swidger, „die großen."

Velent schüttelte ungläubig den Kopf. „Nein. Warum sollte er? Wie kommst Du darauf?"

„Ich habe welche am Rhenus gesehen", holte der junge Chatte kurz aus. Er führte die Hand zum Kinn und ergänzte: „Sie sind unglaublich! Meinst Du, Du könntest eins bauen? Zumindest ein kleines?"

Das Erstaunen in Velents Gesicht war nun nicht mehr zu übersehen. „Ich dachte, Du bist gegen alles Römische…“, entgegnete er.

Swidgers Finger umspielten für eine Weile den noch recht kurzen Bart an seinem Kinn. „Ich finde“, führte er seinen Gedanken schließlich aus, „die Alten im Dorf sollten sehen, dass es nicht die Götter sind, die auf Roms Seite stehen.“

Nun glaubte Velent verstanden zu haben. „Deshalb hast Du Lykke die Scheibe gelassen“, entgegnete er beinahe zischend. „Dir geht es gar nicht um Krüge und Schüsseln! Du willst die Alten auf Deine Seite bringen.“

Swidger zögerte seine Antwort einen Moment hinaus. Dann aber meinte er: „Was wäre so schlecht daran?“

Eine Stimme von außerhalb der Schmiede hielt Velent davon ab, zu antworten. „Bist Du da drin, Swidger?“, rief sie lauthals. „Wir wollen los!“

„Lewin“, meinte Swidger zu Velent, der Swidgers Freund aber bereits erkannt hatte. Gemeinsam blickten sie in Richtung der Tür, vor die sich nun – in gebührendem Abstand – eine Handvoll Männer schob.

„Ich komme!“, rief Swidger ohne lange zu zögern zurück.

„Hast Du nicht eben noch gefragt, ob *wir* Jagen wollen?“, meinte Velent verwundert. Aber der Chatte ergänzte nur kurz und achselzuckend: „Du wolltest ja nicht.“

„Und woher wusstest Du das im Voraus?“, ließ Velent nicht locker.

Swidger indes zog wortlos zur Tür. In ihrem Rahmen hielt er indes noch einmal kurz inne und wandte sich dem Freund in seinem Rücken zu: „Kommst Du zu Norwin heute Abend?“

„Kommst Du denn?“, entgegnete Velent, der um das Fest im Hause des Häuptlings wusste, um das jener ein großer Geheimnis gemacht und nur so viel verraten hatte, dass es gute Neuigkeiten zu verkünden gäbe.

„Worauf Du Dich verlassen kannst!“, gab der junge Chatte bestimmt zur Antwort und sprach im Folgenden so laut, dass auch der Haufen vor der Tür seine Worte verstehen musste. „Dieser Hund glaubt gewiss, ich traue mich nicht! Er glaubt gewiss, ich kusche vor ihm, nur weil er sich Häuptling schimpft und als Einziger bereit war, mir meine Rinder abzukaufen, damit ich meinen Vater endlich auslösen kann. Aber da irrt er sich gewaltig!" Ohne Velent zum Abschied noch einmal zuzunicken, ging er auf seine Freunde zu und riss unter seinen von ihnen wild bejubelten Worten die Faust zum Himmel: „Wir saufen ihm all seine Fässer leer!"

*

Letztlich sollte es keinem der zahlreichen Gäste gelingen,
Norwins extra erweiterten Vorrat an Bier zu bezwingen.
Weder Swidger noch seinen zahlreichen, trinkfesten Vettern,
Die bekannt dafür waren, gegen uns Römer zu wettern.

Vierzehn Mann im inneren Kreis – ein gefährlicher Haufen,
Neigte er doch betrunken dazu, sich wahllos zu raufen.
Norwin indes hatte dies vorausgeahnt und den Seinen
Order erteilt, sich stets und zahlreich um ihn zu vereinen.
Trotzdem blieb es sein Ziel, sich mit jedem im Haus zu vertragen.
Dies ließ ihn letztlich, mehrfach sinngemäß Folgendes sagen:

„Nur daran ist mir gelegen: Euren Wohlstand zu mehren!
Für den Frieden zu sorgen und Ahnen und Götter zu ehren!"

*

Bild VII

8 Jahre vor Lunas Brief an Velent – in Norwins Haus im Dorfe der Chatten unweit des Steinrings

Norwin hatte seine Worte mit Bedacht gewählt. Das zustimmende Gemurmel unter seinen Gästen überwog das nörgelnde Gemurre. Doch ihr Verhältnis zueinander schien gleichsam zu kippen und die Richtung zu wechseln, da sich die schwere Eichentüre seines Hauses im nächsten Augenblick knarrend öffnete.

„Wer kommt denn jetzt noch?" – Wer sie nicht sagte, dachte sich diese fünf Worte – zumindest wenn er nahe der Tür stand; und ergänzte sie um ein in den meisten Fällen nicht sehr erfreutes, zumindest aber erstauntes: „Velent?", „Velent!", „Was will der denn hier?"

Beäugt von etlichen prüfenden Blicken und zudem mit einigen schmähenden Worten bedacht, verzichtete der junge Ubier darauf, sich durch die Reihen der Dorfgemeinschaft zu zwängen. Er schloss die Türe und blieb in ihrer Nähe stehen, um von dort aus – zunächst vergeblich – nach Swidger Ausschau zu halten. Nickend grüßte er das eine oder andere ihm vertraute Gesicht, das er im fahlen Schein der Fackeln und Lampen an den Stützpfosten des stattlichen Langhauses zu erkennen vermochte; doch ward er kaum zurückgegrüßt.

Norwin, der in der Nähe seines Herdfeuers stand – stolz gewandet im neuen Eisenhemd, das ihm Velent noch rechtzeitig gebracht hatte –, nutzte die Gunst des Augenblicks und ergriff in das abebbende Stimmengewirr hinein erneut das Wort: „Trinkt mit mir und Tray, unserem Gast, auf die Götter und unsere Ahnen!", rief der mittlerweile gut Fünfzigjährige und hob das Horn in seiner Hand grüßend empor.

Ein jeder Mann in seiner Nähe tat es ihm gleich. Wie auch die meisten der Männer, die es vorgezogen hatten, etwas mehr Abstand zu ihrem nicht ganz unumstrittenen Häuptling und dem nahezu uneingeschränkt unbeliebten Priester aus Mattiacum zu halten. Einige von ihnen hatten sich auf einer der Bänke entlang des niedrigen Flechtwerks niedergelassen, das den Hauptraum von den Stallungen trennte. Doch die meisten erhoben sich nun und erwiderten Norwins Geste. Oder sie reckten ihre Trinkgefäße einem der jungen Weiber aus Norwins Haus entgegen, die sich mit schweren Krügen durch ihre Reihen mühten, um sie erneut befüllt zu bekommen – nicht selten bereits zum dritten oder vierten Mal.

Von den wenigen Weibern des Dorfes, die Wert darauf gelegt hatten, ihre Männer zu begleiten, trank indes kaum eines Bier. Trotzdem dauerte es auch in ihren Grüppchen eine Weile, bis alle Gespräche versiegt waren.

Wer weder Velents Erscheinen noch Norwins Worte mitbekommen hatte, tratschte munter weiter. Über die Nachbarn, die Kinder oder die eigenen Männer, welche sich ihrerseits bevorzugt über ihre Gebrechen, ihr Vieh, das Wetter oder die Zeichen der Zeit austauschten.

„Sie alle waren mit uns", wurde Norwin nun nach einem kräftigen Schluck noch ein wenig lauter und schaffte es damit auch, sich endlich bei nahezu all seinen Gästen Gehör zu verschaffen. „Sie haben unsere Bitten erhört! Womit ich das Wort an Tray weiterreichen darf, der Euch etwas mitzuteilen hat, was Euch sehr erfreuen wird!"

Der Priester nickte seinem Gastgeber dankbar zu, trat einen Schritt vor, überhörte den einen oder anderen gegen ihn gerichteten Schmähruf, wartete einen Augenblick, bis er sich der Aufmerksamkeit der Mehrheit sicher war und meinte dann mit klarer und selbstbewusster Stimme: „Ich danke Euch für den netten Empfang und bin froh, mal wieder bei Euch zu sein! Norwin hat Recht! Ich überbringe Euch eine gute Nachricht aus Mattiacum! Ihr seid die Ersten, die davon erfahren, weil sich Norwin so sehr darum bemüht hat, es möglich zu machen!“

Gekonnt gönnte Tray seiner Rede eine kleine Pause und fuhr dann in das eine oder andere fragende Widerwort hinein fort: „Nun, unserem gemeinsamen Zug zu den Gräbern unserer Heiligen steht nichts mehr im Wege! Er wird stattfinden! Sogar nachts! So, wie wir es uns seit so langer Zeit gewünscht haben!“

Ein Raunen erhob sich. Zunächst noch ungläubig wiederholten die Chatten die Worte des matthischen Priesters. Ihr gemeinsamer Glaube und die Gräber der Heiligen waren in ihren Augen neben ihrer Sprache das Einzige, was sie noch mit den Matthen in und um Mattiacum verband. Insofern hätte Tray wohl bei keinem anderen Thema mit so viel Zustimmung rechnen dürfen.

Norwin nahm sie mit Freude zur Kenntnis. „Erinnert Euch meiner Worte“, holte er mit großer Geste aus. „‚Geduld zahlt sich aus, und beharrliches Verhandeln!’“

Doch längst nicht alle waren Trays und Norwins Meinung.

Swidger etwa vermochte sich nun nicht mehr zurückzuhalten. Hatte er es seit seinem Eintreffen eine gute Stunde zuvor zunächst noch dabei belassen, den Gastgeber nur im Kreise der jungen Männer um sich herum madig zu machen, blökte er nun – bereits hörbar angetrunken und lauthals – los: „Du hast ihnen beharrlich den Arsch geleckt! Das ist alles!“

Eine derbe Sprache war in den Reihen der Germanen nie etwas Ungewöhnliches, doch mit diesen Worten war Swidger fraglos etwas zu weit gegangen. Schon machten die Männer aus Norwins Anhang sich auf, den rothaarigen Heißsporn in seine Grenzen zu weisen, da wurde Norwin gewahr, wie viele Männer und Frauen der Dorfgemeinschaft Swidger auch zustimmten oder zumindest über seine Worte lachten. Deshalb schien es ihm klüger, die Seinen mit gütiger Geste zurückzuhalten.

Eine Keilerei in seinem Hause wollte er tunlichst vermeiden. Dies gelang ihm auch. Weitere spitze Worte gegen sich konnte er indes nicht verhindern. Zum Teil kamen sie sogar aus den Reihen derer, die ihn einst gewählt hatten. So rief, um ein Beispiel zu nennen, Erar, der Jahre zuvor Seite an Seite mit Norwins Bruder Norward gekämpft hatte: „Wer sind wir denn, dass wir das Nicken der Römer abwarten, um zu unseren eigenen Gräbern zu gehen?“

„Erar hat Recht!“, stimmte ihm Iwo umgehend zu. „Die Valkyrjen würden sich im Grab umdrehen, wenn sie das wüssten! Wir sollten nie vergessen, dass es feige und hinterhältige Römer waren, die ihnen ihre tapferen Männer genommen haben! Wer noch einen Hauch Stolz in sich verspürt, bleibt in jener Nacht zuhause!“

Auf einen Satz wie diesen schien sich Norwin indes vorbereitet zu haben. „Selbst Swidger wird mit uns gehen!“, hielt er standhaft dagegen.

Überrascht richteten sich die Augen auf den rothaarigen Hitzkopf. Jeder erwartete, er würde dies augenblicklich mit deftigen Worten verneinen. Doch er tat es nicht. Entrüstet und laut war seine Antwort dennoch.

„Du weißt genau, warum“, rief Swidger zurück. „Weil mein Vater dort sein wird und ich geschworen habe, ihn aus der Sklaverei zu befreien! Und wenn ich mein Leben für ihn geben muss!“

Mit diesem letzten Satz hatte er die Mehrheit wieder hinter sich. Und über die zustimmenden Rufe legte sich gar die eine oder andere Stimme, die dazu aufforderte, sich erneut gegen uns zu erheben, die Valkyrjen aus Roms Joch zu befreien und Mattiacum niederzubrennen.

Tray war es, der heftig widersprach: „Niemand hat das heilige Feld mit Waffen zu betreten!“ Und ebenso geübt konterte er den erwarteten Einwand einer Stimme, Rom tue dies ständig, mit den Worten: „Wenn Rom uns dazu bringt, dass wir freiwillig unsere Sitten mit Füßen treten, hat es gewonnen!“

Zu besänftigen vermochte er die Gemüter damit indes nur zum Teil. Weshalb auch Norwin noch einmal um Ruhe bat. „Wir haben einen Vertrag mit Rom geschlossen!“, rief er – beinahe schon ein wenig verzweifelt.

„Du hast ihn geschlossen! Du!“, warf ihm Swidger vor, der mittlerweile längst von seiner Bank aufgesprungen war.

Norwin konnte dem nicht widersprechen und dennoch gelang es ihm, den einen oder anderen wieder für sich zu gewinnen, indem er klug entgegnete: „Das habe ich in Eurer aller Namen getan! Ich sage: Lasst uns zu den Gräbern ziehen! Lasst sie sehen, wie viele wir sind! Lasst sie spüren, dass es unser Land ist, auf dem sie ihren Markt gebaut haben!"

Swidgers war schon zu betrunken, um darauf etwas mit Bedacht zu entgegnen. In das zustimmende Geraune winkte er verächtlich ab. Er ließ sich zurück auf die Bank fallen und meinte vergleichsweise leise: „Heute so und morgen so! Norwin redet jedem nach dem Maul!"

„So ist es, Swidger!", stimmte ihm Lewin zu, der ihm zur Rechten saß, was den Rotschopf zumindest dazu ermutigte, ein vorerst letztes Mal etwas lauter zu werden: „Aber wenn es drauf ankommt", rief er, „ist er nicht mehr als ein sabbernder Hund, der vor Rom den Schwanz einzieht!"

Mehr noch als Swidgers Worte sorgten die Guntars für den einen oder anderen Lacher, ahmte der Tölpel, der unweit seines Halbbruders stand, doch sogleich einen Hund nach.

Dies alles bekamen indes nur jene mit, die sich in Swidgers Nähe aufhielten. Den Rest gewann Norwin endgültig zurück, indem er auf Trays Worte hin, die Valkyrjen seien es, die sie alle verbänden und die es zu ehren gelte, rief: „Lasst die Römer wissen, dass wir die Söhne der Valkyrjen sind und nicht weniger standhaft als sie! Und trinkfester zudem! – Nehmt Euch noch Bier!"

Swidger schüttelte verächtlich den Kopf. „Und einem wie ihm musste ich meine Rinder verkaufen", grummelte er, um im nächsten Moment indes wieder lauter zu werden und Velent zu sich zu winken, dem es aufgrund des Wortgefechtes leicht gefallen war, seinen Freund ausfindig zu machen. „Velent! Hier rüber! Hier ist noch Platz!"

Nickend näherte sich der Gerufene, gleichwohl ihm nicht jeder bereitwillig Platz machte.

„Du bist spät dran!", empfing Swidger den jungen Ubier, um in Richtung Lykkes, die mit ihrem Krug nicht weit entfernt stand, zu ergänzen: „Lykke, hol Velent ein Bier! Und schenk mit vorher noch rasch nach!"

Lykke tat wie ihr geheißen, gleichwohl ihr Gesicht verriet, dass sie der Meinung war, Swidger hätte bereits genug getrunken.

Kurz darauf war es erneut Norwins Stimme, die sich über die anderen legte. „Ich schlage vor", rief der Häuptling, „dass die Ältesten kurz zu mir ans Feuer kommen! Es gibt bezüglich des Zuges noch einiges zu besprechen!"

„Setz Dich!", wiederholte Swidger seufzend, da Velent seinen Krug erhalten hatte. „Wir rutschen zusammen!"

„Nicht nötig!", entgegnete Gerod, der ihm zur Linken gesessen hatte und stand auf – doch nicht etwa aus Höflichkeit, wie der Klang seiner Stimme verriet.

„Hast Du etwas gegen Velent, dann sag es und stehle Dich nicht davon!", fuhr Swidger seinen großen, jedoch häufig etwas ungelenk wirkenden Stammesbruder an. Seine Stimme überschlug sich gar ein wenig, so aufgebracht war er.

„Ich muss pissen!", entgegnete jener – doch wohl nur, um einem Streit aus dem Wege zu gehen. Denn bevor er sich trollte, schnappte er sich seinen Umhang, auf dem er gesessen hatte.

„Pah!", rief ihm Swidger verächtlich hinterher, dann jedoch wand er sich fragend an Velent: „Was hat Dich so lang aufgehalten?"

„Ich bin schon eine Weile hier", entgegnete dieser und deutete in Richtung der Tür. „Deinen Streit mit Norwin hab ich zumindest mitbekommen ..."

„Der Schlappschwanz!", winkte Swidger ab. „Hat er Dich wenigstens schon für das lächerliche Hemd entlohnt, das er sich sogleich überwerfen musste?" Er wurde wieder etwas lauter. „Gegen wen will er hier eigentlich kämpfen?"

„Bitte!", versuchte Lykke ihn zu mäßigen. „Trink Dein Bier und sei ruhig!" Weil sie sich um ihn sorgte, war sie in der Nähe geblieben. Nicht zu unrecht, wie sich rasch erweisen sollte. Denn Swidger dachte gar nicht daran, Ruhe zu geben. Er stand erneut auf und pöbelte los: „Rom hat den Sohn seines Bruders erwürgt! Sein eigen Fleisch und Blut! Wie kann er sich ihnen da nur immer wieder derart anbiedern?“

Erneut stimmten Swidger einige der Männer zu, doch nicht so viele, dass Norwin sich gezwungen sah, auf diese erneute Anfeindung einzugehen.

„Iwo und Ramgar, kommt Ihr auch zu uns!“, rief er stattdessen den beiden Männern zu, die seiner Bitte, sich zu ihm ans Feuer zu gesellen, bislang nicht nachgekommen waren.

Doch beide zierten sich weiter. Und während Ramgar tat, als hätte er Norwin nicht gehört, rief Iwo – ebenfalls ohne sich vom Fleck zu rühren – zurück: „Stimmt es, Norwin, was der schwarze Egnar sagt?“

Das schien Viele zu interessieren. Aus dem allgemeinen Gemurmel wurde ein Getuschel. Und kurze Fragen wie: „Was hat er gesagt?“, „Was hat Iwo denn?“, „Was ist mit Egnar?“, zischten so oft durch den Raum, dass Egnar sich gleichsam gezwungen sah, für Klarheit zu sorgen. Der Anführer einer Sippe, die ihre beiden Langhäuser im Lauf der vergangenen beiden Jahre in einem etwas weiter nördlich gelegenen Tal erbaut hatte, stand dicht neben Norwin, hatte zuvor aber neben Iwo gestanden.

„Ich sage nur“, rief er, „dass ich gehört habe, dass die Römer ihr Götzenbildnis am kommenden Tag aufstellen wollen! Direkt nach dem Zug zu den Gräbern, den sie uns in ihrer übergroßen Güte gewährt haben.“ Der verächtliche Unterton in seiner Stimme blieb keinem verborgen.

Ein Raunen erhob sich. Denn von diesem Standbild hatte man sich an den langen Winterabenden an vielen Feuern erzählt. Die einen gierten danach, mehr über es zu erfahren – „Ist es wirklich aus Gold?“, riefen sie, „und groß wie ein Haus?“ –, während die anderen Norwin und mehr noch Tray anfeindeten: „Sie wollen uns vorführen! Uns verhöhnen!“

„Sie wollen lediglich zeigen, wer sie sind und wem sie dienen“, versuchte Letzterer zu vermitteln. „Aber nur auf dem Forum. Niemand, der es nicht sehen möchte, wird es zu Gesicht bekommen. Es ist, als ob Ihr etwas in Eurem Haus aufstellen würdet. Das geht letztlich auch niemanden etwas an, der draußen vorbeigeht."

„Aber es ist das Feld *unserer* Heiligen, auf dem sie ihr verdammtes Haus errichtet haben!", widersprach ihm Iwo.

Norwin nahm den Einwand gerne auf. „Gerade deshalb müssen wir uns dort zeigen und gemeinsam zu den Gräbern ziehen! Oder sollen wir uns verkriechen, damit sie uns nachsagen können, unsere Heiligen wären uns nichts wert?"

Auch für diesen Satz erntete Norwin weit mehr Anerkennung als Ablehnung.

„Meinst Du, Egnar hat Recht?", flüsterte Lykke Velent zu.

„Womit?", entgegnete der junge Ubier.

„Na, er scheint doch zu glauben", erwiderte Lykke nachdenklich, „dass die Römer etwas im Schilde führen, wenn sie den Zug zu den Gräbern ausgerechnet auf den Vorabend der Einweihung dieses Standbildes legen ..."

Levin hatte Lykkes Frage aufgeschnappt und getraute sich, sie laut zu wiederholen: „Lykke hat Velent gerade eine interessante Frage gestellt. Er hat, wie wir ja alle wissen, vor dem Winter in Mattiacum gelebt. Wie Tray zu den Römern steht, ist uns allen hier bekannt, deshalb müssen wir ihn erst gar nicht fragen. Aber vielleicht hat sich Velent ja eine – sagen wir – etwas unabhängigere Haltung bewahrt. Nun, Velent, was glaubst Du? Was haben die Römer sich dabei gedacht, uns den Zug ausgerechnet am Vorabend ihrer großen Feier zu gestatten?"

Die meisten Gespräche erstarben. Alle Augen richteten sich auf Velent. Wie zuvor Egnar konnte auch er kaum anders, als auf die ihm gestellte Frage zu antworten. Er überlegte einen Moment, dann stand er auf und meinte: „Ich bin kein Römer und kann es nicht mit Gewissheit sagen. Aber ohne Hintergedanken geschieht dort fast nichts! Und meistens geht es dabei ums Geld! Und wenn es nicht ums Geld geht, geht es um Einfluss und Macht!"

Man sah Tray und Norwin an, dass ihnen weder Velents Antwort noch das weitgehend zustimmende Geraune der freien Männer und Frauen des Dorfes gefiel. Doch sahen beide davon ab, ein Widerwort zu geben. Norwin suchte vielmehr nach Velents Unterstützung, in dem er geschickt nachfragte: „Und was würdest du uns raten, Velent? Hingehen und unsere Heiligen feiern wie sie es verdient haben, hingehen und Rom zeigen, dass wir zu unserem Glauben stehen oder uns verkriechen, damit sie uns nachsagen können, unsere Heiligen wären uns nichts wert?"

Bevor Velent antworten konnte, blökte Iwo: „Oder hingehen und dieses verdammte Standbild kurz und klein schlagen! So wie es Dein Bruder getan hätte!"

Nun wurde es kurzzeitig wieder lauter. Denn etliche der Chatten stimmten Iwo zu – gleichwohl Norwin ihn sofort ermahnte, er würde damit nur eines zerschlagen: Ihrer aller Zukunft. Erst Lewin sorgte wieder für Ruhe, indem er Norwins Frage an Velent wiederholte: „Was sagst Du, Ubi? Hingehen oder verkriechen?"

„Das müsst Ihr selbst entscheiden", erwiderte der junge Ubier schließlich. „Fest steht: Die Gräber liegen außerhalb der Umwehrung des Ortes. Wenn Ihr ein Zeichen setzen wollt, das sie gleichermaßen trifft wie überrascht und das sie Euch dennoch nicht als gewalttätigen Übergriff auslegen können, dann geht hin, aber meidet Mattiacum. Macht diesen Zug größer als sie es erwarten und lasst sie trotzdem nichts an ihm verdienen. Aber Ihr könnt auch einfach hingehen und mit Ihnen feiern. Sie lassen Euch Euren Glauben. Lasst ihnen doch den ihren und alle sind zufrieden."

War der erste Teil dieser kurzen Rede durchaus noch im Sinne der Mehrheit der Chatten gewesen, erntete Velent für seine letzten Worte nichts als Ablehnung. Er wurde nun von so vielen Seiten beschimpft und beleidigt, dass es selbst Swidger unmöglich wurde, ihn gegen alle Anfeindungen in Schutz zu nehmen. Ja, auch ihm selbst machte man nun bittere Vorwürfe, etwa, wie sehr er sich bereits von seinem „Römerfreund" habe beeinflussen lassen.

„Ich bin dafür, dieses verdammte Standbild zu zerstören! Dass das mal klar ist!“, verteidigte er sich lauthals. „Ich bin dafür, diesen elenden Markt dem Erdboden gleich zu machen! Und nicht vor Rom zu kuschen wie dieser Feigling da!“

Schon machten sich zwei, drei Männer aus Norwins Gefolge bereit, dem vorlauten Widersacher ihres Herrn endgültig das Maul zu stopfen, schon wies dieser, da Swidger ihn nochmals persönlich anging, darauf hin, noch immer ein Gast in seinem Hause zu sein, da raffte sich der Rotschopf auf, um dies, wie er lauthals krakelte, umgehend zu ändern.

Doch konnte er sich kaum mehr auf den Beinen halten. Velent und Lykke mussten ihn auf dem Weg zur Tür und schließlich ins Freie stützen.

„Velent, Du bist ein echter Freund!“, seufzte jener dort, nachdem er zunächst noch gepoltert hatte, dann aber immer stiller geworden war, um schließlich wortlos und mit hängendem Kopf auf einer Bank vor Norwins Haus zu sitzen. „Doch ein noch besserer wärst Du“, ergänzte er nach kurzer Pause, „wenn Du mir endlich ein Schwert machen würdest! Ein Schwert“, wurde er noch ein letztes Mal lauter und machte zumindest den Versuch, noch einmal auf die Beine zu kommen, „um diesen aufgeblasenen Wichtigtuern da drinnen den Kopf einzuschlagen! – Machst Du mir ein Schwert?“

„Ich dachte, Du bekämst Marads Schwert …“, warf Velent ein, gleichwohl er aus Swidgers Umfeld bereits gehört hatte, dass sich diese Möglichkeit unlängst zerschlagen hatte.

„Nein!“, winkte Swidger kurz angebunden ab. Doch letztlich nur, um die Hand des Freundes zu ergreifen und ihm zuzuraunen: „Du kannst es ohnehin besser, Velent! Bestimmt!“

„Swidger, ich hab noch nie eines gemacht!“, entzog sich Velent dem Freund und ergänzte, da er zwei, drei Schritte in den Schnee davongezogen war, der der wolkenverhangenen Nacht zumindest ein wenig Licht schenkte: „Du weißt selbst, wie schwierig es ist, ein Schwert zu schmieden!“

„Du willst es also nicht!“, fauchte Swidger ungehalten, was Velent einen weiteren Seufzer entlockte. „Swidger, ich hab nicht mal mehr genug Eisen, um ein halbes Schwert zu schmieden!“, wand er ein.

„Aber ich habe es verdient!“, polterte Swidger. „Wer hält Dir denn hier den Rücken frei? Wer?“

„Du, Swidger“, seufzte Velent. „Und dafür danke ich Dir!“

„Dann danke es mir mit einem Schwert!“, erwiderte der Rotschopf fordernd.

„Damit Du Norwin den Kopf einschlägst?“, wich Velent aus. „Oder dem nächstbesten Römer, der Dir in die Quere kommt?“

„Was wäre daran so falsch? Was?“, gab Swidger mit schwerer Zunge zur Antwort. „Und ich könnte zu Marbod gehen, wenn Du mir ein Schwert machst! Einer muss ihn wachrütteln, sich endlich zu erheben. Er weiß gewiss gar nicht, wie sehr wir ihn und seine Männer hier brauchen!“ Sein Kopf sank ihm kurz zwischen die Schultern.

„Geh mit ihm nach Mattiacum, Velent, bitte!“, flüsterte Lykke. „Du siehst, wie dringend er jemanden braucht, der seine Wut zu zügeln versteht!“

„Was tuschelst Du da?“, zischte Swidger, hob den Kopf erneut und schaute Lykke mit blutunterlaufenen Augen an.

„Ich habe Velent nur gebeten, Dir zu helfen, Deinen Vater frei zu bekommen“, rechtfertigte jene sich und trat dabei ungeduldig von einem Bein aufs andere. Allmählich wurde ihr kalt.

Swidger nickte. „Ja, Velent. Das wäre gut! Wenn Du mitkämst! Du kennst Dich dort aus.“

„Ich weiß nicht einmal, ob ich überhaupt zurück nach Mattiacum gehen sollte!“, entgegnete Velent, was Lykke verwunderte.

„Aber Swidger hat erzählt“, erwiderte die leicht untersetzte Blonde, „Luna könnte zu jenem Fest dorthin zurückkommen …“

Velents Antwort überraschte Lykke erneut. „Ich hatte genügend Zeit, darüber nachzudenken!“, entgegnete er verbittert. „Wenn sie noch krank ist, wird sie nicht kommen! Und wenn sie wieder gesund geworden sein sollte, wird Quirin sie verheiratet haben und sie wird die Stadt an der Seite ihres Mannes betreten. Würdest Du Dir das an meiner Stelle anschauen wollen?“

„Nichts geschieht ohne Grund!“, nickte Lykke demütig. „So soll es vielleicht doch sein, dass Du hier bei uns am Steinring bleibst und die Worte Deiner Mutter wahr werden lässt. Du weißt, was sie gesagt hat, Velent! Vielleicht solltest Du es sein, der Swidgers Schwert schmiedet. Nur damit er sich wehren könnte, wenn es nötig würde. Ich bin sicher: Das Deine würde zumindest etwas taugen!“

„Zum Umzug würde er es ohnehin nicht tragen dürfen!“, wand Velent ein. „Wenn es bis dahin überhaupt fertig werden würde! Ein Monat ist nichts für ein Schwert!“ Er seufzte. „Außerdem ist das Eisen, das ich noch habe, schlecht. Ich glaube nicht, dass meine Mutter das meinte, als sie ihm einst ein ‚besonderes‘ Schwert versprochen hat …“ Er blickte zu Swidger, der seinen Blick indes nicht erwiderte, sondern starr zu Boden schaute.

„Aber Du weißt doch sicher, wo es besseres Eisen gibt …“, ließ Lykke nicht locker.

Velent zögerte kurz. Dann aber meinte er leise: „Ich glaube schon, ja.“

Nun hob Swidger den Kopf erneut. „Wir holen es uns, Velent!“, sprach er den Freund beschwörend an. „Wir beide! Wo ist es? Lykke hat Recht! Lass die Worte Deiner Mutter wahr werden!“

Velent seufzte. Und erneut dauerte es einen Moment bis er antwortete. „Du erinnerst Dich an unseren Ausflug nach Artaun?“, erwiderte er schließlich. „Mit Degenar? Vor zwei Jahren?“

„Sicher!“, nickte Swidger.

„Er hat uns dort etwas über das Lied der Valkyrjen erzählt“, fuhr Velent fort. „Über den Drachen und dass er glaubt, dass es Caesars Heer war, das man schließlich so nannte.“

„Erzähl weiter!“, bat Lykke.

„Nun", folgte er ihrem Wunsch und sprach weiter. „Eine ganze Legion kommt nicht aus dem Nichts! Sie muss lagern. Und wo Tausende lagern, bleibt immer etwas liegen: Nägel, Pfannen, Roste."

„Und?" Lykke hob fragend die Schultern.

„Caesars Heer kam aus Hispanien!", erläuterte der junge Ubier. „Dort wird es ausgerüstet worden sein. Mit allem, was nötig war. Und wenn wir Glück haben, kam auch sein Eisen von dort. Es gibt kein besseres!"

„Aber woher willst Du wissen, welchen Weg Caesars Heer nahm", fragte Lykke gescheit nach. „Und wo es vor so vielen Jahren gelagert haben soll? Es war doch niemand von uns dabei!"

„Es gibt da einen Bergrücken", führte Velent aus. „Wie gemacht für ein Heer. Und genau einen strammen Tagesmarsch vom Taoun entfernt."

„Wo?", schaltete sich nun Swidger wieder ein. „Sag es!"

„Kaum zwei Stunden von hier", erwiderte Velent. „Im Süden. Sein Name verrät ihn. Wenn man sich traut, ihn auszusprechen. Hier im Dorf nennt Ihr ihn meist den …" Er zögerte kurz, dann erst sprach er weiter: „… den ‚Schwarzenstein', aber Ihr kennt doch auch seinen anderen Namen! … Meine Mutter brachte ihn mir bei …"

„Der ‚Drachenstein'!", flüsterte Lykke ehrfürchtig. Swidger indes spuckte sofort entrüstet zu Boden. „Was hat der verfluchte Berg mit meinem Schwert zu tun?"

„Wenn ich mit meiner Vermutung richtig liege", erklärte sich Velent, „dann bekam der Berg seinen Namen von Caesars Heer! Und dann liegt dort das Eisen, das wir brauchen! Und niemand hat es sich je geholt!"

„Weil niemand ungestraft auf diesen Berg zieht!", polterte Swidger. „Weil alle starben, die es wagten! Er ist verflucht!" Er spuckte erneut zu Boden. „Seine Luft ist versengt, vom Atem des schlafenden Drachen! Selbst das Wasser dort im Wald schmeckt faul!"

„Aber das Eisen dort könnte ‚besonders' sein", hielt Velent dagegen und fuhr schließlich, da Swidger nur ungehalten brummte, fort: „Und je länger ich darüber nachdenke, desto mehr reizt es mich, an jenes Eisen zu kommen. Eine Verwendung wird sich leicht finden lassen. Da ist mir nicht bange! Also ziehe ich dort hinauf!", entschied er. „Sobald der Schnee geschmolzen ist!"

„Tu es nicht!", warnte ihn Lykke, aber Velent entgegnete: „Was hat einer wie ich zu verlieren? Nichts!"

„Dann stehe ich an Deiner Seite!", ergänzte Swidger feierlich. „Ob Du mir nun ein Schwert daraus schmieden wirst oder nicht! Aber ich glaube an die Worte Deiner Mutter! Und schau Dir den Drachen an auf meinem Arm! Und jenem auf meinem Reif! Vielleicht trägt mein Arm sie aus besonderem Grund! Weil es an ihm sein soll, einem Drachen sein Eisen zu entreißen!"

Velent schüttelte den Kopf. „Das kann und will ich nicht von Dir verlangen, Swidger!", entgegnete er gerührt, meinte indes zugleich: „Aber es wird auch nicht nötig sein, denn dort oben schläft kein Drache ..."

„Aber ich tue es trotzdem, Velent!", fiel ihm Swidger ins Wort. „Weil *ich* an diesen Drachen glaube und Dich nicht allein in Dein Verderben ziehen lassen werde! Ich stehe zu meinem Eid: Bis in den Tod, Velent! Bis in den Tod!"

*

Du glaubst daran, dass er es wert ist; und wirst wohl Deine Gründe haben.

Tief gerührt und den Tränen nahe schloss Velent die Augen.
Fänden sie Eisen, schwor er, und würde es etwas taugen,
Würde er – gleich ob des Freundes Freunde ihn weiterhin mieden –
Swidger dennoch versprechen, ihm, was er wünschte, zu schmieden.

Doch dieser Augenblick wirkte noch weiter. Acht Jahre später
Wurde Velent letztlich auch wegen ihm zum Verräter.
An seiner Liebe zu Luna, die er zurücklassen sollte,
Weil auch er zu seinem Schwur stehen musste und wollte.

Deine Gründe, die ich vermutlich nicht kleinreden sollte. Sie müssen triftig sein.

Aber wenn ich auch glaube, dass er es immer schon spürte,
Dass dieser Satz verhängnisvoll war und zum Untergang führte,
Glaube ich nicht, dass Velent in jenem Augenblick dachte,
Dass er Swidger oder sich selbst in Gefahr damit brachte,
Wenn sie jenen von allen verfluchten Bergkamm bestiegen.
Er war sich sicher: Sie mussten dort keinen Drachen besiegen!

**

Bild VIII

8 Jahre vor Lunas Brief an Velent – am Drachenstein hoch über dem Tal der Dylle

„Da siehst Du, warum wir ihn Schwarzenstein nennen!"

Swidger deutete auf den mächtigen, wohl um die 80 Fuß hohen Felsen dunklen, zerklüfteten Gesteins, der einsam aus der ansonsten sanft geschwungenen, grünen Bergkuppe emporragte.

So gut man diese Kuppe an sich aus dem Tal und von den meisten Bergen der Umgebung erkennen konnte, so sehr verhinderte doch auch ein dichter Wald an seinen Hängen, dass man auf dem Weg nach oben ihre steinerne

Spitze sehen konnte. Erst als die beiden jungen Männer an der Seite eines von Adlan gezogenen Karren den Wald hinter sich gelassen und auf die große Lichtung hinausgetreten waren, in deren Mitte der mächtige, dunkle Felsen thronte, hatten sie freie Sicht.

„Er sieht den Steinen auf Norwins Weide recht ähnlich! Nur, dass die selbstverständlich viel kleiner sind!“, ergänzte der junge Chatte.

Doch anstatt irgendetwas darauf zu erwidern, blickte sich Velent gedankenversunken auf der Lichtung um. „Seltsam, dass der Wald hier endet!“, meinte er schließlich.

„Warum?“, wollte Swidger wissen.

„Wer sollte hier oben die Bäume gefällt, aber den Rest des Waldes ins Tal hinab stehen gelassen haben? Und warum wächst die Lichtung nicht wieder zu, obwohl sie niemandem als Weide dient?“

Swidger war einmal mehr beeindruckt, was für ein waches Auge sein Freund hatte. Gleichzeitig beunruhigte ihn Velents Beobachtung. „Und wenn es der Drache ist, der hier alles niederbrennt, wenn er erwacht?“, gab er mit bangem Blick über die Lichtung zu bedenken.

„Also, dann schläft er schon recht lange“, erwiderte Velent kopfschüttelnd. „Ich sehe nicht die geringsten Brandspuren. Auf der anderen Seite: Wenn es schon lange her sein sollte, müsste sich der Wald die Flächen längst zurückgeholt haben.“

Dagegen vermochte auch Swidger nichts einzuwenden. „Rehe!“, deutete er schließlich beinahe erleichtert auf den Waldrand schräg oberhalb ihres Standortes. „Sie könnten die Wiese auch freigehalten haben! – Ob ich eins schießen sollte?“

Die Hand des jungen Chatten langte bereits über den Rand ihres Karrens, um Pfeil und Bogen zu greifen, da hielt Velent ihn zurück. „Swidger, Du bist der beste Schütze, den ich kenne, aber wir sind nicht zum Jagen hier! Außerdem sind sie zu weit weg!“

Im nächsten Moment hatte sich Swidgers Plan aber ohnehin zerschlagen, denn die Tiere hoben kurz den Kopf, um dann abzudrehen und mit ein paar langen, hastigen Sätzen im nahen Wald zu verschwinden.

Swidger schaute ihnen nur einen Augenblick hinterher. Weit mehr noch als zuvor, war es ihm nun wichtig, den Himmel im Auge zu behalten. „Nicht einmal einen Vogel hört man! Das gefällt mir nicht!“, zischte er.

Velent schaute ebenfalls kurz auf, dann jedoch rasch zu Adlan. Das Pferd hatte seine Ohren aufmerksam aufgerichtet. Sie deuteten zunächst nach vorne und wanderten dann prüfend nach hinten. Dann jedoch entspannten sie sich wieder. „Adlan hat nichts entdeckt“, versuchte Velent Swidger zu beruhigen. Dann indes ergänzte er keck: „Bei Drachen bleibt er gewöhnlich nicht ganz so ruhig!“

„Damit macht man keine Scherze!“, erwiderte sein Freund und ließ sich nun nicht mehr aufhalten, Pfeil und Bogen vom Karren zu nehmen.

Velent nickte; und seufzte zugleich. Dann trieb er Adlan an, weiterzugehen.

Swidger folgte; doch wohl schien ihm nicht zu sein. „Ich hätte darauf bestehen sollen, dass Du mir mein Schwert vorher schmiedest!“, beschwerte er sich bereits nach wenigen Schritten.

„Wie soll ich Dir Dein Schwert schmieden, wenn ich noch kein geeignetes Eisen habe!“, verteidigte sich Velent kopfschüttelnd. „Oder hast Du hispanisches Eisen?“

Swidger verzichtete auf ein „Nein!“, stattdessen entgegnete er nach einer weiteren Weile, in der sie ein gutes Stück neben Adlan und dem Karren auf die Lichtung hinaus und gleichzeitig weiter bergauf gegangen waren: „Wo sollen wir eigentlich anfangen, nach dem Eisen zu suchen?“

„Wo würdest Du lagern, wenn Du ein Heer auf diese Lichtung geführt hättest?“, entgegnete Velent.

„Selbstverständlich im Schutz des Felsens!“, gab sich Swidger selbst die Antwort.

Velent nickte. Dann setzten sie ihren Weg fort, immer die Lichtung hinauf. Und erneut war es dabei Swidger, der es nicht seinem Freund gleichtat und den Boden absuchte, sondern seinen Blick auch weiterhin meist nur über den weiten Himmel wandern ließ.

„Ich denke, wir haben die beste Zeit abgepasst, um hier etwas zu finden“, meinte Velent schließlich. „Wenn das Gras im Sommer höher steht, überdeckt es alles!“

„Ja, das ist wohl wahr!“, antwortete Swidger, um das fahle Grüngelb um sie herum nun doch einmal eines längeren Blickes zu würdigen.

Keine 30 Schritte trennten sie mehr vom Felsen, da blieb Adlan plötzlich stehen und scheute. Velent wusste sofort, dass etwas nicht stimmte, doch blieb ihm keine Zeit zum Handeln. Ein heller, schriller Schrei ließ ihn und Swidger zusammenzucken. Er kam aus der Luft, direkt über ihnen. Und nur einen Augenblick später stürzte ein Schatten auf sie herab.

„Steh!“, befahl Velent geistesgegenwärtig und duckte sich blitzschnell hinter den mächtigen Leib seines Pferdes.

Gleichzeitig schrie Swidger erschreckt auf: „Ah!“ Er hatte noch versucht, den Bogen zu spannen, doch der Schatten war schneller. „Der Drache!“, brüllte der junge Chatte, da spürte er bereits, wie etwas Scharfes seinen Unterarm aufschlitzte. Für einen Moment fühlte er nichts, außer Angst, doch dann schien sein Arm zu brennen – „Aahh!“ Er blickte auf. Dem Schatten hinterher. Er entfernte sich, doch viel mehr konnte er vor dem dunklen Braun des Waldes und der tief stehenden Sonne nicht erkennen.

„Bist Du verletzt?“, rief Velent besorgt. Hinter Adlan abgetaucht, hatte er noch weniger erkennen können. Er schlüpfte zwischen den Beinen des Tieres hindurch, da sah er das Blut, das aus den schmalen, länglichen Wunden an Swidgers rechtem Arm hervorquoll.

Noch bevor sein Freund antworten oder etwas anderes sagen konnte, zerriss der markerschütternde Schrei erneut die Totenstille um sie herum; erneut scheute Adlan; erneut versuchte Velent ihn zu beruhigen, doch dieses Mal blieb er nicht mehr stehen. Da der riesige Schatten zum zweiten Mal auf sie herabrauschte, nahm das Pferd Reißaus.

„Wir müssen ihm nach! Im Schutz des Wagens bleiben!“, rief Velent und versuchte, sich an den Karren zu klammern. Vergeblich! Er schoss nur so an ihnen vorbei. Adlan war viel zu schnell und viel zu kräftig.

Velent blickte zurück. Swidger wand sich am Boden und versuchte, mit seinem Bogen nach dem mächtigen Vogel zu schlagen, der ihn erneut hart bedrängte – sein Pfeil war ihm längst zu Boden gefallen.

„Ein Adler!“, rief Velent. „Es ist ein Adler! Sieh Dich vor!“

Swidger schrie und schlug nun immer wilder um sich.

Da ertönte ein weiterer Schrei, und ein zweiter Vogel stürzte vom Himmel herab. Dieser auf Velent. Der junge Ubier warf sich zur Seite, auf den Boden, rollte ab und griff, da die Zeit zu kurz war, sein Messer zu ziehen, im Drehen nach einem Stock, den er dort aus den Augenwinkeln am Boden entdeckt hatte. Er schleuderte ihn mit voller Wucht über sich in die Luft und tatsächlich: er streifte den Vogel, der aus dem Gleichgewicht kam, kurz strauchelte und ihn deshalb verfehlte. Das mächtige Tier setzte dicht neben ihm auf. Velent rollte weiter, auf Swidger zu. Wie toll schlug der junge Chatte um sich, ohne dass es ihm indes gelang, den nach ihm hackenden und greifenden Vogel vertreiben zu können.

Velent richtete sich auf und schrie so laut er konnte – doch auch das schien das Tier nicht zu beeindrucken. Gleichzeitig zog er sein Messer, ruderte mit den Armen und stürzte, seinen eigenen Adler hinter sich, auf Swidgers Gegner zu. Für einen Moment konnte er ihn ablenken. Diese Zeit reichte Swidger und er konnte dem mächtigen Greifer einen Streich mit seinem Bogen versetzen.

Beide Tiere hüpften ein-, zweimal auf dem Boden, um Schwung aufzunehmen, breiteten dann ihre weiten Schwingen aus und machten sich mit kräftigen Schlägen auf, das Weite zu suchen.

„Weg! Nichts wie weg! Bevor sie sich erneut auf uns stürzen!“, rief Velent, reichte seinem Freund die Hand, half ihm auf und rannte mit ihm los.

Sie rannten, so schnell sie nur konnten, den Spuren hinterher, die Adlan und der Karren im aufgeweichten Boden hinterlassen hatten. Doch waren sie nicht schnell genug. Sie hatten noch nicht einmal die Hälfte der Strecke zum schützenden Dickicht des Waldrandes zurückgelegt, da hörten sie erneut die Schreie der Adler über sich.

„Schneller!“, trieb Velent Swidger an und drehte sich zu ihm um. Er bremste kurz ab, ließ seinen Freund an sich vorbei und riss ihm zugleich seinen Bogen aus der Hand. „Weiter!“, wies er ihm den Weg, während er selbst für einen Moment stehen blieb und den ersten der beiden Adler mit einem mächtigen Wischer durch die Luft abdrängen konnte. Dann drehte er sich um und hechtete Swidger hinterher, der den Waldrand unterdessen schon fast erreicht hatte.

Doch er selbst würde es nicht rechtzeitig schaffen, überschlug Velent im Laufen, den Schrei des zweiten Vogels bereits dicht hinter sich. Einen Moment noch, dann drehte er sich im vollen Lauf und wurde, wie er es sich ausgerechnet hatte, von seinem eigenen Schwung aus der Bahn geworfen. Er stolperte und drehte sich dabei weiter um die eigene Achse. Gleichzeitig öffnete er die Hand, und der Bogen sauste dem Vogel entgegen. Er streifte ihn am Flügel. Kreischend nahm das Tier Reißaus.

Velent raffte sich auf und hastete das kleine Stück weiter, das ihn noch von den schützenden Büschen des Waldrandes trennte. Erschöpft ließ er sich neben Swidger nieder und blickte durch das dichte Grün zum Himmel.

„Sie fliegen zurück! Zum Felsen!“, keuchte er.

„Ja!“, nickte Swidger. „Sie werden ihr Nest verteidigt haben.“

„Klingt einleuchtend!“, stimmte ihm Velent zu. „Das war knapp!“

„Ja! Und die Tiere sind größer als man denkt!“

Velent nickte und versuchte, wieder zu Luft zu kommen, dann richtete er sich im Sitzen kurz auf und nahm die Finger in den Mund. Ein lauter Pfiff ertönte, gefolgt von einem lang gezogenen Ruf: „Adlan! Komm! Komm! Adlan, komm!“

Es dauerte nicht lange und sie hörten das vertraute Geräusch auf den weichen Waldboden trommelnder Hufe. Velent hatte indes eigentlich auch auf das polternde Geräusch eisenbeschlagener Räder gehofft.

„Der Karren!“, meinte er und stand auf. „Er wird irgendwo hängen geblieben sein.“ Er schaute sich um. Der Wald wirkte unwegsam – einige ältere Stämme lagen quer, andere, jüngere standen recht dicht beieinander. „Aber sehr weit wird er wohl nicht mit ihm gekommen sein.“

In der Tat brauchten die beiden jungen Männer nicht lange, um ihren Karren zu finden. Er hatte sich zwischen zwei Bäumen verkeilt. Nur mit Mühe gelang es ihnen, ihn freizubekommen. Dann schoben sie ihn – darauf verzichtend, Adlan vor ihn zu spannen – zurück zum Waldrand.

Swidger ließ sich dort erneut nieder, während Velent sein Pferd auf die Lichtung führte, um es dort weiden zu lassen. Außerdem hatte er noch Swidgers Bogen zu bergen. Doch kurz wie das Gras noch war, ward er recht rasch gefunden.

„Sie sind nicht mehr zu sehen!“, empfing Swidger den jungen Ubier zurück in den Büschen. „Die Adler ...“

Velent nickte zufrieden, und allmählich kehrte zumindest bei ihm die Freude darüber zurück, sich nun bald mit seinem Freund auf die Suche nach dem hispanischen Eisen machen zu können. Ja, er war schließlich so gelöst, dass er sich den Scherz erlaubte, Swidgers Kampf mit dem Adler auf dem Weg zum Felsen nachzuahmen. Für den Freund völlig überraschend rollte er sich plötzlich zur Seite, ruderte ungestüm mit den Armen und rief: „Ah, ah, ah! Ein Drache!“

„Lach Du nur!“, nahm es ihm Swidger nicht weiter übel, und Velent stimmte sofort in das Lachen des Freundes ein.

„Fast hättest Du Deinen erwischt!“, meinte er schließlich versöhnlich. „Ich hätte uns Ketten gemacht! Mit Adlerklauen statt Eberhauern!“

Swidger grinste. Dann indes wurde er wieder etwas nachdenklicher. Abermals blickte er in Richtung des dunklen Felsens. „Vielleicht heißt der Berg auch wegen der Adler Drachenstein und Caesar war niemals hier. Und es gibt hier gar kein altes Eisen. Was ist dann mit meinem Schwert?“

„Du bekommst es! Verlass Dich drauf!“, erwiderte Velent. „Und wenn ich bis nach Hispanien reiten muss, um das passende Eisen zu finden!“

Er überlegte einen Moment, dann fuhr er fort: „Aber ich glaube nicht, dass das nötig sein wird. Diese Tiere sind selten und scheu. Ich könnte mir auch gut vorstellen, dass sie erst hier oben brüten, seit der Berg gemieden wird. Oder aber …“ Velent tat, als habe er eine schreckliche Vorahnung: „… wir haben uns beide geirrt und es waren gar keine Adler, die uns angegriffen haben!“ Er kam auf Swidger zu und schob langsam dessen rechten Ärmel nach oben. „Sondern die Küken des Drachen.“ Er berührte kurz das Abbild des Drachen auf Swidgers Unterarm. Dann jedoch rüttelte er den Freund durch.

„Au!“, schrie Swidger, „Pass doch auf! Mein Arm!“

Wie gefordert ließ Velent Swidger umgehend los; sein Spiel mit ihm trieb er indes noch weiter. „Du schreist, weil Dich ein Küken gekratzt hat?“, rief der junge Ubier scheinbar verwundert. Gleichzeitig breitete er seine Armen so weit er nur konnte aus. „Wehe Dir, Du Wurm!“, drohte er mit tiefer Stimme. „Wie laut wirst Du erst schreien, wenn ich, seine Mutter, Dich erwische!“ Er schwang seine Arme als seien sie Schwingen. „Ich schlief in einer Höhle tief unter dem Stein. Aber meine Kinder haben mich geweckt! Doch ich werde nicht gerne geweckt! Mein Zorn wird Dich treffen! Dich! Dich! Dich!“

Mit einem hellen Schrei stürzte er sich auf den jungen Chatten, um jedoch alsbald lachend neben ihm auf dem feuchten Laub des Waldrandes zum Liegen zu kommen.

Nun lachte auch Swidger wieder; dann meinte er: „Und nun? Was schlägst Du vor?“

Velent überlegte einen Moment. Er blickte zum Felsen. Dann hinter sich in den Wald hinein, um dem Freund schließlich – Kinn und Stimme gesenkt und betont ernst und kurz angebunden, wie er es von einigen älteren Männern aus dem Dorf kannte – eine Antwort zu geben: „Hier ist Wald! Hier gibt es genug Holz! Holz brennt! Und Adler mögen kein Feuer. Wie alle Tiere. Wir sammeln Holz! Wir warten die Dämmerung ab, die die Tiere auch nicht mögen. Dann zünden wir Feuer an! Zwei große Haufen, dicht vor den Felsen!“ Er nickte zufrieden mit sich selbst und ergänzte – nun wieder in normalem Tonfall: „Dann dürften sie uns eigentlich die Nacht über in Ruhe lassen und wir haben gleichzeitig genügend Licht, um die Wiese dort nach Eisen abzusuchen."

„Zwei Feuer?", erwiderte Swidger nachdenklich, gab sich indes umgehend selbst die Antwort. „Falls der Wind dreht …"

Velent nickte. „Was hältst Du davon?"

„Klingt nach einem guten Plan!", stimmte ihm der Rotschopf zu, um sodann seine Stimme kurz nach Velents Vorbild zu senken. „Sammeln wir Holz!"

„Vielleicht", meinte der junge Ubier und blickte sich zum vorerst letzten Mal am Waldrand um, „finde ich hier irgendwo auch ein Kraut für Deine Wunden, das den Winter halbwegs unbeschadet überdauert hat!"

„Halb so wild!", spielte Swidger die Verletzung nun wieder herab. „Und ein paar lange Narben sollen auf jeden Fall bleiben! Was glaubst Du, was die Jungs im Dorf Augen machen werden, wenn ich sie ihnen zeigen kann: ‚Hier! Von meinem Kampf mit dem Drachen!'"

„Du wirst Dich nie ändern!", lachte Velent. „Und die jungen Weiber werden sich sicher auch brennend für Deine Verletzung interessieren!" Nun hob Velent seine Stimme: „Oh, Swidger! Darf ich Deine Narben sehen?"

„Oh, ja doch!", erwiderte Swidger betont männlich. „Und stell Dir vor: Ich habe noch weitere Narben, an ganz anderen Stellen. Und die würde ich Dir auch sehr gerne zeigen!"

Lachend stieß er Velent in die Seite, dann bückte er sich, griff nach einem ersten Knüppel, klemmte ihn sich kurz zwischen die Beine, watschelte ein paar Schritte, lachte erneut, um sodann – wie so oft in gemeinsamen Kindheitstagen – einen kleinen Wettkampf zu starten: „Wer zuerst seinen Haufen zusammen hat!"

Das Holz war schnell gesammelt; und Swidger hatte den größeren Haufen zusammengetragen. Es machte Velent nichts weiter aus; er erkannte es neidlos an – umgekehrt wäre es vermutlich anders gewesen. Sie sammelten noch ein wenig dürres Geäst und luden dann alles auf den Wagen.

Da die Sonne sich endlich senkte, entzündeten sie ein kleineres Feuer, an ihm wiederum zwei Fackeln und zogen schließlich – die Fackeln in der einen Hand und mit der anderen den Karren ziehend – zum Felsen.

Dass ihre beiden Feuer, die sie dort sogleich entfachten, zunächst gewaltig qualmten, war ihnen nur recht! Besonders Swidger, fürchtete er doch, dass die zornigen Adler, die er nicht zu erspähen vermochte, sich irgendwo im Felsen verborgen hatten. Immerhin: An den Drachen schien er nicht mehr so recht glauben zu wollen, war er doch gewiss, dass das Ungeheuer sie sonst schon längst entdeckt und mit seinem heißen Atem versengt hätte. Dafür hielt er schon bald etwas Anderes für umso wahrscheinlicher.

„Der Felsen ist verflucht!“, zischte der junge Chatte, da er sich das dichte Buschwerk an dessen Fuß genauer angeschaut hatte. „Das sind Blutbeeren!“ Er spuckte zu Boden – wie es seine Art war, wenn er über Flüche, Dämonen oder Verdammnis sprach. „Die wachsen sonst nicht in dieser rauen Höhe!“

„Der Felsen wird sie schützen!“, vermutete Velent gelassen. „So dunkel wie er ist, heizt er sich tagsüber wahrscheinlich auf und trägt die Wärme dann bis in die Nacht. Das lässt die Beeren auch hier oben ganz gut wachsen!“

Velents weise Worte vermochten Swidger indes nur zum Teil zu beruhigen. Während sein Freund Spaten und Harke vom Karren zog, ihm den Spaten reichte, um selbst mit der Harke damit zu beginnen, den Boden vor dem tiefen Band der Büsche aufzurauen, behielt er doch lieber den verdammten Felsen im Auge.

Ein, zwei Mal sprang er dem jungen Ubier indes zur Seite, doch war Velent jedes Mal nur an einer Wurzel hängen geblieben. Um ein Haar hätten die beiden so auch ihren ersten Nagel übersehen. Erst im letzten Augenblick gebot Velent Swidger Einhalt, da jener sich im Begriff glaubte, sich eines weiteren, dem Erdreich entrissenen Stücks Wurzel zu entledigen. „Warte! Zeig mal her!“

Prüfend säuberte der junge Ubier den schmalen, länglichen Fund. Bis er ihn schließlich stolz in die Luft reckte. „Ein Nagel! Es ist ein Nagel!“

Swidger ließ ihn sich sofort geben und trat nahe ans Feuer heran. Tatsächlich; es war ein Nagel! Einer jener besonders langen, mit denen – wie ihm Velent umgehend erläuterte – Legionäre ihre Zelte im Boden zu verankern pflegen. Damit bestand kein Zweifel mehr, dass sie sich am rechten Ort befanden!

Entsprechend ausgelassen feierten die jungen Männer ihren unscheinbaren Fund und stürzten sich alsbald voller Eifer in die weitere Suche. Sie stellte sich indes als weit mühsamer als erhofft heraus. Dennoch fanden sie noch eine Handvoll weiterer Nägel und zudem noch Bruchstücke, in denen sie schließlich, nachdem sie auch diese notdürftig gesäubert hatten, die Wangenklappe eines Helmes, den Henkel eines Eimers und den Teil einer Trense zu erkennen glaubten.

„Für ein Schwert wird das leider noch nicht reichen!“, stellte Velent enttäuscht fest. Er blickte zum Felsen. „Ich fürchte, wir müssen unter den Büschen suchen. Dicht am Felsen werden mit Sicherheit überall Zelte gestanden haben!“

„Und die Adler? Und die Büsche?“, wand Swidger ein.

„Adler fliegen wohl kaum in der Nacht!“, entgegnete Velent knapp. „Aber wenn es Dich beruhigt: Wir können auch versuchen, das Gestrüpp niederzubrennen. Dann lassen sie uns mit Sicherheit in Ruhe. Und wir müssten uns nicht groß mit den Dornen rumschlagen!“

Dieser Vorschlag war nach Swidgers Geschmack. Zwar dauerte es seine Zeit, aber schließlich stand – mit Hilfe günstiger Winde – ein guter Teil der Büsche in Flammen. Und wie sie es sich erhofft hatten, konnten sie aus deren Wurzelwerk schließlich weitere Fundstücke bergen.

Da es im Osten bereits dämmerte, hatten sie mehr als genug Eisen beisammen. Es hatte die Jahrzehnte nicht unbeschadet überdauert, aber in Anbetracht seines Alters hielt sich der Grad seiner Fäulnis – wie Velent befand – in Grenzen.

Swidger war bereits dabei, sein Werkzeug zurück auf den Karren zu legen und mahnte schon müde zum Aufbruch, da entdeckte Velent in einem vom Feuer kaum erreichten Gestrüpp an der Felswand etwas Besonderes.

„Was ist das?“, fragte er – mehr sich selbst als den Freund – und ging auf die weiße Erhebung zu.

„Was?“, entgegnete Swidger und folgte mit seinem Blick Velents Finger. Im nächsten Moment schüttelte er indes bereits mit dem Kopf. „Das ist ein Felsbrocken!“, meinte er entschieden. „Zugekackt von oben bis unten.“ Seine Stimme war unter seinen letzten Worten deutlich leiser geworden. „Demnach“, fuhr er beinahe andächtig fort, „liegt der Horst der Adler genau über uns. Wir sollten schleunigst zusehen, dass wir hier wegkommen!“

„Kacke ja!“, stimmte ihm Velent zu, zugleich widersprach er dem Freund aber. „Aber es hat Löcher, durch die der Weißdorn dort seinen Weg gefunden hat ...“ Er nahm einen Stein vom Boden auf und warf ihn auf das seltsame Etwas. „Hast Du das gehört?!“, rief er erstaunt und bahnte sich – der dornigen Ranken, die das Feuer überstanden hatten, zum Trotz – seinen Weg zur Felswand.

„Gib mir eine Fackel!“, bat er Swidger, da er angekommen war und nahm – da er sie schließlich in der Hand hielt – seinen ungewöhnlichen Fund genauer in Augenschein. Sein Verdacht bestätigte sich rasch. „Es ist ein Kessel!“, rief er dem Freund zu.

„Bist Du sicher?“

„Kein Zweifel!“

Nicht viel von dem, was Degenar ihnen einst beigebracht hatte, war bei Swidger hängen geblieben, doch wusste der junge Chatte, dass man Kessel, wenn möglich, aus Kupfer fertigte. „Dann bringt er uns nichts für mein Schwert!“, folgerte er. „Lass ihn liegen!“

„Nichts da!“, widersprach Velent und ließ sich auch nicht mehr umstimmen. „Kupfer ist wertvoll! Wir nehmen ihn auf jeden Fall mit!“

Seufzend half Swidger ihm schließlich, den Kessel zu bergen, was sich erneut als äußerst mühsam herausstellte, schien das Gebüsch ihn doch mit hundert Armen festzuhalten.

Als auch er endlich auf ihrem Karren lag, spannten sie Adlan ein und machten sich auf den Heimweg. Etwa auf halber Strecke – sie hatten gerade einen kleinen Hang erklommen – linste die Sonne erstmals über den Horizont.

„Warte einen Moment!", meinte Velent zu Swidger und hielt auch Adlan an.

„Was ist?"

„Ich möchte mir den Kessel anschauen."

„Warum?"

„Weiß nicht."

Swidger schüttelte missmutig den Kopf. „Mir ist kalt. Ich möchte heim!"

„Nur einen Moment!", bat ihn der junge Ubier und rückte sich den Kessel zurecht. Dann zog er sein Messer und kratzte an einer Stelle die weiße Kruste vom Blech. Anschließend griff er zu einem Stück Leder, in dem sie etwas Brot und Käse mit sich genommen hatten, und rieb die Stelle blank. „Sieh Dir das an!", meinte er beeindruckend.

„Was denn?", wollte Swidger wissen.

„Sieht das Blech nicht ungewöhnlich aus?"

„Inwiefern?"

„Keine Ahnung", erwiderte Velent. „Aber es sieht doch nicht wie gewöhnliches Kupfer aus! Irgendwie dunkler. Fast verbrannt."

„Und wenn schon?!", hob Swidger die Schultern. „Der Kessel ist uralt! Da kann er nicht wie neu aussehen!"

Velent schüttelte den Kopf: „Das ist es nicht. Das ist es nicht!" Er angelte sich den Henkel des Kessels, der nicht aus Kupfer, sondern Eisen war.

„Hier!", entledigte er auch ihn an einer Stelle seiner hellen Kruste. „Es scheint fast, als hätte die Kacke das Eisen vor dem Faulen bewahrt. Und gleichzeitig ...", er betrachtete die Stelle genauer, aber ihm fiel nichts Besseres ein, als sich zu wiederholen: „... sieht das Metall auch hier ein wenig dunkel aus und irgendwie verbrannt. Oder angefressen. Aber auf jeden Fall anders als gewöhnlich."

„Und, was sagt Dir das?", entgegnete Swidger und trat ungeduldig von einem Fuß auf den anderen.

„Noch nichts", erwiderte Velent, „aber ich werde darüber nachdenken."

„Tu das!", sagte Swidger entschieden, „Und jetzt weiter!"

Wieder im Dorf am Steinring angekommen, verabschiedete sich Swidger auf Höhe seines Hofes, um Velent mit Adlan das letzte Stück bis zur Schmiede alleine gehen zu lassen.

„Bring mir den Karren irgendwann zurück. Es eilt nicht!“, meinte er müde. „Aber sieh zu, dass keine Kacke mehr an ihm klebt!“

„Ich werde darauf achten!“, erwiderte Velent lachend. Dann wurde er wieder ein klein wenig ernster, fischte etwas aus seinem Gürtel und zeigte es Swidger. „Ach! Was ich Dir noch sagen wollte: Schau, was ich die ganze Zeit bei mir hatte!“

Swidger erkannte den Gegenstand sofort: „Das Heft des magischen Schwertes! Du hast es aufgehoben?!“

Velent nickte stolz: „Schau Dir die beiden verschlungenen Drachen an! Sie sind wie wir, nicht wahr?!“

„Das sind sie!“, bestätigte ihm der Freund.

Velent seufzte zufrieden, aber auch etwas unschlüssig, was noch zu sagen gewesen wäre. Er beließ es schließlich bei einem kurzen: „Tja, dann danke noch mal, dass Du mitgekommen bist!“

Er wartete Swidgers Nicken ab und ging langsam weiter. Adlan folgte im Schritt.

„Hey“, hielt ihn Swidger schließlich noch einmal kurz auf. „Ich hab es ja nicht für umsonst getan! Vergiss mein Schwert nicht!“, rief er ihm nach, um in Velents kurzes Nicken zu ergänzen: „Ach, und wenn jemand Dich fragt: Die Schwingen der Adler maßen mindestens zehn Fuß! Eher mehr! Vielleicht waren es aber auch kleine Drachen! Wer weiß?! Wie sollten wir es sicher wissen, wo wir doch nie zuvor welche zu Gesicht bekommen haben! Aber, wie dem auch sei: Das Wichtigste ist, dass ein paar ordentliche Narben zurückbleiben! Und danach sieht es fraglos aus! Was will man mehr?! – Und nun: Schlaf gut!“

„Du auch!“

*

Velent schlief unruhig. Irgendetwas schien ihn zu sorgen.
Da er erwachte, begann er trotzdem. Bis in den Morgen
Schmiedete er aus Bolzen, Trensen, Nägeln und Ringen –
Kurz aus allen am Berge des Drachen gefundenen Dingen –
Schmale, nach ihrer Härte sortierte, längliche Barren.
Alles fand Verwendung. Auf Swidgers klapprigem Karren
Stand schließlich nur noch der Kessel. Er stellte ihn in ein Feuer,
Damit der Kot der Adler verbrannte. Es stank ungeheuer.

Dann räumte er ihn beiseite, um nun mit dem Schwert zu beginnen.
Ganz bei sich war er nun und zugleich beinahe von Sinnen.
Alles fügte sich. Stimmte. Es war zwar nicht zu beweisen,
Aber Velent war sicher: Er hatte das richtige Eisen.

Über den tumben Kreislauf von Schmieden, Schlafen und Essen
Sollte Velent indes die Männer des Dorfes vergessen.
Jeder von ihnen hatte es mittlerweile vernommen:
Swidger sollte und würde ein Schwert von Velent bekommen!

„Nein! Weit mehr als ein Schwert! Eine ganz besondere Klinge!“,
Hatte Swidger geprahlt. Ihre Einzigartigkeit hinge
Mit der Güte und Herkunft des Eisens zusammen. „Es stamme“,
Hatte er leise ergänzt, „vom Berge, den jeder verdamme!“

Kaum jemand hatte geglaubt, es stamme wirklich vom Drachen.
Dann aber häuften sich die Berichte von seinem Erwachen.
Viele schworen, sie hätten die Augen des Untiers gesehen!
Was es gewesen war, gab ihnen Swidger nicht zu verstehen.
Jene Feuer, die sie am Schwarzenstein angefacht hatten.
Sie hatten alle getäuscht – besonders die schreckhaften Matthen!

Swidger sah keinen Grund dafür, ihnen die Wahrheit zu sagen.
Er stand gut da. Die andern indes begannen zu klagen.

*

Doch Dank, Velent, bist Du Swidger wohl nicht mehr schuldig. Du hast ihm ganz sicher schon häufiger geholfen als er Dir! Auch mit Taten und Dingen, die ihm viel wert waren und die er nicht vergessen haben kann. Du hast ihm sein erstes Schwert geschmiedet!

Du kannst es nicht wissen, aber Menelaos hat gelächelt, als ich ihm diese letzten Zeilen soeben vorgelesen habe, um seine Meinung dazu zu erfahren. – Wie schön ihn noch einmal lächeln zu sehen. Nun schläft er wieder.
Ihr beide, Swidger und Du, wäret es demnach wohl gewesen, die den Drachen geweckt haben, wovon die schreckhaften Bauern im Umland so lange erzählten. Doch damit nicht genug – und damit versiegte das Lächeln des treuen Griechen auch wieder. Du, Velent, hattest noch etwas anderes geweckt: das Verlangen derer, unter denen Du nun wieder lebtest, nach weiteren Waffen.

*

Missgunst griff um sich, weil nun ein jeder ein Schwert haben wollte.
Trunken stritt man, wem das nächste zustehen sollte.
Dann bedrängte man Velent: „Uns musst Du auch Schwerter schmieden!"
Doch Velent weigerte sich. Was die, die ihn ohnehin mieden,
In ihrer Meinung bestätigte, Velent sei ein Verräter.
Immerhin sei er ein Ubier und die hätten schon ihre Väter
Mehrmals verraten! Selbst Swidger gehörte schließlich zu jenen
– Es ist, denke ich, richtig und wichtig, es hier zu erwähnen –,
Die nicht länger völlig bedingungslos hinter ihm standen.
Sein Vertrauen in Velent ging Swidger ein stückweit abhanden.

Velent spürte es. Doch er fuhr fort, Swidgers Langschwert zu schmieden.
Mit dem Ergebnis war er letztlich auch halbwegs zufrieden,
Dennoch zögerte er, dem Chatten die Klinge zu geben.
Denn er erahnte die sichere Folge, den Ansturm, das Beben,
Das dies auslösen würde. Doch seinen Eid, sein Versprechen,
Wollte und durfte der junge Ubier letztlich nicht brechen.
Also gab er Swidger schweren Herzens die Waffe.

Stolz und den Tränen nah zeigte der Freund sie herum. Das Gegaffe,
Staunen und Schreien, vor allem der Jungen, war kaum zu beschreiben.
Aber hinter dem Jubel sollte es dabei nicht bleiben.
Wie erwartet wuchs ihr Verlangen auf eigene Schwerter.
Bestenfalls sollten sie sogar größer sein, länger und härter.
Velent durfte, er konnte sich ihnen nicht einfach verweigern!

Doch er tat es. Der Hass auf ihn sollte sich noch einmal steigern.
Einen Tag vor dem Gräberzug schlug man ihn übel zusammen,
Und als er wieder erwachte, stand Degenars Schmiede in Flammen.

Jenes Verlangen ist Dir nicht bekommen. Jede Gier ist eine Geisel. Mag sein, dass Swidger es Dir dankt, was Du gerade für ihn tust. Aber was, wenn Dich trotzdem irgendein wild gewordener Germane, gleich welchen Stammes, erschlägt, weil er in Dir einen Ubier und Römerfreund zu erkennen glaubt? Was dann, Velent? Was dann?

**

Bild IX

8 Jahre vor Lunas Brief an Velent – im Dorf am Steinring

„Swidger, er kommt zu sich! – Velent! Hörst Du mich!“

Lykke hatte Velents Kopf auf einen Mantel gebettet. Sie selbst kniete neben ihn. Fürsorglich und behutsam strich ihre Hand über sein Haupt. Es sah übel aus, doch immerhin hatten sich mittlerweile alle Wunden geschlossen. So gut sie es verstand, hatte die junge Frau sie gesäubert und versorgt.

Benommen schlug Velent die Augen auf. Zugleich wurde er allmählich des Knisterns der Flammen und des Geruchs des Feuers gewahr. „Was ist passiert?“, fragte er schließlich – noch völlig benommen.

„Die Schmiede“, klärte Lykke ihn reumütig auf. „Sie ist nicht mehr zu retten. – Aber Du bist in Sicherheit!“

Die Schmiede? Velents Kopf dröhnte. Dennoch blickte er sich kurz um. Zunächst in Richtung des lichterloh brennenden Gebäudes. Dann auf die andere Seite. Das Dorf lag unversehrt in der Senke zu seiner Rechten. Kein Feind war zu sehen; nichts deutete auf einen Überfall hin. Hatte es ein Gewitter gegeben? Der Boden war trocken. Und dennoch brannte die Schmiede.

„Was ist mit Adlan?“, galt sein nächster Gedanken zunächst seinem Pferd. „Ich war bei ihm. Im Stall.“ Langsam kehrte seine Erinnerung zurück.

„Ich habe ihn in mein leeres Gatter gestellt“, warf Swidger auf Lykkes bittenden Blick hin ein. Er saß etwas abseits auf einem Stein, einen dürren Ast in den Händen. Er klang müde und schuldbewusst.

„Swidger?“ Velent wand sich hustend der vertrauten Stimme zu. „Was … was ist passiert?“

Doch der junge Chatte schwieg. Betreten blickte er unter sich.

Lykke schüttelte fassungslos den Kopf. „Wenn Du Dich nicht traust, dann sag ich es ihm!“, brach es schließlich aus ihr heraus. „Man hat Dich niedergeschlagen! Und die Schmiede angesteckt!“

Velent schloss die Augen und versuchte, Ordnung in die Gedanken zu bringen, die ihm wild durch den Kopf stoben. Es war alles sehr schnell gegangen. Aber Lykke hatte Recht. Jemand hatte die Tür zum Stall aufgerissen, und schon waren sie über ihn hergefallen. Hatten ihn nach draußen gezerrt. Schläge. Tritte. Mehr wusste er nicht. Auch an Gesichter konnte er sich nur schemenhaft erinnern. Vielleicht waren Gerod, Ramgar und Levin dabei gewesen. Doch vielleicht tat er ihnen auch Unrecht, sie zu verdächtigen. Nicht zuletzt deshalb fragte er nun leise: „Wer?“

Betretenes Schweigen. Er öffnete die Augen, schaute erneut in Swidgers Richtung und wiederholte die kurze Frage – nun bereits in etwas schärferem Ton: „Wer?“

Aber Swidger schaute ihn nicht einmal an. „Wer?“, wiederholte Velent ein letztes Mal und suchte nun Lykkes Blick. Doch auch sie wich ihm aus.

„Sie sind fort!“, gab sie nur leise und zögerlich zur Antwort. „Nach Mattiacum! Die heiligen Frauen zu ehren!“

Velent seufzte und nickte. Auch er schwieg nun für eine Weile. Dann jedoch sah er sich nicht mehr im Stande, die Frage, die ihn quälte, nicht zu stellen. „Warum antwortest Du nicht, Swidger?“, sprach er den Freund betroffen an. „Warst Du etwa dabei?“

„Nein, war er nicht!“, kam Lykke ihrem Gefährten zuvor. „Er war die ganze Nacht bei mir.“

Doch anstatt es bei diesen Worten zu belassen, wie es Swidger vermutlich erhofft, nein, sogar sicher von ihr erwartet hätte, sprach die junge Frau weiter: „Aber er wusste davon und hat nichts getan, es zu verhindern!“

Nun war es Velent, der den Blick senkte. „Halt Dein Maul, Weib!“, hörte er des Freundes blaffende Stimme. „Das geht Dich nichts an! Was hätte ich denn tun sollen?“ Doch gingen jene Worte fast an ihm vorbei – nicht anders als Lykkes Antwort.

„Dich ihnen in den Weg stellen, als sie unser Haus verließen! Das hättest Du tun können! Nein: Müssen!“

„Sie hatten zu viel getrunken!“, versuchte der junge Chatte noch, sich herauszureden. „Sie waren aufgewühlt! Wer kann es ihnen verdenken, so kurz vor dem Zug!“

Aber Lykke ließ nicht locker. „Sie haben gegen Rom gewettert!“, trieb sie Swidger weiter in die Enge. „Und gegen alle, die gemeinsame Sache mit ihnen machen! Und sag nicht, Du hättest es nicht gehört!“

„Ich habe gedacht, sie machen nur einen Scherz!“, erwiderte Swidger.

Doch selbst Velent erahnte die Wahrheit nun längst. „Nein, das hast Du nicht, Swidger!“, entgegnete er leise, und trotz seiner Schmerzen und trotz Lykkes bittender Worte, er möge liegen bleiben und sich ausruhen, raffte er sich nun auf, um torkelnd das Weite zu suchen. Wohin er gehen sollte, wusste er selbst nicht; doch noch länger zu bleiben, schien ihm völlig undenkbar. Also schleppte er sich ein paar Schritte vorwärts, um dann zunächst zu wanken, dann zu stolpern und schließlich zu fallen. Lykke war sofort an seiner Seite. „Nicht aufstehen! Du musst Dich ausruhen!“, bat sie ihn leise und warf Swidger zugleich einen tadelnden Blick zu.

„Degenar hat uns verraten!“, wehrte er sich lauthals. „Er ist nach Mattiacum! Genauso wie …“

Er stockte, doch Velent füllte die Lücke. „So wie ich?“, ergänzte er ebenso traurig wie vorwurfsvoll. „Sprich ruhig weiter, Swidger!“

Und Swidger sprach weiter. In die Enge getrieben und bemüht, betont stolz zu klingen, entgegnete er forsch: „Wir sind Chatten! Dies ist ein Dorf der Chatten! Und Rom ist der Feind! Das hat mein Vater schon immer gesagt!“

Gleichwohl etwas in ihm mit einem solchen Ausbruch seines Gegenübers gerechnet haben musste, war Velent nicht einmal fähig, den Kopf zu schütteln. „Ich dachte, wir wären Freunde!“, hielt er beinahe stimmlos, doch tief verbittert dagegen. „So wie die beiden Drachen! Ich habe mich wohl getäuscht!“ Er griff in die Innentasche seines Gürtels und fingerte etwas heraus. „Hier!“ Es war das Heft des Schwertes, das Degenar einst in ihrer beider Gegenwart geschmiedet hatte. Er hob leicht das Kinn und warf es Swidger vor die Füße. „Ich brauche es nicht mehr!“

Doch Swidger war es nicht mehr möglich, aus der Rolle, in die er sich geflüchtet hatte, zu entfliehen. Trotzig sprang er auf, zerbrach den dürren Ast und rief: „Du bist doch selbst schuld!“

Velent nickte nur stumm. Zugleich raffte er sich indes – gegen Lykkes Bitte und Rat – wieder auf, um humpelnd in Richtung des Dorfes zu ziehen.

„Hast Du noch nicht genug?“, fuhr Lykke Swidger nun an.

„Schweig, Weib!“, brüllte er sie außer sich an, und auch Velent rief er – während er trotzig die Arme vor der Brust verschränkte – noch etwas hinterher: „Warum hast Du Dich auch geweigert, weitere Schwerter zu schmieden? Du hattest die Wahl! Und hast Dich gegen uns entschieden! Und gegen mich!“

Fassungslos blieb Velent stehen. „Ich habe Dir ein Schwert geschmiedet!“, entgegnete er mit kurzen, kalten Worten. Doch erst als Swidger nachsetzte und ihm vorhielt, ansonsten nur Scherereien mit ihm gehabt zu haben, drehte sich der junge Ubier langsam um und raunte: „Pass auf, was Du sagst, Swidger!“

„Er hat auch zu viel getrunken!“, rief Lykke verzweifelt und stellte sich zwischen die beiden. „Vielleicht noch mehr als die anderen! Versuch ihn zu verstehen, Velent, bitte! Er macht sich Sorgen um seinen Vater! Ob er noch lebt, ob er ihn morgen wiedersieht! Ob ihr ihn heimholen könntet!“

„Wir?“, entgegnete Velent erstaunt und verbittert.

„Ja“, nickte Lykke tapfer. „Ich hatte Dich gebeten, ihm zu helfen …“

Velent schaute sie traurig an. Zunächst kam kein Wort über seine Lippen. Doch da Swidger schließlich in ihrem Rücken blaffte, nichts, aber auch gar nichts getan zu haben, sagte er leise: „Das ist es ja!“

„Velent! Nimm nicht jedes seiner Worte ernst! Bitte!“, unternahm Lykke einen letzten Versuch, zu vermitteln. „Morgen schon wird er sie bereuen!“

Doch fuhr Swidger dazwischen. „Warum sollte ich?“, blökte er barsch. „Ich schäme mich für nichts! Und brauche seine Hilfe nicht! Und mehr ist nicht zu sagen!“

„Da hast Du vermutlich Recht“, entgegnete Velent ernüchtert. „Dann weiß ich nun, woran ich bin.“ Traurig drehte er sich erneut um.

„Bleib, Velent! Bitte!“, flehte ihn Lykke an, doch Velent ließ sich nun nicht mehr aufhalten. Allein zu einem letzten, zutiefst verbitterten Wort ließ er sich noch verleiten. „Bis in den Tod!“, flüsterte er mit der unheilvollen Stimme eines Orakels. „Ich werde sie niemals mehr sagen, diese vier Worte! Nie mehr! Nie!“

Dann ging er.

Weinend und zutiefst verzweifelt bückte sich Lykke nach dem Heft, das Velent kurz zuvor zu Boden geworfen hatte, hob es – gleichwohl Swidger ihr drohend hieß, es nicht zu tun – auf, rannte dem jungen Ubier hinterher, um ihn herum und drückte es ihm in die Hand. „Nimm es! Bitte! Bitte! Und versuch zu vergessen, was in der vergangenen Nacht geschehen ist.“

„Wie könnte ich das, Lykke?“, flüsterte Velent. „Wie könnte ich das?“ Und doch wehrte er sich schließlich nicht dagegen, dass Lykke seine Hand sanft zusammendrückte.

*

„Was wäre ich wert, wenn ich die Liebe über die Freundschaft stellte?“
Ich bleibe schon wieder an Deinen Abschiedsworten hängen.
Welche Freundschaft, Velent? Swidger hat sie oft genug mit Füßen getreten!

Velent konnte kaum laufen. Ihm schmerzten der Kopf und die Glieder.
Taumelnd ging er zu Adlan – gleich mehrfach fiel er noch nieder –,
Um sich mit letzter Kraft auf den Rücken des Tieres zu schwingen
Und es flüsternd zu bitten, ihn nach Mattiacum zu bringen.

Er hat das Band zwischen Euch einst zerschnitten; nicht Du! Und wenn er nicht sogar selbst handgreiflich geworden ist, weil Du nicht bereit warst, noch weitere Schwerter für die Seinen zu schmieden, dann hat er zumindest nicht zu Dir gestanden, als jene es wurden!

Dieser Ritt bedeutete weitere Schmerzen und Qualen,
Aber er folgte den Stimmen, die ihn nach Süden befahlen.
Eine riet ihm, dort nach Swidgers Freunden zu suchen.
Um sie zu stellen, sich zu rächen und sie zu verfluchen.

Aber Du hast es stets vermieden, jedwede Schuld bei ihm zu suchen. Du hast sie nur bei Dir gesucht. Oder bei seinen Freunden.

Velent wusste zwar nicht genau, wer die Schuldigen waren.
Aber der Hass ließ ihn glauben, es vor Ort zu erfahren.
Er war sich sicher, dass jene grinsten oder gar lachten,
Wenn sie ihn sahen und dabei zugleich ihrer Taten gedachten.

Auch sein Anstand hieß ihn indes, nach Süden zu reiten.
Weil sich Nachrichten manchmal schneller als Feuer verbreiten.
Velent sah sich in der Pflicht, seinem Meister die Wahrheit zu sagen.
Bang war ihm aber dennoch vor Degenars möglichen Fragen.

Verzeih mir, Velent. Ich kann Dich nicht dafür hassen, wie Du bist. Und ich möchte es auch nicht. Ich möchte an Deine Liebe glauben. Daran, dass Du eben jetzt an mich denkst, wie Du so oft schon an mich gedacht hast.

Noch weit bänger ward Velent indes, als er daran dachte,
Was mit Luna war. Ja, er fragte sich, was sie wohl machte.
Würde sie dort sein? Oder war sie am Moenus geblieben?
Meile um Meile wuchs seine Gewissheit, Luna zu lieben.

Und ich wünsche Dir, dass es schöne Gedanken sein mögen, die Dich begleiten und erinnern, erfahre ich doch leider gerade selbst, was es heißt, dem andren in Sorge zu gedenken.

Was aber war, wenn Luna am Moenus geheiratet hatte?
Sicherlich hatte sie es! Was sonst? Und gewiss war ihr Gatte
Mit nach Mattiacum gekommen! Er sah ihn sie bereits küssen!
Es zerriss ihm das Herz, dass sie hatte heiraten müssen!

Ja, davon ging er bald aus! Denn in seinem Sehnen und Leiden
Ließ sich der zeternde Glaube daran schließlich nicht mehr vermeiden.
Und je mehr er versuchte, sich dieser Angst zu erwehren,
Desto gewisser ward er, sie würde den andren begehren.

Manchmal glaube ich gar, Sorge und Zweifel alleine wären mir treu geblieben. Vielleicht, nein, gewiss auch begleitet von Wut und Zorn.

Darüber rasend, vermochte der Ubier sich kaum mehr zu zähmen.
Tobte und schrie, doch nur, um sich dafür alsbald schon zu schämen.
Wenn Du sie liebst, dann musst Du ihr gönnen, glücklich zu leben!,
Rügte er sich. Dann musst Du nach ihrem statt Deinem Glück streben!

Ob ich am Ende nur neidisch auf Swidger bin?
Und müsste ich nicht – so schwer es mir fällt –, wenn ich Dich wirklich und aufrichtig liebe, mit Deiner Entscheidung zu leben lernen?

Beide, Luna und Velent, besaßen Größe und Tugend!
Doch welches einsame Herz will schon groß sein – zumal in der Jugend?
Oder auch tugendhaft? Nein, es will hoffen und zittern und beben!
Und wenn dies alles nichts hilft, zumindest den Schatten erleben!

So ergab sich auch Velents Herz. Gleich mehrfach getroffen
Sah es sich nicht in der Lage, noch weiter auf Liebe zu hoffen.
Bleierne Leere zog es hinab, wie um es zu ertränken.
Kaum war Velent mehr fähig, die Schritte Adlans zu lenken.

Ja, das müsste ich wohl, doch fällt es mir unsagbar schwer.

Zahlreiche Büsche trugen schon Grün oder standen in Blüte.
Velent aber sah es nicht. Elend ward sein Gemüte.
Starren Blickes ließ er sich treiben. Völlig benommen.
Wen und was Du geliebt hast, alles ist Dir genommen!,
Fand sein Zorn erneut Nahrung und hieß ihn, jene zu hassen,
Denen es offensichtlich gefiel, ihm niemand zu lassen.
Selbst Deinen besten Freund verführten sie, Dich zu verraten,
Deine launigen Götter, die Dich doch immer schon narrten!

Es fällt mir schwer, meine Wut und meinen Zorn zu bändigen.

Als sei dies ihre Antwort, sollten die Wolken sich türmen.
Still ward der Wald und gelbgrau. Dann ließen die Götter es stürmen.
Sandten ihm Blitz und Donner, Eis und verheerenden Regen.
Velents Zorn indes sah es nicht ein, sich wieder zu legen.
Trotzig schrie er zum Himmel, ihnen fortan zu entsagen!
Und überzog sie mit düsteren Flüchen und bitteren Klagen!

Statt ihn zu richten, sollten die Götter indes darauf zielen,
Velent zornig zu halten, um weiterhin mit ihm zu spielen.
Derart geblendet, ließ er sich erstmals dazu verleiten,
Auf dem dort einst gestohlenen Pferd nach Mattiacum zu reiten.

Und doch ist ein jeder von uns gut beraten, eben dies treu zu versuchen, denn unsere dunklen Gefühle machen uns nicht nur taub, sondern zuweilen auch blind.

**

Bild X

8 Jahre vor Lunas Brief an Velent – in Mattiacum an der Logana

Einem alten Weg folgend, näherte Velent sich Mattiacum aus Richtung Artauns. Je näher er dem Marktort kam, an desto mehr Menschen zog er vorbei. Unter ihnen waren Sueben, Sugambrer und Hermunduren. Doch auch an etlichen Matthen und Chatten ritt er vorbei – ohne unter ihnen einen seiner mutmaßlichen Peiniger erkennen zu können. Wie er erahnte, hatten all jene Germanen ein gemeinsames Ziel: das Feld der Valkyrjen. Und doch ging jede Gruppe allein.

Als Velent es schließlich in scharfem Ritt schnitt, war es erneut eine Horde Sugambrer, die ihn – und mehr noch sein riesiges Pferd – mit argwöhnischen Blicken bedachte.

Wäre Velent nicht so aufgebracht gewesen, hätte er sicher bemerkt, dass er die einzige Frau unter den gut zwei Dutzend Männern – ein junges, groß gewachsenes, breitschultriges Weib mit strohblonden Haaren – schon einmal gesehen hatte. Drei Jahre zuvor und fast an gleicher Stelle, da sie aus dem Zelt einer der Wäscherinnen unten an der Logana gekommen war. Und wenn er ihrer gewahr geworden wäre, hätte er wohl auch auf den älteren Mann an ihrer Seite geachtet, den er nur dem Namen nach und ob seiner Gräueltaten wider das Dorf am Steinring kannte: Er war Ryktar, der Häuptling der im drei Tage nördlich gelegenen Bergland verbliebenen Sugambrer.

Auch den zahlreichen Legionären, die sich – nicht anders als manche einheimischen Priester – mühten, aus den mitunter hitzigen Wortgefechten der Germanen keine Händel werden zu lassen, schenkte Velent übrigens erst viel zu spät Beachtung. Da er sich ihrer Anwesenheit auf dem heiligen Gräberfeld bewusst geworden war, hatte er das östliche Tor Mattiacums schon beinahe erreicht.

„Ein Reiter! Auf einem riesigen Pferd! Schwarz wie die Nacht!", kündigte ihn eine erste Wache vom Turm des Tores aus an.

„Beim Neptun, das ist das größte Pferd, das ich je gesehen habe!", stimmte ihm eine zweite vom Boden aus zu, während eine dritte vom anderen Flügel des Tores ergänzte, wie jung der Reiter noch sei.

Marcus, der am Aufgang des Torturmes stand, war schon beim Hinweis auf die Farbe und Größe des Pferdes hellhörig geworden, auf die letzten Worte seiner Tormannschaft drehte er sich indes sofort um und sah sich bald auch in seiner Vermutung bestätigt.

„Velent!", entfuhr es dem Kommandanten leise. „Das darf doch nicht wahr sein!"

Als eine der jüngeren Wachen kurz darauf wissen wollte, ob er Alarm geben sollte, konnte er dies noch abtun. Da aber eine der älteren unter der Zustimmung anderer fragte, ob nicht Marktherr Quirin einst ein ähnliches Pferd besessen habe, und eine weitere, ob es nicht der junge ubische Schmied sei, der im Sommer im Ort gewesen sei, der es reite, sah er sich schließlich zum Handeln gezwungen.

„Sicher!", bestätigte Marcus und bemühte sich im Folgenden darum, möglichst sicher zu klingen. „Er hatte ja den Auftrag, das Pferd zu holen!"

Schon hatte Velent das Torhaus erreicht. Marcus empfing sein schnaubendes und verschwitztes Pferd mit erhobenen Händen. „Ruhig, ganz ruhig!"

„Marcus!", hatte nun auch Velent den jungen Offizier erkannt.

Marcus seufzte nickend. Dann trat er an seine Seite und half ihm vom Pferd, doch nur, um ihm dabei anklagend zuzuzischen: „Bist Du von Sinnen, hier mit diesem Pferd aufzukreuzen? Die Männer haben es sofort erkannt!"

„Das … habe ich nicht bedacht", stammelte Velent ernüchtert.

„Wie siehst Du überhaupt aus?", legte Marcus nach. „Warst Du in einen Kampf verwickelt?" Mehr entrüstet als besorgt begutachtete er Velents Wunden und seine verdreckte und zum Teil blutverschmierte Kleidung.

„So in etwa …", erwiderte Velent – noch immer nicht ganz bei sich.

„Sollen wir uns um das Pferd kümmern?", warf nun eine der Wachen ein und kam bereits näher, Adlans Zügel zu ergreifen. Doch Marcus kam ihm zuvor.

„Nein, das mach ich selbst!", hielt er dem Mann entgegen, um sich sodann auch an die anderen zu wenden. „Wir sind ja so weit fertig!", rief er und fasste im Folgenden kurz zusammen, was er ihnen vor Velents Ankunft geheißen hatte. „Also, noch einmal: Lasst Euch nicht reizen! Und sollten noch doppelt so viele kommen! Ruhe bewahren! Aber solltet Ihr jemanden sehen, der eine Waffe trägt, dann nehmt sie ihm ab!"

„Von uns trägt keiner eine Waffe!", hielt einer der Sugambrer unweit des Tores dagegen. „Wir wissen, was sich an einem heiligen Tag gehört!" Und ein zweiter ging sogar noch weiter. „Im Gegensatz zu Euch!", ergänzte er stolz und anklagend zugleich.

„An mir ist es, hier für Ruhe zu sorgen!", fuhr Marcus ihn an. „Tut das Eure, dass die Euren ruhig bleiben, und wir haben kein Problem miteinander!" Dann drehte er sich wieder um und wies Velent an, ihm zu folgen.

Der junge Ubier tat, wie ihm geheißen. Er folgte Marcus, der an den ihn grüßenden Wachen vorbei und Adlan am langen Zügel führend, langsam in den Marktort einzog.

„Das waren Sugambrer!", meinte er schließlich, da er die Höhe des Kommandanten kurz darauf wieder erreicht hatte. „Aber das Feld ist auch voller Sueben, Hermunduren, Matthen und Chatten!"

„Schon sicher gut einhundert!", stimmte ihm Marcus seufzend zu. „Und es werden immer mehr!"

„Und sie haben selbst während des Gewitters keinen Schutz hier im Ort gesucht?", fragte Velent verwundert.

„Nein!“, entgegnete Marcus. „Zumindest die meisten nicht. Bis auf die Matthen haben sich fast alle geweigert, Mattiacum zu betreten. Aber Du scheinst ja auch keinen Schutz gesucht zu haben …“

Abermals musterte er Velents Erscheinung. Ja, es schien ihm fast peinlich, sich mit ihm auf der belebten Hauptstraße zeigen zu müssen.

„Praefekt!“, hörte er im nächsten Moment eine Stimme hinter sich. Er drehte sich um. Eine der Wachen war ihnen hinterher gelaufen. „Das Pferd gehört abgerieben!“, rief der junge Mann. „Es ist verschwitzt und nass! Ich kann das machen!“ Offenbar war ihm daran gelegen, sich beliebt zu machen. Marcus indes wies ihn barsch zurecht. „Habe ich mich unklar ausgedrückt? Ich kümmere mich um das Pferd! Und gebe es seinem Herrn zurück! Und Du scher Dich zurück auf Deinen Posten!“

Der junge Mann kuschte wie ein Hund, hielt zunächst noch eingeschüchtert inne, um im nächsten Moment aber kehrtzumachen und umso eiliger zum Tor zurückzulaufen.

Velent indes bekam davon nichts mit. Aufgeregt drang er auf Marcus ein. „Ist er schon hier? Quirin? Und ist er allein?“

„Nein!“, erwiderte Marcus leise. „Er ist noch nicht da! Was Dein Glück ist! Was, wenn er Dich auf dem Pferd gesehen hätte?“

Velent aber kümmerte in jenem Moment weder Adlans noch sein eigenes Schicksal. „Kommt er allein?“, fragte er aufgeregt nach.

Marcus schüttelte verständnislos den Kopf. „Warum sollte er ohne Wache reisen?“

„Ich meinte“, erklärte sich Velent mit bangen Worten. „Wird ihn Luna begleiten?“

„Soviel ich weiß: Nein!“, erwiderte Marcus. „Aber mit Gewissheit vermag ich es nicht zu sagen!“ Da er ihn nicht einmal ansah, entging dem jungen Praefekten Velents Enttäuschung. Stattdessen klagte er ihm nun lieber selbst sein Leid. „Es war schwer genug, mit Quirin in Verbindung zu bleiben“, fuhr er seufzend fort. „Um hier alles vorzubereiten! Ich musste die ganze Arbeit für ihn machen! Und er wird sich feiern lassen!

– Aber jetzt lass uns das Pferd wegbringen! Was hast Du Dir nur dabei gedacht?"

„Gar nichts!", erwiderte Velent traurig, und Marcus stimmte ihm zu – indes ohne Velent tatsächlich zu verstehen.

Wortlos passierten sie das Forum und die Hauptkreuzung des Marktortes, kaum gegrüßt und doch ob des riesigen Pferdes an ihrer Seite von allen bestaunt.

Erst auf Höhe des Brunnens sprach der junge Ubier den Praefekten erneut an. „Lass uns hier abbiegen!", bat er ihn. „Ich muss kurz zu Degenar."

Schon war er im Begriff, sich dem noch kaum bebauten, nordwestlichen Viertel des Marktortes zuzuwenden, in dem – unweit der Hauptstraße – die Schmiede lag, in der er seinen Lehrmeister vermutete, da entgegnete Marcus verlegen: „Du wirst ihn nicht an seiner Esse antreffen."

„Warum?", fragte Velent überrascht. Doch noch unter diesem Wort bemächtigte sich seiner eine tiefe Sorge. Marcus' Stimme hatte nicht Gutes verheißen.

„Nun sag schon, wo er ist!", drang er nach einer ihm endlos vorkommenden Weile des bangen Schweigens auf Marcus ein. „Was ist mit ihm?"

Marcus seufzte. Er zögerte erneut, dann aber entgegnete er – abermals eher kleinlaut: „Ich musste ihn festnehmen lassen."

Velent fiel aus allen Wolken. „Was?"

„Ich musste ihn festnehmen lassen!", wiederholte Marcus ungehalten; und lieferte den Grund dafür auch umgehend nach. „Er hat Gold gestohlen!"

War Velent gerade noch zutiefst überrascht gewesen, zu hören, was Marcus getan hatte, so war er nun geradezu verstört, zu hören, was sein Lehrmeister getan haben sollte. „Was? Warum?", stammelte er völlig verstört. „Das würde er niemals tun!"

„Hat er aber", erläuterte Marcus – nun wieder hörbar selbstsicherer. „Zumindest so, wie es aussieht! Die Kassette mit dem Gold, das er nicht gebraucht hat zum Vergolden des Standbildes, ist leer!"

Er nickte, wie um das Gesagte zu bestätigen, dann ging er mit dem Verweis darauf, nicht den ganzen Tag Zeit zu haben, weiter. Velent indes blieb stehen. „Was? Das ist alles?“, hakte er ungläubig nach. „Eine bloße Vermutung reicht Dir? Wer sagt Dir, dass er es war? Es könnte genauso gut eine der Wachen gewesen sein…“

Marcus blieb erneut stehen und drehte sich um. „Nun fang Du auch noch an wie Menelaos!“, hielt er dem jungen Ubier vor. „Degenar hatte den Schlüssel! Also muss er das Gold genommen haben!“

Doch diese Antwort stellte Velent keinesfalls zufrieden. „Man bekommt ein Schloss auch ohne Schlüssel auf!“, gab er nicht auf, seinen Lehrmeister zu verteidigen. „Ein Schlag reicht aus!“

„Das Schloss ist unversehrt!“, erwiderte Marcus trocken, drehte sich erneut um und ging weiter. Velent folgte ihm. Mehr noch: Er beeilte sich, zu ihm aufzuschließen. Bereits nach wenigen Schritten war dies geglückt. „Das heißt doch nichts!“, bestürmte er den jungen Kommandanten. „In Mattiacum gibt es zig Männer, die das können!“

„Du vermutlich auch!“, hielt jener letztlich nur für drei Worte inne. Sie verletzten Velent mehr als er es zugeben sollte. Dennoch klang er, da er nun weitersprach, deutlich ungehaltener. „Gut möglich, ja!“, entgegnete er. „Und? Nimmst Du mich jetzt auch fest?“

„Red keinen Unsinn!“, schüttelte Marcus den Kopf. Und tatsächlich gelang es ihm damit kurzzeitig, Velent ein wenig den Wind aus den Segeln zu nehmen.

Erst nach ein paar weiteren Schritten ergriff der junge Ubier erneut das Wort. „Wann und wo ist der Diebstahl denn aufgefallen?“, wollte er wissen, klang dabei aber längst nicht mehr so anklagend.

„Als ich sie geöffnet habe“, entgegnete der junge Praefekt.

„In der Halle oder in Deinem Quartier?“, hakte Velent nach.

„Bei mir“, erwiderte Marcus.

Das war die Antwort, die Velent erhofft hatte. „Auch Du bist nicht immer in Deinem Quartier!“, versuchte er, Degenar in Schutz zu nehmen, doch ein herbeieilender Legionär lenkte Marcus ab.

„Praefekt, da seid Ihr ja!“, rief der Mann außer Atem.

Die folgende Unterredung war kaum von Belang. Der Legionär gab lediglich bekannt, dass Gambar, der mittlerweile einflussreichste Salzhändler aus Naoun, mit seiner Unterkunft unzufrieden sei, was Marcus zunächst mit einem tiefen Seufzer zur Kenntnis nahm, um dem Boten sodann zu empfehlen, es bei Segestes zu versuchen. In dem Haus, das der Suebenfürst unlängst für seine Tochter Thusnelda gekauft hatte, sei vielleicht noch ein Zimmer frei.

Erst nach dieser Unterredung kam Velent wieder zum Zug.

„Jede Wache und jeder Deiner Sklaven hätte es gewesen sein können!“, nahm er den Faden ihres Gesprächs wieder auf.

„Was?“, wollte Marcus umgehend wissen.

„Das Gold! Degenar! Er war es nicht!“

Marcus nickte kurz, dann aber meinte er: „Das soll der Statthalter entscheiden!“

„Der Statthalter?“, fragte Velent bestürzt nach.

„Er hält morgen Gericht!“, bestätigte ihn der junge Praefekt.

Velent wurde bange. „Und wenn er ihn verurteilt?“

„Dann erhält er eine gerechte Strafe!“, entgegnete Marcus bestimmt.

„Er war es aber nicht!“, rief Velent und wurde dabei so laut, dass sich nicht wenige Menschen auf der recht belebten Straße zu ihnen umdrehten.

„Muss das sein?“, zischte Marcus zurück. „Ich habe einen Ruf zu verlieren!“

„Und einen Freund, Marcus!“, erwiderte Velent in unheilvollem Ton. „Und einen Freund!“

Marcus indes schien es gleich, weshalb der junge Ubier nun wieder etwas lauter wurde. „Glaub mir, er war es nicht!“, versuchte er ein letztes Mal, den jungen Praefekten zu überzeugen.

Doch es half nichts. „Das sagst Du!“, entgegnete Marcus, und er tat es so kalt, das Velent nicht mehr an sich halten konnte. „Ja! Das tue ich!“, fauchte er. „Aber mein Wort scheint Dir ja nichts mehr wert zu sein!“

Nun wurde es auch Marcus zuviel. Gleichsam warnend wies er Velent darauf hin, nur in einem einzigen Fall wirklich sicher wissen zu können, dass Degenar nicht der Täter gewesen sei.

Velent verstand die Anspielung sofort, und sie kränkte ihn tief.

„Pass auf, was Du sagst!“, raunte er so finster, dass sich sein Gegenüber augenblicklich entschuldigte: „Verzeih mir, Velent. Das hätte ich nicht sagen sollen! Aber ich habe so viel um die Ohren!“ Er seufzte tief, um Velent sodann die Hand auf den Oberarm zu legen. „Ich glaube Dir, dass Du es nicht warst!“, sprach er ihn an, beharrte aber zugleich auf seinem Standpunkt, indem er in ruhigem Ton ergänzte: „Aber, Du kannst nicht wissen, ob er es nicht doch war!“

Velent nickte. „Du hast Recht! Aber ich weiß, wer es genau wissen muss: Degenar!“

„Welcher Dieb klagt sich selbst an, Velent?“, winkte der junge Praefekt ab. Mit dieser Antwort hatte Velent vielleicht noch gerechnet; mit seinem nächsten Worten überraschte der Hauptmann den jungen Ubier indes. „Außerdem streitet er es nicht ab!“

„Was? Er gibt es zu?“

„Das nicht. Anfangs wollte er es nicht gewesen sein! Dann wurde er aber verdächtig still! Und nervös! Er fing an zu stammeln und zu schwitzen! Mittlerweile sagt er überhaupt nichts mehr! Aber, glaub’ mir: Er war es!“

„Wo ist er?“, entgegnete Velent kurz angebunden.

Marcus zögerte einen Moment, dann gab er Velent indes die erwünschte Auskunft: „Eigentlich müsste er in der Basilika sein!“, erwiderte er seufzend. „Aber ich wollte ihn nicht zu den Mördern und Totschlägern stecken!“

„Wo?“, wiederholte Velent fordernd.

Marcus seufzte erneut. „Wir sind sozusagen auf dem Weg!“, meinte er schließlich. „Er ist in der Halle! Sie wird ja auch noch bewacht! Wegen des Standbildes! Und da kann er sich wenigstens noch nützlich machen und es polieren!“

„Ich will mit ihm reden!“, stellte Velent unmissverständlich klar, nahm Marcus die Zügel aus der Hand und zog mit langen Schritten davon.

Marcus folgte – überrascht und hastig zugleich. „Die Wachen sind angewiesen, niemanden zu ihm zu lassen“, wand er ein, worauf sich Velent ein letztes Mal zu ihm umdrehte. „Dann rede mit Ihnen!“, entgegnete er in scharfem Ton. „Du bist der Praefekt!“

„Also gut!“, lenkte Marcus ein. „Ich wollte Adlan ohnehin in den Stall nebenan bringen! Er steht für die Tiere der Gäste bereit.“

Velent schüttelte den Kopf. „Aber Quirin könnte ihn dort sehen! Oder einer seiner Sklaven!“, wand er ein, worüber nun wiederum Marcus erstaunt war.

„Was spielt das für eine Rolle?“, fragte er überrascht. „Du kannst ihn ohnehin nicht mehr behalten!“

Dieser naheliegenden Schlussfolgerung hatte Velent sich bislang offenbar verweigert. „Er gehört mir!“, erwiderte er empört. „Es war mein Recht, ihn mir zu nehmen! Quirin hat meine Mutter erschlagen!“

Doch Marcus ließ diesen Einwand nicht gelten. Er hatte sein Urteil rasch gefällt: „Du hättest ihn nicht herbringen dürfen!“ Er holte sich Adlans Zügel zurück und zog an Velent vorbei. „Hier entlang!“

„Ich kenne den Weg!“, entgegnete der junge Ubier ungehalten, doch Marcus legte trotzdem noch nach. „Du bleibst am besten auch gleich in der Halle!“, entschied er. „Sicher ist sicher! Nicht, dass Du Quirin über den Weg läufst und er Dich erkennt!“

„Es ist vier Jahre her!“, beschwerte sich Velent, doch auch das ließ Marcus nicht gelten. „Vergiss die Narbe nicht, die er Dir zu verdanken hat! Sie hat ihn jeden Tag an Dich erinnert!“

Wenig später ward die Halle erreicht.

„Öffnet das Tor und lasst ihn durch!“, wies Marcus die beiden Wachen vor ihrem Haupttor an. „Er darf mit Degenar sprechen!“

„Wie lange?“, wollte der Kleinere der beiden wissen, während der Größere Velent offenbar erkannt hatte. Jedenfalls nickte er ihm freundlich zu.

„So lange er will!“, entgegnete Marcus bestimmt. Zugleich nutzte er aber die Gelegenheit, da die Wachen sich nun anschickten, den schweren Balken, der das Tor verriegelte, zu entfernen, Velent leise darauf hinzuweisen, dass er sich überlegt habe, dass es für ihn wohl am sichersten wäre, Mattiacum so schnell wie möglich wieder zu verlassen. „Am besten heute Nacht!“, ergänzte er flüsternd. „Die Tore werden ohnehin offen stehen. Wegen des Zuges!“

„Wir werden sehen!“, lehnte Velent den Vorschlag nicht gleich ab.

Was Marcus aber nicht genügte. Beinahe beleidigt entgegnete er: „Es ist Deine Entscheidung! Aber wenn Quirin Dich entdeckt, kann ich nicht mehr tun, was meine Absicht war: Dir helfen!“

„Ich weiß! Danke!“, erwiderte der junge Ubier leise. Zugleich bat seine Hand um Adlans Zügel. „Lass Adlan hier! Diese Halle wird doch ebenfalls bewacht! Und Heu dürfte sicher auch noch etwas zu finden sein. Bitte!“

Marcus seufzte. „Warum nicht!“, lenkte er schließlich ein. „Das spart mir Zeit!“ Er nickte kurz, um sodann in versöhnlichem Ton zu schließen: „Ich hätte mir gewünscht, wir hätten uns unter anderen Umständen wiedergesehen!“

„Ja!“, stimmte ihm Velent zu, und die Augen der beiden jungen Männer trafen sich. Indes nur für einen Moment. Dann ließ Marcus den Faden reißen und herrschte zudem die Wachen an, die das Tor zwar seines mächtigen Riegels entledigt, es aber noch nicht geöffnet hatten. „Was glotzt Ihr so? Öffnet das Tor! Das Pferd kommt mit hinein! Und wenn er wieder hinaus will“ – er deutete auf Velent –, „dann lasst ihn hinaus! Aber nur ihn! Der alte Schmied bleibt, wo er ist!“

Degenar hatte unweit des Standbildes auf etwas Stroh gekauert. Da er aber gehört hatte, dass die Wachen sich draußen am Tor zu schaffen machten, war er aufgestanden und hatte sich demselben genähert. Warum hätte er nicht einmal sagen können. Ganz sicher indes nicht, um womöglich fliehen zu können.

So stand er unweit des Tores, da die Wachen es schließlich geöffnet hatten.

„Bleib zurück!“, hieß ihn der Kleinere, da sich seine Augen an die Dunkelheit im Inneren der Halle gewöhnt und er den Schmied erkannt hatte.

Aber Degenar schien ihn gar nicht zu hören. „Velent!“, entfuhr es ihm. „Ist es denn wahr?!“

„Bleib stehen!“, wiederholte sich die Wache und legte bereits die Hand auf das Heft ihres Kurzschwertes.

„Degenar!“, sagte Velent und kam dem Mann zuvor, indem er seinerseits auf den Schmied zuging. „Geht es Dir gut?“

Degenar nickte – zunächst unfähig, etwas zu erwidern; dann aber flüsterte er: „Ich habe zu den Göttern gebetet, Dich noch einmal sehen zu dürfen!“

„Haltet Ruhe hier drin! Sonst gibt es Ärger!“, rief ihnen die Wache zu, während sie sich gleichzeitig entfernte, um zu helfen, das Tor nun wieder zu schließen.

„Du hast Adlan dabei?“, setzte Degenar die Unterhaltung unbeirrt fort. „Das war unvorsichtig!“

„Ja!“, nickte Velent und klopfte seinem Pferd auf sein Fell. „Ich … war in Gedanken. Ein schlimmer Fehler!“ Dann deutete er auf Degenars Lager. „Taugt das Heu dort noch etwas?“

„Es ist tadellos!“, erwiderte der Schmied, um sodann seinerseits auf das Reiterstandbild in der Mitte der Halle zu deuten. „Und Wasser steht dort drüben!“

Velent indes hob die Hand. „Es ist sicher für Dich!“, entgegnete er. Doch sein Lehrmeister legte Wert darauf, keinen Durst zu haben. Also ließ Velent die Zügel seines treuen Pferdes los und forderte es auf, sich zu holen, was es brauche.

Für einen Moment blickten beide Männer dem Tier hinterher, dann aber seufzte Degenar. „Es ist schön, Dich zu sehen! Ich hatte es gehofft. Du weißt, was geschehen ist?“

Velent nickte. „Marcus hat es mir erzählt. Ja. Aber glauben kann ich es nicht! Warum hast Du Dich nicht gewehrt und Ihnen die Wahrheit gesagt?“

Degenar seufzte erneut. Sein Blick sank zu Boden. „Du kannst Dich gegen Rom nicht wehren!“, entgegnete er schließlich mit matter Stimme. „Ich hätte gar nicht hierherkommen sollen! Ich hätte am Steinring bleiben sollen.“

Velent nickte einmal mehr. „Ja. Das wäre sicher besser gewesen“, schien er seinem Lehrmeister zuzustimmen. Zugleich presste er in der Folge indes die Lippen aufeinander.

Degenar blieb es nicht verborgen. Er ließ Velent die Zeit, sich zu erklären, doch da er dies nicht tat, hakte er nach: „Was hast Du?“

„Deine Schmiede!“, meinte Velent schließlich traurig. „Sie haben sie niedergebrannt.“

„Wer? Warum?“, fragte Degenar stotternd nach, um sodann stumm zu verfolgen, was Velent ihm zu berichten hatte.

„Hauptsache, Dir ist nichts Ernstes passiert!“, schloss er schließlich.

Velent schüttelte den Kopf. „Du bist jetzt wichtig!“, erwiderte er. „Dass Dir nichts passiert! Du warst es doch nicht, oder? Das mit dem Gold …“

„Du sorgst Dich um mich!“, entgegnete Degenar gerührt, um ein wenig zögerlich zu ergänzen: „Beinahe so wie ein Sohn sich um seinen Vater sorgt! Ich hatte gehofft und gebetet, Dir das noch sagen zu können!“ Er stockte einen Moment, erst dann fuhr er fort: „Weißt Du, dass die meisten hier in Mattiacum denken, dass Du mein Sohn bist?“

Velent verstand die Anspielung seines Lehrmeisters nicht sofort. „Ja, das denken sie wohl“, stimmte er ihm schließlich zu. „Du hast mir ja auch fast alles beigebracht, was ich weiß und was ich kann.“

„Ach was!“, wiegelte Degenar verlegen ab. „Du hast sehr schnell gelernt! Sehr schnell! So wie ich früher übrigens auch … Ich war ja auch mal jung. Und sah Dir übrigens auch ein wenig ähnlich. Fast wie ein Vater dem Sohn.“

Velent lächelte verlegen.

„Doch! Wirklich!“, bekräftigte Degenar das Gesagte, dann stockte er indes erneut. „Also“, meinte er schließlich unschlüssig, „Velent, ach, ich weiß auch nicht! Aber ich muss es Dir noch sagen! Wer weiß, ob mir sonst noch eine Gelegenheit dazu bleibt! Und ich wollte es Dir schon so oft sagen!“

„Was denn?“

„Ich … ich“, stammelte der alternde Schmied, um sich letztlich doch noch zu überwinden. „Du weißt, dass ich Deine Mutter sehr umworben habe“, fuhr er fort.

„Meine Mutter?“, fragte Velent erstaunt.

Degenar nickte. „Aber, sie war ein bisschen … eigen. Und wählerisch. Und mochte vor allem kein Eisen. Aber … wie soll ich sagen? In einer Nacht, es ist jetzt 17 Jahre her … es war die Nacht, in der sie Loynus zum König machten, da, ...“

„Wovon redest Du?“, unterbrach ihn Velent.

„Nun schau mich nicht so an!“, versuchte Degenar sich des bohrenden Blickes des jungen Ubiers zu erwehren. „Sie hatte einen Trunk aus Pilzen und Kräuter genommen! Ich wollte sie eigentlich nur in Eure Hütte tragen, weg vom Steinring, wo er, wo Loynus …“

Erneut brach er kurz ab. „Das war der Grund, warum Lember ihn erschlagen hat!“

Velent schüttelte den Kopf. „Ich verstehe kein Wort!“

„Ich habe sie in Eure Hütte getragen, weil sie kaum mehr laufen konnte!“, fuhr Degenar mit gesenktem Blick fort. „Und dort ist es dann passiert.“

Velent kniff die Augen zusammen und legte die Stirn in Falten. „Was?“, fragte er nach, gleichwohl er bereits ahnte, seinen Lehrmeister richtig verstanden zu haben.

Degenar zögerte, er wand sich. „Doch, Velent!“, fasste er sich schließlich fast stimmlos ein Herz, und wagte es dabei letztlich auch, Velents Blick zu suchen. „Du bist mein Sohn! Das glaube und hoffe ich zumindest! Es muss so sein! – Ich weiß, was Dir Deine Mutter immer gesagt hat. Dass Du ein Kind der Götter bist, aber das hat sie doch nur, weil sie es nicht besser wusste! Sie erinnerte sich kaum noch an jene Nacht. Jeder Mensch hat einen Vater. Und ich bin der Deine!“

Velent schüttelte ungläubig den Kopf. Die Gedanken stoben nur so durch ihn hindurch. „Aber, Du bist doch erst in unser Dorf gekommen, als ich längst geboren war."

„Nein", widersprach Degenar. „Ich war schon Jahre vorher dort! Nur kurz, das stimmt. Aber doch lange genug. Und dann konnte ich nicht bleiben! Ich schämte mich! Aber ohne Dich war es schließlich noch schlimmer! Also kehrte ich zurück. Und schmiedete Dir auch Deinen Reif, den ersten. – Nur weil ich ihn so gut kannte, konnte ich Dir nach dem Tod Deiner Mutter jenen zweiten schmieden, den Du nun trägst und der dem ersten so gleicht!"

Velent konnte kaum anders, als das angesprochene Schmuckstück mit der freien Hand zunächst zu ertasten und sodann zu betrachten. Dennoch sträubte sich alles in ihm, den Worten seines Lehrmeisters Glauben zu schenken. „Nein, nein!", widersprach er. „Schau Dich an! Und dann mich! Wie ich aussehe! Meine Haare sind dunkel, Deine waren mit Sicherheit blond!"

„Die Haare hast Du von Deiner Mutter", gab Degenar unumwunden zu, „aber …"

Doch Velent ließ ihn nicht ausreden. „Warum hast Du es mir dann nicht längst gesagt?", fiel er ihm nun hörbar aufgebracht ins Wort.

Degenar hob verzweifelt die Hände. „Ich habe doch versucht, es Dir zu erklären …"

„Warum?", schrie Velent ihn an.

„Weil ich mich geschämt habe", erwiderte Degenar kleinlaut. „Auch Dir gegenüber!" Er stockte erneut, um schließlich – leiser noch als zuvor – zu ergänzen: „Außerdem weißt Du nicht alles über mich …"

„Das scheint mir auch so!", fuhr ihn Velent an. Seine Stimme überschlug sich nun gleich mehrfach. „Ich wusste nicht, wie leicht Du zu lügen verstehst! Aber die Götter haben mich fürs Erste genug genarrt! – Hört Ihr mich!", rief er sie zeternd an.

„Ich sage die Wahrheit, Velent!", beteuerte Degenar, dem längst die Tränen in den Augen standen. „Viel zu spät, aber bitte glaub mir!" Zitternd streckte er die Hand aus, doch kaum, dass sie seinen Arm berührte, wich Velent zurück.

„Fass mich nicht an!“, zischte er, um sich mit dem nächsten Atemzug zumindest ein wenig zu besinnen. „Ich danke Dir“, fuhr er mit gepresster Stimme fort, „für alles, was Du für mich getan hast! Ein Vater hätte sicher nicht besser für mich sorgen können. Aber Du bist es nicht, Degenar! Du bist es nicht!“ Kopfschüttelnd, ja, beinahe taumelnd, wandte er sich ab.

„Doch, ich bin es!“, versuchte Degenar ihn aufzuhalten. Indes es gelang ihm nicht. Mehr, als dass Velent sich noch ein letztes Mal kurz zu ihm umdrehte, vermochte er nicht zu erreichen.

„Nur die Götter lassen es Dich glauben!“, hielt Velent ihm vor. „Nur die Götter!“

„Velent! Siehst Du denn nicht, wie ähnlich wir uns sind!“, flehte der Hüne verzweifelt. „Ich habe es jeden Tag gesehen!“

Doch Velent schüttelte unbarmherzig den Kopf. „Nein, Degenar, nein!“ Dann drehte er sich erneut um, lief zum Tor, hämmerte gegen es und ließ es sich öffnen.

Wenn wir aufgebracht sind, sind wir zuweilen noch nicht einmal in der Lage, das Offensichtliche zu sehen; oder wollen es nicht wahrhaben.

*

Velent riss das Tor auf, um auf die Straße zu laufen.
Degenar hielt ihn fest. Ein kurzes Rangeln und Raufen.
Auch mit den Wachen. „Bleib, Velent!“ – „Nein!“ – „Ich will mit Dir reden!“ –
„Hast Du noch nicht genug gelogen?“ – „Glaub mir doch, jeden
Tag hab ich mit mir gerungen, es Dir nun endlich zu sagen.
Doch ich fand nie den Mut, sollte stets aufs Neue verzagen …“
„Weil Du ein Feigling bist!“, brüllte Velent. Fast sollte er weinen.
„Ich bin dankbar dafür, dass Du so mutig bist, Deinen

Vater feige zu nennen“, erwiderte Degenar leise.
„Denn ich bat Freyja[37] schon oft, Dir für Deinen Weg, Deine Reise,
Deiner Mutter Mut zu gewähren.“ Auch Degenars Augen
Trugen längst Tränen. „Denn ich selbst werde zum Helden nie taugen!
Und wenn die Feigheit Dich auch einmal findet, sollst Du nicht hadern!
Mein ist die Schuld! Eines Feiglings Blut fließt Dir in den Adern!“

Velent stürmte davon; indes das Gesagte blieb haften.
Er vermochte es zeit seines Lebens nicht zu verkraften.
Stetig blieb er ein einsamer Wanderer zwischen den Welten.
Nichts war ihm schlimmer dabei, denn andren als Feigling zu gelten.

So ist es wohl. Doch genug damit! Ich brauche, in all dem Grau, das mich umgibt, ein wenig Licht. Und noch trage ich es in mir – wenngleich nur als Erinnerung.
Mit wie viel Hoffnung ich etwa nach jener verschwendeten Zeit in Mogontiacum hierher zurückkam! Wie sehr hatte ich meine Rückkehr ersehnt. Und dann war der Tag endlich da!
Menelaos empfing mich, unten am Fluss, dessen Wasser mich ein Jahr zuvor davongetragen hatte. Fürwahr, ich habe ihn nie glücklicher gesehen! Was gewiss nicht nur an meiner Heimkehr lag. Dieses eine Jahr hatte auch ihn verändert. Sein Traum einer friedlichen Stadt, in der Menschen der unterschiedlichsten Stämme und Völker friedlich zusammenlebten, schien in Erfüllung gegangen zu sein.
Und nun sehe ich ihn leiden! Nicht nur, weil alles hier heute in Trümmern liegt, sondern weil sein Traum schon damals zu zerbrechen begann!
Und mein Onkel hatte seinen Anteil daran. Wie so oft! Und er sah auch sofort, was Menelaos nicht sehen wollte oder konnte!

Lunas Onkel hatte es sich am Moenus fast gänzlich abgewöhnt, längere Strecken zu Fuß zu gehen – was man ihm im Übrigen auch ansah. Und da ihm die Sänften in seinem Marktort nicht pompös genug erschienen, hatte er sich in Mogontiacum günstig zwei neue besorgt.

Unter Stöhnen hievten seine Sklaven sie von Bord, ließen ihn in der einen und Luna in der anderen Platz nehmen, um sich sodann anzuschicken, sie nach Mattiacum zu tragen. Quirin indes sagte der Weg, den sie wählten, nicht zu.

„Nicht da entlang!“, wies er sie mürrisch zurecht, da er erkannte, dass sie sich für den sanft ansteigenden Weg zum westlichen Tor entschieden hatten, den jede gewöhnliche Ware und jeder gemeine Händler nahm. „Wir nehmen den Weg durch das Osttor!“

Widerspruchslos folgten die Wachen seinem Geheiß. Ihre Gesichter verrieten indes, was sie davon hielten, ihren Herrn über das Feld der Valkyrjen tragen zu müssen – noch dazu an einem Tag wie diesem!

Auch Quirin in seiner Sänfte blieb nicht verborgen, wie voll es dort war. Hunderte Menschen trugen Feuerholz zusammen, bereiteten ihre Karren als Nachtlager vor, bauten Zelte auf oder standen – während sie ihre Sklaven, Knechte, Frauen oder Kinder dies für sie erledigen ließen – in losen Gruppen beisammen. Verärgert winkte der Marktherr Menelaos zu sich, der bislang nicht von Lunas Seite gewichen war.

„Das hab ich nun davon, mich auf Deinen Rat verlassen zu haben!“, beschwerte er sich, da der Grieche den kurzen Weg von Lunas Sänfte zu der seinen gehuscht war. „Du hast gesagt, sie würden meine Tavernen füllen! Und wo lungern diese Wilden nun herum? Vor den Toren, statt hinter ihnen! – Es müssen ja Hunderte sein!“

„Die Tavernen sind dennoch voll!“, versuchte Menelaos seinen Herrn zu beruhigen. „Schon jetzt! Ihr werdet es gleich sehen! Was selbstverständlich noch schneller gehen würde, wenn wir das südliche Tor nehmen würden. Und für Luna wäre es auch bequemer. Die Reise war sicher beschwerlich!“

„Was kümmert mich Lunas Bequemlichkeit?“, wies ihn Quirin barsch zurecht. „Nichts da! Durchs Osttor! Jetzt! Beeilung!“ Unter seinen letzten

Worten war er so laut geworden, dass seine Träger sie nicht überhören konnten. Und auch Petronius, ein bulliger Veteran, der sich in Mogontiacum zu seiner rechten Hand entwickelt hatte, hatte sie vernommen.

„Es könnte gefährlich sein, den Weg durch die Menge zu nehmen!", warnte er seinen Herrn. „Ich habe mich am Hafen umgehört! Die Stimmung auf dem Feld ist ...nun ja, etwas ... gereizt! Der Zug zu den Gräbern wird bald beginnen! Die ersten Feuer brennen bereits!"

„Na und?", erwiderte Quirin empört. „Wer hat ihnen denn diesen Zug gestattet? Ich!", gab er sich selbst die Antwort. „Sie sollten mir dankbar sein! – Wir gehen durch das östliche Tor!"

Nun fische ich schon wieder im Trüben, doch es ist, wie es ist: Wir hätten damals, auf unserem Weg hinein in den Ort, nicht über das heilige Feld ziehen dürfen. Niemals! Nicht mit bewaffneten Wachen! Nicht an einem solchen Tag! Es wurde bereits dunkel! Ich werde die grimmigen, weiß gekalkten Gesichter und die nackten Leiber nie vergessen! Wie finster sie uns anstarrten! Und doch wäre vermutlich nichts passiert, wenn wir einfach still unseren Weg durch ihre Mitte genommen hätten!

Nur widerwillig machte die Menge den beiden Sänften Platz. Dies sei ihr Feld und ihre Nacht. Nicht minder mürrisch deuteten die Wartenden auf die Waffen, die die acht Träger am Gürtel trugen und mehr noch auf das kurze Schwert, das Petronius mittlerweile gezogen hatte.

„Merk' Dir Ihre Gesichter, Petronius!", raunte Quirin ihm durch den leicht gerafften Vorhang seiner Sänfte zu. „Jedes einzelne! Und rühr Dich nicht von meiner Seite!"

Petronius nickte und rückte im Gehen noch ein wenig näher an die Sänfte seines Herrn heran. Nicht anders als es Menelaos an Lunas Sänfte machte.

„Sie sehen Furcht erregend aus!", flüsterte die Dreizehnjährige verängstigt. Auch sie hatte einen der beiden Vorhänge ihrer Sänfte leicht zur Seite geschoben. „Warum sind so viele von ihnen … nackt? Weil es die heiligen Frauen auch gewesen sein sollen?“

Menelaos nickte. „Weiß wie sie. Schwarz wie sie. Nackt wie sie. – Ja!“

Dann blickte er überrascht zur Seite. Eine kleine Gruppe Sueben unweit ihrer Gasse hatte zu summen begonnen. Es fiel ihm nicht schwer, sie an ihren auffälligen, zur Schnecke gerollten Zöpfen zu erkennen, die sie an einer Seite des Kopfes trugen.

Allmählich wurde ihr Summen lauter und dann dauerte es nicht mehr lange, bis sich erste Stimmen auf die allen bekannte Weise legten.

„Was soll diese Frechheit?“, ereiferte sich Quirin, da er das Lied der Valkyrjen erkannte und hieß Petronius, unverzüglich etwas dagegen zu unternehmen.

Der Angesprochene seufzte, doch er gehorchte. „Hört auf zu singen!“, hieß er die Menge mit lauter Stimme und erhobenen Armen. „Dieses Lied ist verboten!“ Doch mehr als verächtliches Gelächter erntete er nicht dafür. Ja, das gemeinsame Singen schien sogar manchen Graben zwischen den sonst so häufig zerstrittenen Sippen und Stämme des Umlandes zu überbrücken.

Quirin ward des rasch gewahr. „Tu’ endlich etwas!“, herrschte er Petronius an und reckte schließlich, da auch dessen erneuter Aufruf kaum eine Wirkung zeigte, seinen Kopf ein Stück aus dem Fenster seiner Sänfte. „Ich verbiete Euch, dieses Lied zu singen!“, brüllte er aufgebracht in die Menge. „Schweigt!“

Doch durch Worte allein ließen sich die Germanen nun nicht mehr im Zaum halten. „Schweig Du, Du römischer Hurensohn!“, hielt eine mutige Stimme dagegen.

Menelaos erkannte der Mann sofort, gleichwohl er ihn seit etlichen Monaten nicht mehr gesehen hatte. Es war der Chatte Arpar aus Mattium. „Niemand verbietet uns unser Lied!“, ergänzte er nun lauthals. „Heil den Valkyrjen!“

Die Menge stimmte umgehend ein, und der Ruf des furchtlosen Chatten fand ein zigfaches Echo.

„Hier vorne! Petronius! Er war's!“, deutete Quirin auf den halbnackten, rotbärtigen Krieger. „Er läuft weg! Hol ihn Dir! Das soll er mir büßen!“

„Ich kann Euch jetzt nicht allein lassen!“, entgegnete Petronius, während nun immer mehr Germanen um sie herum in das Lied ihrer Heiligen einstimmten. Gleichzeitig blickte er sich um und hieß dann die beiden Gepäckträger ihres Trosses, den Flüchtenden zu stellen. „Antonius und Querus! Hinterher! Schnappt ihn Euch!“

Da Menelaos indes sah, dass die beiden sich anschickten, sich mit gezückten Schwertern in die Menge zu drängen, stellte er sich ihnen mit erhobenen Armen in den Weg. Schon traf ihn ein fremdes Messer in den Rücken. Mit schmerzverzerrtem Gesicht sank der Grieche zu Boden.

Antonius fackelte nicht lange. Er streckte den graubärtigen Greis, der das blutverschmierte Messer in der Hand hielt, unerbittlich nieder.

Entsetzt und erschrocken wich die Menge zurück. Das Lied erstarb. Luna, die sofort aus ihrer Sänfte gesprungen war, war bereits bei Menelaos und hielt dessen Hand.

„Helft ihm!“, hieß sie ihre Träger und schätzte zugleich den restlichen Weg bis in den hoffentlich sicheren Ort hinein ab. Es war nicht mehr weit. „Tragt ihn zum Tor!“, entschied sie deshalb. „Und holt die Sänfte dann nach!“

Petronius nickte dies ab und ergänzte in Richtung der verbliebenen Männer: „Schützt Quirin! Und Ihr da am Tor! Seid Ihr blind? Helft uns!“

*

Eilig kam Hilfe herbei und während sie draußen noch rangen,
Glückte es Luna, mit dem Verletzten zum Tor zu gelangen.
Viele drängten nun in den Ort, um dem Kampf zu entgehen.
Andre dagegen ins Freie, um das Gerangel zu sehen.
Mehr war es nicht. Denn noch sollte kaum ein Germane es wagen,
Sich zu erheben. So schien das Scharmützel bald niedergeschlagen.

Aber es wäre für die, die das glaubten, weit besser gewesen,
Etwas genauer die Blicke der scheinbar Gezähmten zu lesen!
Niemand von ihnen war gewillt, die Art zu verzeihen,
Mit der Quirin es gewagt hatte, ihren Zug zu entweihen.
Nur ein gottloser Römer wagte zur heiligen Stunde,
Waffen zu führen! Dies blieb zurück. Wie ein Dorn in der Wunde.

Sind wir nicht in der Lage, ihn sogleich zu entfernen,
Halten wir ebenfalls Ruhe – oder wir werden es lernen.
Aber der Dorn darf sich trotzdem nie in Sicherheit wiegen!
Jeder wartet doch nur, ihn zur rechten Zeit zu bekriegen!

Wenn sie es vermocht hätten, hätten sie uns erschlagen! Doch wir kamen alle ungeschoren davon. Bis auf jenen, der wie immer darauf bedacht war zu schlichten. Ich versorgte Menelaos' Wunde so gut ich es konnte. Am Tor und in unserem Haus. Sie war nicht tief, doch sollte sich die Heilung über Monate hinziehen. Das kleine Messer auf dem Feld der Valkyrjen hatte sein Herz zwar verfehlt, doch seine Seele getroffen. Aber das sollte ich erst viel später erahnen, galten meine Gedanken doch zunächst mehr und mehr Dir. Warst Du auch in Mattiacum? Würde ich Dich sehen? Endlich wieder sehen?

Menelaos vermochte mir kaum Hoffnung zu machen, wähnte er Dich doch am Steinring. Und trotzdem brach ich schließlich, da ich den treuen Griechen gut versorgt wusste, auf. Ich konnte nicht anders. Ich habe es Dir schon so oft erzählt, aber ich wusste einfach, dass Du da warst! Mein Herz wusste es! Also sprang ich schließlich einfach auf und lief davon. Zur Tür hinaus. Durch den Hof und das Tor. Hinaus auf die Straße. Schob mich durch das Gewimmel der Menschen – ich glaube fürwahr, ich habe den Ort nie wieder so voll erlebt! Und als die Hörner erklangen, vermochte ich zunächst gar nicht, dem Strom zu entkommen, der mich zurück zum Tor und wieder hinaus auf das Feld der Valkyrjen zu reißen gedachte.

Luna wurde in Richtung des östlichen Tores geschoben.
Fast hatte sie es schon unfreiwillig erreicht, da erhoben
Sich die Hörner erneut. Und da sie nun wieder erklangen,
Hörte sie, dass sie draußen wieder zu singen begannen.

Wie zuvor der Valkyrjen Lied, doch nicht mehr so leise!
Feierlich schmetternd machte der Zug sich nun auf die Reise.

Wer des Textes nicht Herr war, versuchte zumindest zu summen.
Lauthals und innig, als dürfe der Chorus nie mehr verstummen.

Tray und mit ihm weitere Männer des geistlichen Standes
Führten den Tross. Die meisten bar eines Priesters Gewandes.
Weiß gekalkt und nur einen knappen Schurz um die Lenden
Schritten sie andächtig vorwärts. Ein jeder ein Licht in den Händen.
Keiner der Fürsten hätte gewagt, darüber zu streiten.
Es gebührte den Priestern, den Zug zu den Gräbern zu leiten.

Da er sie endlich erreichte, verstummten die zahllosen Kehlen.
Statt des Gesangs sollte nun die Stille die Menschen beseelen.
Lautlos wie einst die Valkyrjen ging man die letzten paar Schritte.
Ohne ein Wort auf den Lippen. So war es allgemein Sitte.

Luna sah es durchs Tor. Es war nun fast dunkel geworden.
Doch es brannten längst so viele Fackeln, dass sie die Horden,
Auf ihrem Weg und rund um die Gräber leidlich erkannte.
Was sie nicht sehen konnte: Manch stolzen Mann übermannte
Nun sein Gefühl. In vielen der weiß gekalkten Gesichter
Glänzten bald feuchte Augen. Mehr noch: Im Schein jener Lichter
Rund um die Gräber, im Schein der flackernden Fackeln und Flammen,
Standen die Stämme Germaniens bald Schulter an Schulter beisammen.

Doch auch zwei Herzen sehnten sich danach, sich endlich zu finden,
Um sich Treue zu schwören. Und sich auf ewig zu binden.

Dann aber stand Menelaos plötzlich hinter mir und gleichwohl ich ihn eindringlich bat, zum Haus zurückzugehen, um sich hinzulegen, ließ er sich nicht davon abhalten, mir bei meiner Suche nach Dir zu helfen.
Wie voll es selbst vor dem „Schwan" war! Ich glaubte alle vor dem Tor, auf dem Feld der Valkyrjen, um zu den Gräbern zu ziehen oder den Zug zu betrachten. Doch ich hatte die Ubier vergessen! Man muss es ihnen hoch anrechnen, wie geduldig sie es über sich ergehen ließen, in jenen Stunden von vielen Germanen, gleich welchen Stammes, als Schoßhunde Roms verunglimpft zu werden. Nur vereinzelt kam es zu Rangeleien. Die meisten Ubier zogen es vor, jedem Streit aus dem Wege zu gehen und sich zu den Ihren zu gesellen.

*

Noch ungleich voller als vor dem „Schwan" war es in jener Taverne im südöstlichen Viertel des Marktortes. Entsprechend schwer fiel es Menelaos und Luna, sich einen Weg durch die Menge zu bahnen.

„Lasst uns durch!", rief der Grieche, der vorausging und Luna an der Hand hielt, um nicht Gefahr zu laufen, sie zu verlieren. „Habt Ihr Velent gesehen? Wir suchen Velent, den jungen Schmied! Hast Du Velent gesehen?"

Die meisten derer, die der Grieche ansprach, schüttelten nicht mal den Kopf. Sie verstanden ihn gar nicht, weil es um sie herum so laut war oder weil Bier und Wein ihnen bereits die Sinne vernebelt hatten. Doch waren sie nicht so betrunken, dass sie nicht sahen, was für eine scheue Schönheit der Grieche hinter sich herzog.

Nicht wenige sprachen sie an – oft unverhohlen direkt –, andere grabschten sogar nach ihr. Und wäre Menelaos nicht gewesen, der sie nach Kräften verteidigte, hätte Luna womöglich bereits im Eingang des „Schwans“ kehrtgemacht.

So aber drängte sie sich so dicht wie möglich an den Griechen heran und folgte ihm mit geschlossenen Augen.

Umso eindringlicher blieb ihr in Erinnerung, was ihre Ohren aufzuschnappen vermochten. „Augustus selbst wird kommen, ja! Augustus wird kommen! Morgen ist er hier!“, lallte eine Stimme zu ihrer Linken, während eine andere – nicht weniger betrunken klingende – zu ihrer Rechten Gaela lauthals aufforderte, etwas zu singen.

„Ja, Gaela, sing!“, stimmten ihr sofort weitere Stimmen zu, bis sie sich schließlich zu einem Chor vereinten, der rhythmisch Gaelas Namen skandierte.

Mittlerweile hatte Menelaos einen der wenigen freien Flecken im „Schwan“ entdeckt und hatte dort Halt gemacht, was wiederum Luna dazu veranlasst hatte, ihre Augen wieder zu öffnen. Velent sah sie immer noch nicht, dafür aber Gaela. Die schlanke Tochter der Wirtin stand keine fünf Schritte von ihnen entfernt. Sie hielt einen großen Krug in den Händen und rief, indem sie ihn leicht anhob: „Und wer schenkt Euch dann nach? Ich kann nicht alles gleichzeitig! Ich schlage vor, jeder lässt sich seinen Humpen oder Becher jetzt noch einmal füllen! Ich habe den Wein; meine Schwestern das Bier! Dann bliebe mir vielleicht etwas Zeit zum Singen! – Also, wer will noch Bier? Wer will noch Wein?“

Johlend stimmte die Menge zu. Menelaos indes schüttelte den Kopf.

„Ich fürchte: Er ist nicht hier!“, stellte er enttäuscht fest, nachdem er ein letztes Mal seinen Blick hatte kreisen lassen.

„Warte!“, bat ihn Luna und stieg auf einen soeben frei werdenden Schemel. Er wackelte bedenklich und beinahe wäre die Dreizehnjährige gestürzt, dann aber rief sie aufgeregt: „Dort hinten!“

Dann endlich sah ich Dich! Auf einem Fass vor dem Ausschank des „Schwans". Mein Herz sprang mir bis zum Hals. Ich konnte gar nicht anders, als Deinen Namen lauthals zu rufen. Doch war es zu laut um uns herum und Du – was mir nicht gleich klar wurde – letztlich viel zu betrunken, um mich zu verstehen. Anders als Gaela. Sie hatte mich gehört.

„Gut! Ich will für Euch singen!", rief die schlanke Rothaarige, die mittlerweile auf ihrem Weg durch den „Schwan" dicht neben Velent angekommen war. Sie stellte ihren Krug neben ihn auf den Ausschank – wobei sie Velent dabei gleich zweimal wie zufällig berührte –, drehte sich um, pfiff sich eine Locke aus ihrem schmalen, braun gesprenkelten Gesicht und stieg dann ihrerseits auf eine Kiste, die sie einem Gast, der sie als Sitzgelegenheit benutzt hatte, mit einem kecken Augenaufschlag abgeluchst hatte. „Und für meinen Freund Velent", ergänzte sie in dessen Richtung, „der viel zu lange fort war!"

Jetzt erst drehte sich Velent kurz um; und nun erst erahnten Luna und Menelaos, wie trunken er war.

„Velent!", rief der Grieche nach ihm und versuchte zugleich, ihn zu erreichen. Die besten Plätze, um Gaela zu sehen, war indes keiner bereit, kampflos herzugeben. War es zuvor noch schwer gewesen, sich durch die Menge zu schieben, so war es nun beinahe unmöglich.

Luna versuchte vergeblich, ihn davor zu bewahren, doch etliche Stöße trafen Menelaos nun nicht nur in der Seite, sondern auch am Rücken. Gleich mehrfach stöhnte er mit schmerzverzerrtem Gesicht auf, bis er es schließlich aufgab, zu Velent durchzudringen. „Es ist zu voll! Wir kommen nicht durch!"

„Aber Du darfst Dich gerne an mir vorbeischieben!", machte sich ein beleibter Gast nun schmal und bot Luna die entstandene Gasse großzügig an. Zugleich deutete er mit seinem Unterleib aber an, wonach ihm der Sinn stand.

„Lass sie!“, fuhr der Grieche ihn mit schmerzverzerrtem Gesicht an, während ein anderer Gast beide zischend aufforderte, Ruhe zu halten, damit Gaela endlich zu singen begann.

Und das tat sie dann auch, gerade in jenem Moment, da Luna ein vorerst letztes, sehnsüchtiges „Velent!“ entfuhr.

*

Gaelas Stimme war rein und betörend und klar wie der Morgen.
So als hätte Apollo beschlossen, ihr seine zu borgen.
Auch das kleinste Flüstern erstarb in der Schenke. Kaum traute
Sich ein Gast nur zu atmen. Keiner trank oder kaute.
Gaela sang zu bezaubernd. Vom Sehnen, vom Leiden, vom Lieben.
Da gelang es Luna, sich etwas nach vorne zu schieben.

Aber Velent sah statt zu ihr nur zu Gaela. Er lauschte
Scheinbar nur ihr. Was Gaela aber nicht reichte. Sie bauschte –
Sich auf den Ausschank schwingend – ihr fußlanges Kleid auf. Das Ihre
Taten der Keltin schneeweiße Schenkel dazu. Wie die Tiere
Grölten die eben noch Stillen nun. Lauthals johlend. Sie tobten!
Alle – oder zumindest die meisten. Und viele gelobten:
„Gaela! Du, nur Du allein, bist die Schärfste von allen!“
Was sie genoss. Doch nur einem wollte sie wirklich gefallen.

So kam sie Velent noch näher, hob dessen Haupt, das schon müde
Niedersank, an und legte es sich – alles andre als prüde –
In den Schoß. Alsbald hob sie den Blick und dann seufzend die Brauen.
Welcher Betrunkene träumt wohl nicht von solcherlei Frauen?

Und da die Schöne nun noch begann, Velents Haar zu liebkosen,
Schwoll das Johlen der Männer noch an. Aus Toben ward Tosen.

Luna indes war längst still. Und leise begann sie zu weinen.
Nur mehr zitternd hielt sich die junge Frau auf den Beinen.

Ich werde ihren Blick nie vergessen. Trotz allem, was noch geschehen sollte. Siegessicher traf er mich. Und warnend zugleich: „Er ist mein!"

Gaela bat nun um Ruhe. Mit knapper Geste. Die Meute
Kuschte. Bis auf den Griechen. Menelaos stritt um die Beute
In ihrem Schoß. Hatte er doch erkannt, wie fürchterlich elend
Luna war. Wie sie sich sehnte! So rief er denn lauthals nach Velent.

Müden und mürrischen Blickes und sicher nur, um zu sehen,
Wer ihn da störte, hob Velent den Kopf, um ihn schließlich zu drehen.
Was seine Augen da sahen, schien er zunächst kaum zu glauben:
Zweifellos waren die Götter dabei, ihm die Sinne zu rauben!

Aber es reichte! Er hatte genug davon, wie sie ihn narrten!
So sah er Lunas traurigen Blick und ließ sie doch warten.

Du schienst mich gar nicht zu sehen. Sahst durch mich hindurch. Schier endlos lange.

Luna brach fast zusammen. Ihr war fürchterlich bange.

Doch auch Gaela schienst Du auf einmal nicht mehr zu hören.

Was sie nicht mochte, sang sie doch nur, um ihn zu betören.

Was sie auch tat, es sollte und wollte ihr nicht mehr gelingen.

Velent erfolgreich zu halten und ihn für sich zu gewinnen.

Ich indes glaubte auch schon, Dich verloren zu haben.
Schlicht, weil mir Deine Blicke keinerlei Hoffnung mehr gaben.

Aber in Lunas Kummer, in ihren ehrlichen Sorgen,
Fühlte sich Velent – ganz allmählich – ein wenig geborgen.
„Ihre Tränen können nicht falsch sein!“, schien er sich zu sagen.
Alles drehte sich um ihn – in seinem Kopf, seinem Magen –,
Aber trotzdem rief ihn nun etwas, zu ihr zu gehen.
Langsam wandt er sich durch die Menge und blieb vor ihr stehen.

Zwei kleine Tränen fingen sich seine Blicke. Sie rannen
Ihre hohen Wangen hinab, verweilten, als sannen
Sie, wohin sie nur fliehen sollten, am unteren Kiefer.
Blickten hinab. Oder fanden sie den Mut nicht, sich tiefer
Fallen zu lassen? Dann löste sich aber die erste und tropfte
Auf die Bänder um ihren Hals. Und Velents Herz klopfte,
Denn erst jetzt erkannte er: Unter ihrem Gewande
Trug sie, trug Luna noch immer die Kette, die er ihr am Rande
Ihrer ersten Begegnung am Steinring anvertraut hatte.

Velent war nicht danach; doch ich überschlage kurz: Satte,
Endlos lange sechs Jahre waren seitdem vergangen!
Er spürte nur: Sein Herz hatte sehr an Luna gehangen!
Schwer und fürchterlich lange! Und nun sah er sie um ihn weinen!
Endlich – endlich, endlich! – ging er auf sie zu. Einen kleinen
Schritt nur. Und dennoch konnten sie beide stets von ihm zehren!

Jeder Schritt kann lang genug sein, um ewig zu währen!

Dort im „Schwan“ gab es nur eher kleinere Lichter.
Keines war groß. Doch was wäre ich für ein elender Dichter,
Wenn ich ihn, der nun Lunas Augen endlich erblickte,
Nicht die Antwort finden ließ’, die er suchte. Er nickte.

„Braun sind sie! Du hast große, helle, rehbraune Augen!“,
Flüsterte Velent. – Weitre Vergleiche würden nichts taugen!
Nein, ich will lieber versuchen, jenen Moment zu beschreiben,
In dem sie beide mehr als nur hofften, zusammenzubleiben.

Velents Linke war es, die er nun anheben sollte.
Oder war es doch Amor[38], der mit ihr tat, was er wollte?
Ja, so war es! Ganz langsam ließ er sie sich nach ihr recken.
So wie Sol[39] und Flora[40] schlafende Blüten erwecken,
Kam sie ihr nah und berührte nun schon fast ihre Wange.
Bis er sie letztendlich hieß, dass sie dort eine Träne sich fange.

Ein Tropfen Tau oder Regen kann keine Dürre beenden;
Eine Träne kann es indes – in den richtigen Händen.
Oh, wie oft hatte Velent geträumt, seine Luna zu halten!
Trunken tat er es nun. Doch nicht deshalb war’n all die Gestalten
Um sie herum, im vollen „Schwan“, bald schon scheinbar verschwunden.
Da war nur Luna. Die beiden hatten sich endlich gefunden.

Dann fand mich Dein Kuss. Endlich. Und alles verschwand. Da warst nur Du. Deine Stimme. Deine Arme, Deine Hände, Deine Lippen.

**

Kann es denn sein, dass die Götter im steten Wettstreite stehen?
Eingedenk dessen, was folgte, kann man es kaum anders sehen!
Denn da Amor sein Horn über Luna und Velent noch leerte,
Forderte Bacchus[41] Tribut. Es ward Velent übel. Es gärte
In ihm. Gerade noch rechtzeitig konnte Luna ihn retten.
Draußen spie er, anstatt zu tun, was sie gern getan hätten.

Dennoch sollte Luna den Trunkenen rührend umsorgen.
Mehr Zeit indes verstand Gott Amor sich nicht mehr zu borgen.
Lauerte Mars doch längst schon und schien damit sagen zu wollen:
‚Amor und Bacchus, dies ist mein Reich! Und Ihr mögt Euch trollen!
Meine Saat ist gesät. Und rasch wird sie keimen und reifen.
Bald werden jene, die nun noch feiern, die Waffen ergreifen!
Diese Nacht und den halben Tag noch, dann müsst Ihr gehen!‘

Beide verstanden. Doch sonst schien niemand die Zeichen zu sehen.
Jeder schaute auf sich. Sowohl die, die ihr Leben genossen,
Wie auch die, die in jener Nacht manche Tränen vergossen.

So auch Quirin, Lunas Onkel. ‚Warum nur?‘, magst Du Dich fragen.
Nun, dann ist es wohl ratsam, zu ihm ein paar Worte zu sagen.

Es war an ihm und dem Marktort Mattiacum, Augustus zu ehren.
Sein Standbild galt es zu weihen. Doch seinen Ruhm noch zu mehren,
Widerstrebte Quirin. Es sollte ihn schmerzlich verletzen,
Jenem Mann, den er hasste, nun auch noch ein Denkmal zu setzen.
Damit ein jeder Germane sehen und einschätzen könne,
Wer für den Frieden stehe und ihn ihnen weiterhin gönne.

Doch Quirins Familie hatte Augustus einst keinen
Frieden gebracht! Im Kampf um Rom war es das Aus für die Seinen,

Dass sie letztlich nicht auf das richtige Pferd gesetzt hatten.
Kaum einem Gegner sollte Augustus je Gnade gestatten.
Damals ließ er sie hetzen wie man es sonst nur mit Tieren
Macht. Und so sollten viele Familien alles verlieren.
Ihren Besitz verstand er, dem eigenen einzuverleiben.
Hunderte ließ Caesar töten; Tausende ließ er vertreiben.

So hatte es Quirin an Rhenus und Moenus verschlagen.
Hier, an der Grenze des Reichs, hatte er einen Neuanfang wagen
Wollen. Den Traum einer Rückkehr hatte er niemals begraben,
Doch solange Augustus noch lebte, hieß es zu darben.

Deshalb war Quirin in jener Nacht auf den Beinen.
Um den Führer des Reichs zu verfluchen und sich zu beweinen.

Degenar hatte auch gute Gründe, sich zu bedauern.
Traurig und früh beschloss er, sich auf sein Lager zu kauern.
Es war ihm nicht gelungen, den tiefen Groll zu vertreiben,
Den er gegen sich hegte. Er sollte hartnäckig bleiben.
Einmal mehr hatte Velent ihn Feigling genannt. Und er war es!
Ja! Er war ein Feigling – der Größte! – und jedermann sah es!
Sich verleugnen, verstecken und Wahres für sich zu behalten,
Das hatte er schon immer gekonnt. Es war alles beim Alten!

Auch die Klage gegen ihn begann ihn zu sorgen.
Er hatte nichts gestohlen, ob der Richter dies morgen
Aber ebenso einschätzen würde, war absolut offen.
Doch er konnte nichts tun. Was Degenar blieb, war zu hoffen.

Andere sollten die nächtlichen Stunden ganz anders verbringen.
Degenars Freund, Menelaos, war zum Beispiel nach Singen.
Trotz seiner Schulter. Denn Lunas Seligkeit mitzuerleben,
Machte den Schmerz mehr als wett. Was konnte es Schöneres geben?
Außerdem war es nach dem Gräberzug friedlich geblieben.
Aphrodite[42] schien diese Nacht und das Leben zu lieben!

Hinter all der Freude, hinter dem nächtlichen Feiern
Schien die späte Nacht indes geradezu bleiern
Auf ihm zu liegen. Des Griechen Geist war völlig benommen.
Pax[43] und Fortuna[44] sah er noch deutlich, den Rest nur verschwommen.

Hätte ich auch nur geahnt, was am nächsten Tage geschehen sollte, ich hätte Dich nie mehr losgelassen! Wäre mit Dir geflohen! Egal wohin, nur fort! Fort! Fort!

**

Früh am bald dämmernden Morgen sollte Mattiacum erwachen.
Zahllose Sklaven mühten sich redlich, Feuer zu machen,
Um die Speisen für all die Festmahle zuzubereiten.
Andere schwärmten hinaus auf das Forum oder die breiten
Straßen des Marktorts, um deren Bohlen gründlich zu kehren.
Nicht ein einziger Gast sollte sich über Unrat beschweren!

Anschließend machten sie sich daran, alles prächtig zu schmücken.
Schön sah das Forum bald aus! Es sollte die meisten entzücken!
Überall hingen Kränze und Schleifen und viele Girlanden,
Die sich entlang der Mauern des ganzen Marktplatzes wanden.

Auch die Tribüne wurde geschmückt. Und die hohen Podeste –
Letztere war'n für den Statthalter und seine wichtigsten Gäste.
Diese Sitze versah man zudem mit Polstern und Kissen –
Wer von weit her kam, sollte hier keinerlei Luxus vermissen!

Dann wurden Stände bestückt – und einige Barken gerichtet –
Bis das Warten vorbei war: Das Standbild ward endlich gesichtet!
Was auch immer zu tun war, ein jeder blieb andächtig stehen,
Sah es doch jeder als Ehre, das Standbild als Erster zu sehen!

Auf einem halbhohen Wagen aus sicher knapp armdicken Planken
Schob man es gut verzurrt näher. Es sollte schließlich nicht wanken!
Viele halfen auch mit, es auf seinen Fuß zu verfrachten,
Weil sich so die Möglichkeit bot, es genau zu betrachten.
Rassig wirkte das goldene Ross und sehr edel sein Reiter.
Dann indes ward es sorgsam verhüllt und die Arbeit ging weiter.

Steine, Tröge und Schalen für die zu opfernde Tiere
Wurden gebracht und gesäubert. Lämmer, Hühner und Stiere
Hinter das Forum und dort in verschiedene Gatter getrieben –
Einige beugten sich ihrem Los erst nach etlichen Hieben.
Trotzdem schrie'n sie so wild, als sei es schon Zeit, sie zu töten.

Zeitgleich war auch auf dem Forum der Einsatz von Stöcken vonnöten.
Dorthin strömten nun nämlich Sklaven, um für ihre Herren,
Plätze zu sichern. Bis Marcus entschied, das Forum zu sperren.
Denn er brauchte hier Ruhe. Damit nahm das Gedränge
Nun aber vor dessen Tor zu. Und mit ihm der Streit in der Menge.
Nichts schien zu helfen. Drum sollte Marcus sich schließlich beeilen,
Weit vor der Zeit, Geschenke wie Brot und Wein zu verteilen.

Das nun stimmte die aufgebrachte, ja, beinahe wilde
Menge der Sklaven und einfachen Leute annähernd milde.
Trotzdem wurden sie alle erst dann aufs Forum gelassen,
Als man dort fertig war und zudem die oberen Klassen
Ausreichend Zeit gehabt hatten, sich auf dem Markt zu begrüßen.
Dafür den Raum zu bekommen, half mit, ihren Tag zu versüßen.
Aber man nahm auch gerne den Jubel des Volkes entgegen,
Da man es einließ. Doch auch Widerspruch sollte sich regen.

„Sehen die Leute denn nicht, dass hier kein Platz mehr ist?“ Kopfschüttelnd blickte Quirin an Marcus vorbei in Richtung des weit geöffneten Tores, das das überfüllte Forum von der Hauptstraße trennte. Gleich ein halbes Dutzend Legionäre mühte sich, keine weiteren Menschen von dort auf den Marktplatz zu lassen. „Warum sind es auf einmal so viele?“

„Anscheinend haben sich viele vor den Gräbern besonnen“, erwiderte der junge Praefekt seufzend. „Wenn sie schon einmal hier sind, wollen sie das Standbild auch sehen.“

„… und mein Bier und mein Brot wollen sie auch!“, ergänzte Quirin verärgert. „Sorg endlich für Ruhe! Und wenn es sein muss, dann schließ das Tor eben wieder!“

„Das dürfte kaum möglich sein, ohne dass irgendjemand ernsthaft zu Schaden kommt“, mahnte Marcus. „Aber selbst wenn es gelingen sollte, würde die Menge es vermutlich doch wieder aufdrücken. Am besten wäre es wohl, wir würden noch einmal Brot und Wein verteilen.“

„Bist Du verrückt? Bin ich Crösus? Das lockt doch nur noch mehr von ihnen an!“, fuhr Quirin ihn an. „Wenn sie Hunger und Durst haben, sollen sie in die Tavernen gehen!“

„Ihr hattet verfügt, dass sie bis zum Abend geschlossen bleiben“, erinnerte Marcus den Marktherrn. „Um für Andrang an den Ständen hier auf dem Forum zu sorgen.“

„Dann sollen sie eben früher öffnen!"

„Ich werde es sofort veranlassen. Allerdings ist schon jetzt kaum ein Durchkommen mehr!", entgegnete der junge Praefekt und schaute noch einmal besorgt auf die sich hin und her drängende Menge und seine sich tapfer wehrende Wachmannschaft. „Also …"

„Was für ein Tag!", schüttelte Quirin den Kopf, um schließlich aber doch nickend zuzustimmen. Marcus war bereits im Begriff, aufzubrechen, um diese Order weiterzugeben, da zischte Quirin ihm noch kurz hinterher: „Und was ist nun eigentlich mit Domitius?"

Abermals seufzend blieb der Angesprochene stehen. Er drehte sich um und meinte: „Er verspätet sich! Mehr weiß ich auch nicht."

„Ausgerechnet mein wichtigster Gast!", winselte Quirin, gleichwohl er den Statthalter nicht ausstehen konnte. „Oh, dieser ganze Tag ist ein Albtraum!"

Schnell sprach es sich unter den anderen Gästen auf dem Podest und der Tribüne herum, dass der Beginn der Feierlichkeiten sich noch weiter verzögern würde. Die Mutmaßungen darüber, wie lange, schossen schnell in die Höhe. Nicht wenige unkten sogar, Lucius Domitius würde überhaupt nicht kommen. Und vereinzelt wurde auch der Verdacht geäußert, der Statthalter sei nicht einmal in der Nähe und Quirin hätte dessen Zusage, an den Feierlichkeiten teilnehmen zu wollen, frei erfunden, damit sie in der Zeit, da sie auf ihn warteten, noch etwas aßen und tranken und auf diese Weise seine Kassen füllten!

Quirin quittierte diese Zwischenrufe mit äußerstem Missfallen. „Schau sie Dir an!", raunte er Luna zu, die man soeben – wie zuvor ihn selbst – durch die Basilika auf das Forum und zu ihrem Ehrenplatz geschleust hatte. Für das selige Strahlen seines Mündels hatte er dabei keine Augen. Genauso wenig wie für das bezaubernde Gewand, für das sie sich entschieden hatte: Eine blass rosafarbene Tunika mit passender Stola, deren breite Säume sie selbst mit äußerst geschmackvollen violetten Ornamenten bestickt hatte und die von einer beinahe durchsichtig wirkenden Palla überdeckt wurden, die Lunas beinahe abwesend wirkenden Eindruck nochmals unterstrich.

Den Menschen um sie herum blieb ihre anmutige Erscheinung indes nicht verborgen. Weder dem Gutsbesitzer Gaius Quintus, der mit seiner Frau zu ihrer Linken saß, noch Tray, dem obersten matthischen Priester des Marktortes, der gemeinsam mit Aulus, dem Sklavenhändler, und dessen derzeitigen Lieblingssklavin rechts von ihr und ihrem Onkel Platz genommen hatte. Mehr noch als die drei Männer, hatte aber Marcus Luna regelrecht angestarrt, bevor er sich Quirin zuzuwenden gehabt hatte.

Doch Luna schien dies alles kaum wahrgenommen zu haben. Geradezu verträumt schaute sie über alle hinweg und durch jeden hindurch. Und so wie ihr Onkel nicht in der Lage war, sie zu beachten, überhörte nun auch sie sein nächstes Stoßgebet.

„Dieses Fest bringt mich um!“, seufzte der Marktherr leise. „Obwohl ich die Abgaben der Tavernen nochmals verdoppelt habe.“ Den Tränen nah dachte er daran, was ihn die Gaben kosten würde, die Marcus' Männer vor dem Tor im Verlauf der kommenden halben Stunde gleichsam aus den Händen gerissen werden sollten. „Ich hätte sie verdreifachen sollen! Diese Menschen haben doch Geld! Was brauchen sie meine Geschenke?!“

Ein wenig versöhnlich stimmte es ihn zumindest, dass Aulus schließlich – was er indes auch nicht anders erwartet hatte – einen seiner Sklaven hieß, allen Gästen auf den Podesten auf seine Kosten einen Humpen Bier anzubieten.

Quirin hatte den seinen zur Hälfte geleert, da ließ ihn ein höflicher Gruß zur Basilika blicken. „Quirin! Seid mir gegrüßt! Und entschuldigt!“ Ein Mann in einer eleganten Tunika hatte das Gebäude soeben verlassen. Quirins Augen waren in den vergangenen Monaten noch etwas schlechter geworden, sodass er nicht gleich zu erkennen vermochte, wer da auf ihn zukam. An der jungen Frau, die ihn begleitete und nun sogar an ihm vorbeizog und ausgelassen winkend auf Luna zusteuerte, erkannte er ihn aber bald.

„Thusnelda!“, rief Luna erfreut, ein vertrautes Gesicht zu sehen. Sie stand auf und bat die junge Geisel zu sich, um ein wenig mit ihr zu plaudern.

Quirin musterte die große, ja, beinahe wuchtige Germanin mit abschätzigem Blick, schoss ihm doch – wie immer, wenn er sie sah – augenblicklich durch den Kopf, dass er – und nicht ihr Vater – es war, der noch immer für ihren Unterhalt aufzukommen hatte. Dass Segestes – wie ich bereits kurz erwähnte – längst ein Haus gekauft hatte, weil er mit dem Zimmer, das Quirin seiner Tochter zur Verfügung gestellt hatte, nicht einverstanden gewesen war, tat für ihn nichts zur Sache.

„Segestes!“, erwiderte er deshalb auch eher missmutig den Gruß des Sueben, der soeben auch Aulus und Tray kurz im Vorbeigehen begrüßt, sich von keinem der beiden indes hatte aufhalten lassen.

„Es ist immer eine Freude, in Eure Stadt zu kommen!“, heuchelte der Fürst und neigte sein Haupt vor dem Marktherrn. „Wie ich sehe“, ergänzte er dann mit Blick auf die noch unbenutzten Opfersteine und mehr noch auf das noch immer verhüllte Standbild, das ringsum durch Barken und Wachen geschützt wurde, „sind wir noch nicht zu spät. Das freut mich!“ Er wartete Quirins leicht gequält wirkendes Nicken ab, um schließlich ohne weitere Umschweife auf jenen Punkt zu sprechen zu kommen, der ihm wirklich am Herzen lag. „Und es lässt uns vielleicht auch Zeit, noch kurz über ein Geschäft zu reden, das ich Euch vorschlagen möchte“, raunte er in leicht verschwörerischem Ton.

„Ein Geschäft? Das ist ja mal etwas ganz Neues!“, spottete Quirin, um unverhohlen zu ergänzen: „Lasst mich kurz klarstellen: Ein Geschäft ist etwas, an dem beide Seiten verdienen und nicht immer der eine für den anderen bezahlt!“

„Ich habe es mir nicht ausgesucht, dass sie Eure Geisel wurde!“, erwiderte Segestes, um Quirin im Folgenden zu bitten, einen größeren Bestand an Pelzen, Fellen und gegerbtem Leder, den er im Land der Cherusker erworben habe und die sich nicht alle in Mattiacum verkaufen ließen, auf einem der Frachtkähne mit zum Rhenus zu nehmen. Wie er gehört habe, würden einige ihren Rückweg flussabwärts ohnehin nicht unter Volllast antreten, und der Weg über Land sei ihm, nach allem, was er erfahren habe, zu unsicher.

Quirin konnte mit dieser letzten Anspielung nichts anfangen, fragte aber auch nicht weiter nach. Viel wichtiger war es ihm, den Preis für die Gunst, die er Segestes erweisen sollte, noch ein wenig in die Höhe zu treiben. Und erst, als jener ihm schließlich ein Viertel des Gewinns versprochen hatte, willigte er ein und verwies den Sueben an seinen Sklaven Menelaos, der sich um sein Mündel gekümmert habe, nun, da sie da sei, aber sicher ebenfalls in Kürze zu ihnen stoßen werde.

Seine Miene hellte sich vollends wieder auf, da er Marcus schließlich freudig winkend auf sich zueilen sah und ihn – leicht außer Atem – flüstern hörte: „Domitius hat die Logana bereits durchquert! Er zieht sich nur noch kurz um!“

„Hattest Du nicht eben auch noch etwas anderes an?“, erwiderte Quirin erstaunt. Statt eines Kettenhemdes trug der junge Praefekt nun ein blank poliertes Panzerhemd – was zu jener Zeit gerade erst im Begriff war, sich durchzusetzen. Nun, wenn auch er die Zeit findet, sich noch einmal umzuziehen, dachte sich Quirin, muss sich die Lage ja fraglos entspannt haben! Er konnte ja nicht ahnen, dass dem nur bedingt so war. Denn der eigentliche Grund des jungen Hauptmannes, sich kurz in sein Quartier zurückzuziehen, war schlicht jener gewesen, sich für einen Moment aus seiner Verantwortung zu stehlen.

Zu ihr zählte auch, in Kürze den Statthalter und sein Gefolge aufs Forum geleiten zu müssen. Doch bevor er aufbrach, dies zu tun, schaute er noch einmal zu Luna hinüber. Er grüßte Thusnelda, die er dabei aber kaum ansah, was jene indes nicht beleidigt, sondern mit einem glucksenden Kichern aufnahm, erkannte sie doch, wie sehr der junge Offizier von Lunas Erscheinung in den Bann gezogen wurde.

„Du siehst wunderbar aus!“, entfuhr es Marcus, woraufhin Luna ihm unbedacht ein geschmeichelten Lächeln schenkte. Sie hätte es ganz sicher nicht getan, wenn sie auch nur geahnt hätte, wie er es verstehen musste.

„Hört mich an!“, ergriff nun Quirin das Wort. Er stand auf und wandte sich seinen zahlreichen Gästen zu. „Es gibt gute Neuigkeiten! Der Statthalter hat unser wunderschönes Mattiacum erreicht und wird in Kürze das Forum betreten! Begleitet von weiteren hochrangigen Gästen, die unserem aufblühenden Marktort zur Ehre gereichen!“

Das gemeinschaftliche Aufatmen auf dem Forum war nicht zu überhören – wenngleich längst nicht jeder bereit war, Quirins Worten Glauben zu schenken. Einige wollten die frohe Botschaft erst dann glauben, wenn sie den Statthalter mit eigenen Augen gesehen hatten.

Caesars Vertreter kam und so konnte das Weihfest beginnen.
Und die Menge vermochte er leicht für sich zu gewinnen.
Denn Domitius sah recht gut aus und wusste zu reden.
Das beeindruckte viele – doch selbstverständlich nicht jeden.

Einigen wirkte der Statthalter zu überheblich und eitel.
Mehrfach strich er sich beim Reden selbstverliebt über den Scheitel.
Ähnlich häufig legte er seine Toga in Falten.
Sie war es, der zunächst die meistens Blicke dort galten.
Wer hoch im Norden hatte schon einmal Purpur gesehen?
Dafür stellte sich jeder weit hinten im Pulk auf die Zehen!

Wie ein Feldherr hätte Domitius gekleidet sein sollen,
Doch – ohne ihm, der längst tot ist, Böses zu wollen –
Jener Mann schien genau zu wissen – oder zu spüren:
Mit einer Toga ließ sich die Menge hier eher verführen.

Doch auch die Opfer, die folgten, schienen ihr wohl zu gefallen.
Rufe zum Ruhme der Götter sollten gleich mehrfach erschallen.

Anschließend war es des Statthalters Pflicht, ein paar Männer zu ehren.
Weitere Reden und Opfer folgten; dann tanzten zwei Bären.
Kurze Kämpfe, Lyra- und Lustspiele wurden gegeben.
Dieses Weihfest zu Ehren der Götter bot wirklich für jeden
Etwas, das ihm gefiel. Es zog sich nicht in die Länge.
Aber dennoch fieberte selbstverständlich die Menge
Sehnlichst dem Höhepunkt dieses großen Festes entgegen.

Als er denn da war, schien sich niemand auch nur zu bewegen.
So gespannt waren alle. Die Augen aufs Standbild gerichtet
Hielten sie inne. Domitius selbst hat uns davon berichtet.

Würdevoll, schreibt sein Schreiber, sei er ans Standbild getreten,
Habe die Hände gehoben, um kurz zu den Göttern zu beten.
Da sei ein Krähen zu hören gewesen, von jenseits der Mauern.
„Ist er mit uns oder will er unser Tun hier bedauern?“,
Hätte er todernst gefragt. „Will der Hahn etwas Wichtiges sagen?
Sollten wir ihn auf dem Mist statt die Schwalben am Himmel befragen?
Oder ist er der Meinung, ihm sei ein Standbild zu weihen?
Oder der Markt? – Vielleicht später! Das Federvieh mag es verzeihen!“

Jedermann lachte. Wenngleich Quirin sich dazu zu zwingen
Hatte – ganz nebenbei: Es sollte ihm eher misslingen!

Dann zog Domitius sachte am Tuch. Aus Grölen ward Raunen;
Und, da das Tuch vom Standbild glitt, ergriffenes Staunen.
Jupiter dankend hob Domitius wieder die Hände.
Dann aber – unverhofft – nahm dieser Tag seine plötzliche Wende.

„Wie kann das sein?“

Domitius wurde kreidebleich. So selbstherrlich er gerade eben noch die Anerkennung der Menge genossen hatte, so still und unsicher wirkte er nun, da er zu verarbeiten versuchte, was Servius Secundus, der Hauptmann seiner Leibwache, ihm soeben mitgeteilt hatte. Sich zunächst leise räuspernd und um Entschuldigung bittend, hatte der bullige Legionär ihm eine Botschaft weitergetragen, die ein berittener Bote ihm soeben überbracht hatte.

„Ein Aufstand?“, fragte der Statthalter ungläubig nach. Er hatte das Wort klar und deutlich verstanden, indes sein Verstand weigerte sich noch, seinem Ohr auch Glauben zu schenken.

Der Offizier nickte kurz, um sodann auszuführen, was er ansonsten noch wusste: „Offenbar wurden hoch im Norden mindestens drei unserer Lager angegriffen. Dazu etliche Landgüter. Aber auch einige Dörfer, die auf unserer Seite waren."

„Verluste?", erwiderte Domitius – mehr die eigene Feldstärke abschätzend, denn der Gefallenen gedenkend.

„Noch unbekannt", gab der Leibgardist wahrheitsgemäß zur Antwort, um sodann mit ernster Miene zu ergänzen: „Wir sollten sofort nach Mogontiacum aufbrechen! Ihr werdet dort gebraucht! Um die Truppen in Marsch zu setzen!"

„Und Du meinst, das können wir nicht von hier aus regeln?", entgegnete der Statthalter.

Servius deutete ein Kopfschütteln an. Dann blickte er kurz auf, um abzuschätzen, ob die wartende und allmählich, ob der ungewöhnlichen Unterbrechung leicht unruhig gewordene Menge, irgendetwas ahnte. Dem war aber, seiner Meinung nach, nicht so. Trotzdem blieb er bei seiner Einschätzung, die er nun mit knappen Worten umriss. „Mattiacum ist gut befestigt, aber wir kennen Land und Leute hier zu wenig! Noch dazu sind so viele Fremde hier! Ich fürchte, die Menge könnte in Panik geraten, wenn sie erfährt, was geschehen ist! Ich kann Eure Sicherheit hier nicht garantieren! Wenn ich Euch einen Rat geben darf, Herr: Ihr solltet das hier rasch beenden! Und dann sollten wir uns auf den Rückweg machen! Zügig, aber unauffällig!"

Domitius nickte. Er entledigte sich seines Gefolgsmannes mit einem kurzen Wink und zwang sich sodann zu einem sicheren Stand und einem gewinnenden Lächeln. „Ich wiederhole mich", rief er der Menge entgegen. „Jupiter sei gepriesen! Und sein Sohn, Caesar Augustus! Der nun über diesen prächtigen Ort hier wachen wird! Euch allen noch eine schöne Feier, doch mich rufen die Amtsgeschäfte zurück an den Moenus!"

Dem Raunen der Menge zum Trotz, machte der Statthalter umgehend kehrt und winkte sein Gefolge zu sich. „Vergesst die Standarte nicht!“, hieß er seine Offiziere und ließ sich bereits die Tür zur Basilika öffnen, da eilte Quirin kopfschüttelnd zu ihm.

„Ihr … Ihr wollt schon los?“, stammelte er. „Es gibt doch noch zu essen und ich dachte … ich wollte …“

„Ja, tut mir sehr leid“, versuchte Domitius ihn kurz angebunden abzuwimmeln. „Aber ich muss weiter! Vielen Dank für Eure Gastfreundschaft! Und alles Gute!“ Forschen Schrittes betrat er die Basilika.

Aber Quirin ließ sich nicht abschütteln. „Aber, was ist mit dem Gericht?“, hakte er nach. „Das sollte doch heute noch tagen! Ihr steht ihm vor!“

Ungehalten hielt Domitius inne und drehte sich um. „Wurde jemand des Mordes bezichtigt?’

„Nein, aber …“

„Ich bin es nicht gewohnt, dass man mich ständig berichtigt!“, zischte der Statthalter. „Hiermit spreche ich alle frei! Augustus zu Ehren!“

Quirin konnte es kaum fassen. „Was?“, fragte er und deutete auf eine der drei halbrunden Apsiden der Halle. „Es sind fast zwei Dutzend, die auf ihren Urteilsspruch war … “

Nun ließ Domitius Quirin nicht mal mehr aussprechen. „Kein Wort mehr!“, fauchte er unmissverständlich, um sodann so laut zu werden, dass es zumindest auch die Gefangenen hören mussten, die das Glück gehabt hatte, einen der luftigen Plätze nahe des Gitters des kleinen Haftraumes ergattert zu haben. „Lasst sie frei! Alle! Sofort! Das Urteil ist gefällt!“

Schnaubend kuschte Quirin und ließ die Gefangenen laufen.
Jubelnd zogen sie los, um sich sogleich zu besaufen.
Auch der Schmied war frei und ging mit, weil er es so wollte.
Er zog zum „Schwan“, wo er kurz darauf überrascht werden sollte.

Obwohl er gleich mehrere Humpen Bier in viel zu kurzer Zeit getrunken hatte, kam Degenar die Stimme sofort vertraut vor. „Hört zu, alle die Ihr hier seid!“, grölte sie lauthals und trunken. „Auch wenn die meisten von Euch Ubier sein dürften! Oder am Ende gar Matthen!“ Er drehte sich der Tür entgegen. Der „Schwan“ war gut gefüllt und der Mann, dem die Stimme gehörte, nicht allzu groß, und doch erkannte er ihn sofort: Bernulf!

„Wir haben leider kein Geld mehr, Euch freizuhalten“, rief der schmächtige Chatte. „Aber ich rufe Euch dennoch zu, Eure Humpen auf meinen treuen Sohn zu erheben! Er hat mich freigekauft! Ja! Es ist wahr! Ich bin frei! Nicht länger ein Sklave! Nie mehr! – Und nun frage ich Euch, wer in dieser Taverne mir ein Bier reicht, damit ich mit ihm auf meine Freiheit anstoßen kann?“

„Bernulf? Swidger?“, stammelte Degenar und stand auf. „Seid Ihr es wirklich? Kann es denn sein?“

„Degenar!“, hatte nun auch Swidger seinen ehemaligen Lehrmeister erkannt. Auch seine Zunge war bereits recht schwer, doch nicht ganz so wie die seines Vaters.

„Der alte Schmied!“, raunte Bernulf und ging auf den Hünen zu. „Die Welt ist klein, fürwahr! In der letzten Taverne wollte man uns nichts mehr geben, aber Du spendierst uns doch gewiss einen Trunk, nicht wahr? Wir haben Grund zu feiern!“

„Sicher doch!“, erwiderte Degenar eilig und bot den beiden umgehend einen Platz an seinem Tisch an. „Gaela, zwei Bier!“

„Dieser Tag gefällt mir immer besser!“, nickte Bernulf zufrieden.

„Mir nicht weniger!“, stimmte ihm der alte Schmied zu. „Und nun sagt schon, was Euch beide hierher verschlagen hat!“

„Ich hab ihn freigekauft!“, erläuterte Swidger stolz. „Mit allem, was ich hatte. Ich habe gehofft, dass er hier sein würde! Sein Herr war unter den Gästen!“

„Kein Wort gelogen!“, lachte Bernulf. „Und da bin ich wieder! An jenem Ort, wo das Unheil begann! Mit einem Becher wie diesem!“ Er nahm den

Würfelbecher, der neben Degenars Humpen stand, kurz in die Hand und schüttelte ihn ein wenig. Doch anstatt ihn umzudrehen, stellte er ihn schließlich sacht zurück an seinen Platz. Swidger quittierte es mit einem dankbaren Nicken.

Dann kam Gaela mit dem Bier. „Ah, sieh an! Die schöne Gaela!", begrüßte der Chatte die hübsche Tochter der Wirtin. „Was geben Eure Mütter Euch jungen Ubierinnen eigentlich zu trinken, dass so viele von Euch so schön werden?", fragte er lächelnd, um im nächsten Moment ohne Vorwarnung nach ihrer Brust zu grabschen. „Ist da etwas anderes drin als bei unseren Frauen?"

Als ginge es um eine lästige Fliege, wischte Gaela Bernulfs Hand zur Seite. „Trink Dein Bier und lass Deine Finger von mir!", wies sie ihn mehr gelangweilt denn böse zurück.

Degenar war beeindruckt. „Gut gesprochen!", lobte er die Bedienung, leerte seinen Humpen auf sie und bestellte sogleich einen neuen.

„Wo ist Velent?", wollte Swidger schließlich wissen, „Ist er nicht bei Dir?" Er blickte sich um.

„Velent? Richtig!", erwiderte Degenar mürrisch. „Da war ja was! Eigentlich sollte ich Dich wohl eher verprügeln als Dir ein Bier auszugeben!"

Swidger verstand die Anspielung sofort. Verlegen blickte er unter sich, dann meinte er kleinlaut: „Ich war nicht dabei!"

„Wobei?", wollte Bernulf wissen.

„Meine Schmiede!", erklärte Degenar. „Am Steinring! Sie haben sie niedergebrannt! Wo sind Deine Spießgesellen?"

„Ich weiß nicht sicher, wer es war", erwiderte Swidger. „Aber sie sind alle im Morgengrauen aufgebrochen. Auch wenn sich viele Chatten anders entschieden haben, aus unserem Dorf wollte niemand hier bleiben. Ich musste es, wohl oder übel."

Bernulf nickte zufrieden. „Ich danke den Göttern, dass sie mir einen Sohn wie diesen gelassen haben!" Er leerte seinen Humpen fast bis zum Grund, bestellte sodann einen neuen, um mit seinem letzten Schluck – nicht weniger laut – auf die Freiheit zu trinken!

Falls Du Dich fragst, wo Velent jene Stunden verbrachte.
Nun, er hielt sich verborgen. In Adlans Halle und wachte
Über ihn. Aber er dachte dabei doch nur an die eine!
Nur an Luna. Ja, Luna würde auf immer die Seine
Sein und er auch der Ihre! Er schwor ihr ewige Treue.
Dann aber wurde es laut, und die Lage ward eine neue.

Aber wir konnten nicht ahnen, was geschah. Ich erinnere mich genau, wie unwirklich mir die Meldung vorkam, da ich sie am nächsten Tage vernahm. Auf dem Forum. Kurz nach der Weihe des Standbildes. Ein Aufstand im Norden? Vielleicht gar ein Krieg?
Die einen lachten noch, da brachen die anderen bereits auf, um ihre Güter zu schützen oder zu fliehen. Meine Gedanken indes galten nur Dir. Wo warst Du? Wo?

Draußen hörte er Schreie. Velent begann sich zu sorgen.
Luna! Was war mit Luna? Ging es ihr gut? Seit dem Morgen
Hatte er nichts mehr von ihr gehört. Um nach draußen zu spähen,
Lief er zum Tor. Durch die Spalte war nur sehr wenig zu sehen.
Doch das Wenige reichte. Die Menschen schienen zu fliehen!
Außerdem wurde draußen nun immer lauter geschrien!

‚Krieg!', ‚Ein Aufstand!', ‚Rom schließt die Tore!', setzte er die Fetzen
zusammen. Er erkannte fliehende Sueben. Aber auch Römer und Matthen.
Jene eher am Rande. Sich in Sicherheit bringend. Ungläubig staunend.
Bitterlich klagend. Oder den Sueben drohend.

„Was? Das kann doch nicht sein?“ Doch während Degenar zunächst nur ungläubig den Kopf schüttelte, da die Nachricht den „Schwan“ erreichte, Marcus Primus hätte zum Schutze Mattiacums beschlossen, alle Germanen, die sich im Orte befanden, als Geiseln zu nehmen, war Bernulf längst aufgesprungen.

„Nicht mit mir! Hört Ihr! Komm, Swidger! Schnell!“, rief der Rotbart und warf sich den beiden Wachen entgegen, die den „Schwan“ mit gezogenem Kurzschwert betreten und alle Germanen aufgefordert hatten, mit ihnen zu kommen. Den einen auf den anderen schubsend, wandt er sich flink an ihnen vorbei und stürzte ins Freie; Swidger indes scheiterte mit seinem Versuch. Die Wachen vermochten ihn zu packen.

„Lasst mich durch!“, rief der junge Chatte und rang verzweifelt darum, frei zu kommen, doch es half nichts.

Bernulf hielt inne. Er schnaufte vor Wut und rang mit sich, seinem Sohn zu Hilfe zu eilen. Doch da er weitere Wachen am Ende der Gasse erblickte, obsiegte sein Drang nach Freiheit.

Als es auf dem Forum zu Handgreiflichkeiten kam, brachte man uns in die Basilika. Zu unserer Sicherheit, wie es hieß. Die Türen wurden geschlossen und bewacht. Mein Herz schlug mir bis zum Hals. Ich hörte die Schreie vor der Tür. Doch ich sorgte mich nicht um mich!

Was soll ich nur tun? Velent musste nicht lange überlegen! Er schob den Riegel des Tores zurück, eilte alsdann zu Adlan und warf ihm seinen Sattel über.

„Du musst mir helfen!“, raunte er dem treuen Tier zu. „Vor Dir wird die Menge weichen! Wir müssen Luna finden! Sie war bestimmt auf dem Forum! Und von dort scheinen die Menschen zu fliehen!“ Dann schwang er sich auf den Rücken des Pferdes und stieß das Tor, da sie es nach wenigen Schritten erreicht hatten, mit einem kräftigen Tritt auf.

Velent lenkte Adlan nach links und forsch durch die Gasse.
Dann auf der Straße nach rechts zum Forum, wo sich die Masse
Schließlich noch dichter drängte. Er hörte ihr Schreien und Weinen.
Alles lief durcheinander und jeder suchte die Seinen.

Überall keifende, fliehende Menschen. Adlan war solch ein lautes
Gedränge schlicht nicht gewohnt. Er scheute und stieg. Und traf im
drohenden Steigen plötzlich mit seinem Huf den Kopf einer älteren Frau.
Sie schrie nicht mal mehr. Sie kippte nur um und fiel wie gefällt zu Boden.

Velent ward blass, hätte absteigen wollen, helfen, sich kümmern. Aber es
ging nicht. Adlan ging durch und war nicht mehr zu halten. Westwärts mit
riesigen Schritten schoss der Rappe, im Strom der fliehenden Masse. Beinahe
schien er zu fliegen. Wie in der Nacht, da Velent den Hengst einst raubte.

Dieses Mal aber nahezu lautlos. Denn das Geräusch seiner trommelnden
Hufe schluckten nun all die fliehenden Leiber. Mehrheitlich Chatten
und Sueben. Alle strömten nach Westen. Stand doch das dortige Tor noch
einen Spalt offen. Was ihre Hoffnung, fliehen zu können, nährte.

Sicher: Die Wachen hielten dagegen. Stemmten sich mit erhobenen
Schilden – etliche auch mit gezogenen Schwertern – gegen die wogende
Menge. Warnend und mahnend und drohend. Aber zunächst mit dem
Ziele, erst einmal sich und nicht, wie befohlen, tapfer das Tor zu schützen.

Deshalb gelang es den wilden Germanen rasch, jenes Tor noch weiter zu
öffnen. Doch umso heftiger ward nun geschoben. Trotz manch gezogenen
Schwertes. Velent stockte der Atem. Denn inmitten des Trubels stand –
wie der Ubier nun plötzlich sah, sein Schwert in der Hand – auch Marcus.

Vor sich die drängende, schiebende Meute. Hinter sich letzte standhafte
Wachen. Marcus konnte unmöglich weichen. Beidhändig hielt er sein

Schwert und wurde doch überlaufen. Niedergetrampelt! Man sprang und fiel über ihn. Kaum glaubte der Ubier, dass der Praefekt noch lebte.

Dann indes obsiegten die Wachen, schlossen endlich die eigenen Reihen. Eine Kette rückte entschlossen vor und nutzte die kurze Starre jener, die flohen. Zeitgleich ließ sich die zweite einige Schritte fallen, um so die Vormacht am Tor zu sichern.

Vor der sich stauenden, stockenden Masse war es Velent zeitgleich geglückt, sein Pferd nun doch noch zum Stehen zu bringen. Aber er nahm es kaum wahr. Denn sein zunächst noch verzweifelt suchender Blick glaubte Marcus gleichzeitig dort, ganz nah vor dem Tore liegend, entdeckt zu haben.

Ja, er war es! Regungslos lag sein Leib auf dem Rücken am Boden. Ein zweiter, schmächtiger bäuchlings auf ihm. Doch wem des Freundes Schwert aus dem Rücken ragte, erkannte er erst, da zwei der Wachen den Leichnam wie ein Stück Vieh vom Bauch des geschockten Hauptmannes zerrten: Bernulf!

Langsam stieg Velent ab. Er ließ sein Pferd einfach stehen,
Um auf wackligen Beinen hin zu den Wachen zu gehen.

„Velent?!", fragte Marcus verwundert. Gerade erst hatten zwei Wachen ihm, durch dessen Hand noch nie ein Mensch gestorben war und der deshalb kreidebleich, fast torkelnd auf den Beinen stand, aufgeholfen, hatten sein Schwert genommen und ihm ein Tuch gereicht, sich die blutverschmierten Hände daran abzuwischen, da sah er den Freund und hieß jene, die ihn nun gegen die aufbegehrende Menge abschirmten, Velent durchzulassen.

„Marcus! Du bist wohlauf?", fragte Velent betroffen, doch galt sein Blick nur kurz dem Praefekten. Dann wanderte er erneut zu Bernulfs Leichnam hinüber, um leicht stammelnd zu ergänzen: „Du … konntest nichts dafür!"

„Nein …“, stimmte ihm Marcus zu und nahm dankbar die Schüssel Wasser entgegen, die man ihm rasch aus dem Torhaus besorgt hatte. Er wusch seine Hände und sprach Velent dabei zugleich wieder an: „Du … kennst diesen Sklaven?“

Velents kurzes „Ja“ wurde von einem vielfach lauteren und lang gezogenen „Neiiiiin!“ übertönt.

„Swidger?!“, drehte sich Velent bestürzt der Stimme entgegen.

Schon hatte der junge Chatte die Wachen erreicht und sah seine schlimmste Vermutung bestätigt. Nur ein paar Schritte weiter lag sein Vater auf dem staubigen Boden. Blutüberströmt. Die Augen starr und weit aufgerissen. Swidger sah, dass er tot war, doch wollte er es nicht wahr haben.

„Halt!“, „Bleib zurück!“, warnten ihn die Wachen.

Velent indes deutete mit schmaler Geste auf den Toten. „Dies ist sein Vater“, ließ er die Legionäre wissen und bat sie damit, jenen, den sie zurückhielten, durchzulassen. Marcus nickte es ab und so bildeten die Wachen eine kleine Gasse, durch die sich zunächst Swidger wand, durch die man dann aber auch Adlan führte, um ihn am Torhaus anzubinden, was Velent mit einem dankbaren Nicken zur Kenntnis nahm. Dann aber schaute er zu Swidger zurück.

Mehr taumelnd und stolpernd denn gehend, näherte sich der junge Chatte der Leiche seines Vaters. Doch da Marcus ihn verwundert musterte und fragte, warum er offensichtlich frei sei, wo sein Vater doch ein Sklave gewesen sei, fuhr er ihn an. „Er war frei. Er war frei!“, raunte er. „Hörst Du! Mein Vater war frei! Ich hab ihn selbst ausgelöst!“ Dann kippte seine Stimme in die Verzweiflung zurück. „Heute! Eben!“

„Deshalb wollte er sich nicht schon wieder gefangen nehmen lassen …“, schloss Velent betroffen.

Swidger hatte den Leichnam erreicht. Für einen Moment blieb er unschlüssig und hilflos stehen, dann sank er – ein kurzes „Vater!“ auf den Lippen – auf die Knie.

Velent trat sofort an seine Seite. „Ich kam zu spät“, entschuldigte er sich seufzend.

„Ich hab ihn verloren! Aus den Augen verloren“, begann Swidger leise und den Tränen nah zu erzählen. „Ich bin zum Osttor gelaufen. Es lag näher. Ich konnte doch nicht … Er war so froh, Velent … endlich frei …“ Er brach ab, doch nur, um schließlich mit umso düsterer Stimme fortzufahren: „Sag mir, wer es war! Ich habe ein Messer. Und wenn es das Letzte ist, was ich tue: Ich werde ihn rächen!“

„Ich kam zu spät“, wiederholte sich Velent stockend, hatte er doch eine wahrhaft schwere Entscheidung zu treffen. Und er traf sie. „Deshalb habe ich nicht gesehen, wer es war.“ Er sprach dabei gerade so laut, dass auch Marcus ihn hören musste.

Doch auch die Wachen fühlten sich mittlerweile angesprochen. „Was sollen wir mit ihm machen?“, sprachen sie ihren Hauptmann an und wiesen kurz und mit eher abfälliger Geste auf den Leichnam. „Hier kann er schlecht liegen bleiben!“

„Wagt nicht, ihn anzurühren!“, fuhr Swidger sie unheilvoll an, doch sein Blick ruhte weiter auf der Leiche seines Vaters.

Velent sah es mit Tränen in den Augen. Er wandte sich Marcus zu und bat ihn leise, aber verbindlich: „Lass Swidger den Leichnam, Marcus! Bitte! Und lass ihn ziehen!“

„Das kann ich nicht!“, entgegnete Marcus entrüstet.

„Du bist der Hauptmann!“, hielt Velent dagegen. „Du kannst es! Und Du solltest es!“

Marcus seufzte. „Ich …“, setzte er unschlüssig an – unterbrochen von Zwischenrufen der Sueben und Chatten, die ihn und die Seinen erneut aufforderten, ihnen das Tor auf und den Weg freizumachen.

„Stell Dir vor, es wäre Dein Vater! Bitte!“, versuchte es Velent auf anderem Weg; aber Marcus schüttelte den Kopf.

„Wir brauchen die Geiseln, um die Stadt zu schützen!“, entgegnete er. „Du hast doch gehört, was geschehen ist!“

Das konnte Velent nicht verneinen.

„Es sind bereits viel zu viele entkommen!“, fuhr Marcus deshalb fort, um schließlich noch mit einem kurzen und abschätzigen Blick auf Swidger und den Toten zu ergänzen: „Außerdem wird er ihn ohnehin nicht tragen können!“

Velent zögerte einen Moment, musste er doch an Luna denken. Ob es ihr gut ging? Er musste nach ihr suchen! Vielleicht brauchte sie seine Hilfe. Swidger indes brauchte sie auf alle Fälle. „Ich gebe ihm mein Pferd!“, gab er deshalb zur Antwort.

„*Dein* Pferd?“, erwiderte Marcus leicht verächtlich.

Doch Velent beließ es bei einem kurzen und eindringlichen „Bitte!“

Unterdessen hatte Swidger seinen zuvor tief gebeugten Oberkörper wieder aufgerichtet. Feindselig fuhr er die nahen Wachen an: „Es war einer von Euch! Sagt schon: Wer war es?“

Marcus war einen Moment bange. Ein Wort, eine Geste würde reichen, ihn zu verraten. Schon schaute er sich nach seinem Schwert um. Er sah es in den Händen einer Wache am Torhaus, die es mit Wasser und Öl zu reinigen suchte. Bar seiner Waffe versuchte er nun, umso selbstbewusster aufzutreten. „Sag mir auch nur einen guten Grund, warum ich ihn gehen lassen sollte!“, sprach er Velent an.

Jenem blieb der beinahe feindselige Ton des Hauptmannes nicht verborgen. „Weil er“, erwiderte er deshalb ungewohnt scharf und leicht drohend, „wenn er hier bleiben sollte, ganz sicher erfahren wird, durch wessen Schwert sein Vater fiel …“

Marcus war überrascht. Er zog Velent zur Seite und flüsterte: „Du hast es doch selbst gesehen, dass ich nichts dafür konnte!“

Doch Velent blieb hart. Sein Kopf deutete kurz auf den jungen Chatten, der mittlerweile wieder aufgestanden war und jede einzelne der Wachen mit grimmigen Augen musterte, dann entgegnete er: „Sieht er aus, als ob ihn das kümmern würde?“

„Hat es von Euch denn niemand gesehen?", rief nun Swidger durch die Reihen der Wachen hindurch den Wartenden zu. Da sah sich Marcus zum Handeln gezwungen.

„Hör zu, Chatte!", sprach er Swidger gebieterisch an. „Wenn Du mir bei der Seele Deines Vaters versprichst, nie mehr zurückzukommen mit Deinesgleichen, um das Schwert gegen diesen Ort zu erheben, dann lass ich Dich gehen! Schwörst Du mir das?"

Swidger zögerte kurz, dann rang er sich indes zu einem kurzen „Ja!" durch. Velent nahm es erleichtert zur Kenntnis, nicht anders als Marcus.

„Öffnet das Tor!", rief er den Wachen zu. „Lasst den jungen Rotbart hinaus!", und ergänzte, da sofort das Drängen und fordernde Rufen der Wartenden wieder zunahm: „Aber nur ihn. Und hebt den Alten auf das Pferd!"

Velent indes ließ es sich nicht nehmen, Swidger bei Letzterem zu helfen. Der junge Chatte dankte es ihm, wunderte sich aber zugleich, dass Velent sodann davon absah, die Zügel seines Pferdes zu ergreifen.

„Kommst Du nicht mit, Velent?", fragte er leise und traurig.

Velent blickte verlegen unter sich. „Ich ...", setzte er an, ohne zu wissen, was er dem Freund sagen sollte, galten seine Gedanken doch erneut jener, der er sich so sehr verbunden fühlte.

Dann aber kam eine der Wachen näher. Der Mann musterte Adlan und meinte: „Dieses Pferd ... es ... kommt mir bekannt vor!"

„So ein großes Pferd hat dieser Ort nie zuvor gesehen!", entgegnete eine zweite Wache, doch die erste verteidigte sich: „Doch! Gib mir noch einen Moment und ich komme darauf, woher ich es kenne!"

Marcus trat erneut an Velents Seite und flüsterte: „Vielleicht ist es besser, wenn Du ihn begleitest ..."

„Das ... kann ich nicht", entgegnete Velent.

„Tulius!", rief die Wache nun einen Legionär auf dem Wehrgang des Tores an. „Du bist am längsten hier! Schau Dir dieses Pferd mal an!"

„Geh!", wiederholte Marcus eindringlich. „Oder ihr bleibt beide hier!"

Velent seufzte. Er zögerte abermals, dann aber meinte er schließlich: „Komm, Swidger!"

„Du hilfst mir?", fragte der junge Chatte verwundert nach. Noch wollte er es kaum glauben.

„Ja!", nickte Velent. „Ich bring Euch heim! Aber dann kehr' ich zurück!"

Marcus nickte und rief Swidger zugleich hinterher: „Ich verlasse mich auf Dein Wort, Chatte! – Wie immer Du heißen magst!"

„Swidger!", erwiderte Swidger düster. „Mein Name ist Swidger! Und mein Vater hieß Bernulf!"

Dann wurde das Tor geöffnet und unter den anklagenden Rufen all jener, die es ebenso gern passiert hätten, führten Velent und Swidger Adlan und auf ihm den Leichnam Bernulfs hinaus.

Jeder einzelne Schritt fiel Velent unsagbar schwer. Gleich mehrfach rang er mit sich, umzukehren. Und doch ging er weiter.

Gegen Abend geleiteten uns die Wachen nach Hause. Ein knappes Dutzend blieb, um die Villa zu sichern. Noch herrschte keine völlige Ruhe im Ort. Ich wollte hinaus, Dich zu suchen. Doch man verwehrte es mir.
Ich glaube nicht, dass ich in jener Nacht auch nur eine Stunde schlief. Menelaos sah ich erst am kommenden Morgen wieder. Ich bat ihn sofort, nach Dir zu schauen oder sich umzuhören.
Als er mir schließlich sagte, dass Du Mattiacum mit einem kleinen, rothaarigen Matthen oder Chatten verlassen hättest, atmete ich auf; und sorgte mich zugleich. Aber dennoch war ich mir ganz sicher, dass wir bald schon wieder vereint sein würden. Ich konnte es mir einfach nicht anders vorstellen. Indes: Ich sollte mich irren.

**

Wie im Flug sind erneut gleich mehrere Stunden vergangen.
Kann es denn sein, dass die Vögel dabei tatsächlich nicht sangen?
Jedenfalls schweigen sie nun schon recht lange, seit ich darauf achte.
Seit ich hinaus bin und nun das Meer und die Wellen betrachte.

Keinen einzigen Ruf und kein Zwitschern hab ich vernommen.
Aber warum hat Jupiter ihnen die Stimmen genommen?
War es sein Wunsch, mir die nötige Ruhe zum Schreiben zu schenken?
Wenn es so war, dann sollte ich seiner nun dankbar gedenken!
Andererseits sind Wellen und Brandung noch immer zu hören.
Wache, empfindliche Ohren könnte dies ebenso stören!

Nun, im Vertrauen darauf, dass die gnädigen Götter es richten,
Will ich mich betten, um morgen ausgeruht weiter zu dichten.

***

es folgen

Band III

und

Band IV

Allen, die mir bei der Umsetzung dieser Geschichte geholfen haben, möchte ich herzlich danken!

Den Roman „Keltenkind“ gibt es auch in einer etwa 20-stündigen Hörspielfassung. Mehr Infos dazu auf www.keltenkind.de